# 순수 박물관

# 순수 박물관

이난아
옮김

오르한 파묵

민음사

뤼야에게

그들은 가난이 돈을 벌면 잊히는
죄 같은 것이라고 생각할 만큼 순진한 사람들이었다.

—제랄 살리크의 노트에서


어떤 남자가 꿈에서 천국에 간다면,
그리고 그의 영혼이 정말로 천국에 갔다는 표시로 그가 꽃을 받는다면,
그리고 이후 남자가 잠에서 깨어났을 때 그의 손에 꽃이 들려 있다면?
그래서 그다음은?

—새뮤얼 테일러 콜리지의 노트에서


나는 먼저 테이블 위에 있는 작은 장식품들을,
그녀가 사용했던 로션과 화장 도구들을 구경했다.
하나씩 손에 들고 바라보았다.
그녀의 작은 시계를 들고 이쪽저쪽 돌려 보았다.
그런 다음 옷장을 보았다. 켜켜이 쌓아 놓은 옷들, 장식품들.
여자들이 자신을 완성하기 위해 사용하는 것들은 내게 지독한 외로움과 고통
그리고 그녀의 것이 되고 싶다는 열망을 가져다주었다.

—아흐메트 함디 탄프나르의 노트에서

# 차례

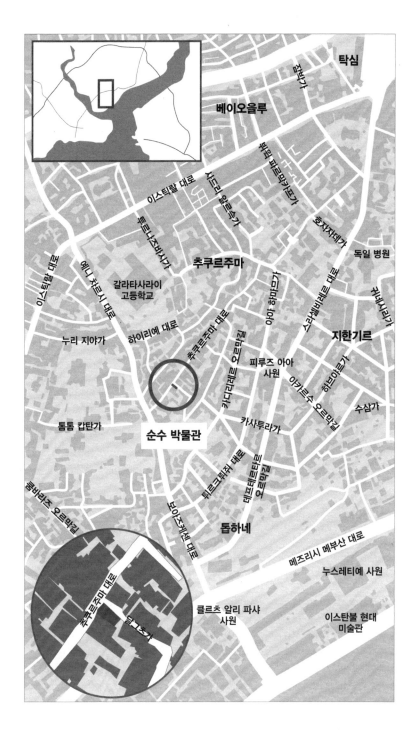

탁심

베이오을루

추쿠르주마

지한기르

독일 병원

이스틱랄 대로

서브룬 율르스거

볼록 파르막카프자

호자자데가

퀴네실리거

이스틱랄 대로

예니 처르시 대로

루트니지바시거

갈라타사라이
고등학교

하이리예 대로

누리 지야가

추쿠르주마 대로

앙오 하마므가

피루즈 아아
사원

이카르수 우르막지

스크세벤레르 대로

쿠르아이거

수삼가

톰톰 캅탄가

순수 박물관

카다라레르 어르막길

카사투라가

튀르크귀쟈 대로

데포테르티네
어르막길

놀아초카기앤 대로

톱하네

메즈리시 메부산 대로

누스레티예 사원

쿨버리즈 우르막길

쿨룩룩주마 대로

물가후가

클르츠 알리 파샤
사원

이스탄불 현대
미술관

**일러두기**

1 번역에 사용한 책은 *Masumiyet Müzesi* (Istanbul: İletisim Yayınları, 2008)이다.

2 튀르키예어 고유 명사의 한글 표기는 외래어 표기법을 따르되, 몇몇 예외를 두어 원래의
발음에 가깝게 했다.

3 모든 주석은 독자의 이해를 돕기 위해 옮긴이가 붙였다.

# I

# 내 인생에서 가장 행복한 순간

그때가 내 인생에서 가장 행복한 순간이었다는 것을 몰랐다. 알았더라면 그 행복을 지킬 수 있었고, 모든 것이 완전히 다르게 전개될 수 있었을까? 그렇다, 내 인생의 가장 행복한 순간이었다는 것을 알았더라면, 절대로, 그 행복을 놓치지 않았을 것이다. 깊은 평온으로 내 온몸을 감쌌던 그 멋진 황금의 순간은 어쩌면 몇 초 정도 지속되었지만, 그 행복이 몇 시간처럼, 몇 년처럼 느껴졌다. 1975년 5월 26일 월요일, 3시 15분경의 한순간은, 범죄나 죄악, 형벌, 후회에서 해방된 것처럼, 세상이 중력과 시간의 규칙에서 해방된 것만 같았다. 더위와 사랑의 행위로 땀에 흠뻑 젖은 퓌순의 어깨에 입을 맞추고, 등 뒤에서 그녀를 껴안고 천천히 그녀 안으로 들어간 후, 왼쪽 귀를 살짝 깨물었을 때, 귀에 걸린 귀고리가 꽤 긴 순간 허공에서 멈췄다가 저절로 떨어진 것 같았다. 우리는 너무나 행복해서, 그 모양에 주의하지 않았을 뿐 아니라 귀고리 자체를 전혀 알아채지 못한 듯 계속 키스를 했다.

바깥에는 이스탄불 봄날 특유의 청명한 하늘이었다. 아직 겨울 습관에서 벗어나지 못한 이스탄불 사람들은 더워서 땀을 흘리고 있었지만, 건물과 상점 안이나, 보리수나무와 밤나무 밑은 여전히 서늘했다. 행복한 아이들처럼 모든 것을 잊고 사랑을 나누었던 곰팡내 나는 매트리스에서도 이와 비슷한 서늘함이 나온다고 우리는 느꼈다. 열린 발코니 창문으로 바다와 보리수나무 냄새가 나는 봄바람이 불어 들었고, 망사 커튼을 들어 올려 슬로 모션으로 우리 등에 내려놓자 우리의 벗은 몸이 소스라치게 놀랐다. 2층에 있는 집의 뒤쪽 방 침대에서는, 5월의 더위 속에서 축구를 하면서 흥분해 욕설을 하는 뒤뜰의 아이들이 보였다. 그들이 서로에게 내뱉는 낯 뜨거운 말들이, 당시 우리가 하고 있던 행위 그대로임을 알아채고는 사랑을 나누다 한순간 멈추고 서로의 눈을 들여다보며 미소 지었다. 우리의 행복이 너무나 깊고 커서, 삶이 그 뒤뜰에서 우리에게 보낸 장난은 귀고리를 잊듯이 곧 잊어버렸다.

다음 날 만났을 때 퓌순은 귀고리 한 짝을 잃어버렸다고 했다. 사실 나는 그녀가 간 후, 그녀 이름의 이니셜이 끝에 새겨져 있는 귀고리를 푸른색 시트 사이에서 보고 치워 두는 대신, 이상한 본능에 이끌려 그것을 잃어버리지 않으려고 재킷 호주머니에 넣었다.

"여기 있어."

나는 의자 등받이에 걸어 놓은 재킷의 오른쪽 주머니에 손을 넣었다.

"어, 없네."

나는 그 순간, 마치 어떤 재앙이나 불운의 징후를 느낀 것도 같았다. 하지만 아침에 날씨가 덥다는 생각이 들어 다른 재킷으로 갈아입었던 것을 곧 기억해 냈다.

"다른 재킷의 주머니에 있어."

"내일 가져와, 잊지 말고. 나한테는 아주 중요한 의미가 있는 귀고리야."

퓌순은 눈을 크게 뜨며 말했다.

16

"알았어."

퓌순은 한 달 전까지만 해도 내가 존재조차 거의 잊고 있던 열여덟 살의 가난한 먼 친척이었다. 나는 서른 살이었고, 모든 사람이 나와 아주 잘 어울린다고 했던 시벨과 곧 약혼을 하고 결혼을 할 참이었다.

# 2
# 샹젤리제 부티크

나의 인생을 송두리째 바꾸어 놓을 사건과 우연은 한 달 전, 그러니까 1975년 4월 27일, 시벨과 함께 한 쇼윈도에서 제니 콜롱 가방을 보면서 시작되었다. 나는 곧 약혼할 시벨과 함께 왈리코나으 대로에서 선선한 봄 저녁을 만끽하며 걷고 있었다. 우리는 약간 취해 있었고 아주 행복했다. 니샨타쉬에 새로 문을 연 근사한 레스토랑 푸아예[1]에서 저녁을 먹으며, 나의 부모님과 우리의 약혼식 준비에 관해 한동안 이야기를 나누었다. 시벨의 담 드 시옹 고등학교 동창이자 파리에 있을 때 친구였던 누르지한이 파리에서 돌아와 참석할 수 있도록 약혼식은 6월 중순경에 치러질 예정이었다. 시벨은 당시 이스탄불에서 가장 인기가 많고 비싼 디자이너였던 이펙 이스메트에게 아주 오래전에 약혼식 드레스를 주문해 놓은 상태였다. 그날 저녁, 나의 어머니는 자신이 선물해 줄 진주를 그 드레스에 어떻게 장식할지에 대해 시벨과 처음으로 논의했다. 내 미래의 장인은 외동딸을 위해 결혼식만큼이나 화려한 약혼식을 올리고 싶어 했고, 나의 어머니도 이것을 썩 마음에 들어 했다. 나의 아버지

---

1 '휴게실'이라는 의미.

18

도 소르본에서 공부한 ─ 그 당시 이스탄불 상류층 사람들은 파리에서 무엇인가를 공부한 모든 처녀들에 대해 소르본에서 공부했다, 하고 말하곤 했다 ─ 시벨 같은 며느리를 들이게 된 걸 아주 흡족하게 여겼다.

저녁을 먹은 후 시벨을 집으로 데려다줄 때, 나는 사랑하는 마음으로 그녀의 어깨에 팔을 두르고 있었고, 내가 얼마나 행복하고 행운아인지를 자랑스럽게 여기던 차에, 시벨이 "아, 무슨 핸드백이 저렇게 예쁘지!"라고 말했다. 나는 술에 거나하게 취해 있었지만 쇼윈도에 있던 핸드백과 상점을 기억에 저장해 두고는, 다음 날 정오에 당장 그 핸드백을 사러 갔다. 사실 나는 여자들에게 연신 선물을 사 주고 꽃을 보내기 위해 적당한 핑계를 찾는, 선천적으로 사려 깊거나 눈치 빠른 바람둥이 과가 아니었다. 어쩌면 나는 그런 사람이 되어 보고 싶었는지도 모르겠다. 당시 쉬시리, 니샨타쉬, 베벡 같은 지역에 사는, 인생이 무료하고 서구화된 이스탄불 출신의 부유한 여성들은 '갤러리'가 아니라 '부티크'를 열어,《엘르》나《보그》같은 수입 잡지를 보고 모방해 만든 '유행' 옷과 파리나 밀라노에서 여행 가방 안에 잔뜩 넣어 온 의상, 자질구레한 장신구에 말도 안 되는 높은 가격을 매겨 자신들처럼 심심해하는 부유한 주부들에게 팔려고 했다. 샹젤리제 부티크의 주인 셰나이 부인은, 세월이 많이 흐른 후 만났을 때는 자신도 퓌순처럼, 내 외가 쪽으로 먼 친척임을 상기시켜 주었다. 세월이 많이 흐른 후, 내가 문 위에 걸린 간판을 포함하여 샹젤리제 부티크 그리고 퓌순과 관련된 온갖 오래된 물건들에 지나칠 정도로 관심을 보이는데도, 셰나이 부인은 이유를 전혀 묻지 않고 자신이 가지고 있던 물건들을 내게 넘겨주었고, 나는 우리 이야기가 단지 그녀뿐 아니라 내 생각보다 더 많은 사람들에게 알려져 있다는 걸 알게 되었다.

다음 날, 정오 무렵, 내가 샹젤리제 부티크로 들어갔을 때, 추가 두 개 있는 작은 청동 낙타 종이 문에 달려 있었는데, 아직도 여전히 내 심장을 빠르게 뛰게 하는 소리로 딸랑거렸다. 바깥 날씨는 봄날 정오답게 더웠지만 상점 안은 어둡고 서늘했다. 처음에는 안에 아무도 없다고 생각했다. 쥐순은 나중에 보게 되었다. 정오의 햇빛을 본 직후라, 나의 눈은 아직 어두운 상점에 적응하려 하고 있었다. 하지만 어쩐 일인지 나의 가슴은 곧 해변에 부딪칠 커다란 파도처럼 부풀어 올랐다.

"쇼윈도 마네킹에 걸린 가방을 사고 싶은데요."

나는 그녀가 아주 아름답고 매력적이라고 생각했다.

"크림색, 제니 콜롱 가방요?"

서로 눈이 마주치자, 나는 그녀가 누구인지 바로 기억해 냈다.

"쇼윈도 마네킹에 걸린."

나는 마치 꿈속처럼 속삭였다.

"알겠습니다."

그녀는 진열장 쪽으로 걸어갔다. 단번에 왼발에 신고 있던 굽 높은 노란색 신발을 벗고, 정성스레 빨간색 매니큐어를 바른 맨발로 진열장 바닥을 밟고는 마네킹으로 몸을 뻗쳤다. 나는 먼저 그녀가 벗어 놓은 신발을 보았고, 그다음에는 길고 아름다운 다리를 보았다. 5월도 되기 전인데 벌써 햇빛에 그을려 있었다.

레이스가 달린 노란색 꽃무늬 치마는, 다리가 길어서인지 더 짧아 보였다. 그녀는 가방을 들고 계산대 뒤로 가더니 가방의 지퍼 달린 부분(얇고 부드러운 크림색 반투명 종이 뭉치가 나왔다.), 두 개의 작은 수납 공간(비어 있었다.) 그리고 제니 콜롱이라고 쓰여 있는 종이와 관리 설명서가 들어 있던 비밀 수납 공간을 긴 손가락으로 노련하게 열어, 마치 아주 은밀한 것을 보여 주듯 신비롭고 지극히 신중하게 보여 주었다. 순간 우리는 눈이 마주쳤다.

"안녕, 퓌순. 정말 많이 컸네. 나를 못 알아봤나 봐."

"아니에요, 케말 오빠, 보자마자 알아봤는데, 날 몰라보기에 나도 불편하게 하고 싶지 않았어요."

잠시 침묵이 흘렀다. 나는 조금 전 그녀가 열어 보인 가방을 쳐다보았다. 그녀의 아름다움, 당시만 하더라도 지나치게 짧은 치마나 다른 무언가가 나를 불안하게 했고, 그래서 나는 자연스럽게 행동할 수 없었다.

"그래 뭐 하고 지내?"

"대학 입시를 준비하고 있어요. 이 가게에는 매일 나와요. 여기서 새로운 사람들을 많이 만나죠."

"잘됐군. 이 가방은 얼마지?"

그녀는 눈썹을 치켜 올리며 "1500리라."라고, 가방 밑에 손으로 써 놓은 작은 가격표를 읽었다.(당시 젊은 회사원의 여섯 달치 월급과 맞먹는 액수였다.)

"하지만 셰나이 부인이 잘해 주실 거예요. 점심 식사를 하러 댁에 가셨어요. 지금은 주무실 테니 전화로 물어볼 수가 없네요. 저녁 무렵에 한번 들르면……."

"됐어."

나는 뒷주머니에서 지갑을 꺼내 습기 찬 지폐를 셌다.(나중에 퓌순과 비밀리에 만났던 곳에서 그녀가 몇 번이나 이 동작을 과장해서 흉내 냈다.) 퓌순은 종이에다 조심스럽고 어수룩하게 가방을 포장하고는 다시 비닐 가방에 넣었다. 그녀는 내가 조용히 자신의 벌꿀 색 긴 팔과 신속하고 우아한 행동을 바라보는 것을 알고 있었다. 그녀가 가방을 정중하게 내밀 때 나는 그녀에게 고맙다고 했다.

"네시베 고모에게, 그리고 네 아버지에게(타륵 씨의 이름이 순간 떠오르지 않았다.) 안부 전해 줘."

　나는 이렇게 말하고 잠시 멈췄다. 내 속에서 나의 영혼이 나와서, 천국의 한 곳에서 퓌순을 안고 입을 맞추고 있었다. 나는 문으로 빨리 걸어갔다. 터무니없는 상상이었다. 게다가 퓌순은 그렇게 아름다운 것도 아니었다. 문에 달린 종이 딸랑거렸고, 카나리아 한 마리가 지저귀기 시작했다. 거리로 나갔고, 바깥의 더위가 반가웠다. 내가 산 선물이 마음에 들었고, 난 시벨을 아주 사랑하고 있었다. 가게와 퓌순을 잊기로 결정했다.

# 3
# 먼 친척들

그래도 저녁 식사 때 어머니에게 그 얘기를 꺼냈다. 시벨에게 선물해 줄 가방을 살 때 먼 친척인 퓌순과 만났다고 말해 버렸던 것이다.

"아, 그래, 네시베의 딸이 거기 셰나이의 가게에서 일하더구나, 가엾게도!"

어머니가 말했다.

"이제 그 사람들은 명절 때에도 들르지 않아. 미인 대회에 나가는 게 아니었어. 그 가게 앞을 매일 지나기는 하지만 그 아이에게 인사를 건네고 싶은 마음도, 생각도 들지 않더구나. 어렸을 때 아주 예뻐했는데도 말이야. 네시베가 바느질을 하러 올 때 가끔 그 아이도 따라왔지. 서랍에서 장난감들을 꺼내 주면, 바느질하는 엄마 옆에서 조용히 놀곤 했지. 돌아가셨다마는 네시베의 엄마 미흐리외르 고모도 아주 좋은 사람이었다."

"우리와는 정확히 어떻게 되는 관계지요?"

아버지는 텔레비전을 보느라 우리 대화를 듣지 않고 있었기 때문에, 어머니가 이렇게 설명해 주었다. 할아버지(그러니까 친할아버지 에템 케말)는 공화국 설립자 아타튀르크[2]와 같은 해에 태어났고, 오랜 세월이 흐른 후 내가 찾아낸 여기 이 사진들 가운데 첫 번째 사진에서 볼 수 있듯이, 그와 같은 셈시 에펜디 초등학교에 다녔다. 그는 할머니와 결혼하기 오래전에, 그러니까 아직 스물세 살도 되기 전에 급하게 결혼을 했는데 바로 그 첫 번째 부인이 퓌순의 할머니의 어머니라고 침이 마르도록 설명했다. 보스니아 출신의 이 불쌍한 여자아이는 발칸 전쟁 당시 에디르네 철수 때 죽었다고 했다. 이 가련한 여자는 할아버지 에템 케말의 아이를 낳지 않았다. 하지만 그녀는 할아버지와 결혼하기 전, 어머니의 표현에 따르면 '어린 나이'에 결혼했던 한 가난한 교주에게서 미흐리외르라는 딸을 낳았다. 이상한 사람들 손에 자란 미흐리외르 고모(퓌순의 할머니)와 그녀의 딸 네시베(퓌순의 어머니)는 친척이라기보다는 친지쯤 된다고 어머니는 옛날부터 말하곤 했고, 가족이라기엔 거리가 먼 이 여자들에게 왜 그런지 몰라도 '고모'라고 부르게 했다. 나의 어머니(이름은 외지헤이다.)는 최근 명절 방문 때마다, 테쉬비키예의 뒷골목에 사는 이 가난해진 '친지들'에게 거리를 두고 냉정하게 대하여 그들 마음에 상처를 주었다. 왜냐하면 이 년 전 퓌순이 니샨타쉬 여고에 다니던 열여섯 살 때 미인 대회에 나가는 것에 대해 네시베 고모가 아무 말도 하지 않았고, 더욱이 우리가 나중에 안 바에 의하면 미인 대회에 나가라고 딸을 종용했다는 것에 어머니는 화가 났던 것이다. 그 이후에 들려온 뒷말을 통해, 한때 당신이 좋아하고 감싸 주었던 네시베 고모가 부끄러운 일에 오히려 자부심을 느꼈다고 결론을 내리고 그들에게서 등을 돌렸다.

---

2   '튀르키예의 아버지'라 불리는 아타튀르크의 본명은 무스타파 케말(1881~1938)이다. 국부라는 뜻의 '아타튀르크'는 1934년에 국회가 그에게 부여한 성이다. 그는 튀르키예 국민의 정신적 지주로 1923년 튀르키예 공화국을 선포하면서 초대 대통령이 되었고, 종래의 이슬람 전통을 크게 탈피한 서구식 근대화 개혁 작업을 급진적으로 추진했다.

네시베 고모는 자신보다 스무 살 많은 나의 어머니를 좋아하고 존경했다. 물론 여기에는 의심할 바 없이, 네시베 고모가 젊었을 때 고상한 지역을 가가호호 방문하며 바느질을 할 때 어머니가 그녀를 도와준 몫도 있었다.

"그들은 아주아주 가난했단다."

그러고는 자신이 너무 과장하는 건가 싶어 덧붙였다.

"하지만 어디 그들만 그랬겠니, 아들아, 당시는 튀르키예 전체가 가난했단다."

어머니는 당시 네시베 고모가 '아주 좋은 사람이며 아주 솜씨 좋은 재봉사'라고, 그녀를 친구들에게 추천해 주었고, 일 년에 한 번(가끔은 두 번) 파티복이나 결혼식 예복을 만들라며 우리 집에 부르곤 했다.

당시 나는 주로 학교에 있었기 때문에 옷을 만들러 온 네시베 고모를 보지 못했다. 1956년 여름 말에 어느 결혼식에 가기 위해 급히 예복이 필요했을 때, 어머니는 네시베 고모를 수아디예에 있는 여름 집으로 불렀다. 야자수 나뭇잎 사이로 나룻배, 모터보트, 부두에서 바다로 뛰어들며 노는 아이들이 내다보이는 2층의 작은 뒷방에서 두 분은, 네시베 고모가 가져온 이스탄불 풍경이 그려진 반짇고리에서 나온 가위, 바늘, 줄자, 골무, 헝겊 조각, 레이스 사이에서 더위와 모기, 시간에 맞춰 끝내야 하는 옷에 대해 불평을 하면서도, 사이 좋은 자매처럼 농담을 하고 웃으며 밤늦게까지 어머니의 싱어 재봉틀로 옷을 만들곤 했다. 덥고 벨벳 냄새가 나는 그 작은 방으로 요리사 베크리가 레모네이드를 계속 날라 가던 것을, 임신한 스무 살의 네시베가 계속 식탐을 보였고 모두 함께 점심을 먹을 때 어머니가 진담 반 농담 반으로 요리사에게 "임신한 여자가 먹고 싶어 하는 음식은 당장 해 줘야 돼, 안 그러면 미운 애가 태어나!"라고 말했던 것을, 그리고 나도 네시베 고모의 약간 나온 배를 관심을 갖고 보았던 것을 기억한다. 이는 내가 처음으로 퓌순의 존재를 인식한 것이겠지만, 아직은 아무도 태어날 아기가 아들인지 딸인지 알지 못했다.

"네시베는 자기 남편에게도 말하지 않고 딸의 나이를 올려서 미인 대회에 내보냈다고 하더구나."

어머니는 그 사건을 떠올릴수록 화가 난다는 듯 말했다.

"다행히 그 아이가 선발되지 않아서 창피는 면했지. 사람들이 알아챘다면 학교에서 퇴학당했을 거야. 지금은 고등학교를 졸업했을 텐데, 하지만 그 애가 공부를 제대로 했을 거라고는 생각하지 않는다. 이제 명절에도 방문하지 않으니 그들이 뭘 하는지 알기나 하겠니? 이 나라에서 미인 대회에 출전하는 사람들이 어떤 여자들인지는 모두 잘 알지. 걔가 너한테 어떻게 행동하든?"

어머니는 퓌순이 남자들과 잠자리를 하기 시작했다는 것을 암시하고 있었다. 퓌순이 예선에 선발된 여자들과 함께 찍은 사진이《밀리예트》신문에 실렸을 때 니샨타쉬 출신의 바람둥이 친구들에게서 이와 비슷한 소문을 들은 적이 있었는데, 나는 그 낯 뜨거운 주제에 관심을 갖는 것처럼 보이고 싶지 않았다. 우리 사이에 침묵이 흐르자 어머니는 "조심해!"라며 의미심장한 분위기로 손가락을 흔들었다.

"넌 아주 특별하고, 멋지고, 아름다운 처녀와 곧 결혼할 참이다! 그 애에게 산 가방을 보여 주렴. 뮙타즈(나의 아버지의 이름)! 봐요, 케말이 시벨에게 주려고 가방을 샀대요!"

"정말이니?"

아버지의 얼굴에는 가방을 보고 아주 마음에 든다는, 아들과 아들의 애인이 행복해서 자신도 행복하다는 진심 어린 기쁨의 표정이 드러났다. 하지만 눈을 텔레비전에서 떼지는 않았다.

# 4
# 사무실에서의 밀회

아버지가 보고 있던 화면에는, 내 친구 자임이 튀르키예 전역에 판매하는 '최초의 튀르키예산 과일 사이다 멜템' 광고가 흘러나와 눈길을 사로잡고 있었다. 순간, 나는 주의 깊게 광고를 바라보았고 그것이 마음에 들었다. 공장주인 그의 아버지가 최근에 나의 아버지처럼 많은 돈을 벌자, 자임은 아버지의 자본으로 용감하게 새로운 일에 뛰어들었다. 나는 조언까지 해 주며 친구가 사업에서 성공하기를 바랐다.

나는 미국에서 경영학을 공부하고 돌아왔고 군 복무도 마쳤다. 아버지는 갈수록 커 가는 공장과 새로 설립한 회사 경영에 형처럼 나도 적극적으로 참여하기를 바랐고, 이러한 이유로 젊은 나를 하르비예에 있는 유통 및 수출 회사인 사트사트의 본부장 자리에 앉혔다. 사트사트는 자본이 큰 회사였고, 이익도 많이 남겼다. 하지만 이것은 나의 공이 아니라, 회계 조작으로 공장들과 다른 회사들의 이윤을 사트사트로 돌렸기 때문이었다. 나는 사장의 아들이었던 덕분에 상사가 되어 나보다 스무 살이나 서른 살 많은 노련한 직원들, 내 어머니와 나이가 같은 가슴이 크고 경험 많은 여직원에게 겸손하게 보이려고 노력하고 그들에게 사업의 노하우를 배우면서

27

나날을 보내고 있었다.

　늙은 직원처럼 낡고 지친 시내버스와 무궤도 전차가 지나갈 때마다 — 자주 지나갔다 — 덜덜 흔들리는, 하르비예에 있는 오래된 사트사트 건물에서, 모두들 퇴근한 저녁 무렵, 얼마 후 나와 약혼할 시벨이 찾아오면, 본부장 사무실에서 사랑을 나누곤 했다. 현대적이며, 유럽에서 배운 여성의 권리 혹은 페미니스트와 관련된 말을 하면서도 비서들에 관한 생각은 내 어머니와 다를 바가 없던 시벨은 때로 "여기서 사랑을 나누지 말자, 내가 비서 같다는 생각이 들어!"라고 말하곤 했다. 하지만 사무실에 있는 가죽 소파 위에서 사랑을 나눌 때 그녀가 경직되었던 진짜 원인은, 물론 그 당시 튀르키예 처녀들이 느꼈던 혼전 성관계에 관한 두려움이었다.

　서구화되고 부유한 가정 출신이며 유럽을 경험한 선택받은 처녀들은, 그 당시 처음으로 아주 드물게 '순결'이라는 터부를 깨고, 결혼하기 전에 애인과 잠자리를 하기 시작했던 것이다. 시벨도 때로 자신이 이 '용감한' 처녀들 중 한 명이라는 것에 자부심을 느꼈으며, 나와 열한 달 전에 잠자리를 했다.(이는 긴 기간이었고, 이제 우리는 결혼해야만 했다!)

　하지만 세월이 많이 흐른 지금, 나의 이야기를 진심을 다해 설명하려고 하는 이때에, 나의 연인의 용기를 과장하거나 여성들에게 가해지는 성적 억압을 무시하고 싶지 않다. 왜냐하면 시벨은 '나의 의도가 진지'하다는 것을 보고, 그러니까 내가 '믿을 만한 사람'이라는 결론을 내리고, 그러니까 내가 종국에는 자기와 결혼할 거라는 것을 확실히 알았기 때문에 자신을 나에게 주었던 것이다. 나 역시 책임감 있고, 제대로 된 사람이었기 때문에 당연히 시벨과 결혼할 참이었고, 그것을 간절히 원했다. 하지만 내가 원하지 않더라도 '그녀가 자신의 순결을 나에게 주었기' 때문에 이제 그녀를 버리는 것은 불가능했다. 이 책임감은 우리를 자랑스럽게 연결하는 또 다른 감정에, 결혼하기 전에 잠자리를 했기 때문에 우리가 '자유롭고 현대적'(물론 이 단어를 우리 자신에게 사용하지는 않았다.)이라는 착각에 그림자를 드리웠지만, 우리를 가까워지게도 했다.

　나는 이와 비슷한 그림자를, 우리가 이제 가능한 한 빨리 결혼해야 한다는 암시를 시벨이 다급하게 해 올 때 감지하곤 했다. 하지만 시벨과 사무실에서 사랑을 나누면서 아주 행복했던 때도 있었다. 밖에서는 할라스캬르가지 대로의 버스 소리와 교통 소음이 들려오고, 안에서는 어둠 속에서 그녀를 안고 내가 인생의 마지막까지 아주 행복할 것이며 대단한 행운아라고 생각했던 것을 기억한다. 한번은, 사랑을 나눈 후 담뱃재를 사트사트라고 쓰여 있는 재떨이에 털고 있을 때, 시벨이 나의 비서 제이넵 부인의 의자에 반라로 앉아 타자기를 두드리면서, 당시의 풍자 잡지나 캐리커처, 농담의 단골 주제였던 '멍청한 금발 비서'를 흉내 내며 킥킥거렸다.

# 5
# 푸아예 레스토랑

세월이 많이 흐른 후 나는 푸아예 레스토랑의 그림이 들어간 메뉴판, 광고, 특별한 성냥과 냅킨을 수소문해서 이곳에 전시했는데, 이 푸아예는 문을 연 지 얼마 되지 않아 베이오을루, 쉬시리, 니샨타쉬 같은 지역에 사는 소수의 부유한 사람들(신문 가십난의 조롱투로 말하자면 '상류 사회')이 가장 좋아하는 유럽 스타일(프랑스를 모방한) 레스토랑이 되었다. 손님들이 유럽의 도시에 와 있는 듯 느끼게 했던 이런 레스토랑들에는, 앰배서더나 머제스틱, 로열 같은 서구적이며 눈에 띄는 이름 대신, 우리가 서구의 가장자리에, 이스탄불에 있다는 것을 상기시키는 쿨리스[3], 메르디벤[4], 푸아예 같은 이름이 붙곤 했다. 이후 세대의 신흥 부자들은 할머니가 해 주는 것 같은 음식을 호화스러운 장소에서 먹고 싶어 했기 때문에 전통과 호화로움을 동시에 갖춘 하네단[5], 술탄[6], 휜캬르[7], 파샤[8], 외지

---

3  '무대 뒤'라는 의미.
4  '계단'이라는 의미.
5  '왕조', '왕가'라는 의미.
6  이슬람 국가의 주권자, 최고 통치자.
7  '주권자'라는 의미.
8  튀르키예의 고위 문무 관리.

르[9] 같은 레스토랑들이 문을 열었고, 푸아예는 점차 잊혀 사라져 갔다.

가방을 샀던 날 밤 푸아예에서 저녁을 먹으면서 나는 시벨에게 물었다.

"이제 어머니의 멜하메트[10] 아파트에 있는 집에서 만나면 더 좋지 않을까? 거기선 아주 아름다운 뒤뜰이 보여."

"약혼하고 결혼해서 우리만의 집으로 이사 가는 것이 늦어질 거라고 생각하는 거야?"

"아니, 그런 건 아냐."

"정부(情婦)라도 되는 양 자기와 비밀 장소에서 죄인처럼 만나고 싶지 않아, 이제는."

"네 말이 맞아."

"왜 갑자기 거기서 만나고 싶다는 생각이 들었어?"

"신경 쓰지 마."

나는 푸아예에 있는 행복해 보이는 손님들을 한번 훑어보고, 비닐 가방 속에 숨겨 놓았던 가방을 꺼냈다.

"이게 뭐야?"

시벨은 선물인 것을 감지한 듯 물었다.

"깜짝 선물이야, 열어 봐."

"정말?"

비닐 가방을 열 때 그녀의 얼굴에 나타났던 아이 같은 즐거운 표정은, 가방을 꺼내 본 다음에는 질문하는 듯한 표정으로, 또 그다음에는 실망감을 감추려는 듯한 표정으로 변했다.

"기억나? 어제 저녁 너를 집에 데려다줄 때 네가 쇼윈도에서 보

9 '고관'이라는 의미.
10 '연민'이라는 의미.

31

고 마음에 들어 했잖아."

나는 서둘러 말했다.

"그래, 자기 정말 사려 깊구나."

"마음에 든다니 나도 기뻐. 약혼식에서 이 가방을 들면 아주 잘 어울릴 거야."

"안타깝지만 약혼식 때 들 가방은 벌써 정했는걸. 아, 너무 낙심 마! 너는 사려 깊게도 아주 멋진 선물을 사 줬어……. 알겠어, 그럼 슬퍼하지 말라는 의미로 말할게. 어차피 난 이 가방을 약혼식에서 내 팔에 걸 수 없어. 왜냐하면 모조품이거든."

시벨은 이렇게 말했다.

"뭐라고?"

"케말, 이건 진품 제니 콜롱 가방이 아니야. 이건 모조품이야."

"어떻게 알아?"

"모든 면에서 다 그래. 일단 상표를 가죽에 연결하는 이 바느질을 봐. 그리고 내가 파리에서 산 이 진품 제니 콜롱을 봐, 상표 바느질이 어때? 제니 콜롱이 괜히 프랑스에서, 세계에서 가장 비싼 브랜드가 아니라고. 이런 값싼 실은 절대 쓰지 않아……."

진품 가방의 바느질을 보면서, 내 약혼녀가 느끼는 승리감의 이유가 무엇일지 스스로에게 물었다. 장군이었던 할아버지의 유산 중 마지막으로 남은 토지를 팔고 빈털터리가 된 은퇴한 대사의 딸, 어떤 의미에서 '공무원의 딸'이라는 것은 때로 시벨을 불안하게 하고 자신 없게 했다. 이러한 불안감에 휩싸일 때마다 할머니가 피아노를 치던 모습 혹은 독립 전쟁에 참가한 할아버지, 외할아버지와 술탄 압뒬하미트[11]의 친분에 대해 이야기했고, 나도 이 부분에 대

---

11 압뒬하미트 2세를 일컬음. 오스만 제국 34대 술탄(재위 1876~1909).

한 시벨의 부끄러워하는 마음에 감동을 받아 그녀를 더욱더 사랑했다. 1970년대 초에 섬유 수출이 증가하면서 이스탄불 인구가 세 배나 늘어났기 때문에 특히 우리가 사는 지역의 땅값이 두 배나 올랐고, 최근 십 년 동안 아버지의 회사도 급성장해서, 우리 가족의 재산은 다섯 배로 늘어났다. 하지만 사실 바스마즈[12]라는 성에서도 알 수 있듯이 우리 가문은 삼대째 섬유 분야에서 부를 일구고 있었다. 그러나 이렇게 삼대에 걸친 노력에도 불구하고 유럽산 가방이 '가짜'로 드러나자 나는 불안한 마음이 들었다.

내 기분이 언짢아진 것을 보고 시벨은 내 팔을 어루만졌다.

"이 가방 얼마 주고 샀어?"

"1500리라. 원하지 않으면 내일 교환할게."

"교환하지 말고 돈을 돌려 달라고 해. 바가지를 씌운 거잖아."

"가게 주인이 셰나이 부인이야. 우리와는 먼 일가친지뻘이지!"

나는 아주 놀랍다는 듯 눈썹을 치켜올리며 말했다.

시벨은 내가 무심히 뒤지고 있던 가방을 가져갔다.

"자기는 그렇게 지식이 많고 똑똑하고 교양 있는 사람이지만, 여자들이 자길 어떻게 속일 수 있는지는 전혀 모르는구나."

그녀는 다정하게 미소 지으며 이렇게 말했다.

---

**12** '직물 날염공'이라는 의미.

# 6
# 퓌순의 눈물

다음 날 정오 무렵, 그 가방이 든 비닐 가방을 들고 샹젤리제 부티크로 갔다. 종이 울렸고, 처음에는 여전히 어둡고 시원하게 느껴지는 가게에 아무도 없다고 생각했다. 반쯤 어두운 가게가 마법적인 고요 속에 묻혀 있다고 느끼던 찰나, 카나리아가 쩍쩍쩍 울었다. 화분 속 커다란 시클라멘 잎사귀와 병풍 사이로 퓌순의 그림자가 보였다. 그녀는 탈의실에서 옷을 입어 보는 어느 뚱뚱한 여자 옆에 서 있었다. 이번에는 그녀에게 아주 잘 어울리는 히아신스, 들꽃, 잎사귀로 뒤덮인 셔츠를 입고 있었다. 나를 보고는 달콤하게 미소 지었다.

나는 눈으로 탈의실을 가리키며 "바쁜가 보지?"라고 물었다.

"곧 끝나요."

그녀는 아주 오래된 고객과 가게의 비밀을 공유하는 듯한 말투로 말했다.

카나리아는 새장에서 이리저리 오르락내리락하며 자리를 바꾸고 있었다. 유럽에서 수입한 잡동사니들과 한쪽 구석에 있는 패션 잡지가 눈에 들어왔다. 하지만 내 이성은 그 어떤 것에도 집중할 수 있을 것 같지 않았다. 잊고 싶고, 아무것도 아니라고 생각하고 싶은 놀라운 사실이 다시 내 마음속 깊이 파고들었다. 그녀를 보면 잘 알고 있는 누군가를 보는 것 같고, 그녀를 아는 것 같다는 느낌이었다. 그녀는 나와 닮았다. 나도 어린 시절에는 곱슬머리였으며, 그녀가 어렸을 때 그러했던 것처럼 검었고, 나이를 먹으면서 퓌순처럼 직모가 되었다. 아주 쉽게 나 자신을 그녀의 위치에 놓을 수 있었고, 그녀를 깊이 이해할 수 있을 것만 같았다. 그녀가 입고 있는 나염 셔츠는 피부의 자연스러움과 노란 염색 머리를 더욱더 강조해 주었다. 내 친구들이 《플레이보이》 잡지에서 나온 것 같다." 라고 그녀에 대해 말했던 것이 떠올라 씁쓸했다. 그녀가 그들과 잤을까? 나는 스스로에게 '가방을 돌려주고 돈을 받고 나가. 넌 멋진 여자와 곧 약혼할 사람이야.'라고 말했다. 나는 밖을, 나샨타쉬 광장을 바라보았다. 하지만 잠시 후 퓌순의 꿈같은 모습이 뿌연 진열창에 유령처럼 반영되었다.

옷을 입어 보던 여자가 아무것도 사지 않고 헉헉거리며 나가자, 퓌순은 치마를 개어 제자리에 놓기 시작했다.

"어제 저녁 길에서 당신들을 봤어요."

그녀는 매력적인 입으로 크게 미소를 지으며 말했다. 그녀가 달콤하게 미소를 짓자 엷은 분홍색 립스틱을 바른 것을 알 수 있었다. 미슬린에서 나온 평범한 튀르키예제 립스틱이 당시 아주 유행이었다. 하지만 그 립스틱은 그녀에게 묘한 분위기를 연출해 내고 있었다.

"우리를 언제 봤어?"

"저녁 무렵요. 당신이 시벨 씨와 함께 있더군요. 나는 맞은편 인도에 있었어요. 식사하러 가는 길이었어요?"

"응."

"두 분 아주 잘 어울리던데요!"

그녀는 행복한 젊은이들을 보며 즐거워하는 노인처럼 말했다.

나는 그녀에게 시벨을 어떻게 아는지 묻지 않았다.

"작은 부탁이 있는데."

내가 가방을 꺼내자 그녀는 부끄러워 어찌할 바를 몰랐다.

"이걸 돌려주고 싶은데."

"물론 교환해 드릴게요. 멋진 장갑이나 파리에서 새로 들여온 이 모자로 바꿔 드릴게요. 시벨 씨가 가방을 맘에 들어 하지 않았나요?"

"바꾸고 싶지 않아. 환불받고 싶어."

나는 부끄러워하며 말했다.

나는 그녀의 얼굴에 놀란 표정이 나타나는 것을 보았다. 거의 공포에 가까웠다.

"왜요?"

"이 가방이 진짜 제니 콜롱이 아니래. 가짜라더군."

나는 이렇게 속삭였다.

"뭐라고요!"

"난 그런 거 잘 몰라."

나는 어찌할 바를 모른 채 말했다.

"이 가게에서 그런 일은 있을 수 없어요! 돈을 당장 돌려받고 싶어요?"

"응!"

그녀의 얼굴에 극도로 고통스러운 표정이 드러났다. 이런 맙소사! 저 가방을 쓰레기통에 버리고 시벨에게는 돈을 돌려받았다고 말할 생각을 왜 하지 못했을까!

"퓌순, 이건 너나 셰나이 부인과는 전혀 관련이 없어. 유럽에서 유행하는 물건의 모조품을 우리 튀르키예인들은 기막히게도 빨리 만들어 내잖아."

나는 이렇게 말하며 웃어 보이려고 했다.

"내게 — 우리라고 했어야 했을까 — 있어 가방은 제구실을 하고, 여자가 손에 들어 어울리면 그만이야. 브랜드니, 누가 만들었느니, 오리지널인지 아닌지는 중요하지 않아."

하지만 그녀도 나와 마찬가지로 내 말을 믿지 않았다.

"아니요, 환불해 드리겠어요."

그녀는 거칠게 말했다. 나는 나의 운명에 순응하고, 나의 무례함이 부끄럽다는 듯 앞을 바라보며 입을 다물었다.

지극히 부끄러운 이 순간에도 퓌순이 해야 할 행동을 하지 않는 것을, 이상하다는 것을 느꼈다. 퓌순은 정령들이 숨어 있는 마법의 물건인 양 금전 등록기를 바라보기만 할 뿐 도무지 그 가까이로 가지 않았다. 새빨갛게 변한 얼굴이 일그러지고, 눈에 눈물이 고이는 것을 보자 나는 당황해서 그녀를 향해 두 걸음을 뗐다.

그녀는 찔끔찔끔 울기 시작했다. 어떻게 된 일인지 정확히 기억할 수는 없지만 난 그녀를 껴안았다. 그녀 역시 내 가슴에 기대어 울었다.

"미안해, 퓌순."

나는 이렇게 속삭였다.

나는 그녀의 부드러운 머리카락과 이마를 쓰다듬었다.

"잊어버려. 그저 가짜 가방일 뿐이야."

그녀는 아이처럼 한숨을 쉬고, 한두 번 딸꾹질을 하다, 다시 울었다. 그녀의 길고 아름다운 팔, 몸, 가슴을 느끼고, 그렇게 한순간이나마 그녀를 안게 되자 머리가 어찔했다. 어쩌면 그녀를 만질 때마다 내 마음속에서 솟구쳐 올라오는 욕구를 감추기 위해서, 그녀를 오랜 세월 동안 알아 왔고, 사실 우리가 서로 아주 가깝다는 착각이 마음속에서 일었다. 삐친 마음을 풀어 주기 어렵고, 다정하고, 슬프고 아름다운 나의 여동생이었다! 한순간, 어쩌면 우리가 먼 친척이라는 것을 알았기 때문인지 몰라도, 그녀의 긴 팔과 다리, 여린 몸매와 가냘픈 어깨가 나의 것과 닮았다고 느꼈다. 내가 소녀였다면, 그리고 지금보다 열두 살 어렸다면, 나의 몸도 바로 이러했을 것이다.

"마음 아파할 필요 없어."

나는 그녀의 긴 금발을 쓰다듬으며 이렇게 말했다.

"금전 등록기를 열고 돈을 꺼내서 환불해 줄 수 없어요. 왜냐하면 셰나이 부인은 점심시간에 집에 갈 때 금전 등록기를 잠그고 열쇠를 가져가거든요. 자존심 상하게도요."

그녀는 이렇게 말하며 내 가슴에 머리를 기대고 다시 울었다. 나는 그녀의 아름다운 머리칼을 정성스럽게, 연민을 가득 담아 쓰다듬었다.

"나는 사람들을 만나고 시간을 보내기 위해 이곳에서 일하고 있어요, 돈 때문이 아니라."

그녀는 흐느끼면서 이렇게 말했다.

"돈 때문에 일하는 것도 창피한 건 아니야."

나는 바보처럼, 무정하게 말했다.

"맞아요. 아버지는 은퇴한 교사예요. 난 이 주 전에 열여덟 살이 되었어요. 그분들에게 짐이 되고 싶지 않아요."

그녀는 슬픈 아이처럼 말했다.

내 마음속에서 꿈틀거리며 머리를 쳐드는 동물적 본능이 두려워 그녀의 머리에서 손을 뗐다. 그녀도 이를 알아채고는 정신을 가다듬고 나에게서 떨어졌다.

그녀는 눈을 비빈 후 말했다.

"내가 울었다는 거 아무에게도 말하지 마요."

"약속할게. 맹세해, 우리는 비밀을 나누는 친구야."

나는 그녀가 미소 짓는 것을 보았다.

"일단은 가방을 놓고 갈게. 환불받으려는 나중에 올게."

"가방은 놓고 가요. 그런데 당신이 돈을 받으러 오지는 말아요. 셰나이 부인은 이건 모조품이 아니라고 우기며 당신을 난처하게 할 거예요."

"그럼 다른 것으로 교환하지 뭐."

"그건 이제 내가 받아들일 수 없어요."

그녀는 자존심 강하고 상처받은 소녀처럼 말했다.

나는 끼어들며 "아냐, 전혀 중요하지 않아."라고 말했다.

"내게는 중요해요. 셰나이 부인이 가게에 오면 가방값을 받아 둘게요."

그녀는 단호하게 말했다.

"난 그 여자가 더 이상 네게 상처 주는 걸 원하지 않아."

"아니에요, 난 벌써 어떻게 할지 생각해 놨어요. 셰나이 부인에게는 시벨 씨한테 똑같은 가방이 있어서 반품했다고 할게요, 됐지요?"

그녀는 희미하게 미소 지으며 말했다.

"좋은 생각이야. 나도 셰나이 부인에게 그렇게 말할게."

"아니요, 당신은 아무 말도 하지 말아요. 왜냐하면 금방 당신을 떠보려고 할 테니까요. 이제 가게에도 오지 말아요. 내가 가방 값을 외지혜 이모에게 맡겨 놓을게요."

그녀는 다시 단호하게 말했다.

"절대 우리 어머니를 이 일에 연루시키지 마. 호기심이 아주 많은 분이거든."

"그럼 돈을 어디에 맡기죠?"

퓌순은 눈썹을 치켜 올리며 물었다.

"테쉬비키예 대로 131번지 멜하메트 아파트에 어머니의 집이 있어. 내가 미국에 가기 전에 그곳에 틀어박혀 공부를 하고 음악을 들었어. 뒤뜰이 내다보이는 아주 멋진 곳이야. 지금은 매일 오후에 회사에서 나가 2시에서 4시 사이에 그곳에서 혼자 일해."

"그러지요. 그곳으로 돈을 갖다 드릴게요. 몇 호예요?"

"4호."

나는 속삭이듯 말했다. 그리고 다음 세 단어는 갈수록 희미해지며 좀 더 어렵사리 입 밖으로 나왔다.

"2층. 잘 있어."

왜냐하면 내 심장이 즉시 상황을 파악하고는 미친 듯이 뛰기 시작했기 때문이다. 밖으로 나가기 전에 온 힘을 모아 그 무엇도 대수롭지 않은 양 마지막으로 그녀에게 한 번 눈길을 던졌다. 거리로 나서자마자 내 마음을 에워싸는 수치심과 후회가 행복한 상상과 뒤섞였고, 정오의 무더위 아래서 니샨타쉬의 인도가 마법적으로 샛노랗게 보이기 시작했다. 나의 발이 나를 그늘 밑으로, 진열장을 보호하기 위해 쳐 놓은 굵은 푸른색 줄과 하얀색 줄로 된 차양과 처마 밑으로 이끌던 차에, 진열장에 놓여 있는 샛노란 물주전자를 보고 그 어떤 본능에 이끌려 안으로 들어가 사 버리고 말았다. 무심코 사들인 다른 물건들의 운명과 반대로 이 샛노란 물주전자는 먼저 부모님, 나중에는 어머니와 나의 식탁에, 이십 년 가까이 한 번도 언급되지 않은 채 놓여 있었다. 저녁 식사 시간에 노란 물주전자의 손잡이를 잡을 때마다, 삶이 나를 떠밀어 넣은, 그리고 어머니가 질책과 슬픔이 뒤섞인 눈길을 보내며 말없이 상기시키던 나의 불행이 시작된 나날들을 떠올리곤 했다.

정오 무렵 나를 보자 반가워하면서도 '어쩐 일이냐?'라는 시선을 보내는 어머니의 볼에 입을 맞추었다. 물주전자는 그냥 충동적으로 샀다고 말하며 "멜하메트 아파트에 있는 집 열쇠 좀 주세요."라고 덧붙였다.

"가끔은 사무실이 너무 번잡해서 일을 할 수가 없어요. 거기가 적당한지 한번 보려고요. 어릴 때는 거기 틀어박혀서 공부를 하곤 했잖아요."

"거긴 먼지투성이야."

어머니는 이렇게 말하면서도 당신 방에서 빨간 리본에 묶여 있는 현관문 열쇠와 집 열쇠를 곧장 가지고 왔다.

"빨간 꽃무늬가 있는 퀴타흐야[13] 꽃병 기억하니?"

어머니는 열쇠를 건네주며 물었다.

"집에 없더구나, 내가 거기다 가져다 놨는지 한번 보렴. 그리고 그렇게 열심히는 일하지 마. 네 아버지는 평생 일을 하셨다. 너희들이 편히 살고, 행복했으면 해서였지. 시벨과 돌아다니며 봄을 만끽하고 즐겨."

그리고 열쇠를 내 손에 올려놓으며 의미심장한 눈길로 말했다.

"조심해."

어린 시절 어머니가 이러한 눈길로 바라볼 때는, 삶에서 맞닥뜨릴, 열쇠를 맡기는 것보다 더 심오하고 불확실한 어떤 위험을 암시했다.

---

13  세라믹 제품으로 유명한 튀르키예의 도시.

# 7
# 멜하메트 아파트

어머니는 이십 년 전에, 한편으로는 투자 목적으로 다른 한편으로는 가끔 들러 머리를 식힐 곳이 있었으면 하는 마음에서 멜하메트 아파트를 샀다. 하지만 얼마 가지 않아, 유행이 지났다고 결론내린 오래된 물건과 새로 샀지만 곧 싫증 난 것들을 갖다 놓는 장소로 쓰기 시작했다. 나는 어렸을 때, 커다란 사이프러스와 밤나무가 그늘을 드리우고, 아이들이 축구를 하는 뒤뜰이 마음에 들었고, 아파트의 이름이 재미있다고 생각하며 어머니가 즐겨 들려주던, 이름에 얽힌 이야기를 듣곤 했다.

1934년 아타튀르크가 튀르키예인은 모두 성을 써야 한다고 한 이후, 이스탄불에서는 새로 지은 건물에 집안의 이름을 붙이기 시작했다. 당시 이스탄불은 거리 이름이나 번지가 일정하지 않아서, 마치 오스만 제국 시대에 그러했던 것처럼, 부유한 집안은 그들이 다 함께 살던 대저택이나 건물과 동일시되었기 때문에 이는 적절한 일이었다.(나의 이야기에 나올 부유한 집안은 모두 그들 성을 딴 아파트를 가지고 있었다.) 이 시기의 또 다른 경향은 건물에 숭고한 원리나 가치의 이름을 붙이는 것이었다. 하지만 자신이 지은 아파트에 '휘리예트', '이나예트', '파질레트' 같은 이름[14]을 붙인 사람들은, 사실은 평생 이런 가치를 무시하며 산 사람들이라고 어머니는 말하곤 했다. 멜하메트 아파트는 1차 세계 대전 중 설탕 무역을 했던 부유한 늙은 암거래상이 양심의 가책을 느껴 지어 올리기 시작했다. 그가 아파트를 기부하여 수입을 가난한 사람들에게 나누어 주려 한다는 것을 알게 된 두 아들(이들 중 한 명의 딸이 초등학교 때 나와 같은 반이었다.)은 아버지가 노망이 들었다는 의사의 진단서로 그를 양로원에 집어넣고 그 건물을 차지했지만, 어린 내 눈에도 이상하게 보였던 아파트 이름은 바꾸지 않았다.

다음 날, 1975년 4월 30일 수요일 오후 2시에서 4시 사이에 멜하메트 아파트에서 퓌순을 기다렸다. 하지만 그녀는 오지 않았다. 나는 약간 실망했고 혼란을 느꼈다. 사무실로 돌아갈 때 깊은 불안을 느꼈다. 다음 날, 불안을 진정시키기 위해서 나는 다시 그 집으로 갔다. 하지만 퓌순은 또 오지 않았다. 나는 답답한 방들에 어머니가 여기저기 놓아두고 잊어버린 오래된 꽃병, 옷, 먼지 구덩이 속에 놓여 있는 옛 물건들 사이에서, 아버지가 서툴게 찍은 오래된 사진들을 하나하나 보며 잊었다는 것조차 몰랐던 어린 시절과 청년 시절의 많은 추억을 떠올렸고, 물건들의 힘이 나의 불안을 진정시켜 주는 듯한 느낌을 받았다.

다음 날 사트사트의 카이세리 대리점주(나의 군대 친구) 압뒬케림과 함께 베이오을루에 있는 식당 하즈 아리프에서 점심을 먹을 때는 이틀 연속 빈집에 가서 퓌순을 기다렸다는 것이 부끄럽다는 생각이 들었다. 퓌순을, 가짜 가방을, 모든 것을 수치스러워하며 잊기로 했다. 하지만 이십 분 후에 다시 시계를 보고, 퓌순이 가방값을 돌려주기 위해 멜하메트 아파트를 향해 걸어오는 장면을 상

14 각각 '자유', '은총', '미덕'이라는 의미.

상했다. 압뒬케림에게 거짓말을 둘러대고는 서둘러 식사를 마치고 멜하메트 아파트로 뛰어갔다.

아파트로 들어간 지 이십 분 후에 퓌순이 벨을 눌렀다. 그러니까 벨을 누른 사람은 퓌순이 틀림없었다. 문 쪽을 향해 걸어갈 때 어젯밤 그녀에게 문을 열어 주는 꿈을 꾸었던 것을 기억해 냈다.

그녀의 손에는 우산이 들려 있었다. 머리칼이 젖어 있었다. 노란 도트 무늬 옷을 입고 있었다.

"아, 이제는 나를 잊었구나 생각했는데. 안으로 들어와."

"폐를 끼치고 싶지 않아요. 돈만 주고 갈게요."

그녀의 손에는 사용한 흔적이 있는, '우수 학원'이라고 쓰인 봉투가 들려 있었다. 하지만 나는 그 봉투를 받지 않았다. 그녀의 어깨를 잡고 안으로 끌어 들이고는 문을 닫았다.

"비가 많이 내리고 있어."

사실 비가 온다는 것은 몰랐지만 대강 추측해서 말했다.

"잠깐 앉아, 괜히 젖지 말고. 차를 준비하고 있으니, 몸 좀 데워."

나는 부엌으로 갔다.

돌아와 보니, 퓌순은 어머니의 낡은 물건들, 골동품들, 장식품들, 먼지를 뒤집어쓰고 있는 시계들, 모자 상자들, 잡동사니들을 바라보고 있었다. 그녀가 마음을 편히 갖도록, 중간중간 농담도 곁들여 가면서, 어머니가 이 물건들을 니샨타쉬와 베이오을루의 최신 유행 상품을 파는 가게, 허물어진 파샤 저택, 반쯤 타 버린 해안 저택, 골동품상, 비워진 테케[15], 유럽 여행에서 들렀던 이런저런 가게에서 맘에 들어 충동적으로 샀다가 잠시 사용한 후에는 이곳에 두고 완전히 잊어버렸다고 설명해 주었다. 그러면서 나프탈렌과 면

15  종단에 속한 사람들이 기도와 의식을 행하며 기거하는 장소.

지 냄새가 나는 장을 열고 그 안에 있는 옷감 뭉치들, 어린 시절 우리 둘이 탔던 세발자전거(어머니는 우리가 쓰던 물건들을 가난한 친척들에게 나누어 주었다.), 요강, 어머니가 "그곳에 있는지 보렴."이라고 했던 빨간 꽃무늬가 있는 퀴타흐야 꽃병과 여러 상자에 든 어머니의 모자들을 보여 주었다.

크리스털 사탕 통은 예전 명절 음식을 떠올리게 했다. 어린 시절, 명절 아침에 퓌순이 부모와 함께 우리 집을 방문하면, 사탕, 아몬드 사탕, 으깬 아몬드, 코코넛이 들어 있는 사자 모양의 사탕, 로쿰[16]을 뒤섞어 이 사탕 통 안에 넣어 대접하곤 했다.

"한번은 희생절 때 당신과 함께 거리로 나갔고, 나중에는 자동차를 타고 돌아다녔어요."

퓌순이 눈을 반짝이며 말했다.

나도 그때를 기억해 냈다.

"그때 너는 어렸지. 지금은 아주 아름답고 아주 매력적인 처녀가 되었는걸."

"고마워요, 이제 갈게요."

"아직 차를 안 마셨잖아. 비도 그치지 않았고."

나는 그녀를 발코니 문 앞으로 이끌고 가서 망사 커튼을 약간 들췄다.

그녀는 아직 인생의 매운맛을 보지 못한 아이들이 새로운 장소나 집에 처음 갔을 때의 호기심과 열린 마음으로 모든 것을 받아들이는 것처럼 관심을 가지고 창밖을 내다보았다. 나는 그녀의 목덜미, 목, 뺨을 너무나 매력적으로 만드는 살결, 피부 위에 있는, 먼 곳에서 보면 알아챌 수 없는 수많은 작은 점들(외할머니도 바로 여

---

16 전분과 설탕으로 만든 아주 단 튀르키예식 젤리. '튀르키예인의 즐거움'이라고도 한다.

기에 커다란 사마귀가 있지 않았던가?)을 한순간 간절히 바라보았다. 나의 손은 마치 다른 사람의 손인 듯 저절로 뻗어 나가 그녀의 머리에 꽂힌 핀을 잡았다. 그 핀에는 버베나 꽃 네 송이가 있었다.

"머리가 많이 젖었는걸."

"내가 가게에서 울었다는 것을 누군가에게 말했나요?"

"아니. 하지만 네가 왜 울었는지 무척 궁금했어."

"왜요?"

"너를 아주 많이 생각했어. 넌 아주 아름답고, 뭔가 달라. 난 널 작고 사랑스러운, 다갈색 피부의 어린 소녀로 기억하고 있었거든. 하지만 이렇게나 아름답게 성장했을 거라고는 생각조차 못 했어."

칭찬에 익숙한 아름답고 예의 바른 여자들이 그렇듯 그녀는 절제된 미소를 지으면서, 의심스러운 듯 눈썹을 치켜올렸다. 잠시 정적이 흘렀다. 그녀는 내게서 한 걸음 물러났다.

"셰나이 부인이 뭐라고 했어? 가방이 모조품이라는 걸 인정했어?"

나는 이렇게 말하며 주제를 바꿨다.

"신경질을 냈어요. 하지만 당신이 가방을 갖다주고 환불해 달라고 한 것을 알자 일을 크게 만들고 싶지 않아 했어요. 나도 이 문제를 잊고 싶었고요. 가방이 가짜라는 것은 아는 것 같았어요. 내가 여기 온 건 몰라요. 부인에게는 정오 무렵 당신이 가게에 들러 돈을 가져갔다고 했어요. 이제 가 봐야겠어요."

"차를 마시기 전에는 안 돼!"

나는 부엌에서 차를 가지고 왔다. 나는 그녀가 차를 가볍게 불어 식히고, 그다음에 한 모금 한 모금 조심스럽지만 급히 마시는 것을 바라보았다. 흠모와 부끄러움, 연민과 기쁨이 뒤섞인 감정으로……. 내 손은 저절로 뻗어 나가 그녀의 머리를 쓰다듬었다. 내 머리를 그녀의 얼굴에 가까이 가져갔다. 그녀가 뒤로 물러나지 않는 것을 보고는 순간 그녀의 입가에 입을 맞췄다. 그녀의 얼굴이 새빨갛게 변했다. 그녀의 두 손은 따스한 찻잔을 감싸고 있었기 때문에 자신을 보호할 수가 없었다. 내게 화가 나는 동시에 혼란스러워한다는 것을 나는 느낄 수 있었다.

"나는 키스하는 것 좋아해요, 하지만 지금, 당신과는 당연히 안 돼요."

그녀는 자존심 강한 말투로 말했다.

"키스 많이 해 봤어?"

나는 아이처럼 어설프게 말했다.

"물론 해 봤어요, 하지만 그게 다예요."

그녀는 사실 남자들은 안타깝게도 모두 똑같다는 것을 느끼게 하는 시선으로 방, 물건, 그리고 내가 나쁜 의도로 준비하다 말았다는 것이 보이게끔 하고 싶었던 푸른 시트가 깔린 구석의 침대에 마지막으로 눈길을 던졌다. 나는 그녀가 머릿속으로 상황을 정리했다는 것을 알았다. 하지만 부끄러움 때문인지 몰라도 게임을 계속할 그 어떤 것도 머리에 떠오르지 않았다.

그녀가 오기 전에 서랍에서 관광객을 위해 만든 페스[17]를 발견하고, 사랑스러운 느낌을 불러일으키고자 작은 탁자 위에 올려 두었다. 내가 방을 훑어보면서 돈이 든 봉투를 그 모자에 기대에 놓았음을 확인했다는 것을 그녀도 알아챘지만, 그래도 "봉투를 저기에 두었어요."라고 말했다.

"차를 다 마시기 전에는 못 가."

"늦었어요."

---

17 윗부분에 검은 장식술이 달려 있고 챙이 없는 원통 모양의 붉은색 튀르키예 모자.

그녀는 이렇게 말했지만 가지 않았다.

우리는 차를 마시며 친척, 우리의 어린 시절, 공유하는 추억에 대해 비웃거나 나쁘게 말하지 않고 이야기를 나누었다. 그녀의 어머니는 나의 어머니를 존경해 마지않았지만 항상 두려워했는데, 그녀가 어렸을 때 가장 많은 관심을 보인 사람도 나의 어머니였다. 바느질을 하러 올 때면 그녀가 가지고 놀도록 우리 장난감, 퓌순이 좋아했지만 고장 날까 봐 걱정했던 태엽 감는 개와 닭을 쥐어 주곤 했으며, 미인 대회에 나가기 전까지는 매년 그녀의 생일에 우리 집 운전사 체틴 씨를 시켜 선물을 보내곤 했다. 그중에 만화경은 여전히 간직하고 있다고 했다……. 어머니는 그녀에게 옷을 보낼 때 곧 작아질지도 모른다며 큰 치수를 사서 보내곤 했다. 이러한 이유로 일 년 후에나 입을 수 있었던 커다란 옷핀이 달린 타탄 체크 치마가 있었다. 그녀는 그 치마가 아주 마음에 들어서, 그 후 유행은 아니었지만 미니스커트로 입기도 했다. 나는 그 치마를 입은 그녀를 니샨타쉬에서 본 적이 있다고 했다. 그녀의 가느다란 허리, 아름다운 다리에 대한 이야기가 나오자 우리는 곧장 주제를 바꾸었다. 쉬레이야라는 약간 괴상한 삼촌이 있었다. 독일에서 올 때마다 이제는 서로 소원해진 일가친척을 일일이 공식적으로 방문했으며, 모두들 그 덕분에 서로에 대한 소식을 듣곤 했다.

"우리가 함께 자동차를 타고 나갔던 그 희생절 아침에는 쉬레이야 삼촌도 집에 있었어요."

퓌순은 흥분하며 말했다. 그러고는 급히 비옷을 입고 우산을 찾기 시작했다. 하지만 찾지 못했다. 왜냐하면 내가 부엌을 오가면서 눈 깜짝할 사이에 현관 입구에 있는 거울 달린 옷장 뒤로 우산을 던져 버렸기 때문이었다.

"어디에 뒀는지 기억 안 나?"

나는 그녀와 함께 우산을 찾아 샅샅이 뒤지면서 물었다.

"여기에 뒀는데."

그녀는 순진하게 거울 달린 옷장을 가리켰다.

함께 집 안 구석구석을, 엉뚱하다 싶은 장소까지도 살펴보면서, 연예 잡지에서 자주 보는 표현처럼 '시간이 나면' 뭘 하느냐고 그녀에게 물었다. 그녀는 작년 입시에서 원하는 학과에 점수가 모자라 대학에 들어가지 못했다고 했다. 지금은 샹젤리제 부티크에서 일하고 남는 시간에는 대학 입시를 준비하기 위해 '우수 학원'에 다니고 있었다. 입시가 한 달 반 남았기 때문에 열심히 공부하고 있었다.

"무슨 과에 가려고 하는데?"

그녀는 약간 부끄러워하며 대답했다.

"모르겠어요. 사실은 예술 대학에 들어가서 배우가 되고 싶었어요."

"그런 학원에 다니는 건 쓸데없는 시간 낭비야. 모두 장삿속이지. 힘든 과목, 특히 수학 같은 과목이 있으면 여기로 와. 한동안은 내가 매일 오후에 여기 틀어박혀 일할 거니까. 쉽고 빠르게 가르쳐 줄게."

"다른 여자들한테도 수학 가르쳐 주나요?"

그녀는 예의 비웃는 듯한 표정으로 눈썹을 치켜올리며 물었다.

"다른 여자는 없어."

"시벨 씨가 우리 가게에 와요. 아주 아름답고 호감 가는 여성이더군요. 언제 결혼할 건가요?"

"우린 한 달 후에 약혼해. 이걸 쓰고 가면 어때?"

나는 어머니가 니스에서 산 양산을 보여 주었다. 그녀는 그 양산을 들고 가게로 돌아갈 수는 없다고 했다. 게다가 이제는 여기서

나가고 싶어 했으며, 우산을 찾고 말고는 그리 중요한 게 없는 듯
보였다.

"비가 그쳤어요."

그녀는 기뻐하며 말했다. 문 앞에 서자 다시는 그녀를 보지 못
할 것 같아 당혹스러웠다.

"제발, 다시 와, 그냥 함께 차만 마시자."

"화내지 말아요, 케말 오빠. 다시는 오고 싶지 않아요. 내가 오
지 않을 거라는 것도 알잖아요. 걱정 말아요, 내게 입 맞춘 거 아무
에게도 말하지 않을 거예요."

"우산은 어쩌고?"

"우산은 세나이 부인 거예요. 하지만 됐어요."

그녀는 이렇게 말하며, 다급하게, 그러나 감정이 드러나게, 나
의 뺨에 입을 맞추고는 나갔다.

# 8
# 최초의 튀르키예산 과일 사이다

당시 우리의 행복하고, 즐겁고, 편한 분위기와 낙관적인 면을 떠올리게 하는 최초의 튀르키예산 과일 사이다인 멜템의 신문 광고, 광고 방송, 딸기 맛, 복숭아 맛, 오렌지 맛, 앵두 맛 제품들을 여기에 전시한다. 자임은 그날 밤 아야스파샤에 있는 경치 좋은 자신의 집에서 멜템 사이다 출시를 축하하기 위해 성대한 파티를 열었다. 우리 친구들은 모두 거기서 만날 예정이었다. 시벨은 나의 젊은 부자 친구들과 어울리는 것에 흡족해했고, 보스포루스 바다에서의 요트 여행, 깜짝 생일 파티, 클럽에서 놀고 난 뒤 늦은 밤 모두 함께 자동차를 타고 이스탄불의 골목 곳곳을 돌아다니는 것에 아주 행복해했으며, 내 친구들을 대부분 마음에 들어 했다. 하지만 자임은 좋아하지 않았다. 그녀는 자임이 과시욕이 지나치며, 바람둥이에다가 '품위가 없다'고 했다. 자신이 연 파티가 끝날 무렵 모두를 '놀래 주려고' 벨리 댄서들을 불러 춤을 추게 하고, 《플레이보이》로고가 있는 라이터로 여자들의 담뱃불을 붙여 주는 것이 아주 '진부'하다고 여기고 있었다. 어린 배우들, 모델들(튀르키예에 그 당시 새로 생긴 의심스러운 직업)과 결혼은 하지도 않고 잠자리만 하며 모험을 즐기는 것을 아주 못마땅해했고, 괜찮은 여자들과도 절대 결론이 나지 않을 관계를 맺는 것 또한 무책임한 행동이라고 생각했다. 내가 그녀와 통화하면서 그의 저녁 초대에 가지 않을 것이며, 몸이 좋지 않아 외출하지 않을 것이라고 했을 때 시벨이 실망하는 것 같아 놀란 것도 이런 이유 때문이었다.

"멜템 사이다 광고에 출연하고 신문에도 나오는 독일 모델도 온다고 하던데!"

시벨이 말했다.

"자임이 나쁜 본보기가 된다고 말하곤 했잖아……."

"자임의 초대에 안 가겠다니 정말 아픈 모양인데. 걱정되는걸, 지금 자기 보러 갈까?"

"신경 쓰지 마, 어머니와 파트마 부인이 돌봐 주고 있어. 내일이면 나을 거야."

옷을 입은 채 침대에 누워 퓌순을 생각했다. 그러고는 그녀를 잊기로, 죽을 때까지 절대 다시는 보지 않기로 했다.

# 9
# F

다음 날, 1975년 5월 3일 오후 2시 30분에 퓌순이 멜하메트 아파트에 왔다. 그리고 그녀는 인생에서 처음으로 '끝까지' 나와 사랑을 나누었다. 그날 그녀와 만날 거라는 기대로 그곳에 간 것은 아니었다. 많은 세월이 흐른 후, 내가 경험한 것들을 이야기할 때는 이 말이 사실이 아닐 거라고는 나도 생각한다. 하지만 그날 정말로 퓌순이 올 거라는 생각은 전혀 하지 않았다. 내 머릿속에는 전날 퓌순이 했던 말들, 어린 시절의 물건들, 어머니의 골동품들, 옛날 시계, 세발자전거, 어두운 집의 이상한 빛, 먼지와 케케묵은 냄새, 혼자 있고 싶고 뒤뜰을 바라보고 싶은 바람 등이 있었다……. 이러한 것들이 나를 다시 끌어당겼으리라. 전날 우리의 만남을 한 번 더 생각하고, 다시 경험하고, 퓌순이 사용한 찻잔을 씻어 치우고, 어머니의 물건들을 정리하며 나의 부끄러움을 잊자는 생각도 있었다. 물건들을 정리하다가 아버지가 찍었던 뒷방 침대와 창문과 정원이 나오는 사진을 발견했다. 그리고 그 방이 오랜 세월 동안 전혀 변하지 않았다는 사실을 떠올렸다……. 벨 소리가 들리자 '어머니'일 거라고 생각했던 것을 기억한다.

"우산 가지러 왔어요."

퓌순은 이렇게 말하면서도 안으로 들어오지는 않았다.

"들어와."

내가 이렇게 말하자 한순간 주저했다. 문 앞에 서 있는 것이 실
례라고 생각했는지 안으로 들어왔다. 나는 문을 닫았다. 허리를 더
가늘어 보이게 하는 두꺼운 버클이 달린 하얀 벨트를 매고, 그녀에
게 아주 잘 어울리는 짙은 핑크색에 하얀 단추가 달린 옷을 입고
있었다. 청소년 시절, 나는 아름답고 신비로운 소녀들 앞에서는 친
해졌을 때만 마음을 편히 갖는 약점이 있었다. 서른 살이 되어 이
러한 순진함과 순수함에서 벗어났다고 생각했는데, 그건 나의 착
각이었다.

"우산은 여기 있어."

나는 이렇게 말하며, 거울 달린 옷장 뒤로 손을 뻗어 그곳에서
우산을 꺼냈다. 전에는 우산을 왜 꺼내지 않았는지 나 자신에게도
물어보지 않았다.

"어떻게 거기로 들어갔을까요?"

"사실 저절로 넘어져 들어간 건 아니야. 네가 곧장 돌아가지 않
았으면 해서 내가 감췄어."

그녀는 한순간 미소를 지을지 화를 낼지 주저했다. 그녀의 손
을 잡고는 차를 끓인다는 핑계로 부엌으로 데리고 갔다. 부엌은 먼
지와 습기 냄새가 나고 어두웠다. 그곳에서 모든 것이 빨리 진행되
어, 우리는 자신을 억제하지 못하고 키스를 하기 시작했다. 잠시 후
에는 길게, 격정적으로 키스를 했다. 그녀가 너무나 키스에 몰입하
고, 너무나 자신의 팔을 내 목에 꼭 두르고, 너무나 눈을 질끈 감고
있어서 나는 우리가 '끝까지' 사랑을 나누리라는 것을 느낄 수 있
었다.

하지만 그녀가 숫처녀였기 때문에 이는 불가능했다. 키스를 하

며 잠시 동안 퓌순이 인생의 중요한 결정을 내렸으며, 나와 '끝까지 가기' 위해 이곳으로 왔다고 느꼈다. 하지만 이것은 외국 영화에서나 있을 법한 일이었다. 이곳에서 처녀가 뜬금없이 그렇게 한다는 것이 이상하게 여겨졌다. 어쩌면 그녀가 어차피 숫처녀가 아닐 수도 있을 것이다…….

키스를 계속하면서 부엌에서 나왔고, 침대가에 앉았다. 우리는 그리 수줍어하지 않았지만, 서로 눈을 마주치지는 않았다. 거의 모든 옷을 벗고는 담요 속으로 들어갔다. 담요는 너무 두꺼웠다. 게다가 어린 시절처럼 피부를 간질였다. 잠시 후 담요를 던져 버리자 우리의 반라가 드러났다. 우리 둘 다 땀에 젖어 있었지만 그것이 어쩐지 우리를 편안하게 했다. 쳐져 있는 커튼을 통해 노란빛이 도는 오렌지색 햇빛이 들어와, 땀에 젖은 그녀의 피부를 더욱더 다갈색으로 보이게 했다. 내가 그녀를 바라보는 것처럼, 퓌순도 나의 몸을 볼 수 있다는 것이, 그 모양이 확연하게 커진 내 몸의 부끄러운 부분에 눈을 가까이 대고, 당황하지 않고, 너무 이상하게 여기지도 않고, 더욱이 욕구만큼이나 어렴풋한 애정을 느끼며 조용히 바라보는 것이, 이전에도 다른 남자의 벗은 몸을 다른 침대, 소파, 자동차 의자에서 보았다는 추측을, 질투심과 함께 불러일으켰다.

우리 둘 다, 모든 사랑 이야기에 등장해야 할, 제멋대로 흘러가는 희열과 욕구 게임의 음악에 몸을 맡겼다. 하지만 얼마 후 서로의 눈에 꽂힌 근심스러운 눈길에서는, 우리 앞에 놓여 있고 우리가 해야만 하는 어려운 일에 대한 생각이 드러났다. 퓌순은 내가 박물관의 첫 번째 물건으로 전시한 귀고리 한쪽을 빼서 가장자리에 있는 작은 탁자 위에 올려놓았다. 마치 바다에 들어가기 전에 안경을 벗는 지독한 근시 소녀가 의무감으로 하는 것, 진정 처음으로 우리가 끝까지 갈 수 있다는 것을 생각하게 했다. 그 당시 젊은이들은 자기 이름의 이니셜이 있는 목걸이와 팔찌를 착용하곤 했다. 나는 그녀의 귀고리를 전혀 주의 깊게 보지 않았다. 퓌순이 옷을 하나하나 벗을 때와 같은 단호함으로 작은 팬티를 벗었던 것도, 내게 같은 것을, 나와 끝까지 사랑을 나눌 거라는 것을 생각하게 했다. 그 당시는 끝까지 가기를 원하지 않는 여자들은 팬티를 비키니 수영복 팬티처럼 그대로 입고 있었던 것으로 기억한다.

나는 아몬드 향기가 나는 그녀의 어깨에 입을 맞췄다. 벨벳처럼 땀에 젖은 목에 혀를 갖다 대었고, 아직 선탠을 할 계절이 시작되지 않았음에도 불구하고 건강한 지중해 피부보다 약간 밝은 색의 가슴을 보고 전율을 느꼈다. 만약 고등학교 교사들이 우리 소설의 이 부분을 읽히며 걱정이 된다면, 학생들에게 이 페이지를 건너뛰라고 제안해도 될 것이다. 박물관을 둘러보는 호기심 많은 사람은, 제발 물건들을 구경해 주었으면 한다. 내가 해야 했던 것을, 먼저 슬프고 두려운 눈길로 나를 바라본 퓌순을 위해, 그다음에는 우리 둘을 위해, 아주 약간은 나의 즐거움을 위해 했다고 생각해 주었으면 한다. 우리 둘은 마치 삶이 우리에게 강요한 어떤 난관을 낙관적인 마음으로 함께 극복하려고 애쓰는 것 같았다. 이러한 이유로 그녀에게 나의 몸을 싣고, 그녀의 몸을 열려고 할 때 했던 달콤한 말들 중, "아파?"라고 물을 때마다, 그녀가 내 눈을 똑바로 바라보면서도 대답을 하지 않는 것을 이상하게 생각하지 않았고, 입을 다물었다. 왜냐하면 아주 깊은 곳에서 그녀의 온몸이 가늘게, 부서지듯 떨었다는 것(해바라기가 희미한 바람에 가볍게 떠는 것을 생각하길.)을 그녀에게 가장 가까이 다가갔던 지점에서 나의 고통처럼 느꼈기 때문이었다.

나의 시선을 피해, 어떤 때는 의사처럼 주의 깊게 자신의 몸 아랫부분으로 향했던 눈에서, 자기 내면의 소리를 듣고, 인생에서 처음 경험하고 있으며, 단 한 번 경험할 것을 혼자서 경험하고 싶어한다는 것을 알게 되었다. 나도 내가 하고 있는 것을 끝내고, 이 힘든 여행에서 충만되어 편한 마음으로 벗어나기 위해 이기적으로 나의 희열만을 생각해야 했다. 이렇게 해서 우리 둘을 서로에게 매이게 할 희열을 더 깊이 느끼고, 그것을 우리 둘만이 경험해야 한다는 것을 둘 다 본능으로 알게 되었다. 한편으로는 서로를 강하게, 가혹하게, 격정적으로 안으며, 다른 한편으로는 상대를 오로지 자신만의 희열을 위해 이용하기 시작했다. 내 등을 안고 있는 퓌순의 손가락에서, 눈이 나쁜 순진한 소녀가 바다에 들어가 수영을 배울 때 한순간 자신이 익사할 거라고 생각하여 도와주러 온 아버지에게 온 힘으로 매달리면서 느낄 죽음에 대한 공포와 비슷한 것이 느껴졌다. 열흘 후 눈을 감고 나를 안고 있을 때, 당시 그녀의 이성이 어떤 영화를 보여 주었냐고 묻자 그녀는 "해바라기로 뒤덮인 꽃밭을 보았어."라고 했다.

이후, 언제나 우리의 사랑 행위에 즐겁게 재잘거리는 소리, 고함 소리 그리고 욕설로 동참할 축구하는 아이들은, 그날, 우리가 처음 사랑을 나누었던 시간, 허물어진 하이레틴 파샤 저택의 오래된 정원에서 고함을 지르고 욕을 하며 축구를 하고 있었다. 아이들의 고함 소리가 잠시 끊어졌을 때, 퓌순이 내지른 몇 번의 부끄러운 비명, 나 역시 몰두하며 내뱉었던 행복한 외마디 신음 소리 외에, 방은 극도의 정적에 휩싸였다. 멀리 니샨타쉬 광장에 있는 교통경찰의 호루라기 소리, 자동차 경적 소리, 못을 때리는 망치 소리가 들려왔다. 어떤 아이가 깡통을 한 번 찼고, 갈매기가 울었고, 찻잔이 깨졌고, 플라타너스 나뭇잎들이 희미한 바람에 사각거렸다.

바로 이 정적 속에서 우리는 서로를 껴안고 누워 있었다. 우리 둘 다 혈흔이 묻은 시트, 벗은 옷, 벗은 몸에 익숙해지는 듯한 원시

사회 의식, 인류학자들이 이해하고 분류하고자 했던 수치스러운 세부 사항들은 생각하고 싶지 않았다. 퓌순은 한동안 조용히 울었다. 내 위로의 말에는 별로 귀를 기울이지 않았다. 그녀는 죽을 때까지 절대 잊지 않을 거라며 다시 약간 운 후 침묵했다.

많은 세월이 흐른 후, 삶은 나를 내가 경험했던 것에 관한 인류학자로 만들 것이었기 때문에, 먼 나라에서 가지고 온 그릇, 물건, 도구 들을 전시하며 그들의 삶과 우리의 삶에 어떤 의미를 부여하고자 하는 이 열정적인 사람들을 절대 경시하고 싶지 않다. 하지만 '첫 경험'의 흔적과 물건에 보이는 지나친 관심은, 퓌순과 나 사이에 생긴 깊은 온정과 더없는 기쁨의 감정을 이해하는 데 걸림돌이 될 수 있었다. 이러한 이유로 침대에서 서로 말없이 껴안고 누워 있을 때, 열여덟 살의 연인이 서른 살의 내 피부를 사랑으로 어루만졌던 정성을 보여 주기 위해, 그날 퓌순의 가방에서 끝내 나오지 않았지만 정성스럽게 접어 놓은 그녀의 꽃무늬 손수건을 여기에 전시한다. 이후 퓌순이 담배를 피우면서 책상 위에서 찾아 만지작거렸던 어머니의 크리스털 잉크병과 필기도구 세트가, 우리 사이에 존재하는 섬세하고 연약한 온정의 징표가 되었으면 한다. 남자다운 자긍심과 죄책감을 동시에 느끼게 했던, 당시 유행한 두꺼운 남성용 벨트도, 천국에서 방금 나온 듯한 우리의 벌거벗은 몸에 옷을 걸치는 것, 더럽고 낡은 세계를 훑어보는 것조차 우리 둘에게 아주 힘들었다는 것을 설명해 주었으면 한다!

나가기 전에, 퓌순에게 대학을 들어가고 싶다면 입시까지 남은 한 달 반 동안 아주 열심히 공부해야 한다고 말했다.

"내가 평생 점원으로 남을까 봐 두려운 거야?"

그녀는 미소를 지으며 이렇게 물었다.

"물론 아냐……. 하지만 시험 보기 전에 널 공부시키고 싶어. 여기서 공부하자. 어떤 책을 보고 있어? 고전 수학이야, 현대 수학이야?"

"고등학교에서는 고전 수학을 공부했어. 그런데 학원에서는 둘 다 공부해. 왜냐하면 두 과목의 답이 같거든. 둘 다 나를 헷갈리게 해."

퓌순과 다음 날 같은 장소에서 수학을 공부하기로 했다. 그녀가 돌아가자마자 니샨타쉬에 있는 서점에 가서 고등학교와 학원에서 사용하는 수학책을 사서, 사무실에서 담배를 피우며 약간 뒤적여 보니, 내가 정말 그녀를 도울 수 있을 것 같았다. 퓌순에게 수학을 가르쳐 줄 수 있다고 상상하자 그날 느꼈던 양심의 짐은 즉시 가벼워졌고, 넘치는 행복감과 이상한 자긍심이 남았다. 나의 목, 코, 피부에서 아련하게 행복을 느꼈고, 나 자신에게조차 감출 수 없는 자랑스러움을 어떤 기쁨처럼 느끼고 있었다. 머릿속 한편으로는 퓌순과 멜하메트 아파트에서 앞으로 여러 번 더 만나서 사랑을 나눌 수 있을 거라고 계속 생각했다. 내 인생에 뭔가 특별한 일이 없는 것처럼 행동한다면, 그렇게 될 수 있을 거라고 생각했다.

# IO
# 도시의 불빛과 행복


저녁때 시벨의 고등학교 친구 예심이 페라 팔라스 호텔에서 약혼식을 해서 모두들 거기로 오기로 했고, 나도 그곳으로 갔다. 시벨은 아주 행복한 모습이었다. 반짝이는 은색 옷에 니트 숄을 걸치고 있었다. 이 약혼식이 우리 약혼식의 모델이 될 것으로 생각했기 때문에 모든 것에 관심을 갖고, 모든 사람에게 다가갔으며, 언제나 미소를 머금고 있었다.

이름을 항상 잊어버렸던 쉬레이야 삼촌의 아들이, 나에게 멜템사이다 광고에 나오는 독일 모델을 소개해 주었을 때에는 라크 두 잔을 마셔 편안한 기분이었다.

"튀르키예 어때요?"

나는 영어로 그녀에게 물었다.

"아직 이스탄불밖에 보지 못했어요. 아주 놀랐어요. 이럴 거라고는 상상하지 못했거든요."

잉게가 말했다.

"어떨 거라고 상상했는데요?"

우리는 한동안 조용히 서로를 바라보았다. 영리한 여자였다. 잘못 말하면 튀르키예인들의 마음을 상하게 할 것임을 이미 알고 있

60

었던 것이다. 그저 미소를 지어 보였다.

"당신은 모든 걸 누릴 자격이 있어요."

그녀는 잘 못하는 튀르키예어로 이렇게 말했다.

"온 튀르키예가 일주일 만에 당신을 알아보게 되었어요. 어떤 기분이 들어요?"

"경찰, 택시 운전사, 길거리에 있는 사람들 모두가 나를 알아보더군요. 풍선 장수조차 나를 불러 세우고는 풍선을 선물해 주면서 '당신은 모든 걸 누릴 자격이 있어요.'라고 했어요. 나라에 텔레비전 채널이 하나뿐이니 알려지는 게 쉽지요."

그녀는 아이처럼 즐겁게 말했다.

겸손하고자 했지만 무시하는 말을 하고 말았다는 것을 그녀는 알았을까?

"독일에는 채널이 몇 개 있나요?"

그녀는 자신이 잘못 말한 것을 깨닫고는 부끄러워했다. 사실 나의 말도 불필요한 것이었다.

"매일 출근할 때마다, 벽에서 아파트만 한 당신의 사진을 봐요, 멋지더군요."

"아, 네, 튀르키예인들은 광고 부문에서 유럽보다 훨씬 더 앞서 있어요."

순간 이 말에 얼마나 행복하던지, 그녀가 예의상 그렇게 말했다는 것은 잊어버렸다. 시끌벅적하고 행복한 사람들 사이에서 눈으로 자임을 찾았다. 그곳에 있었다. 시벨과 대화를 나누고 있었다. 그들이 친구가 될 수 있다고 생각하자 기분이 좋았다. 당시 내가 아주 행복했던 것이 많은 세월이 흐른 지금도 기억이 난다. 시벨은 자임에게 우리만 아는 별명을 붙였다. 그것은 '당신은 모든 걸 누릴 자격이 있어요' 자임이었다. 그녀는 멜템 사이다의 광고에 나오는 이 카피가 무척 의식 없고 이기적이라고 생각했다. 많은 젊은이가 좌익이니 우익이니 하며 서로를 죽이는 튀르키예같이 가난하고 고민 많은 나라에서 이 말은, 시벨에 의하면 추한 것이었다.

커다란 발코니를 통해 보리수나무 향기가 나는 기분 좋은 봄기운이 들어왔다. 아래로는 도시의 불빛들이 할리치만을 비추고 있었고, 카슴파샤, 무허가 집들, 가난한 마을조차 아름답게 느껴졌다. 나는 내게 아주 행복한 삶이 있으며, 더욱이 이것이 앞으로 경험할 더 큰 행복을 위한 준비라는 것을 마음속으로 느꼈다. 오늘 퓌순과 경험한 것의 무게가 내 이성을 혼란스럽게 하고는 있었지만 사람들에게는 누구나 비밀과 불안, 두려움이 있다고 생각했다. 저 잘 차려입은 손님들 가운데 몇 명에게 이상한 불안과 정신적 상처가 있는지는 모르지만, 사람들 속에서, 친구들 사이에서 한두 잔을 마시면, 우리가 고민했던 것들이 사실은 별로 중요하지 않고 그저 순간적이라는 것이 드러날 것이다.

"저기 신경질적으로 보이는 남자 있잖아, 그 유명한 '냉정한' 수피야. 그는 자신이 본 성냥갑은 모두 가져다 모으고 있어. 방 한가득 성냥이 있다고 하던데. 아내가 그를 떠나 버리자 그렇게 됐대. 우리 약혼식에서 웨이터들이 저런 이상한 옷을 입지 않았으면 좋겠어, 그렇지? 그런데 오늘 밤 왜 이렇게 마시는 거야? 자기한테 할 말이 있는데."

"뭔데?"

"메흐메트가 그 독일 모델을 아주 마음에 들어 해. 그녀 곁에서 떠나지 않고 있어. 자임은 그것을 질투하고 있고. 아, 저기 저 남자 있잖아, 쉬레이야 삼촌의 아들이래. 예심의 친척이기도 하고. 자기 기분을 언짢게 하는, 뭐 나 모르는 무슨 일 있어?"

"아니, 아무 일 없어, 정반대로 난 아주 행복해."

시벨이 달콤한 말을 했다는 것을, 많은 세월이 흐른 오늘조차 기억하고 있다. 시벨은 유쾌하고 똑똑하고 배려심이 많은 여자였다. 나는 그녀 곁에 있으면, 단지 그 순간뿐 아니라, 평생 기분이 좋으리란 걸 알고 있었다. 늦은 시간에 그녀를 집에 바래다 준 후, 퓌순을 생각하며 어둡고 텅 빈 거리를 한동안 걸었다. 퓌순이 처음으로 나와 잠자리를 했다는 것만큼이나 내 머리에서 전혀 떠나지 않으며 나를 극도로 불안하게 했던 것은 그녀의 결단력이었다. 그녀는 전혀 수줍어하지 않았고, 옷을 벗으면서도 주저하지 않았다…….

우리 집 거실은 텅 비어 있었다. 아버지가 잠이 달아나 파자마를 입고 거실에 앉아 있는 밤도 있었다. 나는 잠들기 전에 아버지와 대화하는 것이 좋았다. 하지만 지금은 어머니도 아버지도 자고 있었다. 침실에서 어머니의 코 고는 소리, 아버지가 크게 숨을 내뱉는 소리가 들려왔다. 나는 잠들기 전에 라크를 한 잔 더 마시고 담배를 한 대 피웠다. 하지만 잠자리에 들어서도 곧장 잠을 이루지 못했다. 퓌순과 사랑을 나누던 장면이 눈앞에 떠올랐고, 그 장면에 약혼식의 세세한 것들이 뒤얽혔다.

# II
# 희생절

　　반수면 상태에서 예심의 약혼식에서 보았던 먼 친척 쉬레이야 삼촌과 이름을 항상 잊어버렸던 그의 아들을 생각했다. 과거 어느 명절에 퓌순과 함께 자동차를 타고 나갔던 날, 쉬레이야 삼촌도 우리 집에 있었다. 침대에서 잠을 청하고 있을 때, 그 춥고 회색빛이 돌던 희생절 아침의 모습이 때때로 꿈처럼, 익히 아는 이상한 추억처럼, 눈앞에서 지나갔다. 세발자전거, 퓌순과 함께 밖으로 나갔던 것, 곧 죽을 희생양들을 조용히 바라보았던 것, 그 후 자동차로 드라이브했던 것이 떠올랐다. 이러한 것들을 다음 날 멜하메트 아파트에서 만났을 때 그녀에게 물었다.

　　"엄마와 내가 세발자전거를 다시 갖다주었어."

　　모든 것을 나보다 더 잘 기억하는 퓌순이 말했다.

　　"당신 형과 당신이 사용한 후, 당신 어머니가 나에게 주었던 거야. 나도 커서 더 이상 타지 않게 되자, 엄마가 그 명절에 자전거를 도로 갖다주었어."

　　"그다음에 어머니가 여기로 갖다 놓았나 보군. 쉬레이야 삼촌이 그날 우리 집에 있었던 것이 나도 이제 기억나."

　　"그분이 리큐어를 달라고 했거든."

당시 우리가 예기치 않게 자동차를 타고 나갔던 나들이를, 퓌순은 나보다 더 잘 기억하고 있었다. 그녀에게서 듣고 기억났던 그 드라이브를 지금 설명하고 싶다. 퓌순은 열두 살, 나는 스물네 살이었다. 1969년 2월 27일, 희생절 첫날이었다. 명절 아침이면 늘 그러했듯이, 니샨타쉬에 있는 우리 집에는 가깝거나 먼 친척들 중 잘 차려입고, 넥타이를 매고, 재킷을 입은 유쾌한 사람들 한 무리가 점심 식사를 기다리고 있었다. 현관 벨 소리는 끊이지 않았고, 새로운 손님, 예를 들면 작은 이모와 대머리 이모부가 잘 차려입은 아이들과 함께 들어오면, 사람들이 모두 자리에서 일어나, 새로 온 사람들과 일일이 악수를 하며 볼에 입을 맞추고, 의자를 끌어당겼다. 파트마 부인과 내가 손님들에게 사탕을 대접하던 차에 아버지가 나와 형을 잠깐 구석으로 데리고 갔다.

"얘들아, 쉬레이야 삼촌이 또 '왜 리큐어가 없냐?'라고 계속 묻는구나. 너희 중 한 사람이 알라딘 가게에서 박하 리큐어와 딸기 리큐어를 사 오너라."

그 당시에도 아버지는 술을 너무 과하게 마시곤 했기 때문에, 어머니는 명절 때마다 크리스털 잔과 은 쟁반에 박하 리큐어와 딸기 리큐어를 대접하던 관습을 금지했다. 어머니는 아버지의 건강을 위해 그렇게 결정했던 것이다. 하지만 이 년 전 어느 명절 아침, 쉬레이야 삼촌이 리큐어를 달라고 우기자 어머니는 그 문제를 더 이상 얘기하고 싶지 않아 "종교적인 날에 술이 될 법이나 해요!"라고 했다. 이는 급진적인 아타튀르크주의 세속주의자인 삼촌과 어머니 사이에서 끝나지 않는 종교, 문명, 유럽, 공화국에 관한 논쟁이 일어나는 시발점이 되었다.

"누가 갈 거니?"

아버지는 명절 때 손등에 입을 맞추는 아이들에게, 아파트 관리인들에게, 경비들에게 주려고 은행에서 특별히 가져온 빳빳한 10리라짜리 몇 장을 꺼내 우리에게 보여 주었다.

"케말보고 가라고 해요!" 형이 말했다.

"오스만 형이 가라고 해요!"

내가 말했다.

"자, 네가 가거라. 엄마에게는 어디 가는지 말하지 말고……."

아버지는 내게 이렇게 말했다.

현관문을 나설 때 퓌순을 보았다.

"가게에 함께 가자."

그녀는 그때 열두 살 먹은, 새 다리에다 비쩍 마른 먼 친척 여자 애였다. 빛나는 검은 머리를 땋아서 묶은 하얀 나비 리본과 깨끗한 옷 말고 눈길을 끄는 면은 없었다. 그 어린 소녀에게 엘리베이터에서 물었던 평범한 것들을 몇 년이 흐른 후 퓌순이 내게 상기시켜 주었다. 몇 학년이야? (중학교 1학년.) 어느 학교 다녀? (니샨타쉬 여중고.) 앞으로 뭐가 되고 싶어? (침묵!)

문밖으로 나가 추위 속에서 몇 걸음을 옮기다 보니, 옆에 있는 진흙투성이 공터의 작은 보리수나무 밑에 사람들이 모여서 희생양을 죽일 참이었다. 지금의 나였다면, 양을 죽일 것이며, 어린 소녀가 끔찍해할 거라고 여겨 퓌순을 그곳으로 절대 가지 못하게 했을 것이다.

하지만 호기심과 사려 깊지 못한 마음으로 그곳으로 걸어갔다. 우리 집 요리사 베크리 씨와 우리 아파트 관리인 사임 씨가 팔을 걷어붙이고는, 발이 묶이고 털에 색칠이 된 양 한 마리를 바닥에 눕혀 놓고 있었다. 옆에는 앞치마를 두른 남자가 손에 커다란 정육점 칼을 들고 있었다. 하지만 양이 계속 몸부림을 쳤기 때문에 작업을 못하고 있었다. 요리사와 관리인은 낑낑대다가 입에서 입김을 내뿜는 양을 옴짝달싹 못하게 하는 데 결국 성공했다. 푸주한은 양의 사랑스러운 코와 입을 잡고 머리를 우악스럽게 돌리더니 긴 칼을 목에 댔다. 잠시 정적이 흘렀다. 푸주한은 "전능하신 하느님, 전능하신 하느님."이라고 했다. 칼을 앞뒤로 움직이며 양의 하얀 목을 단숨에 찔렀다. 푸주한이 칼을 빼자 목에서 새빨간 피가 두껍게 솟구쳐 올랐다. 양은 몸부림쳤고, 그다음에는 죽었다는 것을 알 수 있었다. 이제는 아무런 움직임도 없었다. 갑자기 바람이 보리수나무의 앙상한 가지에서 웅웅거렸다. 푸주한은 양 머리를 한쪽으로 밀어 놓고, 솟구치는 피를 미리 파 놓았던 구덩이에 쏟았다.

얼굴을 찡그리고 있는 호기심 많은 아이들, 우리 집 운전사 체틴 씨, 기도를 올리는 노인이 보였다. 퓌순은 내 재킷의 팔을 조용히 잡고 있었다. 양은 여전히 가끔 움직였지만 그것은 최후의 몸부림이었다. 칼을 앞치마에 문질러 닦은 푸주한은 경찰서 옆에 가게가 있는 캬즘 씨였는데 처음에는 그를 알아보지 못했다. 요리사 베크리와 눈이 마주쳤을 때, 그것이 바로 최근에 명절용으로 사서 일주일 동안 뒤뜰에 매어 놓았던 우리 양임을 알게 되었다.

"자, 가자."

나는 퓌순에게 이렇게 말했다.

우리는 아무 말도 하지 않고 걸어서 거리로 나갔다. 어린 여자아이가 이런 것을 목격하는데 나는 보고만 있었다는 것에 마음이 불편했던 것일까? 나는 죄책감을 느꼈지만 그 이유가 정확히 무엇인지는 알지 못했다.

나의 아버지도 어머니도 신실한 종교인은 아니었다. 두 분 모두 기도를 드리거나 금식을 하는 것을 본 적이 없었다. 공화국 초기에 성장한 세대와 마찬가지로 종교를 존중했지만 단지 관심이 없었을 뿐이다. 그들은 이 무관심을 당신들이 아는 다른 사람들처럼, 그리고 친구들처럼, 아타튀르크에 대한 사랑과 세속 공화국주의로 설명하곤 했다. 그럼에도 니샨타쉬 출신의 다른 세속적인 부르주아 가족들처럼 우리 가족도 희생절마다 양을 잡고, 그 양고기를 종교의 가르침에 따라 가난한 사람들에게 나눠 주곤 했다. 하지만 아버지도, 가족 중 그 누구도 양이나 양을 잡는 일에는 깊이 관심을 갖지 않았고, 고기와 가죽을 가난한 사람들에게 나눠 주는 일도 요리사와 관리인에게 맡겼다. 부모님처럼 나도 명절날 아침마다 옆에 있는 공터에서 오랜 세월 동안 지속되었던 이 양 잡는 의식에 별 관심이 없었다.

뮈순과 아무 말도 하지 않고 알라딘의 가게를 향해 걸어갈 때, 테쉬비키예 사원 앞에서 선선한 바람이 불어왔고, 마음이 불편했던 나는 소름이 끼쳤다.

"조금 전에 무서웠어? 차라리 보지 말걸……."

"불쌍한 양……."

뮈순이 이렇게 말했다.

"왜 양을 잡는지는 알지, 그렇지?"

"우리가 천국으로 가는 그날에, 그 양이 스라트 다리[18]에서 우리가 건너도록 도와줘요……."

아이들과 무지한 사람들이 희생양에 관해 하는 말이었다.

"이야기의 앞부분이 빠져 있는데, 알고 있니?"

나는 선생 같은 분위기로 말했다.

"아니요."

"선지자 아브라함은 자식이 없었대. 그는 '하느님, 자식 하나만 주시면 원하시는 모든 것을 하겠습니다.'라고 기도를 올렸어. 결국

---

18  천국으로 가기 위해 모든 사람이 건너야 한다는 지옥 위의 다리.

그의 기도는 받아들여졌고, 어느 날 아들 이스마엘이 태어났지. 아브라함은 온 세상을 가진 듯 기뻤어. 아들을 아주 사랑하고, 매일 입을 맞추고, 쓰다듬고, 기뻐서 날아갈 듯면서 매일 신에게 감사를 드렸지. 그러던 어느 날 밤 꿈속에 하느님이 나타나 '네 아들을 죽여 나를 위해 제물로 바쳐라.'라고 했단다."

"왜 그렇게 말했대요?"

"들어 봐……. 아브라함은 하느님의 말을 따랐단다. 칼을 꺼내 막 아들을 죽이려는 찰나 양이 나타난 거야."

"왜요?"

"하느님이 아브라함을 가엾게 여긴 거지. 그래서 사랑하는 아들 대신 희생시키라고 그에게 양을 보낸 거야. 왜냐하면 하느님은 아브라함이 자신에게 복종하는 것을 이미 보았으니까."

"하느님이 양을 보내지 않았다면 아브라함이 정말로 아들을 죽였을까요?"

퓌순이 물었다.

"응, 그가 아들을 죽일 거라 확신했기 때문에 하느님은 아브라함을 아주 사랑했고, 그가 슬퍼하지 않도록 양을 보냈단다."

나는 침울한 마음으로 말했다.

하지만 나는 자신이 아주 사랑했던 아들을 죽이려고 하는 아버지에 대해, 열두 살 먹은 소녀에게 잘 설명하지 못했던 것 같다. 내 마음속의 걱정은, 이제 소녀에게 희생을 잘 설명하지 못한 답답함으로 변했다.

"아, 알라딘의 가게가 닫혔네! 광장에 있는 가게로 가자."

우리는 니샨타쉬 광장까지 걸었다. 네거리에 있는 담배와 신문을 파는 '누레틴의 가게'도 닫혀 있었다. 우리는 돌아갔다. 아무 말 없이 거리를 걸으면서, 퓌순이 좋아할 만한 아브라함에 관한 해석이 떠올랐다.

"선지자 아브라함은 양이 아들의 자리를 대신한다는 것을 처음에는 물론 몰랐어. 하지만 하느님을 너무나 믿고 너무나 사랑했기 때문에 결국 하느님으로부터 그 어떤 해악도 오지 않을 것임을 느꼈어. 누군가를 아주아주 사랑하면, 그를 위해 우리의 가장 귀중한 것을 내주어도 그로부터 해가 오지 않는다는 것을 우리는 알아. 희생이란 바로 이런 거야. 너는 누구를 가장 사랑하니?"

"엄마, 아빠……."

우리는 운전사 체틴 씨와 우연히 만났다.

"체틴 씨, 아버지가 리큐어를 사 오라고 하는데, 니샨타쉬에 있는 가게는 다 문을 닫았어요. 탁심으로 데려다주세요. 그런 다음 드라이브나 좀 하죠."

"나도 가는 거죠, 그렇죠?"

퓌순이 말했다.

아버지의 짙은 체리 색 56년형 시보레 뒷좌석에 퓌순과 함께 앉았다. 체틴 씨는 네모난 돌이 깔려 여기저기 구덩이가 있는 거리를 운전해 갔다. 퓌순은 차창 밖을 바라보았다. 마치카를 지나 돌마바흐체로 내려갔다. 명절 옷을 입은 아이들 서넛 말고는 거리가 텅 비어 있었다. 하지만 돌마바흐체 스타디움을 지나자, 길가에서 양을 잡는 사람들 몇이 보였다.

"체틴 씨, 이 아이에게 왜 양을 희생시키는지 말 좀 해 주세요. 저는 설명을 잘 못 하겠네요."

"아이고 무슨 겸손한 말씀이세요, 케말 씨."

하지만 우리보다 종교를 더 잘 안다는 것을 보여 주는 즐거움은 포기하지 않았다.

"우리도 선지자 아브라함만큼 신을 믿는다는 것을 증명하기 위해 양을 희생시킨답니다. 희생양은 우리의 가장 귀중한 것을 신을 위해 바친다는 의미입니다. 우리가 신을 얼마나 사랑하는지, 꼬마 아가씨, 그를 위해 가장 사랑하는 것마저 내주지요. 게다가 아무런 대가를 바라지 않고요."

"마지막엔 천국에 가지 않나요?"

나는 교활하게 말했다.

"신의 뜻이라면……. 그것은 최후의 심판의 날에 확실해지지요. 하지만 희생양을 천국에 가기 위해 죽이는 건 아닙니다. 그 어떤 대가를 기대하지 않고, 그저 신을 사랑하기 때문에 희생시키는 겁니다."

"하지만 그렇게 우리가 그를 위해 무언가를 희생하면 그의 마음은 불안할 텐데요. 우리가 무엇인가를 원한다고 생각할걸요."

내가 이렇게 말했다.

"신은 위대하시지요. 신은 모든 것을 보고 아십니다. 우리가 그를 대가 없이 사랑한다는 것을 아십니다. 아무도 신을 속일 수는 없어요."

"저기 열린 가게가 있네요. 체틴 씨, 잠깐 멈추세요. 저기에서 리큐어를 팔아요."

퓌순과 함께 단걸음에 튀르키예 전매청이 생산하는 유명한 박하 리큐어와 딸기 리큐어를 한 병씩 사서 자동차로 돌아왔다.

"체틴 씨, 시간이 좀 있으니 우리 드라이브 좀 시켜 줘요."

오랫동안 드라이브를 하면서 우리가 나누었던 이야기들을 퓌순은 몇 년이 지난 후 내게 대부분 상기시켜 주었다. 회색빛이었던 추운 명절 아침에 대해 아주 확연하게 기억에 남아 있는 것이 내게도 있었다. 명절날 아침 이스탄불의 모습은 도살장과 비슷했다. 도시 변두리 마을의 좁은 골목 끝에 있는 공터, 화재 터, 폐허 사이뿐만 아니라, 대로나 부촌에서도 아침 이른 시간부터 시작해 수만 마리의 양이 희생되었다. 인도 가장자리나 보도블록 위가 피로 얼룩져 있기도 했다. 우리가 탄 자동차가 비탈길을 내려가고, 다리를 지나고, 구불구불한 골목을 지날 때, 가죽이 벗겨지고, 바로 얼마 전에 희생되거나 토막 난 양들이 보였다. 아타튀르크 다리를 통해 할리치만을 지나갔다. 도시는 명절인 데다, 깃발과 잘 차려입은 사람들로 넘쳐 났지만 피곤하고 슬픈 모습이었다. 보즈도안 수도교를 지나 파티흐를 향해 돌았다. 그곳 공터에서 희생용으로 색을 칠한 양을 팔고 있었다.

"저것들도 죽일 거예요?"

퓌순이 물었다.

"꼬마 아가씨, 어쩌면 다 희생시키지 않을 수도 있어요. 정오가 가까워졌는데도 저것들을 살 사람이 아직 나오지 않은 거지요. 명절이 끝날 때까지 살 사람이 없으면, 저 가련한 것들도 구제되겠지요. 하지만 그러면 가죽상들이 정육점에 판답니다, 꼬마 아가씨."

"푸주한들보다 우리가 먼저 가서 저 양들을 사서 구해 줘요."

퓌순이 말했다. 퓌순은 우아한 붉은색 외투를 입고 있었다. 나를 보며 미소를 짓더니 용기 있게 윙크를 했다.

"아이를 희생시키려는 남자에게서 우리가 양을 납치해 갈 거죠, 그렇죠?"

"응, 납치하자."

나는 이렇게 말했다.

"꼬마 아가씨가 아주 똑똑하군요. 사실 선지자 아브라함은 아들을 절대 희생시키고 싶지 않았어요. 하지만 신의 명령이었죠. 신이 시키는 것에 복종하지 않으면 세계는 혼란스러워지고 난리가 날 겁니다. 세상의 근원은 사랑이지요. 사랑의 근원도 신의 사랑이

고요.”

“하지만 아버지가 희생시키려 했던 아이가 그걸 어떻게 알아요?”

내가 물었다.

체틴 씨와 우리의 눈이 운전석 백미러에서 마주쳤다.

“케말 씨, 케말 씨도 아버님처럼 저와 농담하고 장난치려고 그렇게 말씀하시는 거죠? 아버님은 우리를 아주 사랑하신답니다. 아버님 농담에 기분 상하지 않습니다. 케말 씨의 농담에도 기분 상하지 않고요. 예를 들어 대답해 드리겠습니다. 「선지자 아브라함」이라는 영화를 보셨습니까?”

“아니요.”

“물론 케말 씨는 그런 영화를 보러 가지 않으시겠지요? 그렇지만 꼬마 아가씨도 데리고 가서 그 영화를 꼭 보시기 바랍니다. 절대 지루하지 않을 겁니다……. 에크렘 귀츠뤼가 선지자 아브라함 역을 연기합니다. 아내와 장모님과 아이들, 우리 가족 모두 함께 보러 갔습니다. 우리 모두 실컷 울었답니다. 선지자 아브라함이 손에 칼을 들고 아들을 바라볼 때도 우리는 울었습니다. 아들 이스마엘이 코란에도 쓰여 있듯이, ‘아버지, 신의 명령이 무엇이든지 그것을 따르세요.’라고 할 때도 우리는 울었답니다. 아들 대신 죽일 희생양이 왔을 때도 극장에 있는 사람들과 모두 함께 울었지요. 우리가 아주 사랑하는 존재에게, 그 어떤 대가도 기대하지 않고 우리의 가장 귀중한 것을 준다면, 바로 그때 세상이 아름다워진답니다. 꼬마 아가씨, 그래서 우리는 울었답니다.”

나는 파티흐에서 에디르네카프로, 거기에서 오른쪽으로 돌아 들어가 성벽을 따라 밑으로, 할리치만으로 내려간 것을 아주 잘 기억하고 있다. 변두리 마을을 지날 때, 폐허가 된 도시 성벽을 따라 앞으로 나아갈 때, 자동차 안의 정적은 오랫동안 지속되었다. 성벽 사이에 있는 채소밭, 작업장, 날림으로 지은 공장의 쓰레기, 빈 드럼통, 쓰레기로 가득 찬 공터에서 가끔 눈에 띄는 죽은 양, 벗겨진 양 가죽, 내장, 뿔을 보았다. 하지만 가난한 마을에서, 페인트칠이 벗겨진 목조 가옥들 사이에서는 어쩐지 희생양이 아니라 명절의 즐거움이 더 많이 느껴졌다. 회전목마와 그네를 타는 명절 대신, 명절날 받은 돈으로 마준[19]을 사는 아이들, 버스 이마 부분에 뿔처럼 달린 작은 튀르키예 국기, 많은 세월이 흐른 후 열정적으로 모았던 그림엽서와 사진 속 그 모든 풍경들을 퓌순과 함께 흐뭇하게 바라보았던 것을 기억한다.

쉬시하네 비탈길을 올라갈 때, 길 복판에 사람들이 모여 있는 것을 보았다. 교통은 막혔다. 순간 또 다른 명절 축제가 벌어진 것이라고 생각했다. 우리가 탄 차는 길을 내주는 사람들 속을 지나갔다. 우리는 조금 전 교통사고가 나서 마지막 숨을 헐떡이는 사람들 속으로 들어간 것이었다. 일이 분 전에, 비탈길에서 브레이크가 고장 나서 차선을 변경한 트럭이 자가용 한 대를 잔인하게 깔아뭉갰던 것이다.

"아, 하느님, 맙소사! 꼬마 아가씨, 절대 보지 마세요!"

체틴 씨가 말했다.

우리는 앞부분이 완전히 뭉개진 자가용 안에서 숨을 헐떡이며, 머리를 약간 움직이는 누군가를 어렴풋이 보았다. 나는 우리가 탄 차가 지나가면서 깨진 유리 조각을 밟아 바스락거리는 소리가 나고 그후 정적이 흘렀던 것을 선명하게 기억한다. 비탈길을 올라가 텅 빈 거리를 지나, 마치 죽음에서 도망치듯 탁심에서 니샨타쉬로

---

**19** 생강과 계피를 넣은 부드럽고 쫀득쫀득한 사탕.

서둘러 갔다.

"아니, 도대체 어디 있었던 거야? 걱정했잖아. 리큐어는 찾았어?"

아버지가 말했다.

"부엌에요!"

나는 이렇게 말했다.

거실에서는 향수, 화장수 그리고 카펫 냄새가 났다. 나는 여러 친척들 사이로 들어가 어린 퓌순은 잊어버렸다.

# 12
# 입맞춤

육 년 전의 명절 드라이브를, 다음 날 오후 퓌순과 다시 만났을 때 한 번 더 떠올렸다. 그런 다음 모든 것을 잊고 길고 긴 입맞춤을 한 후 사랑을 나누었다. 망사 커튼 사이로 들어오는 보리수나무 향기가 나는 봄바람이 그녀의 벌꿀 색 피부에 소름을 돋게 하고, 눈을 감고 온 힘을 다해 구명조끼에 매달리는 사람처럼 그녀가 나를 안자, 나는 머리가 어찔했고, 내가 경험하는 것의 더 심오한 의미는 보지도 생각지도 못했다. 죄책감에, 의심에, 어떤 사랑을 가꾸고 키울 그 위험한 지역에 더 이상 빠지지 않기 위해 남자들 사이로 들어가야 할 필요가 있다고 생각했다.

퓌순과 세 번 더 만난 후 토요일 아침 형에게 전화를 했다. 우승할 확률이 큰 기레순 스포츠 축구팀과 페네르바흐체 축구팀의 경기에 함께 가자고 하기에 그러자고 했다. 어린 시절에 갔던 돌마바흐체 스타디움이 이십 년 만에 이뇌뉘 스타디움으로 바뀐 것 말고는 별로 변한 것이 없어 기분이 좋았다. 유일한 변화는 유럽에서처럼 경기장에 잔디를 깔려는 시도였다. 하지만 잔디가 겨우 구석에만 자랐기 때문에 경기장은 관자놀이와 목덜미에만 머리카락이 남은 대머리 남자 같았다. 좌석 번호가 있는 관중석에 앉은 돈 있는 사람들은, 이십 년 전 1950년대 중반에도 그러했듯이, 땀에 범벅이 된 축구 선수들, 특히 유명하지 않은 수비수들이 가장자리 선으로 다가오면, 로마 귀족들이 관중석에서 검투사들을 질책하듯이 그들을 무시하고 욕설을 퍼부었다.(뛰지 못해, 겁쟁이 호모들!) 덮개 없는 관중석에 앉은 실업자, 가난한 사람, 학생 들로 이루어진 성난 관중들도 자신들의 분노와 목소리를 알릴 수 있다는 즐거움과 기대를 품고 모두 함께 화음에 맞춰 이와 비슷한 욕설을 했다. 다음 날 신문의 스포츠 면에 났던 대로, 아주 쉬운 경기였다. 페네르바흐체 팀이 골을 넣을 때마다 나도 다른 사람과 함께 자리에서 일어나 소리를 질렀다. 축제와 단결의 분위기 속에는, 경기장뿐만 아니라 관중석에서 쉬지 않고 서로의 볼에 입을 맞추며 축하의 말을 하는 남자 집단 속에는, 내 마음속의 죄책감을 숨기고, 두려움을 자긍심으로 바뀌게 하는 무언가가 있었다. 하지만 경기 중 고요한 순간이 찾아와, 선수들이 공차는 소리가 관중 3000명 전부에게 들릴 때, 나는 덮개가 없는 관중석 뒤로 보이는 보스포루스, 돌마바흐체 궁전 앞을 지나가는 러시아 배 쪽으로 고개를 돌리고 퓌순을 생각했다. 나를 그렇게 잘 알지도 못하면서 나를 선택해 나에게 단호히 자신을 주었다는 것이 내 마음에 깊은 영향을 주었기 때문이다. 큰 키, 그녀만의 특유한 배꼽, 그녀의 눈에 동시에 나타나곤 하는 의심과 진심, 침대에서 누워 있을 때 나를 바라보는 시선에서 느껴지는 슬픈 솔직함 그리고 우리의 입맞춤이 도무지 눈앞에서 사라지지 않았다.

"약혼하는 것이 많은 것을 생각하게 하나 보지."

형이 말했다.

"응."

"그녀를 많이 사랑해?"

"물론."

형은 뭔가 안다는 듯 다정하게 미소를 지으며, 경기장 가운데에서 굴러다니는 공으로 눈길을 돌렸다. 형의 손에는 이 년 전부터 피우기 시작했던, 그리고 진품이라고 생각했던 튀르키예산 마르마라 시가가 들려 있었다. 경기 내내 크즈 쿨레시[20] 쪽에서 불어오는 바람, 축구팀의 거대한 깃발과 작은 붉은색 코너 깃발을 펄럭이게 하는 가벼운 바람은, 시가 연기를, 마치 아버지의 담배가 그러했듯이 기어이 내 눈으로 들어가게 했고, 어린 시절처럼 매워서 눈물이 났다.

"결혼은 네게 좋을 거야."

형은 공에서 눈을 떼지 않고 말했다.

"어서 애를 낳아. 우리 애들과 친구 하게 너무 시간을 두지 마. 시벨은 의리 있고 확실한 여자야. 경솔하게 딴 데 정신이 팔려 있는 너를 다잡아 줄 거야. 다른 여자들에게 그랬던 것처럼 시벨을 질리게 만들지 않았으면 한다. 야, 이 빌어먹을 심판아, 그거 파울이잖아!"

페네르바흐체 팀이 두 번째 골을 넣자, 모두 함께 자리에서 일어나 "고오올!" 하고 소리 지르며 서로를 얼싸안고 볼에 입을 맞추었다. 경기가 끝난 후 아버지의 군대 친구인 '허수아비 골키퍼' 카드리를 비롯해 축구에 관심 많은 사업가들과 변호사들도 우리와 어울렸다. 소리를 지르며 비탈길을 올라가는 인파와 함께 디완 호텔로 걸어가서, 축구와 정치 이야기를 하며 라크를 마셨다. 나는 퓌순을 생각하고 있었다.

"딴생각에 빠져 있군, 케말. 너는 형처럼 축구를 좋아하지 않

---

20 보스포루스 해협에 세워진 탑. '소녀 탑'이라는 의미이며 '레안드로스 탑'이라고도 불린다.

나 봐.”

카드리 씨가 내게 말했다.

“사실 좋아합니다, 그런데 최근에…….”

“케말은 축구를 아주 좋아합니다, 카드리 씨, 그런데 패스를 잘 못 해요.”

형이 조롱하듯 말했다.

“사실 페네르바흐체 팀의 1959년도 선수 명단도 외울 수 있어 요. 외즈잔, 네딤, 바스리, 악퀸, 나지, 아브니, 미크로 무스타파, 잔, 윅셀, 레프테르, 에르군.”

나는 이렇게 말했다.

“세자레틴도 그 팀에서 뛰었어, 그를 잊었군.”

카드리 씨가 말했다.

“아니요, 그 팀에서 뛰지 않았어요.”

이 언쟁이 길어져서, 이런 상황에선 늘 그랬듯이 내기를 했다. 세자레틴이 1959년도 페네르바흐체 선수 명단에 있었는지 아닌지 를 놓고 카드리 씨와 내기를 했다. 진 사람이 디완 호텔에서 라크 를 마시는 사람들에게 식사를 내는 내기였다.

니샨타쉬를 걸어 돌아오는 길에 남자들과 헤어졌다. 멜하메트 아파트에 있는 집에는 내가 껌에서 나온 축구 선수 사진을 모아 보 관해 둔 상자가 있었다. 어머니는 장난감들과 함께 모든 것을 그곳 에 갖다 놓았다. 그 상자를, 어린 시절 형과 함께 모은 축구 선수와 배우 사진을 찾는다면 내기를 이길 거라고 생각했다.

하지만 그 집으로 들어가자마자, 사실 퓌순과 보냈던 시간을 떠 올리기 위해 거기에 왔다는 것을 깨달았다. 한순간 퓌순과 사랑을 나누었던 흐트러진 침대, 침대 머리맡에 있는 꽁초가 가득한 재떨 이, 찻잔을 바라보았다. 어머니가 방에 쌓아 놓은 옛날 물건들, 상자들, 멈춘 시계, 주방 도구, 바닥을 덮은 리놀륨, 먼지와 녹 냄새가 방에 있는 그림자들과 나의 상상 속에서 합쳐져, 내 영혼의 어떤 곳에 천국으로부터 나온 행복한 자리를 만들었다. 날은 이제 꽤 어두워지고 있었지만, 여전히 밖에서 축구를 하는 아이들이 소리치고 욕하는 소리가 들렸다.

잠보 껌에서 나온 배우 사진을 모아 놓은 네모난 깡통 상자를, 그날 1975년 5월 10일 멜하메트 아파트에서 찾았지만 안은 비어 있었다. 박물관 방문객들이 보게 될 배우 사진들은, 많은 세월이 흐른 후, 어지러운 방에 틀어박혀 추위에 떠는 불행한 이스탄불의 수집가들과 친하게 지내던 시절에, 흐프즈 씨에게서 샀다. 세월이 흘러 수집품을 보았을 때, 에크렘 귀츠뤼(선지자 아브라함을 연기했던 사람) 같은 몇몇 남자 배우들과 영화인들이 가던 바에서 함께 이야기를 나누었던 일도 떠올랐다. 나의 이야기는 내가 전시했던 이 물건들처럼 이 부분들을 언급하게 될 것이다. 나는 이미 그날부터 오래된 물건들 그리고 퓌순과 키스했던 행복으로 활기찬 존재를 인식했던 그 마법의 방이 내 인생에서 아주 중요한 위치를 차지할 것임을 알았다.

나의 이야기가 진행되는 시기에, 세상 대부분의 사람들처럼 나도 입술을 맞대고 키스하는 두 사람을 일생에서 처음으로 영화에서 보고 충격을 받았다. 내가 평생 아름다운 처녀와 항상 하고 싶어 했고 무척 궁금해했던 바로 그것이었다. 미국에서 한두 번 우연히 본 것 말고는, 사실 내 삼십 년 인생에서 입술을 맞대고 키스하는 커플을 영화 이외의 다른 곳에서는 본 적이 없었다. 극장은 내 어린 시절뿐만 아니라 그 당시에도 키스하는 다른 사람들을 구경하기 위해 가는 곳처럼 느껴지곤 했다. 스토리는 키스를 위한 핑계였다. 나는 퓌순도 나와 키스를 할 때 영화에서 보았던 키스들을 흉내 낸다고 느끼곤 했다.

　나는 지금 퓌순과의 키스에 대해 말하고 싶은 것이 있다. 나의 이야기가 성과 욕구에 관해 진지하다는 것을 느끼게 해 주고 싶을 뿐만 아니라, 그것을 경박함과 천함에서 보호하고 싶은 마음도 있다. 퓌순의 입에서 나는 가루 설탕 맛은 그녀가 씹었던 잠보 껌 때문이라고 생각했다. 이제 퓌순과의 키스는, 우리가 처음 만났을 때처럼 단지 서로를 시험하고, 서로에게 느꼈던 끌림을 표현하기 위해 하는 도발적인 행동이 아니라, 우리 자신의 희열을 위해 하는 것이었으며, 하면 할수록 그것이 무엇인지를 발견하며 놀라던 그 무엇이었다. 매번 긴 키스를 할 때마다 우리의 젖은 입, 서로 용기를 북돋아 주는 혀만큼이나 추억 역시 끼어든다는 것을, 그 맛을 만끽하며 긴 키스를 할수록 우리 둘 다 깨닫게 되었다. 나는 먼저 그녀에게 키스를 했고, 나중에는 나의 추억 속에 있는 그녀에게 키스를 했으며, 나중에는 한순간 눈을 떴다. 또다시 눈을 감고 조금 전에 보았던 그녀와 나의 추억 속에 있는 그녀에게 키스를 했다. 하지만 잠시 후 이 추억에는 그녀와 닮은 누군가도 뒤섞였고, 나는 그들에게도 키스했다. 나중에는 그 모든 사람들과 동시에 키스를 했기 때문에 나 자신이 더욱더 남자처럼 느껴졌고, 이번에는 그녀에게 키스를 할 때 다른 사람이 되어 키스를 했다. 그녀의 어린아이 같은 입, 도톰한 입술 그리고 욕구에 가득 찬 현란한 혀가 내 입 안에서 움직이는 것으로 내가 느낀 희열은, 혼란스러움과 새로운 생각("퓌순은 어린애야."라고 어떤 생각이 말했고, "그래 아주 여성스러운 아이야."라고 다른 생각은 말했다.)은 그녀에게 키스할 때 내가 되었던 많은 사람들 그리고 그녀가 나에게 키스할 때 내 추억 속에서 살아난 모든 퓌순들과 뒤섞여 갈수록 커졌다. 이 처음이자 긴 키스에서, 우리 사이에서 서서히 발전할 사랑의 의식과 세부적인 것들에서, 새로운 지식과 내게는 새로웠던 어떤 행복의 첫 실마리와 이 세상에서 아주 드물게 도달하는 천국의 문이 살짝 열리는 것을 느꼈다. 우리의 키스와 함께 우리 앞에 단지 육체의 희열과 갈수록 증가하는 성적인 욕구의 문만이 아니라, 당시 경험하고 있던 봄날 오후의 밖으로 우리를 끌어당기는 거대하고, 넓고, 커다란 '시간'도 열리는 것 같았다.

그녀와 사랑에 빠졌던 것일까? 나는 깊은 행복감을 느꼈고 또 걱정스러웠다. 나의 영혼이 이 행복을 진지하게 여기는 위험과 가볍게 여기는 통속성 사이에 끼일 수도 있다는 생각에, 내 머리는 혼란스러워졌다. 그날 저녁, 오스만이 그의 아내와 아이들과 함께 부모님을 뵙고 저녁 식사를 하러 왔다. 식사를 하면서 퓌순과의 키스를 떠올렸던 것을 기억한다.

다음 날 정오 무렵 혼자 극장에 갔다. 영화를 볼 생각은 전혀 없었다. 하지만 점심시간에 여느 때처럼 사트사트에서 일하는 나이든 직원들과, 어렸을 때 내가 얼마나 귀여웠는지를 이야기하기 좋아하는 뚱뚱하고 다정한 비서들과 함께 판갈트에 있는 상인 식당에서 식사를 할 수는 없을 것 같았다. 그저 혼자 있고 싶었다. 그들 사이에서, 친구이자 '겸손한 상사' 역할을 하며 시끄럽게 농담을 하고 식사를 하면서, 퓌순을, 우리의 키스를 생각하며, 빨리 오후 2시가 오기를 기다리는 것은 감당하기 힘든 일 같았기 때문이다.

오스만베이의 줌후리예트 대로에서 진열장을 들여다보며 멍하니 걷다가, 히치콕 영화 주간이라는 광고에 혹해 들어가서 보았던 영화에도 그레이스 켈리의 키스 신이 있었다. 상영 도중 오 분 휴식 시간에 피웠던 담배, 정오 상영 시간에 들어온 주부들과 학교를 땡땡이친 게으른 학생들을 기억하기 위해 많은 세월이 흐른 후 나의 박물관에 가져다 놓은 '알라스카 프리고' 아이스바와 좌석 안내

인의 손전등 등 이 모든 것이 사춘기 시절 혼자 있고 싶어 했던 나의 마음과 키스하고 싶은 바람을 극장에서 떠올렸던 징표가 되었으면 한다. 나는 더운 봄날에 극장의 서늘함을, 곰팡이 냄새가 나는 무거운 분위기를, 열렬한 영화 애호가 한두 명의 속삭임을, 두꺼운 벨벳 커튼의 가장자리에 있는 그림자와 어두운 구석들을 보며 상상에 빠지기를 좋아했다. 잠시 후 퓌순을 만날 거라는 의식이 내 머릿속 한구석에서 온 영혼으로 행복하게 퍼져 가고 있었다. 극장에서 나온 후, 오스만베이의 구불구불한 골목, 포목상, 찻집, 철물점, 셔츠를 다리고 풀을 먹이는 가게들 사이를 지나 테쉬비키예 대로로, 우리 만남의 장소로 걸어가면서, 이것이 마지막 만남이 되어야 한다고 생각했던 것을 기억한다.

처음에는 그녀에게 진지하게 수학을 가르치려고 했다. 그녀의 머리카락이 종이 위로 흘러내리는 것, 손이 책상 위에서 활발하게 움직이는 것, 길게 깎은 연필 끝에 달린 지우개가 유두처럼 입술 사이로 들어가는 것, 가끔 그녀의 드러난 팔이 나의 드러난 팔에 닿는 것이 내 이성을 혼란스럽게 했지만 자신을 억눌렀다. 방정식을 풀기 시작했을 때, 퓌순의 얼굴에 자랑스러운 표정이 나타났고, 급히 입 안에 있는 연기를 앞으로 곧장(어떤 때는 내 얼굴에) 내뿜으며, 자신이 얼마나 빨리 승리를 거두었는지를 내가 알아챘는지 보려고 곁눈질로 나를 바라보다가, 실수로 더하기를 잘못해 공든 탑이 무너져 버렸다. 그녀가 찾은 답이 a, b, c, d, e 중 그 어디에도 맞지 않자, 처음에는 슬퍼하다가 나중에는 당혹스러워하면서 "머리가 나빠서가 아니라 주의하지 않아서 그래요!"라고 핑계를 찾았다. 그러면 나는 그녀가 다시는 이런 실수를 하지 않도록 주의력도 지능의 일부라고 거만하게 말했다. 그녀가 새로운 문제를 풀 때, 배고픈 참새의 다급한 주둥이처럼 건너뛰면서 앞으로 나아가는 연필의 영리한 끝을 바라보았고, 머리카락을 잡아당기며 조용히 그리고 노련하게 등가(等價)를 풀어 가는 것에 감탄했고, 내 마음속에서 초조함과 불안감이 솟아오르는 것을 착잡한 마음으로 지켜보았다. 그러다가 키스를 하기 시작했고, 길게 키스를 이어 갔으며, 그런 다음 사랑을 나누었다. 사랑을 나눌 때는 순결, 부끄러움, 죄책감 같은 것의 무게를 느꼈고, 이를 서로의 행동에서 감지했다. 하지만 퓌순이 성적 희열을 느끼고, 오랫동안 궁금해했던 희열을 드디어 발견하는 흥분에 매료되었다는 것을 그녀의 눈에서 읽을 수 있었다. 오랜 세월 동안 그 전설을 듣고 상상했던 먼 대륙에, 파도치는 대양을 넘고, 고통을 겪고 피를 흘리며 드디어 도달한 모험가가, 이 새로운 세계에 도달하자마자 모든 나무, 모든 돌, 모든 샘에 매료되어 감탄하며 바라보는 것처럼, 모든 꽃, 모든 과일을 처음의 흥분을 간직한 채 조심스럽게 집어 입에 가져가 맛을 보는 것처럼, 퓌순도 모든 것을 이와 같은 호기심과 어쩔한 황홀감을 품고 서서히 발견하고 있었다.

남자의 가장 확연한 성적 쾌락의 도구를 제외하면, 사실 퓌순이 가장 많이 관심을 보인 것은 나의 몸도, 일반적인 '남자의 몸'도 아니었다. 그녀의 진짜 관심과 흥분은 자신, 자신의 몸 그리고 자신의 쾌감을 향해 있었다. 나의 몸, 팔, 손가락, 입은 그녀의 벨벳 같은 피부 위와 그 안에 있는 희열의 지점과 가능성을 찾아내기 위해 필요한 것이었다. 그 지점들 중 어떤 곳은 그녀도 전혀 몰랐기 때문에 때로는 내가 인도해야 했던 새로운 맛의 가능성이 몸 안에서 발견되면, 놀란 퓌순의 눈은 황홀해지며 넋을 잃고 내면으로 향했고, 자신의 안에서 나오는 새로운 쾌감의 일렁임이 희열의 핏줄에서, 목덜미에서, 몸 안에서 갈수록 커지는 어떤 소름처럼 자발적으로 진행되는 것을 때로는 경탄하며, 때로는 짧은 비명을 지르며 행복하게 관찰했고, 이후 다시 내게 도움을 요청했다. 몇 번이나 내게 "한 번 더 해 줘, 제발. 한 번 더 그렇게 해 줘."라고 속삭였다.

나는 아주 행복했다. 하지만 나의 이성이 측정해서 이해했던 행복이 아니라, 나의 피부가 경험하여 알았고, 이후 평범한 삶 안에서, 전화를 받을 때 나의 목덜미에서, 급히 계단을 오를 때 꼬리뼈에서, 사 주 후 약혼할 생각이었던 시벨과 탁심에 있는 식당에서 음식을 고를 때 나의 유두에서 느끼고 떠올렸던 그 어떤 것이었다. 하루 종일 어떤 향수(香水)처럼 지니고 있었던 이 느낌을 퓌순이 내게 주었다는 것도 가끔 잊었고 — 몇 번 그러했던 것처럼 — 사무실에서 아무도 없는 시간에 시벨과 급히 사랑을 나눌 때도, 이와 똑같이 거대하고 유일무이한 행복을 경험하는 것 같은 느낌이 들곤 했다.

# 13
# 사랑, 용기, 현대성

어느 날 저녁 푸아예에 갔을 때, 시벨은 파리에서 산, 그리고 여기에 전시한 스플린 향수를 내게 선물했다. 사실은 전혀 좋아하지 않으면서도, 단지 호기심으로 어느 날 아침 목에 뿌린 이 향수를 뤼순은 사랑을 나눈 후 알아챘다.

"시벨 씨가 당신에게 사 준 향수야?"

"아니, 내가 샀어."

"시벨 씨가 좋아할까 해서?"

"아니, 네가 좋아할까 해서."

"시벨 씨와도 물론 사랑을 나누겠지, 그렇지?"

"아니."

"제발 거짓말하지 마."

땀에 젖은 그녀의 얼굴에 의심의 표정이 나타났다.

"자연스러운 것으로 받아들일 거야. 그녀와도 물론 사랑을 나누겠지?"

그녀는 거짓말을 하는 아이에게 사실을 말하게끔 다정하게 얘기하는 엄마처럼 내 눈을 들여다보며 물었다.

"아니."

"거짓말이 내 마음을 더 아프게 해. 제발 사실대로 말해 줘. 그렇다면 왜 그녀와 사랑을 나누지 않는 거야?"

나는 퓌순을 안으며 이렇게 말했다.

"시벨과는 지난해 여름 수아디예에서 알게 되었어. 여름에는 겨울용 집이 비어 있었기 때문에 우린 니샨타쉬에 오곤 했어. 가을에 그녀는 파리로 갔고. 겨울에는 내가 그녀를 보기 위해 몇 번 파리에 갔어."

"비행기로?"

"응. 지난 12월에 시벨이 대학을 졸업하고 나와 결혼하기 위해 프랑스에서 귀국했을 때, 이번에는 겨울에 수아디예에 있는 여름 집에서 만나기 시작했어. 하지만 수아디예에 있는 집이 얼마나 추웠던지 사랑을 나누는 즐거움이 얼마 지나지 않아 사라졌어."

"따뜻한 집을 찾을 때까지 잠자리를 유보한 거야?"

"우리는 3월 초, 그러니까 두 달 전 어느 날 밤 수아디예에 있는 집에 갔어. 아주 추웠지. 벽난로를 피우다 집 안이 온통 연기로 꽉 차게 되어 다투기까지 했어. 그다음에 시벨은 독감에 걸렸고. 열도 나고, 일주일간 몸져누웠어. 다시는 그곳에 가서 사랑을 나누고 싶은 생각이 들지 않았지."

"누가 원하지 않았어? 당신, 아니면 그녀?"

그녀의 얼굴에서는, 궁금해서 고통스러운 듯 '제발 사실을 말해 줘.'라는 애달픈 표정 대신 '제발 거짓말 해 줘, 날 속상하게 하지 마!'라는 애원의 눈길이 보였다

"아마 시벨은, 결혼하기 전에 나와 사랑을 조금 덜 나누면, 내가 약혼, 결혼, 나아가 그녀에게 더 많은 가치를 부여할 거라고 생각하는 것 같아."

"하지만 이전에도 사랑을 나누었다고 했잖아."

"이해하지 못하는 것 같군. 문제는 첫 관계가 아니야."

"그래, 물론 아니지."

퓌순은 목소리를 낮추며 말했다.

"시벨은 자신이 나를 얼마나 사랑하고 믿는지 보여 주었어. 하지만 혼전에 관계를 맺는 것에 대해서는 여전히 불안감을 느끼는 것 같아……. 난 그 생각을 이해해. 유럽에서 공부했지만 너만큼 용기가 있거나 현대적이지 못해."

아주 긴 침묵이 흘렀다. 오랜 세월 동안 이 침묵의 의미를 생각해 보았기 때문에, 이제는 이 문제를 균형 있게 요약할 수 있으리라 생각한다. 퓌순에게 말한 마지막 문장에는 한 가지 의미가 더 있었다. 시벨이 결혼하기 전에 나와 잠자리를 한 것은 사랑과 믿음으로, 퓌순이 그렇게 한 것은 용기와 현대성으로 해석한 셈인 것이었다. 이로써 내 입에서 나왔기 때문에 오랜 세월 동안 후회할 '용기와 현대성'라는 칭찬으로 인해, 그녀가 나와 잤기 때문에 내가 퓌순에게 특별한 책임감과 애착을 느끼지 않을 거라는 결론이 내려지는 것이었다. 왜냐하면 그녀가 '현대적'인 것으로 보아, 결혼하기 전에 한 남자와 자거나 결혼 초야 때 처녀가 아닌 것은 그녀에게 있어 부담이 되지 않는다는 말이기 때문이었다. 마치 상상 속의 유럽 여성들 혹은 이스탄불 거리를 돌아다닌다고 하는 어느 전설적인 여성들처럼……. 하지만 나는 퓌순이 좋아할 거라고 생각하며 그 말을 했던 것이다.

이 모든 것을 침묵 속에서, 이렇듯 확연하게는 아닐지라도, 머릿속으로 생각하면서, 내 눈은 바람에 천천히 흔들리는 뒤뜰의 나무들에 머물렀다. 우리는 사랑을 나눈 후 침대에 누운 채 이야기를 하면서, 창밖 뒤뜰에 있는 나무들, 나무들 사이로 보이는 아파트, 이것들 사이에서 이리저리 날아다니는 까마귀들을 보곤 했다.

많은 시간이 흐른 후 퓌순은 이렇게 말했다.

"난 사실 용기 있고 현대적이진 않아!"

나는 이 말을, 무거운 주제가 그때 그녀에게 가져온 불안감, 더 나아가 겸손으로 해석했으며 중요하게 여기지 않았다.

잠시 후 퓌순은 신중하게 덧붙였다.

"한 여자가 한 남자를 오랜 세월 동안 진심으로 미친 듯이 사랑할 수 있어, 하지만 그와 전혀 잠자리를 하지 않을 수도 있어."

"물론, 그럴 수 있지."

내가 이렇게 말했고, 다시 침묵이 흘렀다.

"그러니까 요즈음은 전혀 사랑을 나누지 않아? 여기에 왜 시벨 씨를 데리고 오지 않지?"

"그런 생각은 전혀 못 했어."

나 역시 왜 전에 그런 생각을 하지 못했는지 놀라면서 말했다.

"이곳은 옛날에 틀어박혀 공부를 하고, 친구들과 함께 음악을 들었던 곳이야. 웬일인지 너 때문에 이곳이 생각났어."

"생각을 하지 못했다는 말, 난 정말로 믿어."

퓌순이 예리하게 말했다.

"하지만 다른 말에는 거짓이 있어, 그렇지? 나한테 절대 거짓말을 하지 않았으면 해. 그녀와 요즈음에 사랑을 나누지 않는다는 말, 믿지 않아. 맹세해 봐."

"요즈음 그녀와 잠자리를 하지 않는다는 거 맹세해."

이렇게 말하며 퓌순을 안았다.

"그렇다면 언제 다시 그녀와 사랑을 나누기 시작할 거야? 여름에 부모님이 수아디예에 가시면? 언제 가시는데? 사실을 말해 줘, 다른 건 안 물을게."

"4월이 지나서 수아디예로 이사한대."

나는 부끄러워하며 중얼거렸다.

"지금 나한테 거짓말한 거 있어?"

"아니."

"조금 더 생각해 봐."

나는 생각하는 척하면서 잠시 침묵했다. 그때 퓌순은 내 재킷 주머니에서 운전면허증을 꺼내 만지작거리고 있었다.

"에템 씨, 나도 가운데 이름이 있어. 뭐 어쨌든, 생각해 봤어?"

"응, 생각해 봤어. 너한테 거짓말한 거 하나도 없어."

"지금, 아니면 최근에?"

"그 어느 때도. 우리는 서로에게 거짓말을 할 상황이 아니야."

"뭐라고?"

우리 사이에는 어떤 이익이나 일 같은 관계가 없다고, 다른 사람에게는 비밀일지라도 인간의 가장 순수하고 가장 원초적인 감정을 거짓말 따위가 필요하지 않을 정도의 진정한 마음으로 경험하고 있다고 나는 설명했다.

"당신이 나한테 거짓말을 하고 있다고 확신해."

"나에 대한 존중심이 빨리도 사라졌군."

"사실 나에게 거짓말을 했으면 하고 바랐어. 왜냐하면 사람은 잃어버릴까 봐 두려운 것을 위해서만 거짓말을 하니까."

"물론 널 위해 거짓말을 하지……. 하지만 네게 거짓말을 하지 않아. 하지만 원한다면 그렇게도 할게. 내일 또 만나자, 응?"

"좋아!"

나는 힘껏 그녀를 안고 목에서 나는 향기를 들이마셨다. 이끼 낀 바다, 탄 캐러멜, 아기용 비스킷이 뒤섞인 이 냄새를 맡을 때마다, 내 마음속에 낙관적인 생각과 행복감이 번졌다. 하지만 퓌순과 보낸 시간은 나의 삶이 흐르고 있는 물길은 전혀 바꾸지 않았다.

어쩌면 내 마음속에 있는 이 행복과 유쾌함이 자연스러운 것으로 느껴졌기 때문일 것이다. 하지만 모든 튀르키예 남자들처럼 나 자신을 계속 정당하다고 보거나, 반대로 계속 부당한 대우를 받은 사람으로 여겼기 때문은 아니었다. 내가 경험하고 있는 것을 아직 정확히 인식하지 못했기 때문이었다.

하지만 그래도, 나는 어떤 남자들을 인생의 마지막까지 절망적이고 깊고 어두운 외로움 속에 남겨 놓는 균열과 상처가 내 영혼에 서서히 생겨나기 시작했음을 그즈음 인식하기 시작했다. 이제 매일 밤 잠들기 전에 냉장고에서 라크를 꺼내 한 잔 따른 후 창밖을 보며 혼자 조용히 마시곤 했다. 테쉬비키예에 있는, 사원 맞은편의 높은 건물 꼭대기에 있는 우리 집 침실의 창문은, 우리 집과 비슷한 다른 집들의 침실 창문 쪽으로 나 있었다. 어릴 적부터 어둠 속에서 내 방에 들어가 다른 집의 내부를 구경하면 마음이 평온해지곤 했다.

나의 멋지고 행복한 삶을 그대로 계속 유지하기 위해서는 퓌순을 사랑하지 말아야 한다는 것을, 그즈음 밤마다 니샨타쉬의 불빛들을 바라보며 떠올리곤 했다. 이를 위해 퓌순의 우정, 그녀의 고민, 농담과 인정에 휩쓸리지 않아야 한다는 것도 감지하고 있었다. 수학 공부를 하고 사랑을 나누면 어차피 거의 시간이 남지 않았기 때문에 그리 어려운 일도 아니었다. 행복하게 사랑을 나눈 후, 서둘러 옷을 입고 아파트에서 나올 때면 가끔 퓌순도 내게 '휩쓸리지 않기' 위해 나처럼 조심한다는 생각이 들었다. 이 행복하고 놀랄 만큼 달콤한 시간에 우리가 느꼈던 희열과 기쁨이 독자들에게 인지되는 것이, 나의 이야기가 이해되기 위해서 필수적이라고 생각한다.

사랑을 나누는 그 순간을 거듭하여 경험하고 싶은 바람과 그 쾌감에 대한 애착은 당연히 나의 이야기를 이끌어 가는 기본적인 불꽃이다. 오랜 세월 동안 그녀에게 느꼈던 애착을 이해하기 위해 그 비할 데 없는 사랑의 순간들을 떠올릴 때마다, 내 눈앞에는 이성적인 사고 대신 사랑을 나누었던 시간 중 멋진 장면들이 되살아나곤 했다. 예를 들면 내 품에 안은 아름다운 퓌순의 커다란 왼쪽 가슴을 내 입안으로 넣던 장면……. 혹은 나의 이마, 턱 끝에서 퓌순의 아름다운 목으로 땀이 떨어질 때 그녀의 아름다운 등과 뒤태를 감탄하며 바라보던 장면……. 혹은 그녀가 희열에 가득 찬 비명을 지른 후 한순간 눈을 떴던 모습……. 혹은 사랑을 나누다 절정의 순간에 퓌순의 얼굴에 드러난 표정…….

하지만 이 장면들은 내가 느꼈던 희열과 행복의 원인이 아니라 단지 도발적인 그림들 하나하나일 뿐임을 곧 깨달았다……. 많은 세월이 흐른 후, 그녀를 왜 그렇게 사랑했는지를 이해하려고 했을 때, 단지 우리가 사랑을 나누던 장면뿐만 아니라, 우리가 사랑을 나누던 방, 주위, 평범한 것들도 모두 기억하려고 애를 썼다. 때로 뒤뜰에 있는 커다란 까마귀 한 마리가 발코니 난간에 앉아 조용히 우리를 바라보았다. 어렸을 때 우리 집 발코니에 앉았던 까마귀와 같았다. 어렸을 때 어머니는 "빨리 자거라, 까마귀가 널 보고 있잖니!"라고 말했고, 나는 그것이 두려웠다. 퓌순도 무서워하는 까마귀가 한 마리 있다고 했다.

어떤 날에는 차가운 방과 먼지 그리고 어떤 날에는 흐릿하고 때 묻은 시트, 우리의 몸, 그림자들, 바깥의 삶, 교통, 계속되는 공사 소음, 장사꾼의 고함 소리에서 빠져나와 우리 사이로 들어온 많은 것들이, 우리의 섹스가 꿈의 세계가 아니라 현실 세계의 일부라고 느끼게 해 주었다. 때로는 저 멀리 돌마바흐체, 베식타쉬 쪽에서 뱃고동 소리가 들려왔고, 우리는 그것이 어떤 배인지를 함께 생각하곤 했다. 만날 때마다 더욱더 진심을 다해, 그리고 자유롭게 사랑을 나눌수록, 단지 이 현실 세계와 극도로 매력적인 성적인 세부 사항들뿐만 아니라, 퓌순의 몸에 있는 이상스러운 부가물들, 그러니까 사마귀, 여드름, 솜털, 어둡고 사랑스러운 얼룩들을 행복의 원천으로 생각했던 것을 기억한다.

무한하고, 어린아이 같은 섹스의 희열 이외에, 나를 그녀에게 매이게 한 것은 무엇이었을까? 혹은 어떻게 그녀와 그렇게 진심 어린 형태로 사랑을 나눌 수 있었을까? 사랑을 낳은 것은 섹스의 희열과 계속해서 반복되는 그 욕구였을까, 아니면 이 욕구를 낳게 하고 키웠던 다른 것들이었을까? 퓌순과 매일 몰래 만나 사랑을 나누었던 그 행복한 나날에는 나 자신에게 이런 질문들을 전혀 하지 않았고, 그저 사탕 가게에 들어간 행복한 아이처럼 쉬지 않고 열정적으로 게걸스럽게 사탕을 먹곤 했다.

# 14
# 이스탄불의 거리, 다리, 비탈길, 광장

퓌순은 이야기를 나누다 자신이 좋아했던 고등학교 선생님에 대해 "다른 남자들 같지 않았어!"라고 했는데, 그녀에게 무슨 뜻인지 물었지만 대답을 듣지 못했다. 이틀 후 그녀에게 '다른 남자들 같지 않다'라는 말이 무엇을 의미하는지 한 번 더 물었다.

"진지하게 물어보고 있다는 거 알아. 그래서 당신에게 진지하게 대답하고 싶어. 대답할까?"

"물론…… . 그런데 왜 일어나?"

"왜냐하면 그 질문에 답을 할 때 벗고 있고 싶지 않아서야."

"나도 입을까?"

그녀가 대답을 하지 않기에 나도 일어나 옷을 입었다.

이 담뱃갑, 진열장에서 꺼내 침실로 가져왔던 퀴타흐야산(産) 재떨이, 찻잔(퓌순의 것)과 유리컵, 퓌순이 이야기를 할 때마다 손에 들고 신경질적으로 만지작거리곤 했던 조개껍질, 당시 그 방의 무겁고 지치고 답답한 분위기를 떠올릴 수 있도록, 그리고 퓌순의 아이 같은 머리핀을, 이 이야기를 어떤 아이가 경험했다는 것을 잊지 않도록 진열한다.

퓌순은 쿠유루 보스탄 골목에 있는 담배, 장난감, 문구류를 파는 작은 가게의 주인에서부터 이야기를 시작했다. 이 '가련한' 아저씨는 쮜순 아버지의 친구였다. 그는 아버지와 가끔 백개먼[21]을 했다. 쮜순이 여덟 살에서 열두 살 사이에, 특히 여름에, 아버지가 사이다나 담배 또는 맥주를 사 오라며 그녀를 그 가게로 보낼 때면 '가련한' 아저씨는 "거스름돈이 없구나, 사이다를 주마."라는 핑계로 그녀를 못 가게 하고, 아무도 없을 때 핑계를 대고는("땀이 났구나, 잠깐만.") 만지곤 했다.

열 살에서 열두 살 사이에, 일주일에 한두 번 저녁때 뚱뚱한 아내와 함께 놀러 오던 '콧수염 달린 똥 같은 이웃' 아저씨가 있었다. 그녀의 아버지가 아주 좋아했던 이 남자는 모두 함께 라디오를 듣고, 이야기를 나누고, 차를 마시고, 쿠키를 먹을 때, 아무도 알아채지 못하고, 쮜순도 정확히 무엇인지 잘 이해할 수 없는 상태로, 쮜순의 허리, 어깨, 엉덩이 혹은 다리 위쪽에 손을 올리고는 마치 거기에다 손을 둔 걸 잊어버린 듯 놓아두곤 했다. 때로 그 남자의 손은 나무에서 바구니로 노련하게 떨어지는 과일처럼, 탁 하고 쮜순의 품 주위에 '실수로' 떨어졌고, 그곳에서 약간 떨면서 땀에 젖은 채 길을 찾아 꿈틀거렸고, 쮜순은 마치 자신의 다리와 엉덩이 사이에 게가 있는 것처럼 옴짝달싹하지 못했는데, 그때 남자는 다른 손으로 차를 마시며 방에서 진행되는 대화에 동참하곤 했다.

열 살 먹은 쮜순이, 친구들과 카드 게임을 하는 아버지 품에 안기고 싶다고 했다가 거절당하자("얘야, 보다시피 지금 바쁘잖니?") 아버지의 게임 친구인 '귀찮은' 아저씨가 "이리 와서 나한테 행운을 가져다주렴."이라고 하면서 그녀를 품에 안고는, 이후 결코 순수하다고 할 수 없는 형태로 그녀를 쓰다듬고 어루만졌다.

---

**21** 실내에서 두 사람이 하는 서양식 주사위 놀이.

이스탄불의 거리, 다리, 비탈길, 영화관, 버스, 혼잡한 광장 그리고 한적한 장소들은, 상상 속에서 어두운 유령처럼 떠오르지만 그 누구도 특별히 혐오할 수 없는("어쩌면 그 누구도 내게는 진정 충격적이지 않았기 때문에") 이 '가련한' 아저씨들, '귀찮은' 아저씨들, '콧수염 달린 똥 같은 이웃'들의 어두운 그림자로 가득 차 있었다. 퓌순이 놀랐던 것은, 집에 온 손님들 중 한 명이, 얼마 지나지 않아 '가련한' 아저씨 혹은 '콧수염 달린 똥 같은 이웃'으로 변해, 복도에서, 부엌에서, 그녀를 몰아세우고 만진다는 것을 아버지가 전혀 알아채지 못한다는 것이었다. 열세 살 때는, 착한 딸이라면 이런 음흉하고 가련하고 추한 무리들이 만지는 것을 불평하지 않아야 한다고 생각하기 시작했다. 그 당시 그녀를 사랑하게 된(이는 퓌순이 불평하지 않았던 사랑이었다.) 고등학생 '아이'가, 창문 바로 앞에 있는 길에다 "너를 사랑해."라고 쓰자, 아버지는 퓌순의 귀를 잡아 창문으로 데리고 가더니, 그 글을 보여 주고는 따귀를 한 대 때렸다. 퓌순은 다양한 '비열한' 아저씨들이 특히 공원, 공터, 뒷골목에서 갑자기 자신들의 거시기를 보여 주기 때문에 그런 곳을 지나지 않아야 한다는 것을, 그녀처럼 '괜찮은' 모든 이스탄불 소녀들처럼 배우게 되었다.

이런 성추행이 인생에 대한 그녀의 낙관론을 얼룩지게 하지 못했던 다른 이유는, 남자들이 어두운 음악의 비밀스러운 규칙에 따라, 그녀에게 자기들의 나약함을 열렬하게 전시했기 때문이다. 수많은 남자들이 길거리, 교문, 극장 입구, 버스에서 그녀를 보고 따라왔다. 어떤 사람들은 몇 달씩 그녀를 따라다녔지만, 그녀는 그들을 모른 척했다. 하지만 그들 중 그 누구도 절대 동정하지 않았다.(동정에 대해 내가 그녀에게 물었다.) 그녀의 꽁무니를 따라다니는 남자들 중에는 그리 참을성이 없거나, 진짜 사랑에 빠졌거나, 정중하지 않은 사람도 있었다. 얼마 지나지 않아 말을 건네고(정말 아름다우시군요, 함께 걸을 수 있을까요, 뭐 좀 물어보고 싶은데요, 죄송합니다만 귀머거리인가요? 등등) 그다음에는 분노하고, 저질스러운 말과 욕설을 던지기 시작했다. 어떤 남자들은 둘씩 다니고, 어떤 남자들은 자신들이 며칠 동안 따라다녔던 여자를 보여 주고 그들의 생각을 들으려고 새 친구들을 데려오고, 어떤 남자들은 따라오면서 자기들끼리 음흉하게 웃고, 어떤 이들은 편지와 선물을 주려 했고, 어떤 이들은 울기도 했다. 따라다니던 남자들 중 한 명이 그녀를 끌어당겨 억지로 입을 맞추려 했던 사건 이후로, 한때 그랬던 것처럼 더 이상 그들에게 대들지도 않았다. '다른 남자들의' 속임수와 의도를 알았던 열네 살 이후에는 어쩌면 무의식적일지언정 남들이 그녀를 만지지 못하게 했고, 덫에도 걸리지 않으려고 했다. 하지만 도시의 거리는 매일 새롭고 기발한 만지기, 문지르기, 밀어붙이기, 뒤에서 기대기 등의 방법을 찾은 사람들로 가득했다. 자동차 창문으로 팔을 내밀고는 인도에서 걸어가는 사람을 만지는 사람들, 계단에서 넘어지는 척하다가 기대는 사람들, 엘리베이터에서 억지로 입을 맞추려 하는 사람들, 거스름돈을 주면서 일부러 손가락을 만져 쓰다듬으려고 하는 사람들이 이제는 놀랍지도 않았다.

아름다운 여성과 내밀한 관계를 맺고 있는 남자는, 그의 애인에게 빠지고 매달리고 가까워지려고 하는 다양한 남자들의 다양한 이야기를, 때로는 질투하며, 대부분 미소를 지으며, 대체로 그들을 불쌍히 여기고 무시하며 듣고 있을 수밖에 없다. '우수 학원'에는 그녀와 나이가 같고, 귀엽고 온화하며 잘생긴 아이가 있었다. 계속해서 그녀에게 함께 극장에 가자고, 모퉁이에 있는 찻집에서 차 한잔 마시자고 했지만, 퓌순을 보면 흥분에 싸여 처음에는 얼어붙어 아무 말도 하지 못했다. 어느 날 퓌순이 펜을 가져오지 않은 것을 보고는 그녀에게 볼펜을 선물했고, 퓌순이 학원에서 그 볼펜으로 필기를 하는 것을 보고 아주 행복해했다.

같은 학원에 항상 머릿기름을 바르고 다니는, 조용하고 신경질적인 삼십 대 '관리 직원'이 있었다. "신분 서류가 빠진 게 있어." 혹은 "답안지 한 개가 없어." 같은 핑계로 퓌순을 방으로 불러서는, 삶의 의미, 이스탄불의 아름다움, 자신이 발표한 시 같은 주제로 말을 시작했다. 퓌순이 용기를 북돋아 줄 만한 반응을 보이지 않자, 등을 돌리고 창밖을 보면서 낮은 목소리로, 마치 욕설을 하듯 "나가도 돼."라고 말했다.

샹젤리제 부티크에 쇼핑을 하러 왔다가 그녀를 보자마자 사랑에 빠지고, 셰나이 부인이 옷이나 액세서리, 선물용 물건들을 팔아 주었던 무리들 — 그중에는 여자도 한 명 있었다 — 에 대해서는 언급하고 싶지도 않다고 했다. 나의 끈질긴 요구로 그들 중 가장 '웃겼던' 사람에 대해 설명해 주었다. 그는 쉰 살 정도로, 작은 키에다 항아리처럼 통통하고, 수세미처럼 뻣뻣한 콧수염을 길렀지만 잘 차려입는 부유한 남자였다. 작은 입으로 중간중간 긴 프랑스 문장들을 섞어 가며 셰나이 부인과 이야기를 나누었는데, 가게에 퍼진 그의 향수 냄새는 퓌순의 카나리아인 레몬을 불안하게 하곤 했다!

그녀의 어머니가 퓌순이 눈치채지 못하게 그녀를 선보이곤 했는데, 그녀는 많은 신랑 후보 중에서, 몇 번 만났지만 결혼보다는 그녀에게 관심이 있었던 특이한 남자를 좋아했으며, 그와는 키스도 했다. 지난해 스포츠 전시관에서 전국 고등학교 음악 경연 대회를 관람할 때 알게 되었던, 로버트 칼리지에 다니는 어떤 남학생은 그녀에게 완전히 빠지고 말았다. 그는 그녀가 다니는 학교 정문 앞으로 찾아왔고, 매일 함께 나갔으며 두세 번 키스도 했다. '사생아' 힐미와 사귄 적은 있지만 그와는 키스조차 하지 않았다. 왜냐하면 그의 머릿속에는 여자들을 곧장 침대로 끌어들이는 것 말고는 다른 생각이 없었기 때문이다. 미인 대회 사회자였던 가수 하칸 세린칸에게는, 그가 유명해서가 아니라, 무대 뒤에서 모두가 꾸민 음모로 그녀의 권리가 바로 눈앞에서 뻔히 박탈당할 때, 그녀에게 친근하고 다정하게 대해 주고, 더욱이 무대 위에서 할, 다른 참가자들을 벌벌 떨게 한 문화와 지식에 관련된 질문들을(그리고 답들을) 무대 뒤에서 미리 그녀에게 속삭여 주었기 때문에 친근감을 느꼈다. 이후에 이 구식 노래를 부르는 가수가 끈질기게 전화를 했을 때는 — 어차피 그녀의 어머니도 싫어했다 — 받지 않았다. 그녀는 나의 얼굴에 나타난 표정을 당연히 질투로 해석하고, 내가 놀랄 수밖에 없던 어떤 논리로 이 질투의 원인은 단순히 그가 유명한 사회자였기 때문이라고 생각했고, 여전히 다정하고 즐겁게 열여섯 살 이후에는 그 누구도 사랑하지 않았다고 밝혔다. 잡지, 텔레비전, 노래에서 사랑에 대해 떠들어 대는 것은 좋아했지만, 이 감정에 대해 시도 때도 없이 언급하는 것은 솔직하지 않다고 여겼으며, 사랑을 하고 있지 않은 사람들의 관심을 끌기 위해 그 감정을 과장한다고 생각했다. 그렇다, 그녀에게 있어 사랑은, 그것 때문에 온 인생을 바칠 수 있고, 모든 것을 감수할 만한 것이었다. 하지만 평생 한 번만 한다는 것이었다.

"비슷한 감정을 느낀 적 있어?"

나는 그녀 곁에 누우면서 이렇게 물었다.

"그리 많지 않았어."

이렇게 말한 후에도 조금 더 생각하고, 솔직해지려고 하면서 조심스럽게 한 사람에 대해 언급했다.

집착에 가까운 열정으로 퓌순을 사랑했기 때문에 그녀도 사랑할 수 있을 거라고 느꼈던 그 남자는 잘생기고 부유하고, '물론 기혼'인 사업가였다. 저녁 무렵 부티크에서 나오는 퓌순을 악카박 골목 모퉁이에서 자신의 무스탕에 태우곤 했다. 돌마바흐체의 시계탑 옆 주차장의 차 안에서 차를 마시며 보스포루스를 바라볼 때나 스포츠 전시관 앞에 있는 공터의 차 안에서, 어둠 속에서, 때로는 내리는 빗속에서 오래 키스를 했으며, 서른다섯 살의 열정적인 남자는 자신이 기혼이라는 것도 잊고 퓌순에게 청혼을 하기도 했다. 이 남자의 상황에 대해, 어쩌면 퓌순이 원하는 것처럼 이해심을 가지고 미소를 지으며, 나는 내 마음속의 질투를 억누를 수도 있었을 것이다. 하지만 자동차 브랜드와 그가 하는 일, 커다란 초록색 눈에 대해 언급한 후 퓌순이 그의 이름을 말하자 순간 나를 아연하게 만든 질투심이 내 온몸을 휘감았다. 퓌순이 투르가이라고 했던 이 사람은, 나의 아버지뿐 아니라 형과도 자주 만났던 '사업상의 그리고 집안의 친구'인 섬유 산업계 부자였다. 큰 키에 잘생기고 아주 건강했던 이 남자가 그의 부인과 아이들과 함께 행복한 가족의 모습으로 니샨타쉬 거리를 지나는 것을 자주 보았다. 가족에 대한 애착, 근면성, 진실성 때문에 평소 투르가이 씨를 존경해 왔기 때문에 그렇게 강한 질투심을 느꼈던 것일까? 퓌순은 이 남자가 처음에는 그녀를 '얻기 위해' 몇 달 동안 거의 매일 샹젤리제 부티크에 왔으며, 그 상황을 알아챈 셰나이 부인에게 뇌물 조로 많은 물건을 쇼핑해 갔다고 설명했다.

퓌순은 셰나이 부인이 "점잖은 손님의 마음을 상하게 하지 마."라고 강요했기 때문에 그의 선물을 받아들였고, 이후 그의 사랑에 확신이 들자 '호기심으로' 그와 만나기 시작했으며, 더욱이 그에게 '이상한 친근감'도 느꼈다. 어느 눈 오는 날 또다시 셰나이 부인의 끈질긴 강요로, 그녀의 친구가 베벡에 열었던 부티크에 '도와주기 위해' 그의 자동차를 타고 함께 갔으며, 돌아오는 길로 오르타쾨이에서 식사를 한 후, 라크를 조금 과하게 마신 '바람둥이 공장주 투르가이 씨'가 "커피 한잔 마시자."라며 그녀를 쉬시리에 있는 독신남 거처로 끈질기게 이끌었는데, 퓌순이 이를 거절하자 '그 감수성 강하고 섬세한 남자'는 정도를 넘어 "너에게 뭐든지 사 줄게."라고 말하기 시작했으며, 무스탕을 변두리 마을의 공터로 몰고 가더니 여느 때처럼 그녀에게 키스를 하려 했고, 이에 퓌순이 반항하자 그녀를 억지로 '소유'하려고 했다. 퓌순은 "그러면서 내게 돈을 주겠다고 했어."라고 말했다. "다음 날 저녁 가게 문을 닫고는 그와 만나지 않았어. 그다음 날 그가 가게로 왔어. 자신이 저지른 일을 잊었거나 기억하고 싶지 않은 것 같았지. 애원을 했어, 아름다운 지난날을 떠올리라며 장난감 무스탕을 사서 셰나이 부인에게 맡겨 놓은 거야. 하지만 난 다시는 그의 무스탕에 타지 않았어. 사실 그에게 '다시는 오지 마세요.'라고 말했어야 했어. 하지만 아이처럼 모든 것을 잊을 정도로 나를 사랑한다는 것에 감동해서 그렇게 말하지 못했지. 어쩌면 그에게 연민을 느꼈기 때문일 수도 있고, 잘 모르겠어. 그는 매일 가게로 왔고, 셰나이 부인이 기뻐할 정도로 엄청 쇼핑을 했고, 아내에게 줄 선물로 무언가를 주문하기도 했지. 나를 보면 초록색 눈동자가 촉촉이 젖은 채 '과거로 돌아가자, 다시 매일 저녁 너를 데리러 올게, 함께 드라이브하자, 다른 것은 원하지 않아.'라고 애원했어. 당신을 알게 된 후로는 그가 가게로 들어오면 안쪽에 있는 방으로 도망쳐. 이제는 전보다 가게에 오는 일이 뜸해졌어."

"겨울에 그의 차에서 키스를 하던 시기에 왜 끝까지 가지 않았지?"

"그때는 아직 내가 열여덟 살이 되지 않았어."

뤼순은 진지한 표정으로 눈썹을 치켜 올리며 말했다.

"당신을 만나기 이 주 전인 4월 12일에 열여덟 살이 되었어."

애인이나 애인이 될 것 같은 사람을 계속해서 생각하는 것이 사랑의 가장 중요한 징후라고 한다면, 내가 곧 뤼순을 사랑하게 된다는 의미였다. 하지만 내 마음속의 이성적이고 냉정한 사람은 계속 뤼순을 생각하는 것은 다른 남자들 때문이라고 말하고 있었다. 질투가 아주 중요한 사랑의 징후라는 이견에 대해 내 이성은 그저 일시적인 질투일 뿐이라고 대답했다. 실제로 나는 하루이틀 만에 뤼순이 키스했다는 '다른 남자들'의 리스트에 익숙해지고, 키스 이상으로 발전하지 못한 남자들은 경시했던 것 같다. 하지만 그날 그녀와 사랑을 나눌 때는, 여느 때와 같은 장난기나 호기심, 격렬함이 뒤섞인 아이 같은 성적 행복보다는, 신문 기자들의 표현처럼 그녀를 '소유하고자' 하는 충동이 일었고, 스스로도 놀랄 정도로 나의 욕구를 격렬하고 독단적으로 그녀에게 느끼게 했다.

# 15
# 언짢은 인류학적 사실 몇 가지

'소유한다'라는 표현을 언급하면서, 내 이야기의 바탕이 되고 독자들과 관람객들이 어차피 아주 잘 아는 주제로 돌아가고자 한다. 특히 아주 미래의 세대들, 예를 들면 2100년 이후 박물관에 온 관람객들은 이 문제를 이해하기 어려울 수도 있다고 생각하기에, '인류학'이라는 불쾌한 — 옛날 사람들은 '언짢다'라고 했다 — 지식들을 지금 언급해야 할 것 같다.

기원후 양력으로 1975년이라는 세월이 흐른 후, 이스탄불을 중심으로 발칸, 중동 그리고 남서 지중해 지역에서 젊은 여성들의 '순결'은 여전히 결혼 때까지 지켜야 할 귀중한 보물이었다. 서구화, 현대화라는 과정과 도시화의 결과로 여성들이 갈수록 늦은 나이에 결혼을 하게 되자, 이 보물의 실제적인 가치가 이스탄불의 어떤 지역에서는 약간 떨어지기 시작했다. 서구화를 지지하는 사람들이 문명화와 동일하게 보았던 현대화의 결과, 이 도덕률 그리고 이 문제가 잊힐 것이라고 낙관적으로 믿고 있었다. 하지만 그 당시 이스탄불의 가장 서구화되고 부유한 사람들에게조차, 여성이 결혼하기 전에 다른 남자와 '끝까지' 가는 섹스를 한다는 것에는 진지한 의미와 결론이 있었다.

a) 예상할 수 있는 가장 간단한 결론은, 내가 말했던 것처럼, 그들은 어차피 이미 결혼하기로 결정을 한 사람들이다. 서구화된 부유한 사람들 사이에서는, 약혼하거나 '결혼에 이를 정도의 친교'가 사회적으로 인정받은 '진지한' 젊은이들이 혼전에 사랑을 나누는 것은, 시벨과 나의 경우처럼 드물기는 하지만 관용적으로 받아들여졌다. 미래의 남편과 혼전에 성관계를 맺는, 좋은 교육을 받은 젊은 상류층 여성들은 미래의 남편을 믿어서라기보다, 관습을 신경 쓰지 않을 만큼 현대화되고 자유롭다는 의미로 이런 행동을 해석하는 것을 좋아했다.

b) 이런 믿음이 확립되지 않고 '관계'도 아직 사회적으로 인정받지 못한 상황에서, 남자의 강요, 격렬한 사랑, 술, 바보짓, 지나친 용기 같은 흔한 이유로 젊은 여자가 자신을 '통제하지 못하고' 순결을 준다면, 전통적인 의미로 명예에 충실한 남자는 여자의 존엄성을 보호하기 위해 그녀와 결혼해야만 했다. 내 젊은 시절 친구인 메흐메트의 동생 아흐메트는, 지금 아주 행복하게 잘 사는 세브다와 이러한 사고의 결과로 후회와 두려움을 지닌 채 결혼했다.

c) 남자가 여자와 결혼하지 않으려고 회피를 하면, 그리고 그 여자가 열여덟 살 미만일 경우, 분노한 여자의 아버지는 딸을 그 바람둥이 남자와 결혼시키기 위해 법원에 가서 소송을 걸기도 했다. 때로 언론은 이런 소송을 주시했고, 그럴 경우 '강간당한'이라고 표현했던 젊은 여성의 눈은 — 이토록 불명예스러운 상황에 처한 그녀를 알아보지 못하도록 — 신문에서 두꺼운 검은색 띠로 처리되었다. 이 검은색 띠는 경찰의 급습으로 잡힌 창녀, 간통을 저지르거나 강간당한 여성들 사진에도 사용되었기 때문에, 그 당시 튀르키예 신문을 읽는 것은 눈 위를 띠로 덮은 여성들 사진으로 도배된 가면무도회를 다니는 것과 같았다. 어차피 '가볍다'고 여겨지

는 가수나 배우 그리고 미인 대회에 참가한 여성들 외에, 눈이 검은 띠로 덮이지 않은 튀르키예 여성들의 사진이 게재되는 일은 드물었으며, 광고에서는 무슬림이 아닌 외국 여성들의 얼굴을 선호했다.

d) 순결을 간직하고 있는 건전한 젊은 여성이 이러한 상황에 처하는 것, 자신과 결혼할 의도가 없는 남자에게 자신을 '양도하는 것'은 생각할 수 없는 일이기 때문에, 그렇게 하는, 즉 결혼에 대한 언급이나 희망 없이 남자와 자는 여자는 올바르지 않다는 믿음 역시 아주 만연했다. 당시 많은 사랑을 받은 튀르키예 영화에서는 본보기가 되라는 의미에서, '순수'한 댄스파티에서 마신 레모네이드에 누군가 수면제를 넣는 바람에 먼저 이성이 마비되고, 그다음에는 '더럽혀져', '가장 귀중한 보물'을 빼앗긴 젊은 여성의 슬픈 이야기를 멜로드라마와 같은 분위기로 자주 다루었고, 결국 선한 여자는 죽고, 악한 여자는 창녀가 되곤 했다.

e) 의심할 바 없이, 성적 욕구가 여자를 혼란스럽게 하는 원인이 될 수 있다는 것도 받아들여졌다. 하지만 성적 희열에, 그것 때문에 서로를 죽이는 관습을 무시할 정도로 진심으로, 순진하게 열정적으로 집착하는 여자는 비현실적일 뿐만 아니라, 오로지 희열 때문에 앞으로도 남편을 배반할 수 있기 때문에 남자들을 두렵게 했다. 지나치게 보수적인 군대 친구 하나는 '결혼하기 전에 잠자리를 아주 많이 했기 때문에'(그들 둘이서) 애인과 헤어졌다고 약간 부끄러워하고 많이 후회하며 말한 적이 있다.

f) 이 모든 엄격한 규칙, 이를 어긴 여자들에게는 대가가 따르고, 그녀들을 사회에서 소외시킬 뿐 아니라 죽이기까지 하는데도, 결혼하기 전에 남자들과 즐기기 위해 잠자리를 하는 여성들이 많다는 믿음도 도시의 젊은 남자들 사이에서 놀랄 만큼 만연했다. 사

회학자라면 '도시 전설'이라고 할 만했던 이런 믿음은 특히 시골에서 도시로 이주한 사람들, 가난한 사람들, 소부르주아지 사이에서 — 마치 서양 아이들이 산타클로스를 믿는 것처럼 — 굉장히 퍼져 있었고, 아무 논쟁도 없이 받아들여져서, 탁심, 베이오을루, 쉬시리, 니샨타쉬, 베벡처럼 비교적 부유한 지역에 사는 서구화된 현대적인 청년들도, 특히 성적 허기를 겪고 있을 때는, 이런 도시 전설에 몰입하곤 했다. 결혼도 하기 전에 '마치 유럽 여자들처럼' 오로지 쾌락을 위해 남자들과 섹스를 할 수 있는 이 여자들이, 우리의 이야기가 전개되는 니샨타쉬 같은 지역에서 살고, 머리에 스카프를 쓰지 않고 미니스커트를 입는다는 것 역시 많은 사람들이 인정하는 전설이었다. '사생아' 힐미처럼 공장주의 아들인 내 친구들은, 이런 전설 속 여자들이 자신처럼 부유한 남자를 잡기 위해서라면, 그들의 메르세데스에 타기 위해서라면, 무엇이든 할 수 있을 정도로 탐욕스럽다고 생각했다. 토요일 저녁, 맥주를 좀 마시고 술에 취해 기분이 고조되면, 그들은 이런 여자들을 만나기 위해 자동차를 타고 도로마다, 거리마다, 이스탄불 곳곳을 패기만만하게 쑤시고 다녔다. 십 년 전 내가 스무 살이었던 어느 겨울 저녁에, '사생아' 힐미 아버지의 메르세데스를 타고 이런 여자들을 찾아 이스탄불 거리를 몇 시간이고 돌아다녔지만, 길든 짧든 치마를 입은 여자는 하나도 볼 수 없었다. 결국 베벡에 있는 비싼 호텔에서 관광객들이나 부유하고 겉멋 들린 남자들 앞에서 벨리 댄스를 추는 유쾌한 여자 둘과 그녀들의 포주에게 거액을 주고 위층에 있는 방에서 잠자리를 했다. 미래의 행복한 독자들이 나를 비난하더라도 신경 쓰지 않는다. 하지만 내 친구 '사생아' 힐미는 변명해 주고 싶다. 그는 거친 남자였지만, 미니스커트를 입은 여자라고 해서 즐기기 위해 잠자리를 한다고는 여기지 않았다. 오히려 미니스커트를 입고,

머리를 노랗게 물들이고, 화장을 했다는 이유로 거리에서 곤욕을 치르는 그녀들을 보호했다. 필요하다면, '여자를 어떻게 대하고, 문명이 어떤 것인지를 가르쳐 주기 위해' 가난하고 너저분하고 빈둥거리는 콧수염 난 청년들과 몸싸움도 마다하지 않았다.

주의 깊은 독자라면, 이 인류학적인 지식을 여기, 즉 퓌순의 사랑 이야기가 내 마음속에 불러일으킨 질투와 나 사이에 어떤 거리를 두기 위해 넣었음을 느낄 수 있을 것이다. 나는 투르가이 씨를 가장 많이 질투했다. 그가 나처럼 니샨타쉬에 살며 안면이 있는 공장주였기 때문이라고 나는 생각했으며, 나의 질투가 자연스럽고 일시적인 감정이라고 믿었다.

# 16
# 질투


퓌순이 투르가이 씨의 열정에 대해 지나치게 자랑하듯이 언급했던 날 밤, 나는 시벨이 여름에 부모님과 함께 사는 아나돌루히사르에 있는 오래된 저택에서, 저녁 식사를 한 후 그녀 옆에 앉았다.

"자기 오늘 너무 많이 마셨어. 약혼 준비 과정에서 뭐 마음에 들지 않는 거라도 있어?"

시벨이 물었다.

"사실 약혼식을 힐튼 호텔에서 해서 기뻐. 우리 어머니가 약혼식에 사람들을 많이 초대하길 원한다는 거 알고 있지? 어머니도 아주 만족하셔."

"그렇다면 뭐가 문제야?"

"아무 문제 없어……. 초대 손님 명단 좀 줄래?"

"자기 어머니가 우리 엄마에게 줬어."

나는 자리에서 일어났다. 발걸음을 옮길 때마다, 나무 마룻바닥이 서로 다른 소리로 삐걱거리며 오래된 건물을 울렸다. 세 발짝 옮긴 후 미래의 장모님 옆에 앉았다.

"저기, 초대 손님 명단을 좀 볼 수 있을까요?"

"물론이지."

라크 때문에 눈앞이 어른거렸지만, 나는 투르가이 씨의 이름을 즉시 찾아내서 어머니가 놓고 간 볼펜으로 그 이름을 지워 버렸다. 그와 동시에 내 마음속의 달콤한 충동에 따라, 그 자리에 퓌순과 그녀의 부모님 이름, 그리고 쿠유루 보스탄 골목에 있는 그들의 주소를 적고는 명단을 돌려주면서 낮은 소리로 이렇게 말했다.

"저희 어머니는 모르십니다만, 제가 이름을 지운 남자분은 우리가 귀하게 여기는 집안 친구임에도, 바로 얼마 전에 섬유 사업에서 욕심을 부려, 일부러 우리에게 상당히 나쁜 짓을 했답니다."

"여보게 케말, 이제는 옛 친구, 옛 인정 같은 것은 남아 있지 않아. 그 사람 대신 적은 사람들도 그들처럼 자네의 마음을 상하게 하지 않았으면 하네. 몇 명인가?"

미래의 장모님은 현명한 표정으로 눈을 찡긋하며 그렇게 말했다.

"저희 외가 쪽 먼 친척입니다. 역사 교사와 오랫동안 재봉 일을 한 그의 아내 그리고 열여덟 살 된 그들의 아름다운 딸입니다."

"좋네, 좋아. 그렇지 않아도 손님 중에 젊은 남자들이 많아서 그들과 춤을 출 젊은 처자들이 없어 걱정했는데 말이야."

체틴 씨가 운전하는 아버지의 56년형 시보레를 타고 돌아오는 길에, 꾸벅꾸벅 졸면서, 밤이면 드러나는 어둡고 복잡한 거리, 정치 슬로건과 균열과 곰팡이와 이끼로 덮인 옛 벽의 아름다움, 페리보트의 탐조등이 부두, 골목 사이, 100년 된 사이프러스 나무의 높은 가지, 자동차의 사이드 미러에 비추는 빛을 주의 깊게 바라보았다. 다른 한편으로는 뒷좌석에서 잠에 빠진 아버지가 네모난 돌이 깔린 길 때문에 흔들거리면서도 가볍게 코를 골며 숨을 쉬는 것을 들었다.

어머니는 당신이 원하는 대로 되어 만족했다. 함께 어딘가에 갔다가 자동차를 타고 돌아올 때면 늘 그랬듯이, 그 방문의 의미와 우리가 본 사람들에 대한 생각을 바로 요약해서 말했다.

"그래, 아주 선하고 올바르고 정직하며 겸손하고 정중한 사람들이야. 그런데 그 멋진 해안 저택은 꼴이 말이 아니더구나. 안타까워. 그렇게 여유가 없다니? 애야, 오해는 하지 마라, 이스탄불에서 시벨보다 멋지고 우아하고, 정신이 똑바로 박힌 여자는 못 찾을 거라는 것도 아니까."

아버지와 어머니를 아파트 앞까지 모셔다 드린 후 잠시 걷고 싶었다. 어린 시절 어머니와 형과 함께 값싼 국내산 장난감, 초콜릿, 공, 권총, 구슬, 게임 카드, 사진이 들어 있는 껌, 만화책 같은 것들을 사던 알라딘의 가게 앞을 지나야지 생각했다. 가게는 열려 있었다. 알라딘은 가게 바로 앞에 있는 밤나무 몸통에 빙 둘러 전시해 둔 신문들을 내리고, 내부 전등을 끄다가 나를 반갑게 맞으며 안으로 들였다. 그러고는 아침 5시에 새 것이 오면 반품할 신문 꾸러미 사이를 헤집으며 내가 값싼 장난감 인형을 고를 시간을 주었다. 퓌순에게 선물할 참이었다. 그녀를 안고 모든 질투심을 잊을 때까지 열다섯 시간이 남았다는 것을 계산하고는 그녀에게 전화를 하지 못한다는 사실에 처음으로 고통을 느꼈다.

내가 느꼈던 것은 마치 후회처럼 마음속에서 나오는 고통이었다. 지금 그녀는 무엇을 하고 있을까? 나의 발은 집이 아니라 정반대 방향으로 나를 이끌어 갔다. 쿠유루 보스탄 골목으로 들어가, 청년 시절 친구들이 라디오를 듣고 카드 게임을 하던 찻집 앞과 축구를 하던 학교 운동장 옆을 걸어갔다. 완전히 취했음에도, 마음속에 있는 이성적인 사람은 죽지 않아서, 퓌순의 아버지가 문을 열 것이고, 수치스러운 사건이 일어날 거라고 말하고 있었다. 멀리서 그들의 집과 환한 창문이 보일 때까지 걸었다. 밤나무와 2층 창문이 가까워지자 심장이 빠르게 뛰었다.

많은 세월이 흐른 후 박물관의 이 지점에 전시될 수 있도록 화가에게 세세한 부분까지 설명하며 주문했던 이 그림은, 퓌순의 집 안에 켜져 있는 전등으로 인해 오렌지 빛이 나는 창문, 달빛이 비쳐 가지가 반짝이는 밤나무, 굴뚝과 지붕이 수놓인 니샨타쉬 하늘 너머 군청색 밤의 깊이를 무척 잘 반영하고 있지만, 그 풍경을 보고 있을 때 느꼈던 나의 질투심까지 박물관 관람객들에게 느끼게 해 줄 수 있을까?

이런 풍경은, 사실 내가 달이 뜬 밤에 퓌순을 한번 보고, 입맞춤을 하고, 그녀와 이야기를 나누고 싶어서만이 아니라, 그날 밤 그녀가 다른 남자와 함께 있는지 확인하기 위해서도 그곳에 찾아왔다는 것을, 술 취한 나의 이성이 지금 나에게 솔직하게 말하고 있다. 왜냐하면 이제 어쨌든 한번 '끝까지' 갔으니, 그날 내게 일일이 설명했던 숭배자들 중 한 명과 사랑을 나눈다면 어떨까 하고 호기심을 가질 수도 있을 것이기 때문이었다. 퓌순이 멋진 새 장난감을 갖게 된 아이처럼 잠자리의 희열에 진심 어린 흥분으로 집착한다는 것, 사랑을 나눌 때 아주 몇몇 여자들에게만 보았던, 그 순간 하고 있는 일에 자신을 온전히 맡기는 재능이 내 마음속에서 커져 가는 질투의 원인이 되었던 것이다. 창문을 얼마나 오래 바라보았는지는 기억나지 않는다. 한참 후 손에 인형을 든 채 집으로 돌아와 잠자리에 들었다.

아침에 출근할 때, 지난 밤에 내가 했던 행동을, 가슴에서 떨쳐 내지 못한 질투를 하나하나 생각해 보았다. 격렬한 사랑에 휩싸이는 것은 당시의 나로서는 끔찍한 일이었다. 멜템 사이다를 마시는 모델 잉게가 아파트 벽에서 유혹하는 시선으로 나를 바라보며 조심하라고 경고했다. 나의 열정이 심각한 단계에 이르지 않도록 나의 비밀을 자임, 메흐메트, 힐미 같은 친구들에게 장난식으로 털어놓을까도 생각했다. 하지만 시벨을 좋아하고, 내가 아주 행운아라고 생각하는 가장 가까운 이 친구들이, 그들 역시 매력적이라고 생각하는 퓌순과 나의 이야기를 질투하지 않고 들어 주고, 또 나를 도와줄 거라고는 기대할 수 없었다. 게다가 이 문제를 언급하는 순간 내가 느끼는 열정의 강도를 숨길 수 없으리라는 것도 감지하고 있었다. 말을 꺼낸 지 얼마 지나지 않아 장난스러운 태도를 버리고, 퓌순의 진심과 솔직함에 준하는 정직함을 표현하게 될 것이며, 그러면 나의 친구들은 내가 퓌순에게 지독하게 빠졌다는 것을 알게 될 것이다. 이렇게 해서, 어린 시절 어머니와 형과 함께 튀넬에서 집에 올 때 탔던 덜컹거리는 마치카-레벤트 노선버스가 나의 사무실 창문 앞을 지날 때, 지금 퓌순에게 느끼는 열정이 내가 하고자 하는 행복한 결혼에 타격을 주지 않도록 할 수 있는 일은 없다는 것을 깨달았다. 모든 것을 물 흐르듯 그대로 내버려 두는 것이, 삶이 내게 관대하게 선사한 희열과 행복의 맛을 조급해하지 않고 만끽하는 것이 가장 좋을 거라는 결론을 내렸다.

# I7

# 이제 내 인생은 당신과 결부되어 있어

하지만 멜하메트 아파트에서 만나기로 했던 시간에서 십 분이 지나도록 퓌순이 오지 않자, 나는 내가 내린 이 결론을 바로 잊어 버리고 말았다. 시벨이 선물해 준 시계와 퓌순이 흔들며 소리를 내곤 했던 나자르 자명종에 눈길을 던지면서, 커튼 사이로 창밖 테쉬비키예 대로를 바라보고, 삐걱거리는 소리를 내며 마루 위를 서성 거렸으며, 투르가이 씨에 대해서도 다시 신경이 쓰였다. 잠시 후 황 망히 집 밖으로 나섰다.

퓌순이 내 쪽으로 올지도 모른다는 생각에, 그녀를 놓치지 않기 위해 양쪽 인도를 주의 깊게 바라보며 테쉬비키예가에서 샹젤리제 부티크로 갔다. 하지만 퓌순은 가게에 없었다.

"어서 오세요, 케말 씨."

셰나이 부인이 말했다.

"결국 시벨과 의논해서 저 제니 콜롱 가방을 사기로 했습니다."

"그러니까 생각을 바꾸셨군요."

셰나이 부인은 입가에 조롱하는 듯한 미소를 지었지만, 미소는 이내 사라졌다. 만약 퓌순이 뻔히 알고도 가짜 물건을 팔면서 창피 해했다면, 나 역시 그녀가 창피했을 것이다. 우리 둘 다 입을 다물었다. 내게는 고통스러울 만큼 천천히, 그녀는 진열장 마네킹이 들고 있던 가방을 가지고 왔다. 그녀는 진열장에 있던 물건을 입으로 불고, 깨끗하게 해서 판매하는 노련한 가게 주인답게 즐거운 마음으로 먼지를 닦아 냈다. 나는 왠지 즐거워 보이지 않는 카나리아 레몬을 들여다보았다.

돈을 건네고 가방을 받아 나가려는 차에 셰나이 부인은 이중적인 의미를 지닌 말을 한다는 게 즐거운 듯 이렇게 말했다.

"이제 우리를 믿는 것 같으니 더 자주 오시면 좋겠네요."

"그러지요."

내가 자주 오지 않으면, 그녀는 가끔 여기 들르는 시벨에게 뭔가를 흘릴 수도 있을까? 이 여자의 그물에 서서히 걸려드는 것 같아서가 아니라, 이렇게 머릿속으로 작은 계산을 하는 것이 나를 우울하게 했다. 가게에 있자니, 퓌순이 멜하메트 아파트에 왔다가 내가 없어서 돌아갔을 거라는 생각이 들었다. 화창한 봄날, 거리에는 쇼핑을 하는 주부들, 미니스커트와 새로운 유행인 높은 '아파트 굽' 신발을 어색하게 신은 젊은 여자들, 몰려나온 학생들로 붐비고 있었다. 눈으로는 퓌순을 찾으며, 꽃 파는 집시 여자, 밀수 미국 담배를 팔며 사복 경찰 행세를 하는 사람, 익숙한 니샨타쉬의 복잡한 거리를 훑어보았다.

그러다 '생명-깨끗한 물'이라고 쓴 물탱크가 빠르게 지나갔고 그 뒤로 퓌순이 나타났다.

"어디 있었어?"

우리는 동시에 이렇게 말하며 서로에게 행복하게 미소를 지어 보였다.

"그 마녀가 점심시간에 가게에 남고, 나를 친구의 가게로 보냈어. 늦게 가 보니 당신이 없었어."

"궁금해서 가게로 갔다가, 기념으로 가방을 샀어."

퓌순은 내가 박물관 입구에 한 짝을 전시해 놓은 그 귀고리를 하고 있었다. 우리는 함께 걸었다. 왈리코나으 대로에서 좀 더 한산한 엠락 대로로 들어갔다. 어렸을 때 어머니가 데려갔던 치과와 내 입에 거칠게 넣었던 차가운 수저의 딱딱함을 절대 잊지 못했던 소아과가 있는 건물 앞을 막 지나는데, 비탈길 밑에 인파가 몰려 있고, 사람들이 여기저기 뛰어다니고, 무엇을 보았는지 얼굴이 붉으락푸르락해진 사람들이 우리 쪽으로 오는 것이 보였다.

사고가 나서 길이 차단되었던 것이다. 조금 전에 우리를 지나갔던 '생명-깨끗한 물' 물탱크가 비탈길을 내려가다가 좌측 차선으로 들어가서 돌무쉬[22] 한 대를 깔아뭉갠 것이 보였다. 물탱크 트럭의 브레이크가 고장 났던 것이다. 운전사는 한쪽 구석에서 손을 덜덜 떨며 담배를 피우고 있었다. 테쉬비키예-탁심 구간을 오가는 1940년대 플리머스 돌무쉬의 길다란 앞부분이 트럭의 무게로 인해 완전히 사라지고 말았다. 오로지 미터기만 건재했다. 갈수록 늘어나는 구경꾼들 사이로, 앞좌석의 깨진 창문과 뭉개진 자동차 조각 속에 피투성이 여자가 끼여 있는 것이 보였다. 조금 전 내가 상젤리제 부티크에서 나올 때 보았던 다갈색 피부의 여자라는 것을 알 수 있었다. 바닥은 깨진 유리 조각투성이였다. 나는 퓌순의 팔을 잡고 "가자!"라고 말했다. 하지만 그녀는 꿈쩍하지 않았다. 차 안에 끼여 만신창이 된 여자의 눈을 하염없이 바라보았다.

주위에 사람들이 더 몰려들자, 끼여 죽은 여자보다는(그렇다, 이제는 죽은 것이 틀림없었다.) 아는 사람을 우연히 만날지 모른다는 생각에 불안해졌기 때문에 — 드디어 경찰차가 오고 있었

---

[22]  일정한 지역을 왕래하는 마을버스 같은 승합 택시.

다 ─ 사고 현장을 떠났다. 아무 말도 하지 않고 파출소가 있는 골목 위쪽으로 멜하메트 아파트를 향해 걸어갔고, 내가 이 책의 서두에서 '내 인생의 가장 행복한 순간'이라고 표현했던 시간으로 빠르게 다가가고 있었다.

멜하메트 아파트 계단의 서늘함 속에서 퓌순을 안으며 그녀의 입술에 입을 맞추었다. 집으로 들어가서도 그녀에게 입을 맞추었다. 하지만 그녀의 장난기 가득한 입술은 망설이고 머뭇거렸다.

"당신에게 할 말이 있어."

"말해 봐."

"내가 하는 말을 진지하게 생각하지 않거나 전적으로 오해할까 봐 두려워."

"날 믿어."

"바로 그걸 확신할 수 없어. 하지만 그래도 말할게."

이제 화살이 시위를 떠났고, 이제 마음속에 있는 것을 숨길 수 없다는 것을 아는 듯한 단호함이 그녀의 얼굴에 나타났다.

"당신이 그걸 잘못 받아들이면 나는 죽어 버릴 거야."

"조금 전에 봤던 사고는 잊어버려, 그리고 이제 말해 봐."

그녀는 샹젤리제 부티크에서 가방값을 돌려주었던 그 오후처럼 조용히 울기 시작했다. 그녀의 흐느낌은 부당한 처사를 당해 화를 내는 아이처럼 격하게 바뀌었다.

"당신을 사랑해. 당신에게 지독하게 빠지고 말았어."

그녀의 목소리는 자신을 힐난하는 투였지만, 예상 외로 다정했다.

"하루 종일 당신만 생각해. 아침부터 밤까지 당신만 생각해."

그녀는 손으로 얼굴을 감싸고 울었다.

내 마음속에서 나온 첫 반응은 바보 같은 미소였다는 것을 고백해야 할 것 같다. 하지만 나는 그렇게 하지는 않았다. 넘쳐 나오는 기쁨을 감춘 채 감동했다는 표정으로 눈썹을 치켜올렸다. 내 인생에서 가장 진실되고 격앙된 순간이었지만, 나는 인위적으로 행동했다.

"나도 너를 사랑해."

진심을 다해 말했음에도, 나의 말은 그녀의 말만큼 강하고 진실한 것이 아니었다. 그녀가 먼저 말했던 것이다. 퓌순 다음으로 말했기 때문에 나의 진정한 사랑의 말에는 어떤 위로나 점잖음 그리고 모방의 어조가 배어 있었다. 게다가 그 순간 내가 정말로 그녀를, 그녀가 나를 사랑하는 것보다 더 사랑했다고 하더라도(이것이 사실일 수도 있다.) 그녀의 사랑이 넘어 들어간 끔찍한 차원을 퓌순이 먼저 고백했기 때문에, 그녀가 게임에서 진 것이다. 어디서, 어떤 한심한 경험에서 얻게 됐는지 알고 싶지도 않은 내 마음속 '사랑의 현자'는, 경험 없는 퓌순이 나보다 먼저 진실한 행동을 했기 때문에 그녀가 '게임'에서 졌다는 희소식을 음흉하게 전하고 있었다. 이로서 이제 질투로 인한 나의 고민과 강박관념이 끝났다는 결론에 이를 수도 있었을 것이다.

그녀는 다시 울기 시작하면서, 호주머니에서 꼬깃꼬깃하고 아이 같은 손수건을 꺼냈다. 나는 그녀에게 다가가 믿을 수 없이 아름답고 벨벳처럼 부드러운 그녀의 목과 어깨를 어루만지며, 모두가 사랑하는 아름다운 여자가 사랑에 빠졌다고 해서 우는 것만큼 말도 안 되는 일은 있을 수 없다고 말했다.

"그러니까 아름다운 여자는 사랑에 빠지면 안 돼?"

그녀는 울면서 물었다.

"모든 것을 그렇게 잘 알고 있으니, 이것도 말해 봐."

"뭘?"

"이제 어떻게 되는 거야?"

그녀는 진짜 문제는 이것이며, 사랑이니 아름답다느니 하는 내 말은 변명이고, 지금 내가 해야 할 대답이 아주 중요하다는 것을 의미하는 시선을 던졌다.

나는 그녀에게 해 줄 대답이 없었다. 하지만 많은 세월이 흐른 지금, 그 순간을 떠올리며 알게 되었다. 그 순간에는 이러한 질문이 우리 사이에 끼어드는 것이 불안했고, 이러한 이유로 속으로 뤼순을 비난하며 그녀에게 입을 맞추기 시작했다.

그녀 역시 속수무책으로 열정적인 키스를 했다. 자신의 질문에 대한 대답이 이것인지 물었다.

"응, 그래."

"그런데 먼저 수학 공부하기로 하지 않았어?"

이에 대한 대답으로 그녀에게 키스를 하자, 그녀도 내게 응답했다. 우리가 빠져 버린 궁지에 비하면 껴안고 키스하는 것이 더 진정한 일이었으며, 그것은 견딜 수 없는 '지금'의 힘으로 충만해 있었다. 옷과 다른 것들을 벗어 버릴수록, 뤼순 안에서는 사랑에 빠져 고통스러워하는 비관적인 여자 대신 사랑과 성적인 행복 안에서 녹을 준비가 되어 있는, 건강하고 삶으로 충만한 여자가 나타났다. 이렇게 해서 우리는, 내 인생에서 가장 행복한 순간이라고 했던 것을 경험하기 시작했다.

사실 그 누구도, 경험하고 있는 바로 그 순간에는 자신이 인생에서 가장 행복한 시간을 살고 있다는 것을 알지 못한다. 어쩌면 열정적인 순간에, 삶의 그 황금의 순간을 '지금' 경험하고 있다는 것을 진정으로(그리고 자주) 생각하거나 말할 수 있는 사람도 있을 것이다. 하지만 영혼 한구석에서는 앞으로 이 순간보다 더 아름답고 더 행복한 시간을 경험할 수 있을 거라고도 믿는다. 왜냐하면 특히 젊은 시절에는 그 누구도 상황이 나빠질 거라고 생각하며 살아가지 않을뿐더러, 만약 인생의 가장 행복한 순간을 살았다고 생각할 수 있을 정도로 행복하다면, 미래도 아름다울 거라고 생각할 정도로 낙관적이기 때문이다.

하지만 인생이 마치 소설처럼 이제 마지막 형태를 갖추었다고 느끼는 시기에는, 가장 행복한 순간이 언제였는지를 지금의 나처럼 느끼고 선택할 수 있다. 우리가 경험했던 많은 순간들 중에서 왜 이 순간을 선택했는지를 밝히기 위해서는, 물론 우리 이야기를 소설처럼 다시 한번 설명해야만 한다. 하지만 가장 행복한 순간을 생각했을 때, 그것이 이미 아주 오래전 일이며, 다시는 오지 않을 것이고, 그래서 우리에게 고통을 준다는 것도 알고 있다. 이 고통을 견딜 수 있게 하는 유일한 방법은 그 황금의 순간이 남긴 물건을 소유하는 것이다. 행복한 순간들 이후에 남겨진 물건은 그 순간의 기억, 색깔, 보고 만지는 희열을, 그 행복을 느끼게 해 준 사람들보다 더 충실히 간직하고 있다.

오랫동안 사랑을 나누던 중에, 우리 둘 다 황홀경에 빠져 숨을 헐떡일 때, 땀에 젖은 그녀의 어깨에 키스를 하고, 그녀를 뒤에서 가볍게 안아 그녀의 안으로 들어간 후, 목과 왼쪽 귀를 깨물었을 때, 그러니까 내 인생의 가장 행복한 순간에는 어떻게 생긴 것인지 그 모양에 전혀 주의하지 않았던 귀고리가 퓌순의 아름다운 귀에서 푸른색 시트 위로 떨어졌다.

문명과 박물관에 대해 조금이라도 아는 사람들이라면 세계를 정복했던 서양 문명에는 모두 박물관이 있고, 이 박물관을 만든 진정한 수집가가 처음 물건들을 모을 때는 대부분 자신들의 행위가 어디에 이를지 전혀 생각하지 않았다는 것을 알고 있다. 이런 진정한 최초의 수집가들은 이후에 전시를 하고 분류하여 목록을 만들

(최초의 목록은 최초의 백과사전이다.) 수집품들 중 첫 번째 물건이 그들의 손에 들어왔을 때조차 거의 인지하지 못한다.

내 인생의 가장 행복한 순간이라고 했던 시간이 끝나고 헤어질 시간이 왔을 때, 귀고리 한 짝이 우리 둘 사이에, 시트의 굴곡 안에 숨어 있을 때, 퓌순은 내 눈을 똑바로 바라보았다.

그러고는 낮은 소리로 말했다.

"이제 내 인생은 당신과 결부되어 있어."

나는 이 말이 좋기도 했지만 두렵기도 했다.

다음 날도 역시 아주 따스했다. 멜하메트 아파트에서 만났을 때, 퓌순의 눈에서 희망만큼이나 두려움도 보였다.

"어제 했던 귀고리 한 짝이 사라졌어."

그녀는 내게 입을 맞춘 후 이렇게 말했다.

"여기 있어."

나는 의자 등받이에 걸어 놓은 재킷의 오른쪽 주머니에 손을 넣었다.

"어, 없네."

나는 그 순간, 마치 어떤 재앙이나 불운의 징후를 느낀 것도 같았다. 하지만 아침에 덥다는 생각이 들어 다른 재킷으로 갈아입었던 것을 곧 기억해 냈다.

"다른 재킷의 주머니에 있어."

"내일 가져와, 잊지 말고. 나한테는 아주 중요한 의미가 있는 귀고리야."

퓌순은 눈을 크게 뜨며 말했다.

# 18
# 벨크스

　그 사고는 모든 신문에 아주 크게 났다. 퓌순은 기사를 읽지 않았지만 셰나이 부인이 아침 내내 죽은 여자에 대해 너무나 말을 많이 하는 바람에, 니샨타쉬 부인들이 오로지 죽은 여자에 대해 이야기하려고 가게에 들르는 것처럼 느껴질 정도였다.

　"내일 셰나이 부인이 나도 장례식에 갈 수 있게 점심시간에 가게를 닫는대. 모두들 그녀를 좋아했던 것처럼 말해. 하지만 사실은 그렇지 않았어."

　"어땠는데?"

　"음, 그녀는 가게에 자주 왔어. 하지만 이탈리아나 프랑스에서 새로 들여온 가장 비싼 옷들을 사 가면서 '한번 입어 보지요.'라고 했지만, 큰 파티에 한 번 입고 간 다음에는 '안 맞네요.'라며 다시 가져오곤 했어. 그녀가 파티에서 입은 걸 모두들 봤으니 그 옷은 이제 쉽게 팔리지 않을 거라고 셰나이 부인은 그녀에게 화를 냈지. 게다가 그녀가 못되게 행동하는 데다 물건 값을 너무 깎는다며 좋아하지 않았고, 뒤에서 험담을 했어. 하지만 발이 넓다는 이유로 거부하지도 못했지. 당신은 그 여자 알아?"

　"아니. 하지만 한때 내 친구의 애인이었어."

나는 이렇게 말했다. 그리고 이 죽음의 뒷이야기를 퓌순에게는 감추었기 때문에 — 시벨과 함께 더 즐겁게 이야기할 수 있을 것 같았다 — 나 자신이 이중인격자처럼 느껴졌다. 하지만 일주일 전까지만 해도 퓌순에게 뭔가 숨기고 거짓말을 하는 것에 양심의 가책을 느끼지 않았다. 거짓말이란 이런 난봉에서 즐거울 뿐 아니라 피할 수도 없는 부수적인 결과인 듯 여겨졌기 때문이다. 이야기 중 여기저기를 생략하거나 바꿔서 퓌순에게 말해 줄까 생각해 봤지만, 그럴 수 없다는 것을 한 번 더 깨달았다. 내가 뭔가를 숨기고 있다는 것을 그녀가 눈치챘기 때문에 이렇게 말했다.

"아주 가슴 아픈 이야기야. 그 가련한 여자는 많은 남자와 잠자리를 했기 때문에 아주 모욕을 당했다고 하더군."

이것은 내 진심도 아니었다. 그저 무책임하게 말이 나와 버렸던 것이다. 잠시 침묵이 흘렀다.

"걱정 마. 죽을 때까지 당신 이외에 그 누구와도 잠자리하지 않을 테니까."

퓌순이 속삭이듯 말했다.

사트사트로 돌아오자 마음이 편해졌다. 오랜만에 처음으로 의욕적으로, 신념에 넘쳐, 돈 버는 즐거움이 솟아서 쉬지 않고 일을 했다. 나보다 조금 젊고 도전적인 신입 직원 케난과 함께 가끔 농담을 하고 웃으며, 채무자 리스트에 있는 100명에 가까운 이름을 일일이 점검했다.

"케말 씨, 쾨메르트 엘리아측[23] 씨는 어떻게 할까요?"

케난은 눈썹을 치켜 올리고 쾌활하게 웃으며 물었다.

"그가 더 후하게 쓰도록 해야지. 이름 때문에 손해를 보니 어쩔

---

23 '관대하고 후한'이라는 의미.

수 없지 뭐."

저녁 무렵 귀갓길에는, 불타지 않고 여전히 건재한 오래된 파샤 저택의 정원에서 풍겨 나오는 보리수나무 향기를 들이마시며, 이제 꽤 초록색이 감도는 사이프러스 나무 그늘 아래로 걸었다. 교통이 정체되자 화가 나서 자동차 경적을 눌러 대는 남자들을 보며, 내가 내 삶에 만족하며, 전날의 사랑과 질투로 인한 불안감은 사라졌고, 모든 것이 잘되어 간다는 느낌이 들었다. 집에서 샤워를 했다. 옷장에서 다림질이 된 깨끗한 셔츠를 꺼내다 귀고리가 떠올라, 어제 넣어 두었다고 생각했던 재킷의 주머니를 뒤졌지만 찾지 못했다. 옷장과 서랍을 뒤졌고, 파트마 부인이 옷에서 떨어진 단추, 칼라 심지, 호주머니에서 떨어진 동전, 라이터 들을 발견하면 넣어 두었던 그릇도 살펴보았지만 보이지 않았다.

"파트마 부인, 여기 어디서 귀고리 한 짝 봤어요?"

나는 낮은 목소리로 물었다.

결혼할 때까지 형이 썼던 밝고 넓은 방에서는 향기로운 다림질 수증기 냄새와 라벤더 향기가 났다. 파트마 부인은 오후에 다림질한 나와 아버지의 깨끗한 손수건, 셔츠, 수건 들을 일일이 서랍에 넣으면서 '귀고리 같은 것'은 보지 못했다고 대답했다. 그러고는 바구니에 짝지어 놓은 양말 중에서, 잘못을 저지른 고양이 새끼를 꺼내 듯 양말 한 짝을 꺼내 보여 주었다.

"이봐, 곡괭이 발톱!"

그녀는 내가 어렸을 때 붙여 주었던 별명으로 나를 부르며 이렇게 말했다.

"발톱을 자르지 않으면 앞코가 성한 양말이 남아 있지 않을 거야. 이제 네 양말은 꿰매 주지도 않을 테니 알아서 해!"

"알겠어요."

아버지는 테쉬비키예 사원이 내다보이는 거실 구석에서 새하얀 보자기를 두르고 의자에 앉아, 이발사 바스리에게 머리를 맡기고 있었다. 어머니는 여느 때처럼 아버지와 대각선으로 앉아 무언가를 설명하다가 나를 보며 이렇게 말했다.

"이리 와 봐라. 지금 최근 가십들을 들려주고 있단다."

어머니가 지금까지 말한 것들을 전혀 듣지 않은 듯, 바스리는 얼굴을 찡그리며 '가십'이라는 말에 순간 가위질을 멈추었고, 자신이 들은 이야기들을 생각하며 커다란 이를 드러내고 싱긋이 웃었다.

"무슨 이야기인데요?"

"레르잔 씨네 작은 아들이 자동차 경주 선수가 되고 싶어 한다는구나. 그런데 그 애 아버지가 허락해 주지 않자……."

"알아요, 아버지의 메르세데스 자동차를 산산조각 내 놓고는, 자동차를 도난당했다고 경찰에 신고했다죠."

"그렇다면 샤지멘트 씨가 자신의 딸을 카라한 집안의 아들과 결혼시키기 위해 뭘 했는지 들었니? 아니 어딜 가?"

"식사 함께 못 해요. 시벨을 데리고 초대받은 곳에 가야 하거든요."

"그럼 베크리에게 가서 오늘 저녁에 괜히 숭어 튀길 필요 없다고 해라. 너 먹이려고 오늘 베이오을루 수산 시장에 갔다 왔는데. 그럼 내일 점심이라도 같이 먹겠다고 약속하렴."

"그럴게요."

더럽혀지지 않도록 가장자리를 접어 놓은 카펫 아래 마룻바닥으로 아버지의 하얗고 가느다란 머리카락이 조용히 떨어졌다.

주차장에서 자동차를 꺼내 네모난 돌을 깐 길을 운전해 가면서 라디오를 틀었다. 흘러나오는 노래에 맞춰 손가락으로 운전대 가장자리를 두드리며 박자를 맞추면서 한 시간 걸려 보스포루스 다리를 지나 아나돌루히사르에 도착했다. 시벨은 자동차 경적 소리를 듣고 여름 별장에서 뛰어나왔다. 나는 운전을 하면서 어제 엠락대로에서 있었던 사고로 죽은 여자가 자임의 옛 애인이라고(시벨은 미소를 지으며 "'당신은 모든 걸 누릴 자격이 있어요.' 자임?"이라고 했다.) 이야기를 시작했다.

"그 여자 이름은 벨크스야. 나보다 한두 살 많으니, 서른두세 살 정도 되었을 거야. 가난한 집안의 딸이지. 그녀가 상류 사회에 들어오자 그녀의 적들이 조롱하려고 그녀의 어머니가 머리에 스카프를 썼다는 말을 하기 시작했어. 그녀는 1950년대 말, 고등학교 때 5월 19일 청소년의 날 기념식에서 동갑 소년과 만나 사랑에 빠졌지. 남자아이는 당시 이스탄불의 가장 부유한 집안 중 하나였던 선박 회사 캅탄오울루 씨네 막내아들 파리스였어. 튀르키예 영화에나 나오는 가난한 소녀와 부유한 소년의 사랑은 몇 년 동안 지속되었지. 그들의 사랑이 얼마나 열정적이었던지 혹은 그들이 얼마나 아둔했던지, 이 고등학생 커플은 결혼도 하기 전에 잠자리를 했고, 게다가 이를 주변에서 알아채게 했다는군. 물론 가장 적당한 해결책은 결혼이었지. 하지만 소년의 가족은 가난한 소녀가 아들을 잡기 위해 '끝까지 갔고', 이 사실을 모두들 알고 있다는 것이 신경 쓰여 반대하고 나섰어. 소년 역시 가족에 맞서 소녀와 결혼할 힘도 두뇌도 돈도 없었나 봐. 이렇게 해서 해결책으로 결혼은 시키지 않고, 소년 집안에서 돈을 대서 그들을 유럽으로 보내 버렸다더군. 삼 년 후에 소년은 마약 때문인지 절망 때문인지 모르겠지만 파리에서 죽어버렸대. 벨크스는 이런 상황에서라면 그럴 법도 하게 프랑스인과 함께 도망쳐 튀르키예를 잊어버리는 대신 이스탄불로 돌아왔고, 부유한 다른 남자들과 관계를 맺으며, 상류 사회의 여자들이 모두

부러워하는 왕성한 연애 생활을 시작했어. 두 번째 애인은 '무례한' 사비흐였어. 그와 헤어지고는 사랑의 아픔으로 상처 받은 데미르바으 씨네 큰아들과 거창하게 연애를 했지. 그다음 애인이었던 르프크도 다른 사랑의 상처로 고통을 겪고 있었기 때문에 한때 상류 사회 남자들은 그녀를 가리켜 '위로 천사'라고 했고, 모두들 그녀와 모험을 즐기는 꿈을 꾸었지. 평생 동안 남편 이외에 다른 남자와는 잠자리를 하지 않거나, 남몰래 수치심 속에서 잠깐 애인을 만들었다가 이것도 두려움 때문에 만끽하지 못한 부유한 유부녀들은, 모두들 총애하는 미혼 남성과 대놓고 사귀고, 많은 유부남의 숨겨 둔 애인이기도 했던 벨크스에 대한 질투심에 활활 타올라 접시 물에라도 빠뜨려 죽이고 싶어 했지. 이제 그녀의 미모가 시들고, 돈이 없어 꾸미지도 못했기 때문에 그날이 다가온다고 할 수도 있었어. 교통사고는 그녀에게 있어 해방이었어."

"그 많은 남자들 중 한 명도 그녀와 결혼하지 않았다는 게 놀라워. 그러니까 그 누구도 그녀와 팔짱을 끼고 결혼할 만큼 사랑하지 않았다는 말이네."

시벨이 말했다.

"사실 남자들은 그녀 같은 여자에게 아주 지독하게 빠지지. 하지만 결혼은 다른 거야. 캅탄오울루 씨네 아들 파리스와 잠자리를 하지 않고 곧장 결혼했더라면, 그의 가족은 그녀가 가난하다는 건 금세 잊었을 거야. 혹은 벨크스가 아주 부유한 집안의 딸이었더라면 결혼했을 때 처녀가 아니라는 것은 문제 삼지도 않고 잊어버렸을 테지. 다른 사람들은 잘도 해내는 것은 못하고, 연애는 아주 많이 했기 때문에 상류 사회의 여자들은 오랜 세월 동안 그녀를 '위로 창녀'라고 했지. 어쩌면 젊었을 때 자기 앞에 나타난 첫사랑에 저돌적으로 달려들어, 몸을 사리지 않고 자신을 맡긴 벨크스에게 존경을 표해야 할지도 몰라."

"자기는 그녀를 존경해?"

"아니, 불쾌한 여자라고 생각했어."

지금은 목적도 잊어버린 그 파티는 수아디예 바닷가에 있는 어떤 집의 긴 콘크리트 부두에서 열렸다. 60~70명 정도 되는 사람들이 손에 술잔을 들고 속삭이듯 말하며, 누가 왔는지, 누가 있는지 유심히 바라보았다. 여자들은 대부분 자신이 입은 치마 길이에 불만스러운 표정이었다. 짧은 치마를 입은 여자들 대부분은 드러난 다리가 짧거나 굵기 때문에 심란해한다는 것을 느낄 수 있었다. 이 때문에 그녀들은 모두 신경질적이고 미숙한 접대부같이 보였다. 부두 바로 옆에 있는 나룻배 매는 곳 근처에서 많은 양의 하수가 바다로 흘러 들어갔고, 하얀 장갑을 낀 웨이터들이 돌아다니면서 그 냄새가 더 퍼져 나가는 것 같았다.

사람들 사이로 섞여 들어서 인사를 나누자마자 내게 새로 찍은 명함을 건넨 '정신과 의사'는 미국에서 막 돌아와 새로 개인 병원을 열었다는데, 활기가 넘치는 어떤 중년 여성의 집요한 질문에 못 이겨 주위에 모인 사람들에게 사랑의 정의를 말하고 있었다. 다른 기회가 있어도 그것을 거부하고 계속해서 같은 사람과 사랑을 나누고 싶어 하며, 이런 행복감을 느끼게 해 주는 감정이 '사랑'이라고 그는 말했다. 사랑에 관한 이야기가 오간 후에는, 열여덟 살짜리 딸을 내게 소개시킨 어떤 부인과 함께, 정치적인 이유로 수업을 보이콧하고 있는 튀르키예 대학 말고 딸을 어디서 공부시켜야 할지에 대해 이야기를 나누었다. 대학 입학 시험지가 유출되지 않도록, 그것을 인쇄할 인쇄소 직원들이 긴 감금 생활에 들어갔다는 오늘자 신문 기사 때문에 이 주제가 나왔다.

한참 후, 키가 크며 턱이 길고 눈이 아름다운 잘생긴 자임과 최소한 그만큼 키가 크고 날씬한 독일 모델 잉게가 부두에 모습을 드러냈다. 푸른 눈에 길고 가느다란 다리, 새하얀 피부를 지닌 진짜 금발의 잉게로 인해, 보다 더 유럽인처럼 보이고 싶어 안달하며 머리를 금발로 염색하고 눈썹을 뽑고 여기저기 부티크를 돌아다니며 옷을 고른 이스탄불 상류 사회 여자들은, 피부색과 인종의 신체 구조 역시 안타깝지만 쉽사리 보충할 수 없을 정도로 중요한 결핍이라는 것을 가혹할 정도로 절감했고, 사람들은 이 커플을 보고 부러움을 느끼기보다는 가슴 아파했다. 나는 그녀의 북구적인 이미지보다는, 예전 친구 같은 얼굴과 미소, 입술이 친근하게 느껴졌다. 매일 아침 신문에 실리는 광고에서, 회사로 걸어갈 때 하르비예에 있는 아파트 건물 측면에서 잉게와 만나는 것이 좋았다. 얼마 지나지 않아 잉게의 주위로 사람들이 몰려들었다.

돌아오는 길에 조용한 자동차 안에서 시벨은 이렇게 말했다.

"'당신은 모든 걸 누릴 자격이 있어요' 자임은, 그래, 좋은 사람이 확실해. 하지만 당신 친구가, 아랍인 교주들과 잠자리를 할 정도로 삼류인 독일 모델을 광고에 기용하는 것으로는 충분하지 않다는 듯, 자신의 애인이라는 것을 모든 사람들에게 드러내 보이는 게 잘하는 일이야?"

"아마 그 모델은 우리가 아랍인 교주와 별 차이가 없다고 생각할걸. 현재로서는 사이다 판매 실적이 좋대. 튀르키예인들은 현대적인 튀르키예 상품을 서양인들이 좋아한다는 것을 알면, 행복해하고 희열을 느낀다고 언젠가 자임이 말한 적이 있어."

"미장원에서 봤어. 잡지《주말》의 가장 가운데 지면에 자임과 함께 그녀의 사진이 실렸고, 인터뷰도 나왔던데. 아주 진부한 반라의 사진도 실려 있더군."

긴 정적이 흘렀다. 한참 후 나는 미소를 지으며 이렇게 말했다.

"그녀에게 서툰 독일어로 광고에서 아주 우아해 보인다고 하면서, 그녀의 드러난 가슴에 눈길을 주지 않으려고 계속 머리칼만 보던 덩치 크고 수줍어하는 듯한 남자 있었잖아? 죽은 벨크스의 두 번째 애인인 '무례한' 사비흐가 바로 그 사람이야."

하지만 시벨은 자동차가 안개 낀 보스포루스 다리 밑을 빠르게 지나갈 때 잠들어 있었다.

# 19
# 장례식에서


　다음 날, 약속한 대로 정오 무렵 사트사트에서 나와, 집으로 걸어가서 어머니와 함께 튀긴 숭어를 먹었다. 나와 어머니는 한편으로는 접시에 담긴 막처럼 얇은 분홍빛 생선 껍질과 반쯤 투명하고 가느다란 뼈를 부지런한 외과 의사처럼 세심하게 발라냈으며, 다른 한편으로는 약혼 준비와 '최신 사건들'(어머니의 표현)을 검토했다. 약혼식에 초대받기 위해 은근히 암시를 해 오는 사람들과 '절대 실망을 안겨 줄 수 없는' 열성적인 지인들을 더하면 벌써 초대 손님이 230명에 달했다. 이러한 이유로 힐튼 호텔의 지배인은 그날 '외제 술'(맹목적 숭배의 의미)이 모자라 난처한 상황에 처하면 안 될 거라며, 다른 큰 호텔에서 일하는 동료, 그리고 알고 지내는 주류 수입업자들과 연락을 취하기 시작했다. 이펙 이스메트, 샤지에, '왼손잡이' 셰르민, 마담 무알라처럼 한때 퓌순 어머니의 친구이자 경쟁자였던 유명한 상류 사회 재봉사들은, 약혼식을 위해 주문한 과감한 옷들 때문에 벌써부터 스케줄이 꽉 차 있었고, 보조들은 밤을 새며 일했다. 기운 없이 졸고 있는 아버지는 요즘 건강 때문이 아니라, 다른 언짢은 일이 있는 거라고 어머니는 생각했지만, 아들의 약혼이 임박한 시기에 아버지의 기분을 이렇게 언짢게 하는 것이 무엇인지는 알지 못했고, 혹 그 이유를 아는지 나를 떠보았다. 요리사 베크리가 내가 어릴 때부터 위를 편하게 하기 위해 생선 다음으로 먹어야 한다고 했던 가는 국수가 섞인 밥을 — 이는 절대 변하지 않은 규칙이었다 — 식탁으로 가져오자, 어머니는 이제까지 즐거웠던 이유가 생선이었다는 듯, 갑자기 울적한 분위기에 휩싸였다.

"그 여자 아주 안됐어. 아주 고통을 많이 당했지. 사람들이 그녀를 너무 질투했어. 사실 아주 좋은 사람이었는데, 아주."

어머니는 진심으로 슬퍼하는 목소리로 말했다.

어머니는 누구에 대해 언급하는지도 밝히지 않고, 오래전에 '그녀' 그리고 당시의 애인이었던 데미르바으 씨네 큰아들 데미르와 울루산(山)에서 친하게 지냈는데, 아버지와 데미르가 노름을 할 때면 벨크스와 당신은 늦은 밤까지 '호텔의 소박한 바에서' 차를 마시고 뜨개질을 하며 함께 이야기를 나눴다고 설명했다.

"가련하게도 아주 고통을 많이 겪었어. 처음에는 가난, 나중에는 남자 때문에 아주아주 많이."

그러고는 파트마 부인을 돌아보며 "커피는 발코니로 갖다줘요. 장례식을 구경할 거니까."라고 말했다.

미국 생활을 제외하면, 내가 모든 인생을 보냈던 커다란 아파트의 거실과 넓은 발코니는 매일 한두 건의 장례식이 치러지는 테쉬비키예 사원 마당을 향해 나 있었는데, 어린 시절에 장례식을 구경하면서는 죽음의 신비에 대한 두려움과 달콤하고도 거부할 수 없는 즐거움을 동시에 느꼈다. 사원은 이스탄불의 부유한 가문들뿐 아니라, 유명한 정치인, 파샤, 신문 기자, 가수나 예술가 들의 장례식 예배도 거행되는 곳으로, 고인의 지위에 따라 군악대 혹은 시립 악단이 연주하는 쇼팽의 진혼곡에 맞춰 신도들이 어깨에 관을 메고 니샨타쉬 광장까지 천천히 운반하는 '마지막 여행'의 중요한 출발점이었다. 어린 시절 형과 나는 길고 무거운 베개를 어깨에 메고, 요리사 베크리 씨, 파트마 부인, 운전수 체틴 같은 사람들을 뒤에 달고 진혼곡을 부르며, 신도들처럼 약간 몸을 흔들면서 복도를 걷곤 했다. 온 나라의 관심을 집중시켰던 수상, 유명한 부자, 가수 들의 장례식 바로 전에, 현관문을 두드리며 "지나던 길에 잠깐 볼까 해서요."라고 했던 초대하지 않은 손님들에게 어머니는 절대 무례하게 대하지 않았다. 나중에 "우리를 보기 위해서가 아니라 장례식을 구경하러 온 거지."라고 했기 때문에 장례식이란 죽음에서 교훈을 얻거나 고인에게 마지막으로 존경을 표하는 의미가 아니라, 구경하는 재미와 의식의 즐거움을 위해 행해진다는 느낌이 들었다.

어머니는 발코니에 있는 작은 테이블에 앉자마자 "이쪽으로 와, 더 잘 보일 거야!"라고 했다. 하지만 내 안색이 갑자기 창백해지고, 즐겁게 장례식 인파를 구경하는 표정과는 정반대인 것을 보고 오해를 했는지 이렇게 말했다.

"그렇게 가엾다던 저 여자의 장례식에 가지 않은 것은 네 아버지가 몸이 불편해 방에 누워 있기 때문이 아니다. 너도 알겠지만, 지금 저기 르프크와 사밈 같은 놈들이 눈시울이 젖어서가 아니라, 전혀 눈물이 나지 않는 것을 감추기 위해 검은 안경을 쓰고 허세를 부리는 것을 참을 수 없기 때문이야. 게다가 여기서 더 잘 보이기도 하고. 근데, 너 무슨 일 있니?"

"아니요, 아무 일도 없어요."

테쉬비키예 대로를 향해 있는 사원 마당의 문 아래로, 관 쪽으로 내려가는 계단, 여자들이 자연스레 모여 있는 그늘진 그곳에서, 머리에 단색의 스카프를 쓴 여자들과 유행하는 멋지고 화려한 스카프를 쓴 상류 사회 여자들 사이에서 퓌순을 보자, 내 심장은 터무늬없이 빠르게 뛰기 시작했다. 오렌지 빛이 감도는 스카프를 쓰고 있었다. 우리는 직선거리로 아마도 70~80미터 정도 떨어져 있는 것 같았다. 하지만 그녀가 호흡하는 것을, 눈썹을 치켜올리고 있는 것을, 한낮의 더위로 부드러운 살갗에서 조금씩 땀을 흘리는 것을, 스카프를 쓴 여자들 사이에서 답답해지자 아랫입술의 왼쪽을 앞니로 가볍게 깨무는 것을, 가녀린 몸의 무게를 한쪽 다리에서 다른 쪽 다리로 싣는 것을, 내가 있는 자리에서 보는 것으로 그치지 않고 내 마음으로 느끼고 있었다. 마치 꿈속에서처럼 속수무책으로 발코니에서 아래를 향해 소리치면서 그녀에게 손을 흔들고 싶었다. 하지만 입에서는 아무 소리도 나오지 않았고, 심장만 있는 힘껏 뛰기 시작했다.

"어머니, 저는 일어날게요."

"얘야 무슨 일이야? 얼굴이 창백해졌구나."

나는 아래로 내려가 멀리서 쥐순을 바라보았다. 그녀는 셰나이 부인 옆에 서 있었다. 한편으로는 셰나이 부인이 잘 차려입은 땅딸막한 부인과 이야기하는 것을 듣고 있었고, 다른 한편으로는 턱 밑에 서툴게 묶어 늘어진 스카프 자락 끝을 손가락으로 무심하게 감고 있었다. 스카프는 그녀에게 거만하고 신성한 아름다움을 부여하고 있었다. 확성기를 통해 사원 마당으로 울려 퍼지는 금요 설교는 음조가 일정치 않아, 죽음이 마지막 정거장이라는 설교자의 몇 마디, 사람들에게 두려움을 주고 싶은 듯 빈번하게 멋없이 내뱉는 '신'이라는 말 외에는 전혀 알아들을 수 없었다. 초대에 늦게 도착한 것처럼 인파 속으로 급히 들어오는 사람이 있으면 모두 그쪽으로 고개를 돌렸는데, 그들은 옷깃에 벨크스의 흑백 사진을 핀으로 꽂고 있었다. 인사를 나누고, 손을 흔들고, 볼에 입을 맞추고, 위로하기 위해 껴안고, 서로의 안부를 묻는 사람들의 일거수일투족을 퓌순은 주의 깊게 바라보고 있었다.

다른 사람들처럼 퓌순의 옷깃에도 벨크스의 사진이 핀으로 고정돼 있었다. 참석자들이 옷깃에 고인의 사진을 핀으로 꽂는 것은, 그 당시 자주 일어났던 정치적인 이유로 살해된 사람의 장례식에서 행해졌던 관습이었지만, 얼마 지나지 않아 이스탄불 부르주아들도 그것을 따라 했다. 검은 안경을 끼고, 슬픈 모습을 하고 있지만 사실은 행복한 상류 사회 사람들이 마치 좌익이나 우익 투사들처럼 옷깃에 단 사진들은(그리고 많은 세월이 흐른 후 찾아내 여기에 전시한 작은 수집품들은) 즐거운 파티 분위기인 평범한 상류 사회 장례식에, 목숨을 바칠 정도로 고귀한 목적이나 이상적인 분위기, 존경심을 부여하고 있었다. 서양을 모방해 검고 두꺼운 틀을 두른 사진은 신문의 부고란에 실린 정치적 살인 기사 같은 엄숙함을 자아냈다.

나는 그 누구와도 눈을 마주치지 않고 그곳을 빠져나와 멜하메트 아파트로 가서 퓌순이 오기를 초초하게 기다렸다. 가끔 시계도 바라보았다. 한참 후 항상 쳐 놓던, 테쉬비키예 대로로 난 창문의 먼지 앉은 커튼을 아무 생각 없이 어떤 본능에 이끌려 살짝 젖혔는데, 마침 벨크스의 관을 실은 영구차가 천천히 내 앞을 지나갔다.

가난과 아둔함 때문에, 그리고 사회에서 버림받고 평생 고통받으며 불운하게 사는 사람들이 있다는 생각이, 마치 영구차처럼 내 머릿속에서 천천히 떠올랐다 사라져 갔다. 스무 살 이후부터 지금까지 온갖 재앙이나 불행에서 나를 보호해 주는 보이지 않는 갑옷을 입고 있었다는 느낌이 들었다. 또한 다른 사람들의 불행에 지나치게 신경을 쓰면 나도 불행해질 수 있고, 나아가 그로 인해 나의 갑옷이 뚫릴 수도 있다는 느낌이 들었다.

# 20
# 퓌순의 두 가지 조건

퓌순은 늦게 왔다. 그래서 나는 불안했는데, 그녀가 더 불안해 보였다. 그녀는 미안함이 아니라 비난하는 듯한 태도로, 친구 제이다와 우연히 만났다고 했다. 그녀의 몸에 제이다의 향수 냄새가 배어 있었다. 제이다와는 미인 선발 대회에서 알게 됐는데, 그녀 역시 부당하게 3위에 입상했다. 하지만 지금 제이다는 아주 행복했다. 왜냐하면 세디르지 씨네 아들과 사귀고 있었고, 상대는 아주 진지하게 결혼도 생각하고 있었던 것이다. 퓌순은 내 눈을 들여다보며 진심 어린, 그리고 꿰뚫어보는 듯한 시선으로 "너무 잘됐지, 그렇지?"라고 했다.

내가 머리를 끄덕이자 그녀는 문제가 있다고 말했다. 세디르지 씨네 아들이 아주 '진지'하기 때문에 제이다가 모델 일을 하는 것을 싫어한다는 것이었다.

"예를 들면, 이제 여름이라 그네 광고가 시작돼. 그녀 애인은 아주 엄격하고 보수적이야. 미니스커트를 입고 찍는 이인용 여름 그네 선전은 고사하고, 몸을 다 가린 옷을 입더라도 광고는 하지 말라고 한대. 하지만 제이다는 모델 학원에 다녔고, 신문에도 사진이 나와. 차양 회사는 튀르키예 모델을 쓸 의향이 있는데, 애인이 반대한다는 거야."

"제이다에게 말해, 그 남자는 얼마 안 가 그녀에게 완전히 보수적인 옷차림을 요구할 거라고."

"어차피 제이다는 결혼해서 주부가 될 준비가 되어 있어."

뛰순은 내가 문제를 전혀 이해하지 못하는 것에 놀라 신경이 날카로워졌다.

"걔는 그 남자가 진지하지 않으면 어쩌나 하고 불안해해. 제이다와 만나서 이런 문제에 대해 이야기를 나누기로 했어. 남자가 진지하다는 것을 어떻게 알 수 있다고 생각해?"

"모르겠는걸."

"당신은 이런 남자가 어떤지 알잖아⋯⋯."

"난 시골 출신의 보수적인 부자들은 몰라. 자, 네가 한 숙제나 보자."

"숙제는 하나도 안 했어, 알겠어? 그리고 참, 내 귀고리 찾았어?"

경찰이 차를 세웠을 때 면허증이 없다는 걸 아주 잘 알면서도 주머니나 글러브 박스나 가방을 뒤져 보는 약삭빠른 음주 운전자처럼 반응할 뻔했다. 하지만 정신을 가다듬었다.

"아니, 집에서 귀고리를 못 찾았어. 하지만 어딘가에서 나올 거야, 걱정 마."

"됐어, 갈래, 그리고 다시는 안 올 거야!"

가방과 물건들을 찾을 때 얼굴에 나타난 슬픔, 손을 어디에 둘지 모르는 모습에서 그녀의 의지가 단호하다는 것을 알았다. 나는 문 앞에 버티고 서서 가지 말라고 애원했다. 술집 경호원처럼 문을 막고는 내가 그녀에게 얼마나 빠져 있는지를 계속해서 설명하자 (모두 사실이었다.) 그녀가 서서히 누그러지는 것을, 입가에 떠오른 미소가 깊어지고, 연민을 감추려고 눈썹을 약간 위로 치켜올리는 것을 알게 되었다.

"알았어, 안 갈게. 하지만 두 가지 조건이 있어. 먼저 당신이 지금 제일 사랑하는 사람이 누구인지 말해."

한순간 머리가 복잡해졌고, 시벨이라고도 퓌순이라고도 할 수 없다는 것을 즉시 깨달았다.

"남자는 누구야."

"아버지."

"좋아, 나의 첫 번째 조건은 이거야. 다시는 내게 거짓말을 하지 않겠다고 아버지의 목숨을 걸고 맹세해."

"맹세해."

"그렇게 말고, 문장 전체를 다 말해."

"다시는 너에게 거짓말을 하지 않겠어, 아버지의 목숨을 걸고 맹세해."

"지금 눈 하나 깜짝하지 않고 말했어, 당신은."

"두 번째 조건은 뭐야?"

하지만 이 조건을 말하기도 전에 키스를 했고, 행복하게 사랑을 나누기 시작했다. 열정적으로 사랑을 나누면서, 사랑에 취한 채 존재하지 않는 어떤 나라에 다다른 듯한 느낌을 받았다. 어떤 새로운 행성에 도착한 듯한 느낌이 드는 상상 속의 이 장소는 이상한 행성의 표면, 바위로 뒤덮인 한적하고 로맨틱한 섬, 달 표면에서 찍은 사진과 비슷했다. 기이하고 색다른 나라에 간 것 같다고 한 번 더 이야기를 나누면서, 퓌순은 나무가 빽빽이 들어차 있어 반쯤은 어두운 정원, 그리고 이 정원과 뒤로 바다가 내다보이는 창문, 그리고 해바라기가 바람에 일렁거리는 샛노란 언덕이 눈앞에 떠올랐다고 했다. 이 풍경은, 우리가 사랑을 나누던 순간에, 서로에게 가장 가까이 있던 순간에, 예를 들면 퓌순의 가슴과 딱딱한 유두 끝을 입 안에 넣을 때나 퓌순이 코를 내 목과 어깨가 만나는 곳에 묻고 온 힘을 다해 나를 안을 때, 우리 눈앞에 떠올랐다. 우리 사이의 아찔한 친근감이 지금까지 전혀 알지 못했던 무언가를 느끼게 해 주었다는 것은 서로의 눈 속에서도 읽을 수 있었다.

"이제 두 번째 조건을 말할게."

퓌순은 행복한 사랑을 나눈 후 쾌활하게 말했다.

"언젠가, 우리 부모님과 저녁을 먹으러 우리 집으로 와, 귀고리 와 내가 어렸을 때 타던 자전거를 가지고 말이야."

"물론 갈게."

나 역시 사랑을 나눈 후 가벼워진 마음으로 이렇게 말해 버리고 말았다.

"그런데 네 부모님께 뭐라고 하지?"

"길에서 친척을 만나면 그 사람 부모님 안부를 물을 수 있잖아? 그러면 그 사람도 당신을 초대할 수 있는 거고. 아니면 어느 날 우 연히 우리 가게에 와서 나를 보고는 우리 부모님도 보고 싶어 할 수 있는 거잖아? 대입 시험을 준비하는 친척에게 매일 수학을 약간 봐 줄 수 없는 건가?"

"어느 날 저녁에 귀고리를 가지고 꼭 저녁 먹으러 갈게. 약속해. 하지만 수학 공부에 대해선 아무에게도 말하지 말자."

"왜?"

"넌 너무 아름다워. 우리가 사귀고 있다는 걸 모두들 금방 눈치 채고 말 거야."

"그러니까 한 남자와 한 여자가, 한 방에서 유럽인들처럼 한동 안 사랑을 나누지 않고는 지내지 못한다는 거야?"

"물론 아무것도 안 하고 있을 수야 있지……. 하지만 여기는 퓌르키예이기 때문에 수학이 아니라 다른 짓을 하고 있다고 생각할 거야. 다들 그렇게 생각하는 걸 알기 때문에, 그들도 그렇게 생각하기 시작할 거야. 여자의 정조가 더럽혀지지 않도록 '문을 열어 놓자.'라고 말하지. 남자는 자신과 오랫동안 같은 방에 있는 것을 허락한 여자는 자신도 허락했다고 생각하고, 그녀에게 아무것도 하지 않으면 자신의 남성성에 문제가 있다는 말이 나올까 봐 여자에게 다가가. 얼마 지나지 않아 그들의 머릿속은 모든 사람들이 한다고 생각하는 것들로 더러워지고, 그것을 하고자 하는 마음이 되는 거야. 사랑을 나누지 않아도 죄책감을 느끼게 되고, 사랑을 나누지 않고는 더 이상 방에 머물 수 없다고 느끼게 되지."

잠시 정적이 흘렀다. 우리는 베개를 베고 있었고, 우리의 눈은 라디에이터 파이프, 난로 연통이 나가는 구멍과 덮개, 커튼 걸이, 벽과 천장의 가장자리, 균열, 페인트 가루, 먼지로 이루어진 풍경을 바라보았다. 많은 세월이 흐른 후 이 정적을 박물관을 사랑하는 사람들도 느낄 수 있도록, 모든 세부적인 실제 모습을 내 박물관에 원래처럼 재구성했다.

## 2I

# 아버지의 이야기 : 진주 귀고리

6월 초, 약혼식을 아흐레 남겨 놓은 어느 목요일, 아버지와 함께 에미르간에 있는 압둘라흐 에펜디 식당에서 오래 점심을 먹었는데, 내가 그 시간을 절대 잊지 못하리라는 것을 그때 이미 깨달았다. 어머니가 걱정을 할 정도로 아버지는 그즈음 기분이 언짢았는데, 한번은 "약혼식 전에 나와 단둘이 밥을 먹자, 충고도 좀 할 겸." 이라고 한 적이 있었다. 내가 어렸을 때부터 아버지의 운전기사였던 체틴 씨가 운전하는 56년형 시보레 안에서 아버지가 들려주는 인생에 대한 조언("사업상의 친구를 인생의 친구로 생각하면 안 된다.")을 약혼에 대한 준비 의식 같은 것으로 여기며 들었지만, 내 이성의 한쪽은 자동차 창문 옆으로 흘러가는 보스포루스 풍경, 급류로 인해 게처럼 옆으로 나아가는 페리보트들의 아름다움, 한낮조차 반쯤 어둡게 만드는 해안 저택의 작은 숲으로 열려 있었다. 게다가 아버지는 당신의 젊은 시절처럼 내가 게으름이나 방랑이나 몽상에 빠질까 염려하며 경고를 하고 의무와 책임감을 상기시키는 대신, 인생이란 지금처럼 자동차 창문으로 바다와 소나무 냄새가 들어올 때 그 맛을 만끽해야 하는 신의 은총이며 아주 짧은 시간의 조각이라는 것을 상기시켰다. 우리가 십 년 전 섬유 수출로 갑자기 아주 부자가 되었던 시기에, 아버지가 친구의 말을 듣고 집으로 초대하여 포즈를 취했던 아카데미 교수이자 조각가인 솜타쉬 욘투츠(그의 성은 아타튀르크가 선사했다.)가 만든 석고 흉상을 여기에 전시한다. 아버지를 실제보다 좀 더 서양인으로 보이게 하려고 콧수염을 짧게 표현한 조각가에게 화가 났기 때문에 내가 이 흉상에다 플라스틱 콧수염을 덧붙였다. 어린 시절, 아버지가 나의 장난기를 꾸짖을 때면, 나는 말할 때마다 떨리는 아버지의 콧수염을 바라보곤 했다. 일중독 때문에 아름다움을 놓칠 수 있다는 아버지의 말을 사트사트 같은 회사에 내가 새로이 가져온 일들에 당신이 만족한다는 의미로 해석했다. 형이 오랜 세월 동안 눈독을 들이던 사업들에 사실은 내가 관심을 가져야 한다고 하기에, 나도 이제 그런 일들에 의욕이 있고, 형은 많은 부분에서 소극적인 데다 보수적으로 행동해서 모두에게 많은 손해를 입혔다고 대답했다. 이 말에 아버지뿐 아니라 운전기사 체틴도 만족스럽게 미소 짓는 것을 보았다.

압둘라흐 에펜디 식당은 옛날에는 베이오을루 대로에 있는 아아 사원 옆에 있었다. 전에는 베이오을루로 놀러 가거나 영화를 보러 가는 유명인이나 부자들이 점심을 먹으러 몰려가던 식당인데, 몇 년 전부터 손님들 대부분이 자동차를 소유하게 되자 멀리 보스포루스가 보이는 에미르갼 언덕의 작은 농장으로 이전했다. 아버지는 식당으로 들어가자마자 즐거운 표정을 지었고, 다른 식당이나 과거 압둘라흐 에펜디 식당 시절부터 아는 웨이터들과 일일이 인사를 나누었다. 그러고는 손님들 중에 아는 사람이 있는지 널따란 내부를 둘러보았다. 지배인이 우리를 테이블로 안내할 때도 아버지는 다른 테이블에 있는 사람들에게 잠깐 들렀으며, 멀리 있는 사람들에게도 인사를 보냈다. 나이 지긋한 부인과 아름다운 딸이 앉아 있는 세 번째 테이블에서는 내가 얼마나 빨리 자랐는지, 얼마나 아버지를 닮았으며, 얼마나 잘생겼는지 잠시 이야기를 나누었다. 어린 시절 내내 나에게 '작은 도련님'이라고 하다가 아무런 티를 내지 않고 '케말 씨'로 명칭을 바꾼 지배인에게 아버지는 수뵈레이[24], 소금에 절인 다랑어 같은 안주와 라크를 주문했다.

"너도 마실 거지, 그렇지? 담배도 피워도 된다."

마치 내가 미국에서 돌아온 후에도 당신 앞에서 담배를 피우는 문제가 암묵적으로 해결되지 않았다는 듯 그렇게 말했다.

"케말 씨에게도 재떨이를 가져다주게."

아버지는 웨이터에게 말했다.

식당의 비닐하우스에서 키운 작은 토마토를 집어 향기를 맡으며 라크를 급히 들이켜는 아버지를 보자, 그의 머릿속에 할 말이 있지만 어떻게 꺼내야 할지 결정을 못 내리고 있다는 느낌이 들었다. 한순간 우리는 창밖을 바라보았다. 멀리, 문 앞에서 기다리는 다른 운전기사들과 이야기를 나누는 체틴 씨가 보였다.

"체틴의 소중함을 알아야 해."

아버지는 마치 유언을 남기듯 말했다.

"알아요."

"네가 정말 아는지 나는 모르겠구나⋯⋯. 그가 자주 종교 이야기를 꺼내도 절대 웃으면 안 돼. 체틴은 아주 진실한 사람이란다. 점잖고 착한 사람이지. 이십 년 동안 죽 그랬어. 어느 날 내게 무슨 일이 생겨도 절대 그를 외면해선 안 돼. 벼락부자가 된 사람처럼 차를 자주 바꾸지도 말고. 시보레도 좋은 차야. 여기는 튀르키예다, 십 년 전 정부가 외제차 수입을 금지한 후로 이스탄불은 오래된 미국 차 박물관처럼 변했지. 하지만 신경 쓰지 마라, 가장 뛰어난 자

---

24 얇은 밀가루 반죽 층층이 치즈나 다진 고기를 넣어 만든 페이스트리.

동차 수리공이 우리에게 있잖니…….”

“전 그 자동차 안에서 자랐어요, 아버지. 절대 염려하지 마세요.”

“그럼, 그래야지.”

유언을 하는 분위기가 되었기 때문에 이제 진짜 주제를 꺼낼 수 있었다.

“시벨은 아주 아름답고 아주 멋진 여자다.”

하지만 아니다, 이것도 진짜 주제가 아니었다.

“그런 아이가 아주 드물다는 거 알고 있지, 그렇지? 여자를, 게다가 희귀한 꽃 같은 그 아이에게 절대 상처를 주지 말고, 항상 소중하게 대해야 해.”

갑자기 아버지의 얼굴에 어딘가 이상하고 부끄러운 표정이 나타났다. 무언가에 화가 난 듯 조급하게 말했다.

“그 아름다운 여자를 기억하니? 그러니까, 나와 그녀가 베식타쉬에 있을 때 네가 봤잖니? 그녀를 본 순간 뭘 생각했니?”

“어떤 여자요?”

아버지는 화를 냈다.

“아, 그러니까, 십 년 전 어느 날 내가 아주 아름다운 젊은 여자와 베식타쉬에 있는 바르바로스 공원에 앉아 있던 걸 봤잖니?”

“아니요, 기억 못 하겠어요, 아버지.”

“어떻게 기억을 못 할 수 있어? 우린 눈이 마주쳤는데. 내 옆엔 아주 아름다운 여자가 있었고.”

“그다음에 어떻게 되었지요?”

“그다음에 너는 아버지를 부끄럽게 하지 않으려고 조용히 눈길을 돌리더구나. 기억나니?”

“기억 안 나요.”

“아냐, 넌 우릴 봤어!”

나는 그런 만남을 기억하지 못했지만 그것을 아버지에게 증명하기가 어려웠다. 불편한 긴 논쟁 끝에, 어쩌면 내가 그들을 보고도 잊으려고 했고 결국 그렇게 되었다고 우리는 생각하게 되었다. 어쩌면 그들이 당황하여 내가 보았다고 생각했을 수도 있다. 이렇게 해서 우리는 진짜 주제로 들어가게 되었다.

"그녀는 십일 년 동안 내 애인이었어, 아주 아름다웠지."

아버지는 주제의 가장 중요한 두 가지 요소를 한 문장으로 요약했다.

오랜 세월 동안 내게 말하려 했던 이 여성의 아름다움을 내가 직접 보지 못한 것, 혹은 더 안타깝게도 내가 그녀의 아름다운 모습을 보고도 잊었다는 것이 아버지의 기분을 약간 상하게 한 것 같았다. 아버지는 단숨에 주머니에서 작은 흑백 사진을 꺼냈다. 카라쾨이의 페리보트 뒤쪽 갑판에서 찍은 사진으로, 검은 머리에 슬픈 표정을 한 젊은 여자였다.

"이게 그녀야. 우리가 만난 그해에 찍었어. 안타깝게도 너무 슬픈 표정이라 그녀의 아름다움이 잘 드러나지 않지. 이제 기억하겠니?"

나는 아무 말도 하지 않았다. 아무리 '옛날' 여자라고 해도, 아버지가 내게 애인에 대해 이야기하는 건 기분이 좋지 않았다. 하지만 어떤 부분 때문에 기분이 나쁜지는 그 순간에는 도무지 알 수 없었다.

"내가 지금 하는 이야기를 네 형에게는 절대 하지 마라."

아버지는 사진을 주머니에 넣으면서 이렇게 말했다.

"걔는 엄격해서 이해하지 못해. 너는 미국도 가 봤고, 내가 너를 불편하게 할 이야기는 하지 않을 거다. 알겠니?"

"물론이에요, 아버지."

"그렇다면 들어 봐라."

아버지는 라크를 한 모금 마시고 말을 시작했다.

아버지는 그 아름다운 여자를 지금으로부터 '십칠 년하고도 육 개월 전인 1958년 1월 눈 오는 어느 날' 처음 알게 되었다. 아버지는 그녀의 순진하고 순수한 아름다움에 반했다. 그녀는 아버지가 새로 설립한 사트사트에서 일하고 있었다. 처음에는 업무상의 관계였지만, 이십칠 년이라는 나이 차이에도 불구하고 그들의 관계는 보다 '진지하고 감성적인' 형태로 변해 갔다. 여자는 잘생긴 사장(나는 그 당시 아버지가 마흔일곱 살이었다는 것을 즉시 계산해 냈다.)과 관계를 가진 후 일 년이 지났을 무렵, 아버지의 강요로 직장인 사트사트를 그만두었다. 역시 아버지의 강요로 다른 직장은 찾지 않고, 아버지가 베식타쉬에 사 준 아파트에서 '어느 날엔가 우린 결혼할 것'이라는 환상을 품고 조용히 살기 시작했다.

"아주 착하고 아주 다정하고 아주 똑똑하고 아주 특별한 사람이었어. 다른 여자들과는 완전히 달랐지. 내가 몇 번 바람을 피운 적은 있다만, 그녀와는 사랑에 빠졌단다. 그녀와 결혼할 생각을 아주 많이 했단다, 아들아……. 하지만 그러면 네 엄마는 어떻게 되고, 또 너희들은 어떻게 되었겠느냐……."

우리는 잠시 아무 말도 하지 않았다.

"오해하지 마라, 애야, 너희들의 행복을 위해서 내가 희생했다고 말하는 건 아니다. 물론 결혼을 원했던 사람은 나보다는 그녀였어. 나는 몇 년 동안 그녀에게 이 핑계 저 핑계를 댔지. 그녀와 헤어져서 사는 삶은 상상할 수 없었고, 그녀를 보지 못하면 고통스러웠단다. 이 고통을, 네게도, 그 누구에게도 말할 수 없었어. 그러던 어느 날 그녀는 '이제는 선택해요!'라고 하더구나. 네 엄마와 헤어지고 그녀와 결혼하지 않으면 떠나겠다고 했어. 라크 한 잔 마셔라."

"그다음에 어떻게 되었어요?"

나는 잠시 아무 말도 하지 않다가 이렇게 물었다.

"네 엄마, 그리고 너희들과 헤어지지 않자 나를 떠났어."

이야기를 이어 가는 것이 힘들어 보였지만, 한편으로는 편해진 것도 같았다. 내 얼굴을 보고 이야기를 계속할 수 있다고 느끼자 더 편해진 모양이었다.

"나는 아주, 아주 큰 고통을 겪었다. 당시 네 형은 결혼을 했고, 너는 미국에 있었어. 물론 내 고통을 네 어머니에게 숨기려고 애를 썼지. 도둑처럼 구석에서 몰래몰래 고통을 감내하는 것은 또 다른 고통이더구나. 물론 네 엄마는 나의 다른 애인들의 존재를 알았던 것처럼 이번 일도 느꼈겠지만, 심각하다는 것을 알고는 아무 말도 하지 않았어. 나는 집에서 네 엄마, 베크리, 파트마와 함께 호텔에 사는 가족 흉내를 내며 지냈다. 고통은 도무지 가라앉지 않았고, 이대로 가면 미쳐 버릴지도 모른다는 생각이 들었지만, 나는 도저히 정신을 차리고 해야만 하는 일들을 할 수가 없었어. 그 당시, 그녀(아버지는 여자의 이름을 감추었다.)도 아주 슬퍼하고 있었다. 한 기술자가 그녀에게 청혼을 했고, 내가 결정을 내리지 않으면 그와 결혼할 거라고 했어. 하지만 나는 그 말을 진지하게 받아들이지 않았단다. 나는 그녀의 첫 남자였지. 그래서 그녀가 허세를 부린다고 생각했던 거야. 한편으로는 당황했지만, 어차피 내가 할 수 있는 일이 없었어. 그래서 더 이상 그 문제를 생각하지 않으려고 했다. 어느 여름날 우리 모두 이즈미르 박람회에 간 적이 있었잖니, 체틴이 운전을 하고. 그리고 돌아왔을 때 나는 그녀가 다른 사람과 결혼했다는 소식을 들었어. 나는 믿지 못했다. 나에게 충격과 고통을 주려고 이런 소식을 전했다고 생각했어. 만나서 이야기를 하자는 내 제안을 모두 거절하고 전화도 받지 않더라. 내가 사 주었던 아파트도 팔고, 내가 전혀 모르는 곳으로 이사를 했지. 그녀가 정말 결혼을 했는지, 남편이라는 기술자는 누군지, 아이들은 있는지, 무엇을 하는지, 그 후 사 년 동안 이러한 것들을 그 누구에게도 물어볼 수 없었어. 그걸 안다면 내 고통이 더해질 것 같아 두려웠지만, 아무것도 알 수 없다는 것도 끔찍한 일이었다. 그녀가 이스탄불 어딘가에 살고 있으며, 신문을 펼쳐 내가 읽는 기사들을 읽으며, 내가 보는 텔레비전 프로그램을 본다고 상상하면서도 그녀를 전혀 만나지 못한다는 것이 내 가슴을 아프게 했다. 내 모든 인생이 헛되다는 생각이 들었어. 절대 오해하지 마라, 아들아, 물론 너희들과 공장 그리고 네 엄마가 자랑스럽다. 하지만 그건 다른 고통이었어."

과거 시제로 설명했기 때문에 어쨌든 그 이야기가 어떤 결말에 다다랐고, 아버지도 편해진 것 같다는 느낌을 받았다. 하지만 웬일인지 그것이 마음에 들지 않았다.

"결국 어느 날 정오 무렵, 그녀의 어머니에게 전화를 걸었다. 물론 그녀의 어머니는 내가 누구인지 알았지만 내 목소리는 알지 못했어. 나는 그녀의 고등학교 같은 반 친구의 남편이라고 거짓말을 했다. 아파서 병원에 있는 아내가 좀 찾아와 달라고 한다며 그녀를 바꿔 달라고 할 참이었지. 그녀의 어머니는 '내 딸은 죽었어요.'라며 울기 시작했어. 암으로 죽었다고 하더라! 나도 울지 않기 위해 즉시 전화를 끊었다. 전혀 예상치 못했던 일이었다. 하지만 그것이 사실이라는 것을 그 자리에서 알게 되었어. 기술자라는 남자와 결혼한 적도 없다고 했어. 인생은 얼마나 끔찍하고, 모든 것이 얼마나 공허하니!"

아버지의 눈에서 흘러내리는 눈물을 보는 순간 나는 어찌할 바를 몰랐다. 나는 아버지를 이해하면서도 화가 났다. 내게 들려준 이야기를 생각할수록, 인류학자들 표현대로 '터부를 생각하지 못하는 원시인들'처럼 머리가 복잡해졌고, 고통스러웠다.

잠시 침묵이 흐른 후 아버지는 정신을 가다듬고 이렇게 말했다.

"어쨌든, 오늘 내 고통을 털어놓아 널 속상하게 하려고 부른 것은 아니야. 넌 곧 약혼하고 결혼도 하겠지. 네가 나의 이 아픈 이야기를 알고, 또 네 아비가 어떤 사람인지 더 잘 알았으면 했다. 하지만 다른 이야기도 하고 싶구나, 알겠니?"

"뭔데요?"

"난 지금 아주 후회한다. 그녀에게 칭찬도 마음껏 해 주지 못하고, 얼마나 착하고 얼마나 멋지고 얼마나 소중한 사람인지를 수천 번 얘기해 주지 않은 것이 아주 후회스러워. 그녀는 선하고 겸손하고 똑똑하고 아주 아름다운 여자였어……. 아름다운 여자들이 흔히 그러듯, 마치 자기 자신이 아름다움을 만들어 냈다는 식의 거만함도 전혀 없었다. 계속해서 찬사를 원하거나 버릇없이 행동하는 법도 없었지……. 이제, 그녀를 잃어버린 만큼이나, 그녀에게 잘 대해 주지 못했기 때문에 이렇게 세월이 흐른 후에 후회하고 있다. 아들아, 여자에게는 제때에, 너무 늦기 전에 잘 대해 줘야만 한단다."

아버지는 엄숙하게 마지막 말을 마치면서, 주머니에서 벨벳으로 된 낡은 보석함을 꺼냈다.

"우리가 자동차를 타고 이즈미르 박람회에 갔다가 돌아오는 길에, 화를 풀고 용서해 달라는 의미로 그녀의 선물로 샀단다. 하지만 전해 줄 기회는 없었지."

아버지는 보석함을 열었다.

"그녀는 귀고리가 아주 잘 어울렸어. 이 진주 귀고리는 아주 귀한 거란다. 오랜 시간 아무도 모르는 곳에 감춰 두었지. 내가 죽은 후에 네 엄마가 이걸 발견하는 건 바라지 않아. 자, 네가 가져라. 많이 생각했다, 이 귀고리는 시벨에게 아주 잘 어울릴 거야."

"아버지, 시벨은 감춰 둔 애인이 아니에요, 곧 제 아내가 될 사람이에요."

이렇게 말하면서도 나는 아버지가 내민 보석함 안을 들여다보았다.

"그런 말은 할 필요 없다. 시벨에게는 귀고리에 얽힌 이야기를 안 하면 돼. 시벨이 이 귀고리를 할 때마다 나를 기억해 주렴. 그리고 내가 오늘 들려준 조언도 잊지 말고, 그 아름다운 아이에게 잘 대해 주려무나. 여자들에게 늘 못되게 대하고서도 자기가 옳은 행동을 한 것처럼 나대는 남자들이 있지. 절대 그들처럼 되지 마라. 이 말도 꼭 명심해."

아버지는 보석함 뚜껑을 닫은 다음, 오스만 제국 시절의 파샤와 같이 내 손바닥 위에 올려놓고는 팁을 주는 것처럼 꽉 쥐여 주었다.

그런 후 웨이터에게 이렇게 말했다,

"여기, 라크 조금 더 주고, 얼음도 가져와."

그러고는 나를 보고 말했다.

"오늘은 정말 멋진 날이구나, 그렇지 않니? 정원도 아주 아름다워. 봄 내음과 보리수나무 향기가 나는구나."

그런 후 한 시간 동안, 나는 아버지에게 취소할 수 없는 약속이 있다고 설명하고, 또 아버지가 사트사트에 전화를 걸어 회장으로서 나의 약속을 취소하는 건 아주 잘못된 일이라는 것을 설명해야 했다.

"그러니까 미국에서 이런 것들을 배워 왔구나. 장하다 아들아!"

한편으로는 아버지의 권유를 거절하지 못하고 한 잔을 더 마셨지만, 다른 한편으로는 시계를 쳐다보았다. 퓌순과의 약속에 ― 게

다가 그날은 특히 ─ 늦고 싶지 않았기 때문이었다.

"얘야, 조금만 더 앉아 있자. 부자가 오랜만에 이렇게 다정하게 얘기를 나누는데 말이야. 곧 결혼해서 떠나면 우릴 잊을 거면서!"

"아버지, 아버지가 겪으신 일들 잘 이해했어요. 제게 해 주신 소중한 충고도 절대 잊지 않을게요."

나는 자리에서 일어나면서 이렇게 말했다.

아버지는 나이가 들어 가면서 극히 감성적인 순간이면 입가에서 경련이 일었다. 그는 몸을 굽혀 내 손을 잡고는 있는 힘껏 쥐었다. 나도 아버지의 손을 똑같이 쥐었는데, 마치 당신 뺨 밑에 감춰 놓은 스펀지를 쥐어짠 듯 갑자기 눈물이 솟아 나왔다.

하지만 아버지는 정신을 곧 가다듬고 큰 소리로 계산서를 달라고 했으며, 돌아오는 길에 체틴이 흔들리지 않게 운전해 가는 차 안에서 잠이 들고 말았다.

멜하메트 아파트에서 아주 오랜 시간 동안 주저했다. 퓌순이 들어오자 그녀에게 오래 키스를 하고, 아버지와 점심을 먹었기 때문에 입에서 술 냄새가 난다고 말한 후, 주머니에게 벨벳 보석함을 꺼냈다.

"열어 봐."

퓌순은 조심스레 보석함을 열었다.

"이건 내 귀고리가 아닌데. 비싼 진주네."

"맘에 들어?"

"내 귀고리는 어디 있어?"

"네 귀고리는 사라져 버렸어. 어느 날 아침에 일어나 봤더니 이게 머리맡에 있지 뭐야, 다른 한쪽과 함께. 그것을 이 상자에 넣어 진짜 주인에게 가지고 왔어."

"난 애가 아니야. 이건 내 귀고리가 아니고."

"영혼으로 치면 이건 네 귀고리야."

"난 내 귀고리를 원해."

"네게 주는 선물이야."

"이건 하지 않을 거야. 어디서 났는지들 물을 테니까."

"그러면 하지 마. 그래도 내 선물은 거절하지는 마."

"하지만 이건 내 귀고리 대신 주는 거잖아……. 내 진짜 귀고리를 잃어버리지 않았다면 이걸 가져오지 않았을 거야. 진짜 잃어버렸어? 어떻게 했어, 정말 궁금해."

"어느 날엔가 우리 집 서랍 어딘가에서 꼭 나올 거야."

"어느 날엔가……."

퓌순이 말했다.

"너무 쉽게 하네, 그 말을……. 정말 책임감이 없어……. 언제? 얼마나 기다려야 해?"

나는 추궁에서 벗어나기 위해 황급히 대답했다.

"그리 오래 걸리지는 않을 거야. 그날 자전거도 가지고 저녁때 네 부모님을 뵈러 갈게."

"기다릴게."

그런 후 우리는 키스를 했다.

"술 냄새가 너무 역해."

하지만 나는 그녀에게 계속 키스를 했고, 사랑을 나누기 시작하자 고민은 모두 사라져 갔다. 아버지가 애인에게 주려고 샀던 귀고리는 그곳에 두었다.

# 22

# 라흐미 씨의 손

약혼식 날이 가까워질수록 해결해야 할 일들이 내 시간을 잡아먹었고, 사랑을 고민하고 있을 시간은 없었다. 아버지들끼리도 친구인 나의 어린 시절 친구들을 클럽에서 만나, 힐튼에서 내놓을 샴페인과 '유럽산' 위스키를 어떻게 구할지 물어보고 오랫동안 이야기를 나누었던 것을 기억한다. 많은 세월이 흐른 후 나의 박물관을 거니는 사람들에게, 그 당시에는 정부가 단지 질투심 때문에 외국산 주류 수입을 엄격하게 통제했을 뿐 아니라, 수입업자들에겐 어차피 정부에 '양도할' 외화도 없었기 때문에, 샴페인과 위스키 같은 외국 술만 아주 소량으로 합법적인 루트를 통해 국내에 들어왔다는 것을 상기시키고 싶다. 하지만 부유한 마을에 있는 식료품 가게, 밀수품 가게, 호화 호텔의 바, 도시의 거리와, 복권 종이를 자루 한가득 채워 들고 다니는 복권 장수들에게는 샴페인과 위스키, 그리고 미국산 밀수 담배가 늘 있었다. 나와 같이 어느 정도 인구에 회자되는 파티를 여는 사람들은 손님들에게 대접해야 하는 '유럽산' 위스키를 직접 구해서 호텔에 제공해야 했다. 대부분 친구로 지내는 호텔 바의 지배인들도 이런 경우에 서로 도와주고, 술을 보내 성대한 파티를 어려움 없이 치르도록 편의를 제공했다. 파티가 끝나면, 상류 사회 소식을 쓰는 신문 기자들은 이런 이야기도 함께 다루었는데, 주류가 얼마나 '진짜 외제'였는지 혹은 국산 앙카라 위스키였는지를 자세히 썼기 때문에 신경을 쓰지 않을 수 없었다.

이런 일을 처리하며 지칠 때마다, 시벨은 내게 전화를 해 왔고, 베벡이나 아르나부트쾨이 언덕이나 그 당시에 새로 번화하기 시작한 에틸레르로 신축 중인 경관 좋은 집들을 보러 가기도 했다. 아직 건축이 끝나지 않아 석회와 시멘트 냄새가 나는 집 안에서, 어떻게 살지, 어디를 침실로 하고 어디를 식당으로 할지 상상해 보는 것과, 니샨타쉬에 있는 가구점에서 본 긴 의자를 어디에 놓아야 보스포루스 풍경이 가장 잘 보일지 등의 문제에 대해 고심하는 것을 나도 시벨처럼 즐기기 시작했다. 저녁에 파티에 초대되어 가면, 시벨은 그 집에서 보는 새로운 모습과 풍경의 장단점을 친구들에게 설명해 주고 우리의 인생 계획을 다른 이들과 의논하기를 아주 좋아했다. 하지만 나는 이상한 부끄러움을 느끼며 주제를 바꾸었고, 멜템 사이다의 성공, 축구 경기, 여름 시즌에 새로 문을 연 장소들에 대해 자임과 이야기하려 했다. 퓌순과 경험했던 비밀스러운 행복은 나를 친구들 모임에서 더욱 조용하게 만들었고, 나는 갈수록 구석에 앉아서 여러 일들을 관망하는 게 더 좋았다. 내 마음속에 서서히 슬픔이 깔리기 시작했지만 그 당시에는 이를 확연히 알 수 없었고, 많은 세월이 흐른 지금에야 볼 수 있다. 그 당시에는 '내가 조용해졌다는 것'만을 겨우 인지할 수 있었다.

"요즈음 별로 말이 없네."

어느 날 밤 시벨을 집으로 데려다주는데 그녀가 말했다.

"그래?"

"우리 삼십 분 동안 아무 말도 하지 않고 있어."

"얼마 전에 아버지와 함께 점심을 했잖아……. 걱정이 돼. 이제 뭐든 죽음을 준비하는 사람처럼 말씀하시거든."

6월 6일 금요일, 그러니까 약혼식 여드레 전, 대입 시험 아흐레 전, 나는 아버지와 형과 함께 체틴이 모는 시보레로 베이오을루와 톱하네 중간에 있는 어떤 곳에, 추쿠르주마 목욕탕에서 조금 더 아래에 있는 어떤 집에 조문을 갔다. 고인은 아버지가 사업을 처음 시작할 때부터 곁에서 일했던 말라트야 출신의 늙은 직원이었다. 나는 우리 회사 역사의 일부인 이 우람하고 사랑스러운 남자가 아버지의 사무실에서 심부름을 하던 시절부터 알아 왔다. 한 손이 공장 기계에 끼어 잘리는 바람에 그는 의수를 하고 있었다. 아버지는 이 부지런한 일꾼을 아주 좋아했기 때문에 사고가 난 후 그를 공장에서 사무실로 이동시켰던 것이다. 처음에 형과 나는 라흐미 씨의 의수를 무서워했지만, 그가 언제나 웃는 사랑스러운 사람이었기 때문에 나중에 아이들이 그것을 장난감으로 삼게 되었다. 어린 시절에는 아버지의 사무실에 가서도 그의 의수를 그저 한 번 쳐다만 보고는 놀곤 했다. 한번은 사무실의 빈 방에서, 라흐미 씨가 기도용 깔개를 깔고 의수를 한쪽에 놓고 기도를 올리는 것을 형과 함께 구경한 적도 있었다.

라흐미 씨에게는 자신처럼 사랑스럽고 몸집도 우람한 아들이 둘 있었다. 그들은 아버지의 손등에 입을 맞추었다. 통통한 피부가 분홍빛이던, 그러나 지쳐 보이던 그의 아내는 아버지를 보자마자 스카프 옆으로 눈물을 훔치며 울기 시작했다. 아버지는 형이나 내가 표현할 수 없는 진심을 다해 여인을 위로하고, 그녀의 아들들을 껴안고 입을 맞추었다. 집에 와 있는 손님들과도 금세 어울렸다. 형과 나는 우리만의 죄책감에 휩싸였다. 형은 강의를 하듯이 무언가 이야기를 했고, 나도 그와의 추억에 대해 언급했다.

이런 상황에서는 말이 아니라, 태도와 슬픔의 진정성이나 힘이 아니라, 주위 분위기와 조화를 이루는 재능이 중요하다. 담배가 그렇게 사랑받는 것은 니코틴의 힘 때문이 아니라, 이 공허하고 무의미한 세상에서 무언가 의미 있는 일을 한다는 느낌을 주기 때문이라는 생각이 들곤 한다. 아버지와 형과 나는 고인의 큰아들이 건넨 말테페 갑에서 담배를 한 개비씩 집고는 그가 들고 있던 성냥불로 노련하게 불을 붙였고, 세상에서 가장 중요한 일을 하는 것처럼, 이상하게도 우리 셋 다 동시에 다리를 꼬고 앉아 피우기 시작했다.

유럽인들이 그림을 걸어 놓듯이, 벽에는 킬림[25]이 하나 '걸려' 있었다. 말테페의 색다른 맛 때문인지는 몰라도, 나는 인생에 대해 무언가 '심오한' 것을 생각했다는 착각에 — 그런 것 같다 — 빠졌다. 인생에서 진짜 문제는 '행복'이다. 어떤 사람들은 행복하고 어떤 사람들은 행복하지 못하다. 물론 대부분은 그 사이에 있다. 그당시 나는 아주 행복했다. 하지만 그것을 인식하고 싶지 않았다. 많은 세월이 흐른 지금, 어쩌면 인식하지 못한 것이 행복을 지키는 가장 좋은 방법이었을지 모른다는 생각이 든다. 그러나 나는 나의 행복을, 그것을 지키기 위해서가 아니라, 아주 깊은 곳에서 다가오고 있는 불행이, 그리고 퓌순을 잃어버리는 것이 두려웠기 때문에 인식하지 못했다. 그때 내가 말이 없어지고 예민해진 것이 바로 이 때문이었을까?

자그마하고 소박하지만 깨끗한 방에 있는 물건들을 보면서(벽에는 1950년대에 집 안 장식품으로 많이 쓰였던 멋진 기압계와 '신의 이름으로'라고 쓰여 있는 액자가 있었다.) 순간 라흐미 씨의 부인 옆에서 나도 눈물이 날 것만 같았다. 텔레비전 위에는 손뜨개 덮개가,

___
25 털이 없고, 앞뒤 구분이 없는 양탄자의 일종.

덮개 위에는 자고 있는 개 장식품이 있었다. 개도 곧 울 것만 같았다. 웬일인지 그 개를 바라보자 기분이 나아지는 것 같았고, 나중에는 쥐순을 생각했던 것이 기억난다.

# 23
# 침묵


약혼식 날이 가까워질수록 퓌순과 나 사이엔 침묵이 길어지고, 커져 갔다. 매일 적어도 두 시간 정도 만나고 날로 더 격렬하게 사랑을 나누었지만, 침묵은 독처럼 스며들었다.

"엄마에게 약혼식 초대장이 왔대."

한번은 그녀가 이렇게 말했다.

"엄마는 너무 기뻐하셨어. 아버지도 가야 한다고 그러고, 나도 함께 갔으면 하셔. 다행히 다음 날이 대입 시험이라, 아파서 집에 있겠다는 핑계를 댈 필요는 없을 것 같아."

"초대장은 어머니가 보냈어. 절대 오지 마. 사실 나도 전혀 가고 싶지 않아."

나는 퓌순이 이 말에 고약하게 "그럼 가지 마."라고 대꾸하기를 바랐다. 하지만 그녀는 아무 말도 하지 않았다. 약혼식 날이 가까워질수록 우리는 더 많은 땀을 흘리며 사랑을 나누었고, 오랫동안 함께 산 연인처럼 익숙해진 손-팔-몸짓으로 서로를 껴안았다. 때로는 꼼짝도 하지 않고, 그 어떤 다른 말도 하지 않고, 열린 발코니 문으로 불어오는 바람에 살랑거리는 망사 커튼만 바라보았다.

약혼식 날까지 매일 같은 시간에, 멜하메트 아파트에서 만나 격렬한 사랑을 나누었다. 우리의 상황, 내가 약혼한다는 사실, 이후 어떻게 될지에 대해 아무 말도 하지 않은 것은 물론이고, 이 문제들을 떠오르게 하는 것들도 피했다. 이런 상황이 우리를 침묵으로 이끌었다. 밖에서는 축구를 하는 아이들의 고함 소리와 욕설이 들려왔다. 우리가 처음으로 사랑을 나누었을 때도 우리의 상황이 어떻게 될지에 대해 이야기하지 않았고, 그저 이것저것, 우리가 아는 친척들, 그저 그런 니샨타쉬의 소문들, 나쁜 남자들에 대해 말하며 웃고 즐거워했다. 이렇게 웃고 즐거워하던 일들도 이제 끝났기 때문에 우리는 우울했다. 이것이 어떤 상실감이나 불행이라는 것을 알고 있었다. 하지만 이런 좋지 않은 느낌이 우리를 서로에게서 멀어지게 하지는 않았고, 오히려 이상한 형태로 서로에게 더 매이게 만들었다.

가끔 약혼식 이후에도 퓌순을 계속 만날 수 있을 거라는 상상을 하는 나 자신을 발견하기도 했다. 모든 것이 그대로 흘러가는 이 천국은 서서히 어떤 환상에서(상상이라고 해야 했던가.) 논리적인 추측으로 바뀌어 갔다. 이렇게 격렬하게, 진정을 다해 사랑을 나누는데, 퓌순이 나를 떠날 수는 없을 거라고 생각했다. 이건 사실 느낌이었다. 이성이 아니었다. 스스로에게도 감추려 하며 이러한 것들을 생각했다. 하지만 이성의 한편은, 퓌순의 말과 행동에서 그녀가 무엇을 생각하는지 알려고 애를 썼다. 퓌순은 이것을 아주 잘 알고 있었기 때문에 그 어떤 실마리도 주지 않았고, 침묵은 더욱더 길어졌다. 퓌순도 나의 행동을 보며 절망적으로 어떤 추측을 하고 있었다. 더 많은 정보를 파악해 내기 위해 눈을 부릅뜬 스파이처럼, 때로 서로를 오랫동안 주시하곤 했다. 퓌순이 입었던 하얀 팬티, 어린이용 하얀 양말, 지저분한 운동화를, 우리의 그 슬픈 침묵의 순간들을 나타내는 뜻에서 그 어떤 해석도 하지 않고 여기에 전시한다.

약혼식은 빨리도 와 버렸고, 추측들은 모두 쓸모없었다. 그날, 가장 먼저 위스키와 샴페인에서 발생한 문제들(선불을 주지 않으면 술을 배달하지 않는 상인이 있었다.)을 해결했고, 다음에는 탁심에 나가 어린 시절부터 자주 가던 애틀랜틱에서 햄버거를 먹고 아이란²⁶을 마셨으며, 역시 어린 시절부터 가던 수다쟁이 이발사 제와트를 찾아갔다. 제와트는 1960년대 말 니샨타쉬에서 베이오을루로 이발소를 옮겼고, 그래서 아버지와 우리는 니샨타쉬에 있는 이발사 바스리에게 갔다. 하지만 근처에 갈 일이 있으면, 농담을 주고받는 재미로 아아 사원이 있는 골목의 그 이발소로 가서 면도를 했다. 제와트는 내가 그날 약혼한다는 것을 알자 매우 기뻐하면서, 내게 새신랑용 면도를 해 주었다. 면도 거품을 지나치지 않게 바르고, 향이 없다던 로션을 바른 다음, 얼굴에 난 털과 수염을 꼼꼼하게 밀어 주었다. 나는 걸어서 니샨타쉬로, 멜하메트 아파트로 갔다.

퓌순은 여느 때와 같은 시간에 왔다. 나는 며칠 전에 다음 날 대입 시험이 있으니 금요일에는 만나지 말아야 한다고 얼버무린 적이 있었다. 이에 퓌순은 그렇게 열심히 공부했으니 마지막 날은 약간 머리를 쉬고 싶다고 했다. 그녀는 어차피 시험 준비를 핑계로 이틀 동안 샹젤리제 부티크에는 가지 않았다. 그녀는 집 안으로 들어오자마자 테이블에 앉아 담배에 불을 붙였다.

"당신 생각을 하느라 이제는 수학이고 뭐고 머리에 들어오지 않아."

그녀는 비꼬듯 이렇게 말했다. 그러고는 그것이 있을 수도 없는 일이며, 영화에서나 나올 법한 진부한 말인 양 크게 웃음을 터뜨렸고, 나중에는 얼굴이 새빨개졌다.

---

26 요구르트를 희석한 음료.

그녀가 이렇게 얼굴을 붉히지 않고, 이렇게 슬퍼하지 않았더라면, 나도 농담으로 받아넘기려고 애를 썼을 것이다. 내가 오늘 약혼한다는 것을 우리는 생각조차 하지 않는 것처럼 행동하려고 했다. 그렇게는 되지 않았다. 우리 둘 다, 짙고 강하고 견딜 수 없는 슬픔을 느꼈다. 농담으로 넘겨 버릴 수 없고, 이야기를 나누어도 줄어들지 않고, 함께 나누어도 가벼워지지 않을 이 슬픔에서, 오로지 사랑을 나누어야만 도망칠 수 있다는 것을 알게 되었다. 하지만 슬픔은 우리의 섹스를 더디게 했고, 엉망으로 만들었다. 퓌순은 잠시 몸을 쉬는 환자처럼 침대에 누워, 머리 위에 있는 슬픈 구름을 바라보는 듯했다. 나는 그녀 곁에 누워 그녀와 함께 천장을 바라보았다. 축구를 하는 아이들은 조용했고, 공 소리만 들려왔다. 그리고 새들도 조용해지고, 깊은 정적이 시작되었다. 아주 멀리서 어떤 배의, 다음에 또 다른 배의 고동소리가 들려왔다.

그 후, 나의 할아버지이자 그녀에게는 외할머니의 어머니의 두 번째 남편인 에템 케말이 소유했던 잔으로 위스키 한 잔을 나눠 마시고, 키스를 시작했다. 이렇게 써 내려가다 보니, 내 이야기에 관심을 갖는 사람들을 더 이상 가슴 아프게 하지 말아야 한다는 생각이 든다. 주인공들이 슬프다고 소설도 슬퍼질 필요는 없다. 우리는 여느 때처럼 방에 있는 물건들과 어머니 옷, 모자, 장신구 들에 대해 이야기하며 시간을 보냈다. 여느 때처럼 아주 달콤한 키스도 했다. 왜냐하면 이제 우리 둘 다 키스에 능란했기 때문이다. 우리의 슬픔으로 여러분 가슴을 아프게 하니, 퓌순의 입이 내 입안에서 녹아내리는 것 같았다는 말을 하련다. 갈수록 길어지는 키스 도중, 합쳐진 입의 커다란 동굴에 꿀처럼 달콤하고 따스한 액체가 고였고, 입가에서 턱 끝으로 흘러내리기도 했다. 우리 눈앞에는 순수한 낙관론으로만 상상할 수 있고, 꿈속에나 나올 법한 천국이 나타나기 시작했으며, 우리 머릿속에 있는 만화경에서 보았던 이 형형색색의 나라를, 우리는 천국을 구경하듯 바라보았다. 때론 우리 중 한 사람이, 조심스럽게 부리 사이로 무화과를 넣는 새처럼, 다른 한 사람의 윗입술이나 아랫입술을 가볍게 빨며 입안으로 끌어당기고, 이렇게 감금한 이 입술을 '이제 너는 나의 처분에 달렸어!'라는 듯이 자신의 이 사이에 넣고 깨물면, 상대도 입술의 모험을 기쁨과 인내심을 지닌 채 느끼면서, 연인의 처분에 달린 그 소름 끼치는 희열을 맛본 후에, 단지 입술뿐만 아니라 온몸을 연인의 자비에 용감하게 맡기는 것이 얼마나 매력적인지를, 연민과 항복 사이에 있는 그곳이 사랑의 가장 어둡고 가장 깊은 곳이라는 것을 일생에서 처음으로 인식하고는 상대에게 똑같은 것을 해 주고, 우리 입안에서 안달하며 꿈틀거리는 혀는 이 사이에서 재빨리 서로를 찾아, 사랑의 격렬함이 아니라 부드러움과 포옹 그리고 달콤한 접촉을 깨닫게 해 주었다.

긴 사랑이 끝나자, 우리 둘 다 잠에 떨어졌다. 열린 발코니 문으로 불어오는 달콤한 보리수나무 향이 나는 바람이 망사 커튼을 들어 올려 우리 얼굴에 비단처럼 내려놓아서, 우리는 동시에 놀라 깨어났다.

"꿈속에서 해바라기 밭에 있었어. 해바라기들이 가벼운 바람에 이상한 모양으로 물결쳤어. 어쩐지 아주 무서웠어, 소리치고 싶었는데 소리를 칠 수가 없었어."

"무서워하지 마, 내가 여기 있잖아."

침대에서 어떻게 나와, 어떻게 옷을 입고 문 쪽으로 갔는지는 자세히 설명하지 않겠다. 그녀에게 시험 볼 때 침착하라고, 수험표를 잊어버리지 말라고, 모두 잘될 거라고, 시험을 잘 볼 거라고 말한 후, 며칠 동안 수천 번이나 말하려고 생각했던 것을 아무렇지도 않은 듯 보이려고 애를 쓰며 말했다.

"내일 또 같은 시간에 만나자, 알았지?"

"좋아!"

퓌순은 눈길을 피하며 이렇게 대답했다.

나는 사랑이 가득한 눈으로 그녀의 뒷모습을 바라보았다. 그리고 약혼식을 아주 잘 치를 것임을 깨달았다.

# 24
# 약혼식

이 이스탄불 힐튼 호텔 엽서는, 내가 지금 서술하고 있는 시절에서 이십 년 정도 지난 후, 순수 박물관을 만들기 위해 이스탄불의 유명한 수집가들을 찾아다니고, 이스탄불과 유럽의 벼룩시장(그리고 작은 박물관들)을 돌아다닐 때 손에 넣었다. 유명한 수집가인 '환자' 할리트 씨가 오랜 흥정 끝에 이 엽서들 중 하나를 가까이에서 보고 만지는 것을 허락했는데, 내가 익히 알고 있는 현대적이고 국제적인 스타일의 호텔 외관은 약혼식 날 밤뿐만이 아니라, 내 모든 어린 시절을 순식간에 기억나게 해 주었다. 내가 열다섯 살 때, 어머니와 아버지는 이미 오래전에 잊힌 미국 영화배우 테리 무어와 이스탄불 상류 사회가 모두 모였던 호텔 개관식 밤에 흥분을 감추지 못하며 참석했고, 그날 이후 우리 집 창문에서도 보이며, 이스탄불의 낡고 지친 실루엣과는 꽤 대비되는 이곳에 곧 익숙해져, 기회가 있을 때마다 습관적으로 들르곤 했다. 아버지가 제품을 공급했던, 그리고 '오리엔트' 댄스에 관심이 많았던 외국 회사의 대표들은 힐튼에 묵곤 했다. 우리 가족은 아직 튀르키예의 다른 식당에는 없던 '햄버거'라는 멋진 것을 먹기 위해 일요일 저녁마다 호텔에 갔고, 그때마다 형과 나는 팔자수염을 한 도어맨의 황금색 장식 술, 반짝거리는 단추가 달린 견장, 석류빛 붉은색 유니폼에 매료되었다. 당시 새로운 '서양식'은 대부분 힐튼에서 먼저 선을 보였고, 주요 신문사에서는 호텔로 기자를 보냈다. 어머니는 당신이 아주 좋아하던 정장 슈트에 얼룩이 생기면 힐튼의 드라이클리닝 전문 세탁소에 보냈고, 로비에 있는 제과점에서 친구들과 차를 마시는 것을 좋아했다. 친척들과 친구들의 결혼식도 아래층에 있는 커다란 연회장에서 치러지곤 했다. 아나돌루히사르에 있는 예비 장인의 해안 저택은 반쯤 허물어져서 약혼식을 하기에는 적당하지 않았고, 그래서 힐튼에서 하기로 모두 함께 결정을 내렸다. 게다가 오래전 문을 열 때부터 힐튼은 부유하며 점잖은 신사와 용감한 숙녀에게 결혼 증명서를 요구하지 않고 방을 내주었기에, 이스탄불에 있는 몇 안 되는 문명적인 시설물로 여겨졌다.

체틴 씨는 날아다니는 양탄자와 같은 차양이 달린 커다란 회전문 앞에다 우리(어머니, 아버지, 나)를 일찍이 데려다주었다.

"아직 삼십 분이나 남았으니, 저기 앉아 뭐 좀 마시자."

호텔에 들어갈 때면 기분이 좋아지는 아버지가 말했다.

우리는 로비를 한눈에 볼 수 있는 한구석에 앉았다. 아버지를 알아보고 안부를 묻는 나이 든 웨이터에게 당신과 내가 마실 라크를 빨리 내오라고 하고, 어머니를 위해서는 차를 주문했다. 지난날을 기억하며, 저녁 무렵 호텔에 온 사람들과 시간이 다가올수록 자주 지나가는 손님들을 바라보는 것이 즐거웠다. 멋지게 차려입고 기분 좋아 보이는 약혼식 손님들, 지인들, 궁금해하는 표정의 친척들이 우리와 조금 떨어진 곳으로 한 명 한 명 지나갔지만, 우리가 잎이 넓은 시클라멘 화분 뒤에 앉아 있기 때문에 그들은 우리를 보지 못했다.

"어머, 레잔의 딸이 정말 많이 컸네, 아주 사랑스러워."

어머니가 말했다.

"다리에 자신 없는 사람에게는 미니스커트를 금지해야 해."

어머니는 눈썹을 치켜올리며 다른 손님들을 보고 이렇게 말했다. 그러다가 아버지의 질문에 "파묵 가족은 우리가 아니라 신부 측에서 뒤쪽 자리에 배정했어요!"라고 대답한 후 다시 손님들을 지적했다.

"안됐어, 파즐라 부인이 저렇게 되다니. 그 빛나던 아름다움은 사라져 버리고 아무것도 남은 게 없네……. 차라리 집에 있었으면 저 가련한 모습을 보이지 않았을 텐데……. 스카프를 쓴 저 사람들은 시벨의 외가 쪽 친척들이에요. 예쁜 부인과 아이들을 버리고 저 평범한 여자와 결혼했잖아요. 히자비 씨는 이제 나한테는 아무 의미 없는 사람이에요. 미용사 네브자트가 일부러 쥠뤼트의 머리를 나와 같은 스타일로 해 준 것 같군요. 저 사람들은 누구야, 세상에 저 부부의 코, 서 있는 모습, 게다가 의상조차 여우를 닮지 않았어요? 얘야, 돈 있니?"

"지금 그건 왜?"

아버지가 물었다.

"얘가 집에 뛰어오더니, 약혼식이 아니라 마치 클럽에 가는 것처럼 옷을 갈아입고 나왔어요. 얘야, 주머니에 돈은 넣고 왔니?"

"예, 있어요."

"잘했다. 꼿꼿하게 서 있어라, 알겠니, 사람들이 모두 다 널 볼 거다. 이제 그만 일어납시다."

아버지는 웨이터에게 '한 잔'이라고 손짓하며 먼저 자신의, 다음에는 내 눈을 들여다보며 나의 — 다시 손으로 수를 표시하며 — 라크를 한 잔씩 더 주문했다.

"아니, 당신, 우울하고 답답한 기분은 다 지나갔다고 했잖아요,

또 무슨 일이에요?”

“내 아들의 약혼식에서 마시고 즐기지 말란 말이야?”

어머니는 시벨을 보고는 이렇게 말했다.

“아, 정말 너무나 예쁘구나. 옷도 아주 우아하고, 진주도 정말 잘 어울려. 애가 워낙 예쁘니까 뭘 입어도 멋지게 보이지 뭐……. 옷을 아주 고상하고 우아하게 소화하고 있지 않아요, 그렇죠? 정말 사랑스럽고 여성스러운 아이야! 아들아, 네가 얼마나 행운아인지 아니?”

시벨은 조금 전에 우리 앞을 지나간 아름다운 친구 둘을 얼싸안았다. 그들은 조금 전에 피워 문, 필터가 길고 가는 담배를 조심스레 잡으면서, 서로의 화장과 머리, 의상에 과장되게 신경 쓰며 붉고 반짝이는 입술을 그 어느 곳에도 닿지 않게 입을 맞추고는 서로의 옷을 보고, 자신의 목걸이와 팔찌를 보여 주며 웃었다.

아버지는 아름다운 세 여자를 바라보며 이렇게 말했다.

“영리한 사람들은 인생이 아름다운 것이며, 인생의 목적이 행복이라는 것을 잘 알지. 그런데 나중에는 바보들만 행복해져. 이것을 어떻게 설명하지?”

“오늘은 당신 아들의 가장 행복한 날이에요. 그런데 왜 그런 말을 해요, 뭼타즈?”

어머니는 이렇게 말하고 나를 바라보았다.

“자, 얘야, 뭘 하고 있니, 시벨 곁으로 가지 않고? 항상 그 아이 곁에 있어라, 모든 행복을 함께 나눠야 해!”

나는 잔을 내려놓고, 화분 뒤에서 나와 그녀들을 향해 걸어가면서, 시벨의 얼굴이 행복한 미소로 반짝이는 것을 보았다.

“왜 이렇게 늦었어?”

나는 그녀에게 입을 맞추며 물었다.

시벨은 나를 친구들에게 소개한 후, 함께 호텔의 큰 회전문을 바라보았다.

"자기, 정말 예쁜데. 최고야."

나는 그녀의 귀에 대고 속삭였다.

"자기도 아주 잘생겼어…… 그런데 우리 여기 서 있지 말자."

하지만 그렇게 말하면서도 우리는 거기 서 있었다. 내가 그녀에게 가지 말자고 했기 때문이 아니었다. 우리가 돌아볼 때마다, 큰 회전문이 돌면서 들어오는 아는 사람들, 모르는 사람들, 손님, 그리고 로비에 있던 잘 차려입은 관광객들 모두가 선망이 가득 찬 시선을 보내왔고 시벨이 그것을 만족스러워했기 때문이었다.

지금, 그 일로부터 많은 세월이 흐른 뒤에, 회전문을 통해 들어오던 사람들을 일일이 기억해 내다 보니, 그 당시 이스탄불의 '서구화된' 부자들이 사실은 아주 작은 그룹을 형성했고, 모두 서로를 알고, 서로에 대한 가십을 알고 있었다는 사실이 떠오른다. 어린 시절 어머니가 삽과 양동이를 가지고 놀라며 우리를 마치카 공원으로 데려갔을 때, 어머니와 어울리던, 올리브유와 비누 부자인 아이왈륵 출신 할리스 가문의 며느리, 그 가문 사람들답게 아주 턱이 길었던(근친상간으로!) 아들들…… 아버지의 군대 친구이자 나의 축구 친구 '허수아비 골키퍼'였던 자동차 수입업자 카드리, 팔찌와 목걸이와 반지가 반짝반짝 빛나던 여자들…… 사업을 하다 비리에 연루되었던 전 대통령의 목덜미가 두꺼운 아들과 우아한 그의 부인…… 어린 시절에 상류층에서 편도선 제거 수술이 유행하는 바람에 나뿐 아니라 많은 아이들이 그의 가방과 낙타색 외투만 봐도 공포에 휩싸였던 의사 바르부트……

"시벨의 편도선은 제자리에 있어요."

나를 다정하게 안는 의사에게 나는 이렇게 말했다.

"이제 의학계에는, 아름다운 여자가 바르게 살도록 겁을 주는 더 현대적인 방법들이 있소!"

의사는 다른 사람들에게도 자주 했던 농담을 던졌다.

지멘스[27]의 튀르키예 지사장인 잘생긴 하룬 씨가 지나갈 때, 어머니가 그를 알아보고 화를 내지 않았으면 했다. 어머니는 이 남자에게 '상놈', '저질' 같은 말을 붙였는데, 침착하고 성숙해 보이는 이 남자는 모든 상류 사회 사람들이 "수치, 스캔들!"이라고 외치는 것을 무시하고 두 번째 부인의 딸(그러니까 의붓딸)과 세 번째로 결혼을 했다. 그러나 믿음직하고 침착한 태도와 다정한 미소로 얼마 지나지 않아 그 상황을 상류 사회 사람들이 모두 받아들이게끔 만들었다.

2차 세계 대전 당시에는 정부가 소수 민족들에게 세금을 물렸는데, 쥐네이트 씨는 그것을 내지 못하고 작업장으로 끌려온 유대인들과 룸[28] 사람들의 공장과 물건을 헐값에 사들여 한순간에 고리대금업자에서 공장주로 변신했고, 아버지는 도덕적 분노보다는 질투심을 느끼며 그 이야기를 하면서도 그와 좋은 친구로 지냈다. 그의 큰아들 알프테킨과 나, 작은딸 아세나와 시벨은 각각 초등학교 동창이었다. 그것을 그때 처음 알고 아주 기뻐하며 모두 함께 곧 다시 만나자고 약속했다.

"이제 아래로 내려갈까?"

"자기 너무 미남이야, 하지만 꼿꼿하게 서 있어."

시벨은 어머니가 한 말을 이해도 못 하면서 이렇게 따라 했다.

요리사 베크리 씨, 파트마 부인, 아파트 관리인 사임 씨와 그의 부인, 그리고 아이들까지 모두 멋지게 옷을 입고 부끄럽고 어색한

---

27  독일에 본사를 두고 있는 세계적인 전기 전자 기업.
28  이슬람 국가에 거주하는 그리스계 사람들.

모습으로 약간 간격을 두고 들어와서 시벨과 악수를 했다. 파트마 부인과 아파트 관리인 사임 씨의 아내 마지데는 어머니가 파리에서 사서 선물해 준 스카프를 자신들에게 어울리게 머리 스카프처럼 썼다. 양복을 입고 넥타이를 맨 여드름 난 아들들은 부러운 듯 곁눈질로 시벨을 바라보았다. 그리고 아버지의 프리메이슨[29] 친구인 파시흐 파히르와 그의 부인 자리프도 보였다. 아버지는 자신이 대단히 사랑하는 친구가 프리메이슨인 것을 탐탁지 않아 했다. 집에 있을 때면 프리메이슨에 대해 비판하고, 그들이 사업 세계에서는 비밀스러운 '후원과 특권 회사'라고 했다. 한 출판사에서 나온 튀르키예 프리메이슨 명단을 주의 깊게 그리고 "세상에나, 세상에나, 이럴 수가!"라고 중얼거리며 읽곤 했다. 파시흐가 우리 집에 오기 전에는 『프리메이슨의 내면』, 『나는 한때 프리메이슨이었다』라는 책들을 책장에서 빼내어 숨기곤 했다.

바로 그 뒤로 모든 유한계급이 알고 있는 익숙한 얼굴이 보여, 한순간 그녀가 약혼식의 손님이라고 착각했다. 이스탄불(어쩌면 이슬람 세계)의 유일한 여성 포주로 유명한 '럭셔리' 셰르민이 목에는 사업의 상징인 보라색 스카프(칼자국을 가리려고 절대 풀지 않았다.)를 두르고, 굽이 아주 높은 신발을 신은 아름다운 여자를 옆에 끼고 약혼식 손님처럼 들어와 제과점으로 갔다. 어머니끼리 친구였기 때문에 어린 시절에 서로의 '생일날' 친구로 초대받았던 이상한 안경을 낀 '생쥐' 파룩이나, 한때 유모들끼리 친구라는 이유로 공원에서 만났던 연초 부자 마루프의 아들들을 시벨은 그랜드 클럽에 갔을 때부터 잘 알았다.

전 외무부 장관인 멜릭한은 늙고 뚱뚱한 몸으로 예비 장인과 함

---

**29** 회원 간의 부조와 우애를 목적으로 삼은 비밀 결사단.

께 회전문으로 들어왔는데, 그가 반지를 끼워 줄 예정이었다. 어린 시절부터 알아 온 시벨을 보자 껴안고는 볼에 입을 맞추었다. 나를 한번 훑어보더니 시벨에게 말했다.

"아주 미남인데."

그러고는 내게 손을 내밀며 "만나서 반갑네, 젊은이."라고 했다.

시벨의 여자 친구들이 미소를 띠며 다가왔다. 전 장관은 바람둥이 같은 분위기를 풍기며, 언제나 좋게 보이는 노인 특유의 편안함으로 그녀들의 옷이며 보석이며 머리 모양을 농담 반 진담 반으로 과장되게 칭찬하며 모두의 볼에 일일이 입을 맞추고 여느 때처럼 만족스럽게 아래로 내려갔다.

"저 더러운 놈 진짜 마음에 안 들어."

아버지가 계단을 내려가며 말했다.

"제발 신경 끊어요! 계단이나 조심하고요."

어머니가 이렇게 말하자 아버지가 대꾸했다.

"다행히 장님은 되지 않았어. 잘 보여."

아버지는 돌마바흐체 궁전 너머로 보스포루스와 위스퀴다르, 크즈 쿨레시가 내다보이는 정원의 경치와 시끌벅적하고 화기애애한 사람들을 보자 기분이 좋아진 모양이었다. 나는 아버지의 팔짱을 꼈다. 웨이터들이 형형색색의 카나페가 담긴 쟁반을 들고 다니는 가운데, 우리는 손님들과 입을 맞추고 안부를 물으며 인사를 나누었다.

"뮘타즈 씨, 아드님이 당신 젊을 때와 완전히 똑같네요. 젊은 시절의 당신을 보는 것 같아요."

"부인, 저는 여전히 젊습니다. 그런데 부인을 기억하지 못하겠네요……."

그런 후 나를 돌아보며 말했다.

"내가 뭐 거동이라도 불편한 사람인 양 그렇게 팔짱을 꽉 끼지마, 놓아라."

나는 조용히 그리고 점잖게 아버지의 곁을 떠났다. 정원은 환하게 빛났고, 아름다운 여자들로 가득했다. 여자들은 대부분 앞이 트이고 굽이 높은 멋진 신발을 신었는데, 발톱은 기분 좋은 소방차같이 빨간색으로 정성스레 칠해져 있었다. 몇몇은 팔과 어깨, 가슴 윗부분이 드러나는 윗옷에 긴 스커트를 입어서 다리가 보이지 않았기 때문에 편안해 보였고 나도 기분이 좋아졌다. 젊은 여성들은 대부분, 마치 시벨처럼, 금속 클립이 달려 있는 작고 반짝이는 핸드백을 들고 있었다.

잠시 후 시벨은 내 손을 잡고는 많은 친척들과 어린 시절과 학창 시절 친구들, 내가 전혀 모르는 친구들에게 나를 소개했다.

그녀는 번번이 "케말, 자기가 아주 좋아할 친구를 소개해 줄게."라고 했는데, 얼굴에는 기분 좋은 흥분이 번져 나갔고, 진지하면서도 한껏 들떠 보였지만 약간 의례적으로 사람을 칭찬했다. 그녀가 기뻐하는 진짜 이유는 자신의 삶이 정확히 원하던 대로, 계획했던 대로 되어 가고 있었기 때문이었다. 그렇게 많은 노력을 기울인 끝에, 그녀가 입은 옷의 모든 진주, 모든 주름, 모든 나비 장식 매듭이, 익히 알고 있는 그녀의 아름다운 몸의 모든 굴곡에 완벽하게 맞아떨어지는 것처럼, 자신이 예견한 행복한 삶이 모두 하나하나 실현되리라는 것을, 몇 달 동안 생각하고 계획한 대로 이 밤이 지나가는 것으로 실감했던 것이다. 이러한 이유로 시벨은 그날 밤 내내, 모든 새로운 얼굴, 그녀를 껴안고 입을 맞추는 모든 사람을 마치 새 행복의 원인이라도 되는 듯 기쁨에 가득 차 맞이했다. 때로는 내 품으로 파고들었고, 때로는 보호자라도 되는 듯 손가락을 족집게처럼 하고 내 어깨에 떨어진, 존재하지도 않는 머리카락이나 먼지를 세심하게 찾았다.

사람들과 악수를 하고, 입을 맞추고, 농담을 하다 고개를 들었을 때, 웨이터들이 사람들 사이에서 카나페 쟁반을 나르고 있었고, 손님들은 술 덕분에 서서히 긴장이 풀려 편안해 보였으며, 크고 작은 웃음소리가 높아지는 것을 알 수 있었다. 여자들은 모두 진하게 화장을 했고 맵시가 있었다. 대부분 몸에 딱 맞고 상체가 꽤 드러나는 얇은 옷을 입어서 추워 보였다. 남자들은 대부분 명절 옷을 입은 아이들처럼 단추를 꼭꼭 채운 멋진 흰색 양복을 입고 있었다. 삼사 년 전에 유행하던 넓고 무늬가 큰 형형색색의 '히피' 넥타이를 추억하듯, 튀르키예 수준으로 보면 아주 현란하다고 할 넥타이를 매고 있었다. 몇 년 전 세계적으로 유행했던 긴 구레나룻, 높은 굽, 긴 머리는 이제 한물갔다는 것을 튀르키예의 부자들과 중년 남자들은 듣지 못했거나 무시하는 게 확실했다. '유행'이라고 해서 검은 구레나룻과 전통적인 검은 콧수염을 너무 길게 길러 끝이 꽤 넓어진 것은, 긴 검은 머리와 함께 특히 젊은이들의 얼굴을 무척 검어 보이게 했다. 어쩌면 이런 이유로, 마흔이 넘은 남자들은 거의 대부분 숱 적은 머리에 포마드를 바르고 있었다. 포마드에다 여러 가지 남자 향수, 여성들이 바른 진한 향수, 모두들 별로 즐기지도 않으면서 피우는 담배 연기, 거기다 부엌에서 흘러나오는 튀김 기름 냄새가 희미하게 부는 봄바람과 섞이자, 내가 어렸을 때 어머니와 아버지가 열었던 파티가 떠올랐다. 오케스트라('은빛 잎사귀')가 이 밤을 시작하며 경쾌하면서도 진지하게 연주했던 엘리베이터 뮤직[30]도 내가 행복하다고 속삭였다.

손님들은 서서 기다리느라 지루해했고, 특히 나이 든 사람들은

---

[30]  무드음악에서 시작되어 '이지 리스닝' 혹은 '러브 사운드' 등으로 불리던 경음악.

지쳐 보였다. 허기 진 사람들은 벌써부터 테이블 사이를 뛰어다니는 아이들의 도움으로("할아버지, 우리 자리를 찾았어요.""어디냐? 뛰지 마라, 넘어지겠다!") 자리에 앉기 시작했다. 전 외무부 장관은 뒤쪽에서 내 팔짱을 끼고는 외교 정치가답게 노련하게 나를 가장 자리로 이끌었다. 어린 시절부터 알아 왔던 시벨이 얼마나 사려 깊고, 얼마나 우아하며, 그녀의 가족이 얼마나 문화인이며 멋진 사람들인지를 자신의 추억을 더해 가며 장황하게 설명했다.

"이렇게 산전수전 다 겪은 오래된 가문은 이제 남아 있지 않다네, 케말 군. 자네 가문은 사업을 하고 있으니 나보다 더 잘 알 거야. 사방에 예의라곤 모르는 신흥 부자들, 아내와 딸이 머리 스카프를 쓴 시골 사람들로 넘쳐 나. 얼마 전에 보았네. 한 남자가 아랍인처럼 검은 차도르를 쓴 부인 둘을 뒤에 달고 베이오을루로 나가서 아이스크림을 사 먹이더군⋯⋯. 시벨과 결혼하여 그 아이와 죽을 때까지 행복하게 살겠다는 결심이 확고한가?"

"예, 확고합니다."

농담을 섞어 재치 있게 대답하지 않아 그는 실망한 눈치였다.

"약혼은 절대 파기할 수 없는 것이네. 그러니까 시벨의 이름은 죽을 때까지 자네와 함께 기억될 거야. 잘 생각해 보았나?"

벌써부터 많은 사람들이 우리 주위에 둥그렇게 모여들었다.

"생각했습니다."

"그럼 당장 약혼식을 올려 줘야겠군, 그래야 식사를 하지. 자, 저쪽으로 가세."

그가 나를 마음에 들어 하지 않는다고 느꼈지만, 그렇다고 기분이 나쁘지는 않았다. 장관은 먼저 우리 주위에 모인 손님들에게 군대 생활의 추억을 이야기했다. 사십 년 전에 튀르키예와 자신이 아주 가난했다는 이야기였다. 그런 다음에는 당시에, 이제는 고인이 된 아내와 의식도 없이 조용히 약혼했던 일을 진실되게 이야기 했다. 그리고 시벨과 그녀의 가족을 자랑했다. 그의 말은 그리 기지 있지 않았다. 하지만 쟁반을 든 채 멀리서 바라보는 웨이터들마저도 그가 아주 재미있는 이야기를 한다는 듯 미소를 지으며 행복하게 듣고 있었다. 시벨이 아주 예뻐하고, 시벨을 무척 선망하는 사랑스러운 휠야(토끼 이빨을 한 열 살짜리 소녀)가 여기에 전시한 반지들을 은 쟁반에 받쳐 들고 오자 사방이 조용해졌다. 시벨과 내가 흥분했기 때문에, 장관 역시 당황하여 반지를 끼워 줄 손과 손가락을 혼동했고, 우리 모두 쩔쩔맸다. 어차피 웃을 준비가 되어 있던 손님 중 몇이 "그 손가락이 아니에요, 다른 손이에요."라고 소리치자, 마치 학생들이 내는 것 같은 행복한 소음이 울려 퍼지기 시작했고, 드디어 반지들이 제자리를 찾았으며, 장관도 반지들을 묶은 리본을 잘라 냈다. 그러자 동시에 하늘로 날아가는 비둘기 떼가 내는 듯한 박수 소리가 터졌다. 내가 평생 동안 알아 온 모든 사람들이 기뻐하며 미소를 짓고 우리를 환호하자, 이미 마음의 준비가 되어 있었음에도 아이처럼 흥분되었다. 하지만 내 심장을 빨리 뛰게 한 것은 이것이 아니었다.

인파 속에서, 뒤쪽 어딘가에서, 그녀의 어머니와 아버지 사이에서 퓌순을 보았던 것이다. 진한 기쁨이 내 마음에 퍼져 갔다. 내가 시벨의 볼에 입을 맞출 때, 우리 곁으로 다가와서 입을 맞춰 주는 나의 어머니와 아버지 그리고 형을 껴안을 때, 내가 흥분하는 이유를 나는 알고 있었다. 하지만 나는 그것을 사람들뿐 아니라, 나 자신에게도 숨길 수 있을 거라고 생각했다. 우리 테이블은 댄스 플로어 바로 옆에 있었다. 식사를 위해 앉기 전에 나는 퓌순이 맨 뒷자리에, 사트사트 직원들 옆 테이블에 그녀의 부모와 함께 앉는 것을 보았다.

"둘 다 아주 행복해 보이는군요."

형수 베린이 말했다.

"하지만 무척 피곤해요. 약혼식이 이런데 결혼식은 얼마나 피곤할까요……."

시벨이 이렇게 대답하자, 베린은 "그날도 아주 행복할 거야."라고 대답했다.

"형수님, 형수님 생각에 행복이 뭐죠?"

내가 물었다.

"어머, 그런 주제를 다 꺼내다니요!"

베린은 잠시 자신의 행복을 생각하는 듯한 표정을 지었다. 하지만 그 순간에는 농담을 하는 것조차 불안한지 부끄러워하며 미소를 지었다. 드디어 음식을 먹게 된 사람들이 내는 시끌벅적하고 유쾌한 소리, 고함 소리, 포크와 나이프 소리 그리고 오케스트라의 멜로디 사이에서, 형이 힘차고 새된 목소리로 누군가에게 말하는 소리가 들렸다.

베린이 말했다.

"가족과 아이들, 시끌벅적한 분위기. 행복하지 않더라도, 아니, 최악의 날에도(한순간 그녀는 눈짓으로 형을 가리켰다.) 행복한 척하며 사는 거죠. 모든 어려움이 가족이라는 분위기 안에서 녹아 흩어지고, 사라지죠. 빨리 애를 낳아요. 많이 낳아요. 시골 사람들처럼."

"뭐가? 무슨 뒷공론을 하고 있는 거야?"

형이 말했다.

"애를 낳으라고 말하고 있어, 서방님과 시벨에게. 몇 명 낳으면 좋겠어?"

나는 아무도 보지 않는 틈을 타서 라크 반 잔을 단숨에 들이

켰다.

잠시 후 베린이 내 귀에 대고 속삭였다.

"테이블 끝에 앉아 있는 저 남자와 멋진 아가씨는 누구예요?"

"시벨의 고등학교 동창이자 프랑스에서 함께 공부한 가장 친한 친구 누르지한입니다. 시벨이 일부러 내 친구 메흐메트와 나란히 앉혔어요. 연결해 주고 싶대요."

"지금까지는 별로 진도가 안 나갔네요!"

베린이 말했다.

시벨은 부러움과 연민이 뒤섞인 감정을 품고 누르지한에게 애착을 가지고 있었다. 함께 파리에서 공부할 때 누르지한은 프랑스 남자들과 연애를 했고, 그들과 용감하게 잠자리를 했으며(시벨이 부러워하며 내게 해 주었던 이야기이다.) 이스탄불에 있는 그녀의 부유한 가족에게는 비밀로 한 채 그들과 동거도 했다. 하지만 이러한 모험은 그녀를 지치고 상심하게 했고, 시벨의 영향도 있고 해서 이스탄불로 돌아오고 싶어 했다고 베린에게 말해 주면서 나는 이렇게 덧붙였다.

"하지만 물론 그녀의 가치를 발견하고, 그녀와 같은 수준에다, 프랑스에서의 과거와 옛 애인들에 대해 신경 쓰지 않는 사람과 만나 그를 사랑해야 되겠지요."

"그런데 아직은 그런 사랑의 시작이 전혀 보이지 않네요."

베린은 미소를 지으며 이렇게 속삭였다.

"그런데 메흐메트 가족은 무슨 일을 해요?"

"부자예요. 그의 아버지는 유명한 아파트 건축업자예요."

베린의 왼쪽 눈썹이 의심하는 듯 거만하게 위로 치켜올라가자, 나는 로버트 칼리지 출신의 메흐메트가 아주 믿을 수 있는 친구이며, 정직한 사람이고, 그의 가족이 아주 신실하고 보수적임에도 중매결혼에는 반대한다고 덧붙였다. 게다가 머리 스카프를 쓴 그의 어머니는 이스탄불 출신에다 교육도 받은 여자를 그에게 소개하는 것을 몇 년 동안 거부해 왔고, 자신이 만나서 사귄 여자와 결혼하기를 바라고 있다고 설명하면서 이렇게 말했다.

"하지만 현재로서는 자신이 찾은 현대적인 여자들 중 그 누구와도 잘되지 않았어요."

"물론 안 되죠."

베린이 무척 아는 체하며 말했다.

"왜 안 됩니까?"

"그의 모습과 스타일을 좀 봐요. 여자들은 그처럼 아나톨리아 한가운데에서 온 사람과는 중매로 결혼하고 싶어 해요. 지나치다 싶게 많이 돌아다니고 도를 넘으면 남자가 자신을 '창녀'라고 생각할까 봐 두려워하죠."

"메흐메트는 그렇게 생각하는 사람이 아니에요."

"하지만 그의 출신, 가족, 그리고 타입이 그래요. 똑똑한 여자는 남자의 생각이 아니라 그의 가족과 상황을 봐요, 그렇지 않나요?"

"예, 맞아요. 메흐메트를 두려워하고, 그가 진지한데도 그와 가까워지고 싶어 하지 않는 똑똑한 여자들은, 지금은 그 이름을 언급하고 싶지 않지만요, 남자들의 결혼 의향에 대해 그리 확신이 없다고 하더라도 그들과는 더 편히 관계를 발전시킬 수 있지요."

"내가 뭐라 그랬어요!"

베린이 자랑스럽게 말했다.

"이 나라에는요, 결혼하기 전에 지나치게 친밀했다는 이유로, 세월이 많이 흐른 후에도 아내를 모욕하는 남자가 얼마나 많은데요! 도련님에게 한 가지 더 말할게요. 사실 도련님 친구 메흐메트는 도무지 다가가지 못했던 여자들 중 누구와도 사랑에 빠지지 않은 거예요. 만약 그랬다면 여자들도 그걸 알고 달리 행동했을걸요. 물론 잠자리를 한다는 얘기는 아니에요, 하지만 결혼할 정도로 그와 가까워졌겠지요."

"하지만 메흐메트도 도무지 여자들이 다가오지도 않고, 보수적이고, 겁쟁이들이었기 때문에 그녀들을 사랑하지 못한 거예요. 계란이 먼저냐, 닭이 먼저냐 같은 거지요······."

"그건 맞지 않아요, 사랑에 빠지기 위해 잠자리나 성관계 같은 것은 필요하지는 않아요. 사랑은 레일라와 메즈눈[31]이에요."

"흠······."

"뭐야, 우리한테도 좀 말해 줘. 누가 누구와 잔다고?"

테이블의 끝에 있던 형이 말했다.

베린은 남편에게 '애들이 들어요!'라는 의미의 눈길을 보내고는 내 귀에다 속삭였다.

"그러니까, 도련님은 저 순한 양 같은 모습을 한 메흐메트가 왜 진지하게 만나 가까워지고 싶어 하는 여자들 중 그 누구도 사랑하지 못하는지를 알아야 해요."

한순간, 베린의 그 비상한 머리에 존경을 표하고 싶었고, 메흐메트가 구제 불능의 매음굴 단골이라고 털어놓고 싶었다. 스라셀비레르, 지한기르, 베벡, 니샨타쉬에 있는 네다섯 군데의 특별한 집에는 메흐메트가 계속해서 찾아가던 '여자들'이 있었다. 한편으로는 직장에서 알게 된 스무 살가량의 고졸 처녀들과 절대 실현되지 않을 진한 감정적 관계를 맺으려고 하면서, 다른 한편으로는 매일 밤 그런 호화스러운 집에서, 서양 배우를 흉내 낸 여자들과 아침까지 광란의 밤을 보냈다. 술을 많이 마셨을 때면, 그 여자들에게 돈

---

**31** 로미오와 줄리엣과 같은, 이슬람 세계에서 유명한 이야기 속 연인.

을 너무 많이 쓴다거나, 피곤해서 정신을 가다듬지 못했다는 말을 실수로 입 밖에 내기도 했다. 한밤중 어떤 파티에서 나와서도, 손에 염주를 든 아버지와 머리 스카프를 쓴 어머니, 여자 형제들이 라마단 기간에 모두 함께 금식을 하고 있는 집에 가지 않고, 우리와 헤어져 지한기르나 베벡의 화려한 매음굴로 갔던 것이다.

"오늘 저녁 너무 많이 마시네요. 그렇게 많이 마시진 말아요. 사람들이 모두 도련님을 보고 있어요."

"알겠어요."

나는 이렇게 말하고 그녀에게 미소를 지어 보이며 잔을 들었다.

"책임감 강한 오스만 좀 봐요, 그리고 도련님의 개구쟁이 같은 모습도. 두 형제가 어떻게 이렇게 다를 수 있죠?"

"전혀 그렇지 않아요. 우리는 아주 닮았어요. 그리고 이제부터 나는 형보다 더 책임감 있고 진지한 사람이 될 겁니다."

"사실 나도 진지한 것은 전혀 좋아하지 않아요." 베린은 이렇게 말을 시작했다가, 한참 후에 "그런데 내 말을 듣지 않고 있군요……."라고 말했다.

"뭐라고요? 듣고 있어요."

"내가 뭐라고 했어요? 그럼 한번 말해 봐요!"

"그러니까, 사랑은 옛날이야기에 나오는 것 같아야 한다고 했지요, 레일라와 메즈눈처럼."

"아니에요, 내 말을 듣지 않았군요."

베린은 미소를 지으며 말했다. 하지만 그녀의 얼굴에는 내 상태를 염려하는 표정도 엿보였다. 시벨이 내 상태를 알아챘는지 알아보기 위해 그녀 쪽을 쳐다보았다. 하지만 시벨은 메흐메트와 누르지한에게 무언가를 설명하고 있었다.

내 이성의 한쪽은 계속 퓌순을 생각했고, 베린과 이야기를 할 때도 내 등 뒤 어딘가에 퓌순이 앉아 있다는 것을 마음속으로 느꼈으나, 계속 그녀를 생각했다는 것이 독자들뿐 아니라 나 자신에게도 부끄러워 감추려고 했다. 하지만 그만두겠다! 보는 바와 같이 나는 성공하지 못했다. 최소한 지금부터라도 독자들에게 정직하고 싶다.

나는 뭔가 핑계를 대며 테이블에서 일어났다. 그저 퓌순을 한 번 보고 싶었기 때문이다. 무슨 핑계를 댔는지는 기억할 수 없다. 뒤쪽을 한 번 쳐다보았지만 퓌순은 보이지 않았다. 사람들이 아주 많았고, 모두들 여느 때처럼 동시에 큰 소리로 말하고 있었다. 테이블 사이에서 숨바꼭질을 하는 아이들도 고함을 지르고 있었다. 여기에 음악, 포크와 수저와 접시가 내는 소리도 가세해 커다란 소음이 되었다. 이 광장한 소음 속에서 퓌순을 보고자 하는 희망을 품고 뒤쪽을 향해 걸어갔다.

"케말, 정말 축하해. 그런데 벨리 댄서도 나오지?"

이런 말을 한 사람은 자임 가족 테이블에 앉은 '속물' 셀림이었다. 나는 그가 아주 재미있는 농담을 했다는 듯 웃었다.

"아주 좋은 선택을 했어요, 케말 씨."

사람 좋아 보이는 아주머니가 말했다.

"케말 씨는 나를 기억하지 못할 거예요, 나는 어머니 되시는 분의······."

하지만 어머니와 어떻게 아는 사이인지 들어 보기도 전에, 쟁반을 든 웨이터가 나를 밀치며 우리 사이로 들어왔다. 내가 몸을 일으켰을 때는 이미 그 아주머니와 멀어져 있었다.

"약혼반지 좀 봐요!"

어떤 아이가 내 손을 강하게 부여잡으며 이렇게 말했다.

"그만두지 못해, 부끄럽지도 않니!"

아이의 뚱뚱한 어머니가 아이의 팔을 격하게 끌어당기며 말했다. 아이의 뺨을 때릴 듯했지만, 아이는 이런 일이 많았던 듯 미소를 지으며 단숨에 어머니의 따귀에서 벗어났다.

"이리 와서 앉지 못해!"

아이의 어머니는 소리쳤다.

"죄송해요……. 축하드려요."

전혀 알지 못하는 중년 부인이 새빨갛게 된 얼굴로 폭소를 터뜨리다 나와 눈이 마주치자 진지해졌다. 그녀의 남편이 자신을 소개했다. 시벨의 친척이었는데, 군 복무지가 아마스야로 나와 같다고 했다. 그들은 나에게 그들 테이블에 잠시 앉지 않겠느냐고 했다. 나는 퓌순을 보려는 생각에 뒤쪽 테이블을 주의 깊게 쳐다보았지만 그녀를 찾을 수 없었다. 그녀는 사라지고 없었던 것이다. 나는 괴로웠다. 전에는 전혀 알지 못했던 어떤 불행이 온몸으로 퍼져 나갔다.

"누구를 찾고 있소?"

"약혼자를 기다립니다. 하지만 한잔 마시겠습니다."

그들은 아주 기뻐했다. 그리고 의자를 가까이 붙여 앉았다. 접시와 포크를 주겠다고 했지만 괜찮다고, 라크를 달라고 했다.

"케말 씨, 에르체틴 장군과 안면이 있나요?"

"아, 예."

하지만 사실 기억나지 않았다.

"나는 시벨 아버지의 이모의 딸의 남편이라오, 젊은이! 축하하네."

파샤는 겸손하게 말했다.

"죄송합니다, 장군님, 평복을 입으셔서 알아보지 못했습니다. 시벨이 어르신에 대해 존경을 다해 언급하곤 했습니다."

사실 시벨이 오래전에, 헤이벨리섬에 있는 먼 사촌의 여름 집에

갔다가 잘생긴 해군 장교에게 빠진 적이 있다는 이야기를 했는데,
부유한 가문에서는 정부와의 관계나 군 복무 연기 같은 문제 때문
에 해군 장성에게 잘 대해 주곤 한다는 생각에 나는 그녀의 이야
기를 주의 깊게 듣지 않았다. 지금은 이상하게도 그의 마음에 들기
위해 겸손한 태도로 이렇게 묻고 싶었다.

'장군님, 군대가 언제 정부에 제재를 가할 건가요? 공산주의자
들과 수구주의가 양쪽에서 국가를 재앙으로 몰고 가는데…….'

하지만 내가 술에 취해 있다고 하더라도 이런 말을 하면 무례하
게 주사를 부린다고 생각할 것 같았다. 순간 본능적으로, 마치 꿈속
에서처럼, 자리에서 일어나 먼 곳에 있는 퓌순을 보았다.

"저는 이만 일어나야겠습니다."

나는 같은 테이블에 앉아 있던 사람들에게 이렇게 말했다.

술을 많이 마셨을 때처럼, 내가 나의 유령처럼 느껴졌다.

퓌순은 뒤에 있는 테이블에 앉아 있었다. 어깨 끈이 달린 옷을
입고 있었다. 어깨가 드러나 있었고, 건강해 보였다. 머리는 미장원
에서 매만진 것 같았다. 너무나 아름다웠다. 그녀를 먼 곳에서나마
잠깐 바라보는 것만으로도 내 마음은 행복과 흥분으로 가득 찼다.

그녀는 나를 못 본 척했다. 우리 사이에는 테이블이 일곱 개 있
었고, 그중 네 번째 테이블에 불안해 보이는 파묵 가족이 앉아 있
었다. 나는 그쪽으로 다가가 한때 나의 아버지와 사업을 한 적이
있는 아이든, 귄뒤즈 파묵 형제와 이야기를 한두 마디 나누었다. 나
의 머리는 퓌순의 테이블에 가 있었다. 그 옆 테이블에는 사트사트
직원들이 앉아 있었고, 젊고 패기만만한 직원인 케난이 다른 사람
들처럼 퓌순에게서 눈을 떼지 못한 채 그녀와 이야기를 나누는 것
을 알 수 있었다.

한때 부유했다가 어설프게 사업을 하는 바람에 재산을 잃어버

린 가문들답게 파묵 가족은 신흥 부자들 앞에서 불안하고 의기소침한 모습이었다. 아름다운 그의 어머니, 아버지, 형, 삼촌, 사촌들 옆에 앉아 쉬지 않고 담배를 피우는 스물다섯 살의 오르한에게서는 신경질적이며 초조한 모습, 조롱기 어린 미소를 지으려 한다는 것 외에 다른 기억할 만한 것을 보지 못했다.

지루한 파묵 가문의 테이블에서 일어나 곧장 퓌순을 향해 걸어 갔다. 사랑에 가득 차 거리낌 없이 자신에게 다가가는 나를 본 그녀의 얼굴에 나타난 행복을 어떻게 설명해야 할까? 그녀는 순간 새빨개졌고, 짙은 분홍빛 피부로 싱그러운 생동감이 번져 나갔다. 네시베 고모의 시선에서 퓌순이 그녀에게 전부 말했다는 것을 느낄 수 있었다. 먼저 그녀 어머니의 메마른 손에, 나중에는 아무것도 모르는 듯한 그녀 아버지의 여자처럼 팔목이 가늘고 손가락이 긴 아름다운 손에 악수를 했다. 나의 아름다운 여인 차례가 되자, 그녀의 손을 잡은 후 몸을 숙여 두 뺨에 입을 맞추었다. 목과 귀 밑의 예민한 부분에 느껴지던 행복감과 희열이 내 마음속에서 간절하게 되살아났다. 내 마음속에서 반복되던 '왜 왔어?'라는 질문은 금세 "정말 잘 왔어!"로 변해 버렸다. 눈 주위는 펜슬로 아주 가늘게 그리고, 분홍빛 립스틱을 바르고 있었다. 이것은 그녀가 뿌린 향수처럼 그녀를 낯설고 더욱 여성스럽게 만들어 주었다. 충혈된 눈과 눈 아래가 아이처럼 부푼 것을 보니 나와 헤어진 후 집에 가서 울었구나 하고 생각하던 차에, 자신감 넘치는 단호한 표정이 얼굴에 나타나면서 퓌순이 용감하게 말했다.

"케말 씨, 저는 시벨 씨를 알아요. 정말 결정 잘하셨어요. 진심으로 축하드립니다."

"아, 감사합니다."

동시에 그녀의 어머니가 말했다.

"케말 씨, 그 많은 일을 처리하는 와중에, 시간을 내서 제 딸의 수학 공부를 봐 주셨다고요, 정말 감사드립니다."

"내일이 시험 아닌가요? 오늘 밤엔 집에 일찍 돌아가는 게 좋을 거예요."

"그렇게 얘기할 권리가 물론 있지요. 하지만 저 애는 당신과 공부하면서 마음고생을 많이 했답니다. 오늘 밤만은 그냥 즐기라고 하는 게 좋을 듯해요."

그녀의 어머니가 말했다.

나는 선생님처럼 다정하게 퓌순에게 미소를 지어 보였다. 사람들과 음악의 소음 때문에 — 마치 꿈에서처럼 — 아무도 우리의 말을 듣지 못하는 것 같았다. 퓌순이 자기 어머니를 바라보는 시선에서 멜하메트 아파트에 함께 있을 때 가끔 나타나던 분노를 보았고, 반쯤 보이는 아름다운 가슴에, 멋진 어깨에, 어린아이 같은 팔에 마지막으로 한 번 더 시선을 던졌다. 자리로 돌아올 때, 백사장으로 밀려드는 거대한 파도처럼 행복이 천천히 내 마음속에서 커져 가는 것을, 마치 승리한 것처럼 나의 모든 미래에 곧 몰아치리라는 것을 가슴 깊이 느꼈다.

'은빛 잎사귀'는 「잇츠 나우 오어 네버(It's Now or Never)」를 개작한 「보스포루스의 어느 저녁」을 연주하고 있었다. 오직 한 사람을 품에 안고 이 세상의 완전한 행복을 '지금' 소유할 수 있다는 것을 내가 진심으로 믿지 않았더라면, '내 인생의 가장 행복한 순간'이 바로 이때였다고 말했을 것이다. 왜냐하면 그녀 어머니의 말과 화가 나고 상심한 퓌순의 시선에서, 우리의 관계를 끝내지 못할 거라는 것을, 그녀의 어머니조차 어떤 기대를 가지고 그에 만족한다는 결론을 내렸던 것이다. 각별히 주의하고 조심스럽게 처신하며 그녀를 얼마나 사랑하는지를 느끼게 해 준다면, 퓌순이 평생 내게서 떠나지 않을 것임을 깨달았다! 신이 일부 특별한 종에게만, 즉 나의 아버지, 나의 삼촌들에게 많은 고통을 안겨 준 후 쉰 살 정도 에야 그나마 약간 허락해 주었던 비도덕적인 남성의 행복을, 그러 니까 한편으로는 교육과 문화 수준이 어울리는 현명하고 아름다운 여성과 행복한 가정을 꾸리고, 다른 한편으로는 아름답고 매력적 이며 야성적인 여자와 비밀스럽고 깊은 사랑을 경험할 수 있는 행 운을, 내 나이 겨우 서른에 그다지 고통을 겪게 하지 않고 거의 아 무런 대가 없이 제공해 주었다는 의미였던 것이다. 나는 전혀 신실 한 사람이 아니었음에도, 그 순간 힐튼의 정원에 모인 즐거운 손님 들, 형형색색의 등불, 플라타너스 나무들 사이로 보이는 보스포루 스의 불빛과 뒤쪽의 군청색 하늘이 신에게서 온 행복의 그림엽서 로 내 기억에서 절대 지워지지 않을 것처럼 각인되었다.

"어디 있었어? 걱정했잖아. 베린 말로는 술을 많이 마셨다면서, 기분이 어때?"

시벨이 물었다.

"응, 약간 많이 마셨어. 하지만 지금은 아주 괜찮아. 유일한 고 민은 내가 심하게 행복하다는 거지."

"나도 행복해. 그런데 문제가 있어."

"뭔데?"

"누르지한과 메흐메트가 잘 안 돼."

"안 되면 안 되는 거지 뭐. 우리는 아주 행복하잖아."

"아니야, 아니라고. 둘 다 잘되길 바라고 있어. 서로에게 조금만 열중하면, 곧 결혼할 거라고 확신해. 그런데 둘 다 경직되어 있어. 기회를 놓칠까 봐 겁이 나."

나는 멀리서 메흐메트를 쳐다보았다. 누르지한에게 도무지 다 가가지 못하며, 자신이 서툴다는 것을 깨달을수록 스스로에게 화가 나서 좌절하여 더더욱 머뭇거리고 있었다. 그 옆으로 빈 접시가 가득 쌓여 있는 작은 서비스 테이블이 있었다.

"저기 가서 우리끼리 얘기 좀 해. 우린 어쩌면 메흐메트에게 너무 늦게 여자를 소개한 것 같아. 그는 이제 괜찮은 여자와 결혼할 가능성이 없을지도 몰라!"

나는 시벨에게 이렇게 말했다.

"왜?"

우리는 테이블에 앉았다. 호기심과 두려움으로 눈을 커다랗게 뜬 시벨에게, 메흐메트는 향수 냄새가 나고 붉은 등이 켜진 방이 아닌 다른 곳에서는 행복을 찾지 못할 거라는 이야기를 해 주었다. 나는 웨이터에게 당장 라크를 주문했다.

"자기도 그런 집을 아주 잘 아네! 나와 알기 전에 자기도 메흐메트와 함께 간 거야?"

"난 널 아주 사랑해."

나는 나의 손을 그녀의 손 위에 놓고는, 약혼반지를 낀 우리 손에 순간 시선이 멈춘 웨이터를 신경 쓰지 않고 이렇게 말했다.

"하지만 이제 메흐메트는 좋은 여자와 깊은 사랑을 경험하지 못할 거라고 느끼는 것 같아. 그래서 당황하는 걸 거야."

"아, 너무 안됐어. 그를 두려워하는 여자들 때문에……."

"그도 여자들에게 겁을 주지 말았어야 했지……. 여자들이 옳아……. 잠자리를 같이 한 남자가 자신과 결혼하지 않는다면? 평판이 나빠지고 곤란해진다면, 그 여자는 어떻게 하겠어?"

"그건 알아볼 수 있어……."

시벨이 조심스럽게 말했다.

"뭘 알아볼 수 있다는 거야?"

"남자가 믿을 만한지 아닌지."

"사람을 이해하는 건 그리 쉽지 않아. 많은 여자들이 이 문제에 대해 결정을 못 내리기 때문에 좌절하는 거야. 잠자리를 하더라도 두려움 때문에 희열조차 느끼지 못해. 아무것도 신경 쓰지 않는 대담한 여자들이 있는지는 모르겠어. 메흐메트도 유럽의 성적 자유에 대한 이야기를 침을 흘리며 듣지 않았더라면, 현대성이니 문명이니 하며 혼전에 여자들과 사랑을 나누는 것은 아마 생각도 하지 않았을 거야. 그러면 아마도 자신을 사랑하는 괜찮은 여자와 아주 행복한 결혼 생활을 했을 테지. 지금은 어떤지 보라고, 누르지한 옆에서 쩔쩔매고 있잖아……."

"그는 누르지한이 유럽에서 남자들과 잤다는 걸 아는 거야……. 이 사실이 그를 끌리게도 하고 두렵게도 하고 있어……. 그를 도와주자."

시벨이 말했다.

'은빛 잎사귀'는 자신들의 곡인 「행복」을 연주하고 있었다. 감상적인 음악이 내 마음에 와닿았다. 퓌순에게 느끼는 사랑이 내 피안에서 나를 고통스럽게 하기도 하고 행복하게 하기도 했다. 그리고 100년 뒤에는 아마도 튀르키예가 현대적이 될 것이며, 그렇게 되면 순결이라는 문제와 남들이 뭐라고 할까 하는 두려움에서 벗어나 모두가 천국에서 약속된 것처럼 사랑을 나누고 행복해질 거라고, 하지만 그날까지는 많은 사람들이 사랑과 성 때문에 고통을 겪으며 고통스러워할 것이라고 다정하게 설명해 주었다.

"아냐, 아냐."

마음이 착하고 아름다운 나의 약혼녀는 내 손을 잡으며 말했다.

"우리가 오늘 행복한 것처럼 그들도 곧 아주 행복해질 거야. 왜냐하면 우리가 메흐메트와 누르지한을 꼭 결혼시킬 거니까."

"알겠어, 그럼 우리가 뭘 해야 하지?"

"지금 막 약혼한 사람들이 벌써부터 구석에 앉아 소문이나 얘기하기 시작했나요?"

우리가 전혀 모르는 뚱뚱한 남자였다.

"나도 앉아도 됩니까, 케말 씨?"

그는 우리의 대답도 기다리지 않고 가장자리에서 의자를 끌어와 우리 옆에 자리를 잡았다. 사십 대 정도였는데, 옷깃에 하얀 카네이션을 달고, 달콤하고 나른한 느낌의 진한 여성용 향수를 뿌리고 있었다.

"신부와 신랑이 이렇게 구석에 앉아 속삭이면, 약혼식 흥이 안 나지요."

"우린 아직 신부와 신랑이 아닙니다. 약혼을 했을 뿐입니다."

내가 이렇게 말했다.

"하지만 모두들 이 약혼식이 호화로운 결혼식보다 더 대단하다고들 말합니다, 케말 씨. 결혼식은 힐튼 말고 어디를 생각하고 있습니까?"

"그런데 실례지만 누구신지요?"

"실례는 제가 했지요. 우리 작가들은 사람들이 모두 자신을 알아본다고 생각하지요. 제 이름은 쉬레이야 사비르입니다. '하얀 카네이션'이라는 이름으로《저녁 신문》에 쓴 기사를 알지 모르겠군요."

"아, 당신이 쓰는 상류 사회 가십 기사는 이스탄불 사람들 모두가 읽지요. 저는 당신이 여자라고 생각했어요, 유행과 의상에 대해 잘 알고 있어서요."

시벨이 말했다. 이 말이 끝나자마자 내가 무심하게 물었다.

"그런데 누가 당신을 초대했죠?"

"감사합니다, 시벨 양. 하지만 섬세한 영혼을 가진 남자가 유행을 이해한다는 것은 유럽에서는 다 아는 일이죠. 케말 씨, 튀르키예 언론법에 의하면, 지금 보시는 이 언론 출입증을 관계자에게 보여 준다면 우리 언론인들은 어느 공공 모임에도 참석할 권리가 있습니다. 관리 지침에 의하면 초대장이 배부된 모임은 모두 '개방된' 것으로 판단됩니다. 하지만 그럼에도 저는 몇 년 동안 초대받지 않은 파티에는 한 번도 가지 않았습니다. 저를 이 멋진 파티에 초대한 사람은 다름 아닌 케말 씨의 어머니입니다. 당신이 말한 상류 사회 가십이라는 것을, 그러니까 사회 소식을 현대적인 당신의 어머니는 중요하게 여기시고 저를 자주 초대해 주십니다. 우리 사이의 신뢰는 아주 크지요. 제가 갈 수 없었던 파티에 대한 소식도 당신의 어머니에게 전화로 듣고 그대로 썼습니다. 왜냐하면 여사께서는 당신처럼 모든 것에 지대하게 주의하여, 절대 잘못된 정보를 주시지 않지요. 제가 쓴 기사에는 하나도 틀린 소식이 없고 있을 수도 없습니다, 케말 씨."

"케말을 잘못 이해하신 것 같군요……."

시벨이 이와 비슷한 말을 중얼거렸다.

"조금 전 속이 꼬인 사람들 몇이 '이스탄불에 있는 밀수 위스키와 샴페인은 죄다 여기 있군.'이라고 하더군요. 나라는 외환고에 시달려 공장을 돌리거나 연료를 살 외환도 없습니다! 부에 대한 적의와 질투를 지닌 자들은 '밀수 술이 어디에서 나오나.'라고 신문에 써서 이 아름다운 밤에 흠집을 남기고 싶어 할 수도 있죠, 케말 씨. 내게 그랬던 것처럼 그들에게도 무례하게 행동한다면 더 악의적인 글을 쓸 것임을 명심하십시오. 아니요, 전 절대 당신 마음을 상하게 하지 않습니다. 저는 불쾌한 그 말을 당장 그리고 영원히 잊을 겁니다. 왜냐하면 튀르키예 언론은 자유로우니까요. 하지만 당신도 저의 질문에 솔직하게 대답해 주시죠."

"물론입니다, 쉬레이야 씨, 말씀하시죠."

"방금 약혼하신 두 분께서 조금 전에 아주 달콤하게, 아주 진지하게 어떤 문제에 몰입하고 있던데……. 정말 궁금하군요, 무슨 얘길 하셨나요?"

"손님들이 음식을 마음에 들어 하는지 궁금했습니다."

내가 이렇게 말했다.

"시벨 양에게 아주 좋은 소식입니다. 남편 되실 분은 거짓말을 노련하게 하지 못하네요."

하얀 카네이션이 즐겁다는 듯 말했다.

"케말은 좋은 사람이에요. 우리는 이런 얘기를 했어요. 저 많은 사람들 중에서 사랑과 결혼, 나아가 섹스 문제 때문에 고통을 당하고 있는 사람이 몇이나 될까 하는 얘기였어요."

"아, 네."

작가는 이렇게 대꾸했다. 그는 요사이 퍼지기 시작하여, 맹목적으로 숭배되는 듯한 '섹스'라는 단어가 사용되자, 스캔들이라고도 할 수 있는 대단한 고백과 마주한 척을 해야 할지, 인간적인 고통의 깊이에 대해 이해한 척을 해야 할지 결정을 못 내린 듯 한순간 아무 말도 하지 않았다.

한참 후 그는 이렇게 말했다.

"물론 당신들은 이런 고민을 넘어선, 현대적이고 행복한 신여성, 신남성이죠."

그는 조롱하는 것이 아니라, 어려운 상황에서는 상대방을 치켜세우는 것이 가장 좋다는 것을 경험으로 아는 사람답게 편안하게 말했다. 그러고는 이에 해당하지 않는 사람들을 걱정이라도 하는 듯, 손님들 중 누구의 딸이 누구의 아들과 절망적으로 사랑에 빠졌는지, 어떤 여자가 '지나치게 자유분방'해서 좋은 가문에서는 소외

된 채 남자들의 입맛을 다시게 하는지, 어떤 어머니가 자신의 딸을 부유한 바람둥이 아들에게 주려고 하는지, 어떤 가족의 게으른 아들이 누군가와 약혼을 했음에도 다른 누구를 사랑하고 있는지를 말하기 시작했다. 시벨처럼 나도 재미있게 들었고, 그런 우리를 본 하얀 카네이션도 더 들떠서 이야기를 계속했다. 댄스가 시작될 즈음이면 이런 '수치스러운 일들'이 하나하나 드러날 거라고 말하던 차에 어머니가 다가왔다. 손님들이 모두 우리를 지켜보는데 다른 테이블에서 우리끼리 뒷말을 하는 것은 아주 잘못하는 거라고, 아주 실례를 범하는 거라고 하며 우리를 테이블로 돌려보냈다.

테이블로 돌아와서 베린 옆에 앉자마자, 마치 전기 기구를 플러그에 끼운 것처럼, 퓌순의 환영이 내 속에서 다시 온 힘을 다해 빛을 발하기 시작했다. 하지만 이번에는 환영의 광선이 불안이 아니라 행복을 퍼뜨려 주었고, 단지 이 밤뿐 아니라 나의 온 미래를 밝히고 있었다. 행복의 진정한 원천이 비밀스러운 연인이지만, 마치 아내와 가족들 때문에 행복하다는 듯 행동하는 남자들처럼 나도 행동하기 시작했다는 것을, 내가 시벨 때문에 무척 행복한 것처럼 행동했다는 것을 짧은 순간 동안 확연하게 느꼈다.

어머니는 가십 작가와 잠깐 이야기를 나눈 후 우리가 있는 테이블로 왔다.

"항상 기자들을 조심해. 온갖 거짓말을 다 쓰고 나쁜 짓은 다 하니까. 그런 다음에 자기들 신문에 아버지 회사 광고를 더 많이 내라고 위협하지. 지금 일어나서 댄스를 시작하거라. 사람들이 모두 너희를 기다리고 있다."

그러고는 시벨에게 말했다.

"오케스트라가 음악을 시작한다. 아, 넌 정말 예쁘고 귀엽구나."

'은빛 잎사귀'가 연주하는 탱고 음악에 맞춰 시벨과 춤을 췄다.

191

손님들이 일제히 침묵 속에서 우리를 바라보자 우리의 행복이 뭔가 인위적이라는 느낌이 들었다. 시벨은 껴안듯 내 어깨에 팔을 얹고, 클럽의 조용한 구석에 우리만 있는 듯 머리를 내 가슴에 가까이 대고, 이따금씩 미소를 지으며 내게 무언가 속삭였다. 잠시 춤을 춘 후 그녀가 내 어깨 너머로 가리킨 곳을, 예를 들면 무언가가 가득 담긴 쟁반을 든 채 웃으며 우리의 행복을 바라보는 웨이터의 시선을, 어머니가 한두 방울 눈물을 흘리는 것을, 머리를 새집처럼 만든 여자를, 우리가 없는 사이에 누르지한과 메흐메트가 서로 완전히 등을 돌리고 있는 것을, 전쟁(1차 세계 대전) 덕에 돈을 번 아흔 살의 남자가 넥타이를 맨 하인의 도움을 받아 식사하는 모습을 바라보았다. 하지만 퓌순이 앉아 있는 뒤쪽은 전혀 보지 않았다. 시벨이 내 어깨 너머로 보았던 것에 대해 "저 사람 좀 봐, 누구누구는 또 어떻고."라며 쉬지 않고 즐겁게 말하고 있을 때는, 퓌순이 우리를 보지 않는 게 나을 것 같았다.

그러다 갑자기 박수 소리가 들리더니 곧 멈춰 버렸다. 우리는 아무 일도 없다는 듯 계속 춤을 추었다. 잠시 후 다른 커플도 춤을 추기 시작했고 우리는 자리로 돌아왔다.

"아주 잘했어요, 둘이 서로 아주 잘 어울려요."

베린이 말했다.

아직은 춤을 추는 사람들 사이에 퓌순은 없는 것 같다. 누르지한과 메흐메트 사이에 아무런 발전이 없자 시벨은 무척 고민되는 듯 메흐메트와 이야기를 좀 해 보라고 했다.

"누르지한한테 관심을 가지라고 해 봐."

하지만 나는 아무것도 하지 않았다. 베린까지 이 문제에 끼어들며 속삭였다. 세상에 억지로 되는 일은 없다, 앉아서 주의 깊게 관찰해 보니 메흐메트뿐 아니라 둘 다 꽤 도도하고 소심해 보인다,

서로 관심도 없는데 억지로 강요한다고 될 일이 아니다라고 했다. 이에 시벨이 대답했다.

"아니에요, 결혼식에는 마법이 있어요. 결혼 상대자를 다른 결혼식에서 만나는 사람도 많아요. 처녀들뿐 아니라 총각들도 결혼식에서 점잔을 빼니까 우리가 도와줘야 해요."

"무슨 이야기들을 하는 거야? 나한테도 말해 줘."

이렇게 해서 형도 우리 논쟁에 끼게 되었다. 그는 이제 중매로 만나는 시대가 끝나긴 했어도, 튀르키예에서는 유럽에서처럼 남녀가 만날 만한 환경이 별로 없기 때문에 중매쟁이들이 할 일이 많다고 강의라도 하듯 설명했다. 그러더니 이 대화가 그들 때문에 시작되었다는 것을 잊은 듯 누르지한에게 "당신은 중매로 결혼하지 않을 거죠, 그렇죠?"라고 물었다.

"남자만 괜찮다면 어떻게 만났는지는 전혀 중요하지 않아요, 오스만 씨."

누르지한은 킥킥거리며 말했다.

무척이나 거리낌 없는 이 말이 그저 농담이라는 듯 우리는 모두 폭소를 터뜨렸다. 하지만 메흐메트는 얼굴이 시뻘겋게 변해 눈길을 다른 데로 돌렸다.

잠시 후 시벨이 내 귀에 대고 이렇게 말했다.

"봤어? 메흐메트가 겁을 먹었잖아. 그녀가 놀리고 있다고 생각하는 거야."

나는 춤추는 사람들은 전혀 바라보지 않았다. 하지만 오랜 세월이 흐른 후 박물관이 세워지던 때에 만났던 오르한 파묵 씨는 그때쯤 퓌순이 두 명의 남자와 춤을 췄다고 말해 주었다. 퓌순이 처음 춤을 춘 남자는 모른다고 했다. 하지만 나는 그가 사트사트 직원인 케난이라는 것을 알았다. 두 번째로 퓌순에게 춤을 신청한 사람은, 자랑스럽게 얘기하는 것으로 보아, 파묵 가족이 앉아 있는 테이블에서 조금 전에 나와 눈이 마주쳤던 오르한 씨 본인이었다. 우리 책의 작가는 이십오 년이 흐른 후 그 춤에 대해서 눈을 반짝거리며 이야기했다. 오르한 씨가 퓌순과 춤을 출 때 느꼈던 것을 그의 입을 통해 읽고 싶은 독자들은 마지막 장인 「행복」을 보기 바란다.

오르한 씨가 많은 세월이 흐른 후 진지하게 설명해 주었던 그 춤을 추고 있을 당시, 우리 테이블에서 오가던 사랑, 결혼, 중매 그리고 '현대적인 삶'에 대한 이중적 의미의 대화와 누르지한이 킥킥대는 것을 견디지 못한 메흐메트는 일어나 자리에서 떠나 버렸다. 순식간에 사람들의 기분은 모두 엉망이 되었다.

"우리 모두 부끄러운 행동을 했어. 메흐메트의 마음을 상하게 했다고."

시벨이 말했다.

"나한테 그러지 마. 당신들보다 더한 행동은 하지 않았으니까. 당신들 모두 술을 마셨고 계속 웃었잖아. 행복하지 않은 것은 메흐메트였어."

누르지한이 이렇게 말했다.

"케말이 그를 테이블로 다시 데려오면 그에게 잘 대해 줄 거지, 누르지한? 네가 그를 아주 행복하게 해 줄 거라고 생각해. 메흐메트도 널 행복하게 해 줄 거야. 하지만 그에게 잘 대해 줘야 해."

시벨이 메흐메트와 자신을 연결해 주고 싶다고 사람들 앞에서 열심히 말하자 누르지한은 기분 좋아진 듯했다.

"당장 결혼할 필요는 없겠지. 그가 나를 만났으니까 한두 마디 좋은 말을 해 줄 수도 있었을 텐데."

"노력을 한다 해도, 너처럼 개성 있는 여자 앞에서는 힘겨운 모양이야."

시벨은 이렇게 말하고 웃으면서 누르지한의 귀에 대고 무슨 말인가 속삭였다.

"이 나라에서 여자와 남자가 연애를 왜 못 배우는지 알아?"

형이 말했다. 그는 술을 마셨을 때 나타나는 사랑스러운 표정을 짓고 있었다.

"왜냐하면 연애할 장소조차 없기 때문이야. 연애라는 단어도 물론 없고."

그러자 베린이 말했다.

"당신 사전에서 연애라는 건, 우리가 약혼하기 전 토요일 오후에 나를 영화관으로 데려간 걸 의미하지. 당신은 영화 도중 휴식 시간에 페네르바흐체 축구 경기의 결과를 들으려고 휴대용 라디오를 가져가곤 했어."

"사실 라디오는 경기를 듣기 위해서가 아니라 당신에게 과시하려고 가져갔던 거야. 나는 이스탄불에서 처음으로 트랜지스터 휴대용 라디오를 가졌다는 게 자랑스러웠어."

형은 이렇게 대답했다.

이에 누르지한도 자신의 어머니가 튀르키예에서 최초로 믹서를 사용한 것을 자랑스러워한다고 고백했다. 오래전, 식품점에서 깡통 토마토 주스를 팔기도 전에, 그러니까 1950년대 말에, 그녀의 어머니는 브리지 카드 게임을 하러 온 친구들에게 토마토, 샐러리, 사탕무, 무즙 등을 대접했으며, 크리스털 컵에다 채소즙을 마시는 상류 사회 부인들을 부엌으로 불러 튀르키예에 온 최초의 믹서를 습관처럼 보여 주었다고 했다. 이스탄불 부르주아들이 당시 유행하던 멋진 음악을 들으며, 면도기와 고기 써는 기계, 통조림 따는 기계같이 이상하고 두려운 기구들을 처음 사용한다는 흥분 때문에 손과 얼굴을 피투성이로 만들었던 일을 떠올렸다. 잔뜩 흥분하며 유럽에서 들여왔다가 한 번 사용하고 고장 난 녹음기, 퓨즈가 나간 헤어드라이어, 하녀들이 두려워하던 전기 커피 분쇄기, 튀르키예에는 부품도 없는 마요네즈 만드는 기계를 아까워서 도저히 못 버리는 바람에, 이것들이 집 안 구석에서 오랫동안 먼지만 쌓인 채 놓여 있었던 이야기를 했다. 우리가 웃고 떠드는 사이에, '당신은 모든 걸 누릴 자격이 있어요' 자임이, 메흐메트가 앉았던 누르지한 옆자리에 앉는 것을, 그리고 사오 분 후에 누르지한의 귀에 대고 무언가를 속삭여 그녀를 킥킥 웃게 만드는 것을 보았다.

"그 독일 모델은 어떻게 된 거야? 그녀도 그렇게 빨리 버린 거야?"

시벨이 자임에게 물었다.

"잉게는 내 애인이 아니었고, 독일로 돌아갔어."

자임은 아무렇지도 않게 말했다.

"우린 그저 사업상의 친구였어. 그녀에게 이스탄불의 밤을 보여 주려고 저녁마다 외출한 것뿐이야."

"그러니까 단지 사업상의 친구였단 말이지!"

시벨은 그 당시 싹트기 시작했던 연예 잡지에서 반복되던 판에 박힌 말을 되풀이했다.

"나도 오늘 극장에서 그녀를 봤어. 광고에 나오던데, 아주 귀엽게 웃으면서 사이다를 마시던걸."

베린은 이렇게 말하며 남편을 돌아보았다.

"미장원이 정전돼서 정오쯤에 시테 극장에 갔어. 소피아 로렌과 장 가뱅이 나오는 영화를 봤고."

그런 후 자임을 보며 말했다.

"광고가 사방에서, 간이매점마다 보여요. 사이다는 이제 아이들뿐 아니라 모두들 마시고 있어요, 정말 축하해요."

"타이밍이 좋았죠, 운도 있었고요."

자임이 말했다.

누르지한이 뭔가 묻는 듯한 시선으로 자임을 보기에, 그리고 자임이 내가 이 말을 해 주었으면 하는 듯해서, 나는 내 친구가 새로 나온 멜템 사이다를 생산하는 섹타시 회사의 사장이며, 이스탄불 사방에서 볼 수 있는 광고에 나오는 사랑스러운 독일 모델 잉게를 우리에게 소개해 준 사람이라고 누르지한에게 간단히 설명해 주었다.

자임이 그녀에게 물었다.

"우리 회사 과일 사이다를 마셔 본 적 있습니까?"

"물론이죠. 딸기 맛이 제일 맘에 들었어요. 그렇게 괜찮은 것은 프랑스인들도 못 만들어요."

"프랑스에 사나요?"

자임은 이렇게 물은 후, 주말에 공장을 둘러보고 보스포루스와 벨그라드 숲으로 소풍을 가자고 우리를 초대했다. 테이블에 있는 사람들은 모두 누르지한과 자임을 바라보았다. 얼마 지나지 않아 그들은 춤을 추러 나갔다.

"가서 메흐메트를 찾아와, 누르지한이 자임의 손에서 벗어나도록 해야지."

"누르지한이 벗어나길 원하는지는 알 수 없지."

"여자들을 침대로 끌어들이는 것 말고는 다른 생각이 없는 저 형편없는 카사노바 따위의 먹이가 되게 둘 순 없어."

"자임은 아주 착하고 정직해. 단지 여자에게 약할 뿐이야. 게다가 누르지한은 프랑스에서처럼 여기서도 모험을 즐길 수 있잖아? 뭐 꼭 결혼을 해야 하는 거야?"

"프랑스 남자들은 결혼 전에 잠자리를 했다는 이유로 여자를 경멸하지 않아. 여기서는 구설수에 오르잖아. 무엇보다 나는 메흐메트가 상처받지 않았으면 해."

"나도 그건 원하지 않아. 하지만 이것 때문에 우리 약혼식에 그림자가 드리워지지 않았으면 좋겠어."

"자기는 중매하는 재미를 못 느끼나 봐. 생각해 봐, 누르지한과 메흐메트가 결혼하면 오랫동안 우리의 제일 좋은 친구가 될 거야."

"메흐메트가 오늘 밤에 누르지한을 자임에게서 빼앗아 올 것 같지는 않아. 메흐메트는 이런 파티에서 다른 남자들과 경쟁하는 것을 두려워해."

"자기가 얘기해 봐, 두려워하지 말라고. 내가 약속해, 누르지한은 내가 알아서 할게. 그를 당장 데려와."

그녀는 내가 일어서자 달콤하게 웃었다.

"자기 정말 잘생겼어. 다른 사람들과 어울리지 말고 빨리 와서 내게 춤을 신청해 줘."

나는 그사이 퓌순도 봐야겠다고 생각했다. 적당히 술에 취한 사람들의 고함 소리와 웃음소리 속에서 테이블 사이를 돌아다니며 메흐메트를 찾으면서 수많은 사람들과 악수를 했다. 어렸을 때 수요일 오후면 언제나 우리 집으로 오곤 했던 어머니의 베지크[32] 친구들이 마치 서로 약속이라도 한 듯 머리를 모두 갈색으로 염색한 것으로는 모자랐는지, 남편들과 함께 앉아 있던 테이블에서 마치 약속이나 한 것처럼 셋이 동시에 내게 손을 흔들며, 아이를 부르듯이 "케마아아알." 하고 소리쳤다. 수입업을 하는 아버지의 친구가 하얀 턱시도, 금 커프스 버튼, 매니큐어를 바른 손톱, 악수 후에 내 손에서 절대 사라지지 않았던 향수 냄새와 함께 즉시 나의 기억 속

---

32  둘 또는 네 사람이 64장의 패를 가지고 하는 카드놀이.

에 뒤섞였다. 그는 십 년 후, 엄청난 뇌물을 요구하는 세무 장관에게 안텝[33] 풍경이 그려진 커다란 바크라[34]와 달러 뭉치를 상자 안에 넣어 건네면서, 그들 사이에 오갔던 정다운 이야기를 의자 밑에 가조 표 붕대로 붙여 놓은 녹음기로 녹음하여 그것을 언론에 공개하는 바람에, 신문에서 '장관을 파면시킨 상인'이라는 별명으로 불리게 된다. 사람들의 얼굴은, 마치 어머니가 정성스레 잘라 붙인 앨범 속 얼굴들처럼, 굉장히 익숙하고 가깝게 느껴졌음에도, 이상한 불안감에 싸인 듯 그들이 누구와 어떤 관계인지 누구의 남편이나 여동생인지 기억나지 않았다.

"얘, 케말."

바로 그때 어느 인상 좋은 중년 부인이 내게 말을 건넸다.

"네가 여섯 살 때 나한테 청혼한 거 기억나니?"

열여덟 살 난 그녀의 우아한 딸을 보자 그녀가 누구인지 겨우 기억났다.

"아, 메랄 이모, 딸이 이모를 꼭 닮았네요!"

그녀는 어머니의 큰이모의 막내딸이었다. 그녀가 미안한 듯 내일 딸애가 대입 시험을 치러서 일찍 자리를 떠야 한다고 하기에, 이 쾌활한 여성과 나, 그리고 나와 그녀의 아름다운 딸의 나이 차이가 정확히 십이 년씩이라는 것을 알 수 있었다. 무의식적으로 댄스 플로어 쪽을 바라보았지만, 그곳에도, 그 뒤에 있는 테이블에도 퓌순은 없었다. 주위는 사람들로 북적댔다. 나는 많은 세월이 흐른 후 힐튼에서의 결혼 파티 사진들을 구해다가 '쓰레기 더미' 집에 쌓아 놓은 한 수집가에게서 사진을 한 장 샀다. 나의 얼굴이 아니라 나의 손과 아버지의 젊은 시절 친구인 보험사 사장 '배를 침몰

---

33  튀르키예의 도시 이름.

34  시럽을 듬뿍 바른 튀르키예식 파이 과자.

시킨' 귀웬이 찍힌 사진이었다. 사진이 삼 초 후에 찍혔다면, 나는 배경에 보이는 은행가 신사와 악수를 할 것이고, 그가 시벨의 아버지와 안면이 있다는 것을 알게 될 것이며, 내가 런던에 있는 해러즈 백화점에 갈 때마다(두 번) 이 신사가 생각에 잠겨 짙은 색 양복을 고르는 것을 보았던 것이 기억나 놀라고 있을 것이었다.

나는 테이블을 지나가면서 손님들과 함께 앉아 기념사진을 찍었다. 여자들은 노란 머리에 갈색 피부가 많다는 것을, 남자들은 부유하고 과감하다는 것을, 비슷비슷한 넥타이와 시계와 하이힐과 팔찌가 수없이 많다는 것을, 남자들이 좋아하는 콧수염이 거의 비슷하다는 것을 알 수 있었다. 한편으로는 이 사람들과 모두 안면이 있으며, 함께 공유하는 추억이 많다는 것도 깨닫고, 내 앞에 놓인 멋진 삶과 미모사 향기가 나는 여름밤의 아름다움을 행복하게 만끽했다. 결혼에 두 번 실패한 후 마흔 살이 넘자 빈민, 장애인, 고아, 구호 단체를 위한 기부금을 모으는 일에 자신을 바치던(어머니 표현으로는 "무슨 놈의 이상(理想), 커미션을 받는다던데.") 이러한 이유로 두 달에 한 번 아버지 사무실을 방문하던, 튀르키예가 낳은 최초의 미스 유럽과 볼에 입맞춤을 했다. 가족 간에 사업을 두고 다툼이 일어나는 바람에 선주였던 남편이 눈에 총을 맞고 죽어 버리자, 그 후 가족 모임에 항상 눈물을 글썽이며 참석하던 과부와 아름다운 밤에 대해 이야기를 나누었다. 그 당시 튀르키예에서 가장 사랑받고, 가장 이상하고, 가장 용감했던 칼럼니스트 제랄 살리크(여기에 그의 칼럼 한 편을 전시한다.)의 부드러운 손을 진심 어린 존경을 다해 맞잡았다. 이스탄불 최초의 부유한 무슬림 상인이자 고인이 된 제브데트 씨의 아들들과 딸, 손자들과 테이블에 앉아 사진을 찍었다. 시벨의 손님들이 앉아 있는 테이블에서는, 당시 튀르키예 모든 사람이 시청했으나 이제 수요일이면 끝이 날 연속극

「도망자」(리처드 킴블 박사는 그가 저지르지도 않은 범죄 때문에 수배를 받고, 자신의 결백을 증명하지 못해서 항상 도망치고, 도망치고, 또 도망치고 있었다!)의 결말에 대해 사람들과 내기를 했다.

드디어, 우리의 로버트 칼리지 동창인 타이푼과 함께 구석에 있는 바의 의자에 앉아 즐겁게 라크를 마시고 있는 메흐메트를 발견했다.

"오오, 신랑들이 모두 여기 있구먼."

타이푼은 내가 앉는 것을 보고는 이렇게 말했다. 다시 만나서 즐거웠을 뿐만 아니라, 이 '신랑들'이라는 말이 가져다주는 행복한 추억 때문에 우리 셋의 얼굴에 그리움 가득한 미소가 스쳐 지나갔다. 고등학교 3학년 때, 오후 쉬는 시간이면 우리 셋은 부유한 아버지가 타이푼에게 학교 갈 때 타라고 내준 메르세데스로 에미르간 언덕에 있는 오래된 파샤 저택의 호화로운 매음굴에서 아름답고 귀여운 여자들과 잠자리를 하곤 했다. 우리는 그녀들을 차에 태워 몇 차례 함께 다니기도 했는데, 그녀들에게는 감추고 싶은 강렬한 감정을 느낀 적도 있었다. 또 그녀들은 자신들이 밤에 상대해야 하는 고리대금업자나 늙고 술 취한 상인들에 비하면 아주 적은 돈만을 우리에게 요구했다. 화려한 경력을 자랑하는 창녀였던 매음굴 주인 여자는 우리를 뷔윅아다의 그랜드 클럽에 있는 상류 사회 무도회에서 만난 것처럼 매번 아주 정중하게 맞아 주었다. 하지만 여자들이 미니스커트를 입은 채 담배를 피우고, 사진이 들어간 소설을 읽으며 손님을 기다리던 현관으로 우리(쉬는 시간에 도망쳐 나온)가 양복과 넥타이로 된 교복을 입은 채 들어설 때마다 쾌활하게 웃어 젖히며 "얘들아 —. 학생 신랑들이 왔다!"라고 소리치곤 했다. 나는 메흐메트가 즐거워할 것 같아서 이 달콤한 추억을 꺼내기 시작했다. 블라인드 사이로 들어오는 봄 햇살이 따스하게 만들어

놓은 방에서 사랑을 나눈 후 낮잠에 빠졌던 어느 날, 오후 첫 수업을 놓치고 다음 수업 시간 중간에 들어가자, 늙고 품위 있는 지리 선생님이 "늦게 온 이유가 뭐야?"라고 물었고 우리는 "생물 공부를 했어요, 선생님."이라고 대답했던 것, 그다음부터 '생물 공부'라는 말은 매음굴에 간다는 의미로 통했던 것을 떠올려 주었다. 건물 정면에 '초승달 호텔 레스토랑'이라고 쓰여 있던 오래된 저택에 있던 여자들이 꽃, 나뭇잎, 월계수, 장미 같은 식물 이름을 딴 가명을 썼던 것을 기억해 냈다. 그 이유에 대해서도 즐겁게 쓸데없는 수다를 떨었다. 한번은 밤에 그 저택을 방문한 적이 있었다. 여자들과 방으로 막 들어갔을 때 유명한 부자와 그의 독일인 동업자가 저택에 들어왔고, 외국 손님 앞에서 벨리 댄스를 추라고 우리 방문을 두드리며 여자들을 밖으로 불러내는 바람에, 우리는 서둘러 아래로 내려가야 했다. 이것을 미안하게 여겼는지 레스토랑의 후미진 구석에 있는 테이블에 앉아 여자들이 벨리 댄스 추는 걸 조용히 구경하게 해 주었다. 반짝이는 스팽글이 달린 벨리 댄스 의상을 입은 그녀들이 중년의 부자들보다는 우리를 유혹하기 위해 춤을 추는 걸 보면서 그녀들을 사랑하게 되었다는 것을 깨달았을 뿐만 아니라, 그때 우리가 경험한 것을 평생 잊지 못할 거라고 느꼈으며, 춤을 구경하면서 얼마나 행복했는지를 이야기하며 그리워했다. 내가 여름 방학을 맞아 미국에서 돌아왔을 때, 메흐메트와 타이푼은 이스탄불의 새 경찰서와 다른 모습으로 변해 버린 이 비싼 집들에서 목격했던 이상한 것들을 내게 보여 주고 싶어 했다. 예를 들면 스라셀비레르 대로에는 칠 층짜리 오래된 룸 사람들의 아파트가 있었는데, 경찰들이 매일 급습해서 한 층을 폐쇄하는 바람에 여자들은 매일 가구와 거울이 가득한 다른 층에서 손님들을 맞았다고 했다. 니샨타쉬의 뒷골목에는, 경호원들이 문 앞에 서서 별로 부자인 것 같지

않은 손님이나 궁금해서 기웃거리는 사람들을 쫓아 버리는 저택
이 있었다. 조금 전에 호텔로 들어온 '럭셔리' 셰르민은, 십이 년 전
에 이미 꼬리 지느러미가 달린 62년형 플리머스를 몰았다. 그녀는
저녁마다 파크 호텔, 탁심 광장, 디완 호텔 주위로 잠시 드라이브
를 한 다음 주차를 해 놓고, 아주 깨끗하게 잘 꾸민 채 차에 타고 있
는 두세 명의 여자에게 손님이 나타나기를 기다렸고, 전화로 예약
을 했을 경우에는 '홈서비스'도 해 주었다. 친구들이 그리운 듯 이
런 얘기를 했기 때문에, 순결이나 '정조'에 대한 걱정으로 덜덜 떠
는 '반듯한' 여자들보다 그런 장소의 그런 여자들이 더 큰 행복을
경험하게 해 주었다는 생각을 했다.

테이블에서 퓌순은 보지 못했다. 하지만 그녀의 부모가 앉아 있
는 걸 보니 아직 돌아가지는 않은 것 같았다. 라크를 한 잔 더 주문
했다. 메흐메트에게 새로운 장소는 없는지 물었다. 타이푼은 새로
문을 연 호화로운 매음굴이 어딘지 알려 주겠다며 놀리듯 말하고
는, 성매매 단속반의 급습으로 체포되자 화를 냈다는 유명 국회 의
원과, 대기실에서 눈이 마주치지 않으려고 창밖으로 눈을 돌리던
안면 있는 유부남과, 보스포루스가 내다보이는 호화로운 침대 위
에서 스무 살짜리 체르케스 여자의 품에 안겨 심장마비로 죽었음
에도 집에서 아내의 품에서 죽었다고 언론에 보도된 일흔 살 먹은
수상 후보자였던 군인 출신 정치인들에 대해 재미난 이야기를 들
려주었다. 추억으로 가득 찬 달콤하고 부드러운 음악이 연주되고
있었다. 메흐메트는 타이푼처럼 화가 난 듯 매정하게 말을 하려 하
지 않는다는 것을 깨달았다. 나는 그에게 누르지한이 결혼을 하기
위해 튀르키예로 돌아왔다고 상기시키면서, 시벨에게 그가 마음에
든다고 말했다는 것도 덧붙였다.

"그녀는 사이다 장수 자임과 춤을 추고 있잖아."

메흐메트가 말했다.

"네게 질투심을 불러일으키려고 그러는 거야."

나는 그쪽을 돌아다보지도 않고 말했다.

메흐메트는 약간 쭈뼛거리더니, 사실은 누르지한이 아주 마음에 든다, 그녀도 '정말로 진지하다면' 물론 그녀 옆에 앉아 그녀에게 달콤한 말을 해 줄 수 있다, 이 일이 잘되면 내게 평생 고마워할 것이다, 하고 솔직하게 털어놓았다.

"그렇다면 왜 처음부터 그녀에게 잘 대해 주지 않았어?"

"몰라, 그냥 그렇게 할 수가 없었어."

"테이블로 돌아가자, 네 자리에 다른 사람이 못 앉게 해야지."

테이블로 돌아가면서 사람들과 볼에 입을 맞추고 껴안으며, 누르지한과 자임의 춤이 어느 단계에까지 갔는지 보려고 댄스 플로어로 눈을 돌렸다. 그리고 퓌순이 춤을 추고 있는 것을 보았다……. 사트사트의 젊고 잘생긴 신입 사원 케난과……. 두 사람의 몸이 아주 가까이 붙어 있었다……. 배에 통증이 번졌다. 나는 테이블에 앉았다.

"어떻게 됐어? 안 됐어? 이제 누르지한도 안 되겠어. 왜냐하면 자임을 아주 맘에 들어 하거든. 봐, 어떻게 춤을 추고 있는지. 이제 신경 쓰지 마."

시벨이 말했다.

"아니야, 메흐메트는 좋대."

"그럼 왜 얼굴을 찡그리고 있어?"

"찡그린 거 아니야."

"기분이 상한 표시가 아주 확연한걸. 왜 그래? 알았어, 이제 더 이상 마시지 마."

시벨이 미소를 지으며 말했다.

연주되던 곡이 끝나자 연이어 다른 음악이 시작되었다. 느리고 감상적인 곡이었다. 테이블에서 긴, 아주 기나긴 정적이 흘렀다. 고통스러운 질투의 액체가 내 피에 섞이는 것을 느꼈다. 하지만 그렇게 느꼈다는 것을 받아들이고 싶지 않았다. 춤추는 사람들이 서로에게 더 밀착하고 있다는 것은 댄스 플로어를 바라보는 사람들의 얼굴에 나타난 진지하고 약간은 질투 섞인 시선에서도 드러났다. 나도 메흐메트도 춤추는 사람들을 전혀 쳐다보지 않았다. 형이 내게 무슨 말을 했지만, 무슨 말이었는지는 세월이 흐른 후에도 기억나지 않았다. 하지만 그가 아주 중요한 문제를 꺼냈던 것은 기억한다. 그러다 더 느리고, 더 '로맨틱한' 음악이 시작되자 형뿐만 아니라 베린, 시벨 그리고 모든 사람들이 춤추는 사람들을, 서로 껴안는 그들을 곁눈질하기 시작했다. 머릿속이 너무나 혼란스러웠다.

"뭐라고 했어?"

나는 시벨에게 물었다.

"뭐라고? 아무 말도 안 했어. 자기 괜찮아?"

"'은빛 잎사귀'에게 음악을 잠시 멈추라는 메모를 보내라고 할까?"

"왜? 관둬. 이제 손님들이 춤을 춰야지. 소극적인 사람들도 관심 있는 처녀들에게 춤을 신청해서 추고 있잖아, 좀 봐. 결국 저들 중 절반은 결혼할 거야, 날 믿어."

나는 쳐다보지 않았다. 메흐메트와도 눈을 마주치지 않았다.

"봐, 이리로 오고 있어."

시벨이 말했다.

순간 퓌순과 케난이 왔다고 생각했기 때문에 심장이 빨리 뛰기 시작했다. 하지만 누르지한과 자임이었다. 춤을 그만 추고 테이블로 오고 있었다. 내 심장은 여전히 빠르게 뛰었다. 나는 자리에서 벌떡 일어나 자임의 팔짱을 꼈다.

"따라와, 바에서 아주 특별한 것을 마시게 해 줄게."

이렇게 말하며 그를 바로 데리고 갔다. 내가 다시 사람들과 껴안고 입을 맞출 때, 자임은 자신에게 관심을 보이는 여자 둘과 농담을 주고받았다. 긴 흑발에다 메부리코인 두 번째 여자의 절망적인 눈길을 보자, 그녀가 몇 년 전 여름에 자임에게 지독하게 빠져서 자살까지 시도했다던 소문이 떠올랐다.

"모든 여자들이 널 너무 좋아해, 비결이 뭐야?"

나는 바에 앉자마자 자임에게 물었다.

"뭐 특별하게 한 건 없어."

"독일 모델하고도 특별한 관계였지?"

자임은 사실을 감추려는 듯, 차분하게 미소를 지은 후 이렇게 말했다.

"바람둥이로 알려지는 게 정말 싫어. 시벨처럼 멋진 여자를 찾는다면 나도 이제는 정말 결혼하고 싶어. 축하해 정말로. 시벨은 정말 완벽한 여자야. 네 눈을 보면 행복하다는 걸 알 수 있어."

"난 지금 그렇게 행복하지 않아. 그 이유를 네게 털어놓고 싶어. 날 도와줄 거지. 그렇지?"

"널 위해 모든 걸 할 수 있어, 알잖아. 날 믿어, 그러니까 빨리 말해 봐."

그는 내 눈을 들여다보며 말했다.

바텐더가 라크를 준비할 때 나는 댄스 플로어를 바라보았다. 감상적인 음악 때문에 퓌순이 케난의 어깨에 머리를 기대고 있는 걸까? 그쪽은 어두웠고, 아무리 애를 써도 고통스러운 것은 어쩔 수 없었다.

"외가 쪽으로 먼 친척인 여자가 있어. 이름은 퓌순이야."

나는 댄스 플로어를 보며 말했다.

"미인 대회에 참가한 애? 지금 춤을 추고 있는걸."

"어떻게 알아?"

"기가 막히게 예쁘잖아. 니샨타쉬에 있는 그 부티크 앞을 지나갈 때마다 봤어. 다른 사람들처럼 나도 발걸음을 천천히 하며 안을 들여다보곤 했지. 그녀에게는 머릿속에서 도무지 떠나지 않는 아름다움이 있어. 모두들 그녀를 알지."

나는 자임이 안 좋은 말을 덧붙이기 전에 "그녀는 내 애인이야." 라고 말했다. 친구의 얼굴에서 가벼운 질투심을 보았다.

"다른 사람과 춤을 추는 것만으로도 괴로워. 아마 난 그녀를 지독하게 사랑하나 봐. 이 최악의 상황에서 벗어나고 싶어. 이런 것이 오래 지속되는 것도 사실 원하지 않아."

"그래, 여자는 아주 멋지지만 상황은 나쁘군. 이런 관계는 어차피 그리 오래가지도 않아."

나는 왜 오래가지 못하는지 묻지 않았다. 자임의 얼굴에 무시와 질투의 그림자가 어려 있는지도 신경 쓰지 않았다. 하지만 내가 그에게서 무엇을 바라는지 당장 말하지 않을 거라는 것도 알았다. 먼저 내가 퓌순과 경험했던 감정의 깊이와 진심을 알아주고 그것을 존중해 주길 원했다. 하지만 나는 취해 있었고, 퓌순에 대해 내가 느끼는 것들을 설명하면서도, 나는 그저 내가 경험한 평범한 면만을 설명할 수 있을 것이고, 감정적인 부분을 말하면 자임이 나를 연약하거나 우습다고 생각할 수 있으며, 게다가 자신은 그토록 많은 모험을 했으면서도 나를 비난할지도 모른다고 느꼈다. 내가 친구에게서 진정 기대하는 것은 사실 내 감정의 진심을 알아주는 것이 아니라, 내가 얼마나 행운아이며 얼마나 행복한지를 이해해 주는 것이었다. 세월이 많이 흐른 후에 이 이야기를 할 때는 좀 더 확연하게 깨달았지만 그 순간에는 이런 기대에 대해서 알지 못했고, 그래서 그저 춤을 추는 퓌순을 바라보며 그녀와 경험한 것들을 몽롱한 정신으로 자임에게 말했을 뿐이다. 가끔 자임의 얼굴을 들여다보면서 질투의 흔적을 찾아보려 했고, 그러면서도 그에게 질투가 아니라 이해를 기대한다고 스스로에게 말했으며, 내가 퓌순의 첫 남자라는 것, 우리가 경험했던 사랑을 나누는 기쁨이나 사랑싸움 같은 것, 우리가 함께 느꼈던 미묘한 감정에 대해 그에게 말해 주었다. 그러고는 어떤 영감이 떠올라 이렇게 덧붙였다.

"그러니까, 지금 내가 인생에서 가장 원하는 것은 죽을 때까지 저 여자를 잃지 않는 거야."

"그렇군."

그가 나의 이기심을 지적하거나 내 사랑의 행복을 비난하지 않고 남자답게 이해하며 받아들여 주자 마음이 편했다.

"지금 내가 괴로운 것은, 그녀와 춤을 추는 남자가 내 밑에서 성실하게 일하는 사트사트 직원 케난이라는 점 때문이야. 그녀는 내가 질투하라고 그러는 것이지만, 그건 직장에서 저 남자의 목이 달린 문제야. 물론 그녀가 그를 진지하게 생각하는 것도 두려워. 케난은 사실 그녀에게 이상적인 남편감일 수도 있어."

"그렇군."

"잠시 후 내가 케난을 아버지 테이블로 부를 거야. 그때 네가 퓌순에게 가서, 노련한 축구 선수처럼, 그녀를 가까이에서 '감시해' 주었으면 해, 오늘 밤 내가 질투심 때문에 죽어 버리지 않도록. 난 케난을 직장에서 내쫓는 생각을 하지 않고 아무 문제 없이 이 행복한 밤을 끝내고 싶어. 내일 대입 시험이 있으니까 퓌순 가족은 곧 일어날 거야. 어차피 이 불가능한 사랑도 곧 끝이 날 거고."

"너의 그녀가 오늘 밤 내게 관심을 가져 줄지 모르겠네. 게다가 문제가 더 있어."

"뭔데?"

"시벨이 누르지한을 나한테서 떼어 놓으려는 게 보여. 그녀를 메흐메트와 연결해 주려고 한다는군. 하지만 누르지한은 내게 호감이 있는 것 같아. 나도 그녀가 마음에 들고. 네가 이 문제를 도와주었으면 해. 메흐메트는 우리 친구이기도 하니까 공평하게 경쟁해 보고 싶어."

"내가 어떻게 하면 되지?"

"어차피 오늘 저녁에는 시벨과 메흐메트가 있으니까 일을 진척시킬 수 없고, 지금은 네 여자 때문에 누르지한에게 관심을 가질 수도 없어. 너도 내게 갚아. 다음 주 일요일 우리 공장에서 피크닉을 가는데 누르지한도 데려오겠다고 지금 약속해."

"알았어, 약속할게."

"그런데 왜 시벨은 나를 누르지한과 떼어 놓으려고 하지?"

"그건 너의 바람둥이 기질 때문이야, 독일 모델, 벨리 댄서……. 시벨은 그런 거 안 좋아해. 자기 친구를 믿을 만한 사람과 결혼시키고 싶어 하지."

"제발 시벨에게 내가 나쁜 놈이 아니라고 말해 줘."

"나도 그렇게 말은 하고 있어."

나는 일어나면서 이렇게 말했다. 잠시 침묵이 흘렀다.

"도와줘서 정말 고마워. 하지만 퓌순을 감시하면서 절대 그녀에게 빠지면 안 돼. 왜냐하면 그녀는 정말 사랑스럽거든."

자임의 얼굴에서 나를 배려하는 표정이 분명히 드러났기 때문에, 나의 질투심이 하나도 부끄럽지 않았고 짧은 순간이지만 그래도 마음이 편해졌다.

나는 부모님의 테이블로 가서 앉았다. 라크로 얼큰히 취한 아버지에게, 사트사트 직원 테이블에 있는 아주 영리하고 아주 성실한 젊은 직원 케난을 소개하고 싶다고 했다. 다른 사트사트 직원들이 시기하지 않도록, 아버지가 메모를 해서 이 호텔이 개장할 때부터 우리를 알고 있는 웨이터 메흐메트 알리에게 건네며, 댄스 음악이 끝나면 케난에게 전해 달라고 부탁했다. 그때 어머니가 "더 이상 마시지 말아요." 하고 아버지의 잔에 손을 뻗어 잡으려 하다가 아버지 넥타이에 라크가 엎질러졌다. 댄스 음악이 잠시 멈추자, 우리 앞에는 아이스크림이 담긴 유리잔이 놓였다. 빵 부스러기, 가장자리에 립스틱이 묻어 있는 컵들, 얼룩진 냅킨들, 구겨진 담뱃갑들은 복잡한 내 머릿속을 보는 듯했고, 이 밤도 끝이 가까워졌다는 것이 느껴져 슬펐다. 그 당시에는 매번 새로운 음식이 오기 전에, 모두들 행복하게 담배를 피웠다. 잠시 예닐곱 살짜리 남자아이 하나가 내 품으로 들어왔고, 아이를 핑계 삼아 우리 테이블로 뛰어온 시벨도 우리 옆에 앉아 그 아이와 놀기 시작했다. 시벨이 안고 있는 아이를 보며 어머니가 "잘 어울려."라고 말할 때, 다시 댄스 타임이 시작되었다. 잠시 후, 젊고 잘생긴 케난이 말쑥한 옷차림으로 우리 테이블에 와서 앉았다. 그는 자리에서 일어나는 전 외무부 장관과 아버지에게 만나게 되어 큰 영광이라고 했다. 장관이 비틀거리며 자리를 뜨고 나서, 나는 케난이 사트사트가 다른 도시로 확장하는 문제, 특히 이즈미르에 대해 아주 잘 안다고 말했다. 아버지와 어머니, 그리고 다른 사람들도 모두 들을 수 있도록 장황하게 그를 칭찬했다. 아버지는 회사에 새로 채용한 '직원들에게' 늘 묻곤 하는 것들을 그에게도 물었다.

"외국어는 뭘 할 줄 아나? 책은 읽나? 취미는 뭔가? 결혼은 했고?"

"결혼 안 했어요. 조금 전 네시베의 딸 퓌순과 아주 멋지게 춤을 추던걸요."

어머니가 대신 대답했다.

"걔 아주 예뻐졌더구나."

아버지가 말했다.

"부자가 일 얘기로 당신을 지루하게 하지 말아야 할 텐데요, 케난 씨. 또래 친구들과 어울릴 생각이 가득할 텐데 말이죠."

어머니가 말했다.

"아닙니다. 사장님 가족들, 특히 뮘타즈 씨와 알게 되어 무엇보다도 영광입니다."

"아주 정중하고 아주 예의 바른 젊은이군요. 언제 우리 집 저녁 식사에 초대할까요?"

어머니는 속삭이듯 말했다.

하지만 어머니는 이 말을 케난이 들을 수 있을 정도로 크게 속삭였다. 어머니는 누군가가 마음에 들어 높이 평가하는 것을 우리에게만 말하는 듯하면서도, 자신이 언급하는 사람도 그 칭찬을 들었으면 했고, 그때 그 사람이 부끄러워하면 그것이 자신의 힘의 증거라도 되는 듯 미소를 짓곤 했다. 어머니가 그런 미소를 짓고 있을 때 '은빛 잎사귀'는 아주 느리고 감상적인 곡을 연주하기 시작했다. 나는 자임이 퓌순에게 춤을 신청하는 것을 보았다.

"사트사트와 지방 지점 문제에 대해 아버지가 계실 때 지금 이야기하지요."

나는 이렇게 말했다.

"아니 아들아, 지금 네 약혼식에서 일 얘기를 한다는 거니?"

어머니가 말했다. 그러자 케난이 어머니에게 말했다.

"어쩌면 잘 모르실 수도 있어서 드리는 말씀입니다만, 사장님께서는 일주일에 서너 번, 모두 퇴근한 후에도 사무실에서 늦은 시간까지 일을 계속한답니다."

"가끔은 케난과 함께 일을 해요."

나는 이렇게 덧붙였다.

"예, 때로 케말 씨와 무척 즐겁게 일을 합니다. 아침까지 일도 하고 채무자들의 이름에 운을 맞춰 문장을 만들곤 했지요."

"지불되지 않은 수표는 어떻게 하고 있니?"

아버지가 물었다.

"그 문제를 사트사트 대리점 주인들과 얘기하고 싶었어요, 아버지."

오케스트라가 감상적이고 느린 음악을 연주할 때 우리는 수표, 사트사트에서 처리될 새로운 일들, 아버지가 케난 나이 때 베이오을루에 있던 술집들, 아버지가 고용한 첫 번째 회계원이자 방금 모두 함께 그가 앉은 테이블을 향해 잔을 들어 인사를 했던 이작 씨의 스타일, 아버지의 표현에 따르면 밤과 젊음의 아름다움, 그리고 아버지가 다시 농담조로 대화를 이끌었던 '사랑'에 대해 이야기했다. 아버지가 집요하게 물었지만 케난은 자신이 사랑하는 사람이 있는지 없는지는 밝히지 않았다. 어머니는 그의 가족에 대해 넌지시 물어보았다. 그의 아버지가 시청 공무원으로 오랫동안 전차 운전사를 했다고 하자 "아, 옛날 전차는 굉장히 멋있었지, 그렇지 않니, 얘들아!"라고 말했다.

손님들 중 절반 이상은 이미 자리를 뜨고 없었다. 아버지의 눈도 가끔 감기고 있었다.

"너희들도 너무 늦게까지 있지 마라."

어머니는 내가 아니라 시벨의 눈을 바라보며 이렇게 말했다.

케난이 사트사트 직원들이 있는 테이블로 돌아가고 싶어 했지만 난 그를 놓아주지 않았다.

"저기 그 이즈미르에 대리점을 여는 문제에 대해 형하고도 이야기를 해 보자고. 우리 셋이 한자리에 모이기는 쉽지 않으니까."

우리 테이블에서 형과 케난을 소개시키려 하자 (그를 이미 오래전부터 알고 있는) 형은 조롱하듯 왼쪽 눈썹을 위로 치켜올리며, 내가 너무 취했다고 했다. 그런 후 베린과 시벨에게 눈짓으로 내 손에 있는 잔을 가리켰다. 그렇다, 나는 그때 라크 두 잔을 연거푸 들이켠 후였다. 자임과 퓌순이 춤을 추는 모습이 눈에 들어올 때마다 질투심이 불타올라서 라크가 잘 들어갔기 때문이다. 그들을 질투하는 것은 정말 말도 안 되는 일이었다. 하지만 형이 케난에게 수표 수금의 어려움에 대해 설명할 때, 케난을 포함하여 우리 테이블에 있던 모든 사람이 자임과 퓌순이 춤추는 것을 바라보았다. 그들을 등지고 앉은 누르지한조차 자임이 다른 사람에게 관심을 둔 것을 느끼고는 불편해했다. 나는 잠시 스스로에게 "난 행복해."라고 말했다. 술이 취한 와중에도 모든 것이 내가 원하는 대로 되어 간다고 느꼈다. 케난의 얼굴에서도 나와 비슷한 불안감이 엿보였고, 사장의 관심에 이끌려 조금 전에 안고 있던 멋진 여자를 놓친 의욕적이지만 미숙한 친구를 위해, 이 가늘고 긴 잔에 ― 내게 있는 것과 똑같은 것 ― 위로 주를 부어 그 앞에 놓아 주었다. 이와 동시에 드디어 메흐메트가 누르지한에게 춤을 신청했고, 시벨은 나를 보며 즐거운 듯 윙크를 했다. 그런 후 "충분히 마신 것 같으니까 이제 그만 마셔."라고 다정하게 말했다.

나는 이 달콤함에 사로잡혀 시벨에게 춤을 신청했다. 춤추는 사람들 사이로 들어가자마자, 이것이 얼마나 잘못된 일인지 금세 깨달았다. '은빛 잎사귀'가 연주하는 「그 여름의 추억」이, 무척이나 행복했던 지난여름 시벨과의 달콤한 추억들을, 마치 내 박물관에 있는 물건들이 항상 그러하길 원했던 것처럼, 극도로 생생하게 눈앞에 떠오르게 했고, 시벨도 나를 사랑을 다해 껴안았다. 모든 삶을 나와 함께 보내리라는 것을 그날 밤 확실히 알게 된 나의 약혼녀를 나도 그녀와 똑같은 마음으로 껴안을 수 있기를 얼마나 바랐던가! 하지만 내 이성은 퓌순을 생각하고 있었다. 춤추는 사람들 사이로 그녀를 찾아보려 하면서도 한편으로는 그녀가 시벨과 나의 행복을 보는 것은 원하지 않았기 때문에 스스로를 억눌렀다. 춤을 추는 다른 커플들에게 농담을 던지며 충동을 억눌렀다. 그들은 약혼식이 끝날 무렵에 술에 취한 신랑에게 으레 그러듯, 내게 이해한다는 듯한 미소를 보냈다.

그러다 당시에 인기가 많던 한 칼럼니스트와 어깨를 나란히 하게 되었다. 그는 호감 가는 갈색 피부의 어떤 여자와 춤을 추고 있었다.

"제랄 씨, 사랑은 신문에 나오는 글과는 다르죠, 그렇죠?"

나는 이렇게 물었다. 누르지한과 메흐메트와 나란히 서게 되었을 때는 그 둘이 오래전부터 애인이라도 되는 듯이 대해 주었다. 쥠뤼트 부인(어머니를 만나러 올 때면, 집안일을 하는 사람들이 못 알아듣도록 시도 때도 없이 프랑스어로 말하던)에게 프랑스어로 무언가 말을 건넸다. 하지만 사람들이 웃었던 것은 내 말이 재미있어서가 아니라, 내가 술에 취한 채 그런 말을 했기 때문이었다. 결코 잊히지 않는 춤을 추면서, 시벨은 내 귀에 대고 나를 얼마나 많이 사랑하는지 얘기하고, 술 취한 내 모습이 아주 사랑스럽다고, 중매 일로 기분을 언짢게 했다면 미안하지만 모두 친구들의 행복을 위한 것이라고, 못 미더운 자임이 누르지한에 이어 이제는 나의 먼 친척인 그 여자에게 달라붙고 있다고 속삭였다. 나는 불쾌한 표정으로 사실 자임은 아주 좋은 사람이고 믿을 수 있는 친구라고 얘기했다. 그리고 자임은 그녀가 왜 자신을 못마땅해하는지 궁금해한다는 말도 덧붙였다.

"자임하고 내 얘길 했어? 뭐라고 그래?"

바로 그때 흐르던 음악이 끝나고, 다른 음악은 아직 시작되지 않아 잠시 조용해졌을 때 좀 전에 농담을 주고받았던 제랄 살리크와 다시 마주하게 되었다. 그는 이렇게 말했다.

"좋은 칼럼과 사랑의 공통점을 찾았습니다."

"그게 무엇입니까?"

"사랑도 칼럼도, 물론 우리를 지금 행복하게 해 줘야 합니다. 하지만 이 둘의 아름다움과 힘은 우리 영혼에 얼마나 깊이 인상을 남겼느냐에 따라 평가되지요."

"선생님, 제발 그걸 칼럼에 써 주세요."

나는 이렇게 말했지만 그는 내가 아니라 함께 춤을 추던 여자의 말을 듣고 있었다. 그때 퓌순과 자임이 우리 옆에 있는 것을 보았다. 퓌순은 머리를 그의 목 가까이에 대고 무언가 속삭이고 있었으며, 자임도 행복하게 미소를 짓고 있었다. 퓌순뿐 아니라 자임도 우리가 가까이에서 아주 잘 보이지만, 음악에 맞춰 돌면서 못 본 척하는 것이 느껴졌다.

나는 우리가 추는 춤의 균형을 깨지 않으면서 시벨을 그들이 있는 곳으로 이끌고 갔다. 그리고 해적선이 상선을 뒤따라가 선미에 부딪치는 것처럼 퓌순과 자임을 옆에서 빠르게 부딪쳤다.

"아, 실례. 하하, 안녕하세요."

나는 이렇게 말했다.

퓌순의 얼굴에 나타난 행복하고 복잡한 표정 때문에 나는 정신을 차리게 되었다. 그리고 술에 취했다는 것이 아주 좋은 평계가 된다는 것을 퍼뜩 깨달았다. 시벨의 손을 놓으면서 같이 자임을 바라보며 말했다.

"너희 둘이 춤을 추는 게 어때?"

자임은 퓌순의 허리에 있던 손을 뗐다.

"시벨이 너를 잘못 알고 있다고 생각하잖아. 시벨도 자임에게 물어볼 게 있을 거고."

내가 그들의 친구라서 희생한다는 듯이 양손을 두 사람의 등에 대고 밀어 주었다. 시벨과 자임이 얼굴을 찡그리며 춤을 추기 시작했고, 순간 퓌순과 나는 서로를 바라보았다. 그리고 내 손을 그녀의 허리에 놓고, 가볍게 춤을 추며 그녀를 납치해 간다는 흥분에 사로잡혀 멀리로 이끌었다.

그녀를 내 팔 안에 안자마자 느꼈던 평온을 어떻게 설명할 수 있을까? 머릿속에서 끊임없이 울리던 사람들 소리, 오케스트라의 악기 소리, 그리고 도시의 신음 소리라고 생각했던 무자비한 소음은 그저 그녀에게서 멀어져서 생겨난 불안감이었다. 오로지 한 사람의 품에 안기고 나서야 울음을 그치는 아기처럼, 내 마음은 부드러운 벨벳같이 깊은 행복의 고요 속에 파묻혔다. 퓌순의 눈길에서 그녀도 나와 같은 행복을 느끼고 있다는 것을 알 수 있었다. 우리의 침묵은 서로가 서로에게 준 행복을 알고 있다는 의미인 것 같아서, 춤이 절대 끝나지 않기를 바랐다. 하지만 잠시 후, 그녀에게는 우리의 침묵이 전혀 다른 의미라는 것을 알고 당황하고 말았다. 나는 퓌순의 질문("우린 어떻게 되지?")을 농담으로 넘겨 버렸는데, 그녀가 침묵하자 지금 당장 대답을 해야 한다는 것을 깨달았다. 그녀가 그것 때문에 이곳에 왔다고 결론을 내렸다. 이날 약혼식에서 남자들이 그녀에게 관심을 보이고 아이들이 선망의 시선으로 그녀를 바라보자, 그녀의 자신감은 올라가고 고통은 줄어들었던 것이다. 그녀도 나를 '일시적인 놀이'로 볼 수 있었다. 그 밤이 끝나 간다는 느낌이, 술에 취해 아주 잘 돌아가는 내 머릿속에서, 퓌순을

216

잃어버릴지도 모른다는 두려움과 다급하게 합쳐지고 있었다.

"우리처럼 서로 사랑하는 두 사람 사이에는 아무도 들어올 수 없어, 아무도. 우리 같은 연인은 그 무엇도 그들의 사랑을 끝나게 할 수 없다는 것을 알기 때문에, 가장 최악의 날에도, 심지어 서로에게 가장 잔인하고 못된 짓을, 원하지 않더라도, 하고 있을 때조차, 마음속에는 절대 없어지지 않는 위로라는 감정이 있지. 하지만 나중에 내가 그런 상황을 멈추리라는 것, 바로잡으리라 것은 확실히 믿어 줘. 내 말을 듣고 있어?"

전혀 준비하지 않았는데도 내 입에서 이런 말이 나오자 스스로도 놀라웠다.

"듣고 있어."

춤을 추는 사람들 중 그 누구도 우리를 보고 있지 않다는 확신이 들자 나는 이렇게 말했다.

"우리가 얼마나 진정한 사랑을 할지는, 처음에는 확신할 수 없었어. 하지만 이제부터 모든 걸 제대로 처리할 거야. 우리의 가장 중요한 고민은 무엇보다 내일 있을 너의 시험이야. 오늘 밤은 이제 이 일로 고심하지 마."

"이후에 우리는 어떻게 돼, 그걸 말해 봐."

"내일, 여느 때처럼(순간 내 목소리가 떨렸다.) 2시에, 네가 시험을 보고 나온 후에, 멜하메트 아파트에서 만날까? 이후에 내가 어떻게 할지 그때 네게 편하게 설명해 줄게. 나를 믿지 않는다면 죽을 때까지 나를 만나지 않아도 돼."

"아니, 지금 말해 주면 아파트로 갈게."

그녀의 아름다운 어깨와 벌꿀 색 팔을 만지면서, 술에 취한 머리로 내일 2시에 그녀가 내게 올 것이며, 여느 때처럼 사랑을 나눌 것이고, 삶이 끝날 때까지 그녀와 절대 헤어지지 않을 거라는 생각을 하자 너무나 기분이 좋아서, 그 순간 그녀를 위해서는 뭐든 해야 한다는 생각이 들었다.

"우리 사이에 이제 다른 사람은 없을 거야."

내가 말했다.

"알았어. 내일 시험 끝나고 갈게. 당신도 약속을 지키고, 어떻게 할지 말해 줘."

계속 그 자리에 선 채로 그녀의 엉덩이 위에 올려놓은 내 손을 사랑을 다해 누르며 음악에 맞춰 내 쪽으로 끌어당기려 했다. 그녀가 버티면서 내게 기대 오지 않는 것이 나를 더욱더 자극했다. 하지만 그녀는 사람들 앞에서 자신을 껴안으려 하는 게 사랑보다는 취기 때문이라고 느낀다는 걸 알고 정신을 가다듬었다.

"이제 앉아. 사람들이 보는 것이 느껴져."

그녀는 이렇게 말하며 내 팔에서 벗어났다.

"지금 가서 자. 시험을 볼 때도 내가 너를 아주 사랑한다는 것을 기억해."

자리로 돌아오니 우리 테이블에는 인상을 쓰며 언쟁을 하고 있는 베린과 오스만 말고는 아무도 없었다.

"괜찮아요?"

베린이 물었다.

"아주 좋습니다."

나는 어수선한 테이블과 빈 의자를 바라보았다.

"시벨이 춤을 추다 돌아오니까 케난 씨가 그녀를 사트사트 직원들이 있는 테이블로 데려갔어요. 거기서 무슨 놀이를 한대요."

이에 오스만이 말했다.

"퓌순과 춤을 추길 잘했어. 어머니가 냉랭하게 대하는 건 이젠 잘못된 거야. 우리 가족이 퓌순에게 관심을 갖고 있으며, 미인 대회 같은 허튼 일 따위는 잊어버렸고, 우리가 지켜보고 있다는 걸 그녀 뿐 아니라 다른 사람들도 다 알아야 해. 그런데 그녀가 걱정되는군. She thinks she is too beautiful.(자기가 너무 예쁘다고 생각하는 것 같아.) 옷도 노출이 너무 심하고. 여섯 달 만에 소녀에서 여자로 변했어. 활짝 폈다니까. 어서 적당한 사람과 제대로 결혼하지 않으면 구설수에 오를 거고, 나중에는 불행해질 거야. 그녀가 뭐래?"

"내일 대입 시험이 있대."

"그런데 지금까지 춤을 추고 있었다? 12시가 넘었는데."

그러면서 그녀가 있는 쪽으로 얼굴을 돌렸다.

"케난이 정말 마음이 들어. 저 사람과 결혼하라고 해."

"그 말을 당사자들에게 해 볼까?"

나는 멀리서 이렇게 그에게 소리쳤다. 형이 어렸을 때부터 요구했던 것과는 반대로, 나는 그가 말을 시작했는데도 멈춰 서서 주의 깊게 듣지 않고, 다른 데로 천천히 걸어갔다.

그 밤늦은 시간, 우리 테이블에서 사트사트 직원들과 퓌순 가족이 앉아 있는 테이블로 걸어가면서 얼마나 행복하고 즐거웠는지를 오랜 세월 동안 늘 기억했다. 모든 게 잘되어 갔고, 열세 시간 사십오 분 후면 멜하메트 아파트에서 퓌순과 만날 것이었다. 눈앞에서 반짝거리던 보스포루스의 밤처럼, 내 앞에는 행복이 약속된 멋진 삶이 펼쳐져 있었다. 춤을 추느라 지치고 옷은 보기 좋을 정도로 흐트러진 아름다운 여자들, 마지막까지 남아 있는 손님들, 어린 시절 친구들, 삼십 년 동안 알아 온 정 많은 아주머니들과 웃으며 농담을 나누면서도, 이성의 다른 목소리는 이렇게 계속 가다가는 결국 나는 시벨이 아니라 퓌순과 결혼할 거라고 속삭였다.

시벨은 사트사트 직원들이 앉아 있는 어수선한 테이블에서, 진짜 믿어서라기보다는 취한 채로 '하고들 있는' 영혼 부르기 '모임'

에 함께하고 있었다. 그다지 진지하게 생각하지 않고 '부른 영혼들'이 오지 않자 모임은 해산되었다. 시벨도 옆에 있는 빈 테이블로 가서 퓌순과 케난 옆에 앉았다. 그들 사이에 담소가 시작되자 나도 그곳으로 갔다. 하지만 케난은 내가 다가오는 것을 보자마자 퓌순에게 춤을 신청하려고 했다. 나를 본 퓌순은 신발 때문에 발이 아프다며 거절했다. 케난은 마치 중요한 건 퓌순이 아니라 춤이라는 듯, 누군가와 빠른 음악에 맞춰 춤을 추려고 일어나서 가 버렸다. 이렇게 해서 이제 꽤 한산해진 사트사트 직원들 테이블의 가장자리, 퓌순과 시벨 사이에 있던 의자는 내 차지가 되었다. 그곳에, 시벨과 퓌순 사이에 앉았다. 그때 사진사가 우리의 그 모습을 찍어 주기를, 그리고 많은 세월이 흐른 후 전시할 수 있기를 얼마나 원했던가!

나는 둘 사이에 앉자마자, 마치 가깝지는 않지만 오랫동안 서로 알고 지내며, 서로를 좋게 평가하는 니샨타쉬의 숙녀들처럼, 퓌순과 시벨이 지극히 정중한 말로 영혼 부르기 문제에 대해 이야기하고 있다는 것을 알고 기뻐졌다. 내 생각에는 종교 교육을 많이 받지 못한 듯한 퓌순이, 영혼은 '우리 종교가 가르치는 대로' 물론 있지만, 이 세상에 살고 있는 우리가 그들과 대화하려는 것은 우리 종교에 위배되며, 일종의 죄라고 했다. 이것은 그녀가 눈길을 던지곤 하던, 옆 테이블에 앉아 있는 그녀 아버지의 생각이었다.

"삼 년 전에 한번은 아버지 말을 듣지 않고 호기심 때문에 고등학교 친구들과 영혼 부르기 모임에 참가한 적이 있어요. 어린 시절 친구였는데, 내가 아주 좋아했지만 어디서도 찾을 수가 없었어요. 그 친구의 이름을 아무 생각 없이 그냥 종이에 썼어요. 그런데 믿지도 않고 그저 장난으로 이름을 썼는데 그 친구의 영혼이 왔고, 나는 정말 후회했어요."

"왜요?"

"실종된 친구 네즈데트가 아주 고통스러워했다는 걸 흔들리는 잔을 보고 알게 되었으니까요. 잔이 저절로 몸부림치듯 떨렸는데 그럴수록 네즈데트가 내게 뭔가를 말하고 싶어 한다는 느낌이 들었어요. 그러다 갑자기 잔이 조용해지더군요. 사람들은 그녀가 그 순간 죽은 거라고 했어요. 그들이 어떻게 그걸 알았을까요?"

"어떻게 알았는데요?"

시벨이 물었다.

"그날 밤에 서랍에서 없어진 장갑 한 짝을 찾다가, 네즈데트가 아주 오래전에 선물해 준 손수건을 서랍 바닥에서 발견했어요. 우연일 수도 있겠죠……. 하지만 그렇게 생각되지 않았어요. 이 일에서 교훈을 얻었어요. 사랑하는 사람을 잃더라도 영혼 부르기 놀이에서 이름을 불러 그들을 괴롭히지 말아야 한다는 걸요. 대신, 그들을 기억할 만한 물건, 뭐, 예를 들면 귀고리 한 짝이 우리를 오랫동안, 보다 잘 위로할 수 있는 것 같아요."

"애, 퓌순, 이제 집에 가자. 내일 시험 있잖니? 그리고 네 아버지 눈도 감기고 있어, 봐라."

네시베 고모가 이렇게 말을 건넸다.

"잠깐만요, 엄마!"

퓌순은 단호하게 말했다

"나도 영혼 부르는 걸 전혀 믿지 않아요. 하지만 사람들이 게임하는 것과 또 두려워하는 것을 보고 싶기 때문에 ── 만약 부른다면 ── 절대 놓치지는 않아요."

시벨이 말했다.

"사랑하는 사람이 그리워진다면 어떻게 하겠어요? 친구들을 모아 그의 영혼을 부르겠어요, 아니면 그가 남긴 물건, 예를 들면 담뱃갑을 찾겠어요?"

쥐순이 물었다.

시벨이 상냥한 대답을 찾고 있는데 쥐순은 벌떡 일어나더니 옆 테이블로 몸을 굽혀 가방을 집어 들고 우리 앞에 놓았다.

"이 가방도 나의 수치를, 당신에게 가짜 물건을 팔았던 부끄러움을 상기시켜 줘요."

나는 쥐순의 팔에 걸린 걸 보고서도 그것이 바로 '그' 가방이라는 것을 깨닫지 못했다. 하지만 나는 '그' 가방을 내 인생의 가장 행복했던 순간을 맞기 직전에 샹젤리제 부티크에서 셰나이 부인에게서 사서, 그 후 거리에서 우연히 쥐순을 만나 멜하메트 아파트로 다시 가져오지 않았던가? 제니 콜롱 가방은 어제도 거기에 있었다. 어떻게 해서 지금 여기에 있지? 나는 마술사 앞에 선 것처럼 놀라 머리가 혼란스러웠다.

"가방이 당신에게 아주 잘 어울려요. 오렌지색 모자와 굉장히 잘 어울려서 보자마자 부러웠어요. 돌려보낸 게 후회가 되네요. 아주 아름답군요."

시벨이 말했다.

셰나이 부인의 가게에는 가짜 제니 콜롱 가방이 많이 있었다는 것을 깨달았다. 나한테 판 다음에 샹젤리제 부티크의 진열장에 새로 놓아두었을 수도 있고, 오늘 밤 사용하라고 쥐순에게 하나 주었을 수도 있었다.

"가방이 가짜라는 것을 안 다음에는 샹젤리제 부티크에 한 번도 안 오셨어요."

쥐순이 시벨에게 달콤하게 미소를 지으며 말했다.

"그 일로 마음이 아프긴 했지만, 당연한 일이죠."

그러면서 가방 안을 열어 보여 주었다.

"우리 기술자들은 유럽 제품을 정말 잘 모방하지요. 하지만 당신처럼 눈썰미가 있는 사람은 진짜가 아니라는 걸 알아봐요. 하지만 하고 싶은 말이 있어요."

그녀는 순간 침을 삼키며 말을 멈추었다. 나는 그녀가 울 거라고 생각했다. 하지만 그녀는 정신을 가다듬고 눈썹을 치켜올리면서, 집에서 꼼꼼하게 준비해 온 듯한 말을 시작했다.

"나한테는 어떤 것이 유럽산인지 아닌지는 전혀 중요하지 않아요. 진짜인지 가짜인지도 중요하지 않아요. 사람들은 모방한 물건을 가짜이기 때문이 아니라, '싸게 샀다는 것을 남들이 알아챌지도 모른다'는 두려움 때문에 사용하고 싶어 하지 않는다고 생각해요. 정말 나쁜 것은 물건 그 자체가 아니라, 상표를 중요하게 여기는 태도라고 생각해요. 그러니까 자신의 감정이 아니라 다른 사람들이 뭐라고 하는지를 중요하게 여기는 사람들 있잖아요……(잠시 나를 쳐다보았다.) 앞으로 오랫동안, 이 가방으로 오늘 밤을 기억할 거예요. 축하합니다, 잊지 못할 밤이었어요."

그녀는 자리에서 일어나 우리 둘에게 악수를 하고 볼에 입을 맞추었다. 막 가려던 참에 옆 테이블로 다가오는 자임에게 시선이 멈췄고, 퓌순은 시벨을 향해 물었다.

"자임 씨와 약혼자 되시는 분은 아주 좋은 친구지요, 그렇죠?"

"예, 맞아요."

퓌순이 아버지의 팔짱을 끼고 가려 할 때 시벨이 물었다.

"그런데 왜 나한테 그걸 묻죠?"

그녀의 말투에 퓌순을 무시하는 느낌은 없었고, 오히려 그녀를 향한 지대한 사랑, 게다가 흥분까지 느껴졌다.

퓌순은 그녀의 어머니와 아버지 사이에서 천천히 걸어갔고, 나는 그 뒷모습을 열정적으로, 사모하는 마음으로 바라보았다.

자임은 우리 테이블로 와서 내 옆에 앉았다.

"뒤쪽에 있는 너희 회사 직원들 테이블에서, 내내 시벨과 너에 관한 농담이 오갔다더군. 친구로서 경고하겠어."

"정말, 무슨 농담이었는데?"

"케난이 퓌순에게 얘기했대. 또 그녀가 나에게 말해 주었고. 퓌순은 상처를 받았어. 왜냐하면 사트사트 직원들은, 매일 밤 사람들이 모두 퇴근하고 나면 네가 거기서 시벨과 만나 사장실에 있는 긴 소파에서 사랑을 나누었다는 걸 알고 있다는 거야. 농담도 다 그것에 관한 것이었다더군……."

그때 시벨이 물었다.

"또 왜 그래? 또 뭐가 자기 기분을 상하게 한 거야?"

# 25
# 기다림의 고통

　밤새 잠을 이루지 못했다. 퓌순을 잃을까 봐 두려웠다. 사실 최근에는 시벨과 사트사트에서 만나는 일이 거의 없었지만 이런 사실은 이제 아무런 소용이 없다. 아침 무렵 잠깐 잠이 들었다. 일어나자마자 면도를 하고 거리로 나가 오랫동안 걸었다. 돌아올 때는 먼 길로 돌아서, 퓌순이 시험을 보는 장소인 115년 된 타쉬크쉴라 공과 대학 건물 앞을 지났다. 한때는 페스를 쓰고 수염을 뾰족하게 기른 오스만 제국 군인들이 훈련을 하러 가기 위해 나서곤 하던 커다란 문 주위에는, 머리에 스카프를 쓴 어머니들과 담배를 피우는 아버지들이 줄지어 앉아 기다리고 있었다. 신문을 읽고 담소를 나누거나, 멍하니 하늘을 바라보는 부모들 사이에서, 내 눈은 네시베 고모를 찾았으나 소득은 없었다. 석조 건물의 높은 창문 사이에는 육십육 년 전에 압뒬하미트를 폐위한 행동파 병사들이 쏜 총알구멍들이 여전히 보였다. 높은 창문 한 곳을 주시하면서, 안에서 문제를 풀고 있는 퓌순을 도와 달라고, 시험이 끝난 후 내게 활기 찬 그녀를 보내 달라고, 신에게 기원했다.
　하지만 퓌순은 그날 멜하메트 아파트에 오지 않았다. 나는 그녀가 일시적으로 내게 화가 났을 거라고 생각했다. 강한 6월의 햇빛이 창 사이로 들어와 방을 덥혀 주는 동안, 우리가 항상 만났던 시간에서 두 시간이 지나갔다. 빈 침대를 바라보는 것이 고통스러워 다시 거리로 나가 걸었다. 일요일 오후, 공원에서 시간을 죽이는 군인들, 비둘기에게 모이를 주는 아이와 가족들의 행복한 모습, 바닷가 벤치에 앉아 배를 바라보는 사람들과 신문을 읽는 사람들을 보며, 내일은 우리가 항상 만나는 시간에 퓌순이 올 거라고 간절히 믿어 보려 했다. 하지만 다음 날도, 그다음 날도, 그녀는 오지 않았다.

나는 매일 우리가 항상 만났던 시간에 멜하메트 아파트에 가서 기다렸다. 일찍 도착해서 기다리면 더욱 고통스러웠기 때문에, 2시 오 분 전까지는 도착하지 않기로 마음먹었고, 안으로 들어갈 때 조바심 때문에 떨면서 발을 옮기곤 했다. 처음 십 분에서 십오 분 동안은 고통과 희망이 서로 뒤섞이고, 배와 심장 사이의 통증과 코와 이마에서 느끼는 흥분이 부딪히곤 했다. 아무 이유 없이 커튼 사이로 거리를 내다보고, 문 앞에 있는 녹슨 가로등에 눈길을 주다가, 방을 치우고, 바로 한 층 아래에 있는 거리를 지나는 사람들의 발소리에 주의를 기울이고, 한 번씩은 어떤 여자가 단호하게 따각거리며 구두 소리를 내면 그녀의 소리와 비슷하다는 생각을 했다. 하지만 발소리는 속도를 줄이지 않고 그대로 지나갔고, 그녀처럼 가벼운 소음을 내며 출입문을 닫는 사람 역시 아파트에서 나가는 다른 사람이라는 것을 깨닫고 괴로워했다.

퓌순이 오늘 안 올 거라는 사실을 서서히 받아들이던 그 십 분에서 십오 분을 내가 어떻게 보냈는지는 여기에 전시한 시계, 성냥개비와 성냥 더미로 잘 설명될 것이다. 방을 배회하고, 창밖을 바라보고, 한구석에서 미동도 없이 그저 망연히 선 채 마음속에서 고통이 물결치는 소리에 귀를 기울였다. 집 안의 시계가 똑딱거리면,

내 이성은 매초와 매분에 집착하면서 다른 고통을 잊어 보려 했다. 항상 만나던 때를 향해 시간이 흘러가면 '오늘, 그래, 지금 오고 있어.'라는 느낌이 봄꽃처럼 스스로 활짝 피어났다. 그 순간에는, 시간이 더 빨리 지나가 한시라도 빨리 나의 연인과 만나고 싶었다. 하지만 그 오 분은 전혀 흘러가지 않았다. 사실은 내가 나 자신을 속이고 있으며 시간이 흐르는 것을 원하지 않는다는 것도 깨달았다, 왜냐하면 퓌순은 절대 오지 않을 것이기에. 정확이 2시가 되면, 그 시간이 되었다고 기뻐해야 할지, 앞으로 시간이 지나면 퓌순이 오지 않으리라는 것이 확실해지고 부두에서 멀어지는 배에 탄 사람이 부두에 남은 사람과 멀어지듯이 나의 연인과 나의 거리가 멀어지는 것을 슬퍼해야 할지 알 수 없었다. 그래서 나는 시간이 그렇게 많이 흐르지 않았다고 믿으려 애썼으며, 내 이성 안에 순간과 초로 된 작은 묶음들을 만들곤 했다. 매초, 매분이 아니라, 오 분에 한 번씩 슬퍼해야 했던 것이다! 이렇게 해서 오 분짜리 묶음으로 된 하나의 고통을 마지막 순간까지 연기하는 것이었다. 첫 번째 오 분이 지났다는 것을 부인할 수 없게 되면, 그러니까 그녀가 늦는 것이 사실이 되면, 아픔은 못처럼 내 마음을 찔렀고, 퓌순은 언제나 약속 시간보다 오 분에서 십 분 정도 늦게 왔다는 것을 떠올렸고(이것이 어느 정도 사실인지 그 당시에는 몰랐다.) 이후의 오 분짜리 묶음으로 된 순간에는 처음에 아픔을 조금 덜 느끼면서, 잠시 후면 그녀가 문을 두드릴 것이고, 잠시 후면 우리가 두 번째 만났을 때 그랬던 것처럼 그녀가 갑자기 내 앞에 나타날 거라고 희망이 가득 담긴 상상을 했다. 그녀가 문을 두드리면 그동안 오지 않은 것 때문에 그녀에게 화를 낼지 그녀를 보자마자 용서해 줄지 생각을 했다. 잠깐 동안 이어지는 이런 상상에는 추억도 끼어들었고, 우리가 처음 만났을 때 퓌순이 차를 마셨던 찻잔이나 조바심을 내며 집 안을 거닐면서 무심코 집어 들었던 작고 오래된 꽃병이 눈에 들어와, 모두 그녀를 떠올리게 했다. 네 번째와 다섯 번째 오 분짜리 묶음도 지나 버렸다는 것을 받아들이려고 잠시 절망적으로 버틴 후에는, 결국 퓌순은 그날도 오지 않을 것임을 나의 이성이 받아들일 수밖에 없었다. 그러면 순간적으로 마음속의 고통이 너무나 커졌고 나는 그것을 견뎌 내기 위해 환자처럼 침대에 몸을 던지곤 했다.

# 26
# 해부도 : 사랑의 고통

  그 시절 이스탄불에 있는 약국의 진열장에서 흔히 보던 파라디 손 진통제 광고 포스터에는 신체 내부 기관의 모습이 표시되어 있었는데, 당시 사랑의 고통이 감지되던 부분, 분명해지던 부분, 또 퍼져 나가던 부분이 어디인지 박물관 방문자들에게 보여 주기 위해, 나는 그 위에다 표시를 했다. 박물관을 찾지 못한 독자들에게는 고통이 가장 심했던 시작점이 위(胃)의 왼쪽 윗부분임을 밝혀 둔다. 모양을 보면 알 수 있겠지만, 증상이 심해지면 고통은 가슴과 위 사이에 있는 빈 곳으로 즉시 퍼져 나갔다. 그럴 때면 고통은 몸의 왼쪽 부분에만 머물지 않고 오른쪽으로도 전이되었다. 마치 나의 내부로 드라이버나 달구어진 쇠가 파고들어 그 안에서 피가 흐르는 듯한 느낌이었다. 위에서 시작해서 배 전체에 독한 산성 액체가 고였고, 타는 듯이 뜨거웠으며, 끈적거리는 작은 불가사리가 내장에 달라붙은 것 같았다. 고통은 점점 심해지면서 퍼져 나가 커졌고, 이마로 올라가 목덜미와 어깨, 그리고 온몸으로 전해졌으며, 때로는 꿈속까지 침범하여 나를 질식시키듯 압박했다. 때로는 배에서, 정확히는 내가 그림에서 표시해 놓은 대로 배꼽 주위에서, 별 모양으로 축적된 강한 산성 액체처럼 목과 입으로 차올라 나를 질

229

식시킬 듯이 위협했고, 온몸을 지끈거리게 했고 신음하게 했다. 손으로 벽을 치거나, 체조를 하거나, 운동선수처럼 몸을 지치게 하면 일시적으로 고통을 잊을 수 있었다. 하지만 고통이 가장 약해졌을 때조차, 완전히 잠글 수 없는 수도꼭지에서 떨어지는 물방울처럼, 그것이 내 피에 섞이는 것이 느껴졌다. 고통은 때로 목까지 올라와서 침을 삼키기가 힘들었고, 등과 어깨, 팔로 번지기도 했다. 하지만 고통은 언제나 배에 자리 잡고 있었다, 중심부는 거기였다.

이렇듯 고통은 실체가 있었음에도 나는 이것이 나의 이성 그리고 영혼과 관련되어 있다는 것을 알고 있었다. 하지만 그것에서 벗어나기 위해 머릿속을 깨끗이 정화하려고는 하지 못했다. 한 번도 이런 것을 경험해 본 적이 없기 때문에, 나는 처음으로 급습을 당한 고고한 사령관마냥 정신적 혼란에 휩싸였던 것이다. 게다가 내 머릿속에는 고통을 견뎌 내게 만들고, 희망을 연장하고, 퓌순이 언제고 다시 멜하메트 아파트에 나타날 것만 같은 이유와 환상이 들어 있었다.

이따금 냉정해진 순간에는, 퓌순이 나에게 삐쳐서 벌을 주는 건 아닌가 생각하기도 했다. 즉, 내가 약혼한 것 말고도, 시벨과 사무실에서 만나는 것을 그녀에게 숨긴 것, 약혼식장에서 질투에 사로잡혀 그녀를 케난에게서 떼어 놓는 술수를 쓴 것, 무엇보다 귀고리 문제를 해결하지 못한 것 같은 나의 잘못 때문에 말이다. 하지만 그 무엇보다도 사랑을 나누는 행복을 누리지 못하는 것은 나뿐 아니라 퓌순 자신에게도 벌일 것이며, 그래서 그녀도 나처럼 견디기 힘들 거라고 확신했다. 우리가 다시 만나면 그녀가 내 상황을 받아들이도록 지금은 고통을 견뎌 내야 하고, 내 몸에 퍼지는 고통을 참고 받아들여야 하며, 이를 악물어야 한다고 생각했다. 이렇게 생각하자 후회가 밀려들었다. 질투 때문에 퓌순 가족에게 초대장을 보낸 것이, 사라진 귀고리를 찾아 돌려주지 않은 것이, 더 많이 그리고 진지하게 수학을 가르쳐 주지 못한 것이, 어느 날 저녁 식사를 하러 가서 그녀가 어렸을 때 탔던 자전거를 그녀와 그녀 가족에게 돌려주지 않은 것이 고통스러웠다. 후회의 고통은 내면을 향하는 짧은 고통이었지만, 다리 뒤쪽과 폐에 영향을 미쳐 이상하게도 힘이 빠졌다. 그럴 때면 서 있을 수도 없어서 '후회에 사로잡힌 채' 침대에 몸을 던지고 싶었다.

때로는 모든 것이 대입 시험을 못 봤기 때문이라는 생각도 들었다. 그러면 후회가 되어 그녀와 오랫동안 수학 공부를 했다고 생각했고, 이런 상상은 고통을 줄여 주었기에, 수학 공부가 끝나면 사랑을 나눌 거라는 상상도 했다. 그리고 내 머릿속에 그려지는 이 모습에다 그녀와 보냈던 행복하고 멋진 순간을 덧붙였는데, 약혼식에서 춤을 추며 내게 했던 약속, 그러니까 시험을 본 후 곧장 내게 오겠다는 약속을 지키지 않고 그 이유조차 알려 주지 않은 것에 또 화가 나기 시작했다. 약혼식에서 나의 질투를 유발하려 했던 것, 사트사트 직원들이 나를 조롱하는 말을 들었다는 것 등 사소한 잘못 때문에 느꼈던 화도 이 분개심에 더해졌다. 그리고 이런 감정을 그녀와 거리를 두는 데에, 그리고 나를 벌하려 하는 그녀의 바람을 이루어 주는 데에 사용하려고 애를 썼다.

이런 모든 작은 분노, 희망을 품는 일, 그리고 스스로를 속이기 위해 썼던 다른 속임수들에도 불구하고, 금요일 오후 2시 30분 무렵 그녀가 오지 않을 것임을 깨달으면 좌절하고 말았다. 이제 고통은 치명적이고 잔인했으며, 희생자의 목숨에는 일말의 가치도 두지 않는 야만적인 동물처럼 나를 소진시키고 있었다. 나는 시체처럼 침대에 누워 시트에 밴 그녀의 냄새를 맡았고, 엿새 전에 이 침대에서 얼마나 행복하게 사랑을 나누었는지를 떠올리며, 그녀 없이 어떻게 살아갈까 생각했다. 그 순간 견딜 수 없는 질투심이 마음속의 분노와 뒤섞여 치솟아 올랐다. 퓌순이 금세 새 애인을 만들었을 거라는 생각이 들었다. 질투의 고통은 내 의식에서 시작되어 얼마 지나지 않아 배에서 느끼는 사랑의 고통을 겨냥했고, 나를 파멸로 이끌고 갔다. 나를 나약하게 만드는 이 수치스러운 상상은 다른 때에도 떠오른 적이 있었지만, 그 순간에는 도무지 멈출 수가 없었다. 나의 경쟁자는 케난이나 투르가이 씨, 자임 혹은 그녀를 흠모하는 많은 사람들 중 그녀가 손쉽게 고른 한 명일 거라는 생각이 들었다. 사랑을 나누기 좋아하는 사람은 당연히 다른 사람들과도 그렇게 하고 싶어 하겠지. 게다가 나를 향한 분노는 복수심이 되었을 테니. 이성이 조금이나마 남아 있는 머릿속 한구석으로는 그저 질투일 뿐이라는 생각이 들었지만, 그럼에도 폭력에 가까운 힘으로 온몸을 강하게 휘감는 이 수치스러운 감정에 나는 나 자신을 고의로 내맡겼다. 지금 당장 샹젤리제 부티크에 가서 그녀를 만나지 않으면 격정과 분노로 미쳐 버릴 것만 같아서 급히 집을 나섰다.

심장이 희망으로 차올라 빠르게 뛰는 것을 느끼며 테쉬비키예 거리를 급히 걸어갔던 기억이 난다. 잠시 후면 그녀를 만날 거라는 생각이 머릿속에 가득했기 때문에 그녀에게 무슨 말을 할지조차 생각하지 않았다. 그녀를 만나면 그 즉시 내 고통이 최소한 잠시라도 모두 가라앉을 것 같았다. 그녀는 내 말을 들어야 했다. 나는 할 말이 있었다. 함께 춤을 출 때 우리가 이런 말을 했단 말인가, 어느 제과점이라도 가서 이야기를 해야만 했다.

샹젤리제 부티크의 문에 달린 종이 딸랑거릴 때는 심장이 오그라들었다. 카나리아는 제자리에 없었다. 퓌순이 거기에 없다는 걸 깨닫고 나서도, 그녀가 두려움과 절망 때문에 뒤에 있는 방에 숨은 거라고 믿고 싶었다.

"어서 오세요, 케말 씨."

세나이 부인이 악마 같은 미소를 지으며 말했다.

"진열장에 있는 수놓인 하얀 파티용 핸드백을 보여 주세요."

나는 속삭이듯 작은 목소리로 말했다.

"아, 아주 좋은 물건이죠. 눈썰미가 대단한데요. 우리 가게에 좋은 물건이 들어올 때마다 당신이 제일 먼저 보고 사 가시니 말예요. 파리에서 얼마 전에 들여온 거예요. 클립은 보석으로 되어 있죠. 핸드백 안에 지갑과 거울도 있어요. 전부 수제품이에요."

그녀는 천천히 걸어가 진열장에서 핸드백을 꺼내 오더니 입에 침이 마르도록 자랑을 늘어놓았다.

나는 커튼이 쳐져 있는 뒷방에 눈길을 한 번 던졌다. 퓌순은 없었다. 부인이 가지고 온 꽃이 수놓인 우아한 핸드백을 꼼꼼히 살펴보는 척했고, 가격이라며 부른 굉장한 액수는 흥정도 하지 않았다. 마녀는 포장을 하면서 모두들 약혼식이 아주 멋졌다고 하더라는 얘기를 한참 늘어놓았다. 비싼 것을 하나 더 사는 척하려고 눈에 들어오는 커프스 버튼도 한 쌍 포장해 달라고 했다. 그녀의 얼굴에 기쁨이 피어오르는 걸 보고 용기를 얻어 물어보았다.

"우리 친척 처녀는 어디 있지요? 오늘은 안 나왔습니까?"

"아, 모르셨어요? 퓌순은 갑자기 일을 그만뒀어요."

"그래요?"

그녀는 내가 퓌순을 찾고 있다는 것을 금세 눈치채고, 이제는 우리가 더 이상 만나지 않는다고 생각하는 듯, 무슨 일이 있었는지 알아낼 수 있을까 하여 나를 주의 깊게 살폈다.

나는 자신을 억누르고 아무것도 묻지 않았다. 굉장히 고통스러운 와중에도, 내가 약혼반지를 끼지 않았다는 것을 그녀가 보지 못하도록 오른손을 침착하게 주머니에 넣었다. 값을 치르면서 보니 그녀의 시선에 연민의 감정이 담겨 있는 듯했다. 우리 두 사람은 퓌순을 잃어버렸다는 공통점 때문에 가까워진 느낌이었다. 나는 퓌순이 없다는 게 믿기지 않아 다시 한번 작은 뒷방에 눈길을 던졌다.

"그렇다니까요. 요즘 젊은 애들은 일은 하지 않고 쉽게 돈을 벌려고 해요."

이 말의 마지막 부분은 내게 사랑의 고통뿐 아니라 견딜 수 없는 질투심까지 안겨 주었다.

하지만 다행히도 시벨에게는 이러한 감정을 감출 수 있었다. 나의 약혼녀는 내 얼굴에 나타난 모든 표정과 달라진 나의 모든 행동을 예리하게 눈치챘지만, 처음에는 아무것도 묻지 않았다. 하지만 약혼식 사흘 후, 내가 저녁을 먹으며 괴로워하는 것을 보고는, 내가 술을 너무 빨리 마셨다고 부드러운 목소리로 상기시켜 주었다.

"무슨 일이야, 자기?"

나는 형과 사업상의 문제로 갈등이 있어 지쳤다고 둘러댔다. 금요일 저녁, 한편으로는 배에서 위 쪽을 향해, 다른 한편으로는 목덜미에서 다리를 향해 움직이는 고통을 느끼며 퓌순이 무얼 할지 궁금해했지만, 시벨의 질문에 형과의 갈등에 대해 수많은 세부 사항을 한순간에 꾸며 댔다.(신의 조화인지 놀랍게도 이때 꾸며 댄 것들이 세월이 흐른 후에 모두 현실이 되었다.)

시벨은 미소를 지으며 말했다.

"너무 신경 쓰지 마. 일요일에 있을 피크닉에서 누르지한과 가까워지기 위해 자임과 메흐메트가 무슨 일을 꾸미고 있는지 얘기해 줄까?"

## 27

# 몸을 뒤로 젖히지 마, 떨어지겠어

그 일요일 소풍의 느낌을 표현해 보고자, 그리고 박물관을 찾을 사람들이 이곳 내부와 나의 고통으로 인해 숨이 막히지 않도록, 시벨과 누르지한이 읽던 프랑스 정원과 주택 관련 잡지에서 영감을 얻고 거기에 전통적인 느낌을 접목해 꾸렸던 피크닉 바구니, 차가 가득 든 보온병, 플라스틱 상자 안에 든 돌마[35] 모형, 계란, 멜템 사이다병, 자임의 외할머니가 쓰던 멋진 덮개를 전시한다. 하지만 독자도, 그리고 방문객도 내가 내 고통을 한순간도 잊지 않았다는 것을 기억했으면 한다.

일요일 아침, 우리는 우선 보스포루스와 뷔윅데레에 있는 멜템 사이다 공장으로 갔다. 건물은 잉게의 커다란 사진과 낙서가 돼 있는 좌익 성향의 벽보로 둘러싸여 있었다. 푸른색 앞치마를 두르고 두건을 쓴 여자들이 조용히 일하고, 흥겨워 보이는 관리자들이 시끄럽게 업무 지시를 하는 세척, 음료 포장 및 밀봉 부서를 안내받을 때(이스탄불 전역을 광고로 도배한 멜템 사이다 공장에는 예순두 명만이 일하고 있었다.) 가죽 부츠를 신고 화려한 벨트에 청바지를

---

**35** 포도나무 잎, 양배추 잎, 피망 등 채소 안에 각종 양념을 한 쌀을 넣어 만든 음식.

입은 누르지한과 시벨의 지나치게 서구식인 의상과 자유로운 분위기를 못마땅해하면서, '퓌순, 퓌순, 퓌순.' 하고 되뇌며 조용하게 뛰고 있는 내 심장을 진정시키려고 애를 썼다.

우리는 차 두 대에 나눠 타고 거기서 벨그라드 숲과 벤틀레르로 갔다. 170년 전에 유럽 화가 멜링이 그렸던 그 숲과 벤틀레르가 보이는 녹지에, 우리 상상 속 유럽인들의 피크닉을 흉내 내며 자리를 잡았다. 정오 무렵, 바닥에 누워 청명한 푸른 하늘을 바라보았던 것, 자임과 함께 안간힘을 쓰며 새로 산 밧줄로 옛 페르시아 정원에 있었던 것과 같은 그네를 매달려고 하는 시벨의 아름다움과 우아함에 놀랐던 것을 지금도 기억한다. 나는 누르지한과 메흐메트와 함께 돌 아홉 개로 게임을 하기도 했다. 향기로운 흙냄새, 벤틀레르 뒤에 있는 호수의 선선한 공기가 싣고 온 소나무와 장미 향기를 들이마셨다. 내 앞에 놓인 멋진 삶은 신이 준 축복이며, 아무런 대가 없이 주어진 이 모든 아름다움을 앞에 두고 배에서 몸 전체로 죽음처럼 퍼져 나가는 사랑의 고통에 중독되는 것은 얼마나 바보짓이고 또 죄악인지를 생각했다. 단지 퓌순을 보지 못해 느끼는 고통 때문에 이렇게 의기소침해한다는 것이 부끄러웠다. 이 부끄러움은 자신감을 약화시켰고, 이 나약함 때문에 질투심에 휩싸였던 것이다. 메흐메트가 하얀 셔츠와 멜빵바지 그리고 넥타이 차림으로 점심을 준비할 때, 자임이 누르지한과 함께 산딸기를 따러 간다며 자리를 뜨자 나는 기뻤다. 이것을 그가 퓌순과 만나지 않는다는 증거로 보았기 때문이었다. 하지만 이것은 퓌순이 케난이나 다른 누군가와 만나지 않는다는 의미는 되지 못했다. 친구들과 이야기를 나눌 때, 공놀이를 할 때, 시벨이 아이처럼 그네를 탈 때, 내가 새로 나온 깡통 따개를 시험하다가 약혼반지를 끼고 있던 손가락을 깊게 베여 피투성이가 되는 바람에 놀란 순간만큼은 그녀를 생각하지 않았다는 걸 깨달았다. 상처 난 손가락에서는 피가 멈추지 않았다. 이것은 내 피에 들어 있던 사랑의 독일까? 사랑 때문에 멍해진 머리로 그네를 타고는 있는 힘껏 발판을 굴렀다. 그네가 떨어질 듯 빠르게 밑으로 내려갈 때 배의 통증이 약간 가라앉는 것 같았다. 그네의 긴 줄이 삐걱거리는 소리에 맞춰, 공중에서 커다란 포물선을 그리면서 땅을 향해 머리를 젖히면 사랑의 고통이 약간 누그러지고 지연되는 것 같았다.

"뭐 하는 거야, 케말, 멈춰, 뒤로 젖히지 마, 떨어지겠어!"

시벨이 소리쳤다.

정오의 햇빛이 나무 그늘마저 달구고 있을 때, 피가 멈추지 않고 기분도 안 좋으니 아메리칸 병원에 가서 손가락을 꿰매야겠다고 시벨에게 말했다. 그녀는 놀라서 눈을 크게 떴다. 거기서 저녁때까지 기다릴 수는 없었을까? 그녀가 지혈을 했다. 독자 여러분께 고백하겠다. 나는 그녀가 보지 않을 때 피가 멈추지 않도록 몰래 상처를 더 크게 만들었다.

"아니. 멋진 피크닉을 망치고 싶지 않아. 네가 나와 함께 가면 실례가 될 거야. 저녁때 그들이 널 시내로 데려다줄 거야."

나는 자동차를 향해 걸어가면서, 약혼녀의 배려심 가득한 젖은 눈을, 뭔가 묻는 듯한 그 눈을 부끄러워하며 다시 바라보았다.

"왜 그래?"

그녀는 흐르는 피보다 더 심각한 문제가 있다는 것을 느꼈는지 이렇게 물었다. 그 순간 그녀를 안고 나의 고통과 열정을 잊을 수 있기를, 그리고 최소한 그녀에게 내가 느끼는 것을 설명할 수 있기를 얼마나 바랐는지 모른다! 하지만 나는 시벨에게 다정한 말도 한마디 하지 않은 채 정신 나간 사람처럼 비틀거리며 자동차에 올랐다. 자임은 누르지한과 산딸기를 따다가 무슨 일이 일어난 걸 눈치채고 우리에게 다가왔다. 자임과 눈이 마주치면 내가 어디에 가는 지를 금세 알아챌 것이 분명했다. 자동차에 시동을 걸며 곁눈질로 본 약혼녀의 얼굴에 나타난 진심 어린 걱정과 슬픔에 대해 이야기 하면 독자들은 나를 무정한 사람이라고 생각할 것이므로 더는 설명하지 않겠다.

그 청명하고 무덥던 여름날 정오 무렵, 자동차를 미친 듯이 몰아 벤틀레르에서 니샨타쉬까지 정확히 사십오 분만에 도착했다. 속력을 내면 낼수록, 퓌순이 드디어 오늘 멜하메트 아파트로 올 거라는 생각이 가슴속에서 차올랐다. 처음 만났을 때도 그녀는 며칠 후에 오지 않았던가? 주차를 하고 약속 시간보다 십사분 일찍(손가락을 아주 제때에 베었던 것이다.) 멜하메트 아파트로 달려가는데, 한 중년 부인이 내 뒤에서 거의 소리치듯 나를 불러 세웠다.

"케말 씨, 케말 씨, 당신은 아주 운이 좋아요."

나는 돌아서서 "뭐라고요?"라고 물었다, 그녀가 누구인지 기억하려고 애를 쓰면서.

"약혼식 때 우리 테이블에 와서 연속극「도망자」의 결말이 어떻게 날지를 놓고 내기했잖아요. 케말 씨 당신이 이겼어요! 킴블 박사는 결국 자신이 무죄라는 것을 증명했어요!"

"아, 정말입니까?"

"언제 선물을 받아 가실 거예요?"

"나중에요."

나는 이렇게 말하며 뛰어갔다.

여인이 들려준 해피엔딩이, 퓌순이 오늘 꼭 온다는 신호나 행운인 것 같았다. 잔뜩 흥분한 채 십 분이나 십오 분 후면 우리는 사랑을 나누게 될 거라고 믿으며, 떨리는 손으로 열쇠를 꺼내 집 안으로 들어갔다.

# 28
# 물건들이 주는 위로

사십오 분 후에도 퓌순은 오지 않았고, 나는 시체처럼 침대에 누운 채 배에서 온몸으로 퍼지는 고통을, 죽어 가는 동물이 자신의 몸에서 일어나는 변화에 귀를 기울이는 것처럼, 절망 속에서 그러나 분명히 의식하면서 느끼고 있었다. 고통은 그날까지 전혀 느끼지 못했던 깊이와 강도에 도달해, 온몸을 장악하고 있었다. 이제 침대에서 일어나 뭔가 다른 일을 하며 시간을 보내야 하고, 이 상황에서, 최소한 이 방에서, 퓌순의 냄새로 가득 찬 이 시트와 베개에서 도망쳐야 한다고 느꼈지만, 그럴 힘이 전혀 남아 있지 않았다.

시끌벅적한 피크닉 자리에 남지 않았던 것이 이제는 아주 후회스러웠다. 일주일 동안 우리가 사랑을 나누지 않았기 때문에 시벨은 내가 이상하다는 것을 약간은 알고 있었다. 하지만 내 고민의 원인은 알지 못했고, 그렇다고 내게 물어보지도 못했다. 그러나 나는 시벨의 이해심과 연민이 필요했고, 그녀와 시간을 보내면 잊을 수 있을 거라고 생각했다. 하지만 차를 타고 돌아가는 것은 고사하고, 그 자리에서 움직일 힘조차 없었다. 배와 등과 다리에서 시작해 사방으로 퍼져 가는 숨이 멎을 듯한 고통에서 도망치고, 그것을 줄여 볼 힘이 남아 있지 않았다. 이렇게 생각하자 내 마음속에 있는 패배감은 커져 갔고, 또 사랑의 고통만큼이나 강한 후회의 고통이 몰려왔다. 이상하게도, 내가 이 고통 속으로(마치 꽃잎을 안으로 접어 버리는 꽃처럼) 들어가야만, 가슴이 찢어진 듯 나를 힘들게 하는 고통을 온전히 겪어야만, 퓌순에게 다가갈 수 있을 거라고 나의 본능은 속삭였다. 이성의 한편으로는 말도 안 되는 착각이라고 생각했지만, 그렇게 믿을 수밖에 없었다.(어차피 지금 여기서 나가 버리면 그녀가 온다 해도 나를 찾을 수 없을 것이니까.)

고통 속으로 완전히 들어갔을 때, 그러니까 작은 산(酸)의 폭탄들이 배와 뼈 속에서 폭죽처럼 터지고 있을 때, 온갖 추억이 짧게, 때로는 십 초나 십오 초, 때로는 일 초나 이 초 정도 떠올랐고, 이어서 더 깊은 고통이 나를 현재의 공허 속에 남겨 놓았다. 그리고 이 공허 속으로 놀라울 정도로 강한 새로운 고통의 파도가 다가와 나의 등과 가슴을 아프게 했고, 다리의 힘을 휩쓸어 가져가 버렸다. 이 새로운 고통의 파도에서 벗어나기 위해 우리가 공유하고 있는 추억과 그것을 상기시켜 주는 물건들을 잡아 보거나 입에 넣어 맛을 보면 나도 모르게 고통이 수그러들었다. 이를테면, 당시 니샨타쉬 제과점에서 많이 만들던 호두와 건포도가 든 크루아상을 퓌순이 아주 좋아했기 때문에 우리가 만날 때 사 오곤 했는데, 그녀가 그것을 입에 넣던 것과, 함께 크루아상을 먹으며 웃으면서 얘기를 나누던 것(멜하메트 아파트 관리인의 아내인 하니페 부인이 아직도 퓌순을 위층에 있는 치과에 온 환자라고 생각한다는 이야기)을 떠올리면 즐거워졌다. 그녀가 어머니의 서랍에서 찾아낸 오래된 손거울을 마이크처럼 들고는 유명한 가수(그리고 진행자)인 하칸 세린칸를 흉내 내던 일, 그녀가 어렸을 때 재봉사인 어머니를 따라 우리 집에 오면 나의 어머니가 내 장난감 앙카라 특급 기차를 가지고 놀라고 주었던 일, 나의 또 다른 장난감인 우주 권총을 가지고 함께 놀면서 방아쇠를 당기고 어수선한 방 한구석으로 사라진 프로펠러를 함께 찾으며 웃던 일을, 그 물건들을 손으로 만져 보면서 떠올렸고 위로를 얻었다. 지극히 행복했음에도, 가끔 우리의 마음을 우울하고 어둡게 하는 슬픔의 구름이 침묵을 몰고 오면, 퓌순은 내가 여기에 전시한 설탕 통을 들고 나를 바라보며 문득 "시벨 씨를 만나기 전에 나를 알았더라면 하고 바란 적 있어?"라고 물었던 것을 기억해 냈다. 추억들이 가져다주는 이러한 위로가 모두 사라지면 선 채로는 견뎌 낼 수 없는 치명적인 고통이 찾아온다는 것을 이제는 알았기 때문에, 추억을 떠올리면 떠올릴수록 침대에서 나가지 못했고, 침대에 누워 있으면 주위에 있는 모든 것이 그녀를 떠올리게 하면서 우리의 추억을 하나하나 되살려 주었다.

우리가 처음 사랑을 나눌 때 조심스럽게 시계를 올려놓던 탁자가 옆에 있었다. 그 위에 놓여 있는 재떨이에 퓌순이 비벼 끈 담배꽁초가 있다는 것을 일주일 전부터 알고 있었다. 곰팡이 낀 그것을 잠시 손에 들고, 탄 냄새를 맡고, 입술 사이로 넣고, 불을 붙여 피우려고 했다.(그리고 한순간 열정에 싸여 그것이 그녀라고 생각할 뻔했다.) 하지만 담배가 다 타 버려 없어질 거라는 생각에 그만두었다. 그녀의 입술이 닿았던 꽁초의 끝을, 상처를 조심스레 소독하는 다정한 간호사처럼, 내 볼에, 눈 밑에, 이마에, 목에 살짝 갖다 대 보았다. 행복을 약속하는 멀리 보이는 대륙, 천국과 같은 장면, 어린 시절 어머니의 따스한 모습, 파트마 부인이 나를 품에 안고 테쉬비키예 사원으로 가던 모습이 떠올랐다. 하지만 바로 그 직후 고통은 폭풍이 이는 바다처럼 나를 다시 집어삼켰다.

5시가 가까워졌을 때도 나는 여전히 침대에 누운 채, 할아버지가 돌아가신 후 할머니가 슬픔을 견디기 위해 할아버지의 침대뿐 아니라 방도 바꾸었던 것을 기억해 냈다. 이 침대에서, 이 방에서,

케케묵었지만 아주 행복하고 특별한 사랑의 냄새가 나는, 바스락거리는 이 물건들에서 벗어나야 한다고 온 의지를 끌어모아 생각했다. 하지만 정반대로 물건들을 꺼안고 싶은 마음이 들었다. 물건들이 주는 위로의 힘을 발견했든지 아니면 내가 할머니보다 나약했든지 둘 중 하나였다. 뒤뜰에서 축구를 하는 아이들이 내는 즐거운 고함 소리와 욕설을 들으며 날이 어두워질 때까지 침대에 있었다. 저녁때 집으로 돌아가 라크를 세 잔 마신 후, 시벨이 전화를 걸어 물었을 때에야 비로소 손가락의 상처가 아문 것을 깨달았다.

이렇게 해서 7월 중반까지 매일 오후 2시면 멜하메트 아파트에 갔다. 이제 퓌순은 오지 않을 거라는 사실을 받아들인 후 겪었던 고통이 날이 갈수록 사그라들자, 그녀의 부재에 서서히 익숙해졌다는 생각이 들었다. 하지만 절대, 전혀 사실이 아니었다. 나는 그저 물건들이 주는 행복으로 시간을 때우고 있었던 것이다. 약혼식 이후 첫 주가 끝날 무렵, 어느 때는 커지고 어느 때는 작아지는 내 이성의 일부는 계속 그녀를 생각하고 있었다. 수학자처럼 말하자면, 고통의 합계는 어차피 전혀 줄지 않았고, 내 희망과는 반대로 오히려 늘어나고 있었다. 나의 습관과 그녀를 보고자 하는 희망을 잃지 않기 위해 그 집에 가는 것 같았다.

그 집에서 보낸 두 시간 동안, 우리의 침대에 누워 상상을 하거나, 우리의 행복한 순간들로 반짝반짝 빛나는 유령 같은 물건을, 예를 들면 호두 까는 기계를, 퓌순이 작동시키려 했기에 그녀의 손 향기가 묻은 발레리나가 있는 오래된 시계를, 내 얼굴에, 이마에, 목에 대고 고통을 누그러뜨리려고 했다. 두 시간 후 — 그러니까 벨벳처럼 부드러운 사랑을 나눈 후 잠에서 깨어나던 시간 — 에는 슬픔과 고통에 지친 몸으로 여느 때처럼 일상의 삶으로 돌아가려고 애를 썼다.

이제 내 삶의 광채는 사라지고 말았다. 나는 여전히 시벨과 사랑을 나누지 않았고(사트사트 직원들이 우리가 사무실에서 사랑을 나누는 것을 알아 버렸다는 식의 핑계를 댔다.) 그녀는 나의 이 이름 없는 병을 남자가 결혼 전에 겪는 조급함, 아직 의사들이 진단을 내리지 못한 특별한 우울증 증세로 보고 있었다. 그리고 그녀는 내가 감탄할 정도로 침착한 태도로 이 병을 받아들였고, 더욱이 이 고민에서 나를 끌어내 주지 못하는 자신을 마음속으로 비난하면서 내게 더 잘해 주었다. 나 역시 그녀에게 아주 잘해 주었고, 더욱 적극적으로 만나곤 했던 새 친구들과 그녀와 함께 지금까지는 간 적이 없었던 레스토랑에도 갔다. 1975년 여름 이스탄불의 부르주아들이 행복하고 부유하다는 것을 서로에게 과시하기 위해 찾았던 보스포루스의 레스토랑과 클럽과 파티에도 갔으며, 메흐메트와 자임 사이에서 도무지 결정을 내리지 못하는 누르지한의 행복한 모습을 보며 시벨과 함께 이해한다는 듯이 웃었다. 내게 행복은 더 이상 신이 선사한 일종의 권리처럼 이의 없이 받아들이는 것이 아니라, 운 좋고 똑똑하고 조심스러운 사람들이 노력으로 얻고 지켜 가는 은총으로 변해 버렸다. 어느 날 밤, 보스포루스로 펼쳐져 있는 작은 부두 옆에 있는 메흐탑[36] 바(새로 문을 열었으며 경호원들이 입구를 지키고 있었다.)에서 혼자 가젤 레드 와인을 마시고 있을 때(시벨과 다른 사람들은 테이블에서 웃고 있었다.) 투르가이 씨와 눈이 마주쳤다. 내 심장은 퓌순을 본 것처럼 빠르게 뛰기 시작했고, 내 마음은 어찔한 질투의 분노로 가득 찼다.

36 '달빛'이라는 의미.

## 29
# 그녀를 생각하지 않는 순간은 없었다

투르가이 씨가 정중하고 신사다운 태도로 미소를 짓는 대신 내게서 고개를 돌려 버리자, 나는 예기치 않게 상처를 입었다. 한편으로는 그가 약혼식에 초대받지 않아 감정이 상한 것이 당연하다고 생각했지만, 다른 한편으로는 이보다 더 강한 생각, 즉 퓌순이 나에게 복수하기 위해 그에게 돌아갔다는 생각에 화가 나서 정신이 아찔해졌다. 그가 왜 고개를 돌렸는지 달려가 물어보고 싶었다. 어쩌면 오늘 오후 쉬시리에 있는 독신남 숙소에서 퓌순과 사랑을 나누었을지도 모른다. 그가 퓌순을 만났으며, 그녀와 이야기를 나누었을지도 모른다는 생각은 나를 미치게 하기에 충분했다. 그가 나보다 먼저 퓌순을 사랑했고, 내가 퓌순 때문에 느꼈던 고통을 그도 느꼈을지 모른다는 생각은 내가 느꼈던 모욕감을 덜어 주기보다는, 그에게 느꼈던 분노를 더욱더 가중시켰다. 나는 이미 바에서 술을 꽤 마신 상태였다. 날이 갈수록 인내심이 많아지고 다정해진 시벨을 안고 페피노 디카프리의 「멜랑콜리」라는 음악에 맞춰 춤을 췄다.

하지만 술로 달랬던 나의 질투심이 다음 날 아침 두통과 함께 다시 시작되자, 고통은 줄어들지 않고 절망감은 갈수록 커지는 것 같아 당황스러웠다. 그날 아침 사트사트로 걸어갈 때(잉게는 여전히 멜템 사이다 광고에서 유혹하듯 나를 바라보았다.) 사무실에서 서류들을 보며 시간을 때우려고 할 때, 날이 갈수록 나의 고통이 더 커지고, 시간이 흐를수록 퓌순을 잊기보다는 더욱 집착적으로 그녀를 생각한다는 사실을 받아들일 수밖에 없었다.

흐르는 시간은, 내가 신에게 애원했던 대로 추억을 바래게 하기는커녕, 나의 고통을 더욱더 견딜 수 없게 했다. 매일 아침, 다음 날은 더 좋아질 것이고, 그녀를 조금이나마 잊게 될 거라는 기대로 하루를 시작했지만, 다음 날도 내 배의 통증은 전혀 가시지 않았고, 계속해서 켜져 있는 검은 전등처럼 고통이 나의 마음을 어둡게 하는 느낌이었다. 그녀에 대해 덜 생각하게 되고, 언젠가 때가 되어 그녀를 잊을 거라고 얼마나 믿고 싶었던가! 그녀를 생각하지 않는 순간은 이제 거의 없었다, 아니 더 정확히 말하면 전혀 없었다. 그저 일시적으로 그녀를 잊는 순간들이 있었을 뿐이었다. 이 '행복한' 순간들도 아주 짧았고, 일이 초 정도의 망각의 시간이 지나가면, 검은 전등은 마치 자동 전등처럼 저절로 켜졌고, 나의 배, 콧구멍, 폐를 중독시키고 호흡을 방해하여, 간신히 애를 써야 살아갈 수 있게 했다.

이런 고통을 잠재우고 싶을 때는, 누군가와 고민을 나누거나, 퓌순을 찾아 이야기를 하고 싶은 갈망에 사로잡혔으나, 그렇게 하지 못했기에 나의 분노와 질투를 폭발시킬 수 있는 사람이면 누구든 붙잡아 싸움을 하고 싶었다. 사무실에서 케난을 볼 때마다, 온 힘을 다해 자제하려고 했음에도, 나를 미치게 만드는 질투의 발작에 휩싸였다. 퓌순이 케난과 아무런 관계가 없다고 결론을 내렸는데도, 케난이 약혼식에서 그녀에게 매달렸고, 퓌순도 나의 질투를 유발하기 위해 그런 관심을 만끽했을지 모른다는 가능성만으로도 그를 혐오하기에 충분했다. 정오 무렵, 케난을 해고할 핑계를 찾고 있는 나 자신을 발견했다. 그렇다, 그는 음흉한 놈이다, 이제 확실하다. 점심시간이 되자, 멜하메트 아파트에 갈 것이며 아주 작은 가능성이지만 퓌순을 기다릴 생각을 하니 마음이 편해졌다. 하지만 그날 오후에도 그녀가 오지 않았을 때는, 이제 기다림만으로는 고통을 견딜 수 없다는 것, 다음 날도 그녀는 오지 않을 것이며, 모든 것이 더욱더 나빠질 거라는 것을 깨닫고 두려워졌다.

그즈음 치명적으로 빠졌던 또 다른 생각은, 내가 겪는 이 모든 고통을, 그래, 이보다는 약간 덜하겠지만, 퓌순은 어떻게 견디고 있는가 하는 것이었다. 그녀는 분명, 바로, 다른 사람을 만났을 것이다, 그게 아니면 견디지 못할 것이다. 칠십사 일 전에 배운 사랑을 나누는 행복을, 퓌순은 지금 다른 사람과 나누고 있는 게 분명하다……. 나는 매일 고통 속에서, 바보같이 시체처럼 침대에 누운 채 그녀를 기다리고 있는데. 아니다, 나는 바보가 아니었다. 그녀가 날 속였던 것이다. 우리는 그렇게나 행복했고, 그 끔찍하고 긴장된 약혼식에서 사랑을 다해 함께 춤을 출 때, 그녀는 다음 날 대입 시험이 끝나고 오겠다고 하지 않았는가. 내가 약혼을 해서 상처를 입었다면, 나와 헤어지기로 결정을 내렸다면 ── 그녀는 당연히 그럴 수 있다 ── 왜 나에게 거짓말을 한 것일까? 내 마음속의 고통은, 캐묻고 싶은 분노는, 그녀에게 옳지 않다고 말하고 싶은 격정으로 변했다. 그녀와 논쟁을 하고, 이 논쟁 사이에 그녀와 행복한 시간을 보내면, 이런 천국 같은 장면들이 나의 화를 누그러뜨릴 것이라고 몇 번이고 집착적으로 상상해 보았다. 나를 떠날 거라면 내 얼굴을 보고 말했어야 했다. 대입 시험을 잘못 본 책임은 내게 있는 것이 아니다. 나를 떠날 거라면 난 그 사실을 알았어야만 한다. 나와 평생 만날 거라고 하지 않았던가, 내게 마지막 기회를 줘야만 했다, 그녀의 귀고리를 찾아 당장 갖다 줘야만 한다, 내가 그녀를 사랑한 것만큼 다른 남자들이 그렇게 사랑할 수 있을 거라고 생각한단 말인가? 나는 침대에서 일어났다. 모든 것에 대해 그녀와 이야기하겠다는 열망으로 순식간에 거리로 뛰쳐나갔다.

# 30
# 퓌순은 이제 여기 살지 않아요

나는 급히 그녀의 집을 향해 걸었다. 알라딘의 가게 모퉁이에 미처 도달하기도 전에, 잠시 후 그녀를 만나면 느낄 것들이 벌써부터 마음속에서 엄청난 행복이 되어 빠르게 솟구치기 시작했다. 7월의 더위에 그늘진 구석에서 졸고 있는 고양이 한 마리를 보며 미소를 지으면서, 왜 진작 그녀의 집에 찾아갈 생각을 하지 못했는지 스스로에게 물었다. 배의 왼편 위쪽에 있던 통증이 벌써부터 누그러지고 있었고, 다리의 무력감, 등에서 느껴지던 피곤한 느낌도 사라지고 없었다. 집이 가까워질수록 마음속에서는 그녀가 거기 없을 것 같은 두려움이 커져 갔고, 나의 심장도 빠르게 뛰었다. 그녀에게 뭐라고 하지, 그녀의 어머니가 나오면 뭐라고 하지? 잠시 집으로 돌아가 어린 시절 탔던 자전거를 가져올까도 생각했다. 하지만 서로를 보자마자 핑계는 찾을 필요가 없다는 것을 우리는 알게 될 것이다. 쿠유루 보스탄 골목에 있는 작은 아파트의 서늘한 안쪽으로 유령처럼 들어가서, 꿈속을 걷듯 2층으로 올라가 벨을 눌렀다. 박물관 관람객들도 궁금하다면 현관문 앞에 있는 벨을 눌러 보라. 그리고 당시 튀르키예에서 아주 유행했던 새 지저귀는 소리가 나는 현관 벨을 그때 내가 들었으며, 그와 동시에 내 심장은 목구멍과 입 사이에 끼인 새처럼 발버둥쳤다는 것을 생각해 주길 바란다.

그녀의 어머니가 문을 열어 주었다. 한순간 그녀는 어두운 아파트 복도에 있는 지친 이방인을 초대하지 않은 잡상인인 양 무시했다. 잠시 후 나를 알아보고는 표정이 밝아졌다. 이 모습을 보고 희망이 생기자, 배의 통증이 약간 가셨다.

"아, 케말 씨! 들어와요."

"지나가는 길에 들러 봤어요, 네시베 고모."

나는 라디오 극장에 나오는 정직하고 씩씩한 동네 청년처럼 말했다.

"얼마 전에 알게 되었는데, 퓌순이 가게 일을 그만두었다고요. 걱정이 돼서요, 제게 전혀 연락을 하지 않았거든요. 따님이 대입 시험은 어떻게 봤습니까?"

"케말 씨, 안으로 들어와요, 함께 고민을 나누자고요."

고민을 나누자는 이 말의 의미를 파악하기도 전에, 어머니가 오랫동안 재봉 일 때문에 친구로 지냈지만 실제로는 친척이었음에도 한 번도 찾은 적이 없는 그 어둑한 뒷골목의 집으로 천천히 들어갔다. 커버를 씌운 소파, 테이블, 장식장과 그 안에 든 설탕 통과 크리스털 찻잔 세트, 텔레비전 위에서 잠자고 있는 장식용 개…… 이것들은 모두 아름다웠다, 왜냐하면 퓌순이라는 멋진 존재가 형성되는 데 기여한 것들이기 때문이다. 한구석에는 재단 가위, 천 조각, 형형색색의 실, 바늘, 그리고 바느질하던 옷이 있었다. 네시베 고모는 바느질을 하고 있었던 것이다. 퓌순은 집에 있나? 아마도 없는 것 같았다. 하지만 무언가를 기대하며 흥정을 하거나 계산하는 사람 같은 그녀의 태도가 내게 희망을 주었다.

"앉아요, 케말. 커피를 끓여 줄게. 얼굴이 창백해. 한숨 좀 돌려.

냉수라도 좀 마시겠어?"

"퓌순은 없나요?"

내 입안에 있던 안달하는 새가 이렇게 말했다. 목이 말랐다.

"없어, 없어."

무슨 일이 있었는지 알고나 있냐고 묻는 것처럼 말했다.

"커피는 어떻게 마시겠어요?"

그녀는 다시 존칭을 쓰며 물었다.

"어느 정도 달게 해 주세요!"

지금, 많은 세월이 흐른 후, 나는 그녀가 커피를 끓이기보다는 내게 할 말을 준비하러 부엌에 갔었다는 것을 깨달았다. 하지만 당시에는 나의 모든 지각 중추가 훤히 열려 있었다고 하더라도, 집 안에 밴 퓌순의 향기와 그녀를 보고 싶은 희망으로 내 이성이 뿌옇게 덮여 있었기 때문에, 그런 것은 느끼지 못했다. 샹젤리제 부티크에서 보았던 카나리아 레몬이 새장에서 안달하며 내는 소리가 내 사랑의 아픔에 듣는 약처럼 느껴졌지만, 내 이성을 더욱 혼란스럽게 만들기도 했다. 내 앞에 있는 테이블에는 기하학 공부를 할 때 사용하라고 그녀에게 선물해 주었던(나중에 계산해 보니 우리가 일곱 번째 만났을 때) 가장자리가 얇고 하얀 30센티미터짜리 국산 나무 자가 놓여 있었다. 퓌순의 이 기하학 도구는 아마도 그녀의 어머니가 바느질할 때 사용하고 있었던 것 같다. 나는 자를 집어 들어 코로 가져가 퓌순의 손에서 나는 향기를 기억해 냈고, 눈앞에 그녀를 떠올렸다. 내 눈에서 눈물이 났던가? 네시베 고모가 부엌에서 나올 때 나는 자를 재킷 속주머니에 넣었다.

고모는 커피를 내 앞에 내려놓고 맞은편에 앉았다. 그 어머니에 그 딸임을 상기시키듯 담배에 불을 붙였다.

"퓌순은 시험을 잘 못 봤어요, 케말 씨."

그녀는 나에게 존칭을 쓰기로 결정한 것 같았다.

"아주 낙심했어요. 시험 도중에 울면서 나왔거든요, 우린 시험 결과도 궁금하지 않아요. 충격을 많이 받은 것 같아요. 가련하게도 이제 대학에 갈 수 없어요. 당신과 수학 공부를 하면서 많이 힘들었나 봐요. 당신 때문에 제 딸이 상처를 많이 받았나 봐요. 약혼식이 있던 날 밤도 상처를 많이 입었어요. 이런 것들을 알고 있을 테지요. 모든 것이 한꺼번에 닥쳤어요. 물론 모든 게 당신 책임은 아니에요. 하지만 걔는 아직 어리고 약해요. 이제 막 열여덟 살이 되었잖아요. 아주 상처를 많이 입었지요. 걔 아버지가 아주 먼 곳으로 데려갔어요. 아주, 아주 먼 곳으로. 이제 당신도 그 아이를 잊어요. 걔도 당신을 잊을 겁니다."

이십 분 후 멜하메트 아파트에 있는 우리의 침대에 누워, 한 방울 두 방울 천천히 흘러내리는 눈물이 내 뺨에 그리는 곡선을 느끼면서 천장을 바라볼 때, 문득 자가 떠올랐다. 그렇다, 나도 비슷한 것을 어렸을 때 사용했고, 어쩌면 그래서 퓌순에게 선물했던 학생용 자는 우리 박물관의 첫 번째 진짜 물건이다. 그녀를 생각나게 하고, 그녀의 삶에서 고통으로 얻게 된 물건. 30센티미터가 표시된 끝을 천천히 입 안에 넣었다. 쌉쌀한 맛이 났지만 오랫동안 물고 있었다. 그녀가 자를 사용했던 시간들을 떠올리기 위해, 침대에서 자를 가지고 놀면서 두 시간 정도 누워 있었다. 이것은 나를 너무나 편하게 해 주었고, 나는 마치 퓌순을 본 것처럼 행복했다.

# 31
# 그녀를 떠올리게 하는 거리들

그녀를 잊을 계획을 세우지 않으면, 이제는 예전의 일상생활도 지속할 수 없을 것임을 깨달았다. 아무리 무심한 사트사트 직원도 사장에게 배어 있는 암울한 슬픔을 눈치채게 되었다. 어머니는 시벨과 나 사이에 문제가 생겼다고 생각하는지 자주 내 의중을 떠보았고, 가끔은 모두 함께하는 저녁 식사 자리에서 전에 아버지에게 그랬던 것처럼 나에게도 술을 더 이상 마시지 말라고 경고했다. 시벨의 걱정과 슬픔도 나의 고통과 함께 커져 갔고, 내가 두려워했던 폭발 지점이 다가왔다. 내가 빠진 우울에서 벗어나려면 시벨의 도움이 절대적으로 필요했지만, 완전히 무너져 버리는 것보다는 그녀를 잃는 것이 더 두려웠다.

나의 의지를 모두 동원하여 멜하메트 아파트로 가는 것, 퓌순을 기다리는 것, 그곳에 있는 물건을 들고 그녀를 기억하는 것을 스스로에게 금지했다. 이미 예전부터 그렇게 하려 했지만, 여러 가지 핑계로 자신을 속이고(저기서 시벨에게 줄 꽃을 사야지 하면서 사실은 샹젤리제 부티크의 진열장 안을 들여다보는 것 같은) 지키지 못했기 때문에, 이제는 더 강한 조치를 취한다는 의미에서 그날까지 인생의 많은 시간을 보냈던 거리와 장소를 내 머릿속의 지도에서 지우기로 결심했다.

　여기에, 그 시절 안간힘을 써서 떠올리고 파악하려고 했던 새 니샨타쉬 지도를 전시한다. 붉은색으로 칠해진 장소와 거리로는 절대 들어가지 않기로 했다. 왈리코나으와 테쉬비키예 대로가 교차하는 곳 근처에 있는 샹젤리제 부티크, 멜하메트 아파트가 있는 테쉬비키예 대로, 경찰서와 알라딘 가게의 모퉁이는 이 지도에 있는 것처럼 내 머릿속에서도 붉은색이었다. 당시는 압디 이펙치 대로가 아니라 엠락 대로였던 길, 나중에 이름이 '제랄 살리크 길'로 바뀌어 니샨타쉬 사람들이 '경찰서 길'이라고 했던 그 길, 퓌순네 가족이 살고 있는 쿠유루 보스탄 길, 그리고 이 붉은 길들로 통하는 옆길에 가는 것도 금지했다. 주황색으로 표시한 곳들에는, 아주 필요한 경우에만, 만약 술을 마셨을 때나 일 분을 절대 넘지 않는 지름길이라면 뛰어서, 곧 벗어날 수 있다는 전제하에 들어갔다. 우리 집과 테쉬비키예 사원은 주의하지 않을 경우, 사랑의 고통에 휩쓸릴 주황색 옆길에 있었다. 노란색 길에도 주의해야 했다. 매일 그녀와 만나기 위해 사트사트에서 나와 멜하메트 아파트로 걸어갔던 길은, 퓌순이 샹젤리제 부티크에서 나와 집으로 갈 때 갔던 길(나는 그 길을 항상 상상했다.)처럼 고통을 증가시킬 위험한 기억과 덫으로 가득 차 있었다. 그 길로 들어갈 수는 있지만 주의를 해야 했다. 퓌순과 아주 작은 관련이 있는 장소들, 예를 들면 어린 시절에 양을 희생시켰던 공터나 사원 마당에 있는 그녀를 멀리서 바라보았던 장소까지 꽤 많은 곳을 지도에 표시했다. 이 지도를 항상 머릿속에 저장해 놓고는, 정말로 붉은색 길에는 절대 들어가지 않았다. 이렇게 주의를 기울이면 나의 병이 서서히 나을 거라고 믿었다.

# 32
# 퓌순인 줄 알았던 그림자와 환영

나의 모든 삶을 보낸 거리를 금지하고 그녀를 연상시키는 물건들로부터 멀어진 것은, 안타깝게도 퓌순의 기억을 전혀 지워 주지 못했다. 왜냐하면 거리의 인파 속이나 파티에서 환영을 보듯 퓌순을 보기 시작했던 것이다.

가장 충격적이었던 첫 만남은 7월 말경 저녁 무렵, 수아디예로 거처를 옮긴 어머니를 만나러 자동차를 싣는 배를 타고 갈 때 있었다. 카바타쉬에서 위스퀴다르로 접근할 때 배 안에 있던 다른 운전자들처럼 나도 성급하게 자동차의 시동을 걸었는데, 바로 그때 옆에 있는 도보 승객용 문으로 나가는 퓌순을 보던 것이다. 자동차들이 나가는 문은 이제 막 열렸으므로, 자동차에서 뛰쳐나가 달려가면 그녀를 잡을 수 있을 것 같았다. 하지만 그러면 배의 출구가 막혀 버릴 터였다. 심장이 마구 뛰었고, 나는 밖으로 나갔다. 온 힘을 다해 그녀에게 소리치려 할 때, 그녀의 허리 아래가 내 연인의 몸보다 굵고 매끈하지도 않으며 얼굴도 완전히 다른 사람의 얼굴로 변한 것을 깨달았다. 고통이 행복한 흥분으로 변했던 그 팔구 초간의 순간을 이후에도 슬로 모션처럼 다시 경험했고, 그녀와 이렇게 만날 거라고 진심으로 믿기 시작했다.

며칠 후 정오 무렵에 잠시 시간을 때우러 갔던 코낙 극장의 길고 넓은 계단을 천천히 올라가는데, 여덟, 아홉 계단 앞에 그녀가 보였다. 노랗게 염색한 긴 머리와 가느다란 몸은 먼저 나의 심장을, 나중에는 다리를 움직이게 했다. 그녀에게 달려가면서 꿈속에서처럼 그녀에게 소리치고 싶었지만, 마지막 순간에 그녀가 아니라는 것을 깨닫자 목소리는 입 밖으로 나오지 않았다.

그녀를 떠올릴 가능성이 낮다는 생각에 더 자주 갔던 베이오을루에서, 한번은 어느 진열장으로 비치는 그림자 때문에 흥분에 휩싸였다. 베이오을루에서 또 한번은 쇼핑을 나오거나 극장으로 들어가는 인파 사이에서 그녀가 특유의 깡쭝거리는 걸음으로 걸어가는 모습을 보았다. 그녀를 따라 뛰어갔지만 놓치고 말았다. 나의 고통이 만들어 낸 신기루였는지 정말 그녀였는지 알 수 없었기 때문에, 며칠 동안 비슷한 시간대에 아아 사원과 사라이 극장 사이에서 일없이 배회했고, 그다음에는 맥줏집의 창가 자리에 앉아서 거리와 풍경과 사람들을 바라보며 술을 마셨다.

천국에서나 일어날 법한 이런 만남의 순간은 가끔은 아주 짧게 지속되었다. 퓌순의 하얀 그림자를 보여 주는 탁심 광장의 이 사진은, 단지 일이 초 정도 지속되었던 내 착각의 기록물이다.

그즈음 나는 퓌순과 모습이 비슷한 소녀들과 처녀들이 얼마나 많은지, 머리칼을 노란색으로 염색한 다갈색 피부의 튀르키예 여자들이 얼마나 많은지 알게 되었다. 이스탄불 거리는 일이 초간 나타났다 사라지는 퓌순의 환영으로 가득했다. 하지만 조금만 가까이서 살펴보면 나의 퓌순과 하나도 닮지 않았다는 것을 알 수 있었다. 산악 클럽에서 자임과 테니스를 칠 때, 가장자리에 있는 테이블에서 멜템 사이다를 마시며 웃고 있는 젊은 여자 세 명 사이에서 그녀를 보기도 했다. 처음에는 그녀를 보았다는 것 때문이 아니라, 그녀가 클럽에 들어올 수 있었던 것에 놀랐다. 다른 한번은, 그녀의 환영이 카드쾨이행 배에서 내리는 인파와 함께 갈라타 다리로 나와서 지나가는 돌무쉬에 손을 흔들고 있었다. 얼마 지나지 않아 내 가슴과 이성도 이 신기루에 익숙해졌다. 사라이 극장에서, 영화와 영화 사이의 휴식 시간에 발코니에서, 나보다 네 줄 앞에서, 자매 둘과 부즈 세랍 상표 얼음 초콜릿을 맛있게 핥아먹는 퓌순을 보았을 때, 내 이성은 그녀에게 여자 형제가 없다는 것을 생각하지 못한 채, 그저 착각이 고통을 진정시키는 것을 만끽하며, 그 여자가 사실은 퓌순이 아니라는 것, 게다가 그녀를 닮지도 않았다는 것은 절대 생각하지 않으려고 했다.

그녀는 돌마바흐체 궁전 옆에 있는 시계탑 앞에 있었고, 주부처럼 베식타쉬 시장에서 손에 장바구니를 들고 걸어갔다. 가장 놀랍고 충격적이었던 건 귀뮈쉬수유에 있는 한 아파트 3층에서 창문 밖으로 거리를 내다보는 장면이었다. 내가 인도에 멈춰 서서 그녀를 바라보는 것을 보고는 퓌순도 나를 보기 시작했다. 그래서 나는 그녀에게 손을 흔들었고, 그녀도 이에 응답했다. 하지만 손을 흔드는 모습에서 퓌순이 아니라는 것을 바로 깨닫고는 부끄러워하며 자리를 떠났다. 그럼에도, 어쩌면 나를 잊기 위해 그녀의 아버지가 얼마 지나지 않아 그녀를 누군가와 결혼시켰고, 그곳에서 새로운 인생을 시작했지만 나를 보고 싶어 한다는 상상을 했다.

진정한 위안을 주는 듯한 첫 대면의 순간인 일이 초가 지나면, 내 이성의 한편에서 이 환영은 퓌순이 아니라 불행한 내 영혼의 허상일 뿐이라는 것을 인지했다. 하지만 그녀를 눈앞에서 보면 마음속에 너무나 달콤한 감정이 솟구쳤기 때문에, 나는 그녀의 환영과 마주칠 만한 붐비는 장소를 습관적으로 찾게 되었다. 내 머릿속에 있는 이스탄불 지도에도 그런 장소들을 표시해 놓은 것 같다. 퓌순이라고 생각하게 하는 그림자들이 더 많이 보이는 곳으로 가고 싶었다. 이 도시는 이제 그녀를 떠올리게 하는 신호들의 세계가 되고 말았다.

넋을 잃고 걷다가 먼 곳을 바라보면 그녀의 환영과 마주쳤기 때문에, 나는 먼 곳을 보며 넋을 놓고 걷곤 했다. 시벨과 함께 갔던 나이트클럽과 파티에서도 라크를 과하게 마시면 다양한 옷을 입은 퓌순의 환영과 마주쳤다. 하지만 나는 약혼한 사람이기 때문에 과민하게 반응하면 다들 알아채리라는 생각에 다급하게 정신을 차렸고, 어차피 그녀가 퓌순이 아니라는 것도 곧 깨달았다. 킬요스와 쉴레 해변의 이 풍경 사진들은, 여름 정오 무렵 내가 더위와 피곤에 지쳐 사고와 주의가 느슨해졌을 때, 원피스 수영복과 비키니를 입고 부끄러워하는 소녀들과 처녀들 사이에서 그녀를 보았기 때문에 전시한다. 공화국 설립과 아타튀르크 혁명 이후 사오십 년이 지났지만, 백사장에서 수영복과 비키니 차림으로 부끄러워하지 않고 남들 앞에 나서는 것을 아직 완전히 배우지 못한 튀르키예인들의 부끄러움과 퓌순의 연약함 사이에는 내 마음에 스며드는 유사성이 있다고 느꼈던 것이다.

이 견딜 수 없는 그리움의 순간에, 자임과 비치볼을 하는 시벨 곁을 떠나, 멀리 떨어진 모래 위에 누워, 애정 결핍으로 경직된 투박한 몸을 태양에 맡기고, 곁눈질로 백사장과 부두를 보면서 내게로 뛰어오는 여자가 그녀라고 생각했다. 그녀가 그렇게 킬요스 해변에 가고 싶어 했는데, 나는 왜 한 번도 데려오지 않았을까! 신이 내게 주신 이 커다란 선물의 귀중함을 왜 몰랐을까! 그녀를 언제 만날 수 있을까! 그 백사장에서, 태양 아래 누워서 울고 싶었지만, 내가 죄인이라는 것을 알았기에 그렇게 하지 못했고, 머리를 모래에 묻고 자신을 저주할 뿐이었다.

# 33
# 저속한 소일거리

삶은 내게서 멀어져 버린 것 같았고, 그때까지 느껴 왔던 삶의 힘과 색은 사라져 버렸으며, 사물도 전에 느꼈던(그리고 안타깝게도 느꼈다는 사실 마저 인지하지 못했던) 힘과 진정성을 잃어버린 것 같았다. 많은 세월이 흐른 후 내가 독서에 몰두했을 때, 프랑스 시인 제라르 드 네르발의 책에서 그 당시 느꼈던 평범함과 단순함을 가장 잘 표현한 글을 발견했다. 시인은 사랑의 고통 때문에 결국 목을 맸는데, 『오렐리아』라는 책에서 자기 인생의 사랑을 영원히 잃어버린 것을 깨달은 후의 삶에는 '저속한 소일거리'만이 남아 있었다고 했다. 나 역시 그렇게 느꼈고, 퓌순 없이 보낸 날들에 했던 모든 것은 속되고 평범하고 무의미하다는 느낌에서 벗어날 수 없었으며, 이 조잡함의 원인이 된 모든 사물과 사람에게 분노를 느꼈다. 하지만 결국은 퓌순을 찾아내 그녀와 이야기를 나눌 것이며, 게다가 그녀를 안을 거라는 믿음은 전혀 잃지 않았고, 이런 믿음은 나를 그럭저럭 삶에 매어 두었을 뿐 아니라, 훗날 후회했던 것처럼 나의 고통을 연장하고 있었다.

그런 최악의 나날 중 어느 날, 찌는 듯한 7월 아침, 형이 전화를 걸어왔다. 성공적인 동업 관계였던 투르가이 씨가 약혼식에 초대받지 못해 우리에게 화가 났으며, 게다가 함께 계약을 따낸 대규모 시트 수출 사업에서 빠지고 싶어 한다며 화를 내기에(오스만은 동업자의 이름을 손님 명단에서 지운 사람이 바로 나라는 것을 어머니에게 들어 알게 되었다.) 내가 직접 이 일을 원만하게 해결할 것이고 당장 투르가이 씨의 마음을 달래겠다며 형을 진정시켰다.

즉시 투르가이 씨에게 전화를 걸어 만날 약속을 잡았다. 다음 날 오후 무렵, 찌는 듯한 더위 속에서 바흐첼리에브레르에 있는 투르가이 씨의 거대한 공장을 향해 자동차를 타고 달렸다. 갈수록 추해지는 도시의 새 아파트, 창고, 공장, 쓰레기로 뒤덮인 혐오스러운 지역을 바라보며, 사랑의 고통을 견딜 수 없다고 느끼지는 않았다. 물론 퓌순에 대한 소식을 들을 수 있거나 그녀에 대해 얘기할 수 있는 사람을 만나러 가기 때문이었다. 하지만 이와 비슷한 다른 상황에서도 그러했듯이(케난과 대화할 때나 셰나이 부인을 탁심에서 만났을 때) 내 마음속의 기분 좋은 흥분의 이유를 스스로에게 감추었고, 그저 '사업' 때문에 가고 있다고 생각하려 했다. 나 자신을 이렇게까지 속이지 않았다면, 투르가이 씨와의 '사업상' 만남은 어쩌면 더 성공적이었을 것이다.

사과를 하기 위해 내가 저 멀리 이스탄불에서 직접 찾아왔다는 것이 투르가이 씨의 자존심을 세워 주었고, 그것으로 만족하면서 그는 나에게 잘 대해 주었다. 여직공 수백 명이 일하는 직물 생산 작업장, 섬유 기계 앞에서 일하는 여자들(섬유 기계 뒤에서 내게 등을 돌리고 있는 퓌순의 환영이 순간 내 심장을 빨리 뛰게 하면서 나를 진짜 목적으로 이끌고 갔다.), 새롭고 '현대적인' 관리 건물과 '위생적인' 카페테리아를, 거만하다기보다는 자신과 일을 하는 것이 우리에게도 좋은 것임을 과시하듯, 우호적으로 소개해 주었다. 투르가이 씨가 자신은 항상 그렇게 한다며 점심 식사도 직원들과 함께 카페테리아에서 먹자고 했지만, 나는 그렇게 해서는 그에게 충분히 사과가 되지 않는다고 설득하면서, 우리 사이의 '깊은 주제'에 대한 말문을 열기 위해 술을 좀 마시는 것이 좋겠다고 했다. 콧수염이 난 평범한 그의 얼굴에는 나의 암시를 이해하는 듯한 표정은 나타나지 않았다. 마침내 내가 약혼식 초대에 대해 언급하자, 그는 "부주의는 항상 있는 일이지요, 잊어버립시다."라고 도도하게 말했다. 하지만 나는 못 알아듣는 척하면서, 일만 생각하는 이 부지런하고 정직한 사람이 나를 바크르쾨이에 있는 해산물 식당으로 초대하게 만들었다. 무스탕 자동차에 오르자 이 좌석에서 그가 퓌순과 수없이 키스를 했고, 그들의 애정 행각이 계기판과 거울에 반영되었으며, 아직 열여덟 살도 되지 않은 그녀를 그가 강제로 만졌다는 것이 떠올랐다. 퓌순이 그에게 돌아갔을지도 모른다는 느낌이 들자, 이런 상상을 하는 것은 부끄러운 짓이다, 그는 아마 아무것도 모를 것이다, 하고 이성적으로 생각했음에도 도무지 스스로를 추스를 수가 없었다.

식당에서는 마치 악당들처럼 투르가이 씨와 마주 앉았는데, 그가 손등에 털이 난 손으로 냅킨을 가슴에 펼치자, 그의 커다란 콧구멍과 뻔뻔한 입을 가까이에서 보자, 모든 것이 나빠질 것이고, 내 영혼이 고통과 질투로 오그라들 것이며, 자신을 억누를 수 없으리란 걸 깨달았다. 그는 웨이터를 "여기요!" 하고 불렀고, 할리우드 영화에서처럼 소독하듯 냅킨을 입술에 점잖게 눌렀다. 그럼에도 나는 스스로를 억누르고, 식사 중간까지 상황을 컨트롤했다. 내 마음속의 사악함에서 벗어나기 위해 마셨던 라크는 마음속의 사악함을 밖으로 꺼내 버렸다. 투르가이 씨가 지극히 정중한 언어로 이번 시트 사업의 문제점은 해결되었으며, 이제 우리 동업자 관계에는 아무런 장애물이 없고, 사업도 잘될 거라고 설명하던 차에 나는 그에게 이렇게 말했다.

"우리 사업이 잘돼 가는 것이 아니라, 우리가 좋은 사람이 되는 것이 중요하죠."

그는 내 손에 있는 라크 잔에 시선을 던지며 말했다.

"케말 씨, 나는 당신, 당신의 아버님, 당신의 가족을 아주 존경합니다. 우리 모두 어려운 시절이 있었지요. 아름답지만 가난한 이 나라에서 우리는 부자가 되는, 신이 아주 사랑하는 종들에게만 선사하는 행운을 얻게 되었어요. 감사해야 하죠. 의기양양해하지 말고 기도를 합시다. 그래야만 좋은 사람이 될 수 있어요."

"나는 당신이 그렇게 신앙심이 깊은 사람인 줄 몰랐습니다."

"케말 씨, 내가 무슨 잘못을 했습니까?"

"투르가이 씨, 당신은 우리 집안의 아주 어린 처녀의 가슴에 상처를 입히고, 그녀에게 잘못된 행동을 했으며, 게다가 돈으로 매수하려 했지요. 샹젤리제 부티크에서 일하는 퓌순은 우리 외가 쪽으로 아주 가까운 친척입니다."

그의 얼굴은 잿빛으로 변했고 시선은 앞을 향했다. 투르가이 씨가 퓌순의 전 애인이기 때문이 아니라, 그가 사랑이 끝난 후에 고통을 진정시키고 평범한 부르주아의 삶으로 돌아가는 데 성공했기 때문에 내가 그를 질투하고 있음을 그때 깨달았다.

"당신 친척인 줄은 몰랐습니다."

그는 놀랄 정도로 침착한 태도로 말했다.

"지금은 아주 부끄럽군요. 가족 모두가 나를 만나는 걸 힘들어한다면, 그래서 약혼식에 초대하지 않았다면 그건 정당한 처사입니다. 아버님과 형님도 그렇게 생각합니까? 어떻게 할 거죠? 동업을 그만둘까요?"

"그만둡시다."

나는 이 말을 내뱉은 순간 후회했다.

"그렇다면 계약을 취소한 것은 그쪽입니다."

그는 이렇게 말하고 말보로 담배에 불을 붙였다.

사랑의 고통에다 잘못에 대한 수치심이 더해졌다. 돌아오는 길에는 꽤 취했음에도 직접 차를 운전했다. 이스탄불에서, 특히 해안도로에서, 성벽을 따라 운전하는 즐거움을 나는 열여덟 살 때부터 가장 큰 행복으로 여겨 왔지만 이제는 그 아름다움이 사라진 것 같아, 이 도시에서 도망쳐 버리기 위해 속도를 냈다. 에미뇌뉘에서 예니 사원 앞에 있는 육교 밑을 지나갈 때는 거리를 걸어가던 사람을 거의 칠 뻔했다.

사무실로 돌아오자, 투르가이 씨와의 동업이 끝난 것이 그리 나쁜 일은 아니라고 나 자신과 오스만에게 설득하는 것이 내가 할 수 있는 최선이라는 생각이 들었다. 이 문제를 잘 아는 케난을 불렀다. 그는 내가 설명하는 것을 아주 진지하게 들었다. 나는 경과를 '투르가이 씨가 사적인 이유로 우리에게 무례하게 대한다.'라고 요약했으며, 이 시트 계약 건을 우리 회사 단독으로 진행할 수 있는지 물었다. 그는 불가능하다고 하면서, 진짜 문제가 무엇인지 물었다. 나는 투르가이 씨와 우리가 갈라설 수밖에 없다는 말만 반복했다.

"케말 씨, 가능하다면 그렇게 하지 않는 게 좋을 것 같습니다. 형님과는 상의하셨습니까?"

그는 이것이 사트사트뿐만 아니라, 다른 계열사들에도 커다란 타격이 될 것이며, 계약에는 시트를 제때에 생산해 내지 못하면 뉴욕 법정이 우리에게 조치를 취할 수 있는 엄격한 조항들이 포함돼 있다고 말했다.

"형님께서는 알고 계십니까?"

그는 재차 물었다. 내 입에서 폴폴 흘러나오는 라크 냄새를 맡았기 때문에 회사뿐만 아니라 나를 염려하는 척하는 태도가 자신의 권리인 양 행동하고 있었다.

"이제 엎질러진 물이야. 투르가이 씨 없이 일을 진행해야지, 뭐. 어쩌겠어."

케난이 말하지 않아도 그것이 불가능한 일이라는 것을 나도 잘 알고 있었다. 하지만 내 이성의 합리적인 부분은 완전히 멈춰 버렸고, 사건을 일으키고 싸우고 싶어 하는 악마에게 양도되고 말았다. 케난은 형과 만나 보라는 말을 반복했다.

여기에 전시한 사트사트 로고가 있는 이 재떨이와 스테이플러는 물론 그때 케난의 머리에 던지지 않았다. 하지만 던지고 싶었다. 우습다는 생각이 드는 그의 넥타이가 회사 재떨이와 무늬도 색도 비슷하다는 것을 알아채고 놀랐던 기억도 난다.

"케난 씨, 당신은 형이 아니라 나와 일하고 있소!"

내가 그에게 소리치자 그는 건방지게 대꾸했다.

"케말 씨, 저도 물론 그건 알고 있습니다. 하지만 케말 씨가 약혼식장에서 저를 형님께 소개하셨고, 그 후부터 그분과 만납니다. 이런 중요한 문제를 당장 그에게 알리지 않으면 아주 유감스러워하실 겁니다. 케말 씨의 최근 고민에 대해서는 형님분도 알고 있고, 다른 사람들처럼 당신을 도와주고 싶어 하십니다."

이 '다른 사람들처럼'이라는 단어가 내 분노를 폭발시킬 것 같았다. 그 순간 그를 당장 내쫓고 싶었지만, 그의 거리낌 없는 태도가 두려웠다. 내 머리의 일부가 완전히 무뎌졌으며, 사랑 때문에, 질투 때문에, 그게 무엇이든지 간에 이제 모든 일에 대해 제대로 판단을 내리지 못한다는 것을 느꼈다. 덫에 걸린 동물처럼 깊은 고통을 느끼며, 오로지 퓌순을 만나는 것만이 나에게 도움이 된다는 것을 너무나 분명히 인식했다. 나는 그 무엇에도 상관하지 않았다, 왜냐하면 어차피 모든 것이 너무나 쓸데없고 저속했기 때문이다.

# 34
# 우주의 개처럼

하지만 뛰순 대신 시벨을 만났다. 고통이 극에 달해 나를 장악해 버렸기 때문에, 회사 사람들이 모두 퇴근한 후 혼자 앉아 있으면, 작은 우주선에 실려 우주의 무한한 어둠 속으로 보내진 개처럼 외로울 것임을 바로 깨달았다. 모두들 돌아간 후 시벨을 사무실로 부르자, 그녀는 '우리가 약혼하기 전의 성적 습관'으로 돌아갈 거라고 느낀 듯했다. 나의 약혼녀는 좋은 의도로, 내가 항상 좋아했던 실비 향수를 뿌렸고, 나를 자극한다는 것을 아주 잘 아는 이 그물 스타킹과 굽 높은 신발을 신고 있었다. 그녀는 나의 정신적 불안감이 사라졌다고 생각하고 너무나 행복해하며 왔기 때문에, 사실은 상황이 정반대이며 내 마음속의 재앙으로부터 조금이나마 벗어나기 위해, 어린 시절에 어머니를 껴안듯 그녀에게 안기기 위해 그녀를 불렀다고 말할 수는 없었다. 이렇게 해서 시벨은 예전에 즐겁게 그랬던 것처럼, 먼저 나를 긴 의자에 앉힌 다음, 무척이나 바보 같은 비서 흉내를 내면서 서서히 옷을 벗고 달콤한 미소를 지으며 내 가슴 위에 올라탔다. 그녀의 머리카락, 목덜미, 집에 온 듯한 느낌을 주는 향기, 그리고 익히 알고 있는 위로하는 듯한 친근감이 나를 얼마나 편안하게 해 주었는지는 설명하지 않겠다. 이성적인 독자나 호기심 많은 박물관 관람객은 그 후 우리가 행복하게 사랑을 나누었다고 생각하다가 실망할지도 모르기 때문이다. 시벨도 실망했다. 나는 그녀를 안자 마음이 편안해져서 잠시 후에 나른하고 행복하게 잠에 빠져들었고, 꿈속에서 퓌순을 보았다.

땀에 젖어 깨어났을 때도, 우리는 여전히 서로 껴안고 누워 있었다. 우리 둘 다 아무 말도 하지 않았고, 그녀는 곰곰이 생각에 잠겨, 그리고 나는 죄책감에 사로잡혀, 어스름 속에서 옷을 입었다. 거리를 지나가는 자동차 불빛들과 이따금 빛을 내는 무궤도 전차의 보라색 섬광이 우리의 행복한 날에 그러했듯이 사무실을 밝히고 있었다.

어디로 갈지 의논도 하지 않고 바로 푸아예로 나갔다. 행복한 사람들 사이에서 환하게 빛나는 테이블에 앉아서, 시벨이 얼마나 멋지고, 얼마나 아름답고, 얼마나 이해심이 많은 사람인지를 다시 한번 생각했다. 그리고 한 시간 동안 이런저런 이야기를 했고, 우리 테이블에 앉았다 간 술 취한 친구들과 함께 웃었고, 웨이터가 누르지한과 메흐메트가 함께 다녀갔다고 했던 것을 기억한다. 하지만 속으로는 우리 둘 다 회피할 수 없는 진짜 문제를 생각하고 있었다. 침묵으로도 알 수 있었다. 찬카야 와인을 한 병 더 주문했다. 이제는 시벨도 많이 마신 상태였는데, 결국 그녀가 입을 열었다.

"이제 말해 봐. 문제가 뭐야? 자, 어서……."

"알면 얼마나 좋겠어. 내 머릿속 한편으로는 이 문제를 알거나 이해하고 싶어 하지 않는 것 같아."

"그러니까 자기도 모른다는 거야, 그래?"

"응."

"내 생각엔 나보다는 자기가 더 많이 아는 것 같은데."

시벨은 미소를 지으며 말했다.

"네 생각엔 내가 아는 것이 어떤 거야?"

"내가 자기 고민을 어떻게 생각하는지 걱정돼?"

"내가 이 문제를 해결하지 못해서 널 잃을까 봐 두려워."

"두려워하지 마. 나는 참을성이 많을 뿐만 아니라 자기를 사랑해. 말하고 싶지 않으면 하지 마. 사건에 대해 오해하지도 않아, 불안해하지도 마, 우린 시간이 있으니까."

"어떤 오해?"

"예를 들면, 난 자기가 동성애자라고는 생각지 않아."

그녀는 잠시 미소를 짓고 나를 편안하게 하고 싶은 바람으로 이렇게 말했다.

"고마워, 다른 것은?"

"성적인 문제나 어린 시절에 겪은 깊은 아픔 같은 거라고도 생각하지 않아. 하지만 정신과 의사를 만나 보는 것도 좋을 것 같아. 정신과 의사에게 가는 건 창피한 일이 아니야. 유럽이나 미국에서는 모두들 가니까. 물론 내게는 하지 않는 말을 그에게는 해야 하지. 자, 두려워 말고 내게 말해 봐, 용서해 줄 테니."

"두렵지 않아."

난 미소를 지으며 말하고 이렇게 덧붙였다.

"춤출까?"

"그렇다면, 자기는 알지만 나는 모르는 무언가가 있다는 건 인정하는구나."

"마드무아젤, 저의 춤 신청을 거절하지 말아 주십시오."

"아, 무슈, 저는 고민 많은 남자와 약혼했답니다."

그녀는 이렇게 말했고, 우리는 춤을 췄다.

이런 세부적인 것들은 파티나 식당에 가서 거나하게 마시면서 우리 사이에 형성되었던 이상한 친밀감, 특별한 언어 그리고 ─ 내가 단어를 잘 사용하고 있는지는 모르겠지만── 짙은 사랑에 대한 예가 되었으면 해서 적는다. 또한 그 더운 7월 밤에 갔던 나이트클럽의 메뉴판과 컵을 여기 박물관에 전시한다. 성적인 사랑이 아니라 아주 강한 연민으로 키워진 이 사랑은, 한밤중 우리 둘 다 거나하게 취한 채 춤을 추는 모습을 바라보며 질투하던 사람들도 보았던 것처럼, 피부와 육체의 이끌림과도 전적으로 먼 것은 아니었다. 먼 곳에서 오케스트라가 연주했던 「장미와 입술」 혹은 디스코텍(당시 튀르키예에서는 새로운 것이었다.)에서 흘러나온 곡이 습기 찬 여름밤에 조용히, 미동도 하지 않는 나뭇잎들 사이에서 배회하고 있을 때, 내 팔에 안겨 있는 사랑하는 나의 약혼녀를, 사무실에 있던 긴 의자에서 안고 누워 있었던 것처럼, 진심에서 우러나오는 보호 본능과 함께하는 기쁨 그리고 동지 같은 느낌으로 안았고, 그녀의 목덜미와 머리칼에서 나는 평온함의 냄새를 들이마셨고, 우주로 보내진 개처럼 외롭게 느끼는 것은 잘못이며, 시벨은 항상 내 곁에 있을 것임을 깨닫고 술에 취해 그녀에게 파고들었다. 우리와 같은 낭만적인 커플들 사이에서 비틀거렸고, 취기 때문에 바닥에 나뒹굴 뻔한 적도 있었다. 평범한 세상에서 우리를 격리해 주는 반쯤 이상하고 반쯤 취한 우리의 이런 모습을 시벨은 좋아했다. 이스탄불 거리에서 공산주의자들과 민족주의자들이 서로에게 총질을 하고, 은행이 털리고, 폭탄이 터지고, 찻집이 기관총으로 난사당할 때, 우리가 뭔가 신비스러운 고통 때문에 그 세계를 모두 잊는 것이 시벨에게는 어떤 심오한 느낌을 주었던 것이다.

다시 테이블에 앉자, 시벨은 몹시 취했음에도 비밀스러운 주제를 다시 건드렸지만, 대화를 이어 가면서 그 주제를 이해하는 대신 받아들일 수 있는 것으로 바꾸곤 했다. 이런 시벨의 노력으로 나의 이상함, 우울함 그리고 그녀와 사랑을 나누지 못하는 것은, 혼

전에 약혼녀의 충실함과 다정함을 시험하는 가벼운 고통으로, 얼마 후면 잊힐 잠정적인 비극으로 격하되었다. 함께 쾌속정을 타고 돌아다녔던 교양 없고 저속하지만 부유한 친구들로부터 우리를 떼어 놓을 수 있었던 것도 나의 고통 때문이었던 것 같다. 우리가 열었던 파티가 끝날 무렵 별장의 선창에서 보스포루스 바다로 뛰어드는 술 취한 사람들에 동참할 필요도 없었다. 나의 고통과 이상함 때문에 어차피 우리는 '특이한' 사람이 되어 있었기 때문이다. 시벨이 나의 고통을 이렇게 진심으로 진지하게 받아들이는 것을 보자 나는 행복했고, 이는 우리를 서로에게 예속시켰다. 하지만 이 취기와 진지함 속에서, 한밤중 어느 순간, 먼 곳에서 들려오는 낡은 페리보트의 슬픈 고동 소리를 듣거나 사람들 속에서 예기치 않게 누군가를 퓌순이라 생각할 때 내 얼굴에 나타난 이상한 표정을 시벨은 고통스럽게도 알아챘으며, 어둠의 위험이 그녀가 생각했던 것보다 더 끔찍하다는 것을 감지하곤 했다.

시벨은 이러한 직관을 바탕으로, 처음에는 우호적이며 다정하게 정신과 전문의를 추천만 하다가, 7월 말경에는 그를 찾아가지 않으면 안 될 조건으로 만들었다. 나도 그녀의 멋진 동지애와 다정함을 잃고 싶지 않았기 때문에 이를 받아들였다.

주의 깊은 독자라면 사랑에 관한 그의 주옥같은 말들을 기억할 유명한 정신과 전문의는 그 당시 미국에서 막 귀국하여, 나비넥타이와 파이프 담배를 가지고 이스탄불의 좁은 상류 사회에서 자기 직업의 진지함을 인정받으려고 애쓰고 있었다. 많은 세월이 흐른 후 박물관을 세울 때, 그날에 대해 어떤 기억이 남아 있는지 물어보고, 이 나비넥타이와 파이프 담배를 박물관에 기증해 달라고 부탁하기 위해 찾아갔는데, 그는 당시의 나의 고민에 대해 아무것도 기억하지 못했을 뿐 아니라 이스탄불 상류 사회에서 이제는 아주 널리 알려진 나의 슬픈 이야기조차 모르고 있었다. 당시의 손님들이 흔히 그랬듯, 나 역시 오로지 호기심 때문에 그의 문을 두드린 건강한 사람으로 기억하고 있었다. 아픈 아들을 데리고 의사를 찾아가는 어머니처럼 시벨이 고집스럽게 함께 가려 했던 것을, "난 대기실에 앉아 있을게."라고 했던 것을 나는 절대 잊지 못한다. 하지만 나는 그녀가 오는 것을 원하지 않았다. 시벨은 서양 이외의 나라, 특히 이슬람 국가들의 부르주아들에게는 타당하다고도 할 수 있는 지각으로, 정신 분석은 가족끼리 서로 의지하고 비밀을 공유하지 않는 서양인들을 위해 발명된 '학문적으로 비밀을 털어놓는' 의식으로 생각했다. 두서없이 이런저런 대화를 하고, 필요한 신상 정보를 기입한 후, '나의 문제'에 대해 물어 왔을 때 나는 순간 의사에게 연인을 잃은 후 나 자신이 우주로 보내진 개처럼 외롭게 느껴진다고 말하고 싶었다. 하지만 대신 내가 사랑하는 아름답고 매력적인 약혼녀와 약혼을 한 후에는 사랑을 나누지 못하는 것이 고민이라고 말했다. 그는 마음이 내키지 않는 이유를 물었다.(하지만 나는 그 이유를 그가 내게 말해 줄 거라고 기대했다.) 신의 도움으로 즉시 떠오른 이 대답은, 사건이 있은 지 세월이 많이 흐른 지금 기억해 보아도 여전히 미소가 떠오른다, 그리고 약간은 옳다고 생각한다.

"의사 선생님, 아마 전 삶이 두려운 것 같습니다."

다시는 찾지 않았던 이 정신과 전문의는 마지막으로 이렇게 말하며 나를 배웅했다.

"삶을 두려워하지 마세요, 케말 씨."

## 35
# 내 수집품의 첫 씨앗

나는 정신과 전문의가 심어 준 용기로 나 자신을 속이면서, 바보처럼 나의 병이 가벼워졌다고 결론을 내렸으며, 오랫동안 나 자신에게 금지했던 내 삶의 붉은색으로 표시한 거리를 걷고 싶은 열망에 휩쓸렸다.

알라딘의 가게 앞을 지나가고, 어린 시절 어머니와 함께 쇼핑을 하러 나갔던 거리와 상점의 공기를 맡았을 때 처음 몇 분 동안은 너무나 행복했기 때문에, 나는 내가 삶을 두려워하지 않고 나의 병도 물러나고 있다고 생각했다. 이렇게 낙관하며 샹젤리제 부티크 앞도 사랑의 고통을 전혀 느끼지 않고 지나갈 수 있을 정도로 모든 것이 정상으로 돌아왔다고 스스로 믿게 만들었다. 하지만 가게를 멀리서 보는 것만으로도 나는 미칠 것만 같았다.

그렇지 않아도 폭발할 준비가 되어 있던 고통은 순식간에 나의 영혼을 부풀렸다. 당장 뭔가 해결책을 찾아야겠다는 생각을 하면서 퓌순이 가게에 있을지도 모른다는 기대를 했고 심장은 빠르게 뛰었다. 머리가 혼란해지고 자신감이 줄어들어 맞은편 인도로 건너가 진열장을 통해 안을 들여다보았다. 퓌순이 거기에 있었다! 순간적으로 기절할 것 같아서, 출입문으로 뛰어갔다. 막 안으로 들어

가려던 순간 내가 본 것은 그녀가 아니라 환영이라는 것을 알게 되었다. 그녀 대신 다른 사람이 일하고 있었던 것이다! 순간, 서 있을 수도 없을 것 같았다. 나이트클럽과 파티에서 춤을 추며 보냈던 삶이 지금은 믿을 수 없을 정도로 위선적이며 단순해 보였다. 이 세상에서 내가 함께 있어야 하고 껴안아야 할 단 한 사람이 있는데도 내 인생의 유일한 중심부는 다른 곳에 있었다. 저속한 소일거리와 헛되이 스스로를 속이는 것은 나 자신뿐 아니라 그녀를 모독하는 행위였다. 약혼식 이후에 느꼈던 후회와 죄책감이 뒤섞여 이제 견딜 수 없는 수위에 이르렀다. 나는 퓌순을 배반했던 것이다! 오로지 그녀만을 생각했어야만 했다. 한시라도 빨리, 그녀와 가장 가까이 있을 수 있는 곳에 이르러야만 했다.

팔구 분 후에 멜하메트 아파트에 있는 우리의 침대에 누워, 시트에 배인 퓌순의 향기를 맡으려 했으며, 그녀를 내 몸 안에서 느끼며, 그녀가 되고 싶었다. 침대에 배인 그녀의 향기는 옅어져 있었다. 나는 온 힘을 다해 시트를 감싸 안았다. 고통을 견딜 수 없어 몸을 뻗어 탁자 위에 있던 유리 문진을 집어 들었다. 유리 위에는 퓌순의 손과 피부와 목덜미의 특별한 향기가 옅게 배어 있었고, 향기를 맡으니 내 입과 코와 폐에 스며드는 것 같았다. 유리 문진을 가지고 놀며 그 향기를 맡으면서 한동안 그렇게 침대에 있었다. 나중에 기억해 내어 계산한 바에 따르면 유리 문진은 6월 2일에 우리가 만났을 때 내가 그녀에게 선물로 가져다준 것이었고, 그녀는 어머니의 의심을 사지 않기 위해 내가 사 주었던 다른 선물과 마찬가지로 문진도 집으로 가져가지 않았다.

시벨에게는 진료가 오래 걸렸다, 그 어떤 고백도 하지 않았다, 의사가 내게 해 줄 수 있는 것은 아무것도 없다, 다시는 가지 않겠다고 했다. 하지만 지금은 기분이 조금 나아졌다는 말을 덧붙였다.

멜하메트 아파트에 가서 누워 있는 것이, 물건을 가지고 시간을 보내는 것이 기분을 좋게 했던 것이다. 하지만 하루 반나절도 지나지 않아 고통은 다시 과거처럼 되살아났다. 사흘 후 다시 그곳으로 가서 침대에 누워 퓌순이 만졌던 또 다른 물건을, 형형색색의 물감이 말라붙은 유화 붓을, 마치 새로운 물건을 보면 입에 넣는 아이처럼 내 입과 피부에 갖다 댔다. 다시 한동안 고통이 누그러졌다. 한편으로는 이제 이런 일에 익숙해져서, 내가 위안을 주는 물건에 마치 마약처럼 예속되어 있지만, 이 예속감은 퓌순을 잊는 데 전혀 도움이 되지 않는다는 생각을 했다.

하지만 멜하메트 아파트에 가는 것을 시벨뿐만 아니라 나 자신에게도 감추었고, 이삼 일에 한 번씩, 한두 시간 걸리는 이 방문을 전혀 하지 않은 것처럼 행동했기 때문에, 나의 병이 서서히 견딜 만한 수위로 내려갔다고 느꼈다. 그래서 처음에는 이 물건들 ─ 할아버지의 유산인 터번 보관함, 퓌순이 머리에 쓰고 익살을 부렸던 이 페스, 그녀가 신었던 내 어머니의 이 오래된 신발(그녀도 내 어머니처럼 240을 신었다.) ─ 을 보는 나의 시선은 수집가가 아니라 약을 바라보는 환자의 시선이었다. 퓌순을 떠올리게 하는 물건들은 고통을 감소시키기 위해 필요했을 뿐만 아니라, 고통이 잦아든 후에는 다시 나의 병을 떠올리게 하여 이 물건들과 그 집에서 도망치고 싶게 만들었기 때문에, 나의 고통이 가벼워졌다고 낙관적으로 생각하게 되었다. 이런 낙관성은 나에게 용기를 주어, 나는 과거의 삶으로 돌아갈 것이고, 곧 시벨과도 사랑을 나누기 시작할 것이며, 이후 그녀와 결혼할 것이고, 평범하고 행복한 결혼 생활을 시작할 거라고 기쁨과 고통을 느끼며 상상하게 되었다.

하지만 첫 번째 낙관의 순간은 그리 길지 않았고, 하루가 지나지 않아 그리움은 깊은 아픔으로, 이틀째에는 견딜 수 없는 고통으로 변했다. 그럴 때면 다시 멜하메트 아파트로 가야만 했다. 아파트에 들어가서는 찻잔, 잊어버리고 간 머리핀, 자, 빗, 지우개, 볼펜 같은, 그녀와 나란히 앉아 있는 듯한 즐거움을 주는 물건을 만지거나, 어머니가 오래되고 쓸모없다고 갖다 놓은 물건 사이에서 퓌순이 만지거나 가지고 놀아서 그녀 손의 향기가 배어 있는 무언가를 찾아냈으며, 그것과 관련된 기억을 하나하나 떠올리며 나의 수집품을 늘려 나갔다.

# 36
# 사랑의 고통을 달래 줄 작은 희망

　여기에 전시한 편지는 나의 수집품을 처음 모으기 시작했던 그 중요한 시절에 쓴 것이다. 편지를 봉투 속에 넣어 두는 것은 내 이야기를 연장하지 않고 싶은 마음과 이십 년 후에 순수 박물관을 세울 때조차 여전히 느꼈던 부끄러움 때문이다. 이 책의 독자들이나 박물관 관람객들이 편지를 읽을 수 있다면, 내가 퓌순에게 대놓고 애걸하는 것을 보게 될 것이다. 그녀에게 잘못했으며, 아주 후회하고 있고, 고통을 겪고 있으며, 사랑이란 아주 신성한 감정이며, 나에게 돌아오기만 하면 시벨과 헤어질 거라고 썼다. 마지막 말을 쓴 후에 후회를 했다. 시벨과 영원히 헤어졌다고 썼어야만 했다. 하지만 그날 밤도 코가 비뚤어지게 마시고 시벨에게서 위안을 구하는 수밖에 다른 방도가 없었으므로, 내 손은 그 정도까지 쓸 염치는 없었다. 십 년 후 퓌순의 서랍에서 내용보다는 존재 자체가 중요한 이 편지를 발견하자, 내가 그것을 쓸 무렵 스스로를 얼마나 기만하고 있었는지에 놀랄 수밖에 없었다. 한편으로는 퓌순을 향한 나의 사랑의 격렬함과 무력감을 스스로에게 감추려고 했고, 곧 그녀와 다시 만날 거라는 엉뚱한 실마리를 만들어 자신을 속이고 있었고, 다른 한편으로는 시벨과 장차 꾸릴 행복한 가정에 대한 상상도 포기하지 않고 있었다. 시벨과 약혼을 파기하고, 이 편지에서 퓌순에 게 청혼을 해야 했을까? 내 뇌리 한구석에서조차 떠오르지 않았다 고 여겼던 이 생각은, 퓌순과 미인 대회에 함께 출전했던 친구 제 이다를 만나고 그녀에게 편지를 전해 달라고 부탁할 때에야 떠올 랐다.

이제 관람객들이 내 사랑의 고통에 질려 버렸다는 걸 알기에 신 문에서 오린 멋진 기사를 전시한다. 퓌순과 미인 대회에 같이 출전 했던 친구 제이다의 대회용 사진과, 삶의 목표가 '이상적인 남성' 과 행복한 결혼하는 것이라고 했던 그녀의 인터뷰⋯⋯. 나의 슬픈 이야기를 처음부터 모두 세세하게 알고 있으며, 나의 사랑을 존중 해 주고, 아름다운 젊은 날의 사진을 관대하게 기부한 제이다 부인 에게 감사의 마음을 전한다. 나는 고통으로 쓴 편지가 그녀 어머니 의 손에 들어가지 않도록 우편이 아니라 제이다를 통해 퓌순에게 보내기로 결정하고, 비서 제이넵 부인의 도움으로 그녀를 수소문 해서 찾았다. 퓌순은 이 친구에게 나와의 관계를 처음부터 모두 세 세하게 말했는데, 내가 중요한 문제로 만나고 싶다고 하자 순순히 응했다. 그녀를 마치카에서 만났을 때, 나는 내 사랑의 고통을 제이 다에게 털어놓아도 부끄럽지 않다고 느꼈다. 어쩌면 그녀가 모든 것을 성숙하게 이해했다고 느끼거나, 그 당시 제이다가 아주 행복 해 보였기 때문일 수도 있다. 그녀는 임신을 했고, 이것 때문에 세 디르지레르 씨네 아들이자 부유하고 보수적인 애인이 그녀와 결혼 하기로 결정했던 것이다. 그녀는 이런 사실을 감추려 하지 않았고, 곧 결혼식을 할 거라는 말도 했다. 거기서 퓌순과 만날 수 있을까? 퓌순은 어디에 있을까? 이 질문에 제이다는 애매모호하게 대답했 다. 퓌순이 그녀에게 단단히 주의를 준 게 분명했다. 타시륵 공원을 향해 걸어가면서 그녀는 사랑의 심오함과 진지함에 대해 심오하고 진지한 말을 했다. 그녀의 말을 들으면서 나의 눈은 먼 곳에 있는 돌마바흐체 사원을, 어린 시절의 추억과 꿈에서 나온 어떤 장면을 주시했다.

나는 퓌순이 어떻게 지내는지 집요하게 물어볼 수 없었다. 내가 결국 시벨과 헤어져 퓌순과 결혼할 것을, 그래서 우리가 가족끼리 만날 것을 제이다는 기대하는 듯했고, 나도 이런 상상에 함께했음을 깨달았다. 7월 오후, 우리는 타시륵 공원 안에 앉아 있었다.

공원의 풍경 —— 아름다운 보스포루스 해협 입구, 우리 앞에 있는 뽕나무, 찻집의 야외 테이블에 앉아 멜템 사이다를 마시는 연인들, 유모차를 끌고 온 어머니들, 앞쪽에 있는 모래밭에서 노는 아이들, 호박씨와 볶은 이집트콩을 먹으며 웃는 대학생들, 호박씨 껍질을 부리로 쪼아 먹는 비둘기 한 마리와 참새 두 마리 등 —— 은 내가 잊어 가던 것들, 평범한 삶의 아름다움을 떠올리게 했다. 그렇기 때문에 제이다가 눈을 둥그렇게 뜨며 퓌순에게 편지를 전해 줄 거라고, 퓌순도 반드시 나에게 답장할 거라고 호의적으로 말했을 때, 나는 커다란 희망에 휩싸이고 말았다.

하지만 그녀에게서는 아무런 응답도 오지 않았다.

마침내 8월 초 어느 날 아침, 이것저것 다 해 보고, 위안을 얻을 온갖 방법을 강구해 보았음에도 고통은 전혀 줄어들지 않았고, 정반대로 여전히 증가하고 있다는 사실을 받아들일 수밖에 없었다. 사무실에서 일할 때나 전화로 누군가와 언쟁을 할 때는 내 이성이 퓌순에 대해 생각하지 않았지만 배의 통증은 마치 사고(思考)인 양, 내 이성 안에서 전류처럼 조용히 그리고 빠르게 돌아다녔다. 사랑의 고통이 잦아들까 싶어 시도해 보았던 것들도 처음에는 편안함을 주거나 나를 달래 주었지만 결국은 아무 쓸모가 없었다.

행운이나 신비스러운 신호 그리고 신문에 실리는 별점에도 관

심이 생겼다. 주로《손 포스타》[37] 신문에 실린 '별자리로 보는 오늘
의 운세'와《하야트》[38] 잡지에 나오는 이야기를 믿었다. 이런 난을
쓰는 똑똑한 전문가는 항상 독자들에게, 특히 나에게, "오늘 사랑
하는 사람들 중 누군가로부터 신호를 받을 것입니다!"라고 했다.
다른 별자리에서 태어난 사람들에게도 이런 말이 자주 나왔지만,
아주 잘 맞는 것 같았고 꽤 그럴듯했다. 나는 별자리나 별점난을
주의 깊게 읽으면서도 별이나 점성학은 믿지 않았으며, 심심한 주
부들처럼 몇 시간이고 별자리를 가지고 시간을 보낼 수는 없었다.
나의 고민은 아주 위급한 것이었다. 문이 열리는 걸 보면서 '들어
오는 사람이 여자라면 결국 퓌순과 만날 것이고, 남자라면 좋지 않
을 것이다.'라고 혼자 내기를 했다.

세상과 인생의 모든 것에는 어느 때고 점을 칠 수 있도록 신이
보낸 신호로 가득했다. '처음 지나가는 빨간 자동차가 왼쪽에서 오
면 퓌순에게서 소식이 올 것이고, 오른쪽에서 오면 더 기다려야 할
것이다.'라며, 사트사트 창문 밖을 내다보며 거리를 지나가는 자동
차들을 세어 보곤 했다. '배에서 부두로 처음 뛰어내리는 사람이
나라면, 퓌순을 곧 만날 것이다.'라며 아직 밧줄이 던져지기도 전
에 부두로 뛰어내리기도 했다. 밧줄을 던지는 사람은 내 등 뒤에서
"처음 뛰어내리는 사람은 바보 멍청이다!"라고 소리쳤다. 뱃고동
소리가 들리면 그것을 행운의 신호로 간주하면서 그 배를 상상해
보았다. '육교 계단이 홀수라면 퓌순을 곧 만나게 될 거야.'라고 생
각했다. 계단이 짝수로 나오면 고통은 커졌지만, 점이 적중하면 한
순간이나마 편안해졌다.

최악의 상황은 한밤중에 고통스러워하며 잠에서 깨어나 도무

37 '최신 뉴스'라는 의미.
38 '인생', '삶'이라는 의미.

지 다시 잠을 이루지 못하는 것이었다. 그러면 라크를 마셨고, 거기에 절망감으로 위스키 몇 잔이나 와인을 들이켰다. 도무지 조용히 잠들지 않는 라디오를 끄는 것처럼, 내게 불운을 가져오는 나의 의식을 닫아 버리고 싶었다. 한밤중에 손에 라크 잔을 들고, 어머니의 낡은 카드로 점을 치고, 페이션스[39]를 한 적도 있었다. 아버지가 잘 사용하지 않는 주사위를 — 매번 이것이 마지막이라고 생각하면서 — 수천 번 던지기도 했다. 거나하게 취하면 고통으로 인해 이상한 희열을 느꼈으며, 바보 같은 자긍심이 생겨나 나의 고통이 책이나 영화나 오페라의 소재로 좋을 거라는 생각도 했다.

수아디예에 있는 여름 집에서 머물렀던 어느 밤, 아침이 되려면 몇 시간이나 남았지만, 다시 잠들지 못하리라는 걸 알고는, 어둠 속에서 바다를 향해 난 테라스로 조용히 나가, 일광욕 침대에 누웠다. 소나무 향기 속에서 떨리는 불빛들을 바라보며 잠을 청해 보았다.

"너도 잠들지 못한 거냐?"

아버지가 속삭이듯 말을 걸었다. 어둠 속이라 옆에 있는 일광욕 침대에 아버지가 누워 있는 것을 알아채지 못했던 것이다.

"요즈음 가끔 밤에 잠을 이루지 못해요."

나는 죄책감에 싸여 속삭였다.

"걱정 마라, 일시적인 것이니. 넌 아직 젊어. 고통 때문에 잠을 이루지 못하기에는 아직 일러. 겁내지 마라. 하지만 내 나이가 되어 인생에서 후회하는 것들이 있다면, 아침까지 별들을 세며 기다리게 되지. 절대 후회할 일은 하지 마라."

아버지가 다정하게 말했다.

---

**39** 혼자서 하는 카드놀이.

"알았어요, 아버지."

나는 속삭이듯 작은 목소리로 대답했다. 잠시 후 조금이나마 고통을 잊고 잠에 빠져들었다. 아버지가 그날 입었던 파자마의 칼라와 항상 나를 우울하게 했던 슬리퍼 한 짝을 여기에 전시한다.

어쩌면 중요하지 않다고 생각했기 때문에, 또 어쩌면 독자나 관람객이 나를 더는 무시하지 않았으면 해서, 그 당시 습관적으로 했던 한두 가지를 감춰 왔다. 하지만 우리의 이야기를 더 잘 이해할 수 있도록 그것들 중 하나를 지금 짧게 고백하겠다. 점심시간에 비서인 제이넵 부인이 사람들과 함께 식사하러 나가면, 때로 나는 퓌순의 집에 전화를 걸곤 했다. 퓌순은 한 번도 전화를 받지 않았다. 그러니까 떠나간 곳에서 아직 돌아오지 않았던 것이다. 그녀의 아버지도 없었다. 항상 네시베 고모가 전화를 받았다. 여전히 집에서 바느질을 하고 있는 것 같았다. 하지만 나는 어느 날엔가는 퓌순이 전화를 받을 거라는 희망을 품고 있었다. 네시베 고모가 퓌순에 대해 무언가를 입 밖으로 내기를 간절히 기다렸다. 혹은 퓌순이 곧 무언가 말할 거라 여기고 아무 말도 하지 않고 끈기 있게 기다렸다. 상대편에서 전화를 받으면 처음에는 아무 말도 하지 않을 수 있었지만, 침묵이 길어지고 네시베 고모가 말을 하면 자신을 억누르기가 힘들었다. 왜냐하면 네시베 고모는 지나치게 당황해서 자신의 공포, 분노, 동요를 즉시 드러내고는, 전화로 변태 짓을 하는 사람들이 아주 좋아할 말들을 했던 것이다.

"여보세요, 여보세요, 누구세요, 누구냐고요, 누굴 찾으세요, 제발 말해요, 여보세요, 여보세요, 넌 누구냐, 왜 전화해?"라는 말들을 끝없이 나열하며, 공포와 다급함, 분노를 표현했다. 전화를 받자마자 끊거나 나보다 먼저 전화를 끊는 것은 생각도 못 했던 것이다. 시간이 갈수록, 그녀가 내 전화를 받고서 자동차 불빛에 눈을 고정한 토끼처럼 행동하는 것에 슬픔과 절망을 느끼게 되었고, 이 습관도 버리게 되었다.

퓌순으로부터는 아무런 신호가 없었다.

# 37
# 빈집


8월 말, 그러니까 황새들이 떼를 지어 보스포루스와 수아디예에 있는 집과 섬 들 위를 지나 유럽에서 남동쪽으로, 아프리카로 돌아가던 시기에, 매년 이맘때면 친구들이 끊임없이 졸라 대던 대로, 부모님이 여름 집에서 돌아오기 전에 테쉬비키예 대로에 있는 우리 빈집에서 여름의 끝을 장식하는 파티를 열기로 결정했다. 시벨이 열심히 쇼핑을 하고, 테이블 위치를 바꾸고, 여름 동안 나프탈렌을 넣어 말아 놓았던 카펫을 마룻바닥에 깔 때, 나는 집으로 가서 그녀를 돕는 대신, 다시 퓌순의 집에 전화를 걸었다. 지난 며칠간 전화벨이 오래 울리는데도 아무도 받지 않았던 터라 불안한 마음이 들었다. 이번에는 전화선이 끊길 때 들리는 단절음이 들려와서 배의 통증이 나의 온몸과 이성을 장악해 버렸다.

십이 분 후, 한동안 멀리했던 주황색 거리들(내 인생에서 금지한 곳들)로 나가서, 정오의 햇빛 아래서 그림자처럼 걸어 퓌순네 가족이 사는 쿠유루 보스탄 길에 있는 집으로 갔다. 멀리서 창문을 보니, 커튼이 없는 것이 눈에 들어왔다. 벨을 눌렀지만 아무도 열지 않았다. 문을 두드리고 주먹으로 치기도 했지만, 그래도 아무도 열지 않자 죽을 것만 같았다.

"누구세요?"

지하에 있는 어두운 집에서 늙은 관리인 여자가 소리쳤다.

"아, 그 집 사람들요? 3호 말이지요? 이사 갔어요, 갔다고요."

"저는 새로 세 들 사람인데요."

나는 이렇게 거짓말로 둘러댔다. 그녀의 손에 20리라를 쥐어 주고 퓌순의 집을 열게 한 다음 안으로 들어갔다. 아! 빈방들의 슬픈 외로움에 대해, 낡고 구겨지고 헐어 빠진 부엌 장판에 대해, 사라진 나의 연인이 평생 몸을 씻었을 부서진 욕조와 그녀가 두려워했던 온수기에 대해, 벽에 박힌 못들과 그곳에 걸려 있던 거울과 액자들이 이십 년 동안 만들어 놓은 그림자들에 대해 어떻게 이야기해야 할까? 나는 퓌순의 방에 있는 그녀의 향기, 한구석에 드리워진 그녀의 그림자, 그녀를 퓌순이게 하고 그녀가 모든 삶을 보낸 이 집의 구조, 벽과 너덜너덜 벗겨진 벽지를 사랑을 다해 기억에 새겼다. 벽지의 가장자리를 크게 찢어 가져왔고, 퓌순이 썼을 거라고 생각했던 작은 방의 문손잡이도 그녀가 그 손잡이를 십팔 년 동안 만졌을 거라고 생각하며 주머니에 넣었다. 목욕탕에 있는 저수통 쇠사슬 끝에 달려 있는 도자기 손잡이는 내가 만지자 떨어져 나오는 바람에 내 손에 남게 되었다.

구석에 내던져진 종이들과 쓰레기 속에서, 퓌순의 망가진 인형의 팔과, 커다란 유리구슬, 그녀의 것이 확실한 머리핀을 찾아내 주머니에 넣었다. 혼자 남았을 때 이것에서 위안을 받을 거라는 생각에 마음이 편해졌다. 관리인 여자에게 세입자들이 그렇게 오래 살았는데 왜 이사를 갔느냐고 물었다. 그녀는 집주인과 집세 문제 때문에 오랫동안 갈등이 많았다고 했다.

"다른 동네는 뭐 집세가 더 싼가요!"

나는 이렇게 말하며, 돈의 가치가 땅에 떨어졌고 물가가 천정부지로 치솟는다는 말을 덧붙였다.

"그 사람들은 어디로 이사 갔습니까?"

"몰라요. 우리와 집주인에게 불평하며 떠났어요. 이십 년이 지난 후 사이가 나빠졌지요."

내 마음은 절망감으로 질식할 것만 같았다.

어느 날 여기로 와서 문을 두드리고, 애원을 하며 들어와서 퓌순을 만나려는 희망을 지니고 있었다. 이제 마지막 위안의 가능성과 그녀를 만날 수 있다는 상상마저 빼앗겼으므로 이것을 견뎌 내기란 쉽지 않을 것 같았다.

십팔 분 후에 멜하메트 아파트에 있는 침대에 누워, 빈집에서 가져온 물건들로 나의 고통을 줄여 보려 했다. 퓌순이 만졌고 그녀를 퓌순이게 한 이 물건들을 만질수록, 그것들을 쓰다듬고 바라보며 내 목에, 어깨에, 벗은 가슴에, 배에 갖다 댈수록, 물건들은 어떤 위안의 힘이 있는 듯 그 안에 쌓인 기억들을 내 영혼에 풀어놓았다.

# 38
# 여름의 끝을 장식하는 파티

시간이 많이 흘렀기 때문에 사무실에 들르지 않고 파티를 준비하고 있는 테쉬비키예의 집으로 곧장 갔다.

"샴페인에 관해서 좀 물어보려고 사무실에 몇 번 전화했는데, 매번 자리에 없다고 하데."

시벨이 말했다.

나는 아무 대꾸도 하지 않고 내 방으로 피했다. 침대에 누운 채 아주아주 불행해했으며, 이 밤이 아주 최악으로 지나갈 거라고 절망했던 것을 기억한다. 고통스럽게 퓌순을 상상하면서 물건들에서 위안을 찾는 자신이 싫으면서도, 더 깊이 들어가고 싶은 다른 세계의 문을 내게 열어 주었던 것이다. 시벨이 열심히 준비한 파티에 어울리는 부유하고 똑똑하고 쾌활하고 삶을 즐길 줄 아는 건전한 남자 역할은 할 수 없을 것 같았다. 그저 나의 집에서 여는 파티에서 얼굴을 찡그린 채 모든 걸 무시하는 화가 난 스무 살짜리 청년처럼 행동할 것 같았다. 이름을 붙일 수 없었던 나의 비밀스러운 병을 아는 시벨은 나를 이해해 줄 것이다. 하지만 여름의 끝을 장식하는 파티를 즐기러 오는 흥분한 손님들은 그녀와 같은 태도를 보이지 않을 것이다.

저녁 7시에 첫 손님들이 왔고, 나는 그들에게 이스탄불의 바나 식료품 가게에서 몰래 파는 밀수 외국 술이 즐비한 바를 성격 좋은 집주인인 양 보여 주고 술을 대접했다. 레코드판을 뒤지며, 서전트 페퍼(커버 그림을 좋아했다.)와 사이먼 앤 가펑클을 틀었던 것을 기억한다. 시벨은 웃으며 누르지한과 춤을 췄다. 결국 누르지한은 자임이 아니라 메흐메트를 더 좋아하는 것으로 드러났지만, 이것 때문에 자임의 감정이 상한 것 같지는 않았다. 누르지한이 자임과 잔 것 같다고 시벨이 눈썹을 치켜올리며 말했을 때, 나는 그녀가 왜 그 일에 마음을 쓰는지를 이해할 수 없었고, 이해하려고 노력하지도 않았다. 세상은 이렇게 아름다운 곳이었다. 여름 저녁 보스포루스에서 불어오는 북동풍에 테쉬비키예 사원 마당에 있는 플라타너스 나무가 사각거렸다. 어린 시절부터 들어 온 소리였다. 날이 어두워질 무렵 제비들이 1930년대에 지어진 아파트 지붕과 사원 위로 날아가며 지저귀었다. 날이 어두워지자 여름 집에 가지 않은 니샨타쉬 사람들의 텔레비전 불빛이 보이기 시작했다. 어느 발코니에는 지루해 보이는 소녀 하나가, 그리고 또 다른 발코니에는 불행해 보이는 남자 하나가 한동안 넋을 잃고 대로의 차들을 바라보았다. 나의 감정을 바라보듯 이런 풍경들을 바라보면서, 퓌순을 영원히 잊지 못할까 봐 두려워했다. 선선한 발코니에 앉은 채로, 가끔 내게로 다가와 수다를 떠는 사람들의 이야기를 들으면서 코가 삐뚤어지게 마셨다.

자임이 대입 시험에서 높은 점수를 받아 아주 행복해 보이는 귀여운 여자를 데려왔다. 그녀의 이름은 아이셰였다. 나는 그녀와 이야기를 나누었다. 가죽 수입 사업을 한다는, 술을 아주 많이 마시는 시벨의 친구와는 술을 마셨다. 사위가 벨벳 같은 어둠 속에 파묻히고 시간이 많이 흐른 후 시벨은 내게 "손님들에게 실례야, 안으로 좀 들어와."라고 말했다. 우리는 다시 온 힘을 다해 서로를 껴 안으며, 불행하지만 무척 낭만적으로 보이는 춤을 췄다. 전등을 몇 개 끈 반쯤 어두운 거실과 내가 어린 시절과 인생을 보낸 이 집에 서 낯선 분위기와 색채를 느꼈다. 그리고 나의 모든 세계가 사라졌 다는 느낌과 뒤섞인 채로, 춤을 추면서 시벨을 힘껏 껴안았다. 여름 내내 지속된 나의 불행과 갈수록 수위가 높아지는 음주 습관이 여 름이 끝날 무렵에는 그녀에게도 전이되었기 때문에 사랑하는 나의 약혼녀도 나처럼 비틀거렸다.

가십 기사를 쓰던 당시의 작가들이 흔히 쓰는 말로 표현하자면 "밤이 깊어 가는 시간에 알코올의 영향으로" 파티는 궤도를 이탈 했다. 잔과 병이 깨지고, 일 분에 각각 45회전, 33회전을 하는 레코 드판이 박살나고, 어떤 커플들은 과시하고 싶은 마음에, 그리고 유 럽 잡지에서 본 예술이나 스캔들 기사를 떠올리며 키스를 하기 시 작하고, 어떤 사람들은 소위 사랑을 나누려고 형이나 나의 방으로 들어가 곯아떨어졌다. 이런 분위기는 이 부유한 친구들이 자신들 의 젊음과 현대적이고자 하는 욕망 모두가 끝나 가는 듯 느껴져 조 급해하는 탓도 있었다. 팔구 년 전, 부모님이 여름 집에서 돌아오기 전 여름의 막바지에 이런 파티를 처음 열었는데, 그때의 분위기에 는 아버지와 어머니에 대한 아나키스트적인 분노가 담겨 있었다. 친구들은 부엌에 있는 비싼 기구들을 거칠게 다루다 부수기도 했 고, 술에 취한 채 어머니와 아버지의 옷장에 있는 오래된 모자, 향 수 펌프, 전기 구둣주걱, 나비넥타이, 옷 들을 꺼내 비웃었고, 스스 로가 정치적인 분노를 품고 있다고 믿으며 안심했던 것이다.

이 모임에서 정치를 진지하게 생각했던 사람은 오직 두 명뿐이 었는데, 그중 한 명은 1971년에 일어났던 군사 쿠데타 이후 경찰서 에서 고문을 당하고 1974년에 이루어진 사면 때까지 교도소에 수

감되었다. 이들은 '책임감 없고, 버릇없고, 부르주아'인 우리가 싫었기 때문인지 모임에서 멀어졌다.

이제 새벽 무렵이 되어, 누르지한은 어머니의 옷장을 뒤적이고 있었다. 그녀는 아나키스트적인 분노가 아니라 그저 여성다운 호기심으로 존중심과 세심함마저 드러냈다.

"킬요스 해변에 갈 거야. 당신 어머니 수영복이 있나 보려고."

그녀는 아주 진지하게 말했다.

퓌순이 그렇게 원하는데도 킬요스에 데려가지 않았다는 고통과 후회가 그 순간 나를 격렬하게 움켜잡았고, 나는 이를 견뎌 내기 위해 부모님의 침대에 몸을 던질 수밖에 없었다. 그렇게 누운 채로, 술에 취한 누르지한이 수영복을 핑계로 어머니가 1950년대에 사용했던 수놓인 양말, 황토색 끈이 달린 우아한 코르셋, 멜하메트 아파트로 유배를 보내지 않은 모자와 스카프 들을 뒤적이는 모습을 지켜보았다. 어머니가 은행 금고를 믿지 않고 나일론 스타킹을 보관하는 서랍 뒤 가방에 감춰 놓은 집과 토지와 아파트 문서들, 이미 팔리기도 하고 세를 주기도 한 집들의 이제는 쓸모없는 열쇠 꾸러미들, 삼십 년 전 어떤 신문의 가십난에서 오린 아버지와의 결혼 기사, 그로부터 십이 년 후의 날짜가 쓰여 있는《하야트》잡지의 '사회'란에서 오린 어머니의 사진(많은 사람들 속에서 유독 우아하고 맵시 나게 보였다.)까지, 누르지한은 끈기 있게 하나하나 검사했다.

"당신 엄마는 아주 멋지고, 무척이나 흥미로운 여자였구나."

"아직 살아 계셔."

나는 시체처럼 누운 채 이렇게 말했다. 이 방에서 퓌순과 함께 내 모든 인생을 보내면 얼마나 멋질까 생각하는데, 누르지한이 즐거운 듯 웃었다. 아마도 그녀의 취한 듯한 웃음소리에 이끌렸던지 먼저 시벨 그리고 메흐메트가 방으로 들어왔다. 시벨도 누르지한과 마찬가지로 술에 취했지만 진지하게 어머니의 옷장을 검사해 나갔고, 메흐메트는 아버지가 아침마다 슬리퍼를 신기 전에 앉아서 발가락을 무심히 바라보던 침대 가장자리에 앉아 누르지한을 사랑과 감탄의 눈빛으로 한동안 바라보았다. 그가 몇 년 만에 처음으로 빠르게, 아주 지독하게 사랑에 빠졌으며, 결혼하고 싶은 연인을 찾아 아주 행복해서, 그 행복에 그만 놀라고 나아가 그런 행복에 부끄러움까지 느낀다는 것을 나는 알 수 있었다. 하지만 나는 그를 질투하지 않았다. 왜냐하면 그는 배반당하거나 모욕적인 최악의 결별과 후회를 극도로 두려워한다고 생각했기 때문이다.

시벨과 누르지한은 어머니 옷장에서 꺼낸 것들을, 그리고 여기에 전시한 것들을 서로에게 보여 주며 웃었고, 나중에는 자기들이 바다에 가기 위해 수영복을 찾고 있었다는 것을 서로에게 상기시켰다.

동이 틀 때까지도 계속해서 수영복을 찾으며 '바다에 가는 것'에 대해 이야기했다. 사실은 운전을 할 만큼 술이 깬 사람은 없었다. 나는 술과 불면 때문에 생긴 고통이 퓌순으로 인한 괴로움에 더해져 킬요스 해변에서 견딜 수 없을 거라는 사실을 알고 있었고, 가고 싶은 생각도 없었다. 다른 사람들에게는 나중에 시벨과 가겠다고 말하고는 꾸물거렸다. 날이 밝아 올 무렵 어머니가 커피를 마시며 장례식을 구경하던 발코니로 나가서 아래에 있는 친구들에게 손을 흔들며 소리를 질렀다. 대로에서는 자임과 새 애인 아이셰, 누르지한과 메흐메트, 거기에 몇 명이 더해져 술에 취해 고함을 질렀고, 번쩍이는 붉은색 플라스틱 공을 서로에게 던지고, 손에서 떨어뜨리고, 그 뒤를 쫓아가며 온 테쉬비키예가 다 잠에서 깨어날 정도로 시끄럽게 떠들어 댔다. 마침내 메흐메트가 자동차 문을 닫았고,

테쉬비키예 사원의 마당으로 아침 예배를 드리러 오는 노인들이 천천히 걸어오는 것이 보였다. 그들 중에는 연초에 산타클로스 옷을 입고 복권을 팔던 맞은편 아파트의 관리인도 있었다. 그런데 메흐메트의 자동차가 미끄러지듯 달려가다가 급브레이크를 밟더니 후진을 하다 다시 멈췄다. 차문이 열리고 누르지한이 나오더니 있는 힘껏 6층에 있는 우리에게 스카프를 잊고 왔다고 소리쳤다. 시벨이 안으로 뛰어가 스카프를 가져와서는 발코니에서 대로로 던져 주었다. 어머니의 발코니에서 보라색 스카프가 천천히 아래로 내려가면서, 희미한 바람에 연처럼 수줍어하며 펼쳐지다 모아지던 모습과, 부풀며 빙빙 돌던 모습을 시벨과 바라보았던 것을 절대 잊지 못한다. 이것이 내가 약혼녀에 대해 간직한 마지막 행복한 추억이다.

# 39
# 고백

이제 고백의 장면에 이르렀다. 나는 이 순간에 우리 박물관의 골격이나 색채 그 모든 것이 차가운 노란색으로 이루어지기를 본능적으로 바랐다. 하지만 친구들이 바다로 간 직후 다시 부모님의 침대에 누웠을 때는 위스퀴다르 산등선에서 떠오른 커다란 해가 널따란 침실을 진한 주황색으로 물들였다. 먼 곳에서 보스포루스를 지나는 거대한 여객선의 고동 소리가 메아리쳐 들려왔다. 내가 별로 내키지 않아 한다는 것을 알아채고는 시벨이 말했다.

"자, 어서, 늦지 않게 그들과 합류하자."

하지만 그녀는 내가 누워 있는 모습을 보고는 내가 바다에 가지 않을 것임을 깨달았을 뿐만 아니라(그녀는 내가 그렇게 술에 취한 채로는 운전을 할 수 없다는 것은 전혀 생각하지 않았다.) 이유를 알 수 없는 나의 병이 돌이킬 수 없는 지점에 이르렀다는 것도 느꼈다. 그녀가 나의 눈을 피하는 것을 보고 그녀가 이 문제에 대해 이야기하고 싶어 하지 않는다는 것을 알 수 있었다. 하지만 두려움에 용감히 맞서는 경솔한 사람들(누군가는 용기라고 하는 것)처럼, 그녀가 먼저 말을 꺼냈다.

"그런데 어제 오후에 어디 있었어?"

하지만 그녀는 이렇게 말한 다음 곧 후회하는 듯 부드럽게 덧붙였다.

"나중에 부끄러워질 것 같으면, 그리고 말하고 싶지 않으면 말 안 해도 돼."

그러고는 내 곁에 누웠다. 품으로 파고드는 고양이처럼 진심을 다해 다정하게 그러나 두려운 듯이 안겨 왔기에, 곧 그녀의 마음을 아프게 할 나 자신이 부끄러웠다. 하지만 이미 사랑의 진[40]이 알라딘의 요술 램프에서 튀어나와 나를 찔러 대며, 이제 더 이상은 나만의 비밀이 아니라고 느끼게 만들었다.

"올봄에 푸아예에 갔던 밤을 기억해?"

나는 이렇게 조심스럽게 이야기를 시작했다.

"당신이 어떤 쇼윈도에서 제니 콜롱 가방을 보고 마음에 든다고 해서, 지나가면서 잠시 돌아본 적이 있었는데."

사랑하는 약혼녀는 가짜 가방이 문제가 아니라, 진짜로 더 중요한 무언가가 있다는 것을 깨닫자 두려운 듯 눈을 커다랗게 떴다. 나는 그녀에게 독자들과 관람객들은 이미 알고 있는 이야기를 하기 시작했다. 관람객들이 나의 이야기를 기억하는 데 도움을 주기 위해 가장 특별하고 중요한 물건들의 작은 사진을 순서대로 여기에 전시한다.

시벨에게 모든 것을 순서대로 아주 주의 깊게 설명하려고 애를 썼다. 퓌순과의 만남과 그 후에 일어난 슬픈 이야기 속에, 오래전에 우리가 실수로 낸 교통사고나 죄악처럼 피할 수 없는 무게와 참회

---

**40** Jinn. 코란에는 신의 피조물로 인간 외에 천사와 정령인 진이 언급된다. 인간은 흙에서, 천사는 빛에서, 진은 불에서 창조되었다고 한다. 진은 인간에게 해를 끼치기도 하고 복을 가져다주기도 하며, 우리나라의 도깨비와 비슷한 성격을 지니고 있다. 악마와는 다른 존재다.

와 후회가 들어 있는 듯한 느낌이 들었다. 하지만 내 죄가 평범하고 가벼우며, 과거는 이제 이미 지나가 버렸다고 느끼게 하기 위해 내가 넣은 느낌일지도 모른다. 우리가 경험했던 성적인 행복은 세세하게 설명하지 않았고, 이 일을 평범한 튀르키예 남자가 결혼 전에 저지른 버릇없는 짓으로 보이게 하려 했던 것이다. 시벨의 눈물을 보자, 그녀에게 이야기를 있는 그대로 설명하지 말았어야 했을 뿐만 아니라 이 이야기를 꺼내지도 말았어야 했다고 후회했다.

"정말 역겨워."

그녀는 이렇게 말하며 장미와 꽃이 그려진 어머니의 오래된 가방(옛날 동전이 잔뜩 들어 있었다.)을, 뒤이어 아버지의 흰색과 검은색으로 된 낡은 신발 하나를 내게 던졌다. 둘 다 맞지는 않았다. 옛날 동전들이 깨진 유리 조각처럼 주위에 흩어졌다. 시벨의 눈에서는 눈물이 흐르고 있었다.

"관계는 예전에 끝냈어. 하지만 내가 한 짓 때문에 나는 무척 지쳤어. 문제는 그 아이도, 그 어떤 누구도 아냐."

"약혼식에서 우리 테이블에 앉았던 애 아냐?"

시벨은 그녀의 이름을 말할 용기를 내지 못하고 물었다.

"응."

"아주 천하고, 역겨운 점원 주제에! 아직도 만나?"

"물론 아니야. 너와 약혼하고 그녀를 떠났어. 그녀도 사라졌고. 다른 사람과 결혼했다고 하더군.(이런 거짓말을 어떻게 했는지 지금도 놀랍다.) 약혼 이후 내게서 보았던 내향적인 모습은 이 때문이야. 하지만 이제 다 지나갔어."

시벨은 약간 더 울더니 얼굴을 훔치고 정신을 가다듬은 다음 다시 물었다.

"그러니까 아직도 그 애를 마음속에서 지우지 못하고 있는 거야?"

이번에는 나의 영리한 약혼녀가 자신의 언어로 간단명료하게 진실을 물었다.

양심이 있는 남자라면 어떻게 이런 질문에 "그래."라고 대답할 수 있을까?

"아니."

나는 어쩔 수 없이 대답했다.

"오해야. 한 여자에게 못된 짓을 한 것, 당신을 속이면서 우리 믿음에 오점을 남긴 것, 양심에 가책을 느낀 것, 이 모두가 날 지치게 하고 삶의 즐거움을 앗아 갔어."

이제는 우리 둘 다 내가 하는 말을 믿지 않았다.

"어제 오후에 어디 있었어?"

쥐순을 떠올리게 하는 물건들을 입에 넣었고, 내 피부에 댔으며, 그러면서 그녀를 떠올리며 눈물을 흘렸고, 그렇게 안정을 찾으려 했다는 것을 시벨이 아닌 이해심 많은 누군가에게 말할 수 있기를 무척이나 원했다. 한편으로는 시벨이 날 버리고 떠난다면 살 수 없을 것이며, 미쳐 버릴 거라고 느끼고 있었다. 사실 그녀에게 "당장 결혼하자."라고 말했어야 했다. 우리 사회를 지탱하는 건전한 결혼은 이런 폭풍우 같은 불행한 사랑을 잊기 위해 만들어진 것이다.

"결혼 전에 어린 시절에 놀던 장난감을 갖고 시간을 보내고 싶었어. 우주 권총 같은 것……. 여전히 작동하더라고……. 이상한 향수 같은 감정이지 뭐. 그래서 그곳에 갔던 거야."

"그 집에는 절대 가지 말았어야 해! 거기서 그 애와 자주 만났어?"

그녀는 내 대답을 듣기도 전에 울기 시작했다. 내가 그녀를 안고 쓰다듬자 더 많이 눈물을 흘렸다. 너무나 고마운 마음에, 나는 사랑보다 더 깊은 동지애 같은 감정으로 내 약혼녀를 껴안았다. 시벨이 한동안 울고 난 후 품에서 잠이 들자, 나도 잠에 빠져들고 말았다.

정오 무렵 깨어나 보니 시벨은 벌써 일어나 씻은 후 화장까지 했고, 부엌에서 내 아침 식사도 준비하고 있었다.

"맞은편 구멍가게에 가서 신선한 빵 하나 사 와! 귀찮으면, 그럴 기운이 없으면 그냥 있는 빵 구워 줄게."

시벨이 침착하게 말했다.

"아니야, 갈게."

파티가 끝나고 전쟁터로 변해 버린 거실에서, 나의 부모님이 삼십육 년 동안 마주 앉아 식사를 했던 테이블에서 우리는 아침을 먹었다. 맞은편 구멍가게에서 사 온 빵과 똑같은 것을 여기에 전시하는 것은 당시를 고증하고자 하는 마음과 위안을 얻고자 하는 마음 때문이다. 무게는 약간씩 다르겠지만, 이스탄불의 수백만 명이 반세기 동안 이 빵을 주식으로 먹었다는 것을 상기시키고, 삶은 반복되지만 결국에는 모두 매정하게 기억 저편으로 사라진다는 것을 강조하고 싶다. 하지만 시벨은 아직도 놀라울 정도로 단호하고 힘이 있는 모습이었다.

"자기가 사랑이라고 생각하는 것은 일시적인 집착일 뿐이야. 곧 지나갈 거야. 내가 지킬 거야, 자기가 휘말린 어리석은 짓에서 끌어내 줄게."

울어서 부은 눈 밑을 감추기 위해 분을 많이 칠한 모습이었다. 그렇게 고통스러운데 나를 배려하며 내게 상처 주는 말을 삼가는 것을 보고, 새삼 그녀의 다정함을 느꼈다. 나를 고통에서 구할 수 있는 것은 시벨의 단호함뿐이라는 생각에 그녀가 시키는 대로 순순히 따르기로 했다. 이렇게 신선한 빵, 흰 치즈, 올리브와 딸기 잼으로 이루어진 아침 식사를 하면서, 이 집에서 나가면 니샨타쉬와 이 주위에는 한동안 절대 오지 않기로 합의했다. 그리고 우리는 빨간색과 주황색 길을 절대 금지 구역으로 선언했다.

시벨의 아버지와 어머니는 겨울을 보내는 앙카라에 있는 집으로 돌아갔고 아나돌루히사르에 있는 해안 저택은 비어 있었다. 시벨은 이제 우리가 약혼을 했기 때문에 부모님들도 우리가 해안 저택에서 함께 지내는 것을 눈감아 줄 거라고 했다. 나는 당장 그곳으로, 그녀 곁으로 이사해서, 나를 끊임없이 집착하게 만드는 습관에서 벗어나야만 했다. 젊은 여자들이 사랑의 고통에서 벗어나기 위해 유럽으로 보내 주었으면 하는 환상에 잠기는 것처럼, 슬픔에 젖은 채, 그러나 회복하고 싶은 희망을 품고 가방을 꾸렸다. 그리고 시벨이 "이것들도 가져가."라며 내 가방 안에 겨울용 양말들을 넣자, 나의 치료가 아주 오래 걸릴지도 모른다는 생각이 들어 괴로웠던 것을 기억한다.

# 40
# 해안 저택이 가져다준 위안

새로운 삶을 시작한다는 흥분으로 인해, 해안 저택에서의 생활이 주는 위안이 처음 며칠 동안은 나를 병에서 빠르게 구하고 있다고 믿었다. 밤마다 어디서 언제 얼마나 술에 취해서 돌아오든지 간에, 아침이면 보스포루스의 파도에 반영되는 기묘한 빛이 블라인드 사이로 들어와 우리 방 천장에서 춤을 추기 시작하자마자 침대에서 일어나, 블라인드를 손가락 끝으로 밀어 열었고, 안으로 들어와 터질 듯 꽉 채우는 아름다운 풍경을 보며 감탄했다. 그 감탄 속에는 내가 인생에서 잊고 있었던 아름다움을 다시 발견하는 흥분도 있었다. 아니, 그렇게 믿고 싶었다. 때로는 내가 느끼는 것을 시벨도 섬세하게 인지하고는, 실크 나이트가운을 입고, 맨발로 마룻바닥을 가볍게 삐걱거리며 내 옆으로 왔다. 우리는 아름다운 보스포루스, 빨간 어선이 파도 사이에서 흔들거리며 지나는 모습, 맞은편 해안의 어두운 숲 위로 내려앉은 안개, 유령처럼 고요하게 물결을 일으키며 도시로 향해 가는 첫 아침 여객선이 해류 위에서 기울어져 나아가는 모습을 함께 바라보며 희망을 느꼈다.

시벨도 나처럼 지극히 흥분하며 해안 저택에서 사는 즐거움이 나의 병을 낫게 할 약이 될 것처럼 느끼고 있었다. 사랑만으로 충분한 행복한 커플처럼, 보스포루스 쪽으로 난 퇴창 앞에서 단 둘이 저녁을 먹을 때, 아나돌루히사르 부두에서 출발한 페리보트 칼렌데르가 우리 해안 저택 바로 앞을 기어가듯 지나갔다. 모자를 쓰고 콧수염을 기른 선장은 선장실에서 우리 식탁에 놓인 바삭바삭한 다랑어, 가지 샐러드, 흰 치즈, 멜론, 라크가 보였는지 조종 키를 잡은 채 우리에게 "맛있게 드세요!"라고 소리쳤고, 시벨은 이것이 나를 회복시키고 행복하게 해 줄 새로운 즐거움이라고 생각했다. 아침에 일어나자마자 그녀와 시원한 보스포루스 물로 뛰어들고, 부두 카페에 가서 시미트[41]와 함께 차를 마시며 신문을 읽고, 정원에서 토마토와 고추를 돌보고, 정오 무렵 신선한 생선을 가져온 어선으로 달려가 숭어나 도미를 고르고, 불나방들이 하나하나 전등에 부딪히고 잎사귀 하나 움직이지 않던 무더운 9월 밤에 푸른 바다로 첨벙 뛰어드는 즐거움이 나를 회복시킬 거라고 굳게 믿는다는 것을, 그녀가 밤에 침대에서 향기로운 몸으로 내게 천천히 안겼을 때 알게 되었다. 하지만 내 왼쪽 배에서 사라지지 않는 고통 때문에 시벨과 사랑을 나누지 못했고, 나는 "우린 아직 결혼하지 않았잖아."라며 술에 취한 듯 농담으로 얼버무렸다. 그녀도 모른 척했고, 둘 다 농담으로 넘겨 버리는 척했다.

가끔 내가 부두에 있는 일광욕 침대에 누워 혼자 술에 취한 밤이나, 배를 타고 돌아다니는 상인에게서 산 옥수수를 게걸스럽게 먹을 때나, 아침 출근길 차에 오르기 전의 젊고 행복한 남편인 양 그녀의 볼에 입을 맞출 때, 시벨의 영혼 속에 나를 향한 무시와 증오가 싹트고 있다는 것을 그녀의 눈에서 읽곤 했다. 물론 우리가 전혀 잠자리를 하지 않았기 때문이었다. 하지만 더 끔찍한 이유는

---

**41** 겉에 깨를 뿌린 고리 모양의 빵.

시벨이 놀랄 만한 의지와 사랑으로 계속 이어 갔던 '나를 회복시키는' 노력이 아무런 쓸모가 없거나, 더 최악으로는 내가 '회복되더라도' 교묘하게 그녀와 퓌순을 동시에 만날 거라고 그녀가 생각했기 때문이었다. 이 마지막 가능성은 내가 가장 안 좋았던 시기에는 나도 믿고 싶었던 것이었다. 어느 날 퓌순에게서 연락이 오고, 우리는 순식간에 과거의 행복했던 날로 돌아가 다시 멜하메트 아파트에서 매일 만날 것이며, 이렇게 해서 사랑의 고통에서 벗어난 후에는 물론 시벨과도 사랑을 나눌 것이고, 그녀와 결혼하여 아이도 낳고 행복하고 정상적인 가정생활을 하며 살 거라고 상상했던 것이다.

하지만 이는 오로지 지독하게 술을 마시고 기분이 좋아지거나 아름다운 아침에 희망에 부풀었을 때만 아주 가끔 진심으로 믿었던 상상이었다. 대부분은 그녀를 도무지 잊지 못했고, 이제는 퓌순의 부재가 아니라, 고통의 끝이 도무지 보이지 않는 것이 더 괴로웠다.

# 41

# 배영

어두운 아름다움이 드리워져 있던 그 슬픈 9월의 날들을 견딜 수 있게 해 줄 만한 것을 발견했다. 배영으로 헤엄치면 배의 통증이 줄어든다는 것이었다. 나는 배영으로 헤엄을 치면서, 머리를 보스포루스 물속에 푹 담근 채 바다 바닥을 거꾸로 보며, 한동안 숨을 참고 팔다리를 놀렸다. 해류와 파도 속에서 헤엄쳐 나가면서 눈을 뜨면, 거꾸로 보이는 보스포루스 바다가 색을 바꾸며 짙어졌고, 그 어둠이 내 사랑의 고통과는 완전히 다른 무한의 감정을 불러일으켰다.

보스포루스는 해안가가 갑자기 깊어지기 때문에, 어느 때는 바닥을 보았고 어느 때는 볼 수 없었다. 하지만 거꾸로 보이는 형형색색의 이 세계가 어떤 거대하고 신비로운 총체인 것 같아서, 삶에 대한 기쁨과 그 거대함에 속해 있다는 겸손함이 내 마음을 채웠다. 때로는 녹슨 깡통, 사이다 뚜껑, 입을 열고 있는 검은 홍합, 아주 오래된 배의 환영을 보고 역사와 시간의 광활함과 나 자신의 하찮음을 떠올렸다. 사랑을 할 때 내가 과시하려 했고 나만을 중요하게 여겼다는 것을 깨달았고, 이런 것들도 내가 사랑이라고 했던 고통을 깊어지게 만들었다는 것을 깨달았으며, 그렇게 정화되어 가는 것 같았다. 중요한 것은 내가 겪는 고통이 아니라 내 밑에서 꿈틀거리는 무한한 신비의 세계의 일부가 되는 것이었다. 입과 코와 귀를 전부 보스포루스의 물에 담그면 내 마음속에 있는 균형과 행복의 진에게도 좋을 거라고 생각했다. 바다에 취한 채 헤엄쳐 갈 때면 배의 통증은 거의 사라졌고, 그러면 나는 퓌순에게 깊은 연민 또한 느낀다는 것을 깨달으면서 내 사랑의 고통에는 그녀에게 느끼는 분노와 아픔도 포함돼 있다는 것을 알게 되었다.

이때 시벨은 다급하게 고동을 울리는 소련 유조선이나 페리보트를 향해 내가 전속력으로 다가가는 것을 보고, 부두에서 팔짝팔짝 뛰면서 온 힘을 다해 비명을 질렀다. 하지만 나는 그녀의 고함 소리를 거의 듣지 못했다. 보스포루스를 지나가는 페리보트, 국제 유조선, 석탄을 실은 화물선, 해변 식당에 맥주와 멜템 사이다를 공급하는 짐배, 여객선 들을 향해 내가 아주 위험하게, 거의 도전하듯 다가갔기 때문에, 시벨은 머리를 물에 담그고 수영하는 것을 금지하려 했다. 하지만 나의 고통을 줄여 준다는 것을 잘 알았기 때문에 강요는 하지 않았다. 어느 날에는 시벨의 권유로 혼자 조용한 해변 — 파도가 없고 바람도 없는 날에는 흑해의 쉴레, 가끔은 그녀와 함께 베이코즈 다음으로 사람이 없는 작은 만(灣) — 으로 가서, 머리를 바다에서 꺼내지 않은 채 나의 생각이 나를 데려가는 곳으로 끝까지 헤엄치기도 했다. 나중에 백사장으로 나와서 태양 아래 누워 눈을 감았을 때도, 내가 경험한 것은 열정적으로 사랑에 빠진 진지하고 명예로운 남자라면 누구나 겪을 법한 것들이라고 낙관적으로 생각했다.

유일하게 이상한 것은, 흐르는 시간이 모든 사람에게 약이 되었지만, 내 사랑의 고통은 누그러뜨리지 못한다는 것이었다. 시벨이 조용한 한밤중에(멀리서 지나가는 짐배가 내는 통통거리는 소리만이 들려왔다.) 나를 위로하며 해 준 말과는 반대로, 우리 둘 다 나의 고통이 '서서히' 낫지 않아 지쳐 가고 있었다. 때로는 이러한 상황이 내 사고방식이나 정신적 결핍 때문이라고 생각하면 고통에서 벗어날지 모른다고 생각하기도 했다. 하지만 나는 구원자인 어머니-천사-연인의 다정함에 극도로 매어 있는 나약한 사람으로 살고 있었기에, 이러한 생각을 끝까지 고수하지 못하고, 대부분은 그저 배영으로 헤엄을 치면서 고통을 극복했다고 믿고 싶어 했다. 하지만 자신을 속이고 있다는 것도 아주 잘 알고 있었다.

9월에는 시벨뿐 아니라 나 자신에게도 숨기면서 멜하메트 아파트에 세 번 찾아가서, 침대에 누워 퓌순이 만졌던 물건들을 손에 들고 독자들도 이미 아는 방식으로 자신을 위로하려고 했다. 그녀를 잊을 수 없었다.

# 42
# 가을의 우울

10월 초부터 불어오기 시작한 강한 남동풍이 지나간 후, 물결치는 보스포루스 물이 더 이상 들어갈 수 없을 정도로 차가워지자, 나의 우울도 감출 수 없을 정도로 짙어졌다. 날은 빨리 저물었고, 뒤뜰과 부두에 일찍부터 떨어진 낙엽들, 여름 집으로 사용했지만 이제는 텅 빈 해안 저택들, 선창, 부두로 철수한 나룻배, 비가 오던 날부터 순식간에 텅 빈 거리에 나뒹구는 자전거는 그렇지 않아도 감당하기 힘들던 무거운 가을을 한층 더 우울하게 했다. 이제 더 이상은 시벨이 나의 침잠, 감추지 못하는 슬픔, 매일 밤 코가 삐뚤어지게 술을 마시는 것을 감당하지 못하는 것도 느껴졌다.

10월 말이 되자 시벨은 오래되어 녹슨 수도꼭지에서 흘러나오는 녹물, 황량한 부엌, 차갑게 고립된 상태, 구멍이 나고 금이 간 해안 저택의 모습, 우리 마음에 얼음처럼 차갑게 불어오는 남동풍에 완전히 지쳐 버리고 말았다. 더운 9월 밤이면 예고 없이 해안 저택으로 찾아와서, 술에 취한 채 어둠 속에서 폭소를 터뜨리며 부두에서 바다로 뛰어들던 친구들도 이제는 들르지 않았기에, 도시에서 더 즐거운 가을의 삶이 시작되었다는 것을 느낄 수 있었다. 습기차고 금이 간 뒤뜰의 돌과 그 위에 있던 달팽이들, 언제나 당황한 것처럼 보이고 비가 오면 사라지던 외로운 도마뱀을, 신흥 부자들이 겨울에는 해안 저택의 생활에서 도망친다는 증거로, 또한 관람객들이 가을의 우울을 느꼈으면 하는 마음에서 여기에 전시한다.

겨울을 우리끼리 해안 저택에서 보내기 위해서는 퓌순을 잊었다는 것을 시벨에게 성적으로 증명해야 한다고 느꼈던 것도 그즈음이었다. 전기난로로 난방을 했던 천장 높은 침실에서의 생활은 날씨가 추워지면서 점점 절망적이고 어색해져 갔고, 옛날처럼 동지애와 애틋한 마음으로 서로를 껴안고 자는 밤도 드물어졌다. 시벨과 나는 목조 해안 저택에서 전기난로를 사용하는 사람들을, 역사적인 건물을 위험에 빠뜨리는 무식하고 책임감 없는 사람들이라며 경멸했지만, 한편으로는 추워지면 매일 밤 전기난로를 플러그에 끼우곤 했다. 11월 초 본격적으로 난방을 시작했을 때는, 그동안 놓치고 있었다고 생각했던 도시의 가을 파티, 나이트클럽 개장식, 새 단장을 하고 겨울맞이를 하는 옛날 명소, 극장 들로 사람들과 가까워지기 위해서라는 핑계를 대고 베이오을루로 나갔으며, 내게 금지된 니샨타쉬 거리에도 가기 시작했다.

어느 날 저녁, 우리는 별것도 아닌 핑계를 대고 니샨타쉬에서 만나 푸아예에 들렀다. 빈속에 얼음이 든 라크를 마시며, 알고 지내는 웨이터들과 지배인 사디와 하이다르에게 안부를 묻고는, 거리에서 서로에게 총질을 하고 여기저기에 폭탄을 던지는 급진 민족주의자 패거리들과 좌익 투사들이 나라를 재앙으로 몰고 간다며 불평을 했다. 여느 때처럼 늙은 웨이터들은 정치 문제에 대해 논쟁하는 것을 조심스러워했다. 식당에 들어오는 안면 있는 사람들을 초대하는 시선으로 간절히 쳐다보았지만 아무도 우리에게 다가오지 않자, 시벨은 조롱하듯 왜 또 화가 났는지 물었다. 나는 그리 과장하지 않고, 형과 투르가이 씨가 계약을 맺었고, 쫓아내야 할지 결

정을 못 내리고 있던 케난까지 끌어들여 새 회사를 설립할 예정인
데, 아주 이익이 많이 남는 시트 공장 공개 매입을 핑계로 나는 제
외했다고 설명했다.

"케난, 우리 약혼식 때 아주 멋지게 춤을 춘 그 케난?"

시벨이 물었다.

물론 '멋지게 춤을 춘'이라는 말은 퓌순의 이름을 밝히지 않기
위해 하는 말이었다. 고통스럽게도 우리 둘 다 약혼식의 세부적인
것을 여전히 기억하고 있었고, 주제를 바꿀 핑계도 찾지 못했기 때
문에 한동안 아무 말도 하지 않았다. 그렇지만 '나의 병'이 처음 드
러나던 시기에는 가장 최악의 순간에도 시벨은 생기 넘치는 힘을
발휘해 새로운 주제를 꺼내곤 했다.

"그러니까 지금 그 케난이 새 회사의 유능한 책임자가 된다는
거야?"

점점 익숙해지던 비아냥거리는 말투였다. 시벨의 약간 떠는 손
과 화장을 진하게 한 얼굴을 슬프게 바라보며, 프랑스에서 공부한
지적이며 행복한 튀르키예 여자였던 그녀가, 문제 있는 부자와 약
혼하는 바람에 습관적으로 술을 마시는 고민 많고 비아냥거리기
좋아하는 튀르키예 주부로 변했다는 생각이 들었다.

내가 케난 때문에 질투를 느낀다는 것을 알고서 빈정대는 건 아
닐까? 한 달 전에는 이런 의심은 떠오르지조차 않았다.

"몇 푼 더 벌려고 술수를 쓰는 거지 뭐. 신경 쓰지 마."

"지금 말하는 이익이 한두 푼이 아니라 대단한 액수라는 거 알
지? 자기를 부당하게 제외하면서 그들 몫을 챙기는 걸 눈감아 주면
안 돼. 당당하게 맞서 싸워야 해."

"난 상관없어."

"그런 태도가 마음에 안 들어. 마치 모두 그만두고 삶에서 물러

나서 패배를 즐기는 것 같아. 더 강해져야 해."

"한 잔씩 더 마실까?"

나는 라크 잔을 들어 올리고 미소 지으며 말했다.

우리는 한 잔씩 더 주문했고, 술을 기다리면서 아무 말도 하지 않았다. 시벨이 화가 날 때면 미간 사이에 생기는 물음표 같은 주름이 다시 나타났다.

"누르지한과 메흐메트한테 연락해 봐. 어쩌면 올지도 몰라."

"조금 전에 가 봤는데 안에 있는 전화가 불통이야, 고장 났다고 하던데."

시벨이 화난 목소리로 말했다.

"넌 뭐 했어? 뭘 샀는지 볼까? 봉투 좀 열어 봐, 재미있게 좀 지내자."

하지만 시벨은 봉투를 열어 볼 기분이 아닌 것 같았다.

"이제는 그 애를 예전처럼 사랑하지 못할 거라고 확신해."

잠시 후 시벨은 내가 전혀 예상하지 못했던 이야기를 꺼냈다.

"문제는 다른 여자를 사랑하는 것이 아니라 나를 사랑하지 못한다는 거야."

"그렇다면 내가 왜 이렇게 당신에게 집착하겠어?"

나는 그녀의 손을 잡으며 말했다.

"왜 당신 손을 잡지 않고는, 당신 없이는 하루도 보내고 싶지 않은 거지?"

이런 말을 우리가 처음 하는 것은 아니었다. 하지만 이번에는 시벨의 눈에서 이상한 빛이 보였고, 그녀가 이렇게 말할까 봐 두려웠다.

'왜냐하면 혼자 남게 되면 퓌순으로 인한 고통을 견딜 수 없을 것이고, 어쩌면 고통 때문에 죽을 거라는 것을 알기 때문이지!'

하지만 다행히 시벨은 내 상황이 그렇게 나쁜지는 알지 못했다.

"사랑 때문이 아니라, 자기에게 재앙이 닥쳤다는 걸 믿기 위해 내게 안기는 거야."

"왜 나한테 재앙이 필요한데?"

"고통 속에서 모든 것에 콧방귀를 뀌는 남자가 되는 걸 즐기기 때문이지. 하지만 이제 정신을 차릴 때가 왔어."

나는 나쁜 날들은 지나갈 것이며, 두 아들과 그녀를 닮은 딸 셋을 원한다고 말했다. 우리는 행복하고 시끌벅적하고 명랑한 가족이 될 것이고, 오랜 세월 동안 웃으며, 삶을 사랑하면서 살아갈 것이며, 그녀의 밝은 얼굴을 보고, 지혜로운 말들을 듣고, 부엌에서 무엇인가를 만드는 소리를 듣는 것이 내게 무한한 삶의 기쁨을 줄 거라고 말했다.

"제발 울지 마."

"이제는 그 모든 것이 절대 이루어지지 않을 거라는 느낌이 들어."

시벨의 눈에서 눈물이 펑펑 쏟아지지 시작했다. 그녀는 내 손을 놓고는, 손수건을 꺼내 코와 얼굴을 닦았다. 그리고 콤팩트를 꺼내 얼굴과 눈 아래에 듬뿍 분을 말랐다.

"왜 나에 대한 믿음을 잃은 거야?"

"어쩌면 나 자신에 대한 믿음을 잃어버렸기 때문인지도 몰라. 이제 가끔은 내가 아름답지 않다고 느껴져."

그녀의 손을 꽉 잡고 그녀가 얼마나 아름다운지 말하려 했는데, 그때 타이푼이 다가와서 말했다.

"헤이, 로맨틱한 연인들! 모두들 너희 얘기를 하던데, 알고 있어? 아, 왜 그래, 무슨 일이야?"

"우리에 대해 무슨 말을 하는데?"

타이푼은 9월에 해안 저택으로 자주 찾아왔다. 그러나 시벨이 운 것을 보자 금세 기분이 가라앉은 듯 보였다. 우리 테이블에서 도망치고 싶었지만, 시벨의 얼굴에 나타난 표정을 보고는 멈춰 선 것 같았다.

"우리와 친한 사람의 딸이 교통사고로 죽었어."

시벨이 말했다.

"우리에 대해 뭐라고 하는데?"

내가 비아냥거리듯 캐물었다.

"고인의 명복을 빌어."

타이푼은 이렇게 말하고는 그 자리에서 벗어나려고 좌우를 둘러보다가 막 입구로 들어오는 누군가를 발견하고 큰 소리로 과장되게 말을 걸었다. 우리 테이블에서 떠나기 전에 "너희들이 서로를 아주 사랑한다고, 그리고 유럽 사람들처럼 결혼하면 사랑이 식을까 봐 두려워서 결혼을 안 한다고들 해. 어서 결혼해, 모두들 아주 질투하고 있어. 그리고 그 해안 저택이 재수 없다는 사람들도 있어."라고 말했다.

그가 돌아가자마자, 우리는 젊고 사랑스러운 웨이터에게 라크 한 잔씩을 더 주문했다. 우리 친구들이 여름 내내 궁금해했던 내 불행한 정신 분열 증세에 대해 시벨은 다양한 핑계를 대며 잘 감추어 왔다. 하지만 결혼도 하기 전에 함께 사는 것을 비롯하여 우리에 대해서 많은 뒷얘기가 오갔고, 시벨이 나에게 던졌던 비꼬는 농담과 빈정거림을 그들은 기억하고 있었으며, 오랫동안 배영으로 헤엄치는 습관과 풀죽은 나의 모습이 조롱의 대상이 되었다는 것은 우리도 알고 있었다.

"식사하자고 누르지한과 메흐메트에게 연락할까, 아니면 우리끼리 먹을까?"

"여기 조금만 더 있자. 밖에 나가서 그들에게 전화해 봐. 전화 토큰 있어?"

시벨은 다급하게 말했다.

오십 년 후에 나의 이야기와 사건에 관심을 보일 새로운 세계의 행복한 사람들을 위해 그 당시 담배 가게에서 팔았던 테두리가 꺼끌꺼끌한 전화 토큰을 여기에 전시한다. 수돗물이 나오지 않고(부유한 마을에서는 트럭으로 물을 운반했다.) 전화가 잘 안 되는 1975년의 이스탄불을 멸시하지 않았으면 해서다. 내 이야기가 시작되던 시절, 이스탄불 거리에 있던 몇 안 되는 전화 부스의 전화기는 대부분 부서지거나 고장 나 있었다. 한 번도 전화가 걸리는 걸 본 적이 없는 전신 전화국 소유의 전화 부스도 있었다.(서양 영화의 영향을 받은 국산 영화 속 주인공들만 전화 통화가 가능했다.) 하지만 수완 좋은 사업가가 상점, 구멍가게, 찻집에 팔았던 토큰을 넣는 저금통 달린 전화로는 일을 볼 수 있었다. 내가 왜 니샨타쉬 거리에 있는 가게를 모두 돌아다녔는지를 해명하기 위해 이렇게 자세히 설명하는 것이다. 한 복권 판매소에서 전화를 발견했다. 누르지한은 통화 중이었다. 주인은 전화를 두 번 거는 건 허락하지 않았다. 나중에 다른 꽃 가게에서 메흐메트에게 전화를 걸어 보았다. 그는 누르지한과 함께 자기 집에 있으며, 삼십 분 안에 푸아예로 오겠다고 말했다.

이 가게 저 가게에 전화가 있는지를 묻다가 니샨타쉬 중심부까지 갔다. 멜하메트 아파트에 있는 집을, 그곳에 있는 물건들을, 이렇게 가까이 온 김에 한번 보면 좋을 것 같다고 스스로에게 말했다. 열쇠는 가지고 있었다.

집으로 들어가자마자, 얼굴과 손을 씻고, 수술을 준비하는 의사처럼 조심스레 재킷과 셔츠를 벗고, 퓌순과 마흔네 번 사랑을 나누었던 침대에 앉았다. 그리고 추억이 가득한 물건들 사이에서, 여기에 전시해 놓은 세 가지를 사랑하는 마음으로 쓰다듬으며, 한 시간 반 동안 행복해했다.

돌아가 보니 메흐메트와 누르지한 외에 자임도 푸아예에 와 있었다. 병, 재떨이, 접시, 컵이 가득한 테이블을 보고 이스탄불 상류층의 소음을 들으며, 삶을 사랑한다고 행복하게 생각했던 것이 기억난다.

"미안해 친구들, 늦었어. 하지만 무슨 일이 있었는지를 안다면 말이야……."

나는 거짓말을 할 준비를 하면서 이렇게 말했다.

"관둬. 앉아. 모두 잊어, 우리와 함께 행복해지라고."

자임이 부드럽게 말했다.

"그렇지 않아도 난 행복해."

시벨과 눈이 마주치는 순간, 술이 거나하게 취한 나의 약혼녀는 내가 사라졌던 동안에 무엇을 했는지 눈치챘으며, 내가 절대 낫지 않을 거라는 결론을 내렸음을 알게 되었다. 그녀는 내게 무척 화가 나 있었다. 하지만 시벨은 소동도 일으킬 수 없을 정도로 취해 있었다. 술이 깨면, 나를 아주 사랑하기 때문에 혹은 나를 잃고 파혼을 하는 것이 끔찍한 패배가 될 거라고 생각하기 때문에 소동을 일으키지 않을 것이다. 나도 이러한 이유로 혹은 여전히 이해하지 못하는 다른 이유 때문에 그녀에게 아주 강한 예속감을 느낄 것이다. 나의 예속감은 어쩌면 시벨에게 다시 희망을 줄 것이고, 어느 날엔가는 나의 병이 나으리라고 낙관적으로 믿기 시작할 것이다. 하지만 그날 밤, 이제는 이 낙관론도 끝에 다다른 것 같았다.

나는 잠시 누르지한과 춤을 췄다.

"넌 시벨에게 상처를 주고 화나게 했어. 그녀를 식당 같은 데서 혼자 기다리게 하지 마. 너를 아주 사랑해. 아주 예민해져 있어."

"약간의 가시가 없다면 사랑이라는 장미의 향기를 맡을 수 없을 거야. 너희는 언제 결혼할 거야?"

"메흐메트는 당장 원하지만, 난 약혼만 하길 원해. 그리고 나중에 너희처럼 하자고 했어. 결혼하기 전에 온 힘을 다해 사랑하자고 말했어."

"우릴 그렇게 본보기로 삼지는 마⋯⋯."

"우리가 모르는 뭔가가 있는 거야?"

누르지한은 지어낸 미소로 호기심을 감추면서 이렇게 물었다.

하지만 나는 이 말에 신경조차 쓰지 않았다. 라크는 나의 강박 관념을 지속적이고 강한 고통에서 한번 나타났다 사라지는 신기루로 바꾸어 놓았다. 그날 밤, 마치 고등학생 연인들처럼 시벨과 춤을 추면서, 나를 절대로 떠나지 않겠다는 맹세를 그녀에게서 받아 냈고, 그녀도 나의 그런 강요에 영향을 받아 나의 진심 어린 걱정을 진정시키려고 했던 것이 기억난다. 우리 테이블로 많은 사람들이 찾아와서 같이 앉았고, 다른 곳으로 가자고들 했다. 보스포루스에 가서 자동차 안에 앉아 차를 마시자고 하는 조심스러운 사람들도 있었고, 카슴파샤에 있는 이시켐베[42] 식당에 가자는 사람도 있었으며, 극장식당에 가서 파슬[43]을 듣자는 사람들도 있었다. 누르지한과 메흐메트가 우스꽝스럽게 껴안고 흔들거리며, 나와 시벨이 로맨틱하게 추었던 춤을 흉내 내서 모두를 웃게 만들기도 했다. 주위가 밝아질 무렵, 친구들이 만류하는데도 내가 운전을 했다. 가는 길에 내가 비틀거리자 시벨이 비명을 질렀다. 그리고 자동차를 싣는

---

[42] 양 내장으로 만든 수프. 튀르키예인들이 해장국으로 먹는다.

[43] 튀르키예 고전 음악에서, 정해진 순서에 따라 곡을 연주하고 노래를 부르는 것을 일컫는 말, 혹은 모두 같은 음조로 작곡된 음악.

배를 타고 맞은편 해안으로 건너갔다. 날이 밝아 올 무렵 배가 위스퀴다르에 접근했지만, 우리 둘 다 자동차 안에서 잠이 들고 말았다. 우리가 식료품을 실은 트럭과 버스를 막고 있었기 때문에, 갑판원이 다급하게 자동차 유리창을 두드려 우리를 깨웠다. 낙엽이 떨어져 으스스한 보스포루스 길의 플라타너스 나무 밑을 비틀거리며 그러나 사고 없이 걸어 해안 저택으로 돌아왔다. 그리고 이러한 모험 가득한 밤에 그러했듯이 서로를 꼭 껴안고 잠을 잤다.

# 43
# 춥고 외로운 11월

다음 날, 시벨은 내가 니샨타쉬에서 사라졌던 그 한 시간 반 동안 무엇을 했는지 전혀 묻지 않았다. 이제는 내가 절대 강박관념에서 벗어나지 못할 거라는 생각이 의심의 여지도 남기지 않고 우리 마음속에 자리 잡았던 것이다. 절제나 금기도 아무 쓸모가 없다는 것이 드러났기 때문이다. 한편으로는 우리 둘 다 장엄함을 잃어버린 이 오래된 해안 저택에 함께 사는 것이 좋았다. 우리 상황이 얼마나 절망적이든지 간에, 황폐한 건물에서 우리를 서로에게 매이게 하고, 고통을 아름답게 만들어 견딜 수 있게 하는 무언가가 있었다. 해안 저택에서의 생활은 다시 살아나지 않을 것 같은 우리의 사랑을 패배나 운명, 동지애와 같은 깊은 감정으로 만들었고, 사라진 오스만 제국의 마지막 자취는 옛 연인이자 새로 약혼한 우리의 삶에 깃든 '결핍'에 심오함을 더해 주었으며, 무엇보다 사랑을 나누지 못하는 고통에서 우리를 보호해 주었다.

저녁에는 바다를 향해 식탁을 차리고, 팔과 팔꿈치를 발코니 철 난간에 기댄 채 마주 보며 예니[44] 라크를 마시고 기분이 좋아지

---

44  라크의 상표로, '새로운'이라는 의미.

면, 시벨의 눈에서 성관계 없이도 우리를 연결해 줄 것은 결혼뿐이라는 것을 느끼곤 했다. 많은 부부들이 — 우리 부모님 세대들뿐만아니라 우리 또래들도 — 성관계 없이도 모든 것이 아주 '정상적인 것'처럼 행동하며 아주 행복하게 함께 살아가고 있지 않은가 말이다. 세 번째, 네 번째 잔을 비우고 나면, 우리는 사이가 멀거나 가깝거나 노소를 불문하고, 알고 있는 커플들에 대해 "그들이 아직도잠자리를 할 거 같아?"라고 물으면서 진담 반, 농담 반으로 사뭇 진지하게 추론을 했다. 지금은 아주 슬프게 다가오는 이런 조롱은, 물론 우리가 조만간 아주 행복한 성생활을 다시 하게 될 거라는 믿음에 기반한 것이었다. 이상하고 비밀스러운 공범자같이 우리를 서로에게 더욱더 강하게 묶어 주는 이런 대화를 한 것은, 지금 같은상황에서도 결혼을 할 수 있을 거라고, 한때는 자부심을 느꼈던 성생활로 언젠가는 돌아갈 거라고 믿었기 때문이었다. 최소한 시벨은, 가장 비관적이었던 날조차 나의 비아냥거림과 농담, 그리고 그녀에게 느끼는 연민 때문에 그렇게 믿었고 희망에 싸여 행복해했으며, 때로는 즉시 실행에 옮기고 싶어 내 무릎 위에 앉기도 했다.

낙관적인 순간에는 나도 시벨처럼 느끼며 이제 우리가 결혼해야 한다고 그녀에게 말할까 생각했지만, 시벨이 갑작스럽게 나의제안을 거절하고 나를 떠날까 봐 두려워 망설였다. 시벨이 자존심을 회복하고 싶어 우리 관계를 끝낼 기회를 엿보고 있다고도 느꼈기 때문이다. 네 달 전만 해도 우리 앞에 펼쳐졌던 행복한 결혼에, 자녀가 있고 친구가 있고 즐겁고 모두들 질투할 완벽한 삶에 그렇게 가까이 있었는데, 그것을 잃어버렸다는 것을 도무지 받아들이지 못할 것 같아서 실행에 옮기지 못하는 듯했다. 서로에게 느끼던기묘한 사랑과 예속감으로 상황의 심각함을 그냥 넘기려고 했고, 술의 도움을 받아 겨우 한밤중에야 빠져들 수 있었던 잠에서 도중에 깨어나면, 서로를 껴안으며 우리의 고통을 잊으려고 애썼다.

　11월 중순경부터, 바람이 불지 않는 날에 이러한 불행에 대한 반동이나 알코올로 인한 갈증으로 한밤중에 깨어나면, 닫힌 블라인드 바로 바깥쪽에서 고기잡이배가 보스포루스 물에 그물을 던지며 움직이는 소리가 들려오기 시작했다. 우리 침실 바로 밑으로 파고든 나룻배에는 경험 많은 아버지와 아버지의 말을 아주 잘 듣는 가냘프고 달콤한 목소리를 지닌 아들이 타고 있었다. 나룻배에 켠 전등이 블라인드 틈을 통해 우리 방 천장에 아름다운 빛을 비출 때, 아주 고요한 밤에 노가 물에 부딪치는 소리, 거둬들이는 그물에서 떨어지는 물방울 소리, 말 한마디 없이 일을 하는 부자(父子)의 기침 소리가 들려왔다. 그들이 왔다는 것을 알아채고 잠이 깨면 시벨과 껴안은 채, 우리 침대에서 5~6미터 떨어진 곳에서 우리를 전혀 인지하지 못한 채 노를 저으며, 생선이 그물에 걸리길 기대하며 바다에 돌을 던지고 그물을 끌어당기는 어부 부자의 숨소리와 그들이 어쩌다 나누는 대화를 듣곤 했다. "꽉 잡아라, 아들아." 어부는 가끔 이렇게 말했다. "바구니를 들어 올려." 혹은 "지금 노를 뒤로 저어."라고도 했다. 한참 후, 가장 깊은 정적 속에서, 아들이 즐거운 목소리로 "저기 한 개 더 있어요!"라고 했다. 시벨과 나는 서로 껴안고 누워서는 아들이 무엇을 가리켰을지 궁금해했다. 생선일까, 위험한 낚싯바늘, 아니면 침대에 누운 채 무엇인지를 상상해 보았던 괴물? 반수(半睡) 상태에서 어부와 아들에 대해 상상하며 다시 잠에 빠져들거나, 고기잡이배가 조용히 멀어져 가는 것을 느꼈다. 하루 일과 중에 시벨과 어부 부자에 대해 언급했던 기억은 전혀 없다. 하지만 밤에 나룻배가 오면 시벨이 내게 안기는 모습에서, 그녀도 나처럼 반수 상태에서 어부와 아들의 소리를 들으며 깊은 평온을 느낀다는 것을 알게 되었다. 게다가 그녀도 나처럼, 자면서도 그들을 기다린다는 것을 느꼈다. 마치 어부와 아들의 소리를 듣는 한 우리가 헤어지지 않을 것처럼.

하지만 날이 갈수록 시벨은 마음이 더욱더 상해 갔고, 자신의 미모를 진정으로 의심하며 고통스러워했으며, 눈에는 더 자주 눈물이 고였고, 점점 더 불쾌하게 언쟁을 하고, 사소한 것으로 다투고 토라졌던 것을 기억한다. 가장 흔한 상황은, 시벨이 우리를 행복하게 하려고, 예를 들면 그녀가 케이크를 만들어 오거나 심혈을 기울여 탁자를 골라 와도 내가 손에 라크를 들고 퓌순만 생각하면서 거기에 충분히 반응을 보이지 않는 것과, 시벨이 문을 쾅 닫고 나간 후, 기분이 엉망인데도 수치심과 주저하는 마음 때문에 같은 지붕 아래 있는 그녀에게 가서 사과하지 못하고, 간다 해도 그녀가 고통스러워하며 자기 안에 틀어박혀 있는 모습을 보는 것이었다.

우리가 파혼을 하면 상류층 사람들은 앞으로 오랫동안 "결혼하기 전에 그들이 함께 살았다."라는 말을 하며 시벨을 무시할 것이다. 그녀가 꼿꼿이 머리를 들고 다닌다 해도, 친구들이 아무리 '서구적'이라고 해 주어도, 우리가 결혼을 하지 않으면 사랑 이야기가 아니라 명예가 더럽혀진 여자 이야기의 주인공이 될 거라는 사실을 시벨은 잘 알고 있었다. 물론 우리는 이런 것에 대해 절대 이야기를 나누지 않았다. 하지만 시간이 흐를수록 시벨에게 좋지 않다는 것은 알고 있었다.

나는 가끔 멜하메트 아파트에 있는 집에 가서 침대에 누워 퓌순의 물건에서 위안을 찾았기 때문에 기분이 좋아질 때가 있었고, 고통이 사라져 간다는 착각에 빠졌으며, 이것이 시벨에게 희망을 준다고 생각했다. 저녁 외출, 파티, 친구 모임 같은 것도 시벨을 편안하게 해 줄 수 있다고 생각했다. 하지만 이러한 것들이 우리의 끔찍한 상황을, 지독하게 술에 취해 있던 때나 어부와 아들에게 귀를 기울이던 시간 말고는 우리가 아주 불행하다는 것을 숨겨 주지는 못했다. 그 당시 나는 퓌순이 어디에서 어떻게 지내는지를 알아내기 위해 출산을 코앞에 둔 제이다에게 애원을 하고 뇌물도 건네 봤지만, 이스탄불 어딘가에 있다는 것만 알아냈을 뿐이었다. 온 도시를 골목골목 다 뒤지며 돌아다녀야 했을까?

초겨울에, 해안 저택의 춥고 음울한 어느 날에, 시벨은 누르지한과 파리에 갈 생각이라고 말했다. 누르지한은 메흐메트와 약혼하고 결혼하기 전에, 쇼핑도 하고 마무리 짓지 못한 일들을 끝내려고 크리스마스 때 파리에 갈 예정이었다. 시벨이 그녀와 함께 가고 싶다고 해서, 나는 그녀에게 힘을 실어 주었다. 시벨이 파리에 가 있을 때 온 힘을 다해 퓌순을 찾아보고, 이스탄불을 샅샅이 뒤지고도 아무 결론을 얻지 못한다 하더라도, 나의 의지를 꺾어 놓는 후회와 고통에서 벗어나 시벨이 돌아오면 그녀와 결혼할 생각이었다. 시벨은 내가 그 생각에 힘을 실어 주자 의심스러워했다. 나는 분위기와 장소 변화가 우리 둘 모두에게 좋을 것이며, 그녀가 돌아오면 우리가 있던 자리에서 계속 길을 갈 것이라고, 그리 강조하지는 않았지만 결혼이라는 말도 한두 번 사용하면서 설명을 했다.

나와 약간 떨어져 지내는 것, 파리에서 건강해진 다음 귀국해서 나를 좋은 모습으로 만날 거라는 희망을 지닌 시벨과 결혼하겠다고 나는 진심으로 생각하고 있었다. 누르지한과 메흐메트와 함께 공항에 나갔는데, 일찍 도착하는 바람에 새 터미널의 작은 테이블에 앉아, 벽에 붙어 있는 포스터 중 잉게가 우리에게 추천하는 멜템 사이다를 마셨다. 마지막으로 시벨을 안는데 그녀가 눈물을 흘렸다. 나는 이후에 우리의 삶으로 절대 돌아가지 못할까 봐, 그녀를 오랫동안 보지 못할까 봐 두려웠다. 나중에는 그게 지나치게 비관적인 상상이라고 생각했다. 누르지한과 몇 달 만에 처음으로 떨어지게 된 메흐메트는 돌아오는 차 안에서 긴 침묵 끝에 "여자가 없으면 삶은 참 공허해."라고 했다.

밤이면 해안 저택은 견딜 수 없이 공허하고 우울했다. 삐걱거리는 나무 소리 외에도, 오래된 건물 안에서 바다가 곡조를 바꿔 가며 신음하는 허밍 소리가 들린다는 것을 혼자일 때 처음으로 인식했다. 부두의 콘크리트에 부서질 때 파도는 바위에 부딪힐 때와는 완전히 다른 소리를 냈고, 웡웡거리는 급류는 보트 창고 앞에서 완전히 다른 소리를 냈다. 남동풍이 몰고 온 폭풍으로 해안 저택의 사방에서 삐걱거리는 소리가 났고, 밤늦게 술에 잔뜩 취해 들어간 침대에서는 더 이상 어부와 아들의 나룻배가 아침 무렵 오지 않는 것을 알아챘다. 언제나 현실적이며 솔직함을 유지하던 내 이성의 건강한 부분도 내 인생의 한 시기가 끝났음을 마침내 감지했다. 하지만 외로움 때문에 두렵고 당황한 나의 일부는 이 사실을 완전히 받아들이는 것을 방해했다.

# 44
# 파티흐 호텔

다음 날 제이다를 만났다. 내 편지를 전달해 주는 대가로 그녀의 친척을 사트사트 회계부 직원으로 채용했다. 퓌순의 주소를 달라고 강하게 나가면 그녀도 더 이상 버틸 수 없을 거라고 생각했다. 하지만 제이다는 나의 강요에도 비밀스러운 분위기만을 풍길 뿐이었다. 그녀는 퓌순을 만나면 내가 행복하지 않을 거라고 암시했다. 왜냐하면 삶, 사랑, 행복 같은 것은 아주 어려운 것인데, 사람들은 스스로를 보호하면서, 잠시 머물고 가는 이 세상에서 행복하기 위해 최선을 다하기 때문이다! 이제 무척이나 불러 온 배를 가끔 행복하게 감싸 안고, 원하는 것은 무엇이든 해 주는 남편이 있는 사람이 하기에는 이상한 말이었다.

더 이상 제이다를 겁주거나 압박할 수 없었다. 미국 영화에서 나오는 것 같은 사립 탐정 사무소가 아직은 이스탄불에 없었기 때문에(삼십 년 후에 등장했다.) 그녀의 뒤에 누군가를 붙이지도 못했다. 도난 사건을 비밀리에 조사한다고 거짓말을 해서, 아버지의 어두운 일들을 맡아 보고 한동안 내 경호 일을 담당했던 라미즈를 퓌순과 그녀의 아버지 그리고 네시베 고모를 찾으라고 여기저기로 보내 봤지만 빈손으로 돌아왔다. 사트사트가 세관이나 재무 문제 때문에 어려울 때 도와주던, 오랫동안 범죄자 뒤를 쫓아온 은퇴한 형사 셸라미 씨도, 인구통계청과 경찰서 그리고 동사무소에서 약간 조사를 해 보고는, 내가 찾는 사람 — 퓌순의 아버지 — 은 전과가 없기 때문에 찾아내기 어려울 거라고 했다. 퓌순의 아버지가 은퇴하기 전에 역사 교사로 재직했던 외파 고등학교와 하이다르파샤 고등학교에 은사에게 인사를 드리러 온 의리 있는 학생인 척 찾아가 봤지만 성과는 없었다. 그녀 어머니를 찾기 위해서는 나샨타쉬와 쉬시리 출신의 부인들 중 누구네 집에 바느질을 하러 갔는지 알아내야 했다. 물론 나의 어머니에게 물어볼 수는 없었다. 자임은 자신의 어머니에게서 이제는 그런 유의 바느질 일을 하는 사람이 아주 드물다는 것을 알아 왔다. 재봉사 네시베를 찾기 위해 중간에 사람도 넣어 봤지만 찾아내지 못했다. 이러한 실망은 나의 고통을 가중시켰다. 하루 종일 사무실에서 일을 하고, 점심시간에는 멜하메트 아파트로 가서 침대에 누워 옛 물건들을 안고 행복해지려고 애를 썼으며, 사무실로 돌아올 때도 있었지만 때로는 어쩌면 퓌순과 만날지 모른다는 생각에 곧장 차를 타고 이스탄불 거리를 무작정 배회했다.

이스탄불의 마을과 거리를 전부 훑어보고 다니던 그 시간을, 많은 세월이 흐른 후에는 아주 행복하게 기억할 거라고는 전혀 생각하지 못했다. 퓌순의 환영이 외파, 제이렉, 파티흐, 코자무스타파파샤 같은 가난한 변두리 마을에서 내 앞에 나타나기 시작했기 때문에 할리치의 건너편 지역으로 가서 도시의 오래된 마을을 헤맸다. 네모난 돌이 깔리고 구덩이가 파인 좁은 골목에서, 손에 담배를 든 채 달콤하게 흔들리는 자동차를 몰고 갈 때, 한 모퉁이에서 퓌순의 환영이 순식간에 나타나면 즉시 차를 세웠고, 그녀가 살고 있는 아름답고 가난한 지역에 깊은 사랑을 느꼈다. 머리에 스카프를 쓴 피곤한 아주머니들, 환영을 따라가는 이방인을 주의 깊게 바라보는 마을의 불량한 청년들, 찻집에서 신문을 읽으며 시간을 떼우는 실업자들과 노인들이 숨을 쉬는, 석탄 연기 냄새가 나는 거리를 사랑을 듬뿍 담아 축복했던 것이다. 꽤 멀리서 보이는 어떤 그림자가 퓌순을 닮았으면 마을을 곧장 떠나지 않고, 환영이 여기에 나타난 걸 보면 퓌순도 이 근처 어디에 있을 거라고 추측하며 골목을 배회했다. 고양이가 몸을 핥고 있는 마을 광장의 이제는 물이 말라 버린 분수를 받치고 있는 200년 된 대리석과 함께 눈에 들어오는 편평한 면과 벽이, 온통 다양한 좌우익 정당들이나 당시에는 '파벌'이라고 했던 단체들의 슬로건과 살해 위협으로 도배되어 있는 것도 전혀 불안하지 않았다. 조금 전 퓌순이 이 근처 어느 곳엔가 있었다는 것을 전적으로 믿음으로써, 그 골목에서는 동화나 행복의 분위기가 나는 듯 느껴졌다. 그녀의 환영이 돌아다니는 골목을 더 오래 걷고, 마을 찻집에서 차를 마시고 창밖을 바라보며, 그녀가 다시 이 골목을 지나가기를 기다려야 한다고 생각했다. 그녀와 그녀의 가족 가까이 있기 위해 그녀와 그녀의 가족이 사는 것처럼 살아야 한다고 생각했다.

얼마 지나지 않아 저녁마다 가던 상류 사회 사람들의 파티나 니샨타쉬와 베벡에 있는 새 식당에는 발길을 끊었다. 매일 밤 나와 만나는 것을 공동 운명의 습관처럼 만들어 놓은 메흐메트가 '우리 여자들'이 파리에서 쇼핑한 것에 대해 몇 시간씩 이야기하는 것에도 어차피 넌더리가 나 있었다. 메흐메트는 자신을 따돌리고 나 혼자 간 클럽에서 나를 발견하고는 누르지한과 그날 했던 통화 내용에 대해 눈을 반짝이며 장황하게 설명했다. 나는 시벨에게 전화할 때마다 할 말을 찾지 못해 당황했다. 때로는 시벨을 안고 위안을 찾고 싶을 때도 있었다. 하지만 그녀에게 느끼는 죄책감 때문에, 위선으로 인한 불쾌한 느낌 때문에 얼마나 지쳐 있었던지, 그녀의 부재는 내게 평온을 가져다주었다. 우리의 상황이 만들어 낸 인위적인 분위기에서 벗어났기 때문에 내 예전의 자연스러운 모습으로 돌아갔다고 생각했다. 이런 자연스러움은, 먼 변두리 마을에서 퓌순을 찾아 헤맬 때 내게 희망을 주었고, 이전에 이 사랑스러운 골목에, 오래된 마을에 와 보지 않은 자신에게 화가 났다. 골목을 걸으면서, 내가 마지막 순간에 약혼을 포기하지 않았던 것, 파혼할 결정을 도무지 내리지 못했던 것, 항상 지체하기만 했던 것을 무척 후회했던 것을 기억한다.

시벨이 파리에서 돌아오기 이 주일 전인 1월 중순에 가방을 싸서 해안 저택에서 나왔고, 파티흐와 카라쾨뤽 사이에 있는 호텔에서 지내기 시작했다. 호텔 로고가 새겨진 열쇠와 위쪽에 문구가 인쇄돼 있는 종이, 그리고 많은 세월이 흐른 후에 구할 수 있었던 작은 간판을 여기에 전시한다. 그 전날, 파티흐에서 아래로 내려가 할리치 쪽에 있는 마을에서 골목골목, 가게들을 뒤지며 퓌순을 찾다가, 저녁에 비가 쏟아져 들어간 호텔이었다. 그 1월의 어느 날 오후 내내, 도시를 떠난 룸들이 남겨 놓은 방치된 석조 건물에서, 칠이 되어 있지 않고 무너질 듯 서 있는 목조 가옥에 사는 가족을 창문을 통해 바라보았고, 그들의 가난, 많은 식솔, 소음, 행복과 불행을 보고 지쳐 버리고 말았다. 저녁은 빨리 찾아왔고, 할리치를 건너 내가 사는 곳으로 돌아가기 전에 술을 마시기 위해 서둘러 비탈길을 올라가 대로 근처에 있는 새로 생긴 맥줏집으로 들어갔다. 보드카와 맥주를 섞어, 이른 시간에 ―9시가 되기 전에― 텔레비전을 보며 술을 마시는 남자들 사이에서 코가 삐뚤어지게 마셨다. 밖으로 나갔을 때는 어디에 자동차를 세웠는지 기억이 나지 않았다. 빗속에서, 자동차보다는 퓌순과 내 인생을 생각하며 오랫동안 거리를 돌아다녔던 것을, 어두운 진흙탕 길에서 고통스럽지만 그녀를 생각한다는 사실에 행복했던 것을 기억한다. 자정 무렵 내 앞에 나타난 파티흐 호텔에 들어가 방을 하나 달라고 해서 잠을 잤다.

몇 달 만에 처음으로 푹 잤다. 그 이후의 밤에도 그 호텔에서 평온하게 잠을 잤다. 이 사실이 놀라웠다. 때로 아침 무렵 꿈에서 어린 시절과 청소년기의 행복한 추억들을 보았고, 어부와 아들의 소리를 듣던 때처럼 전율을 느끼며 깨어나, 다시 행복한 꿈으로 돌아가기 위해 잠들고 싶었다.

해안 저택으로 가서 나의 물건들, 겨울용 양모 양말과 옷을 가져왔다. 어머니와 아버지의 궁금해하는 시선과 질문을 피하기 위해 집이 아니라 호텔로 가방을 가지고 갔다. 여느 때처럼 매일 아침 일찍 사트사트에 나갔고, 사무실에서 일찍 나와 이스탄불 거리로 뛰어갔다. 끝없이 계속되는 흥분 상태에 휩싸여 나의 연인을 찾아 헤맸고, 저녁에는 맥줏집에서 술을 마시며 다리의 피곤함을 잊어 보려 했다. 내 인생의 많은 시기처럼, 고통스러웠다고 여겼던 파티흐 호텔에서의 나날은 실은 아주 행복한 시간의 조각이었다는 것을 많은 세월이 흐른 후에 깨달았다. 매일 점심시간에 사무실에서 나와서 멜하메트 아파트에 갔다. 날이 갈수록 더욱 정성스럽게 보관하고, 찾고, 기억했던 물건들, 날이 갈수록 늘어나는 물건들을 가지고 놀면서 사랑의 고통을 위로했고, 저녁에는 술을 마시며 오랫동안 걸어 다녔다. 술에 취한 정신으로 파티흐, 카라귀뤽, 발라트의 뒷골목을 몇 시간 동안 걸었고, 열린 창문 사이로 집 안과 저녁을 먹는 일가족의 행복한 모습을 바라보았으며, 자주 '퓌순이 여기 어딘가에 있을 것'이라는 느낌에 사로잡혀 기분이 좋아지곤 했다.

때로는 이 거리에서 이렇게 기분이 좋아지는 것은 퓌순에게 가까이 있어서가 아니라, 다른 이유 때문이라는 생각이 들었다. 이 변두리 마을에서, 공터에서, 네모난 돌이 깔린 진흙탕 길에서, 자동차와 쓰레기통과 인도 사이에서, 가로등 불빛 아래서, 반벌거숭이로 축구를 하는 아이들에게서 삶의 본질을 볼 수 있다고 느꼈던 것이다. 갈수록 확장되는 아버지의 사업과 공장, 더 커져 가는 부유함에 어울리는 존경스러운 '서구적인' 삶을 살아야 하는 의무가 나를 삶의 단순하고 근본적인 면에서 멀어지게 했으나, 지금 이 뒷골목에서 내 삶의 잃어버린 중심부를 찾은 것 같았다. 라크로 인해 혼미한 정신으로 좁은 골목을, 진흙탕 비탈길을, 갑자기 계단으로 막혀 버리는 구불구불한 길을 닥치는 대로 걷다가, 갑자기 거리에 개들 말고는 아무도 없다는 것을 깨닫고 전율했으며, 닫힌 커튼 사이로 비치는 노란 전등 빛을, 굴뚝에서 흘러나오는 가늘고 푸른 연기를, 텔레비전 화면과 창문에 반영되는 빛을 감탄하며 바라보았다. 이런 어두운 뒷골목 풍경은 다음 날 저녁 자임과 베식타쉬에 있는 술집에서 생선과 함께 라크를 마실 때 가끔 눈앞에 떠올랐고, 자임이 이야기하는 세계의 매력으로부터 나를 보호해 주는 것 같았다.

자임은 내가 물어볼 때만 최근의 파티나 춤, 클럽에서 오가는 가십들, 멜템 사이다의 성공에 대해 이야기했고, 상류층 소식을 모두 기억하면서도 별로 강조하지 않고 넘어갔다. 그는 내가 해안 저택에서 나왔으며 니샨타쉬에 있는 부모님 집에서 밤을 보내지 않는다는 것을 알고 있었다. 하지만 어쩌면 내 가슴을 아프게 하지 않기 위해, 퓌순에 대해서도, 나의 사랑의 고통에 대해서도 묻지 않았다. 때로는 퓌순의 과거에 대해 아는 것이 없는지 그를 떠보려고도 했다. 때로는 자신감 넘치고, 자신이 무엇을 하고 있는지를 잘 아는 남자처럼, 매일 사무실에 가서 아주 열심히 일한다는 티를 내기도 했다.

1월 말 어느 눈 오는 날, 시벨이 파리에서 내 사무실로 전화를 걸었다. 다급한 목소리로, 이웃 사람들과 정원사에게서 내가 해안 저택에서 나갔다는 얘기를 들었다고 했다. 우리는 오랫동안 전화 통화도 하지 않았다. 물론 우리 사이의 냉랭함과 거리감의 증거였 다. 하지만 그 당시 국제 통화는 그리 쉬운 일이 아니었다. 전화기 를 손에 들고 이상한 소음 사이로 온 힘을 다해 소리를 질러야 했 다. 시벨에게 고래고래 소리치며(믿지도 않으면서) 해야만 했던 사 랑의 말들을 사트사트 직원들이 모두 들을 거라는 생각에, 그녀에 게 전화하는 걸 미루었던 것이다.

"해안 저택에서 나왔다면서? 그런데 저녁때 부모님 집에도 안 간다며?"

"응."

내가 집에 가지 않는 것은, 니샨타쉬의 추억으로 '나의 병을 악 화시키지 않으려고 했던' 우리 공동의 결정 때문이었다고는 말하 지 않았다. 내가 저녁때 집에 가지 않는 것을 어디서 알게 되었는 지도 묻지 않았다. 비서인 제이넵 부인은 내가 약혼녀와 편히 이 야기할 수 있도록 자리에서 일어나 우리 사이에 있는 문을 닫았지 만, 시벨이 내 말을 알아들을 수 있도록 큰 소리로 말할 수밖에 없 었다.

"뭐 하는 거야? 어디서 지내?"

내가 파티흐에 있는 호텔에 머문다는 것은 자임 말고는 아무도 모른다는 사실을 그때 기억해 냈다. 하지만 사무실 사람들이 우리 이야기를 듣고 있는 상황에서 큰 소리로 그런 이야기를 하고 싶지 는 않았다.

"그녀에게 돌아간 거야? 케말, 나한테 솔직하게 얘기해 줘."

"아니!"

하지만 그녀가 들릴 만큼 크게 말하지 못했다.

"뭐라고, 안 들려, 한 번 더 말해 줘."

"아니야."

다시 이렇게 말했지만 크게 소리치지는 않았다. 국제 전화선에서는, 그 당시 항상 그러했던 것처럼, 조개껍질을 귀에 대면 들리는 소리가 아주 크게 들려왔다.

"케말, 케말, 안 들려, 제발……."

"나 여기 있어!"

나는 온 힘을 다해 소리 질렀다.

"내게 정직하게 말해 줘."

"별로 해 줄 말이 없어."

나는 좀 더 크게 말했다.

"알겠어!"

전화선은 이상한 바다의 소음에 휩싸였고, 직직거리는 소리가 나면서 끊겼다. 그러다가 전화국 교환원 여자의 목소리가 들렸다.

"파리 전화선이 끊겼어요, 다시 연결해 드릴까요?"

"아니에요, 아가씨, 고마워요."

나이가 어떻게 되든지 간에 여자 직원을 '아가씨'라고 부르는 것은 아버지의 습관이었다. 아버지의 습관에 내가 이렇게 동화된 것이 놀라웠다. 시벨의 단호함에도 놀랐다……. 하지만 이제는 거짓말을 하고 싶지 않았다. 시벨은 더 이상 파리에서 내게 전화하지 않았다.

# 45
# 울루산에서의 휴가

시벨이 이스탄불에 돌아왔다는 것은, 2월에 그녀의 가족이 십오 일 동안 스키를 타러 울루산에 갔던 초기에 알게 되었다. 자임도 조카들과 함께 산에 간다면서, 가기 전에 내 사무실로 전화를 걸어와 푸아예에서 점심을 먹기로 했다. 자임은 렌즈콩 스프를 앞에 두고 사랑이 가득한 시선으로 내 눈을 들여다보았다.

"삶에서 도망치고, 날이 갈수록 슬퍼지는 고민 많은 남자가 보이는군, 걱정이 돼."

"걱정하지 마. 문제없어⋯⋯."

"행복해 보이지 않는걸. 행복하려고 노력해 봐."

"내 삶의 목적은 행복이 아니야. 그래서 내가 행복하지 않다고, 삶에서 도망친다고 생각들을 하는 거야. 나를 평온하게 하는 삶의 다른 문턱에 있어, 난⋯⋯."

"좋아⋯⋯. 우리에게도 좀 말해 줘, 그 삶에 대해⋯⋯. 우린 정말 궁금해⋯⋯."

"우리가 누군데?"

"그러지 마, 케말. 내가 잘못한 거 있어? 난 너의 가장 좋은 친구 아니야?"

"그래, 맞아."

"우리, 그러니까 나, 메흐메트, 누르지한 그리고 시벨……. 우린 사흘 후에 울루산에 가. 너도 오지 그래. 누르지한이 조카를 돌보러 간다기에 우리도 같이 가기로 했어."

"그러니까 시벨이 왔다는 거군."

"열흘 됐어, 지난 월요일에 왔으니까. 그녀도 네가 울루산에 오기를 원해."

자임은 선의가 가득한 눈으로 미소를 지어 보였다.

"하지만 그녀는 그 사실을 네가 몰랐으면 해. 그녀 모르게 말해 주는 거야. 울루산에 가서 절대 실수하지 마."

"아니야, 어차피 난 안 갈 거야."

"가자, 가는 게 좋을 거야. 이 일은 잊힐 거야."

"누가 알아? 누르지한과 메흐메트도 알고 있어?"

"물론 시벨은 알고 있어. 그녀와 이 문제에 대해 얘기했어. 케말, 시벨은 널 정말 사랑해. 너를 이런 상황으로 몰고 간 너의 인정을 좋게 생각하고, 이해해. 그리고 너를 이 상황에서 구해 주고 싶어 해."

"그래?"

"케말, 넌 지금 잘못된 곳으로 가고 있어. 우리도 모두 절대 안 되는 사람에게 빠지고 사랑을 하지. 하지만 결국에는 인생을 망치기 전에 그런 상황에서 벗어나."

"그렇다면 연애 소설이나 영화는 다 뭐야?"

"나는 사랑 영화를 아주 좋아해. 하지만 그 어떤 영화에서도 너 같은 사람이 옳다고 하는 것은 보지 못했어. 넌 여섯 달 전에 모든 사람 앞에서 의기양양하게 시벨과 약혼했어. 얼마나 멋진 밤이었냐고! 결혼도 하기 전에 해안 저택에서 함께 살았고, 집에서 파티도 했어. 사람들은 아주 세련된 행동이라고 생각했고, 결국 결혼할 사람들이라 좋게 받아들였지, 아무도 손가락질하지 않았어. 게다가 너희를 따라 할 거라는 사람들도 있었어. 그런데 지금은 스스로 해안 저택에서 나왔어. 시벨을 떠나는 거야? 왜 그녀에게서 도망치는 거지? 넌 어린애처럼 아무런 해명도 하지 않았어."

"시벨은 알아……."

"아니, 몰라. 다른 사람들에게 어떻게 상황을 설명하고 뭐라고 말하겠어? 그녀는 어떻게 해야 할지 모르고 있어. 다른 사람들 얼굴을 어떻게 보겠어? '내 약혼자가 여점원에게 빠졌어요, 그래서 헤어졌어요.'라고 하겠어? 그녀는 너한테 화가 많이 나 있고, 상처도 받았어……. 대화가 필요해. 울루산에서 모든 걸 잊을 수 있을 거야. 내가 장담해, 시벨은 아무 일도 없던 것처럼 행동할 준비가 되어 있어. 뷔윅 호텔에서 누르지한과 시벨은 같은 방에 머물 거야. 나도 메흐메트와 함께 2층 모퉁이 방을 잡았어. 그 방에 안개 낀 정상이 내다보이는 침대가 하나 더 있지, 너도 알잖아. 메흐메트는 누르지한 때문에 몸이 달았어. 그 자식도 놀려 주고 그러자."

"진짜 놀림받을 대상은 나야. 최소한 누르지한과 메흐메트는 사귀고 있잖아."

"믿어, 난 농담 한마디도 하지 않을게, 아무에게도 못 하게 하고."

자임은 순진하게 말했다.

이 말에서 나의 강박관념이 상류층에서, 최소한 친구들 사이에서 벌써부터 농담거리가 되었음을 알 수 있었다. 하지만 어차피 예상한 일이었다.

나를 도와주기 위해 울루산 휴가를 생각해 낸 자임의 배려에 감동을 받았다. 아버지의 사업상 친구와 클럽 친구 그리고 다른 니샨타쉬의 부자들처럼, 우리도 어린 시절과 청소년 시절에 울루산으로 스키를 타러 갔다. 서로서로 잘 알고, 새로 친구를 사귀고, 혼담이 오가고, 가장 부끄럼을 많이 타는 여자애조차 밤늦은 시간까지 신나게 춤을 췄던 그 휴가를 너무나 좋아했기에, 많은 세월이 흐른 후에도 아버지의 옛날 스키 장갑이나 형에게 물려받아 사용한 고글을 우연히 옷장 바닥에서 발견하면 전율이 일었다. 미국에 있을 때, 어머니가 보낸 뷔윅 호텔 엽서를 볼 때마다, 마음속에 행복과 그리움의 파도가 솟아오르는 것을 느끼곤 했다. 나는 자임에게 고맙다고 말했다.

"하지만 안 갈 거야. 나는 많이 괴로울 것 같아. 그렇지만 네 말이 맞아, 시벨과 얘기를 나눠야겠지."

"그녀는 해안 저택이 아니라 누르지한의 집에 머물고 있어."

날이 갈수록 더 부유해지고 생기 넘치는 푸아예의 손님들을 보며 나는 고민을 잊고 미소를 지었다.

# 46
# 약혼녀를 두고 가 버리는 게 정상이야?

2월 말, 시벨이 울루산에서 돌아온 후에야 그녀에게 연락을 했다. 불쾌함, 분노, 눈물과 후회로 끝나는 것이 두려워서 그녀와 대화를 시작하고 싶지 않았다. 그녀가 핑계를 대면서 약혼반지를 돌려보내기를 기다렸다. 이런 긴장을 더 이상 견딜 수 없어서 마침내 어느 날 전화를 걸어 누르지한 집에 있는 그녀를 찾았고, 푸아예에서 저녁 약속을 했다.

아는 사람들이 가득한 푸아예 같은 곳이라면 우리 둘 다 도가 지나친 감상이나 분노에 휩싸이지 않을 거라고 생각했다. 그리고 실제로 처음에는 그랬다. 다른 테이블에는 '사생아' 힐미와 얼마 전에 결혼한 아내인 네슬리한, '배를 침몰시킨' 귀웬 가족, 타이푼, 예심 가족이(아주 북적거리는 테이블에) 앉아 있었다. 힐미와 그의 아내는 우리 테이블까지 와서 만나게 되어서 반갑다고 말했다.

안주를 먹고 야쿠트[45] 와인을 마시면서, 시벨은 파리에서의 나날들, 누르지한의 프랑스 친구들에 대해 이야기했고, 파리가 크리스마스에 무척 아름다웠다고 설명해 주었다.

---

45  와인 상표로, '루비'라는 의미.

"부모님은 어떠셔?"

내가 그녀에게 물었다.

"잘 지내셔. 우리 상황에 대해선 아직 모르고."

"신경 쓰지 마, 누구에게도 아무 말 하지 말자."

"말하지 않아."

시벨은 이렇게 말한 후 '그럼 이후에는 어떻게 되는 거지?'라고 묻는 시선으로 조용히 나를 바라보았다.

주제를 바꾸기 위해, 아버지가 날이 갈수록 삶을 포기하는 것 같다고 말했다. 시벨은 최근 자신의 어머니가 강박적으로 오래된 옷과 물건을 보관하고 있다고 했다. 나는 나의 어머니가 반대로 오래된 물건은 모두 다른 집으로 유배 보냈다고 말했다. 하지만 이것은 위험한 주제여서 둘 다 입을 다물었다. 눈빛으로 보아 어차피 시벨도 내가 이 주제를 그저 대화거리를 만들기 위해 꺼냈다는 것을 아는 듯했다. 게다가 내가 진짜 주제를 회피하자, 시벨은 내가 자기에게 특별히 할 말이 없는 것으로 이해했다.

"자기가 병에 익숙해진 것 같아."

이렇게 말하며 그녀가 그 주제를 꺼냈다.

"뭐라고?"

"우리는 몇 달 동안 자기 병이 낫기를 기다렸어. 이렇게 참고 기다렸는데 자기는 전혀 좋아지지 않았고, 게다가 병을 받아들인 것 같아 안타까워, 케말. 파리에서 자기 병이 낫도록 기도했는데."

"난 아프지 않아."

나는 즐겁고 시끌벅적한 푸아예의 사람들을 눈짓으로 가리키며 말했다.

"저 사람들은 내 상태를 병으로 볼 수도 있겠지. 하지만 네가 나를 그렇게 보는 것은 원하지 않아."

"그것이 병이라는 것은 해안 저택에서 함께 결론 내린 것 아니었어?"

"그랬지."

"그런데 지금은? 약혼녀를 버려두고 가 버리는 게 정상이야?"

"뭐라고?"

"여점원과……."

"그걸 왜 연관시키는 거야……. 이건 판매직이나 부유함이나 가난함과는 관련이 없어."

"문제는 정확히 그거야."

시벨은 많이 생각하고 고통스럽게 결론에 도달한 사람처럼 단호하게 말했다.

"그 아이가 가난하고 야심이 있었기 때문에 그렇게 쉽게 관계를 맺을 수 있었던 거야. 그 아이가 점원이 아니었더라면, 자기는 그 누구에게도 부끄러워하지 않고 그 아이와 결혼했겠지. 자기를 아프게 하는 것은 바로 그거야. 그녀와 결혼하지 못하는 것, 그녀만큼 용감하지 못한 것."

내 화를 돋우기 위해 그렇게 말한다고 느꼈기에 시벨에게 화를 냈다. 한편으로는 그녀가 하는 말이 옳다는 것을 알았기 때문이기도 했다.

"자기 같은 사람이 점원 여자 때문에 이런 이상한 행동을 한다는 것, 파티흐에 있는 호텔에서 산다는 것은 정상이 아니야. 낫고 싶으면 먼저 이것들을 인정해."

"우선, 나는 네가 생각하는 것처럼 그렇게 그 여자애를 사랑하는 것이 아니야. 말이 나왔으니 하는 말이지만, 자기보다 가난한 사람은 절대 사랑할 수 없다는 거야? 부자와 가난한 사람 사이에 사랑은 절대 있을 수 없는 일이야?"

"우리 관계에서처럼, 사랑은 끼리끼리의 예술이야. 부유한 처녀가 잘생겼다는 이유만으로 관리인 아흐메트 씨나 건설 노동자 하산 씨를 사랑해서 결혼하는 것을 튀르키예 영화 말고 다른 데서 본 적 있어?"

푸아예의 지배인 사디는 우리를 만나 아주 반갑다는 듯 다가오다가, 우리가 대화에 굉장히 몰입하고 있는 것을 보고는 멈춰 섰다. 나는 사디에게 조금 있다 오라는 손짓을 한 후 시벨에게 이렇게 말해 버리고 말았다.

"난 튀르키예 영화를 믿어."

"케말, 지금까지 자기가 한 번도 튀르키예 영화를 보러 간 적이 없다는 거 알아. 친구들과 함께 재미 삼아 여름 야외극장에 간 적도 없잖아."

"파티흐 호텔에서의 생활은 튀르키예 영화 같아. 밤에 잠들기 전에 한적하고 외딴 거리를 걸어 다녀. 기분이 좋아지거든."

"처음에는 그 점원 일이 자임 때문이라고 생각했어. 결혼하기 전에 벨리 댄서나 창녀나 독일 모델 들과 방종하고 감미로운 생활을 경험하고 싶어 한다고 생각했지. 자임과도 얘기해 봤어. 이제는, 가난한 나라에서 부자가 되고자 하는 콤플렉스(당시 유행했던 단어다.)가 문제라고 결론을 내렸어. 물론 이것은 점원 여자애에 대한 일시적인 열망보다 더 심각한 문제야."

시벨은 단호하게 말했다.

"어쩌면 그럴 수도 있겠지⋯⋯."

"유럽의 부자들은 부자가 아닌 것처럼 점잖게 행동해. 문명이라는 건 바로 그런 거야. 문화인이나 문명인이 되기 위해서 모든 사람들이 서로 평등하고 자유로울 필요는 없다고 생각해. 모두들 정중하게 다른 사람들과 평등하고 자유로운 것처럼 행동하면 되는 거야. 그러면 아무도 죄책감을 느낄 필요가 없지."

"흠……. 소르본에서 시간 낭비만 한 건 아니네. 이제 생선을 주
문할까?"

사디가 우리 테이블로 오자 우리는 그에게 안부를(감사합니
다!), 장사를(우리는 가족이랍니다, 매일 저녁 같은 분들이 오지요.),
시장경제를(좌우익 테러 때문에 사람들이 밖에 나오지 않습니다!)
그리고 여기에 누가 오고 갔는지를(모두들 울루산에서 돌아왔답니
다.) 물었다. 나는 푸아예가 문을 열기 전, 아주 어렸을 때부터, 아
버지가 자주 갔던 베이오을루에 있는 압둘라흐 에펜디의 식당 때
부터 사디를 알고 있었다. 그는 열아홉 살 때, 그러니까 삼십 년 전
에 이스탄불에 와서 바다를 처음 보았고, 룸이 경영하던 술집의 유
명한 룸 웨이터들에게서 생선을 고르고 이를 요리하는 기술을 재
빨리 배웠다. 우리에게도 아침에 생선 시장에서 직접 고른 숭어, 크
고 기름진 게르치, 농어를 한 접시에 담아 보여 주었다. 우리는 생
선 냄새를 맡고, 눈이 반짝이는지 아가미는 붉은지를 보며 신선함
을 점검한 후, 마르마라해가 오염되었다는 둥 불평을 했다. 사디는
단수에 대비해 어떤 회사에서 매일 물 한 탱크를 푸아예로 실어 온
다고 말했다. 정전을 대비해서는, 아직 발전기를 한 대 더 사지 않
았다고 했다. 하지만 어둠 속에서 촛불이나 가스램프를 켠 분위기
도 손님들이 좋아한다고 덧붙였다. 사디는 우리 잔에 새로 와인을
따라 주고 돌아갔다.

"해안 저택에서 우리가 밤마다 귀를 기울이곤 했던 그 어부와
아들 있잖아……. 네가 파리에 가고 얼마 지나지 않아 그들도 없어
졌어. 그래서 저택은 더 춥고 외로운 곳이 되었고, 난 견딜 수가 없
었어."

시벨은 나의 이 말에서 미안한 마음을 읽었다. 나는 다른 데로

말을 돌리기 위해 어부 부자를 자주 생각했다고 말했다.(아버지가 나에게 준 진주 귀고리가 뇌리를 스쳤다.)

"어쩌면 어부 부자는 다랑어와 게르치 떼를 따라갔는지도 몰라."

올해 다랑어와 게르치가 물이 좋고, 파티흐의 뒷골목에서도 행상인들이 고양이를 끌고 다니면서 마차에서 게르치를 파는 것을 보았다고 말했다. 우리가 생선을 먹고 있는 자리에 사디가 와서는 가자미 가격이 많이 올랐는데, 그 이유는 튀르키예 어부들이 가자미 떼를 쫓아 러시아와 불가리아의 바다로 들어가다 붙잡혀 버렸기 때문이라고 했다. 이런 말을 할수록 시벨은 점점 기분이 언짢아지는 듯 보였다. 그녀에게 안겨 줄 새로운 희망이나 들려줄 새로운 말이 없다는 것은 그녀도 느끼고 있었고, 우리의 상황에 대해 이야기하지 않기 위해 그런 말을 하고 있다는 것도 알고 있었다. 나는 우리의 상황에 대해서도 편하게 말하고 싶었지만, 아무것도 떠오르지 않았다. 시벨의 슬픈 얼굴을 바라볼수록 더 이상은 그녀에게 거짓말을 할 수 없다는 것을 깨닫게 되었고 나는 당황스러워졌다.

"힐미 부부가 가네. 우리 테이블로 잠깐 부를까? 조금 전에 우리에게 아주 진심으로 대해 줬잖아."

시벨이 뭐라고 하기도 전에 힐미와 그의 아내에게 손을 흔들었지만, 그들은 나를 보지 못했다.

"부르지 마……."

"왜? 힐미는 아주 좋은 녀석이야. 게다가 너는 그의 부인을, 이름이 뭐였지, 좋아하잖아, 그렇지 않아?"

"우리는 어떻게 되지?"

"모르겠어."

"파리에 있을 때, 르클레르(시벨이 존경하는 경제학 교수) 씨와 얘기해 봤어. 내가 논문 쓰는 것을 지지하고 있어."

"파리에 갈 거야?"

"난 여기서 행복하지 않아."

"나도 갈까? 하지만 여기에 일이 아주 많아."

시벨은 대답하지 않았다. 우리의 만남뿐 아니라, 우리의 미래에 대해서도 결정을 내렸다는 것을, 하지만 그녀의 머릿속에 마지막 무언가가 있다는 것을 느꼈다.

"파리에 가……. 난 상황을 수습하고 뒤따라갈게."

나는 이 주제가 지루해 이렇게 말했다.

"마지막으로 한 가지 더 있어. 이 문제를 꺼내서 미안해……. 하지만 케말…… 순결은…… 너의 이런 행동을 정당화할 만큼 중요하지 않아."

"뭐라고?"

"만약 우리가 현대적이라면, 그리고 유럽인이라면 그건 그렇게 중요한 게 아냐. 그렇지 않고 우리가 전통에 매여 있다면, 그리고 어떤 여자가 처녀인지가 네게 중요하고, 모든 사람들이 존경을 표할 만한 가치가 있는 것이라면…… 그렇다면 넌 이 문제에 대해 모두에게 평등하게 행동해야 해."

처음에는 시벨이 무슨 뜻으로 이런 말을 하는지 이해하지 못하고 얼굴을 찌푸렸다. 나중에야 그녀도 나 이외의 다른 사람과는 '끝까지' 가지 않았다는 것을 떠올렸다.

"그 문제에 대해 너는 그녀와 같지 않아, 넌 부유하고 현대적이잖아!"

이렇게 말하고 싶었지만 수치심 때문에 앞만 바라보았다.

"케말, 내가 절대 용서할 수 없는 것이 있어……. 어차피 그렇게 그녀를 떨쳐 버릴 수 없을 거였다면, 왜 우리는 약혼을 했으며, 왜 곧장 파혼을 하지 않은 거지?"

얼마나 원망스러웠으면 그녀의 목소리가 떨리고 있었다.

"결과가 이것이 될 거였다면, 왜 우리는 해안 저택으로 이사를 갔고, 왜 사람들을 초대하며 모든 사람들 앞에서, 이 나라에서, 혼전에 부부처럼 살았지?"

"저택에서 너와 내가 공유했던 은밀함과 진실과 우정은 내 인생에서 그 누구와도 경험한 적이 없어."

이 말에 시벨은 무척 화가 난 듯했다. 분노와 불행 때문에 눈에서 곧 눈물이 쏟아질 것만 같았다.

"미안해……. 정말 미안해……."

끔찍한 침묵이 흘렀다. 시벨이 울지 않기를, 이런 상황이 계속되지 않기를 바라면서 아직 테이블에 앉지 못한 타이푼 부부에게 끈질기게 손을 흔들었다. 그들은 우리를 보자 반가워하며 다가왔고, 나의 끈질긴 권유로 우리 테이블에 앉았다.

"그 해안 저택이 벌써부터 그립다니까!"

타이푼이 말했다.

그들은 여름에 해안 저택으로 자주 찾아왔다. 타이푼은 마치 자신의 집에 온 것처럼 부두와 저택을 돌아다녔고, 냉장고를 열어 자신과 다른 사람들을 위해 술과 음식을 꺼냈으며, 때로는 들떠서 부엌에서 음식을 만들었고, 지나가는 소련과 루마니아 유조선의 특징에 대해 장황하게 떠들어 댔다.

"정원에서 술에 취해 곯아떨어지는 바람에 모두 걱정했던 밤 있잖아……."

타이푼은 지난여름의 이야기를 시작했다. 시벨이 아무런 티를 내지 않고 타이푼의 말을 들으며 상냥하게 농담도 하는 것을 보며 감탄에 가까운 존경심을 느꼈다.

"그런데 결혼은 언제 할 거야?"

타이푼의 아내 피겐이 물었다.

우리에 관한 소문을 들은 걸까?

"5월에. 또 힐튼에서……. 모두들 「위대한 개츠비」 영화에 나오는 것처럼 흰색 옷을 입을 거라고 약속해. 영화 봤지?"

시벨은 이렇게 말하고는 갑자기 시계를 봤다.

"아, 엄마와 오 분 후에 니샨타쉬에서 만나기로 약속했어."

하지만 그녀의 어머니는 아버지와 함께 앙카라에 있었다.

그녀는 먼저 타이푼과 피겐, 그다음에 나의 뺨에 입을 맞추고 나갔다. 나는 타이푼과 피겐과 함께 조금 더 앉아 있다가 푸아예에서 나가 멜하메트 아파트로 갔다. 그리고 퓌순이 남겨 놓은 물건들로 위안을 삼으려고 했다. 시벨은 일주일 후에 자임 편으로 약혼반지를 돌려보냈다. 여기저기서 그녀에 대한 소식을 들었지만, 그 후 삼십일 년 동안 한 번도 만나지 못했다.

# 47
# 아버지의 죽음


파혼 소식은 빠르게 퍼져 나갔고, 어느 날 형 오스만이 사무실로 찾아와 나를 꾸짖으며 자신이 중재해서 시벨을 달래 보겠다고 했다. 여기저기서 소문들 — 내가 미쳤고, 스스로를 밤의 유흥에 내던졌으며, 파티흐에 있는 비밀 종단의 일원이며, 더 나아가 공산주의자가 되었고, 투사들처럼 무허가촌에서 산다 — 이 들려왔지만, 별로 신경 쓰지 않았다. 도리어 퓌순이 내가 파혼했다는 소식을 듣고 감동해서, 숨어 있던 곳에서 소식을 보내올 거라고 생각했다. 병이 나을 거라는 희망도 버렸다. 회복하기보다는 고통을 만끽하고, 이제는 아무것도 신경 쓰지 않고 니샨타쉬의 주황색 거리를 돌아다녔으며, 일주일에 네다섯 번 멜하메트 아파트에 가서 물건들과 퓌순에 대한 추억 속에서 평온을 찾았다. 시벨과 약혼하기 이전으로 돌아갔기 때문에 부모님과 함께 니샨타쉬에 있는 집에서, 그곳의 내 방에서 살 수도 있었다. 하지만 어머니는 내가 파혼한 것을 도무지 받아들이지 못하고, 이 나쁜 소식을 "아주 무기력하고 말랐다."라고 했던 아버지에게는 감춘 채, 거의 금기처럼 된 이 문제를 입 밖에 내지 않았다. 그저 그들을 만나 점심을 먹으러 자주 찾아갔고, 조용히 식탁에 앉아 있었다. 하지만 거기서 살지는 않았다. 니샨타쉬 집의 어떤 부분이 배의 통증을 커지게 했기 때문에 밤에는 거기 있고 싶지 않았다.

하지만 3월 초에 아버지가 돌아가셨고, 나는 집으로 돌아왔다. 오스만이 아버지의 시보레를 타고 파티흐 호텔로 와서 이 소식을 전해 주었다. 오스만이 내가 묵는 호텔 방으로 들어오는 것을, 변두리 마을에서 걸으면서 고물상과 구멍가게와 문방구에서 사서 간직하고 있던 이상한 물건들과 내 작은 방의 어질러진 모습을 보는 것을 나는 원하지 않았다. 하지만 그는 나를 슬프거나 무시하는 눈으로 바라보지 않았다. 반대로 진심 어린 사랑으로 날 껴안았다. 삼십 분 만에 물건을 챙기고 계산을 치른 후 파티흐 호텔에서 나왔다. 자동차 안에서 운전사 체틴 씨의 젖은 눈과 비참한 모습을 보자 아버지가 그와 자동차를 내게 맡겼던 일이 떠올랐다. 지독히 컴컴한 회색빛 겨울이었다. 체틴이 운전하는 차가 아타튀르크 다리를 건널 때 할리치만을 바라보았던 것을, 차가운 옥빛과 진회색 중간쯤 되는 차가운 물빛을 보면서 내 마음속에 외로움이 일었던 것을 기억한다.

아버지는 아침 기도 시간을 알리는 때, 즉 7시가 조금 넘어, 반수 상태에서 심장마비로 돌아가셨고, 아침에 일어난 어머니는 남편이 그녀 곁에서 아직 자고 있다고 생각했다가 상황을 깨닫고는 정신을 잃었다. 어머니에게 진정제로 파라디손을 복용하게 했다. 어머니는 거실에서 여느 때와 같은 자리에, 아버지의 안락의자 맞은편에 있는 자신의 안락의자에 앉아서, 이따금 눈물을 흘리며 아버지의 빈 안락의자를 가리켰다. 나를 보고는 약간 생기가 돌았다. 우리는 힘껏 껴안고는 아무 말도 하지 않았다.

나는 아버지를 보러 방 안으로 들어갔다. 어머니와 거의 사십 년 동안 공유했던 커다란 호두나무 침대에서 파자마를 입은 채 자는 것처럼 누워 있었다. 하지만 경직되어 있는 모습, 지나치게 창백한 피부 그리고 얼굴에 나타난 표정에서, 잠자는 사람이 아니라 극도로 불안해하는 사람의 기운이 느껴졌다. 잠에서 깨어나다 자신의 죽음을 보고는 다급하게 눈을 떴으며, 빠르게 다가오는 교통사고에서 자신을 보호하려는 사람처럼 경악과 공포의 표정을 지었고, 그 표정이 얼굴에 얼어붙어 있었다. 이불을 꽉 쥐고 있는 쭈글쭈글한 손에서 나는 화장수 냄새, 주름들, 그 위에 난 검버섯과 털을 나는 아주 잘 알고 있었다. 어렸을 때 내 머리카락과 등과 팔을 수천 번 쓰다듬어 주었던 익숙한 손이었다. 하지만 피부색이 너무나 하얗게 변해 버려서 입을 맞출 수 없을 만큼 두려웠다. 이불을 걷고 여느 때처럼 푸른색 줄무늬의 비단 파자마에 싸여 있는 몸을 보고 싶었지만, 이불이 어딘가에 끼어 있어서 그렇게 할 수가 없었다.

그렇게 잡아당기는 사이에 왼쪽 다리가 이불 밖으로 나왔다. 본능적으로 엄지발가락을 주의 깊게 바라보았다. 오래된 흑백 사진에서 확대한 이 커다란 사진에서 볼 수 있듯이 아버지의 엄지발가락은 그 누구와도 다른 이상한 모양이었고, 내 것과 똑같았다. 아버지의 옛 친구 쥐네이트 씨는, 십이 년 전에 아버지와 내가 수영복을 입고 부두에 앉아 있을 때 부자간의 이상한 유사점을 발견하고는, 우리가 함께 있는 걸 볼 때마다 폭소를 터뜨리면서 "엄지발가락들은 잘 있나?"라고 묻곤 했다.

잠시 방문을 잠그고 아버지를 생각하며, 퓌순을 위해 한동안 울 준비를 했지만 그러지 못했다. 어머니와 아버지가 오랜 세월을 보낸 방이, 화장수와 먼지 많은 카펫, 마루에 칠한 니스, 나무 냄새에 어머니의 향기가 여전히 나고 있는 어린 시절의 은밀한 중심부가, 아버지가 나를 품에 안은 채 보여 주었던 기압계와 커튼이 아주 다르게 보였다. 마치 내 인생의 중심부가 흩어지고, 내 과거가 파묻혀 버린 것 같았다. 옷장을 열고 아버지의 유행 지난 넥타이와 벨트, 오랜 세월 동안 신지 않았지만 가끔 구두약을 칠해 닦아 두었던 오래된 신발을 집어 들었다. 복도에서 발소리가 들리자, 어린 시절에 이 옷장을 뒤질 때 느꼈던 것과 같은 죄책감을 느꼈다. 그리고 삐걱거리는 소리를 내며 급히 옷장 문을 닫았다. 아버지 머리맡에 있는 침대 옆 탁자 위에는 약상자, 퍼즐 풀이, 접힌 신문, 아버지가 아주 좋아하던, 군대 시절 장교들과 라크를 마시며 찍은 사진, 독서용 안경, 틀니가 들어 있는 컵이 놓여 있었다. 틀니를 집어 손수건에 싼 다음 주머니에 넣었다. 거실로 나가서 어머니 맞은편, 아버지의 안락의자에 앉았다.

"어머니, 아버지의 틀니는 제가 가졌으니, 궁금해하지 마세요."

어머니는 알아서 하라는 의미로 고개를 끄덕였다. 정오 무렵이 되자 친척, 지인, 친구, 이웃 등 많은 사람들이 집으로 몰려왔다. 모두들 어머니의 손등에 입을 맞추고 껴안았다. 현관문은 열려 있었고 엘리베이터는 쉴 새 없이 움직였다. 얼마 지나지 않아 예전 희생절이나 명절 식사 때만큼 사람들이 모였다. 내가 이 사람들, 시끌벅적한 가족들, 그리고 따스한 분위기를 좋아한다는 것을, 감자 같은 코와 넓은 이마가 서로 닮은 사촌 아이들과 친척들 사이에서 행복하다는 것을 느꼈다. 베린과 잠시 소파에 앉아서 사촌들 한 명 한 명에 대해 이야기를 했다. 베린이 사람들을 아주 유심히 관찰했다는 것, 가족을 나보다 더 잘 안다는 것이 마음에 들었다. 사람들과 함께 가끔 속삭이며 농담을 주고받았다. 파티흐 호텔 로비에 있던 텔레비전에서 본 축구 경기에(페네르바흐체 2 : 볼루 스포츠 0) 대해 이야기했다. 고통스러웠지만 베크리가 시가라 뵈레이[46]를

---

[46] 하얀 치즈와 파슬리를 넣고 말아서 튀긴 담배 모양의 음식.

튀겨 차려 낸 부엌 식탁에 가 앉았고, 방으로 들어가서 파자마를 입은 채 똑같이 누워 있는 아버지의 몸을 주의 깊게 바라보기도 했다. 그렇다, 아버지는 꿈쩍도 하지 않았다. 가끔은 방에 있는 옷장과 서랍을 열고, 어린 시절의 추억을 떠올리게 하는 물건들을 만져 보았다. 아버지의 죽음으로 인해, 어린 시절부터 아주 잘 알던 이 물건들은 사라진 과거를 간직한 귀중한 것들로 바뀌었다. 침대 옆 테이블의 서랍을 열어 보았다. 달콤한 기침 시럽 향과 나무 냄새가 섞인 냄새가 났고, 나는 그 안에 있는 오래된 전화 요금 고지서, 전보, 아스피린과 약상자를 마치 그림을 보듯이 오랫동안 바라보았다. 매장 절차를 협의하러 체틴과 함께 길을 나서기 전에 발코니로 나가서, 어린 시절을 떠올리며 테쉬비키예 대로를 오랫동안 바라보았던 것도 기억한다. 아버지의 죽음과 함께, 일상의 물건들뿐만 아니라 가장 평범한 거리 풍경마저 잃어버린 세계의 기념물(그 무엇으로도 대신할 수 없으며, 하나하나가 모여 전체를 이루는)로 변했던 것이다. 이제는 집으로 돌아가는 것이 그 세계의 중심부로 돌아가는 것을 의미했기 때문에, 나 자신에게도 숨길 수 없는 행복을 느끼면서, 동시에 지금 막 아버지를 여읜 그 누구보다 깊은 죄책감을 느꼈다. 아버지가 돌아가시기 전날 밤 반쯤 마시고 남은 작은 예니 라크 병을 냉장고에서 발견하고, 손님들이 모두 돌아간 후에 어머니와 형과 함께 다 비웠다.

"너희들 아버지가 내게 무슨 짓을 했는지 봤니? 죽어 가면서도 내게 알려 주지 않았어."

오후에, 아버지의 시신은 베식타쉬에 있는 시난 파샤 사원의 시체 안치소로 옮겨졌다. 어머니는 아버지의 체취를 맡으며 자고 싶다고 하면서 시트와 베갯잇을 바꾸려 하지 않았다. 늦은 밤, 형과 나는 어머니에게 수면제를 건네주고 침대에 눕혔다. 어머니는 시트에서 그리고 베갯잇에서 아버지의 체취를 맡으며 조금 울고는 잠이 들었다. 형도 돌아간 다음, 나는 침대에 누웠다. 그리고 어린 시절에 늘 바라고 상상했던 대로, 결국 어머니와 이 집에 단둘이 남았다고 생각했다.

하지만 장례식에 퓌순이 올지도 모른다는 생각에 어떤 흥분을 느꼈다는 것을 나 자신에게는 숨길 수 없었다. 단지 이런 이유로 신문 부고란에 가족과 먼 친척의 이름도 모두 쓰게 했다. 이스탄불 어딘가에서, 퓌순의 어머니와 아버지가 신문 부고란을 읽고 장례식에 올 거라는 생각이 머릿속을 떠나지 않았다. 그들은 무슨 신문을 읽을까? 물론 부고란에 이름이 들어간 다른 친척들에게서 소식을 들을 수도 있다. 어머니도 아침 식사를 하면서 신문 부고란을 꼼꼼히 읽었다. 그러면서 이렇게 말했다.

"스드카와 사페트는 네 아버지의 친척도 되고 내 친척도 된다. 그러니까 그들 이름을 페란과 그녀 남편 다음 줄에 넣어야 하는데. 쉬크뤼 파샤의 딸인 니걍, 튀르칸, 쉬크란의 순서도 잘못 쓰여 있어……. 제케르야 고모부의 첫 번째 부인인 아랍인 멜리케는 들어갈 필요가 없는데. 어차피 그 여자는 고모부와 삼 개월도 같이 살지 않았으니까. 큰고모 네시메가 낳았지만 생후 두 달 만에 죽어 버린 그 가여운 아기의 이름은 궐이 아니라 아이세궐이었고……. 누구한테 물어보고 쓴 거야?"

"교열 실수예요, 어머니, 아시잖아요, 우리 나라 신문들……."

오스만이 말했다. 어머니가 아침부터 창밖으로 테쉬비키예 사원 마당을 자꾸 내다보며 뭘 입을지를 고민하기에, 우리는 이렇게 눈이 오고 날씨가 얼음처럼 추우니 집 밖으로 나가지 말라고 했다.

"힐튼 호텔의 파티에 가는 것처럼 모피 코트를 입는 것도 좋지 않아요."

"너희 아버지 장례식 때는 죽어도 집에 있을 수 없어."

어머니는 이렇게 말했다.

하지만 사원의 시체 안치소에 있던 아버지의 관을 영구차에 싣고 온 다음 무살라 돌[47] 위로 올려놓자, 어머니가 서글피 울기 시작했으므로 계단을 내려가거나 거리를 지나 장례식에 참석할 수는 없을 것 같았다. 조문객들이 마당에서 장례 기도를 올릴 때 어머니는 양피 코트를 걸친 채 파트마 부인과 베크리 씨의 부축을 받으며 발코니로 나갔고, 온갖 진정제를 삼켰음에도 사람들이 관을 어깨에 둘러메고 영구차에 실을 때 기절하고 말았다. 혹독한 남동풍이 불었고, 작은 눈송이가 휘날려 사람들의 눈으로 들어갔다. 사원 마당에 있던 사람들 중 어머니를 본 사람은 몇 되지 않았다. 베크리와 파트마가 어머니를 발코니에서 안으로 데려간 후에는 나도 사람들을 주의 깊게 쳐다보았다. 대부분 힐튼에서 있었던 시벨과의 약혼식에 왔던 사람들이었다. 겨울의 이스탄불 거리에서 항상 느끼는 것이지만, 여름에 돋보였던 아름다운 여자들은 전부 사라져 버리고, 여자들은 추하고 남자들은 음침하고 위협적으로 보였다. 약혼식 때 그랬던 것처럼 수백 명의 사람들과 악수를 하고 포옹을 했다. 아버지를 묻을 때까지도, 사람들 사이에서 새로운 그림자가 보이면, 그 사람이 퓌순이 아닌 것이 고통스러웠다. 퓌순도 그녀의 부모도 장례식이나 묘지에 오지 않았고, 이 사실이 확실해지자, 나도 아버지의 관과 함께 차가운 땅속에 매장되는 기분이었다.

날씨가 추운 것도 원인이었겠지만, 장례식에서 가까이 서 있던 가족과 친지는 의식이 끝난 후에도 헤어지고 싶어 하지 않는 모습이었다. 하지만 나는 그들에게서 도망쳐 멜하메트 아파트로 갔다.

---

47 장례 기도를 드릴 때 관을 올려놓는 약간 높은 평평한 돌.

내게 평온함을 주는 집의 냄새를 들이마시며, 가장 큰 위안을 주곤 했던 퓌순의 연필과 그녀가 사라진 후에 한 번도 씻지 않은 찻잔을 가지고 와서 침대에 누웠다. 이 물건들을 만지고 살갗에 대고 누르자, 얼마 지나지 않아 고통이 줄어들고 편안해졌다.

그날 괴로워한 이유가 아버지 때문이었는지, 아니면 퓌순이 장례식에 오지 않아서였는지를 묻는다면, 사랑의 고통은 총체적인 거라고 대답하고 싶다. 진정한 사랑의 고통은, 우리 존재의 가장 중요한 지점에 자리 잡고, 우리의 가장 약한 지점을 부여잡아, 다른 고통과 깊게 연결되어 절대 저지할 수 없는 형태로 몸과 삶에 퍼져 나간다. 만약 절망적인 사랑에 빠졌다면, 아버지를 여의는 것부터 가장 평범한 불운까지, 예를 들면 열쇠를 잃어버리는 것까지, 모든 것 — 다른 고통, 고민, 불안 — 이 언제 어느 때고 다시 부풀어 오를 준비가 되어 있는 진짜 고통의 기폭제가 된다. 나처럼 사랑 때문에 삶이 모두 뒤죽박죽되어 버린 사람은 사랑의 고통이 끝나야 다른 고민도 해결된다고 생각하기 때문에, 마음속에 있는 상처를 자기도 모르게 더 깊게 만들어 버린다.

아버지를 묻고 난 후 택시를 타고 가면서, 이런 생각은 더욱 분명해졌지만, 안타깝게도 그렇게 행동할 수는 없었다. 사랑이 가져다준 고통은 내 영혼을 단련하여 나를 더 성숙하게 만들었기 때문이다. 하지만 다른 한편으로는 내 정신을 완전히 장악한 채 성숙한 이성이 활약할 기회를 주지 않았다. 나처럼 오랫동안, 그것도 파멸을 가져올 정도로 사랑에 빠진 사람은 잘못되었다는 것을 알면서도 어떤 논리를 고집하고, 결국 좌절할 것임을 뻔히 알면서도 어떤 행동을 고수하며, 시간이 흐를수록 자신이 잘못하고 있다는 걸 더욱더 분명히 느끼게 된다. 흥미롭게도 이성은 최악의 날에도 절대 침묵하지 않으며, 열정의 힘에는 대항하지 못하더라도, 우리의 행동이 사실 대부분은 사랑과 고통을 커지게 할 뿐이라고 정직하고 매정하게 속삭인다. 퓌순을 잃은 후 아홉 달 동안, 내 이성의 속삭임은 점점 더 강해지고 커졌고, 언젠가는 내 이성을 장악하여 나를 고통에서 구해줄 거라는 희망까지 안겨 주었다. 하지만 희망(언젠가는 병에서 구원될 거라는 희망일지라도)과 뒤섞인 사랑은 고통을 연장시키면서도, 그 고통과 더불어 살아갈 힘을 주었다.

멜하메트 아파트에 있는 침대에 누워 퓌순의 물건으로 나의 고통(아버지를 잃은 것과 연인을 잃은 것은, 외로움과 사랑받지 못한다는 하나의 고통이 되었다.)을 달래면서, 한편으로는 퓌순과 그녀의 가족이 왜 장례식에 오지 않았는지를 헤아려 보았다. 하지만 어머니나 우리 가족과의 관계를 중요하게 여겼던 네시베 고모와 고모부가 나 때문에 장례식에 오지 않았다는 것은 도무지 받아들일 수가 없었다. 결국 퓌순과 그녀의 가족이 계속해서 내게서 도망치고 있다는 의미였던 것이다. 죽을 때까지 퓌순을 만날 수 없는 것이다. 이런 생각이 들자 도저히 견딜 수 없어서, 곧 퓌순을 만날 수 있을 거라는 희망을 찾기 시작했다.

# 48
# 인생에서 가장 중요한 것은 행복해지는 거야

"사트사트에서 실책을 케난에게 돌리고 있다며?"

어느 날 저녁 형이 내 귀에 대고 이렇게 말했다.

형은 가끔 베린과 아이들을 데리고, 그리고 자주 혼자서 어머니에게 들러 우리 셋이 함께 저녁 식사를 했다.

"어디서 들었어?"

"나도 다 듣는 데가 있지."

어머니는 다른 방에 있었는데, 형은 그쪽으로 눈길을 던졌다.

"상류 사회에서 네 명예를 한 번 손상시켰으면 됐으니까, 최소한 회사 사람들에게는 창피당하지 마."

형은 매정하게 대꾸하며(하지만 그 역시 상류 사회라는 말을 좋아하지 않았다.) 이렇게 덧붙였다.

"시트 사업 건을 놓친 건 네 잘못이야."

"무슨 일이니? 무슨 얘기들을 하고 있어? 또 다투지는 마라!"

"다투지 않아요, 케말이 집에 온 게 잘됐다고 했어요, 그렇잖아요, 어머니?"

"그래 정말 잘됐지 뭐니. 누가 뭐라든 간에 인생에서 가장 중요한 것은 행복해지는 거야. 돌아가신 네 아버지도 그렇게 말하곤 했

348

지. 이 도시에는 예쁜 처녀들이 가득해. 더 예쁘고, 더 다정하고, 더 이해심 많은 처녀를 찾을 거야. 어차피 고양이를 좋아하지 않는 여자는 남자를 행복하게 해 줄 수 없어. 이제는 그 일 때문에 마음 아파하지 마라. 그리고 다시는 호텔 방에 가지 않겠다고 약속해."

"조건이 있어요!"

나는 퓌순이 아홉 달 전에 말했던 문장을 아이처럼 따라 했다.

"아버지의 차와 체틴을 넘겨받았으면 해요."

"그래, 체틴이 좋다면 나도 좋아. 하지만 케난이나 새 사업에 끼어들 생각은 말고, 누구를 헐뜯지도 마."

형이 말했다.

"다른 사람들 앞에서 절대 다투지 마라!"

어머니가 말했다.

시벨과 헤어진 후 나는 누르지한과도 멀어졌고, 누르지한과 멀어졌기 때문에 그녀를 미친 듯이 사랑하는 메흐메트와도 덜 만나게 되었다. 자임도 시간이 갈수록 그들과 자주 만났기 때문에 나는 그를 따로 만났고, 그렇게 친구들 모임에서 서서히 멀어졌다. 재미보다는 내 병을 낫게 할지도 모른다는 희망 때문에 한동안은 '사생아' 힐미나 타이푼 같은 친구들과 어울리기도 했다. 결혼을 했거나, 약혼을 했거나, 약혼하기로 약속한 사람이 있어도 밤의 유흥 생활이 필요하다고 생각하는 이들과 함께, 이스탄불에서 가장 비싼 매음굴이나 우리가 조롱하듯 '대학생'이라고 불렀던 아주 약간 지적이며 교양 있는 여자들이 있는 호텔 로비를 찾았다. 하지만 퓌순을 향한 사랑은 내 영혼의 어두운 한구석에서부터 내 마음 전체로 퍼져 있었다. 친구들과 대화를 나누는 것을 즐기기는 했지만 내 고민을 잊을 정도는 아니었다. 저녁에는 주로 외출을 하지 않고 어머니 곁에 앉아 라크를 손에 들고, 채널이 하나밖에 없는 공영 텔레비전에서 뭘 방영하든지 그것을 시청했다.

어머니는 아버지가 살아 계실 때와 똑같았다. 화면에서 나오는 모든 것을 냉정하게 비판하고, 아버지에 했던 것처럼 내게도 매일 밤 한 번씩은 그렇게 술을 많이 마시지 말라고 잔소리를 했으며, 잠시 후에는 안락의자에 앉은 채 잠이 들었다. 그러면 나는 텔레비전에 나오는 것에 대해 파트마 부인과 속삭이듯 이야기를 나누었다. 서양 영화에 나오는 부유한 가정의 하녀와 달리 파트마 부인의 방에는 따로 텔레비전이 없었다. 사 년 전, 튀르키예에서 방송이 시작되고 우리 집도 텔레비전을 산 이래, 파트마 부인은 매일 밤 거실의 가장 후미진 곳에 있는 둥근 의자에 — 이제는 '그녀의 의자'였다 — 어정쩡하게 앉아, 감상적인 장면이 나오면 흥분하며 머리 스카프의 매듭을 매만졌고, 가끔은 대화에도 끼어들었다. 어머니의 끝없는 혼잣말에 대꾸하는 일은, 아버지가 돌아가신 후 그녀 소관이 되었기 때문에 요즘은 말을 더 많이 했다. 그러던 어느 날 밤, 역시나 어머니는 안락의자에서 잠이 들었고, 나는 파트마 부인과 함께 텔레비전을 보게 되었다. 다리가 긴 노르웨이와 소련의 미녀들이 나오는 아이스 스케이팅 대회를 다른 튀르키예 사람들처럼 규칙도 모른 채 보고 있었다. 그리고 그녀와 함께, 따뜻해진 날씨, 거리에서 일어나는 정치적 살인, 어머니의 건강, 온갖 종류의 정치적 악행, 아버지 옆에서 일하다가 독일 뒤스부르크로 이민을 가서 되네르[48] 식당을 연 그녀의 아들에 대해, 그리고 실은 인생이 아름답다는 것에 대해 기분 좋게 이야기를 나누었다. 마지막으로 내 얘기가 나왔다.

"곡괭이 발톱, 이제 양말에 구멍이 나지 않던데, 브라보……. 케

---

**48** '회전'이라는 뜻으로, 쇠고기나 양고기 등 커다란 고깃덩이를 빙빙 돌리며 구워서 얇게 잘라 먹는 대표적인 튀르키예 음식.

말, 얼마 전에 봤더니 발톱을 잘 깎더구나……. 그러니 나도 선물을 하나 주마."

"손톱깎기요?"

"아니, 손톱깎기는 두 개나 있잖아. 그리고 네 아버지 것도 있으니 세 개가 되네. 이건 다른 거야."

"뭔데요?"

"안으로 들어와 봐."

그녀의 분위기로 봐서 특별한 것인 모양이라고 생각하며 그녀를 따라갔다. 작은 방으로 들어가서 뭔가를 들고 내 방으로 들어와서 전등을 켰다. 아이를 재밌게 해 주려는 것처럼 주먹을 펴고 미소를 지어 보였다.

"이게 뭐예요?"

나는 처음에 이렇게 물었다. 잠시 후 심장이 쿵쿵 뛰기 시작했다.

"이 귀고리 한 짝 네 거 아니야? 무슨 나비와 글자가 있는데? 이상하네."

"내 거예요."

"몇 달 전에 네 재킷 주머니에서 발견했어. 너한테 주려고 잘 치워 놓았지. 그런데 네 어머니가 보고 가져가신 것 같았어. 돌아가신 네 아버지가 다른 사람에게 주려 했다고 생각해서 언짢았던 거지. 네 아버지가 뭔가를 보관해 놓는 — 그녀는 미소를 지었다 — 벨벳으로 된 비밀 주머니가 있는데 거기에 넣었던 것 같아. 네 아버지가 돌아가신 후 그 안에 있는 것들을 아버지 책상 위에 늘어놓았는데, 그때 내가 보았지. 이것이 네 것인지 알았기 때문에 당장 가져왔어. 참, 그리고 네 아버지 재킷에서 나온 사진도 있어, 이것도 네 엄마가 보기 전에 가져가라. 나 잘했니?"

"아주아주 잘하셨어요, 파트마 부인. 당신은 아주 똑똑하고, 아주 사려 깊고, 아주 멋진 분이에요."

그녀는 행복한 미소를 지으며 내게 귀고리와 사진을 건네주었다. 사진은 아버지가 압둘라흐 식당에서 식사를 하며 보여 주었던 죽은 애인의 사진이었다. 순간 이 슬픈 여자에게서, 뒤로 보이는 배에서, 그리고 바다에서, 퓌순을 연상시키는 무언가가 보였다.

다음 날 제이다에게 연락했다. 이틀 후, 다시 마치카에서 만나 타시륵 공원으로 걸어갔다. 그녀는 머리를 위로 올려 묶고, 잘 차려 입은 모습이었다. 그녀에게서 얼마 전 엄마가 된 여자들에게서 볼 수 있는 찬란한 행복과 짧은 기간에 성숙해져 버린 사람이 자아내는 자신감이 보였다. 나는 그 이틀 동안 별로 힘들이지 않고 퓌순에게 네다섯 통의 편지를 썼고, 그중 가장 이성적이고 냉정하게 쓴 것을 노란 샤트샤트 봉투에 넣었다. 미리 계획한 대로 얼굴을 찌푸리며 아주 중요한 진전이 있었으니, 이 편지를 꼭 퓌순에게 전달해 주어야 한다며 제이다에게 건네주었다. 편지 내용을 제이다에게 전혀 언급하지 않는 것, 비밀스러운 분위기를 자아내서 그녀가 진지한 상황이라는 걸 느끼고 편지를 퓌순에게 전달하도록 만드는 것이 나의 의도였다. 하지만 제이다가 모든 것을 자연스럽게 받아들이면서 이성적이고 성숙한 표정을 짓자, 도저히 자신을 억누를 수 없었다. 퓌순이 토라졌던 문제가 이제 해결되었고, 그녀에게 전하는 이 소식을 들으면 퓌순도 나처럼 아주 기뻐할 것이며, 우리가 잃어버린 시간들 때문에 속상한 것 말고는 다른 고민은 없을 거라고, 무슨 희소식이라도 전하듯이 흥분하며 설명했다. 아이에게 젖을 주기 위해 서둘러 돌아가는 제이다와 헤어지면서, 나는 퓌순과 결혼하자마자 아이를 가질 것이며, 우리의 아이들이 서로 친구가 될 것이고, 이 힘든 날들마저 달콤한 추억으로 웃으며 기억하게 될 거라고 말해 주었다. 나는 아이의 이름을 물었다.

"외메르."

제이다는 이렇게 말하며 자랑스러운 표정으로 아이를 바라보았다.

"하지만 케말 씨, 인생은 절대로 우리가 원하는 대로 되지 않아요."

몇 주 동안 퓌순에게서 아무런 연락도 받지 못했기에, 나는 제이다의 이 말을 자주 떠올렸다. 하지만 퓌순이 내 편지에 한 번은 답을 할 거라고 믿었다. 내가 파혼한 것을 퓌순이 알고 있다고 제이다가 확인해 주었기 때문이다. 잃어버렸던 귀고리가 아버지의 상자에서 나왔으며, 아버지가 준 다른 귀고리와 세발자전거와 함께 그녀에게 돌려주러 가고 싶다고 편지에 썼다. 우리가 전에 계획했던 대로, 그녀, 그녀의 어머니와 아버지 그리고 나 이렇게 모두 함께 저녁을 먹을 때가 왔던 것이다.

5월 중순 아주 바쁘던 어느 날, 나는 사무실에 앉아 지방 대리점에서 보내온 편지들을 읽고 있었다. 우정이나 감사, 불만, 회유, 그리고 위협의 내용을 담은 대부분 손으로 쓴(글자를 알아보기 어려운 것도 있었다.) 편지들이었다. 그때 아주 짧은 편지 한 통을 발견하고 심장이 빠르게 뛰기 시작했고, 나는 단숨에 읽어 내려갔다.

케말 오빠,

우리도 무척 만나고 싶어. 5월 19일 저녁 식사에 오길 기대할게.

전화는 아직 연결되지 않았어. 오지 못하면 체틴 씨 편으로 알려 줘.

사랑과 존경을 담아

퓌순

주소: 추쿠르주마, 달그츠 측마즈 24번지.

날짜는 없었다. 하지만 소인을 보고 갈라타사라이 우체국에서 5월 10일에 부쳤다는 것을 알게 되었다. 저녁 식사 초대까지는 아직 이틀이 남아 있었다. 추쿠르주마에 있는 그 주소지로 당장 찾아가고 싶었지만 참았다. 퓌순과 결혼을 하고, 그녀를 내 곁에 꼭 붙잡아 두고 싶다면 극도로 흥분한 모습을 보이면 안 된다고 생각했다.

# 49
# 그녀에게 청혼할 참이었다

1976년 5월 19일 수요일 저녁 7시 30분에, 퓌순의 가족이 살고 있는 추쿠르주마로 가기 위해 체틴 씨와 함께 길을 나섰다. 체틴 씨에게는 네시베 고모가 살고 있는 추쿠르주마에 가서 세발자전 거를 돌려줄 거라며 주소를 건네주었다. 자리에 기대앉아 하늘에 구멍이라도 뚫린 듯 퍼붓는 빗속의 거리를 바라보았다. 일 년 동안 눈앞에 떠올렸던 수천 가지 상봉 장면 속에는 이렇게 쏟아져 내리는 소나기도 가볍게 흩뿌리는 이슬비도 없었다.

멜하메트 아파트 앞에 멈춰서, 아버지가 내게 준 상자 속 진주 귀고리와 자전거를 가져오면서 비에 흠뻑 젖었다. 기대했던 것과 정말 달랐던 것이 있다면, 그것은 가슴으로부터 느낀 깊은 평온이 었다. 힐튼 호텔에서 그녀를 마지막으로 보았던 때부터 그 순간까 지, 지난 339일 동안 겪었던 아픔은 완전히 잊힌 것 같았다. 결국은 나를 이렇게 행복한 결말로 이끌고 온 고통(매초마다 몸부림치며 괴로워했던)에 감사하는 마음마저 들었으며, 그 어떤 것도 그 누구 도 탓하지 않았던 것을 기억한다.

내 이야기의 처음에 그랬듯이, 이제 다시 내 앞에 멋진 삶이 펼 쳐졌다고 생각했다. 스라셀비레르 대로에서 차를 멈추게 하고, 꽃

355

집에서 내 앞에 펼쳐질 삶만큼이나 아름다운 빨간 장미를 한 아름 주문했다. 이미 집에서 마음을 진정시키기 위해 라크 반 잔을 약처럼 마시고 왔다. 베이오을루로 나가는 골목길에 있는 술집에서 한 잔 더 마실까? 하지만 조바심이 사랑의 고통처럼 나를 끌어당겼다. 동시에 내 마음속의 주의 깊은 목소리는 "조심해! 이번에는 실수하지 마!"라고 경고했다. 추쿠르주마 목욕탕이 폭우 속에서 흐릿하게 눈앞을 스쳐 지나갈 때, 내가 339일 동안 겪었던 일은 퓌순이 내게 준 좋은 교훈이었음을 순간적으로 그러나 분명히 파악하게 되었다. 그녀가 이긴 것이다. 다시는 그녀를 만나지 못하는 벌을 받지 않기 위해서 이제는 그녀가 원하는 모든 것을 할 준비가 되어 있다. 퓌순을 만나고 마음이 편해지고, 그녀 앞에 서 있다는 것이 믿기면 바로 그녀에게 청혼할 참이었다.

체틴 씨가 비를 맞으며 번지를 찾으려고 애쓰고 있을 때, 예전에 머릿속 한구석에서 상상해 보았지만 나 자신에게도 숨기려고 했던 청혼 장면을 눈앞에 떠올려 보았다. 안으로 들어가, 농담을 하며 자전거를 건네주고, 앉아서 마음을 가라앉히고 — 내가 이렇게 할 수 있을까? — 잠시 후 퓌순이 내온 커피를 마시면서, 그녀 아버지의 눈을 똑바로 바라보며 퓌순과의 결혼 허락을 받기 위해 왔다고 바로 말할 참이었다. 자전거는 핑계였다. 그저 자전거를 보고 웃고 농담을 하면서, 내가 겪은 고통이나 분노를 되새길 기회는 주지 않을 참이었다. 식탁에 앉을 때는 그녀의 아버지가 따라 준 예니라크를 마시며, 이제 결정이 됐다는 행복에 젖어 마음껏 퓌순의 눈을 바라볼 참이었다. 약혼과 결혼에 대한 세부 사항들은 나중에 찾아가서 의논할 수 있을 것이다.

자동차는 비가 내려 어떤 건물인지 알아볼 여유가 없었던 오래된 집 앞에서 멈췄다. 심장이 빠르게 뛰었고, 나는 초인종을 눌렀다. 잠시 후 네시베 고모가 문을 열었다. 내가 자전거를 들고 들어 갈 때 뒤에서 우산을 들고 서 있던 체틴 씨를 보고, 그리고 내 손에 들려 있던 장미를 보고 그녀가 감동했던 것을 기억한다. 그녀의 얼굴이 어딘가 불안해 보였지만 나는 신경 쓰지 않았다. 한 계단 한 계단 올라가 퓌순에게 가까워지고 있었기 때문이었다.

"어서 와요, 케말 씨."

그의 아버지가 층계참에서 이렇게 말하며 나를 맞았다. 일 년 전 약혼식에서 타륵 씨를 만났다는 걸 잊어버리고는, 옛날 희생절 식사 이후로 그를 한 번도 못 보았다고 생각했다. 그는 나이가 들어 추해졌다기보다는, 여느 노인들처럼 희미한 존재가 돼 버린 것 같았다.

그다음에는 퓌순의 언니가 있나 하고 생각했다. 왜냐하면 아버지 뒤에 퓌순을 닮은, 하지만 머리칼이 검은 어떤 아름다운 여자가 문턱에 서 있었기 때문이었다. 하지만 이런 생각을 하고 있을 때 그 검은 머리의 여자가 퓌순이라는 것을 알게 되었다. 충격이었다, 퓌순의 머리가 검은색이었던 것이다. 나는 침착해지려고 애를 쓰며 '그래, 진짜 머리색이지.'라고 속으로 말했다. 나는 안으로 들어갔다. 미리 계획한 대로 그녀의 부모님은 신경 쓰지 않고 장미를 건네며 그녀를 껴안으려 했는데, 그녀가 당황하는 모습과 주저하는 몸짓을 보고는 퓌순이 나와 껴안고 싶어 하지 않는다는 것을 알아차렸다.

우리는 악수를 했다.

"어머, 정말 예쁜 장미꽃이네!"

하지만 내 손에서 장미꽃을 가져가지는 않았다.

그렇다, 물론, 그녀는 아주 아름다웠고 성숙한 모습이었다. 내가 상상했던 재회의 장면과는 반대의 것을 경험하고 있기 때문에

357

내가 불안해한다는 것을 그녀는 알고 있었다.

"그렇지 않아?"

그녀는 내 품에 있는 장미를 방에 있는 다른 누군가에게 눈짓으로 가리키며 말했다.

나는 그녀가 가리킨 남자와 눈이 마주쳤다. 뚱뚱하지만 사랑스러운 이 청년을 다른 날에 초대하면 안 되었을까 하는 생각이 뇌리를 스쳤다. 하지만 다시 한번, 이런 생각이 내 머릿속에 떠오른 순간, 이미 틀렸다는 것을 알게 되었다.

"케말 오빠, 소개할게, 내 남편 페리둔이야."

그녀는 별로 중요하지 않은 세부적인 것을 떠올리듯 이렇게 말했다.

실재하는 사람이 아니라, 정확하게 기억나지 않는 기억을 더듬는 것처럼 페리둔이라는 남자를 바라보았다.

"우리는 다섯 달 전에 결혼했어."

퓌순은 이해를 구하는 시선으로 눈썹을 치켜올리며 말했다.

나와 악수를 하는 뚱뚱한 신랑의 시선에서 그가 아무것도 모른다는 것을 알게 되었다.

"아, 정말 반갑습니다!"

그와 그 뒤에 숨은 퓌순을 보고 미소를 지으며, 이렇게 말했다.

"페리둔 씨는 아주 행운아군요, 아주 멋진 여자와 결혼을 했어요, 게다가 그녀에게는 아주 멋진 어린 시절 자전거도 있네요."

"케말 씨, 당신 가족을 결혼식에 초대하고 싶었어요. 하지만 아버지께서 편찮으시다고 들었습니다. 얘야, 남편 뒤에 숨지 말고 케말 씨가 들고 있는 아름다운 장미를 받지 그러니."

퓌순의 어머니가 말했다. 일 년 동안 내 꿈속에서 떠나지 않았던 나의 연인은, 내 손에 든 장미 다발을 우아하게 받으면서, 장밋

빛 뺨과 감미로운 입술, 벨벳 같은 피부, 가까이 다가가기 위해서라면 평생 동안 모든 것을 감수하겠다고 고통스럽도록 느끼고 있는 목과 가슴(아름다운 향기가 났다.)의 윗부분을 내게 가까이 가져왔다가 멀어져 갔다. 나는 그녀가 실제로 세상에 존재한다는 것에 놀란 사람처럼 경이롭게 그녀를 바라보았다.

"얘야, 장미를 꽃병에 꽂아라."

그녀의 어머니가 말했다.

"케말 씨, 라크를 마십니까?"

그녀의 아버지가 말했다.

"짹, 짹, 짹."

그녀의 카나리아가 말했다.

"아, 네, 물론이지요. 라크, 마시지요, 마시지요, 라크……."

얼음이 들어간 라크 두 잔을 금세 취하도록 빈속에 마셨다. 식탁에 앉기 전에 내가 가져온 자전거와 우리의 어린 시절에 대해 한동안 이야기를 나누었던 것을 기억한다. 하지만 그녀가 결혼을 했기 때문에 자전거가 상징하는 멋진 형제애는 사라져 버렸다는 것을 알 만큼은 정신이 깨어 있었다.

퓌순은 우연인 듯(그녀는 식탁 어디에 앉을지 어머니에게 물었다.) 내 맞은편 자리에 앉았다. 하지만 나의 눈길을 피하고 있었다. 처음에는 그녀가 내게 관심이 없다고 생각할 정도로 나는 어리벙벙한 상태였다. 나도 그녀에게 관심이 없는 척하려 했고, 가난한 친척에게 결혼 선물을 주러 왔지만, 더 중요한 일 때문에 머릿속이 복잡한 착한 부자처럼 행동하려 했다.

"그런데 아이는 언제 가질 거지요?"

나는 먼저 신랑의 눈을 바라보았다. 하지만 이런 시선을 퓌순에게는 돌리지 않았다.

"현재로서는 생각하지 않고 있습니다. 어쩌면 분가한 뒤······."

페리둔 씨가 말했다.

"페리둔은 아주 젊지만 요즘 이스탄불에서 가장 인기 있는 시나리오 작가예요.「시미트 파는 아주머니」를 페리둔이 썼지요."

네시베 고모가 말했다.

사람들이 흔히 쓰는 말로 '현실을 받아들이다'라는 것을 실천하느라 저녁 내내 힘겨웠다. 결혼 이야기는 장난이고, 나를 놀래 주려고 뚱뚱한 이웃 청년을 불러 퓌순의 어린 시절 연인과 남편 행세를 하게 했으며, 잠시 후면 못된 장난을 쳤다고 털어놓을 거라고 저녁 내내 상상했다. 부부에 대해 좀 더 알게 되면서 그들이 결혼을 했다는 것도 결국 받아들였지만, 그런 현실의 세부적인 것은 도저히 받아들일 수 없었다. 데릴사위 페리둔 씨는 스물두 살이었고, 영화와 문학에 관심이 많았다. 아직 많은 돈을 벌지는 못하지만 예쉴참[49]을 위해 시나리오를 쓰는 것 외에 시도 쓰고 있었다. 친가 쪽 친척이기 때문에 어렸을 때부터 퓌순과 어울렸고, 게다가 내가 가져온 자전거를 퓌순과 함께 탄 적이 있다는 것도 알게 되었다. 이러한 것들을 알아 갈수록, 타륵 씨가 나를 배려하며 따라 준 라크의 힘까지 더해져, 내 영혼은 안으로 움츠러드는 것 같았다.

새로 이사한 집을 방문할 때마다, 방은 몇 개인지, 발코니는 어느 거리를 향해 나 있는지, 테이블은 왜 여기에 두었는지 파악하여 공간을 이해할 때까지 나의 이성은 불안해했는데, 오히려 지금은 이런 것에 전혀 관심이 없기 때문에 불안한 것 같기도 했다.

그녀의 맞은편에 앉아 있다는 것, 그림을 바라보듯 그녀를 마음껏 바라볼 수 있다는 것이 유일한 위안이었다. 그녀는 예전처럼 활

---

[49] 영화사들이 밀집해 있는 이스탄불의 한 지역.

발히 손을 움직였다. 결혼을 했음에도 아버지 옆에서는 여전히 담배를 피우지 않았기 때문에, 담배를 피울 때의 그 사랑스러운 손동작은 안타깝게도 전혀 볼 수 없었다. 하지만 그녀는 예전에 그랬던 것처럼 두 번 머리카락을 잡아당겼고, 세 번 정도 대화에 끼어들 기회를 엿보면서 ─ 우리가 논쟁을 할 때 항상 그랬던 것처럼 ─ 숨을 들이쉬고 어깨를 살짝 들어 올리며 기다렸다. 여전히 그녀의 웃음을 볼 때마다 거부할 수 없는 행복과 긍정적인 생각이 내 마음속에서 해바라기처럼 활짝 피어났다. 그녀의 아름다움 혹은 아주 친숙하게 느껴지는 행동과 피부에서 스며 나오는 빛은 내가 가야 할 세상의 중심이 그녀 곁에 있다는 것을 상기시켜 주었다. 그 외의 장소들, 사람들, 유흥은 그저 '저속한 소일거리'일 뿐이었다. 나의 이성뿐 아니라 몸도 이것을 알고 있었기 때문에, 자리에서 일어나 내 앞에 있는 그녀의 팔을 잡고 껴안고 싶었다. 하지만 내가 처한 상황, 그리고 이후에 어떻게 될지를 생각해 보려 하자, 가슴에서 너무나 커다란 고통이 느껴져서 더는 생각할 수 없었기에, 식탁에 앉아 있는 사람들뿐만 아니라 나 스스로에게도 젊은 부부를 축하하기 위해서 온 친척의 태도를 취하기 시작했다. 식사 내내 아주 가끔씩만 눈이 마주쳤지만, 퓌순은 나의 이 거드름 피우는 태도를 즉시 눈치채고, 그녀도 나를 운전기사와 함께 잠시 들른 부유한 먼 친척인 듯 대했으며, 갓 결혼해서 아주 행복한 젊은 여자답게 행동하면서 남편과 농담을 주고받았고, 잠두콩 한 수저를 그에게 더 담아 주었다. 이런 것들이 내 머릿속의 기묘한 정적을 더 깊게 만들었다.

집에 돌아올 무렵, 비는 그칠 줄 모르고 점점 더 많이 쏟아졌다. 타륵 씨는 추쿠르주마[50]가 ─ 그 이름처럼 ─ 저지대이며, 지난여름에 구입한 이 건물이 예전에는 자주 침수되곤 했다는 걸 식사를 하기 시작할 때 설명해 주었다. 나도 그와 함께 식탁에서 일어나, 비탈길 밑으로 내려가는 빗물을 퇴창 밖으로 바라보았다. 거리에서는 마을 사람들이 맨발로 바짓단도 걷어붙이고, 인도 가장자리에서 자꾸만 집 안으로 들어오는 물을 양동이와 플라스틱 대야로 퍼내며, 돌 더미와 천으로 빗물의 방향을 바꿔 보려고 애를 쓰고 있었다. 맨발의 남자 둘이 쇠막대기로 막힌 하수구를 뚫고 있을 때, 보라색과 초록색 스카프를 한 여자 둘이 물속에 있는 무언가를 가리키며 소리를 질렀다. 타륵 씨는 식사를 하면서 하수도가 오스만 제국 시대부터 지금까지 사용되고 있으며, 이것으로는 불충분하다고 어딘가 비밀스럽게 이야기했다. 비가 더 세차게 내리자 "하늘에 구멍이 뚫렸어!", "노아의 대홍수야!", "신이여, 보호하소서." 같은 말들을 하며 식탁에서 한 사람씩 일어났고, 비탈길이 내다보이는 퇴창 밖으로, 희미한 가로등 불빛 아래 기묘하게 보이는 마을과 폭우를 걱정스러운 듯 바라보았다. 나도 일어서서 그들 옆으로 가서, 그들과 함께 홍수에 대해 걱정해야 한다는 생각이 들었다. 하지만 술에 취해서 의자와 탁자를 넘어뜨릴까 봐 두려웠다.

"이 빗속에서 운전기사는 어떻게 하고 있을까?"

네시베 고모가 창밖을 보며 말했다.

"그 사람에게 먹을 것 좀 갖다 주는 게 어떨까요?"

사위가 말했다.

"내가 갖다줄게요."

퓌순이 말했다.

하지만 네시베 고모는 내가 탐탁지 않아 할 것 같은지 화제를 돌렸다. 순간 이 일가족이 퇴창 앞에 서서 나를 의심스럽게 바라

50 '추쿠르주마'에서 추쿠르는 '움푹한 곳'이라는 의미.

보며 술에 취한 외로운 사람이라고 생각할 것 같았다. 나도 그들을 바라보며 미소 지었다. 바로 그때 거리에서 드럼통이 넘어지는 소리와 아, 하고 외치는 소리가 들려왔고, 퓌순과 눈이 마주쳤다. 하지만 그녀는 곧 시선을 돌렸다.

그녀는 어떻게 이렇게 무심하게 행동할 수 있을까? 그녀에게 물어보고 싶었다. 하지만 그런 걸 물어본다면, 애인을 수소문하면서 "뭐 좀 물어보고 싶은 게 있어서 말야!"라고 말하는 실연으로 바보가 된 남자 같을 것이다. 그렇다, 나는 그랬다.

내가 여기 혼자 앉아 있는 걸 보고도 왜 곁으로 오지 않는 걸까? 모든 것을 해명할 수 있는 이 기회를 왜 이용하지 않는 걸까? 우리는 다시 서로를 바라보았고, 그녀는 또 시선을 피했다.

'지금 퓌순이 식탁으로, 네 곁으로 올 거야.'

내 안의 낙관적인 목소리가 이렇게 말했다. 그리고 만약 그녀가 온다면, 언젠가 이 잘못된 결혼은 포기하고 남편과 헤어져 나의 것이 될 거라는 신호일 것이다.

천둥이 쳤다. 퓌순은 창가에서 물러나 깃털처럼 가볍게 다섯 걸음을 옮겨 내 앞에 조용히 앉았다.

"날 용서해 주길 바라."

속삭이는 목소리가 내 가슴에 와닿았다.

"오빠 아버지의 장례식에 가지 못한 것."

푸른 번개 불빛이 바람에 날리는 비단처럼 우리 사이에서 몸서리를 쳤다.

"널 무척 기다렸어."

"그럴 것 같았어, 하지만 갈 수 없었어."

남편 페리둔이 식탁으로 돌아오며 이렇게 말했다.

"구멍가게의 무허가 차양이 넘어졌는데, 봤어요?"

"네, 봤습니다, 안됐더군요."

내가 말했다.

"그렇게 마음 아파할 필요 없네."

그녀의 아버지가 창가에서 걸어오며 말했다.

딸이 우는 것처럼 두 손으로 얼굴을 가리고 있는 걸 보고 먼저 사위를, 그다음에는 나를 바라보았다.

"뮘타즈 아저씨의 장례식에 가지 못해서 계속 마음이 아팠어요. 아저씨를 아주 좋아했거든요, 정말 충격을 받았어요."

퓌순이 말했다.

"자네 아버지는 퓌순을 아주 예뻐하셨지."

타륵 씨가 말했다. 그는 지나가면서 딸의 머리에 입을 맞추고는 식탁에 앉아 한쪽 눈썹을 치켜올리고 미소를 지어 보이더니 내게 라크를 한 잔 더 따라 주었다. 그리고 손으로 체리를 집어 권했다.

취한 정신으로, 아버지가 주었던 벨벳 상자에 들어 있는 진주 귀고리와 퓌순의 귀고리 한 짝을 호주머니에서 꺼내 건네주는 상상을 해 보았지만 도저히 실천에 옮길 수 없었다. 이것이 내 마음을 너무나 압박하여 자리에서 일어났다. 하지만 귀고리를 주기 위해 일어설 것이 아니라, 그냥 앉아 있어야 했다. 부녀의 시선에서, 그들도 무언가를 기다리고 있음을 알게 되었다. 어쩌면 내가 가기를 바라는지도 모른다. 하지만 아니었다. 방 안에는 다른 깊은 기대감이 있었다. 하지만 그렇게나 상상을 해 왔음에도 도무지 귀고리를 꺼낼 수가 없었다. 상상 속에서는 퓌순이 결혼을 하지 않았고, 나도 선물을 주기 전에 그녀의 부모에게 딸을 달라는 말을 했다…… 지금 이 새로운 상황에서 귀고리를 어떻게 해야 할지, 취한 정신으로는 결정을 내릴 수가 없었다.

체리로 손이 지저분해져서 상자를 꺼낼 수 없다고 생각했다.

"손을 씻어도 될까요?"

나는 이렇게 말했다. 퓌순도 내 마음속에서 일고 있는 폭풍을 더 이상은 모른 체할 수 없었다. 아버지가 '애야, 손님을 안내해라.'라는 의미로 그녀를 쳐다보는 것을 느끼자 다급하게 자리에서 일어났다. 맞은편에 서 있는 그녀를 보자 일 년 전 우리가 만났던 기억들이 모두 되살아났다. 그녀를 껴안고 싶었다.

술에 취했을 때 머리가 두 라인으로 작동한다는 것을 우리는 알고 있다. 첫 번째 라인에서는, 상상 속에서 우리가 시간과 공간 밖의 다른 곳에서 만난 것처럼 퓌순을 껴안고 있었다. 두 번째 라인에서는, 우리가 추쿠르주마에 있는 이 집의 식탁 앞에 있었고, 내 마음속에서는 어떤 소리가 그녀를 껴안지 말아야 한다, 그것은 파렴치한 짓이다, 하고 말하고 있었다. 하지만 라크 때문에 이 두 번째 소리는, 그녀를 껴안는 상상과 동시에 나오지 못하고, 오륙 초후에 들려왔다. 그 오륙 초 동안 나는 자유였다, 하지만 자유로웠기 때문에 당황하지 않고 그녀와 나란히 걸었으며, 그녀 뒤를 따라 계단을 올라갔다.

그녀의 몸과 가까이 있고, 함께 계단을 올라가는 모습은 시간 밖의 상상에서 나온 것만 같았으며, 내 기억에서 오랜 세월 동안 남아 있었다. 나를 바라보는 그녀의 눈길에서 배려와 걱정을 보았고, 자신의 감정을 눈길로 표현해 준 그녀에게 고마움을 느꼈다. 바로 이렇게 퓌순과 내가 서로를 위해 태어났다는 것이 한 번 더 증명된 셈이었다. 나는 그것을 알았기 때문에 그 모든 고통을 겪었던 것이고, 그녀가 결혼했다는 것은 전혀 중요하지 않았다. 지금처럼 그녀와 함께 계단을 오르는 행복을 위해서라면 더 많은 고통도 참을 준비가 되어 있었다. 추쿠르주마에 있는 그 집이 좁아서 식탁과 위층에 있는 욕실 사이에는 단지 네 걸음 반과 열두 계단만이 있다는 것을 알고 미소를 짓는, 소위 '현실적인' 관람객들에게, 나는 그 짧은 순간에 느꼈던 행복을 위해 내 모든 인생을 바칠 준비가 되어 있었다고 말하겠다.

위층에 있는 작은 화장실로 들어가서 문을 닫았다. 나의 삶은 내 손에서 떠났고, 퓌순에 대한 애착 때문에 내 의지와는 상관없이 구체화되어 가는 무언가로 변했다고 결론을 내렸다. 이렇게 믿어야만 행복해질 수 있고, 삶을 견뎌 낼 수 있을 것 같았다. 거울 앞에 있는 작은 선반에 놓인 퓌순, 타륵 씨, 네시베 고모의 칫솔, 면도용 비누, 면도기 사이에서 퓌순의 립스틱을 보았다. 그것을 집어 냄새를 맡고는 주머니에 넣었다. 그녀의 향기를 기억하려 하면서 걸려 있는 수건에서 급히 냄새를 맡았다. 하지만 아무 냄새도 맡지 못했다. 내가 왔기 때문에 깨끗한 새 수건을 내놓았던 것이다. 여기서 나간 후에 보내게 될 힘든 날들에 나를 위로해 줄 또 다른 물건을 찾으려고 작은 화장실을 훑어보다가, 거울에서 나 자신을 보게 되었다. 나의 몸과 영혼 사이의 치명적인 단절이 내 표정에 드러나 있었다. 얼굴은 패배와 경악 때문에 피곤해 보였고, 머릿속에는 완전히 다른 세계가 있었다. 나는 여기에 있고, 내 몸속에는 심장과 어떤 의미가 있으며, 그 모든 것이 욕구와 접촉 그리고 사랑으로 만들어져 있어서 고통스럽다는 것을, 이제는 내 인생의 기본적인 사실로 인정하게 되었다. 비바람 소리와 배수관의 윙윙거리는 소리 사이에서, 어린 시절, 할아버지가 들으면서 행복해했던 오래된 튀르키예 가요가 들려왔다. 가까운 곳에 라디오가 켜져 있었던 것 같다. 우드[51]의 가냘픈 신음과 카눈[52]의 경쾌한 튕기는 소리 사이로 피곤하지만 희망 찬 여자의 목소리가 반쯤 열린 욕실 창문을 통해

---

**51** 류트와 비슷한 튀르키예 고유의 현악기.

**52** 72개의 줄로 된 하프류의 현악기.

들려왔고 "사랑이다, 사랑이다, 세상 모든 것의 원인은."이라고 말하고 있었다. 이 슬픈 노래와 더불어, 욕실 거울 앞에서 내 인생의 가장 영적인 순간을 경험했고, 세상과 모든 물건이 하나의 총체임을 알게 되었다. 내 앞에 놓인 칫솔에서 식탁에 있는 체리 접시까지, 그 순간 눈에 띄어 주머니에 넣었던 퓌순의 머리핀에서 여기에 전시한 미단이 욕실 문의 열쇠까지, 모든 물건들뿐 아니라 모든 사람들도 그 총체 속에 있었다. 우리가 살아가는 삶의 의미는, 사랑의 힘으로 이 총체성을 느끼는 데에 있을 뿐이었다.

이렇게 낙관적인 생각을 하며, 주머니에서 퓌순의 귀고리 한쪽을 꺼내 립스틱이 있던 자리에 놓았다. 아버지의 진주 귀고리를 꺼내기 전에 또 그 음악이 들려왔고, 옛 이스탄불 거리와, 목조 가옥에서 라디오를 들으며 늙어 가는 부부들이 전해 주는 열정적인 사랑과, 사랑 때문에 인생을 망친 대담한 연인들이 떠올랐다. 라디오에서 흘러나오는 여자의 슬픈 목소리는, 퓌순이 옳다는 것, 내가 다른 사람과 결혼하려는 것을 보고 그녀도 자신을 보호하기 위해서는 결혼 말고는 다른 방도가 없었다는 것을 이해하게 되었다. 이런 생각을 하면서 거울에 비친 내 모습을 바라보았고, 나 자신에게 그렇게 말하고 있는 나를 발견했다. 어렸을 때 거울에 비친 내 모습으로 실험을 하던 장난기와 순수함이 내 모습에 배어 있었다. 이제는 퓌순을 모방하면서 나 자신에게서 떨어져 나갈 수 있고, 그녀에게 느끼는 사랑의 힘으로 그녀의 가슴과 머릿속을 지나가는 모든 것을 느끼고 생각할 수 있으며, 그녀의 입으로 말할 수 있고, 그녀가 무엇을 느끼는지를 그녀가 그렇게 느끼는 순간에 이해할 수 있다는 것을, 내가 '그녀'가 될 수 있다는 것을 놀랍게도 깨닫게 되었다.

이러한 발견을 하고 놀라운 마음으로 욕실에서 오래 머물렀던 모양이다. 누군가 문 앞에서 일부러 기침을 한 것 같았다. 문을 두드렸는지도 모른다. 정확하게 기억하지 못한다. 왜냐하면 나는 '필름이 끊겼기 때문이다.' 젊은 시절, 술을 아주 많이 마시고 그다음을 기억하지 못했을 때 했던 말이다. 그 후 욕실에서 나와서, 식탁에 앉고, 체틴 씨가 핑계를 대며 위로 올라와 나를 부축해 — 계단을 혼자 내려갈 수 없는 상태였다 — 차에 태워 집으로 데려간 것은 기억나지 않는다. 식탁은 정적에 잠겨 있었다. 그것은 기억하고 있다. 그들이 침묵했던 것이, 세차게 내리던 비가 누그러졌기 때문인지, 이제 감출 수 없는 지경이 된 나의 수치심을, 나를 지치게 했던 패배감을, 거의 분명히 드러난 나의 고통을 모른 척하기 위해서였는지는 알 수 없다.

페리둔은 이 침묵을 의심하기보다는 '필름이 끊겼다'라는 내 말에 들어맞는 영화 같은 흥분에 휩싸여, 사랑뿐 아니라 혐오감을 드러내며, 튀르키예 영화에 대해, 예쉴참에서 제작한 영화들이 얼마나 형편없는지에 대해, 하지만 튀르키예인들이 영화를 얼마나 좋아하는지에 대해 — 그 당시에 모든 사람들이 나누던 평범한 얘기였다 — 설명을 했다. 과한 욕심을 부리지 않는 건실하고 확실한 자본을 찾으면 아주 멋진 영화를 만들 수 있을 텐데, 퓌순이 주인공으로 출연할 시나리오를 써 놓았지만 안타깝게도 재정적인 지원을 찾지 못했다고도 말했던 것 같다. 퓌순 남편이 돈이 필요하며, 그것을 대놓고 말했다는 사실이 아니라, 퓌순이 유명한 '튀르키예 영화 스타'가 될 거라는 말이 나의 취한 머리를 복잡하게 만들었다.

체틴이 모는 자동차 뒷좌석에 몽롱한 상태로 앉아서, 퓌순을 유명한 배우로 상상해 본 것을 기억한다. 얼마나 취했든지 간에 고통과 혼란스러움의 먹구름이 잠시 개면서 잘 알고 느끼는 — 그리고 생각하는 — 사실을 보게 되는 순간이 있지 않은가. 체틴 씨가 모는 자동차의 어두운 뒷좌석에 앉아 물에 잠긴 도시의 거리를 바라보던 바로 그 순간 머리가 밝아지면서, 퓌순과 그녀의 남편은 내가 영화를 만들려는 그들의 꿈을 지원해 줄 수 있는 부유한 친척이라서 식사에 초대했다는 결론에 이르렀다. 하지만 라크가 가져다준 낙천적인 마음 때문인지, 나는 분노를 느끼지 않았다. 반대로, 퓌순이 튀르키예 전체가 숭배하는 유명한 여배우가 될 거라는 환상에 휩싸여, 그녀를 매력적인 튀르키예 영화 스타로 눈앞에 그려 보았다. 첫 영화의 시사회가 사라이 극장에서 열리면, 퓌순은 내 팔짱을 끼고 환호를 받으며 무대로 나갈 것이다. 내가 탄 차도 어차피 지금 베이오을루에서 사라이 극장 바로 앞을 지나가고 있지 않은가!

## 50

# 이번이 그녀를 마지막으로 보는 거야

아침이 되자 현실이 보였다. 지난밤, 나는 자존심이 무너졌고, 조롱당했고, 무엇보다 무시당했던 것이다. 서 있을 수 없을 정도로 술에 취한 채, 나도 그들 사이에 끼어 자신을 우습게 만들었다. 퓌순의 어머니와 아버지도 내가 자신들의 딸을 얼마나 사랑하는지 알면서도, 사위의 유치하고 바보 같은 영화 제작의 꿈을 만족시켜 주기 위해 나를 초대하는 것을 눈감아 주면서, 이와 같은 모욕적인 행위를 받아들였다는 결론도 이끌어 냈다. 이제 이 사람들을 만나지 않을 작정이었다. 재킷 주머니에서 아버지가 주었던 진주 귀고리를 발견하자 기쁘기까지 했다. 퓌순의 귀고리 한쪽은 돌려주었지만, 내게 돈 때문에 연락한 이들에게 아버지의 소중한 귀고리는 빼앗기지 않았던 것이다. 일 년 내내 고통을 겪다가 마지막으로 퓌순을 한 번 본 건 잘한 일이었다. 퓌순의 아름다움이나 인성 때문에 그녀에게 사랑을 느낀 것이 아니라, 그저 시벨과의 결혼에 대한 무의식적인 반응이었을 뿐이다. 그날까지 한 번도 프로이트를 읽은 적은 없었지만, 신문에서 읽거나 여기저기서 주워들은 '무의식'이라는 개념을, 그 시절에 일어났던 일들을 해명하기 위해 자주 들먹였던 것을 기억한다. 진들은 우리 조상들의 마음속으로 들어가서 그들이 원하지 않는 것을 하게 만들곤 했다. 그리고 내게는, 퓌순 때문에 모든 고통을 겪게 만들고, 나 자신과 어울리지 않는 수치스러운 일을 저지르도록 만든 '무의식'이 있었던 것이다. 절대 이것에 속지 말아야 하고, 내 인생의 새로운 장을 열어야 하며, 퓌순과 관련된 것은 모두 잊어야 했다.

그렇게 하기 위해 가장 먼저, 내게 보내왔던 초대 편지를 재킷 가슴에 달린 주머니에서 꺼내 봉투와 함께 갈가리 찢어 버렸다. 다음 날 아침 정오까지 침대에 누워 있었다. 무의식이 나를 데려다 놓았던 강박관념에서 '이제' 벗어나야 한다고 결정했다. 나의 고통과 모욕에 새로운 이름을 붙이자, 그것과 싸울 만한 새로운 힘이 솟아나는 것 같았다. 어제 저녁에 마신 술 때문에 침대에서조차 나오기 싫어하자, 어머니는 파트마 부인을 판갈트에 보내서 새우를 사 오게 했고, 내가 좋아하는 마늘을 넣은 돌솥 새우 스튜와 레몬 즙과 올리브유를 넣은 아티초크 요리를 만들게 했다. 이제 다시는 퓌순네 가족을 만나지 않을 거라고 결심한 후 편안해진 마음으로 맛을 음미하며 천천히 점심을 먹었고, 어머니와 백포도주를 한 잔씩 마셨다. 어머니는 유명한 철도 부자인 다으델렌 가문의 막내딸 빌루르가 스위스에서 고등학교를 마쳤는데, 지난달에 열여덟 살이 되었다고 했다. 이 집안은 여전히 건축업을 하고 있었는데 인맥과 뇌물까지 동원해서 대출한 은행 빚을 갚지 못해 어려운 상황이었다. 이 어려움 — 파산이 머지않았다고 했다 — 이 드러나기 전에 딸을 결혼시키려 하더라고도 했다.

"아주 예쁘다더구나."

어머니는 묘한 분위기로 말했다.

"네가 원한다면 내가 가서 그 처녀를 한번 만나 보마. 시골 장교들처럼 이렇게 매일 밤 친구들과 어울려 술을 마시는 건 마음에 안

들어."

"어머니, 그럼 한번 가서 보세요."

나는 웃지도 않고 대꾸했다.

"제가 직접 찾아서 만나 본 현대적인 여자와 잘되지 않았으니, 중매도 한번 시도해 보죠."

"아, 얘야, 정말 결정 잘했다. 얼마나 기쁜지 모르겠구나. 물론 한번 만나 보고, 함께 시간을 좀 보내 봐야겠지. 곧 멋진 여름이 올 텐데, 얼마나 좋니, 게다가 젊은데. 그 아이에게 잘 대해 줘라. 왜 시벨과 잘 안 되었는지 말해 줄까?"

그 순간 어머니가 퓌순에 대해 아주 잘 알고 있다는 것을, 그러나 마치 우리 조상들의 진처럼, 괴로워하고 있는 사건을 해명하기 위해 완전히 다른 평계를 찾으려 한다는 것을 알게 되었다. 어머니에게 아주 깊은 감사의 마음이 들었다.

"아주 야망이 크고 아주 거만하고 아주 자존심이 센 여자였어."

어머니는 내 눈을 들여다보며 말했다. 그러고는 무슨 비밀이라도 말해 주는 양 덧붙였다.

"걔가 고양이를 좋아하지 않는다는 사실을 알고 난 처음부터 의심했지."

시벨이 고양이를 좋아하지 않았던 기억은 없다. 하지만 어머니는 시벨을 깎아내리는 얘기를 시작하면서 벌써 두 번이나 이런 이유를 들고 있었다. 나는 화제를 돌렸다. 우리는 발코니에서 단출한 장례식 인파를 바라보며 커피를 마셨다. 어머니는 가끔 "아이고, 네 아버지 불쌍도 하지."라고 하면서 눈물을 몇 방울 흘렸지만, 어머니의 건강이나 기분이나 정신은 멀쩡했다. 어머니는 무살라 돌 위에 놓인 관 속에 누워 있는 사람은 베이오을루에 있는 유명한 베레케트[53] 아파트 주인이라고 했다. 나는 그 건물이 아틀라스 극장 아래쪽에 있다는 이야기를 하면서, 퓌순이 주인공으로 출연한 영화의 시사회가 아틀라스 극장에서 열려서 내가 거기에 참석하는 상상을 무의식중에 하고 말았다. 식사를 한 후에는 사트사트로 가서, 이제는 퓌순과 시벨 이전, 나의 '정상적인' 삶으로 돌아왔다고 믿기 위해 일에 매달렸다.

퓌순을 만난 일은 몇 달 동안 지속된 내 고통을 대부분 가지고 갔다. 사무실에서 일을 하고 있으니, 내 이성의 한부분에서 이제 내가 사랑의 열병에서 벗어났다는 생각이 자주 그리고 진심으로 솟구쳤고 마음도 편해졌다. 일을 하다가 마음속에 그녀가 보고 싶은 욕구가 하나도 남아 있지 않은 것을 깨닫고, 나는 기뻐졌다. 이제 추쿠르주마에 있는 그 형편없는 집을, 홍수와 진흙 속에 잠겨 있는 그 쥐구멍을 다시 찾는 것은 언급할 거리도 되지 않았다. 이렇게 거부감이 드는 이유는, 퓌순에 대한 사랑 때문이기보다는 그들 가족과 사위라는 녀석에게 느꼈던 분노 때문이었다. 그런 어린 녀석에게 지나치게 분노하는 것도 바보같이 느껴졌기 때문에 나 자신에게 화가 났고, 내 인생의 꼬박 일 년을 이 사랑 때문에 고통 속에서 보낸 나의 미련함에도 화가 났다. 하지만 나 자신에게 느끼는 이 감정이 진짜 분노는 아니었다. 새로운 인생이 시작되었으며, 사랑의 아픔은 끝이 났다고 스스로 믿고 싶었고, 이런 새롭고 강렬한 감정은 내 인생이 변했다는 증거인 듯 보였다. 그래서 그동안 소홀히 했던 옛 친구들을 만나 그들과 즐겁게 파티에 가기로 결심했다.(하지만 퓌순이나 시벨과 관련된 잊고 싶은 기억에 불을 지필까 봐 자임이나 메흐메트와는 한동안 거리를 두었다.) 클럽이나 파티에서 거나하게 마시고 자정이 지나면, 내 마음속에 있는 분노가 상류

---

53 '풍성, 신의 은총, 축복'이라는 의미.

사회의 경박함과 지루함을 향해 있거나, 나 자신(강박관념 때문에)이나 다른 누구를 향해 있는 것이 아니라, 실은 퓌순을 향해 있음을 깨달았다. 억압된 내 이성의 한구석에서는 내가 아직 그녀와 다투고 있다는 것을 두렵도록 분명히 인지했다. 내가 사는 이 즐거운 삶에 동참하지 않고 홍수 난 추쿠르주마의 쥐구멍에 사는 것은 그녀 자신의 선택이자 잘못이라고, 말도 안 되는 결혼을 해서 스스로를 매장해 버린 사람에 대해 왜 내가 계속 신경을 써야 하냐고 무의식 중에 생각하고 있는 나 자신을 발견했다.

군대 친구 압뒬케림은 카이세리 출신으로 아버지가 부유한 지주였다. 제대 후에는 멋들어진 사인이 들어간 연하장과 명절 카드를 고향에서 보내왔고, 나는 그를 사트사트의 카이세리 지점장으로 임명했다. 시벨이 그를 '지나치게 튀르키예적인' 사람이라고 생각할 것 같아서 그가 이스탄불에 올 때도 그동안 크게 신경을 써 주지 못했다. 퓌순의 집을 방문한 후 나흘이 지났을 때, 나는 압뒬케림을 새로 문을 연 식당 중에서도 상류 사회 사람들의 발길이 끊이지 않는 가라지[54]로 데려갔다. 테이블에 앉아 있는 사람들이나, 식당을 드나드는 사람들, 우리 테이블까지 와서 정중하고 우호적으로 악수를 청하는 부자들에 대해 그에게 기분 좋게 설명해 주었다. 하지만 얼마 지나지 않아, 그가 이런 이야기 속에 나오는 그들의 약점이나 괴로움 혹은 인간적인 면보다는, 별로 알지도 못하는 이스탄불 사람들의 성생활, 치욕, 집안 문제에 관심을 보이고, 결혼하기 전에 ― 나아가 약혼도 하기 전에 ― 잠자리를 하는 여자들에 대해 일일이 관심을 갖는 것이 마음에 들지 않았다. 밤이 깊어 갈 무렵, 어쩌면 바로 이러한 이유로 기분과는 반대되는 이상한

[54] '차고'라는 의미.

본능에 휩쓸려, 나의 이야기를, 퓌순에게 느끼는 사랑을, 마치 다른 어리석은 부자의 이야기인 것처럼 압뒬케림에게 들려주었다. 상류 사회에서 이름 있고 호감을 주는 젊은 부자가 결국은 다른 사람과 결혼해 버린 '여점원'에게 느끼는 사랑을 이야기하면서, 내가 '그'라고 압뒬케림이 의심하지 못하도록 멀리 떨어진 테이블에 앉아 있는 젊은 남자를 가리키며 바로 '그'라고 했다.

"어쨌든 그 앙큼한 여자가 결혼을 했으니, 가련한 남자도 이제 해방되었군."

압뒬케림은 이렇게 말했다.

"사실 난 남자가 여자를 위해 감수한 모든 것에 존경을 표한다네. 그 여자를 위해 파혼도 했다니까."

내가 말했다.

압뒬케림의 얼굴에 순간 이해한다는 듯 부드러운 표정이 나타났다. 하지만 곧 연초 거물 히즈리 씨가 그의 아내와 아름다운 두 딸과 함께 출구로 천천히 걸어가는 모습을 흐뭇하게 바라보았다. 그러고는 나를 보지도 않고 물었다.

"저 사람들은 누구야?"

히즈리 씨의 두 딸은 다갈색 피부에 키가 컸는데, 그중에서 어린 딸은 — 이름은 아마 네슬리샤흐이었을 것이다 — 머리를 금발로 염색하고 있었다. 그들을 보는 반쯤은 비아냥거리고 반쯤은 선망하는 듯한 압뒬케림의 눈길이 마음에 들지 않았다.

"늦었는데 이제 그만 갈까?"

나는 이렇게 말했다.

계산서를 달라고 했다. 거리로 나와서 헤어질 때까지 아무 말도 하지 않았다.

나는 니샨타쉬에 있는 집으로 가지 않고 탁심을 향해 걸어갔다.

퓌순에게 귀고리를 돌려주었지만, 대놓고 건네준 것이 아니라, 술에 취해 욕실에 잊어버리고 두고 온 것이다. 그들을 위해서도 나를 위해서도 자존심이 상하는 일이었다. 나의 자존심을 지키기 위해서는, 내가 실수로 그런 것이 아니라 일부러 그랬다고 그들이 느끼도록 해야만 했다. 그다음에는 그녀에게 사과를 하고, 내 삶이 끝날 때까지 다시는 그녀를 보지 않을 거라고 확신하며 편안하게, 퓌순에게 미소를 지어 보이며, 마지막으로 "안녕!"이라고 말할 참이었다. 내가 문을 막 나서는 순간, 퓌순은 그것이 나를 마지막으로 보는 것이라는 사실을 깨닫고 당황할지도 모른다. 하지만 나는 그녀가 지난 일 년 동안 내게 느끼게 했던 것과 같은 깊은 침묵에 잠길 것이다. 그렇지 않으면, 우리가 다시는 만나지 못할 거라고는 하지 않아도, 남은 삶을 행복하게 살라고 아주 의미심장하게 얘기할 것이고, 그러면 그녀는 그것이 나를 마지막으로 보는 것임을 이해하고는 당황할 것이다.

베이오을루의 뒷골목에서 천천히 추쿠르주마로 향해 내려가면서, 어쩌면 퓌순이 그 집에서 남편과 행복하게 살고 있기 때문에, 전혀 당황하지 않을지도 모른다는 생각이 머리를 스쳤다. 그렇다면, 그러니까 그 평범한 남편을, 그 허름한 집에서 어렵게 사는 것을 택할 정도로 사랑할 수 있다면, 나는 어차피 그 저녁 이후 그녀를 다시는 만나고 싶어 하지 않았을 것이다. 좁은 골목마다 이어지는 비뚤비뚤한 인도와 계단을 걸으면서, 커튼이 완전히 쳐져 있지 않은 창문 안으로, 텔레비전을 끄고 잠자리에 들 준비를 하는 일가족을, 자기 전에 마주 앉아 마지막으로 담배를 피우는 가난한 늙은 부부를 보았고, 봄밤에 희미한 가로등 불빛 아래서, 이 고요하고 외진 마을에 사는 사람들이 행복해 보인다는 생각을 했다.

대문의 벨을 눌렀다. 2층 퇴창이 열렸다. 어둠 속을 향해 퓌순의 아버지가 "뉘시오?"라고 소리쳤다.

"접니다."

"누구라고?"

도망칠까 생각하며 서 있는데, 그녀의 어머니가 문을 열었다.

"네시베 고모, 저녁 늦은 시간에 폐를 끼칠 생각은 없었습니다."

"어쩐 일이에요, 케말 씨? 안으로 들어와요."

처음에 왔을 때처럼 그녀가 앞장서고 그 뒤를 따라 계단을 올라가면서 '창피해하거나 거북해하지 마. 퓌순을 마지막으로 만나는 거니까.'라고 나 자신에게 말했다. 이제 다시는 자존심 상할 일이 없을 거라고 결심하고 편안하게 안으로 들어갔다. 하지만 그녀를 보자마자 내 심장은 부끄러울 정도로 빠르게 뛰기 시작했다. 그녀는 아버지와 함께 텔레비전 앞에 앉아 있었다. 둘 다 나를 보자 놀라고 부끄러워하며 자리에서 일어났다. 하지만 나의 비통한 모습과 입에서 풍기는 술 냄새를 알아채고는 어쩔 줄 몰라 했다. 절대 기억하고 싶지 않은 그 사오 분 동안, 나는 지나가다 들렀는데 불편하게 했다면 미안하다, 마음에 걸리는 것이 있어 그 이야기를 하러 왔다, 하고 어렵사리 말을 꺼냈다. 그녀의 남편이 집에 없다는 것("페리둔은 영화인 친구들에게 갔어요.")을 알게 되었다. 하지만 내가 온 이유에 대해 도무지 말문을 열 수가 없었다. 그녀의 어머니는 차를 준비하기 위해 부엌으로 갔다. 그녀의 아버지가 아무런 말도 없이 자리를 비우자 우리 둘만 남게 되었다.

"미안해."

둘 다 텔레비전에 시선을 두고 있을 때 내가 말했다.

"나쁜 의도가 아니라, 그냥 술에 취해서 칫솔이 있던 데에 네 귀고리를 올려놓았어. 사실은 제대로 건네주고 싶었는데."

"칫솔이 있는 곳에 귀고리는 없었어."

그녀는 얼굴을 찌푸리며 말했다.

어떻게 된 상황인지 이해하려는 시선으로 서로를 바라보고 있을 때, 그녀의 아버지가 특별한 것이라며 대접 안에 과일이 들어간 세몰리나[55] 헬와[56]를 담아 가지고 들어왔다. 나는 한 입을 먹어 보고는 거창하게 그 맛을 칭찬했다. 그 순간 내가 한밤중에 이 헬와를 먹기 위해 여기 왔다는 양 우리 모두 아무 말도 하지 않았다. 그제서야 귀고리는 핑계일 뿐, 당연히 퓌순을 만나러 거기 갔다는 걸 나는 취한 상태에서도 깨달을 수 있었다. 퓌순은 귀고리를 보지 못했다며 나를 괴롭게 했다. 그 침묵 속에서, 퓌순을 만나지 못하는 고통은 그녀를 만나기 위해 감수했던 부끄러움보다 치명적이라는 생각이 들었다. 그녀를 만나지 못하는 고통을 다시는 겪지 않을 수 있다면, 더 부끄러운 상황도 기꺼이 참을 준비가 되어 있다는 것도 이제는 알았다. 하지만 부끄러움 앞에서 나는 어찌할 바를 몰랐다. 모욕당하는 두려움과 퓌순을 만날 수 없는 고통 사이에서 어찌할 바를 모르는 채로 자리에서 일어났다.

맞은편에 오래된 친구 카나리아가 있었다. 새장을 향해 한 걸음 옮겼다. 새와 눈이 마주쳤다. 나와 함께 퓌순과 그녀의 부모님도 — 아마도 내가 돌아가자 마음이 놓여서 — 자리에서 일어났다. 다시 찾아오더라도, 이미 결혼을 하고 그저 돈 때문에 내게 관심을 갖는 퓌순을 설득하지는 못할 거라는 걸 확실히 깨달았다. '이번이 그녀를 마지막으로 보는 거야!'라고 스스로에게 말했다. 다시는 이곳에 발걸음을 하지 않을 참이었다.

바로 그때 초인종이 울렸다. 그 장면, 그러니까 내가 카나리아와 마주보고 있을 때, 퓌순과 그녀의 어머니와 아버지가 우리를 바

---

[55] 양질의 거친 밀가루.
[56] 깨와 꿀로 만든 튀르키예 후식.

라보고 있을 때, 초인종이 울리자 모두 함께 문을 향해 돌아섰던 순간을 보여 주는 이 유화는, 그 일 이후 많은 세월이 흐른 다음 내가 의뢰해 그린 것이다. 그 순간 이상하게도 나와 동일화했던 카나리아 레몬의 관점에서 그림이 그려졌기 때문에 우리 중 그 누구의 얼굴도 보이지 않는다. 내 인생의 연인이 등을 돌리고 있는 모습을 내가 기억하는 그대로 그렸기 때문에, 나는 그림을 볼 때마다 눈시울을 적셨다. 반쯤 열린 커튼 사이로 보이는 밤, 어두운 추쿠르주마 마을, 그리고 방 안을, 화가는 내가 설명해 준 그대로, 한 치의 오차도 없이 그려 주었기에 나는 자랑스럽게 선보일 수 있다.

바로 그때, 퓌순의 아버지는 퇴창을 통해 건물 앞에 있는 거울에 시선을 던졌고, 초인종을 누른 사람이 이웃 아이들일 거라며 대문을 열어 보려고 내려갔다.

정적이 감돌았다. 나는 문을 향해 걸어갔다. 트렌치코트를 입으며 아무 말 없이 앞만 바라보았다. 문을 열었다. 그 순간, 이것이 일 년 동안 나 자신에게도 감추며 상상했던 '복수'의 장면이 될 수 있을 거라 생각했다.

"안녕히 계세요."

"케말 씨. 여길 지나가다가 우리 집 문을 두드려 줘서 얼마나 기쁜지 몰라요."

네시베 고모는 이렇게 말하며 퓌순을 한 번 쳐다보았다.

"쟤가 저렇게 인상을 쓰고 있는 건 신경 쓰지 말아요. 아버지를 무서워해서 그런 거고, 사실은 당신을 만나게 되어 우리만큼이나 기뻐했답니다."

"엄마, 제발……."

나의 아름다운 연인이 이렇게 말했다.

나는 "그녀의 머리가 검은색이 된 것을 참을 수가 없습니다."라고 말하며 이별 의식을 시작하려 했지만, 이 말은 사실이 아니고, 그녀를 위해서라면 세상 모든 고통을 참을 수 있으며, 또한 이 고통은 나를 끝장낼 거라는 사실을 깨닫고 있었다.

"아니요, 아닙니다, 퓌순은 아주 좋아 보여요."

나는 그녀의 눈을 응시하며 말했다.

"네가 아주 행복해하는 걸 보니, 나도 행복해."

"당신을 만나서 우리도 행복했습니다. 이제 당신 발길도 익숙해졌으니 언제나 기다릴게요."

네시베 고모가 말했다.

"네시베 고모, 제가 여기 오는 것도 이제 마지막입니다."

"왜 그러죠? 우리가 새로 이사한 마을이 마음에 들지 않아요?"

"이제 고모 차례예요."

나는 어색하게 농담처럼 말했다.

"고모를 초대하라고 어머니에게 얘기하겠습니다."

마지막으로 한 번 돌아보지 않고 계단을 내려가는 나의 모습에는 아무래도 상관없다는 분위기가 배어 있었다.

"잘 가게."

타륵 씨가 대문 앞에서 정중하게 말했다. 한 이웃 아이가 "엄마가 보냈어요!"라며 타륵 씨에게 꾸러미를 건네고 있었다.

바깥의 깨끗하고 선선한 공기가 기분 좋게 얼굴에 닿을 때, 이제 죽을 때까지 다시는 퓌순을 만나지 않겠다고 생각했고, 그 순간 내 앞에는 근심 걱정 없는 행복한 삶이 펼쳐져 있다고 믿었다. 나 대신 어머니가 만나러 갈 다으델렌 집안의 딸 빌루르가 멋진 처녀일 거라고 상상했다. 하지만 발걸음을 내디디며 조금씩 퓌순에게서 멀어질 때마다 내 가슴에서 한 부분씩 떨어져 나가는 것 같았다. 추쿠르주마 비탈길 위로 올라가면서, 내 영혼이 뒤에 두고 온

곳으로 돌아가기 위해 뱃속에서 발버둥치는 것을 느꼈다. 하지만 이 고통을 견뎌 내고 이 일을 이제 끝내야 한다고도 생각했다.

나는 이미 멀리까지 와 버렸다. 이제 나는 무엇으로 시간을 보낼지 찾아야 하고, 강해져야 했다. 영업 시간이 끝나 문을 닫고 있는 술집으로 들어갔다. 짙고 푸른 담배 연기 속에서, 멜론을 안주 삼아 라크를 두 잔 마셨다. 그런 다음 밖으로 나왔을 때는, 내 영혼과 몸이 아직 퓌순의 집에서 멀어지지 않았다고 느꼈다. 그사이 길을 잃어버렸던 것 같다. 좁은 골목에서 익숙한 그림자와 마주쳤고, 순간 마음속에서 전율이 흘렀다.

"아, 안녕하세요!"

퓌순의 남편 페리둔이었다.

"우연이군요, 당신 집에서 돌아가는 길인데."

"그래요?"

그의 젊음에 — 아이 같다고 해야 하나 — 또다시 놀랐다.

"지난번에 왔을 때부터 그 영화에 대해 생각해 보았어요. 당신 말이 맞아요. 튀르키예에서도 유럽에서처럼 예술 영화가 만들어져야 해요. 오늘 저녁에는 당신이 없어서 그 문제를 퓌순에게 말하지 못했네요. 언제 저녁에 이 문제에 대해 얘기해 볼까요?"

나만큼이나 술에 취해 있던 그는 이런 제의에 순간 어리둥절해하는 것 같았다.

"화요일 저녁 7시에 당신들을 데리러 집으로 찾아갈까요?"

나는 이렇게 물었다.

"퓌순도 가겠죠, 안 그런가요?"

"물론입니다. 유럽에서처럼 예술 영화를 찍는 것뿐만 아니라, 퓌순이 그 영화에 주인공으로 출연하는 것이 우리 계획이니까요."

오랫동안 같은 학교를 다니고, 그다음에는 군대 동기로 지내며 함께 고생을 한 후, 장차 부자가 되는 상상을 하는 오래된 친구들처럼 순간 서로를 바라보며 미소 지었다. 가로등 불빛 아래서 페리둔의 아이 같은 눈을 주의 깊게 들여다보고는 조용히 헤어졌다.

# 51
# 사랑하는 사람과 가까이 있는 것만이 행복이다

베이오을루로 나갔을 때 진열장들이 반짝반짝 빛났던 것을, 극장에서 나온 사람들 사이에서 걷자 기분이 좋았던 것을 기억한다. 나 자신에게도 감출 수 없었던 삶의 기쁨과 행복이 내 마음을 휘감고 있었다. 퓌순과 그 남편이 나를 집에 부른 것은 영화에 대한 그들의 엉뚱한 환상에 투자하라는 의미였다는 생각을 한 직후라면, 나는 지금 이 상황이 경멸스럽고 수치스러워야 했다. 하지만 내 가슴에 솟아나던 행복이 너무나 강렬해서 부끄러움에는 전혀 신경쓰지 않았다. 그날 밤 나의 뇌리에는 한 가지 장면만이 떠올랐다. 우리가 만든 영화의 시사회가 열리는 밤, 사라이 극장 — 멜렉 극장이 좋을까? — 의 무대에서 퓌순은 마이크를 들고 팬들에게, 그리고 누구보다도 나에게 감사한다는 말을 할 것이다. 예술 영화를 지원하는 부유한 제작자인 내가 무대로 나가면, 주위에서 나돌고 있는 소문을 아는 사람들은 "젊은 여배우가 이 영화를 찍다가 제작자와 사랑에 빠져 남편과 이혼했대."라고 귓속말을 할 것이고, 퓌순이 무대에서 내 뺨에 입을 맞추는 순간을 포착한 사진이 모든 신문을 장식할 것이다.

그즈음, 스스로 아편 성분이 있는 액체를 분비하며 잠에 빠지는 희귀한 고비꽃처럼, 내 머리가 스스로 분비해 냈던 이런 상상들을 더 이상 설명할 필요는 없을 것이다. 나와 같은 세계에 살고, 나와 같은 상황에 빠진 튀르키예 남자들과 마찬가지로, 나 역시 미친 듯이 사랑하는 여자가 어떤 생각을 하고 어떤 꿈을 지니고 있는지 이해하기보다는, 그녀에 대해 그저 상상만 하고 있을 뿐이었다. 이틀 후 체틴 씨가 운전하는 시보레를 타고 가서 그들을 태울 때 퓌순과 눈이 마주쳤고, 내 머릿속에서 그칠 줄 모르고 끊임없이 분비되던 이런 상상과 비슷한 일은 일어나지 않을 것임을 깨달았다. 하지만 그녀를 만나는 것이 너무나 행복해서 들뜬 기분은 사라지지 않았다.

젊은 부부를 뒷좌석으로 안내하고, 나는 체틴의 옆자리에 앉았다. 그림자에 감싸인 거리와 뿌연 먼지 속에서 혼란스러워 보이는 광장을 지나면서, 연신 뒤를 돌아보며 분위기를 띄우려고 애를 썼다. 퓌순은 진한 주황색과 불꽃색 원피스를 입고 있었다. 보스포루스의 향기를 싣고 불어오는 바람을 피부로 느끼기 위해 단추 하나는 채우지 않았다. 네모난 돌이 깔린 보스포루스 길을 자동차가 덜컹거리며 달리고 있을 때, 무슨 말을 하기 위해 뒤를 돌아볼 때마다 마음속에 행복이 불타올랐던 것을 기억한다. 뷔윅데레에 있는 안돈이라는 식당에 갔던 그 첫째 날 밤 — 영화에 대해 상의한다며 만났던 다른 밤도 그럴 것처럼 — 우리 중에서 가장 흥분한 사람은 바로 나 자신이라는 게 얼마 지나지 않아 분명해졌다.

나이 든 룸 웨이터들이 쟁반에 올려서 날라 온 안주를 고르자마자, 내가 그 넘치는 자신감을 부러워했던 페리둔이 "영화는 내 인생의 전부입니다, 케말 씨."라며 설명을 시작했다.

"나이만 보고 나를 신뢰하지 않을까 걱정돼서 하는 말입니다. 지난 삼 년 동안 예쉴참에서 잔뼈가 굵었고 운도 좋았습니다. 사람들도 많이 알게 되었고요. 조명 기구와 소품을 나르며 무대 장치 일을 했고, 조감독도 했습니다. 시나리오는 열한 편을 썼습니다."

"모두 영화화되었고, 결과도 아주 좋았어."

퓌순이 덧붙였다.

"페리둔 씨, 그 영화들을 꼭 보고 싶군요."

"함께 보러 가지요, 케말 씨. 대부분의 여름 극장에서, 그리고 어떤 작품은 베이오을루에서 지금도 상영한답니다. 하지만 그 영화들에 만족하지는 않습니다. 그런 영화들을 찍는 데 만족했다면, 코낙 영화사에 있는 사람들이 이제는 내가 감독을 해도 된다고 말했을 겁니다. 하지만 난 그런 영화들을 찍고 싶지 않습니다."

"어떤 영화들인데요?"

"상업적이고 멜로드라마 같은, 시장의 요구에 따른 영화들입니다. 튀르키예 영화를 본 적 있습니까?"

"드물게."

"유럽에 가 본 부자들은 그저 비웃기 위해 튀르키예 영화를 보러 가지요. 나도 스무 살 때에 그렇게 생각했으니까요. 하지만 이제는 비하하지 않습니다. 퓌순도 이제 튀르키예 영화를 아주 좋아해요."

"나한테도 좀 가르쳐 줘요, 나도 좋아해 봅시다."

"가르쳐 드리지요."

페리둔은 진심 어린 미소를 지으며 말했다.

"하지만 케말 씨 덕분에 찍게 될 영화는 그런 것이 아닐 겁니다. 걱정하지 마세요. 예를 들면, 시골에서 도시로 온 퓌순이 프랑스 유모 덕에 단 사흘 만에 숙녀가 되는 영화는 만들지 않을 겁니다."

"어차피 나도 곧장 유모와 싸움을 할걸."

퓌순이 말했다.

"가난하다는 이유로 부유한 친척들이 무시하는 신데렐라도 없을 겁니다."

페리둔은 계속했다.

"사실 난 무시당하는 가난한 친척 역할을 하고 싶어."

퓌순이 말했다.

그녀가 이렇게 말하는데도, 나는 조롱당하는 느낌보다는 고통을 가져다주는 어떤 가벼움과 행복 같은 것을 느꼈다. 이렇게 가벼운 분위기 속에서, 우리는 가족에 대한 추억을 공유하고, 오래전에 퓌순과 함께 체틴이 모는 차를 타고 이스탄불을 돌아다닌 일과, 변두리 마을의 좁은 골목에 살던, 죽거나 죽어 가던 먼 친척과, 그 외에도 많은 것들에 대해 이야기를 나누었다. 홍합 돌마는 어떻게 요리되는지에 대한 논쟁은, 피부가 새하얀 룸 요리사가 미소를 지으며 저 멀리 부엌에서 나와서 계피도 넣어야 한다고 말하는 것으로 결론이 났다. 페리둔의 순수함과 낙관적으로 흥분하는 모습이 마음에 들었는데, 그도 시나리오나 영화에 대한 환상을 집요하게 설명하려고 들지 않았다. 그들을 집에 데려다주면서 사흘 후에 다시 만나기로 약속했다.

1976년 여름 내내, 나는 영화에 대한 이야기를 하기 위해 보스포루스에 있는 여러 식당에 저녁을 먹으러 갔다. 많은 세월이 흐른 후, 바닷가에 있는 이 식당들의 창문을 통해 보스포루스를 내다보면, 그런 식사 자리에 퓌순이 내 맞은편에 앉아 있기에 느꼈던 넘치는 행복감과 그녀를 다시 얻기 위해 요구되었던 침착함이 다시 떠올랐을 때는 머리가 혼란스러웠다. 식사를 하는 동안, 그녀 남편의 영화 소재와 영화에 대한 꿈에 대해서, 예쉴참과 튀르키예 관객의 구조에 관한 해결책에 대해서, 한동안 예의를 갖추며 들었고, 의심이 드는 부분이 있어도 나 자신에게도 감추려 했다. 사실 나의 고민은 튀르키예 관객들에게 '서양적 의미의 예술 영화를 제공하는 것'이 아니었기 때문에, 일을 어렵게 만들려고 조심스레 애를 썼다. 예를 들면, 그가 쓴 시나리오를 보고 싶다고 하면서도, 시나리오가 내 앞에 놓이기 전에는 다른 문제에만 관심을 보였다.

페리둔이 웬만한 사트사트 직원들보다 영리하고 수완도 좋다는 것을 알게 되었다. 한번은 '진짜 잘 만든' 튀르키예 영화의 제작비가 얼마 정도일지 이야기를 나누다가, 퓌순이 스타가 되기 위해서는 니샨타쉬 뒷골목에 있는 작은 아파트 한 채 가격의 절반 정도 되는 돈이 필요하다는 결과를 도출하게 되었다. 하지만 우리가 도무지 일에 착수할 수 없었던 원인은 비용이 적거나 많았기 때문이 아니라, 영화를 만든다는 핑계로 일주일에 두 번씩 퓌순을 만나는 것이 현재로서는 고통을 진정시켜 준다는 것을 내가 깨달았기 때문이었다. 그렇게 고통을 겪은 후였기에, 이제는 그것만으로도 충분하다는 결론을 내렸던 것이다. 더 많이 원하는 것은 두려운 일이었다. 그런 사랑의 고문을 모두 겪은 후, 이제는 약간 휴식을 취해야만 할 것 같았다.

식사를 한 후에 체틴이 모는 자동차를 타고 이스틴예에 가서 계피와 닭 가슴살이 듬뿍 든 푸딩을 먹거나, 에미르갼에서 아이스크림이 들어 있는 와플을 먹으면서 웃고 떠들며 함께 보스포루스의 어두운 물을 바라보며 걷는 것이, 사람이 세상에 태어나 경험할 수 있는 가장 깊은 행복처럼 느껴졌다. 어느 날 저녁 '야니 플레이스'라는 식당에서, 퓌순이 내 맞은편에 앉아 있다는 사실이 내 마음에 전해 주는 평온함이 사랑의 진들을 진정시키자, 행복은 아주 단순한 것이라는 사실과, 모든 사람이 알아야 하는 처방전을 발견하고 혼자 중얼거린 것을 기억한다. 오직·사랑하는 사람과 가까이 있는 것만이 행복이다.(당장 소유할 필요는 없다.) 이 마법적인 처방전이 머리에 떠오르기 직전, 나는 식당 창문을 통해 보스포루스의 아시아 대륙 쪽 해안을 바라보았다. 지난가을 시벨과 함께 지냈던 해안 저택에서 나오는 흔들리는 불빛을 보고는, 배에서 느껴지던 끔찍한 사랑의 통증이 사라졌다는 것을 깨달았다.

퓌순과 같은 테이블에 앉아 있으니 견딜 수 없던 사랑의 고통이 순식간에 사라졌을 뿐만 아니라, 얼마 전까지만 해도 이 고통 때문에 자살을 생각했던 것마저 잊었다. 이렇게 퓌순 곁에서 고통이 사그라지자 그 고통이 나를 얼마나 피폐하게 만들었는지도 잊어버리고 나의 '정상적인' 과거로 돌아갔다고 생각했다. 나 자신이 강하고 단호하며, 게다가 자유롭다는 착각에 빠졌던 것이다. 세 번을 만나는 동안 이런 변화된 감정이 일정하게 유지되었기에, 보스포루스에 있는 식당에서 그녀 맞은편에 앉았을 때 테이블에 있던 물건 몇 개를 챙겨 왔다. 이후에 그녀를 그리워하면서 느낄 고통을 대비하여, 그녀와 마주 앉아 있던 행복을 상기하며 홀로 있을 때도 힘이 될 거라는 생각에서였다. 예를 들어, 이 작은 양은 수저는 예니쾨이에 있는 '알레코 플레이스'라는 식당에서 그녀의 남편과 축구 이야기에 빠져 있을 때 — 다행히 우리 둘 다 페네르바흐체 팀의 팬이었기 때문에 피상적인 논쟁을 피할 수 있었다 — 퓌순이 지루해하며 입에 넣고 오랫동안 가지고 놀던 것이다. 이 소금 통은 그녀가 막 사용하려고 하던 차에, 녹슨 소련 배가 창문 앞으로 아주 가깝게 지나가면서 회전하는 프로펠러가 우리 테이블 위에 있는 병과 컵을 흔들자, 그녀가 그걸 보느라 한참을 손에 들고 있었던 것이다. 네 번째 만났을 때 우리는 이스틴예에 있는 제이넬이라는 가게에서 아이스크림을 샀는데, 아이스크림을 다 먹은 퓌순은 콘의 가장자리를 베어 먹더니 바닥에 던져 버렸다. 그녀 뒤를 따라가다가 잽싸게 주워 주머니에 집어넣었던 것이 이 콘이다. 집으로 돌아오면 술에 취한 채 이 물건들을 바라보았고, 하루나 이틀이 지나면 어머니가 궁금해할까 봐 멜하메트 아파트로 가져가서, 이와 비슷한 소중한 물건들 옆에 두었으며, 서서히 부풀어 오르는 고통을 잠재워 보려고 했다.

　그해 봄과 여름에는, 예전에는 전혀 느끼지 못했던 동지애 비슷한 감정으로 어머니와 가까워졌다. 어머니는 아버지를, 나는 퓌순을 잃었기 때문일 것이다. 이와 같은 상실이 우리를 성숙하고 관대하게 만들었다. 하지만 어머니는 나의 상실감에 대해 얼마나 알고 있었을까? 내가 집으로 가져온 아이스크림콘이나 수저를 봤다면 무슨 생각을 했을까? 체틴에게 물어보고 내가 어디를 다니는지 알게 되었을까? 불행한 순간에는 이런 것이 궁금해지기도 했다. 어머니가 나 때문에 마음 아파하는 것이나, 어머니의 표현대로 '평생 후회할 짓'을 저지른 것이 나의 참을 수 없는 강박관념 때문이라고 생각하는 것은 원하지 않았다.

　때로는 어머니에게 유쾌하고 행복한 듯 가장했으며, 중매로 여자를 만나는 건 웃기는 일이라는 — 농담이라도 — 말은 입 밖에 내지 않고, 어머니가 나를 위해 만나고 다니는 신부 후보들의 특징이나 사연을 진지하게 듣곤 했다. 어머니는 나 대신 다으텔렌 집안의 막내딸 빌루르를 만나러 갔다가, 파산을 했는데도 여전히 하인들을 부리며 '흥청망청' 사는 걸 보고 돌아왔다. 딸의 얼굴이 예쁜 것은 사실이었지만 키가 아주 작았기에, 난쟁이하고 결혼시킬 순 없다며 없던 일로 했다.(어머니는 형과 내가 청년이 되었을 때부터 "165보다 작은 여자는 싫다. 난쟁이하고 결혼하지 마라."라고 했다.) 어머니는 멩게를리 집안의 딸도 내게 적합하지 않다고 결론을 지었다. 지난여름 초에, 시벨과 자임과 함께 뷔윅아다 섬에 있는 그랜드 클럽에 갔다가 만난 적이 있는 여자였다. 그녀는 얼마 전까지만 해도 아분둑 집안의 큰아들과 결혼까지 생각하며 미친 듯이 연애를 했는데, 그만 아주 처절하게 차이고 말았다는 사실이 상류 사회에 널리 퍼져 있는 걸 최근에 알게 되었던 것이다. 어머니는 여름 내내 이런 조사를 계속했고 나는 조용히 지지했다. 정말로 나를 행복하게 해 줄 결과를 가져올지도 모른다고 가끔은 믿기도 했고, 한편으로는 아버지가 돌아가신 후 시작된 은둔 생활에서 어머니를 끌어낼 계기가 될지도 모른다고 생각했던 것이다. 가끔 정오 무렵이면, 어머니는 수아디예에 있는 집에서 사무실로 걸어와서, 내가 꼭 만나 봤으면 하는 처녀가 요즘 저녁 무렵 으쉭 집안의 보트를 타고 이웃집 에사트 씨의 집 앞 부두로 가니까, 그날 저녁 어두워지기 전에 아시아 쪽 선창에 가면 그녀를 볼 수 있을 것이고, 내가 원하면 만날 수도 있다고, 꿩이 어디로 내려와 앉는지를 사냥꾼에게 설명해 주는 촌부처럼 세세하게 설명하곤 했다. 어머니는 매일 이런저런 핑계를 대고 하루에 적어도 두 번씩은 사무실로 전화를 했으며, 오늘도 수아디예에 있는 집에서 아버지의 옛 물건 — 예를 들면 여기 한 짝을 전시한 흰색과 검은색으로 된 여름용 신발 — 을 옷장 바닥에서 발견하고 한참 울었다는 이야기를 했다. 그러고는 "제발 나를 혼자 두지 마라!"라며 니샨타쉬에서 지내지 말라고 했고, 혼자 있는 것이 내게도 좋지 않을 거라며 저녁을 먹으러 꼭 수아디예로 오라고 했다.

가끔은 그 식사 자리에 형이 아내와 아이들을 데리고 오기도 했다. 식사를 마친 후 어머니와 베린이 아이들이나 친척들, 오래된 습관들, 오르기만 하는 물가, 새로 문을 연 가게들, 옷들, 그리고 소문에 대해 이야기할 때면 형과 나는 종려나무 밑 — 아버지가 혼자 일광욕 침대에 누워 맞은편의 섬과 별을 바라보며 숨겨 놓은 연인을 생각했던 곳 — 에 앉아 회사와 아버지가 남겨 놓은 사업에 대해 이야기를 나누곤 했다. 형은 투르가이 씨와 함께 세운 회사에 나도 동업자로 참여하라고 하면서도 그 당시 대체로 그랬듯이 강요는 하지 않았다. 또 케난을 회사 책임자로 앉힌 것은 잘한 일이지만 내가 케난과 잘 지내지 못하는 것은 잘못이라고 하면서, 거듭 그 사업에 참여하지 않은 건 실수라면서 마지막으로 만회할 기회가 왔으니 나중에 후회하지 말라고 냉정하게 덧붙였다. 그리고 내가 직장 생활에서뿐만 아니라 사회생활에서도, 마치 자신과 우리의 친구, 성공과 행복에서 도망치고 있는 것 같다며 "도대체 무슨 일이야?"라고 얼굴을 찌푸리며 물었다.

나는 아버지의 죽음과 시벨과의 파혼 때문에 지쳤고, 약간 의기소침해졌다고 대답했다. 아주 더웠던 7월 어느 저녁에는, 형에게 너무 답답해서 혼자 있고 싶다고 했는데, 그의 얼굴에 나타난 표정을 보니 그가 이것을 광기 같은 것으로 느끼는 것 같았다. 지금은 형이 내 머릿속의 광기를 받아들이겠지만, 더 심해지면 사람들이 하는 말에 대한 수치심과 나의 광기를 사업상으로 비겁하게 이용하는 희열 사이에서 주저할 거라고 생각했다. 하지만 이렇게 걱정하는 것도 퓌순을 만난 후 기분이 좋았을 때나 가능한 일이었고, 며칠이 지나 퓌순이 그리워 고통스러워지면 그녀 외에는 다른 생각이 나지 않았다. 어머니는 나의 강박관념 혹은 내 마음속의 어둠을 느끼고 걱정했지만 알고 싶어 하지는 않았다. 나도 어머니가 뭘 알고 있는지 궁금했다. 하지만 퓌순을 향한 나의 사랑에 대해, 내가 생각하는 것보다 어머니가 많이 아는지는 — 만약 그렇다면 — 알고 싶지 않았다. 퓌순을 만난 후, 그녀에 대한 사랑이 이제 그리 중요하지 않다고 믿으려 했던 것처럼, 내 마음속의 강박관념이 그리 문제 되지 않는다고, 직접 언급도 하지 않고 어머니를 설득시키려고 했다. 나는 '콤플렉스가 없다는 것'을 어머니에게 증명하기 위해, 재단사 네시베 고모의 딸 퓌순과 그녀의 남편을 보스포루스로 데려가 저녁 식사를 한 번 대접했으며, 젊은 사위가 끈질기게 부탁하는 바람에 그가 시나리오를 쓴 영화를 보러 간 적도 한 번 있다고 대화 도중에 말하고 말았다.

"그래, 잘 지내면 좋지. 그 애가 예술참 영화쟁이들하고 시간을 보낸다는 얘기를 들으니 마음이 아프더구나. 미인 대회에 나간 애한테 뭘 기대하겠니! 하지만 네가 잘 지낸다면야……."

"분별력은 있는 아이 같아요……."

"극장에도 같이 간다고? 그래도 조심해, 네시베는 마음씨가 좋고 재미있는 사람이지만 술수도 뛰어나니까. 아 참, 오늘 저녁에 에사트 씨의 부두에서 파티가 있는데, 사람을 보내서 우리를 초대했단다. 넌 가 봐라, 난 무화과나무 밑 안락의자에 앉아 멀리서 너와 사람들을 구경할 테니."

# 52

# 삶과 고통에 대한 영화는 진솔해야 돼

1976년 6월 중순부터 10월 초까지, 우리는 여름 야외극장에서 50편이 넘는 영화를 봤다. 그 입장권 몇 개와, 많은 세월이 흐른 후 수집가들에게 수소문해서 찾아낸, 극장 로비에 걸려 있던 사진들과 영화 전단지를 여기에 전시한다. 보스포루스의 술집에 갔을 때처럼, 날이 어두워지는 시간에 퓌순과 그녀의 남편이 사는 추쿠르주마의 집으로 가서 그들을 체틴이 모는 자동차에 태우고, 그날 아침 페리둔이 알고 지내는 사장이나 배급자에게 우리가 볼 영화가 상영되는 지역이나 마을을 알아내서 종이에 써 놓은 메모를 보고 길을 찾아갔다. 이스탄불이 최근 십 년 동안 얼마나 성장했던지, 새로 지은 건물이나 화재 때문에 얼마나 변했던지, 사람들이 도시로 몰려들어 좁은 골목이 얼마나 붐볐던지, 우리는 자주 길을 잃었고, 물어 물어서 겨우 찾아가는 바람에 상영 시간 바로 직전에 뛰어서 도착하곤 했다. 이미 어두워진 다음에 들어갔기 때문에, 오 분간의 휴식 시간이 되어 불이 켜진 다음에야 그곳이 어떤 곳인지 아는 경우도 있었다.

회칠을 한 벽, 제조소, 쓰러져 가는 목조 가옥, 이삼 층 높이 아파트의 발코니와 창문으로 둘러싸인 이 슬픈 공간에 모인 사람들

은 매번 나를 놀라게 했다. 많은 세월이 흐른 후에는 커다란 야외
극장에 있던 뽕나무와 플라타너스가 잘려 나갔고, 그 자리에는 대
신 아파트들이 심어졌으며, 주차장이나 인공 잔디를 덮은 축구장
으로 변하기도 했다. 우리가 보던 멜로드라마 같은 영화의 슬픔과,
의자에 앉아 호박씨를 먹고 있는 수천 명의 활기, 수없이 많은 가
족, 머리에 스카프를 쓴 어머니들, 계속 담배를 피우는 아버지들,
사이다를 마시는 아이들, 미혼 남자들의 모습이 영화의 내용과 함
께 머릿속에서 뒤섞이곤 했다.

내가 튀르키예 음악과 영화의 왕이라 불리는 오르한 겐제바이
와 처음으로 만난 것도 바로 이런 커다란 야외극장의 스크린에서
였다. 그의 노래, 그의 음반, 그의 포스터는 당시 모든 튀르키예인
들의 삶에 깊이 침투해 있었다. 야외극장은 펜딕과 카르탈 사이에
새로 생겨난 무허가촌 뒤에, 푸르른 마르마라 해와 섬들, 벽에 각종
좌익 슬로건이 쓰여 있는 제조소와 공장이 보이는 언덕에 있었다.
사방을 온통 새하얀 석회색으로 물들였던 카르탈의 유누스 시멘트
공장의 높은 굴뚝에서 흘러나오는 솜 같은 연기는 캄캄한 밤에 더
하얗게 보였고, 석회 가루는 영화를 보는 사람들 위로 동화 속 눈
처럼 내려앉았다.

오르한 겐제바이는 그 영화에서 젊고 가난한 어부 오르한으로
나왔다. 오르한은 부유하고 나쁜 남자에게 도움을 받고 그에게 감
사하는 마음을 갖게 된다. 이 남자의 아들은 더 형편없는 놈인데,
건방진 아들과 그의 친구들이 뮈즈데 아르(이번이 첫 영화 출연이
었던)가 연기한 소녀를 무자비하게 강간하는 장면에서, 더 극적인
연출을 위해 옷을 벗기는 모습이 나오자 사람들은 정적에 휩싸였
다. 오르한은 신세를 진 후원자의 압박으로 뮈즈데와 결혼하여 사
건을 은폐하는 데 동참한다. 이때 겐제바이는 "세상아, 전부 망해

버려라!" 하고 외치며, 다시 한번 고통과 분노에 차 노래를 불렀다. 그를 튀르키예 전역에서 유명하게 만든 바로 그 노래였다.

영화에서 가장 감동적인 순간, 들리는 것은 오직 의자에 앉아 있는 수백 명의 사람들이 호박씨를 까먹으며 내는 소리(처음에는 가까이에 있는 공장에서 들려오는 기계음이라고 생각했다.)뿐이었다. 나는 이 소리를 들을 때마다, 우리 모두가 오랫동안 쌓이고 쌓인 고통 속에 버려진 것 같았다. 하지만 영화의 분위기, 즐기려고 몰려든 사람들이 내는 소음, 남성 전용 구역 제일 앞에 앉은, 신난 청년들의 농담, 무엇보다 비현실적인 줄거리가 영화에 집중하여 억압된 두려움을 만끽하는 데 방해가 되었다. 하지만 오르한 겐제바이가 "모든 것이 어둡다, 인간애는 어디에 있는가!"라고 분노를 터뜨리는 순간, 나무와 별에 둘러싸인 그 극장에서 퓌순 곁에 앉아 있는 것이 아주 만족스러웠다. 한쪽 눈으로는 스크린을 보고, 다른 한쪽 눈으로는 장면이 바뀔 때 퓌순이 좁은 나무 의자에서 몸을 들썩거리는 것을, 숨을 쉬는 것을, 오르한 겐제바이가 "이런 운명이 원망스럽기만 하구나."라고 말할 때 청바지를 입은 다리를 다른 쪽 다리 위로 올리는 모습을, 담배를 피우는 모습을 바라보았고, 그녀가 영화의 감상적인 장면에 얼마나 공감하는지 추측해 보면서 즐거워했다. 뮈즈데와 결혼할 수밖에 없는 오르한의 분노에 찬 노래가 반발심마저 드러내는 순간, 반은 감상적이고 반은 비웃는 듯한 시선으로 퓌순을 돌아보며 미소를 지었다. 그녀는 영화에 몰입했는지 나를 쳐다보지도 않았다.

오르한은 아내가 강간을 당했다는 이유로 그녀와 사랑을 나누지 않고 멀리한다. 뮈즈데는 오르한과의 결혼 생활이 고통을 달래 주지 못하자 자살을 기도한다. 오르한은 그녀를 병원으로 데려가 살려 낸다. 병원에서 돌아오는 길에 그가 뮈즈데에게 팔짱을 끼라고 하는 감동적인 장면에서, 그녀는 "내가 부끄러워요?"라고 묻는 다. 그 순간 내 가슴속에 감춰져 있던 고통이 결국 꿈틀거리는 것 을 느꼈다. 극장에 있는 사람들도 모두 침묵에 싸였는데, 그 침묵이 강간을 당해 순결을 잃은 여자와 결혼하는 것이, 그녀와 팔짱을 끼고 걷는 것이 수치라고 생각한다는 의미임을 알 수 있었다.

나 역시 속으로 어떤 부끄러움, 더 나아가 어떤 분노를 느꼈다. 순결과 정절 문제가 이렇게 공개적으로 언급되는 것에 대한 부끄러움이었을까, 아니면 이것을 퓌순과 함께 보고 있다는 것에 대한 부끄러움이었을까? 한편으로는 이런 생각을 하고, 다른 한편으로는 내 옆에 앉아 있는 퓌순이 의자에서 들썩거리는 것을 느꼈다. 어머니의 품에서 영화를 보던 아이들이 잠들고 앞줄에 앉아 스크린에 나오는 주인공들에게 계속 말대꾸를 하던 사람들도 침묵에 잠겼을 때, 나는 바로 내 옆에 있는, 의자 뒤에 올려져 있던 퓌순의 팔을 얼마나 잡고 싶었는지 모른다.

두 번째 영화는, 내 마음속의 수치심을 온 나라와 하늘에 있는 별들의 진정한 고민인 사랑의 고통으로 바꾸어 놓았다. 이번에 오른한 겐제바이의 상대역은 검은 머리의 귀여운 페리한 사바시였다. 겐제바이는 견딜 수 없는 고통 앞에서도 분노하지 않고, 우리 모두의 마음에 와 닿은 더 강한 무기, 즉 고통을 견뎌 내는 것과 겸손함으로 당당하게 무장한다. 그리고 관람객들이 좋아할 만한 노래로 자신의 태도와 영화를 요약해 주었다.


너는 한때 나의 연인이었지.
내 곁에 있을 때조차 나의 그리움이었지.
지금 너는 다른 사랑을 찾았어.
행복이 너의 것이길.

고통과 번민은 나의 것이니

삶이 너의 것이 되길, 너의 것이 되길.


　시간이 흐르고, 품에 안긴 아이들이 잠들고, 사이다를 마시며 병아리콩을 서로에게 던지던 사람들도 지치고, 앞줄에서 소란을 피우던 사람들도 조용해진 것은 밤이 늦어서였을까, 아니면 오르한 겐제바이가 사랑의 고통을 희생으로 승화한 것에 존경심을 느껴서였을까? 나도 그와 같이 할 수 있었을까, 자신을 더 이상 불명예스럽거나 불행하게 만들지 않고 오로지 퓌순의 행복만 바라며 살 수 있을까? 그녀가 영화에 출연하는 데 필요한 도움을 주면 마음이 편해질까?

　이제 퓌순의 팔은 가까이에 있지 않았다. 오르한 겐제바이가 연인에게 "행복은 너의 것이 되고, 추억은 나의 것이 되길!"이라고 했을 때, 앞줄에 있던 누군가는 "얼간이!"라고 소리쳤다. 하지만 이 말에 웃으며 동조한 사람은 몇 되지 않았다. 모두 조용했다. 튀르키예 사람들이 가장 잘 배운 혹은 배우기 원하는 지혜와 재주는 바로 패배를 신사답게 받아들이는 것이라고 생각했다. 어쩌면 이 영화가 보스포루스에 있는 해안 저택에서 촬영되었고, 지난 여름과 가을의 기억을 떠올리게 했기 때문에 잠시 목이 메었다. 드라고스 앞바다에 떠 있는 반짝이는 하얀 배가 섬에서 여름을 보내는 행복한 사람들의 불빛을 향해 느리게 나아갔다. 담배를 한 대 피워 물고 다리를 꼬고 앉아, 세상의 아름다움에 새삼 놀라며 별을 바라보았다. 많은 사람들과 소란 속에서도 내가 이 영화에서 감동을 받은 것은, 밤이 깊어 가는 시간에 정적에 휩싸여 있는 관객들의 존재 때문이라고 생각했다. 집에서 혼자 텔레비전으로 봤다면 이 영화는 이렇게 감동을 주지 못했을 것이고, 어머니와 앉아서 끝까지 보지도 못했을 것이다. 나는 퓌순 옆에 앉아 있었고, 다른 관객들과 나 사이에는 형제애 같은 것이 존재한다고 느꼈다.

영화가 끝나고 불이 켜지자, 품에서 잠든 아이를 안고 가는 어머니와 아버지 들의 침묵에 우리도 동참했고, 돌아오는 내내 아무도 이 침묵을 깨지 않았다. 뒷좌석에서 퓌순이 남편의 가슴에 머리를 대고 잠이 든 후, 창밖으로 흘러가는 어두운 골목, 제조소, 무허가촌, 벽에다 좌익 슬로건을 쓰는 청년들, 어둠 속에서 더 노쇠해 보이는 나무들, 배회하는 개 떼, 문을 닫고 있는 찻집을 바라보며 담배를 피웠다. 우리가 본 영화의 핵심이니 알아 두어야 한다며 열심히 속삭이듯 설명해 주는 페리둔을 돌아보지도 않았다.

어느 무더운 밤, 니샨타쉬의 뒷골목과 이흐라무르 카스르[57] 근처에 있는 무허가촌 사이에 낀 좁고 긴 정원 안에 있는 예니 이펙 극장에 가서, 뽕나무 그늘 아래서 「사랑의 고통은 죽으면 끝난다」와 아역 스타 파파트야가 출연하는 「들어 주세요, 내 가슴의 절규를」이라는 멜로 영화를 보았다. 한 영화가 끝나고 다른 영화가 시작되기 전 휴식 시간에 사이다병을 들고 마실 때, 페리둔은 첫 번째 영화에서 길고 가는 콧수염을 기르고 부도덕한 회계원 역할을 한 악한이 자기 친구인데, 우리가 찍을 영화에서도 그와 비슷한 역할을 할 준비가 되어 있다고 했다. 나는 오직 퓌순만을 위해 예쉴참 영화계에 발을 담그는 것은 쉽지 않을 거라는 사실을 깨달았다.

그때 극장 정원을 향해 있는 발코니 중에서 검은 커튼이 드리워진 문을 쳐다보고는, 그 오래된 목조 가옥이 니샨타쉬 뒷골목에 있는 호화 매음굴 두 곳 중 하나라는 것을 알아챘다. 여름밤에 그곳에서 여자들과 사랑을 나누는 부유한 남자들의 절규 소리에 영

---

[57]  '성(城)'이라는 의미.

화 음악, 검이 부딪치는 소리, 영화에서 개안을 한 장님들이 "보여……. 보여……."라고 외치는 소리가 뒤섞이는 것을 두고 창녀들은 농담을 하곤 했다. 한때는 유명한 유대인 상인의 저택 거실이었지만 지금은 손님 대기실이 된 곳에서 미니스커트를 입은 채 기다리던 여자들은, 장난을 치다 지루해지면 위층으로 올라가 뒤쪽에 있는 빈방의 발코니에서 영화를 보았다.

셰흐자데바쉬에 있는 작은 일드즈 야외극장은, 마치 라 스칼라[58]의 관람석처럼, 사람들로 꽉 차 있는 발코니로 둘러싸여 있었는데, 이 발코니가 관객들과 너무나 가까워서, 「나의 사랑, 나의 자랑」이라는 가족 영화에서 부유한 아버지가 아들을 꾸중한("그 여점원 나부랭이와 결혼하면 널 유산 상속자에서 뺄 것이고, 자식 취급도 하지 않겠다!") 장면 바로 다음에 발코니 중 한 곳에서 싸움 소리가 들려오면 관객들은 이 소리를 영화 속 싸움과 혼동하곤 했다. 카라귐뤽에 있는 겨울용 치첵 극장 바로 옆에 있는 여름용 치첵 극장에서 「시미트 파는 아주머니」를 보았다. 페리둔이 그자비에 드 몽트팽[59]의 『빵 배달하는 여자』라는 소설을 개작하여 시나리오를 쓴 영화였다. 이번 주인공은 튀르칸 쇼라이가 아니라 파트마 기릭이었다. 바로 우리 위에 있는 발코니에 술상을 차리고 가족과 함께 술을 마시던 속셔츠 차림의 뚱뚱하고 배가 나온 남자는 그 상황이 불만스러웠는지 "튀르칸이라면 저렇게 연기했겠어! 말도 안 돼, 전혀 안 어울려!"라고 계속 투덜거렸다. 배 나온 남자는 어젯밤에도 그 영화를 보았기 때문에, 앞으로 어떻게 전개되는지 온 극장에 들

---

**58** 이탈리아 밀라노에 있는 오페라극장.

**59** 19세기 프랑스의 대중 소설가, 신문 연재 소설 작가, 대중 극작가로 무려 90여 편에 이르는 작품을 남겼다. 그중 1884년부터 1887년까지 연재한 『빵 배달하는 여자(La Porteuse de pain)』는 대표적인 베스트셀러이다.

리도록 고래고래 소리를 질러 댔다. 그는 발코니에 앉아, "쉿, 조용히 좀 해요, 우리도 좀 봅시다."라고 하는 관객들과 입씨름을 하며 더욱더 영화를 조롱했다. 퓌순은 이런 것들이 남편을 속상하게 할까 봐 페리둔에게 안겼고, 내 속은 타들어 갔다.

돌아오는 길에 퓌순은 뒷좌석에 앉아 잠들거나 대화에 끼었는데, 그럴 때 그녀가 머리를 남편의 어깨나 배에 기대고 손을 잡는 것을 보고 싶지 않았다. 체틴이 천천히 조심스럽게 모는 자동차가 귀뚜라미 소리가 들리는 후덥지근한 여름밤 속으로 나아갈 때, 반쯤 열린 창문으로 들어오는 뒷골목의 인동덩굴, 녹, 먼지 냄새를 들이마시며 어둠 속을 바라보았다. 하지만 부부가 영화를 보며 서로의 품으로 파고드는 게 느껴지면, 예를 들면 바크르쾨이에 있는 '인지르리 극장'에서 미국 영화와 이스탄불 거리에서 영감을 받아 촬영한 두 편의 탐정 영화를 보다가, 갑자기 내 마음은 암울해져 버렸다. 때로는 「화염 사이에서」의, 고통을 속으로 삭이는 남자 주인공처럼 입을 굳게 다물고 있었다. 때로는 퓌순이 내게 질투심을 불러일으키기 위해 남편 어깨에 기대는 거라고 생각하며, 그와 상상 속에서 결투를 했다. 그러면서 젊은 부부가 가끔씩 속삭이며 미소 짓는 것을 전혀 눈치채지 못한 척, 그저 영화가 아주 마음에 드는 척하며, 이를 증명하기 위해 가장 멍청이 같은 관객만이 웃을 만한 장면에서 폭소를 터뜨렸다. 튀르키예 영화를 보러 갔을 때는 그런 자리에 있는 것 때문에 불편한 지식인처럼, 아무도 느끼지 못하는 이상한 세부 사항을 알아채고는 말이 안 돼서 웃는 수밖에 없다는 듯 킥킥거렸다. 하지만 나의 이런 조롱하는 태도가 마음에 들지는 않았다. 그녀의 남편이 감동적인 순간에 퓌순의 어깨에 팔을 올려도 — 물론 자주 그러지는 않았다 — 불안하지 않았지만, 그럴 때 퓌순이 페리둔의 어깨에 머리를 가볍게 기대면 나는 우울해졌고, 나를 속상하게 하려고 일부러 그런 행동을 하는 퓌순이 매정하다고 생각하며, 내가 한 짓이 있음에도 분노하곤 했다.

8월 말, 황새 떼가 발칸 쪽에서 남쪽의 아프리카로 가기 위해 (지난해 이즈음에 시벨과 여름이 끝나는 파티를 열었던 것은 떠오르지도 않았다.) 이스탄불 상공을 날아간 후, 비가 내리던 선선한 어느 날, 베식타쉬 시장 안에 있는 '곱추의 장소'라는 커다란 정원(여름 극장인 유무르작 극장)에서 「나는 가난한 처녀를 사랑했다」를 보고 있을 때, 바로 내 옆에 앉아 있던 퓌순이 품에 안고 있던 스웨터 밑으로 남편과 손을 잡고 있는 걸 느꼈다. 그 후 다른 순간에도 그리고 다른 극장에서도, 이 문제에 대해 생각하고 있지도 않을 때, 담배에 불을 붙인다는 핑계로, 질투심에 휩싸여 그들을 바라보며 퓌순이 품에 안은 스웨터 아래로 그들이 행복하게 손을 잡고 있는지 아닌지를 보려고 애를 썼다. 결혼을 했고, 같은 침대를 쓰는 그들이 서로를 만질 기회도 많을 텐데 굳이 왜 지금 내 옆에서 이러는 걸까?

질투 때문에 기분이 상해 버리면, 보고 있는 영화뿐 아니라 지난 몇 주 동안 보았던 영화도 전부 부도덕하고 천박하며, 현실 세계와는 비참할 정도로 멀게만 느껴졌다. 툭하면 노래를 불러 대는 멍청이 같은 연인들에게, 하녀였다가 하루 만에 가수가 돼 버리며, 머리에는 스카프를 썼지만 입술에는 립스틱을 바른 시골 처녀들에게 질리고 말았다. 페리둔이 미소를 지으며 설명해 주어도, 뒤마의 『삼총사』를 개작한, 즉 '프랑스 작품을 표절한' 친구들에 관한 영화나, 거리에서 여자들에게 파렴치하게 수작을 거는 의형제들에 관한 영화가 전혀 마음에 들지 않았다. 극장 주인들이 서로 경쟁을 하느라 매일 밤 자르고 자르는 바람에 도저히 이해할 수 없게 되어 버린 영화를 세 편이나 보여 주었던 페리쾨이의 아르주 극장에서

「카슴파샤의 삼총사」와 주인공들이 검은 셔츠를 입고 등장한 「용감한 세 보디가드」를 보았다. 서로 희생하는 연인들이 나오는 영화(훨야 코치이이트가 "잠깐만, 잠깐만요, 탄주는 죄가 없어요, 당신이 찾는 죄인은 나예요!"라고 외치는 「아카시아 나무 아래서」)는 폭우 때문에 끝까지 보지 못했다. 장님인 아들의 수술비를 마련하기 위해 온갖 노력을 다 하는 어머니(「상심」이라는 이 영화는 위스퀴다르 할크 야외극장에서 보았는데, 두 영화 사이에는 곡예 공연이 펼쳐졌다.)도 등장했다. 친구들이 "넌 도망쳐, 내가 시간을 끌 테니!"라고 말하는 영화(페리둔이 우리 영화에도 출현하겠다고 약속했던 에롤 타시가 이런 대사를 했다.)도 보았다. 이런 주인공들뿐 아니라 "넌 내 친구의 애인이야."라며 행복을 거부하는 청년들의 희생에도 나는 질려 버렸다. 슬프고 절망적인 순간에 "난 가난한 여점원이고, 당신은 부유한 공장주의 아들이에요."라고 말하는 여자들, 게다가 사랑의 고통을 가슴에 묻고 먼 천척을 만나러 간다는 핑계로 운전사가 모는 차를 타고 애인을 방문하는 비통한 남자들도 내게 아무런 영향을 주지 못했다.

퓌순과 나란히 앉아 있다는 즐거움 때문에, 상영 중이던 영화와 극장에 온 사람들 사이로 퍼져 나가던 순간적인 나의 행복은, 질투라는 바람으로 순식간에 세상을 저주하는 깜깜한 침울로 변할 수 있었다. 하지만 이따금 마법적인 순간이 찾아오면 나의 세상은 환하게 밝아졌다. 등장인물들이 장님이 돼 버리는 흔한 장면에서, 비참한 세계의 어둠이 내 영혼에 완전히 내려앉아 있을 때, 내 팔이 순간적으로 그녀의 벨벳 같은 팔에 닿으면 나는 이 접촉이 주는 놀라운 느낌을 잃지 않기 위해 팔을 움직이지 않고 가만히 있었다. 영화를 보아도 전혀 이해가 되지 않았고, 그녀도 전혀 움직이지 않고 자신의 살갖을 나의 살갖의 접촉에 맡기고 있는 것이 느껴지자 행복해서 기절할 것만 같았다. 여름의 끝 무렵 아르나부트쾨이 참파르크 극장에서, 건방지고 부유한 처녀와 그녀를 길들이는 운전사의 모험을 다룬 영화 「작은 아씨」를 보고 있을 때, 우리의 팔이 다시 닿았고, 그녀 피부의 열기가 내 피부를 뜨겁게 달구자 내 몸은 전혀 예상치 못했던 반응을 보였다. 한참 동안 내 몸의 부도덕한 반응에는 신경 쓰지 않고 그녀의 피부에 닿는 놀라운 느낌에 자신을 내맡기고 있었는데, 갑자기 불이 켜지고 오 분의 휴식 시간이 시작되었다. 부끄러운 흥분을 감추기 위해 군청색 스웨터를 허리와 무릎 사이에 올려놓았다.

"사이다 사러 갈까?"

퓌순이 물었다. 영화 중간의 휴식 시간에 사이다나 호박씨를 사러 갈 때는 거의 남편과 가곤 했다.

"그래, 근데 잠깐만 기다려 줘. 뭐 좀 생각하고 있거든."

고등학교 시절 친구들에게 감추기 위해 그랬던 것처럼, 내 몸의 부도덕한 반응을 감추기 위해 외할머니의 죽음을 생각했다. 어린 시절에 보았거나 상상했던 장례식, 아버지가 나를 꾸중했던 일, 나 자신의 장례식, 어두운 무덤 속과 내 눈에 흙이 들어가는 것을 빠르게 눈앞에 떠올렸다.

삼십 초 후, 이제 일어설 수 있을 것 같아서 "됐어, 가자."라고 말했다.

그렇게 함께 걸으면서, 마치 처음으로 그녀의 큰 키와 곧은 몸을 알아본 것 같았다. 가족들, 의자들, 뛰어가는 아이들 사이로, 다른 사람들의 시선을 의식하지 않고 그녀와 걷는 것이 얼마나 좋았던가……. 극장에 있는 사람들이 그녀를 쳐다보자 기분이 좋았다. 우리를 연인이나 부부로 생각할 거라 상상하자 행복해졌다. 이렇게 잠깐 그녀와 함께 걷는 것은 그녀 때문에 겪었던 모든 고통만큼 충분히 가치가 있고, 그렇게 걸어가는 순간이 내 인생에서 놀랍도록 행복하고 특별한 순간이라는 것을, 그때, 그 행복한 순간을 경험하면서 깨달았다.

사이다 장수 앞에는 사람들이 줄을 서지 않고, 여느 때처럼 어른 아이 할 것 없이 한꺼번에 몰려 사이다를 외치고 있었다. 우리는 뒤에서 기다렸다.

"방금 뭘 그렇게 진지하게 생각했어?"

퓌순이 물었다.

"영화가 마음에 들어. 전에는 웃고 넘기면서 별 관심이 없었던 영화가 왜 지금은 이렇게 마음에 드는지 생각하고 있었어. 그때 머릿속을 정돈할 수 있었다면 그 답도 찾았겠지."

"영화가 정말 마음에 들어? 우리와 함께 극장에 오기 위해 그렇게 말하는 거 아니야?"

"절대 그렇지 않아. 난 아주 행복해. 올여름에 보았던 영화들은 대부분 내 마음에 와닿았고, 나의 아픔을 잘 위로해 주는 면이 있었어."

"사실 인생은 영화처럼 단순하지 않아."

퓌순은 나의 공상이 걱정스럽다는 듯 말했다.

"하지만 난 즐거워. 우리와 함께 와 줘서 기뻐."

우리는 잠시 아무 말도 하지 않았다.

"난 네 곁에 앉아 있는 것만으로도 충분해."

나는 이렇게 말하고 싶었다.

우리 팔이 한참 동안 닿아 있었던 것은 그저 우연일까? 내 마음속에 감춰 두고 있던 말이 밖으로 나오고 싶어 했지만, 고통스럽게도 극장의 사람들과 우리가 살고 있는 세계는 그걸 허락하지 않았다. 나무에 달려 있는 확성기에서, 두 달 전 펜딕 언덕에 있는 경치 좋은 극장에서 보았던 영화 속 오르한 겐제바이의 노래가 들려왔다. "너는 한때 나의 연인이었지……."라고 시작하는 가사와 음악이 여름의 추억들을 불러 모아, 내 눈앞에 그림처럼 하나하나 선보이고 있었다. 보스포루스 술집에서, 술에 취한 채 달빛이 비치는 바다와 퓌순을 감탄하며 바라보았던, 그 어느 때와도 비할 수 없는 순간이 마음속에서 되살아나는 듯했다.

"올여름은 아주 행복했어. 영화들이 날 가르쳤어. 삶에서 중요한 것은 부자가 되는 것이 아니야. 사실…… 불행하게도, 고통도 있고…… 번민도 있고……. 그렇지 않아?"

"삶과 고통에 관한 영화는 진솔해야 돼."

나의 아름다운 여인이 얼굴에 그늘을 드리우며 말했다.

서로 밀치면서 사이다를 뿌려 대던 아이들이 퓌순에게 세게 부딪치자 나는 그녀의 허리를 잡고 내 쪽으로 끌어당겼다. 그녀에게 사이다가 조금 튀었다.

"이놈의 자식들."

한 남자가 이렇게 말하고는 아이 중 하나의 목덜미를 후려쳤다. 그러고는 결정을 기다리는 눈빛으로 우리를 바라보았다. 그의 시선이 퓌순의 허리 위에 놓여 있는 내 손에 꽂혔다.

극장 정원에서 우리는 단지 육체뿐 아니라 정신적으로도 얼마나 가까웠던가! 퓌순은 내 시선이 두려운 듯 내게서 떨어지더니 아이들 사이로 들어가 세숫대야에 뉘어 있는 사이다 병에 몸을 뻗었고, 나는 상심하고 말았다.

"체틴 씨에게도 사이다 한 병 사 줘."

그러고는 두 병의 뚜껑을 따 달라고 했다.

나는 돈을 내고, 우리와 '가족 전용 구역'에 함께 있지 않고 혼자 미혼 남성 구역에 앉아 있는 체틴 씨에게 사이다를 가져다줬다.

"아이고 이런 수고를, 케말 씨."

그는 미소를 지으며 말했다.

돌아오면서 보니 한 아이가 병째 사이다를 마시고 있는 퓌순에게 감탄하는 눈길을 던지고 있었다. 아이는 용기를 내어 우리 곁으로 다가왔다.

"누나, 누나는 영화배우예요?"

"아니."

당시 이런 질문은, 화장을 하고 잘 꾸미고 약간 노출된 옷을 입었는데 그다지 상류층은 아닌 여자에게 바람둥이들이 다가가서 "아주 미인이십니다."라고 말하는 것과 같은 뜻이었으며, 요즈음엔 거의 잊힌 방법이라는 것을 상기시키고자 한다. 하지만 열 살 정도의 아이는 그런 뜻이 아니었다. 아이는 우겼다.

"하지만 누나를 어떤 영화에서 봤는걸요."

"어떤 영화?"

퓌순이 물었다.

"「가을 나비」에서 이 옷을 입었잖아요?"

"내가 무슨 역할을 했지?"

퓌순은 그 아이의 상상에 기분 좋은 듯 미소 지었다.

하지만 아이는 자신이 착각했다는 것을 알고는 입을 다물었다.

"내 남편에게 물어볼게. 그는 영화라면 전부 알거든."

'내 남편'이라는 그녀의 말, 의자에 앉아 있는 사람들 중에서 그를 찾아냈던 것, 내가 퓌순의 남편이 아니라는 걸 아이가 알게 되는 것이 속상했다. 여러분은 이해할 것으로 믿는다. 하지만 그래도 속상한 마음을 억눌렀다. 그녀와 이렇게 가까이 있고, 함께 사이다를 마시는 행복감으로 이렇게 말했다.

"곧 우리가 영화를 찍고, 네가 스타가 되리라는 걸 아마 아이가 안 것 같아⋯⋯."

"그러니까 드디어, 정말로 오빠가 돈을 대서 영화를 찍는 거야? 미안하지만 케말, 페리둔은 이제 부끄러워서 말도 꺼내지 못하고 있어. 우린 이제 오빠가 시간을 끄는 데 지쳤어."

"정말이야?"

나는 이렇게 묻고, 놀라서 가만히 있었다.

# 53
# 상심과 노여움은 아무에게도 도움이 안 된다

그 밤이 끝날 때까지 나는 입을 꼭 다물고 있었다. 내가 그 당시 경험했던 감정에 대해 다른 언어에서도 흔히들 '상심(傷心)'이라고 표현하기 때문에, 깨진 도자기 심장을 여기에 전시하며, 이 심장이 박물관에 온 사람들에게 내 고통을 잘 설명해 줄 거라고 생각한다. 지난여름처럼 사랑의 고통을 혼란이나 절망, 혹은 분노의 형태로 받아들이지는 않았다. 이제 고통은 내 핏속에서 더 진한 농도로 흘러갔다. 퓌순을 매일 혹은 이틀에 한 번 만나게 되자 내 고통은 줄어들었고, 이런 새로운 고통을 지닌 채 살아가기 위해 새로운 습관이 생겼으며, 이 습관 역시 여름 동안 내 영혼에 정착하여 나를 다른 사람으로 바꿔 놓았기 때문이었다. 고통과 싸우지 않고, 고통을 억누르고, 고통을 덮어 두거나 전혀 없는 척하면서 하루의 대부분을 보냈다.

사랑의 고통이 약간 가벼워질 때면 그 자리를 다른 것, 즉 모욕의 고통이 차지했다. 내가 고통을 겪지 않도록 퓌순이 조심하고, 나의 자존심을 건드릴 만한 주제와 상황은 피하고 있다고 생각했다. 하지만 그녀가 던진 잔인한 그 마지막 말을 듣자, 아무 일도 없었던 것처럼 행동할 수 없다는 걸 비로소 깨달았다.

처음에는 내 머릿속에서 쉬지 않고 반복되는 그 말("정말로 오빠가 돈을 대서……. 우린 이제 지쳤어.")을 퓌순이 내뱉은 적이 없는 것처럼(마치 내가 귀머거리인 양) 행동할 수 있었다. 하지만 내가 중얼거렸던 말("정말이야?")은 내가 그녀의 말을 들었다는 것을 증명하고 있었다. 그렇기 때문에 내가 불쾌한 일은 전혀 없다는 듯 행동할 수는 없었다. 어차피 내가 기분이 상했다는 것 ─ 그러니까 모욕을 당한 걸 내가 안다는 것 ─ 은 부루퉁한 내 얼굴에서 즉시 읽어 낼 수 있었다. 아무 일도 없던 것처럼 사이다병을 들고 돌아와서 내 자리에 앉았지만, 머릿속에서는 그 모욕적인 문장이 계속 되풀이되었다. 너무 괴로워서 겨우 움직였다. 모욕적인 것은 그런 말 자체가 아니라, 내가 수치스러워하고 그래서 화가 났다는 것을 퓌순이 분명히 눈치채고 있다는 사실이었다.

아무 일도 없었던 것처럼 보이려고 애써 평범한 일들을 생각했다. 어렸을 때나 청소년 때, 지루해 미칠 것 같으면 형이상학적인 상상에 빠지곤 했던 것처럼, 나 자신에게 이런 질문을 던진 것을 기억한다. "난 지금 무슨 생각을 하고 있지? 내가 무엇을 생각하는지 생각하고 있어!" 머릿속에서 이 단어들을 한동안 되뇐 후 퓌순을 돌아보며 단호하게 말했다.

"빈병 돌려 달래!"

그녀의 손에 있는 빈병을 집은 다음 자리에서 일어나 가지고 나갔다. 다른 한 손에는 내 병이 들려 있었다. 병 안에는 사이다가 남아 있었다. 아무도 나를 보고 있지 않았다. 내 병에 있던 사이다를 퓌순의 빈 병에 채우고, 내 병만 사이다를 파는 아이에게 돌려주었다. 그러고는 여기에 전시한 퓌순의 병을 들고 돌아가서 앉았다.

퓌순은 남편과 이야기를 하느라 내가 와서 앉는 것도 몰랐다. 스크린에 상영되는 영화가 끝까지 눈에 들어오지 않았다. 조금 전 퓌순의 입술이 닿았던 병이 이제 나의 떨리는 손에 들려 있었기 때문이다. 다른 것은 생각하고 싶지 않았다. 나의 세계로, 나의 물건들에게로 돌아가고 싶었다. 이 병은 오랜 세월 동안 멜하메트 아파트에 있는 침대 밑에 고이고이 보관되었다. 병의 형태를 유심히 보면 이것이 우리 이야기가 시작되는 시절에 판매되었던 멜템 사이다병이라는 것을 기억할 것이다. 하지만 그 안에 들어 있는 것은 자임이 맛을 자부하던 멜템 사이다가 아니다. 당시 튀르키예 곳곳에서 판매되던 사이다는 그 첫 번째 튀르키예 사이다의 형편없는 모조품이었기 때문이다. 지하에 자리를 잡은 소규모 사이다 생산자들은 빈 멜템 사이다병을 가게에서 수거해서, 자신들이 생산한 값싼 색료로 만든 사이다를 채운 후 시장에 내놓았다. 돌아오는 길에 차 안에서, 내가 사이다병에 가끔 입을 대자, 퓌순과 나 사이에 있었던 대화에 대해서는 알지 못하는 페리둔이 "형님, 멜템 사이다 정말 좋지 않아요?"라고 물었다. 나는 '진짜' 사이다가 아니라고 설명했다. 그는 무슨 말인지 이해했다.

"바크르쾨이 뒤쪽에 비밀 가스 충전소가 있어요. 빈 아이가즈 가스통에 값싼 가스를 채운다고 해요. 우리도 한 번 산 적이 있어요. 케말 형님, 그런데 진짜보다 더 잘 타던데요."

나는 조심스럽게 병을 내 입술에 대고 말했다.

"이것도 맛이 더 좋아."

자동차는 희미한 가로등이 밝히는 돌 깔린 조용한 뒷골목을 흔들거리며 전진했고, 앞 유리창 밖으로 나무와 잎사귀들이 꿈속에서처럼 천천히 흔들거렸다. 나는 앞좌석에, 운전사 체틴 옆에 앉아 상심의 고통이 내 마음에 영향을 끼쳤다는 것을 마침내 인정하고, 절대 뒤를 돌아보지 않았다. 우리는 여느 때처럼 영화에 대해 이야기하기 시작했다. 원래 체틴 씨는 이러한 대화에 거의 끼어들지 않왔지만, 침묵이 어색했는지 몇몇 장면은 신빙성이 없었다는 말을 했다. 이스탄불의 운전사라면 이 영화에서처럼 모시는 아가씨에게 정중하게라도 꾸중은 절대 하지 않는다는 것이었다.

"하지만 그 사람은 운전사가 아니라 유명한 배우 아이한 으슥입니다."

페리둔이 말했다.

"압니다, 저도 그래서 아주 마음에 들었습니다. 교훈적인 면이 있었으니까요. 올여름에 본 영화들이 재미있었을 뿐 아니라, 삶에 대한 교훈도 주었기 때문에 아주 좋았습니다."

퓌순도 나도 아무 말도 하지 않았다. 나의 고통을 더욱 가중시켰던 것은 체틴 씨가 한 '올여름'이라는 말이었다. 이 아름다운 여름 밤은 끝이 났고, 이제 퓌순과 야외에서 영화를 보지 못할 것이며, 별들 아래서 그녀와 나란히 앉는 행복도 이제 끝이 났다는 것을 상기시켜 주는 말이었다. 나의 고통을 퓌순에게 보이지 않으려고 되는 대로 아무 말이라도 하고 싶었다. 하지만 도저히 입이 떨어지지 않았고, 나는 내가 아주 오랫동안 노여워할 것임을 예감할 수 있었다.

이제는 퓌순을 보고 싶지 않았다. 남편이 찍을 영화에 내가 돈을 대기 때문에, 그러니까 돈 때문에 나와 친구로 지내는 사람은 절대 보고 싶지 않았다. 게다가 돈 때문에 나를 만난다는 것을 이제는 숨기려고조차 하지 않았다. 이런 사람은 절대 매력적으로 보이지 않기 때문에 이제 그녀에게서 쉽게 떨어질 수 있을 거라고 느꼈다.

그날 밤 그들을 집 앞에 내려 준 다음에 또 언제 야간 영화를 볼지 약속할 생각도 전혀 하지 않았다. 사흘 동안 그들에게 연락을 하지 않았다. 이즈음 먼저 내 뇌리 한편에서는 또 다른 형태의 노여움이 생겨나기 시작했다. 내가 '외교적인 노여움'이라고 이름 붙였던 이 감정은 상심으로 인한 고통보다는 어떤 의무에 의거한 것이었다. 나에게 나쁘게 대하는 사람에게 다시는 그런 짓을 하지 않도록 벌을 줘서 자존심을 지켜야 한다. 퓌순에게 내린 '벌'은 당연히 남편의 영화 제작에 투자하지 않는 것, 그래서 영화배우가 되고자 하는 그녀의 환상을 수포로 돌아가게 하는 것이었다. 나는 스스로에게 '영화를 못 찍으면 어떻게 될지 한번 생각해 보라지!'라고 말했다. 처음에는 이렇게 노여운 마음을 본능적으로 느끼다가, 이틀 후부터는 나의 벌이 퓌순의 마음을 어떻게 괴롭게 할지를 세세하게 상상하기 시작했다. 하지만 그들이 나를 만나지 못하는 결과는 물질적으로 나타날 거라고 아주 분명히 상상했음에도, 퓌순은 영화를 못 만들어서가 아니라 나를 만나지 못해서 마음이 아플 거라고 생각했다.

퓌순이 후회하고 있을 거라고 상상하는 즐거움이 이틀째부터는 노여운 마음을 추월하기 시작했다. 이틀째 되는 날 저녁, 수아디예의 집에서 어머니와 말없이 식사를 하고 있을 때, 이제는 퓌순이 그립다는 것을, 나의 본능적인 노여움도 사그라들었다는 것을 깨달았다. 단지 퓌순이 속상해하고, 그녀에게 벌이 된다는 생각을 하는 것만으로 이 노여운 마음을 지속할 수 있을 것임을 알게 되었다. 어머니와 식사를 하면서도, 나를 퓌순의 처지에 두고 그녀의 입장에서 아주 현실적이며 무자비한 생각을 하기 시작했다. 내가 그녀처럼 젊고 아름다운 여자였다면, 남편이 찍을 영화에 출연하여 스타가 되려고 하면서도 바보 같은 말을 해서 제작자의 마음을 상하게 하여 결국 그 꿈을 접어야 한다면, 얼마나 후회하고 고통스러울지 생각해 보려고 했다. 하지만 어머니의 질문들(왜 고기를 다 먹지 않고 남겼니? 저녁때 외출할 거니? 여름의 즐거움도 다 지나갔어, 월말까지 기다리지 말고 내일 니샨타쉬로 돌아갈까? 이것이 몇 번째 잔이지?) 때문에 나를 퓌순의 입장에 놓고 생각하는 것이 쉽지 않았다.

술에 취한 채, 퓌순이 어떤 생각을 할지 헤아려 보다가 다른 것을 깨닫게 되었다. 사실 그 추한 말("정말로 오빠가 돈을 대서…….")을 듣는 순간부터, 나의 노여움은 복수를 하고 싶다는 '외교적인' 감정이었다. 그런 말을 한 퓌순에게 복수하고 싶으면서도 한편으로는 그런 마음이 두렵고 부끄러웠기 때문에, '이제 그녀를 보고 싶지 않다.'라고 스스로 믿게 만든 것이다. 이 핑계가 보다 명예로웠을 뿐 아니라, 복수를 한다 해도 나 자신은 죄가 없다고 생각할 여지를 주었던 것이다. 본능적인 노여움은 사실 진심도 진정도 아니었다. 그저 복수하고 싶은 마음을 순수하고 심오하게 포장해 주었기 때문에, 상처 입은 나의 마음을 과장하고 있었던 것이다. 이렇게 이해하자, 퓌순을 용서하고 만나야겠다는 생각이 들었다. 그녀를 만나겠다고 결심하자, 다시 모든 것이 낙관적으로 보였다. 하지만 그들에게 다시 찾아가기 위해서는 많은 생각을 하고 스스로를 속여야만 했다.

저녁을 먹은 후, 십 년 전 청년 시절에 친구들과 함께 '여자를 만날 목적으로 활보'했던 바그다드 대로로 나갔다. 넓은 인도를 걸으며, 내가 벌주는 걸 포기한다면 그것이 퓌순에게 어떤 의미일지 제대로 파악하기 위해, 온 힘을 다해 나 자신을 퓌순의 입장에 놓으려고 애를 썼다. 잠시 후 머리에 번개처럼 번쩍 떠오르는 것이 있었다. 그녀처럼 똑똑하고 아름다우며, 자신이 무엇을 원하는지 잘 아는 젊은 여성은 조금만 노력하면 남편을 지원해 줄 다른 제작자를 바로 찾을 수 있다는 사실이었다. 마음속에서 격렬한 질투심과 후회의 고통이 지나갔다. 다음 날 오후 체틴을 보내 베식타쉬에 있는 야외극장에서 무엇을 상영하는지 알아오게 했고, '우리가 꼭 봐야 할 중요한 영화'라는 결론을 내리고는 그들에게 전화를 걸었다. 사트사트 사무실에 앉아 수화기를 귀에 대고 있다가 퓌순의 집 전화벨이 울리자, 심장이 빠르게 뛰기 시작했고, 누가 전화를 받든지 간에 자연스럽게 말하지 못할 것임을 깨달았다.

여전히 내 영혼 한곳에 계속 감춰 두려고 했던 본능적인 노여움과 퓌순이 사과를 하지 않을 경우 여전히 지속될 수밖에 없다고 느꼈던 '외교적'인 노여움 사이에 있었기 때문에 그렇게 어색했던 것이다. 이렇게 해서 그해 여름의 마지막 저녁엔 야외극장에 갔으면서도, 퓌순과 그녀의 남편 옆에서 별로 즐거워하지 않고 별로 이야기도 나누지 않고, 화가 난 척하며 보냈다. 내가 부루퉁해 있자 퓌순도 그렇게 응수했다. 그러고 싶지 않은데도 화가 난 척하게 만드는 퓌순에게 화가 났고, 그럴 때는 저절로 화난 모습이 되었다. 대부분의 인간에게 삶은 진심을 다해 살아가야 하는 행복한 것이 아니라, 압력과 처벌 그리고 믿을 수밖에 없는 거짓들로 이루어진 좁은 공간에서 연기를 계속해 가는 것임을, 이즈음 처음으로 느끼기 시작한 것 같다.

하지만 우리가 보러 갔던 튀르키예 영화들은 '진정성'이 있다면 이런 '거짓 세상'에서 벗어날 수 있다고 암시하고 있었다. 하지만 한산해진 정원에서 보았던 영화를 나는 더 이상 믿지 않았고, 감상적이기만 한 그 세상에 몰입할 수도 없었다. 베식타쉬에 있는 '일드즈 극장'은 여름이 끝날 무렵에는 아주 한산해졌고, 퓌순 옆에 딱 붙어 앉으면 이상하게 보일 것 같아서 나는 우리 사이에 빈 의자를 놓아두었다. 내가 가장하고 있던 노여움은 선선한 바람과 함께 내 마음을 차갑게 하는 얼음 같은 후회로 변했다. 사흘 후에 갔던 페리쾨이에 있는 클럽 극장에서는 영화 대신에 이스탄불 시가 가난한 아이들을 위해 마련한 할례식이 있었는데, 곡예사와 마술사, 벨리 댄서 들까지 동원되었다. 할례복을 입은 채 침대에 누워 얼굴을 찡그리고 있는 아이들과 머리 스카프를 쓴 아주머니들을 보고 우리는 즐거워했다. 사람 좋아 보이고 수염이 덥수룩한 시장이 우리를 불렀지만 퓌순과 내가 화난 척하는 분위기에서 벗어나지 못했기 때문에 가지 않았다. 나의 화난 태도에 그녀도 화난 모습으로 응수하는 것, 하지만 남편이 알아채지 못할 정도로만 그렇게 하는 것에 나는 격분했다.

그 후 엿새 동안 나는 그들에게 연락하지 않을 수 있었다. 퓌순은 몰라도 그녀의 남편이 한 번도 전화를 하지 않는 게 화가 났다. 영화도 만들지 않는다면 어떤 핑계로 그들에게 연락을 할 것인가? 그들을 만나고 싶으면 그녀와 그녀의 남편에게 돈을 줘야 한다는 것을, 이 견딜 수 없는 사실을 마침내 받아들였다.

우리는 10월 초에 판갈트에 있는 머제스틱 야외극장에 마지막으로 갔다. 날은 더웠고, 극장도 그리 한산하지 않았다. 나는 여름의 마지막 저녁을 잘 보내 보자는, 어쩌면 우리가 서로 화를 내는 것도 곧 끝날 거라는 희망을 품고 있었다. 하지만 의자에 앉기도 전에 일이 있었다. 어린 시절 친구의 어머니인 제밀레 부인과 마주친 것이다. 그녀는 어머니의 베지크 친구이기도 했다. 나이가 들면서 가난해진 듯 보였다. 옛날 부자들이 가난해졌기 때문에 부끄러움과 죄책감을 느끼는 것처럼 '네가 여기 웬일이니!'라는 시선으로 서로를 바라보았다.

"뮈케렘 부인의 집이 어떤지 궁금해서 와 봤어."

제밀레 부인은 자백하듯 이렇게 말했다.

나는 그게 무슨 말인지 알 수 없었다. 영화가 상영되는 정원에서 내려다보이는 오래된 저택들 중에 뮈케렘 부인이라는 흥미로운 누군가가 사는 모양이라고 생각했다. 나는 함께 그 집을 보기 위해 제밀레 부인 옆에 앉았다. 퓌순과 그녀의 남편은 우리보다 예닐곱 줄 앞으로 가서 앉았다. 영화가 시작되자, 뮈케렘 부인의 집이란 건 영화 속에 나오는 집이라는 것을 알게 되었다. 그곳은 에렌쾨이에 있는 파샤 아들 가족의 유명한 저택이었고, 나도 어렸을 때 자전거를 타고 그 앞을 지나가곤 했다. 오래된 목조 저택의 주인들은 가난해지면, 어머니도 알고 있는 파샤 아들들이 그랬던 것처럼, 자신의 집을 예쉴참 영화에 세트로 빌려주곤 했다. 제밀레 부인은 「사랑보다 큰 고통」이라는 영화를 보며 울기 위해서가 아니라, 영화 속에서 벼락부자가 된 사람들의 집으로 나오는 오래된 파샤 저택의 나무 세공으로 꾸며진 방을 보러 온 것이었다. 이제 제밀레 부인 옆에서 일어나 퓌순 곁으로 가서 앉아야 했다. 하지만 이상하게 부끄러워서 그렇게 할 수가 없었다. 소년이 극장에 오면 부모 옆이 아니라 그들과 떨어진 자리에 앉고 싶지만, 그러고 싶은 이유는 알고 싶지 않은 것과 같은 심정이었다.

부끄러움(그 이유는 많은 세월이 흐른 후에도 알고 싶지 않았다.)은 노여움과 뒤섞였다. 영화가 끝난 후에야 제밀레 부인이 주의 깊은 시선을 던졌던 퓌순과 남편 곁으로 다가갔다. 퓌순은 여느 때보다 더 부루퉁해져 있었고, 나 역시 화가 난 척하는 수밖에 다른 방도가 없었다. 돌아오는 길에, 자동차 안의 견딜 수 없는 침묵 속에서, 내가 어쩔 수 없이 가장할 수밖에 없었던 화가 난 척하는 역할에서 벗어나기 위해, 엉뚱한 농담을 던지고 미친 듯이 폭소를 터뜨리고 술에 취해 버릴까도 생각해 보았다. 하지만 어떤 것도 하지 못했다.

닷새 동안 그들에게 연락하지 않았다. 퓌순이 아주 후회하고 있고, 곧 내게 애원할 거라고 오랫동안 즐겁게 상상하면서 자신을 억눌렀다. 상상 속에서, 퓌순이 후회한다며 애걸복걸하면, 나는 모두 그녀의 잘못이라고 대답했다. 그녀의 잘못들을 하나하나 짚고 넘어가면서 나는 마치 부당한 일을 당한 사람처럼 분노에 휩싸였다.

그녀를 보지 못하고 지나가는 날들이 갈수록 참기 힘들어졌다. 지난 일 년 반 동안 견딜 수밖에 없었던 깊고 쓰라린 고통의 어두움을, 그 짙은 농도를 다시 서서히 내 영혼에서 느끼기 시작했던 것이다. 잘못된 행동을 해서 다시는 퓌순을 볼 수 없는 벌을 받을지도 모른다는 생각에 두려워졌다. 바로 그렇기 때문에 나의 노여움을 퓌순에게 숨겨야 했다. 그래서 나의 노여움은 단지 나만을 혹사하는, 그리고 내면을 향하는 것이 되어 갔고, 나 자신에게 주는 벌로 바뀌고 있었다. 나의 노여움과 상심은 아무에게도 도움이 되지 않았다. 이런저런 생각을 하면서 니샨타쉬 거리에 떨어진 낙엽을 밟으며 혼자 걸었던 어느 날 밤, 가장 행복하고, 그렇기 때문에 가장 희망적인 해결책은 퓌순을 일주일에 서너 번(최소한 두 번) 만나는 것임을 깨닫게 되었다. 그렇게 해야만 내 마음속의 절망적이고 쓰라린 사랑의 아픔을 더 이상 자극하지 않을 것이고, 평범한 일상으로 돌아갈 수 있을 것 같았다. 그녀가 내게 준 벌의 결과든, 내가 화가 나서 그녀에게 주려고 했던 벌이든, 그 이유가 무엇이든 간에, 퓌순을 만나지 못하는 고통은 곧 내 인생을 견딜 수 없을 만큼 힘들게 할 것임을 이제는 알 수 있었다. 지난해에 겪었던 것을 다시는 경험하고 싶지 않다면, 일전에 제이다를 통해 퓌순에게 보냈던 편지에서 약속한 것처럼 아버지의 진주 귀고리를 그녀에게 전달해야만 했다.

다음 날 점심시간에, 아버지가 준 진주 귀고리가 들어 있는 보석함을 주머니에 넣고 베이오을루로 나갔다. 1976년 10월 12일 화요일, 이스탄불은 여름이 남아 있는 듯 화창하고 온화하고 청명한 날씨였다. 형형색색의 진열장이 환하게 빛났다. 하즈 살리흐 식당에서 점심을 먹으면서, 자신에게 솔직해지기로 했다. '마음만 먹으면' 당장 추쿠르주마로 가서 네시베 고모와 삼십 분 정도 만날 수 있기 때문에 이곳에 왔다는 것을 스스로에게 숨기지 않았다. 내가 앉아 있는 식당 테이블에서 추쿠르주마는 걸어서 육칠 분 걸리는 곳이었다. 지나가면서 사라이 극장에서 오후 1시 45분에 시작되는 영화가 있는 것을 확인했다. 극장에 들어가 앉으면, 곰팡이와 습기 냄새가 나는 서늘한 어둠 속에서 모든 것을 잊은 채 한동안은 완전히 다른 세계로 갈 수 있고 편해질 수도 있다. 하지만 나는 1시 40분에 계산을 하고 일어나, 추쿠르주마 비탈길을 내려갔다. 위장에는 점심때 먹은 음식, 목덜미에는 햇살, 머릿속에는 사랑, 영혼에는 조급함 그리고 가슴에는 아픔이 있었다.

네시베 고모가 아래로 내려와 문을 열었다.

"아니요, 위로 올라가지 않을게요, 네시베 고모."

나는 이렇게 말하며 호주머니에서 진주 귀고리를 꺼냈다.

"이거 퓌순 겁니다. 아버지가 주는 선물입니다. 지나가는 길에 건네주려고요……."

"케말 씨, 커피 한잔 빨리 끓여 줄게요. 퓌순이 오기 전에 할 말이 있어요."

그녀는 은밀하게 이렇게 말했고, 나는 주저하지 않고 위층으로 따라 올라갔다. 집 안은 반짝반짝 빛이 났다. 카나리아 레몬도 햇빛 아래서 만족스럽고 행복했던지 새장 속에서 분주히 움직이고 있었다. 네시베 고모의 재봉 도구, 가위, 천 조각이 거실에 흩어져 있었다.

"요즘에는 남의 집으로 재봉을 하러 가지 않는데, 하도 부탁을 해서 저녁 파티용 옷을 만들고 있어요. 퓌순도 나를 도와주고 있지요, 조금 있으면 올 거예요."

커피를 건네주면서 곧장 주제로 들어갔다.

"노엽고 상심한 마음일 테죠, 이해해요. 케말 씨, 내 딸도 아주 고통을 겪었고, 마음의 상처도 이만저만 입은 게 아녜요. 그 아이의 심술을 조금만 참아 주고, 달래 줘요."

"물론이지요······. 암요······."

나는 모든 것을 안다는 듯 말했다.

"당신이 어떻게 해야 할지는 나보다 더 잘 알겠지요······. 달래 주고, 원하는 대로 해 줘요, 그 아이가 들어선 잘못된 길에서 하루 빨리 벗어나도록."

나는 퓌순이 들어선 잘못된 길이 무엇인지 묻는 눈길로 바라보며 눈을 치켜떴다.

"당신이 약혼하기 전, 약혼식 날, 특히 약혼을 한 후 몇 달 동안 많이 괴로워하며 많이도 울었어요. 먹지도 않고 마시지도 않고, 외출도 하지 않고, 아무것도 하지 않았어요. 그 아이가 매일 우리 집에 와서 퓌순을 위로해 줬지요."

"페리둔 말입니까?"

"맞아요, 하지만 걱정 말아요. 당신에 대해선 모르니까."

고통과 슬픔에 잠겨 있던 딸은 자신이 무슨 일을 하는지도 몰랐고, 퓌순을 결혼시키자는 것은 타륵 씨의 생각이었으며, 결국 퓌순도 '그 아이'와 결혼하는 것을 받아들였다고 했다. 페리둔은 퓌순을 열네 살 때부터 알고 있었다. 그 아이는 그때부터 퓌순을 아주 사랑했지만 그녀는 눈길도 주지 않았을 뿐 아니라 아예 무관심해서 몇 년 동안이나 그를 고통스럽게 했다. 지금은 페리둔이 퓌순을 그렇게 사랑하지는 않는다고 했다.(네시베 고모는 '당신에게 좋은 소식이죠.'라는 의미로 눈썹을 살짝 들어 올리며 웃어 보였다.) 페리둔은 저녁때는 거의 집에 있지 않고, 극장에 가거나 영화계 친구들과만 어울렸다. 카드르가에 있는 학생 기숙사를 나온 것도, 퓌순과 결혼하기 위해서가 아니라, 베이오을루에 있는 영화인들이 가는 찻집과 가까워지기 위해서인 것 같았다. 물론 지금은 중매로 결혼한 건전한 젊은이처럼 둘이 친해졌지만, 이런 것을 진지하게 받아들이면 안 된다고 했다. 그런 일을 겪은 후에 퓌순이 빨리 결혼하는 것이 좋을 거라고 생각했으며, 후회도 하지 않는다고 했다.

여기서 '그녀가 겪은 일'이라는 말은, 퓌순이 내게 느끼는 사랑과 대입 시험을 망친 일보다는 혼전에 나와 잔 것을 의미한다는 것을, 분명히 그러나 약간은 나무라는 듯이, 눈빛으로 보여 주었다. 퓌순이 누군가와 결혼해야만 그런 오점에서 벗어날 수 있었고, 그러므로 물론 내가 이 상황에 책임을 느껴야만 한다는 것이었다!

"페리둔이 별 볼 일 없다는 것과 퓌순에게 좋은 삶을 가져다주지 못하리라는 것은, 내 딸은 물론이고 우리 모두 알고 있어요. 하지만 퓌순의 남편은 그 아이죠! 그 아이는 아내를 영화배우로 만들고 싶어 하는 정직하고 착한 사람이에요. 내 딸을 사랑한다면 그들을 도와줘요. 더럽혀졌다고 무시하는 늙은 부자보다는 차라리 페리둔과 결혼시키는 것이 낫겠다고 우리는 생각했어요. 그런데 그녀를 영화계에 들이려고 해요, 내 딸을 지켜 줘요, 케말."

"물론이죠, 네시베 고모."

가족의 비밀을 내게 털어놓은 것을 안다면, 퓌순은 우리에게도 '아주 큰 벌'(희미하게 미소 지었다.)을 내릴 거라고 했다.

"물론 시벨 씨와 파혼한 것 그리고 자기 때문에 그렇게 마음 아파했다는 것에 퓌순이 많이 영향을 받았어요, 케말 씨. 남편이 마음씨는 더 없이 좋지만, 수완은 없는 사람이라는 걸 퓌순도 곧 알게 될 거고, 그를 떠날 거예요. 물론 케말 씨가 항상 곁에 있으면서 믿음을 준다면 말이죠……."

"제가 원하는 건 오직 상처와 고통에서 벗어나는 겁니다, 네시베 고모. 제발 퓌순의 사랑을 다시 얻을 수 있도록 도와주세요."

나는 이렇게 말하고 아버지의 보석함을 꺼내 건네주었다.

"이건 퓌순 거예요."

"고마워요."

고모는 이렇게 말하며 보석함을 받았다.

"네시베 고모…… 제가 여기 처음 온 날 저녁에 퓌순에게 주려고 귀고리 한 짝을 두고 갔는데……. 그녀 손에 들어가지 않았다고 합니다. 혹시 그 귀고리가 어디 있는지 아세요?"

"전혀 모르겠어요……. 원한다면 이 선물은 케말 씨가 직접 주어요……."

"아닙니다, 아닙니다. 어차피 그 귀고리는 선물이 아니라 그녀 거였어요."

"어떤 귀고리죠?"

이렇게 물은 후 내가 주저하는 것을 보고는 이렇게 말했다.

"귀고리 한 쌍으로 모든 문제가 해결된다면야……. 퓌순이 괴로워할 때 페리둔이 우리 집에 왔어요. 슬퍼서 걸을 힘도 남지 않은 딸의 팔을 부축해서 베이오을루에 있는 극장에 데려가곤 했죠. 매일 밤 영화계 친구들에게나 찻집으로 가기 전에 우리 집에 와서, 저녁을 먹고, 텔레비전을 보고, 퓌순을 돌봐 줬어요."

"전 그 모든 것보다 더 많은 것을 할 수 있습니다, 네시베 고모."

"그렇게 되었으면 좋겠네요, 케말 씨. 저녁때 들러요, 어머니에게도 안부 전해 주고, 속 썩이지 마요."

문을 바라보며 퓌순에게 들키기 전에 가야 한다는 암시를 주기에, 나는 편한 마음으로 곧장 집에서 나왔다. 추쿠르주마 비탈길에서 베이오을루로 행복하게 걸어갈 때, 나의 노여운 마음이 완전히 사라졌다는 것을 알게 되었다.

# 54
# 시간

정확히 칠 년하고도 열 달간, 퓌순을 만나러 저녁 식사 시간에 추쿠르주마로 갔다. 처음 간 것은 네시베 고모가 "저녁때 와요!"라고 말한 지 십일 일 후인 1976년 10월 23일 토요일이고, 퓌순과 나와 네시베 고모가 추쿠르주마에서 마지막 저녁 식사를 한 것이 1984년 8월 26일 일요일이니, 그사이에 2864일이라는 날이 지나간 것이다. 이제 이야기할 이 409주 동안, 나의 메모에 의하면 그 집에 1593번 저녁 식사를 하러 갔다. 일주일에 평균 네 번 찾아간 것이다. 하지만 일주일에 꼬박 네 번을, 한 번도 거르지 않고 갔다고는 생각하지 않았으면 한다.

어떤 시기에는 주중에 계속 그들을 찾아갔고, 어떤 시기에는 화가 나거나, 감정이 상하거나, 퓌순을 잊을 수 있을 거라고 생각하고 자주 찾아가지 않았다. 하지만 퓌순 없이 보낸('퓌순을 보지 않고'라는 의미이다.) 날은 열흘을 넘지 않았고, 열흘이 되면 나의 고통이 1975년 가을에 그랬던 것처럼 견딜 수 없는 수준까지 올라갔기 때문에, 이 시간 동안 퓌순의 가족들(그들의 성을 따 '케스킨 씨네'로 기억하고 싶다.)을 규칙적으로 찾아갔다고 할 수 있다. 그들도 저녁 식사 때면 나를 기다렸고, 내가 언제 갈지 제대로 추측했다. 얼마 지나지 않아 그들은 나의 저녁 방문에, 나는 그들이 나를 기다린다는 것에 그럭저럭 익숙해졌다.

케스킨 씨 가족은 나를 저녁 식사에 초대하지는 않았다. 왜냐하면 항상 식탁에 내 자리를 준비해 놓고 있었기 때문이다. 그래서 매일 저녁 그들을 찾아갈까 고민할 수밖에 없었다. 또 찾아간다면 가끔은 그들이 불편해할지도 모른다고 생각했으며, 가지 않는다면 그날 저녁 퓌순을 만나지 못해 괴로울 뿐 아니라, '무례'를 범하는 셈이 되거나 나의 부재가 부정적으로 해석될까 고민하곤 했다.

추쿠르주마를 방문하기 시작했던 초기에는 이러한 고민과 그 집에 익숙해지는 것, 퓌순과 눈을 마주치는 것, 집안 분위기와 조화를 이루는 데에 노력을 기울였다. 나는 퓌순에게 '나 왔어, 여기 있어.'라고 눈으로 말하고 싶었다. 처음에는 그런 감정이 지배적이었다. 집에 들어가서 몇 분 동안은, 결국 머릿속에 있는 불안감과 부끄러움을 이겨 내고 찾아온 나 자신이 자랑스러웠다. 퓌순 곁에 있는 것이 나를 이렇게 행복하게 하는데, 왜 나는 그렇게 괴로움을 자초하는 걸까? 퓌순 역시 모든 것을 예사롭게, 내가 와서 무척 좋다는 듯 상냥하게 미소를 지었다. 안타깝게도 처음에는 단둘이 있는 시간이 거의 없었다. 그래도 매번 기회를 보아 "네가 아주 그리웠어!", "네가 아주 보고 싶었어!"와 같은 말을 속삭였고, 퓌순도 이 말이 마음에 든다는 듯 눈으로 응답하곤 했다. 이보다 관계를 진전시킬 환경은 조성되지 않았다.

내가 팔 년 동안 퓌순네 가족(도무지 케스킨 씨 가족이라고 할 수가 없다.)의 저녁 식사에 찾아갔다는 것에 감탄하고, 그 많은 날들에 대해 쉽게 말하는 것에 놀라는 독자들에게, 이 긴 시간에 대해, 시간이 얼마나 착각을 불러일으키는지에 대해, 우리의 시간 그리고 모두가 공유하고 있는 '공식적인' 시간에 대해 설명하고 싶

다. 팔 년 동안 뷔순에 대한 사랑 때문에 뷔순의 집 대문이 닳도록
드나들었다고 나를 강박관념에 휩싸인 이상하고 무서운 사람으로
생각하는 독자들의 존중을 얻기 위해서뿐 아니라, 뷔순 가족의 가
정생활을 이해시키기 위해서이다.

우아한 나무 몸통에 괘종과 유리 뚜껑이 있으며, 종이 울리는
커다란 독일제 벽시계부터 시작해 보겠다. 뷔순네 집의 문 바로 옆
에 걸려 있는 이 시계의 임무는 시간을 알려 주는 것이 아니라, 가
족들이 집과 삶의 지속성을 느끼게 하고, 바깥의 '공식적인' 세계
를 상기시켜 주기 위한 것이었다. 당시에는 텔레비전이 라디오보
다 더 재미있게 시간을 알려 주었기 때문에, 이 도시의 다른 시계
들과 마찬가지로 그 시계 역시 중요성을 잃어버린 후였다.

그 시계보다 화려하고 무거우며, 태엽을 감게 되어 있고, 괘종
이 달린 커다란 벽시계가, 19세기 말에 이미 서구화된 파샤나 부유
한 비무슬림들의 저택에서 먼저 유행했고, 20세기 초와 공화국 시
기 초에 서구화하려는 노력과 허식으로 인해 도시의 중산층 가정
에 빠르게 자리를 잡았다. 어렸을 때, 우리 집을 비롯해 다른 아는
집에 이와 비슷하거나 더 무거운 나무 세공의 벽시계가 현관홀이
나 복도 벽에 걸려 있었다. 하지만 이제 그런 시계는 거의 보이지
않았고, 존재 자체도 잊혀 가고 있었다. 1950년대에 이미 '모두에
게,' 아이들조차 손목시계가 있었고, 집에는 언제나 켜져 있는 라
디오가 있었기 때문이다. 텔레비전이 집 안에서 나는 소리를 지배
하고, 먹고 마시고 앉는 습관을 바꿀 때까지, 즉 우리 이야기가 시
작되는 1970년대 중반까지, 이제 거의 쳐다보지도 않는데도 이 벽
시계들은 집 안에서 습관적으로 똑딱거리고 있었다. 우리 집에 있
는 시계의 똑딱거리는 소리나, 정각과 삼십 분을 알리는 종소리는
침실과 거실에서는 전혀 들리지 않았기 때문에 그 누구도 불편하

게 하지 않았다. 그랬기 때문에 아무도 시계를 멈춰야겠다는 생각을 하지 않았고, 오랜 세월 동안 의자 위로 올라가서 태엽을 감아 작동시켰던 것이다! 퓌순에 대한 사랑 때문에 술을 많이 마셨던 어떤 밤에는, 불행한 마음으로 일어나 담배를 피우기 위해 거실로 나갈 때, 복도에서 시간을 알리는 종소리를 들으면 행복해지곤 했다.

퓌순의 집에 있는 그 커다란 벽시계가 때로는 작동하고 때로는 멈추는 것을 그 집에 출입하기 시작한 첫 달에 알아챘고, 곧 그 상황에 익숙해졌다. 밤이 깊어 가는 어느 때에, 우리 모두 텔레비전에 나오는 튀르키예 영화나 유혹적으로 몸을 흔들며 옛날 노래를 부르는 여자 가수를 보고 있을 때, 번역과 더빙이 좋지 못한 데다 어차피 우리끼리 이야기를 하느라 중간부터 보기 시작했기 때문에 이해하지 못했던, 검투사와 사자가 나오는 로마 역사에 대한 영화를 보며 각기 상상에 빠져 있을 때, 순간 화면에서 마법적인 정적이 흐르고 갑자기 전혀 생각지도 못한 때에 문 바로 옆에 걸려 있던 벽시계가 종을 치기 시작했다. 우리 중 한 명은, 주로 네시베 고모였고 가끔은 퓌순이, 의미 있는 시선으로 시계를 돌아보았고, 타륵 씨는 "또 누가 시계에 밥을 줬지?"라고 했다.

때로는 시계에 밥을 주었고, 때로는 잊어버렸다. 시계에 밥을 줘 규칙적으로 작동할 때도, 몇 달 동안 종이 울리지 않기도 했고, 삼십 분에만 한 번 울리거나, 집 안의 정적에 동참하려는 듯 몇 주 동안 침묵을 지켰다. 집에 아무도 없을 때는 얼마나 끔찍할까 생각하면 소름이 끼쳤다. 혼자 똑딱거리든, 십오 분마다 종이 울리든, 아무도 몇 시인지를 알기 위해 시계를 보지 않았다. 하지만 태엽을 감았는지 여부나, 한 번만 만져도 괘종이 움직이는 것을 놓고 자주 논쟁을 했다. "똑딱거리게 놔둬, 해될 것도 없는데. 그래야 집이 좀 집 같지." 타륵 씨는 가끔 아내에게 이렇게 말했다. 이런 생각에 나와 퓌순이나 페리둔, 가끔 집에 오는 손님들도 동의하는 것 같았다. 이러한 점에서, 이 벽시계는 시간을 떠올리고 무언가 변했다고 생각하게 하기보다는, 정반대로 그 무엇도 변하지 않았다고 느끼게 하고 믿게 해 주었다.

처음 몇 달 동안은, 그 무엇도 변하지 않았고, 변하지 않을 것이며, 추쿠르주마에 있는 집의 식탁에 앉아 텔레비전을 보고 대화를 나누면서 팔 년을 보낼 거라고는 상상도 하지 못했다. 처음에는 퓌순이 하는 말, 얼굴에 나타나는 변화, 집 안을 오가는 모습, 그 모든 것이 새롭고 특별하게 느껴졌고, 시계가 똑딱이든 말든 중요하지 않았던 것이다. 중요한 것은 그녀와 같은 식탁에 앉는 것, 그녀를 보는 것, 혼이 나간 채 그녀에게 입을 맞출 때 꼼짝 않고 행복을 느끼는 것이었다.

항상 똑같이 똑딱이는 시계는, 그 똑딱거리는 소리를 매 순간 인식하지 않아도 집이, 물건들이, 식탁에 앉아 식사를 하는 우리가 변하지 않았고 항상 같다고 느끼게 해 주어, 우리를 평온하게 했다. 시간을 잊게 해 주는 시계의 이런 기능과, 사람들과의 관계를 상기시켜 주는 또 다른 기능은 팔 년 동안 타륵 씨와 네시베 고모 사이에 일어났던 언쟁의 주제가 되기도 했다.

"한밤중에 잠을 설치는데, 누가 또 시계 밥을 줬어?"

네시베 고모는 정적 속에서 시계가 다시 작동하기 시작한 것을 알아채고는 이렇게 말했다.

"똑딱거리지 않으면 집 안이 허전하고 뭔가가 없는 기분이 들어……."

1979년 12월 바람 부는 저녁에 타륵 씨는 이렇게 말하고는 다시 덧붙였다.

"예전 집에서도 종이 울렸잖아……."

"타륵 씨, 당신은 아직 추쿠르주마에 익숙해지지 않았어요?"

네시베 고모는 필요 이상으로 다정하게 미소를 지으며(그녀는 남편을 '타륵 씨'라고 부르기도 했다.) 이렇게 물었다.

그들 부부는 오랜 세월 동안 도를 넘지 않게 비아냥거리고 은근한 암시가 들어 있는 말을 하거나 거기에 맞받아 응수하는 말다툼을 하곤 했는데, 전혀 예기치 않았던 순간에 벽에 있는 시계가 똑딱거리거나 종을 울리기 시작하면 그 다툼이 격렬해지기도 했다.

"타륵 씨, 당신은 내가 밤에 잠을 설치라고 또 저것에 밥을 줬군요. 퓌순, 저것 좀 멈추게 할 수 없니?"

네시베 고모는 이렇게 말했다.

손가락으로 시계의 진자를 중앙에 멈추게 하면 시계태엽을 감아 주었다 해도 움직이지 않았지만, 퓌순은 우선 미소를 지으며 아버지를 바라보았다. 타륵 씨는 '그래, 멈추게 해라.'라는 시선을 던지기도 하고, 고집을 피우며 이렇게 말하기도 했다.

"난 손 대지 않았다. 시계가 저절로 작동하는 거야. 그러니 저절로 멈추게 내버려 둬!"

이웃이나 가끔 들르는 아이들이 이 신비한 얘기에 놀라는 걸 보면 타륵 씨와 네시베 고모는 이중으로 해석될 수 있는 말로 논쟁을 했다.

"또 진들이 우리 시계를 가게 만들었네."

네시베 고모가 말했다.

"절대 만지지 마라, 살을 맞을 테니. 그 안에 진이 있어."

타륵 씨는 얼굴을 찌푸리며 위협적으로 말했다.

"진이 달그락거리는 것에는 할 말이 없지만, 한밤중에 술 취한 종치기가 쳐 대는 교회 종처럼 골치 아프게 하지 않았으면 좋겠어요."

"골치 아프지 않을 거야, 당신은 어차피 시간을 잊으면 더 편해지니까."

타륵 씨는 이렇게 대꾸했다.

여기서 그는 '시간'이라는 단어를 '현대 세상', '우리가 사는 시대'라는 의미로 사용했다. 이 '시간'은 계속해서 바뀌는 것이지만, 우리는 계속해서 똑딱거리는 벽시계 소리를 들으며 이 변화를 외면하려 했다.

케스킨 씨 가족이 평소에 시간을 확인하는 기본적인 수단은, 마치 1950년대나 1960년대에 우리 집에 있던 라디오처럼 계속 틀어 놓는 텔레비전이었다. 그 당시 라디오에서는 프로그램 중간에, 음악 방송, 토론, 수학 강의 그 무엇이든 간에, 정각과 30분에 살짝 '뚜' 소리를 내서 시간을 알려 주었다. 우리가 저녁에 보던 텔레비전에는 이런 신호가 필요 없었다. 어차피 사람들이 몇 시인지 알고 싶어 하는 이유는 거의가 텔레비전에서 무슨 프로그램을 하는 시간인지 궁금했기 때문이었다.

매일 저녁 7시 일 분 전이면 당시 튀르키예의 유일한 방송국이었던 TRT[60] 화면에 커다란 시계가 나타났고, 퓌순은 손목시계(여기에 전시한)를 보았고, 타륵 씨도 주머니 시계(팔 년 동안 여러 차례 바뀐)를 들여다보았다. 시간이 맞는지 확인하고 그렇지 않으면 맞추기 위해서였다. 퓌순이 저녁 식탁에 앉으면서 화면에 나타난 커다란 시계를 응시하며, 눈썹을 치켜올리고, 혀를 볼 안쪽 가장자리에 대고, 아이처럼 진지하게 아버지를 따라 자신의 시계를 맞추는 것을 바라보면 아주 깊은 희열이 느껴졌다. 퓌순은 나의 이런 감정을 내가 처음 방문했을 때부터 알아챘다. 시계를 맞출 때 내가

---

**60** 튀르키예 국영 라디오 텔레비전 방송국.

자신을 사랑이 가득한 시선으로 바라보는 것을 알았고, 시계를 정확히 맞춘 다음 나를 보며 미소를 지었다.

"정확히 잘 맞췄어?"

나는 이렇게 물으면, 그녀도 따스한 미소를 지으며 대답했다.

"응, 잘 맞췄어!"

매일 밤 케스킨 씨네 집에 간 것은 단지 퓌순을 만나기 위해서가 아니라, 그녀가 공기를 호흡하며 살고 있는 세계에서 잠시나마 살기 위해서였다는 것을 나는 팔 년 동안 서서히 깨달았다. 이 세계의 기본적인 특징은 '시간 밖'에 있다는 것이었다. 타륵 씨가 아내에게 "시간을 잊어."라고 하는 것도 바로 이런 의미였던 것이다. 박물관을 찾은 관람객이 케스킨 씨 가족의 오래된 물건들, 특히 고장 나고 녹슬고 오랫동안 작동하지 않은 자명종과 손목시계를 보면서, 그것들이 얼마나 기이한지, 얼마나 '시간 밖'의 존재로 보이는지, 어떻게 자기들끼리 그들만의 시간을 만들었는지 봐 주었으면 한다. 이 '시간 밖'의 세계에서, 나는 퓌순과 그녀의 가족과 함께 그곳의 공기로 숨을 쉬었다.

이 '시간 밖'의 공간 외에, 텔레비전이나 라디오나 에잔[61]을 통해 깨닫는 '공식적인' 시간이 있었다. 지금이 몇 시인지 깨닫는 것은 바깥 세계와 우리의 관계를 조정하는 의미인 듯 느껴졌다.

퓌순은 시간을 꼭 지키며 살거나 직장이나 약속에 맞춰 가기 위해서가 아니라, 마치 은퇴한 공무원인 자신의 아버지처럼, 앙카라에서, 국가가 자신에게 보내는 특별한 신호에 대한 존경심 때문에 시계를 맞추는 것 같았다. 화면에 나타난 시계를 보는 시선은, 텔레비전 방송이 끝나는 시간에 화면에서 애국가와 함께 나타나는 국

---

**61** 이슬람 사원에서 하루 다섯 번 예배 시간을 알리는 소리.

기를 보는 시선과 비슷했다. 우리는 각자의 자리에서, 막 저녁 식사가 시작되었을 때 혹은 텔레비전을 막 끄고 저녁을 마감하려고 할 때, 우리와 똑같이 하고 있는 수많은 가족들의 존재, 민족이라는 집단, 국가라는 권력의 힘, 자신의 왜소함을 느꼈다. 이 공식적인 시계(가끔 라디오에서는 '나라 시간 맞추기'라고 했다.), 국기, 아타튀르크와 관련된 프로그램을 볼 때도 무질서하고 규율 없는 집 안에서의 삶은 국가의 공식성 바깥에 있다고 느꼈다.

아리스토텔레스는『자연학』에서 '지금'이라는 하나하나의 순간들과 '시간'을 구분한다. 아리스토텔레스의 분자처럼, 이 하나하나의 순간은 나뉘고 쪼개질 수 없다. 시간은 이런 나뉠 수 없는 순간들을 합친 선이다. 시간은, 즉 지금을 결합시킨 선은, 타륵 씨가 아무리 '잊어라.'라고 해도, 아무리 애를 써도, 바보나 기억이 없는 사람들 말고는 아무도 완전히 잊을 수 없다. 우리 모두 그저 행복하기 위해 시간을 잊으려고 애를 써 볼 뿐이다. 퓌순에 대한 사랑이 내게 가르쳐 준 것이, 추쿠르주마에 있는 집에서 보낸 팔 년의 시간에 의거한 나의 생각이 우습게 보이더라도, 독자들은 '시간'을 잊는 것과 시계나 달력을 잊는 것을 혼동하지 않기 바란다. 시계와 달력은 잊어버린 시간을 상기시켜 주기 위해서가 아니라, 다른 사람들과의 관계와 사회를 정돈하기 위해 만들어졌고, 또 그렇게 사용되고 있다. 매일 밤 뉴스 시작 전에 화면에서 흑백 시계를 보면서, 다른 가족들, 다른 사람들, 그들과의 만남, 그리고 이런 일들을 조정해 주는 시간을 상기한다, '시계'가 아니라. 퓌순은 텔레비전에 나타난 시간을 보면서, 손목시계가 초까지 딱 맞았기 때문에, 혹은 시계를 조절해서 '정확히 맞게' 맞추었기 때문에, 어쩌면 내가 자신을 사랑하는 마음으로 바라보고 있다는 것을 알기 때문에, 행복하게 미소 지었다, '시간'을 기억했기 때문이 아니라.

내가 살았던 삶은 '시간', 즉 아리스토텔레스가 지금이라는 순간들이 결합한 선이라고 했던 것을 기억하는 일이 무척 고통스럽다는 것을 내게 가르쳐 주었다. 순간들을 결합시켜 선을 만들거나, 우리 박물관에서처럼 순간들을 간직하고 있는 물건들을 결합시켜 선을 만들면, 결국 선은 끝에 다다르고 죽음을 연상시킨다는 것을 기억하게 된다. 사람들은 나이가 들수록, 선 그 자체에 별로 큰 의미가 없다는 것을 고통스럽게 깨닫고(애써 무시하려 하지만 결국 느낄 수밖에 없다.) 슬퍼한다. 하지만 '지금'이라고 하는 순간은, 저녁을 먹으러 추쿠르주마에 가기 시작했던 나날에 그러했듯이, 퓌순이 한 번 지은 미소로 백 년 동안 충분할 정도의 행복을 줄 수도 있다. 평생 동안 충분할 행복을 얻기 위해 케스킨 씨네 집에 갔다는 것을 나는 처음부터 인식하고 있었고, 그 행복한 순간들을 간직하기 위해 그 집에서 퓌순이 만진 크고 작은 물건들을 가지고 왔다.

팔 년 중 두 번째 해의 어느 날, 텔레비전이 끝난 후에도 늦은 시간까지 앉아서, 카르스 고등학교에서의 젊은 시절과 교사 시절의 추억을 타륵 씨에게서 들었다. 빠듯한 교사 월급, 외로움, 여러 가지 불운과 싸우면서 지낸 불행한 시절을 이제는 달콤하게 기억하는 이유는, 흔히들 말하는 대로 세월이 지나면 나쁜 기억조차 좋게 떠오르기 때문이 아니라, 그가 살았던 나쁜 시절(나쁜 선, 시간) 중에서 좋은 순간들(지금은 점들)만을 기억하고 이야기하기 때문이다. 이런 이중성을 설명해 준 다음, 카르스에서 사 온 양면 문자판 시계 — 한 면에는 아랍 문자, 다른 한 면에는 라틴어 문자가 있는 동서양 시계 — 를 기억해 내고는 보여 주었다.

나의 이야기도 들려주고 싶다. 퓌순이 1982년 4월부터 차기 시작했던 이 가느다란 뷰렌 손목시계를 보면, 그녀의 스물다섯 번째 생일에 내가 그녀에게 그 시계를 선물했던 것이, 지금은 사라진 시계 상자에서 시계를 꺼낸 후 어머니와 아버지가 보지 않을 때(남편 페리둔은 집에 없었다.) 열린 부엌 문 뒤에서 내 볼에 입을 맞추던 것이, 모두 함께 식탁에 앉아 있을 때 그녀의 어머니와 아버지에게 행복하게 시계를 보여 주던 것이, 내가 오래전부터 가족의 이상한 일원이었던 듯 나를 받아들여 준 그녀의 부모가 내게 고맙다고 했던 것이 눈앞에 떠오른다. 내게 있어 행복은 이처럼 잊히지 않는 어떤 순간을 다시 경험하는 것이다. 우리 삶이 아리스토텔레스의 '시간'처럼 선이 아니라, 이런 감정적인 순간들을 하나하나 놓고 생각하는 것임을 알면, 연인의 식탁에서 팔 년을 기다린 것이 조롱거리나 기행이나 강박관념처럼 보이지 않고, 그저 퓌순 가족의 식탁에서 보냈던 행복한 1593일의 밤으로 보일 것이다. 추쿠르주마에 있는 집에 저녁을 먹으러 갔던 모든 날들을 — 가장 힘들고, 가장 절망적이고, 가장 자존심 상하는 날조차 — 지금은 크나큰 행복으로 기억하고 있다.

# 55
# 내일 또 와서 같이 앉아요

저녁이면 체틴 씨가 아버지의 자동차 시보레로 나를 퓌순네 집에 데려다주었다. 팔 년 동안, 눈으로 길이 막히거나, 홍수가 나거나, 체틴 씨가 아프거나, 휴가를 가거나, 자동차가 고장 나는 등의 일시적인 상황을 빼고는, 이 규칙을 어기지 않으려고 했다. 체틴 씨는 몇 달이 지나자 근처 찻집에서 친구도 만들었다. 집 바로 앞이 아니라, '흑해 찻집'이나 '저녁 찻집' 같은 장소 가까이에 주차를 하고, 찻집 한 곳에서 우리가 퓌순의 집에서 보는 텔레비전 프로그램을 보며 신문을 읽거나 대화를 나누었고, 백개먼이나 콘켄[62]을 하는 사람들을 구경했다. 몇 달이 지나자 마을 사람들은 그와 내가 누구인지 알게 되었고, 체틴 씨가 과장한 게 아니라면, 가난한 먼 친척집에 친구의 감정으로 계속 찾아오는 나를 신의가 두텁고 겸손한 사람으로 여기며 좋아했다.

물론 팔 년 동안에는 내게 흑심과 나쁜 의도가 있다고 하는 사람도 있었다. 내가 마을에 있는 오래되고 허물어진 집을 싸게 사서 아파트를 지으려고 한다느니, 내 공장에서 싼 임금을 주고 일을 시

---

62  40매의 카드로 두 사람이 하는 카드 게임.

키려고 미숙련 노동자를 찾고 있다느니, 군대 기피자이거나 타륵 씨의 비합법적인 아들(그러니까 퓌순의 오빠)이라느니 하는, 심각하게 받아들일 필요가 없는 소문들이었다. 마을 사람들 대부분은 내가 퓌순의 먼 친척이며 '영화인'인 남편과 함께 그녀를 영화배우로 만들려고 영화에 대한 이야기를 나눈다는 것을, 네시베 고모가 여기저기 조심스럽게 흘린 옳거나 그른 정보를 통해 알게 되었다. 그래서 나의 위상이 합리적으로 받아들여졌으며, 특별히 사랑받지는 않더라도 추쿠르주마 마을에서 내게 갖는 감정들이 긍정적이라는 것은 오랜 세월 동안 체틴이 말해 주어 알게 되었다. 그렇지 않아도 그 집을 방문한 지 이 년이 넘자 반쯤은 그 마을 사람으로 여겨지기 시작했다.

마을 사람들이 하는 일은 다양했다. 갈라타 항구에서 일하는 사람들, 베이오을루 골목에서 작은 가게나 식당을 운영하는 사람들과 웨이터들, 톱하네 쪽에서 퍼져 나온 집시 가족들, 툰젤리 출신의 알레비[63] 쿠르드 가족들, 한때 베이오을루의 방카라르 거리의 가게에서 점원으로 일했던 룸, 이탈리아인, 레바논인 집안 중에서 가난해진 자녀들과 손자들, 그들처럼 이스탄불을 아직 떠나지 못하는 마지막 남은 룸 집안들, 창고나 빵 화덕에서 일하는 사람들, 택시 운전사, 우편배달부, 구멍가게 주인, 가난한 대학생……. 이 사람들은 파티흐, 외파, 코자무스타파 같은 전통적인 무슬림 마을에서처럼 강한 공동체 의식을 갖고 행동하지는 않았다. 하지만 내게 보였던 보호하거나 비호하고자 하는 행동, 젊은이들이 지나가는 비싼 자동차에 보이는 관심, 소문이 빨리 퍼지는 것, 그리고 여러 가지 소문을 통해, 나는 마을에 상호 의존이나 연합, 최소한 자기들만의

[63] 마호메트의 후손 알리를 믿는 교파.

활동이 있다는 걸 알게 되었다.

퓌순네(케스킨 씨 가족) 집은 추쿠르주마 대로(사람들이 비탈길이라고 부르는)와 비좁은 달그츠 골목이 교차하는 모퉁이에 있었다. 지도에서도 알 수 있듯이, 구불구불 펼쳐진 가파른 비탈길을 통해 십 분 안에 베이오을루나 이스틱랄 거리로 나갈 수 있었다. 어떤 밤에는 체틴이 구불거리는 골목을 따라 천천히 차를 몰고 베이오을루로 나갔고, 나는 뒷좌석에 앉아 담배를 피우며, 집들의 내부, 가게, 거리에 있는 사람들을 바라보았다. 네모난 돌이 덮인 좁은 골목에서, 인도로 쓰러질 듯 굽어 있는 버려진 목조 가옥들, 그리스로 이주한 마지막 룸 사람들이 남겨 놓은 빈 건물들, 그 빈 건물에 불법으로 정착한 가난한 쿠르드인들이 창문 밖으로 내놓은 난로 연통이 끔찍한 풍경을 만들어 내고 있었다. 한밤중에 베이오을루 근처에 있는 작고 어두운 클럽, 술집, '술을 파는 극장식당'이라고 불리는 나이트클럽, 간이매점, 샌드위치를 파는 구멍가게, 스포츠 복권 판매점, 불법 양담배나 위스키를 구할 수 있는 담배 가게, 심지어 레코드-카세트테이프 판매점도 늦은 시간까지 열려 있었고, 이러한 장소는 모두 슬퍼 보였지만, 내게는 충만하고 생동감 있게 다가왔다. 물론 퓌순네 집에서 평온한 마음으로 나왔을 경우에만 그렇게 느꼈다. 많은 밤, 이제 다시는 찾아가지 않을 것이며, 이것이 마지막이라고 생각하며 케스킨 씨 집에서 나왔고, 체틴이 모는 자동차 뒷좌석에서 불행해하며 힘없이 누워 있었다. 그 집에 가던 초기에는 대부분 이렇게 불행한 밤을 보냈다.

체틴은 7시쯤에 나를 니샨타쉬에서 태웠다. 하르비예, 탁심, 스라셀비에서 약간 교통 체증이 있었고, 지한기르와 피루즈아아 뒷골목에서 돌아, 유서 깊은 추쿠르주마 목욕탕 앞에서 밑으로 내려갔다. 가는 길에 구멍가게 앞에 차를 세우고 먹을 것 한 꾸러미나 꽃 한 다발을 샀다. 매번은 아니지만 이틀에 한 번은 퓌순에게 작은 선물이나, 장난으로 껌이나, 카팔르 차르시[64]나 베이오을루에서 발견한 나비 모양의 브로치나 장신구를 가져가서, 아무 생각 없이 건네주었다.

차가 무척 막히는 저녁에는 돌마바흐체를 지나 톱하네에서 오른쪽으로 꺾어 들어가 보아즈케센 대로를 통해 가기도 했다. 팔 년 동안, 자동차가 케스킨 씨 가족이 사는 골목으로 들어갈 때마다, 마치 초등학교 시절에 아침마다 학교가 있는 골목으로 들어갈 때처럼, 심장이 빨리 뛰었고 행복과 조급함 사이의 불안감을 느꼈다.

타륵 씨는 니샨타쉬에 있던 아파트 월세를 대는 데 지쳐, 은행에 예금해 두었던 돈으로 추쿠르주마에 있는 이 건물을 샀다. 케스킨 씨 가족이 사는 집의 입구는 2층에 있었다. 좁은 아래층에서는 팔 년 동안 우리 대화에 전혀 섞이지 않고 유령처럼 한 번 보였다 사라진 가족이 세 들어 살다 나갔다. 나중에 순수 박물관의 일부가 될 이 작은 집의 입구는 측면에, 달그츠 골목으로 나 있었기 때문에 그곳에 사는 사람들과 부딪힌 적은 별로 없었다. 아래층에는 과부인 어머니와 살며 군대에 간 약혼자가 있는 아일라라는 여자가 살았는데 퓌순과 친구로 지내면서 함께 베이오을루 극장에 가곤 했다고 들은 적이 있다. 하지만 퓌순은 동네 친구들을 내게 소개해 주지 않았다.

내가 추쿠르주마 비탈길로 열리는 대문 벨을 누르면 초기에는 항상 네시베 고모가 문을 열어 주었다. 그러기 위해서 그녀는 한 층을 계단으로 내려와야 했다. 하지만 다른 사람이 벨을 누르면, 저녁때라도 퓌순을 보내 대문을 열게 했다. 처음 그 집에 갔을 때

---

**64** 아치형 돔 지붕이 있는 이스탄불의 대형 시장.

부터, 이것만으로도 내가 그곳에 왜 갔는지 모두 알고 있다고 느낄 수 있었다. 하지만 퓌순의 남편은 정말 아무것도 의심하지 않는다고 느꼈다. 어차피 타륵 씨는 완전히 다른 세계에서 살고 있었기 때문에, 내게 거의 불안감을 주지 않았다.

모든 것을 알고 있는 듯한 네시베 고모는, 내게 문을 열어 준 후 어색한 정적을 깨기 위해 항상 무슨 말이나 하려고 했다. 말문을 여는 문장은 주로 "비행기 한 대가 피랍되었다는데 들었어?", "버스 사고를 있는 그대로 적나라하게 보여 주고 있어.", "수상의 이집트 방문을 보고 있었어."같이 텔레비전에서 나오는 뉴스와 관련되어 있었다. 만약 내가 뉴스가 시작되기 전에 왔다면, 네시베 고모는 고집스럽게도 매번 이렇게 말했다.

"아, 딱 맞춰서 왔네, 지금 뉴스를 시작해!"

가끔은 "오늘 아침에 퓌순과 함께 아주 맛있는 포도 잎 돌마를 준비했어, 그 맛에 반할 거야!" 같은 말을 했다. 나의 이상한 상황을 감추기 위해 그렇게 말한 것 같으면, 나는 부끄러워 입을 다물었다. 하지만 대부분은 고모에게 "정말입니까?" 혹은 "아, 제가 제때에 왔군요." 같은 대답을 하고 위층으로 올라갔고, 퓌순을 보면 그 순간의 행복과 부끄러움을 감추기 위해 과장되게 흥분한 태도로 말을 반복했다. 한번은 내가 "아, 나도 비행기 사고를 봐야겠어요."라고 하자, 퓌순이 "비행기 사고는 어제 일어났어, 케말 오빠."라고 대답한 적이 있었다.

겨울에 외투를 벗으면서는 "휴, 정말 추운 날씨군요!" 혹은 "렌즈콩 스프가 있다고요, 아주 잘됐네요……." 같은 말을 했다. 1977년 2월부터는 위층에서 대문을 열 수 있는 '자동 장치'를 달았기 때문에, 말문을 여는 문장을 계단을 다 올라가 집 안으로 들어갈 때 꺼내야 했다. 이것이 더 힘들었다. 언제나 보기보다 섬세하고 다정한 네시베 고모는, 내가 말문을 열지 못하고 그 집의 평범한 일상에 섞이지 못한다 싶으면 바로 나를 도와주었다. "아, 빨리 앉아, 케말, 뵈렉[65]이 식기 전에." 혹은 "어떤 남자가 찻집을 기관총으로 난사했대. 그러고도 부끄러운 줄 모르고 상황 설명을 하고 있네." 같은 말을 해 주었던 것이다.

나는 얼굴을 찡그리며 급히 식탁에 앉았다. 가지고 온 선물 꾸러미는 그 집에 들어갈 때의 어색한 순간을 넘기는 데 도움이 되었다. 처음에는 퓌순이 좋아하는 피스타치오가 든 바클라바[66], 니샨타쉬의 유명한 뵈렉 가게인 라티프에서 산 삶은 뵈렉, 소금에 절인 다랑어 알 같은 것이 들어 있는 꾸러미였다. 나는 그 꾸러미를 별로 중요하게 여기지 않으면서도, 그것에 대해 말을 하며 네시베 고모에게 건네주었다.

"뭐, 이런 수고를 다 했어."

네시베 고모는 이렇게 대답했다.

그사이 나는 아무렇지도 않게 퓌순에게 선물을 건네거나 그녀가 볼 수 있는 곳에 내려놓고는, 동시에 네시베 고모에게 대답을 했다.

"가게 앞을 지나는데 뵈렉 냄새가 맛있게 풍겨 와서요, 못 참을 정도였어요!"

그러고는 니샨타쉬에 있는 뵈렉 가게에 대해 한두 마디 더 했다. 그러면서 교실에 늦게 들어온 학생처럼 보이지 않으려고 바로 내 자리에 앉았고, 그러면 금방 마음이 아주 편해졌다. 식탁에 앉은 후 얼마 지나지 않아, 한순간 퓌순과 눈이 마주쳤다. 굉장히 행복한 순간들이었다.

---

**65** 치즈나 계란, 각종 채소, 간 고기 등이 든 얇은 페이스트리를 튀기거나 구운 음식.
**66** 중동, 튀르키예, 그리스에서 즐겨 먹는 후식.

집에 들어온 바로 직후가 아니라, 식탁에 앉은 이후 처음으로 눈이 마주치는 순간은 아주 행복한 순간이었을 뿐만 아니라, 앞으로의 밤이 어떻게 지나갈지 즉각 이해하고 느끼게 되던 특별한 순간이었다. 퓌순의 눈길에서 — 얼굴을 찡그리고 있다손 치더라도 — 행복이나 편안함이 보이면 밤도 그렇게 지나가곤 했다. 그녀가 불행하고 불안해 보이고 웃지 않으면 나도 많이 웃지 않았다. 처음에는 그녀를 웃게 하려고 시도하지 않은 채, 나서지 않고 그저 그렇게 앉아 있었다.

식탁에서의 내 자리는 타륵 씨와 퓌순 사이에, 텔레비전이 보이는 긴 식탁 가장자리에, 네시베 고모 맞은편에 있었다. 페리둔이 집에 있으면 내 옆에 앉았고, 집에 없으면 아주 가끔 오는 손님이 그 자리에 앉았다. 네시베 고모는 식사 초반에는 부엌이 가깝도록 텔레비전을 등지고 앉았다. 식사 중간쯤에는 부엌 일이 줄어들었기 때문에 일어나 내 왼쪽에, 퓌순과 나 사이에 앉아 편히 텔레비전을 보았다. 나는 팔 년 동안 네시베 고모와 팔꿈치를 부딪치며 그 자리에 앉아 있었다. 네시베 고모가 내 옆에 앉으면 긴 식탁의 반대쪽은 비게 되었다. 가끔 저녁때 집에 돌아온 페리둔이 이 빈자리에 앉기도 했다. 그러면 퓌순도 남편 곁으로 자리를 옮기고, 네시베 고모가 퓌순 자리에 앉았다. 그렇게 되면 텔레비전을 보기가 힘들었지만, 어차피 그 시간에는 방송도 끝나서 텔레비전이 꺼져 있었다.

중요한 프로그램이 방송되는데 아직 화로에 뭔가 끓고 있어서 부엌에 드나들어야 하면, 네시베 고모는 이 일을 퓌순에게 시키기도 했다. 퓌순은 바로 옆에 있는 부엌으로 접시나 냄비를 들고 오갔는데, 그럴 때마다 나와 텔레비전 사이를 지나야 했다. 그녀의 아버지와 어머니가 텔레비전에 나오는 영화, 퀴즈 프로, 날씨 예보, 군사 쿠데타를 일으킨 장군의 분노에 찬 연설, 발칸 레슬링 챔피언

십, 마니사 메시르 마준 축제, 악셰히르 탈환 60주년 기념식에 몰두해 있을 때, 나는 나의 아름다운 연인이 내 앞에서 왔다 갔다 하는 것을 기분 좋게 바라보았다. 그녀의 어머니와 아버지는 봐야 하는 대상 사이로 그녀가 자꾸 끼어든다고 생각했겠지만, 내게는 바로 그녀가 봐야 하는 대상이었다.

케스킨 씨 가족의 집에 갔던 1593번의 밤에, 대부분의 시간을 긴 식탁에 앉아 텔레비전을 보며 보냈다. 하지만 팔 년 사이에 며칠이나 그곳에 갔는지는 쉽게 말할 수 있지만, 매번 그곳에 얼마나 앉아 있었고, 그 집에 얼마나 머물렀는지는 말할 수 없다. 왜냐하면 내게는 부끄러운 문제였기 때문에, 실제로 그 집에서 나왔던 시간보다 더 빨리 돌아왔다고 생각하고 싶었다. 우리에게 시간을 알려 주는 것은 물론 텔레비전 방송 종료 시간이었다. 군인들이 절도 있게 게양대로 걸어가 국기를 올리던 사 분간의 방송 종료식 — 찻집이건 도박장이건 TRT가 나오는 튀르키예 어디서나 볼 수 있었던 — 때에, 그러니까 12시쯤에 귀가했다고 생각한다면, 매일 밤 퓌순 집에 다섯 시간 머물렀다는 이야기가 된다. 하지만 나는 더 오랫동안 머물러 있곤 했다.

나의 방문이 시작된 지 사 년이 지난 1980년 9월에 또 한 번의 군사 쿠데타가 일어났고, 계엄령이 선포되었으며, 야간 통행금지가 실시되었다. 저녁 10시에 시작되는 통행금지 때문에 한동안은 퓌순을 마음껏 보지도 못하고 케스킨 씨 가족의 집에서 10시 십오 분 전에 나와야 했다. 그런 밤이면 집으로 돌아가는 길에, 통행금지 시간이 시작되기 몇 분 전에 한산해진 어두운 거리를 체틴이 모는 자동차가 빠르게 달려갈 때, 퓌순을 충분히 보지 못해서 고통스러웠다. 지금, 많은 세월이 흐른 후, 군인들이 나라 상황에 대해 불만족스러워하므로 새로운 군사 쿠데타가 일어날 수 있다는 기사를 읽으면, 군사 쿠데타 때문에 퓌순을 마음껏 보지 못하고 급하게 집으로 돌아가던 때가 떠오른다.

물론 케스킨 씨 가족과 나의 관계는 오랜 세월 동안 다양한 단계를 거쳤다. 우리의 대화, 기대, 침묵의 의미, 그곳에서 우리가 뭘 하고 있는지에 대한 생각은 머릿속에서 계속 변하는 것 같았다. 유일하게 변하지 않았던 것은 그곳을 방문하는 이유였다. 물론 나는 퓌순을 만나기 위해 갔다. 그리고 그들과 퓌순도 그것을 좋아한다고 여겼다. 퓌순과 그 가족이 내가 퓌순을 만나러 찾아왔다는 사실을 대놓고 받아들이지는 못했기 때문에, 우리 모두는 다른 이유를 찾아냈다. 나는 그곳에, 퓌순의 집에 손님으로 '방문'한 것이었다. 하지만 이 모호한 단어조차 신빙성이 없었기 때문에, 덜 불편한 다른 단어를 본능적으로 선호했다. 나는 케스킨 씨네 집에 일주일에 네 번 저녁때 '같이 앉으려고' 갔던 것이다.

'앉다'라는 표현에 숨겨진, 튀르키예 독자라면 잘 알겠지만 박물관을 찾은 외국인 관람객들이 바로 이해할 수 없는 '방문하는 것', '지나가다 들르는 것', '함께 시간을 보내는 것' 같은 말에서는 강조되지 않지만 널리 알려진 의미를, 특히 네시베 고모가 자주 사용하곤 했다. 그 집에서 나올 때, 네시베 고모는 항상 호의적으로 말하곤 했다.

"케말, 내일 또 와, 또 함께 앉자고."

그곳에서 식탁에만 앉아 있고 다른 것은 하지 않았다는 의미는 아니다. 우리는 텔레비전을 보면서, 때론 긴 침묵을 유지하고, 때론 아주 다정하게 대화를 나누고, 물론 식사를 하고 라크를 마셨다. 처음에 네시베 고모는 저녁마다 나를 기다린다는 말을 하기 위해, 가끔이지만 이런 일들을 상기시키기도 했다. "케말, 내일 또 기다릴게, 자네가 좋아하는 호박 돌마 같이 먹자." 혹은 "내일 텔레비전에

서 하는 피겨 스케이팅 대회 같이 보자, 생방송으로 해 준대."라고
말했다. 그녀가 이렇게 말하면 나는 퓌순을 한 번 쳐다보았다. 그녀
의 얼굴에 동의하는 표정이나 미소가 떠오르는지 확인하고 싶었던
것이다. 네시베 고모가 "내일 와, 우리 함께 앉자."라고 말하고, 퓌
순이 이에 동의하면, 단어는 우리를 속이지 않는다고, 우리가 정말
하는 것이라곤 같은 공간에 함께 있는 것, 그렇다, 함께 앉아 있는
것이라고 생각했다. '앉다'라는 말은 내가 그곳에 가는 진짜 이유
인 퓌순과 같은 공간에 있고자 하는 나의 바람을 아주 적절하고 가
장 순수하게 표현해 주었다. 일부 지식인들이 습관적으로 서민을
무시하며, 매일 밤 '함께 앉아 있는' 수백만 튀르키예 사람들이 사
실 아무것도 하지 않는다고 말하는 것에 나는 절대로 동의하지 않
는다. 반대로, 사랑이나 우정, 정확히 무엇인지는 모르지만 더 심오
한 본능으로 연결된 사람들 사이에서, '함께 앉아 있는 것'은 어떤
필요라고 생각했다.

　박물관의 이 지점에, 그 팔 년과 그동안 일어난 사건들에 대한
서론과 존경의 표시로, 추쿠르주마에 있던 퓌순네 건물의 2층, 즉
복층으로 된 그들 집 아래층의 모형을 전시한다. 위층에는 네시베
고모와 타륵 씨 그리고 퓌순과 그 남편의 방이 있었고, 그 사이에
는 욕실이 있었다.

　모형을 자세히 보면 긴 식탁의 가장자리에 있는 내 자리가 보
일 것이다. 박물관을 방문하지는 못하지만 궁금해할 사람들을 위
해 설명해 보겠다. 텔레비전은 내 맞은편 약간 왼쪽에 있다. 부엌은
내 맞은편 오른쪽에 있다. 내 뒤에는 안이 가득 찬 장식장이 있다.
때로 의자 뒷다리에 힘을 실어 기대 보면 진열장에 닿았다. 그러면
그 안에 들어 있는 크리스털 컵, 은과 도자기로 된 설탕 통, 리큐어
세트, 전혀 사용하지 않는 커피 잔, 이스탄불의 중산층 가정의 장식

장에는 꼭 들어 있던 작은 유리 공예 꽃병, 옛날 시계, 작동하지 않는 은 라이터 같은 잡동사니가 진열장의 유리 선반과 함께 순간 떨리곤 했다.

식탁에 있던 다른 사람들처럼, 나도 오랫동안 텔레비전을 보며 앉아 있었다. 하지만 내 눈길을 약간 왼쪽으로 돌리면 퓌순을 맘 편히 볼 수 있었다. 일부러 고개를 돌리거나 몸을 움직일 필요가 없었다. 텔레비전을 향한 채 눈동자만 움직이면, 아무도 알아채지 못할 때, 오랫동안 퓌순을 바라볼 수 있었다. 나는 자주 그렇게 했기 때문에 이에 관한 한 전문가가 되었다.

영화에서 감정적이고 격앙된 순간이 나오거나, 우리 모두를 흥분시키는 뉴스가 시작될 때, 퓌순의 얼굴에 나타나는 표정을 바라보는 것에 아주 큰 희열을 느꼈다. 나중에 그 영화의 가장 감동적인 장면을 떠올릴 때면 퓌순의 얼굴에 나타난 표정도 함께 기억나곤 했다. 영화의 감동적인 장면보다 퓌순의 표정이 먼저 눈앞에 떠오르고(내가 퓌순을 그리워하고 있으니 저녁 식사에 가야 한다는 뜻이었다.) 그 후에야 그 장면이 떠오르기도 했다. 팔 년 동안 케스킨 씨 가족의 식탁에 앉아서 보았던 영화에서 가장 감정을 잘 표현하고, 가장 가슴에 와닿고, 가장 기이한 순간들은, 그 순간들과 함께 따라오는 퓌순의 표정과 함께 내 기억에 각인되었다. 퓌순의 눈길의 의미를, 그녀의 어떤 표정이 영화 속의 어떤 감정과 들어맞는지를 팔 년 동안 너무나 잘 알게 되어, 영화를 주의 깊게 보지 않고 곁눈으로 퓌순의 얼굴 표정만 보고도, 영화 속에서 무슨 일이 일어나고 있는지 알 수 있었다. 때로 술을 너무 많이 마시고 피곤할 때, 또다시 퓌순과 내가 서로에게 토라졌기 때문에 텔레비전을 주의 깊게 보지 못할 때는, 퓌순의 시선만 봐도 어떤 장면이 펼쳐지는지 충분히 이해했다.

네시베 고모가 앉던 테이블 옆에는 늘 갓이 비뚤어져 있는 스탠드가 있었고, 이 스탠드 옆에는 L자형 소파가 있었다. 먹고, 마시고, 웃고 떠들다 지친 밤이면, 네시베 고모는 "자, 이제, 소파에 가서 좀 앉아요." 혹은 "커피는 식탁에서 일어나면 줄게요."라고 했다. 그러면 나는 장식장 가장자리에 있는 소파 끝에, 네시베 고모는 소파의 다른 쪽 끝에, 타륵 씨는 퇴창 가에 있는 두 개의 안락의자 중 비탈길 쪽에 있는 것에 앉았다. 새로 자리를 옮겨 앉은 이곳에서 화면을 더 잘 보기 위해서는 텔레비전의 각도를 바꿔야 했는데, 자리를 옮기지 않고 식탁 가장자리에 그대로 앉아 있던 퓌순이 그렇게 해 주었다. 퓌순은 텔레비전 각도를 조절한 후, 소파의 다른 쪽인 어머니 곁에 앉아 모녀가 서로 기대어 텔레비전을 보기도 했다. 네시베 고모는 텔레비전을 보며 딸의 머리와 등을 쓰다듬곤 했다. 나는 모녀 사이의 이 행복한 친밀감을 마치 새장에서 관심 깊게 우리를 주시하는 레몬처럼 곁눈으로 바라보며 특별한 희열을 느꼈다.

밤이 깊어 가는 시간에 L자형 소파 위에 놓인 쿠션에 푹 기대면, 타륵 씨와 함께 마신 술로 인해 졸음이 몰려왔다. 한쪽 눈으로 텔레비전을 보고, 다른 한쪽 눈으로 내 영혼의 깊은 곳을 바라보면, 분노가 느껴지고 부끄러워서, 삶이 나를 이끌고 온 이상한 곳에서 일어나 나가고 싶었다. 퓌순의 시선이 좋지 않게 느껴지고, 그녀가 웃지도 않고 희망도 주지 않으며, 내 손이나 팔 그리고 몸이 실수로 우연히 닿으면 차갑게 대했던, 언짢고 암울했던 밤에 그렇게 느끼곤 했다.

그럴 때는 자리에서 일어나, 퇴창이나 오른쪽에 있는 창문의 커튼을 살짝 젖히고 추쿠르주마 비탈길을 바라보았다. 습하거나 비가 오는 날에는 거리의 네모난 돌 위에 가로등 불빛이 반짝거렸다.

퇴창 앞에 놓인 새장에서 서서히 늙어 가는 카나리아 레몬에게 주의를 돌리기도 했다. 타륵 씨와 네시베 고모는 텔레비전에서 눈을 떼지 않고, 레몬에 대해 "먹이는 먹었나?", "물을 바꿔 줄까?", "오늘은 기분이 안 좋은가 봐."라는 말을 했다.

복층의 아래층에는 좁은 발코니가 있는 방이 뒤쪽에 하나 더 있었다. 주로 낮에 많이 사용하는 장소였다. 네시베 고모가 여기서 재봉 일을 했고, 타륵 씨는 집에 있을 때면 여기서 신문을 읽었다. 그집에 드나든 지 육 개월이 지난 후에는, 식탁에서 불안감에 휩싸여 서성이고 싶은 마음이 들 때면, 그리고 전등이 켜져 있다면, 자주 그 방에 가서 발코니 창으로 밖을 내다보는 것을, 재봉틀과 재봉 도구들, 옛날 신문과 잡지, 열린 옷장 등 온갖 잡동사니들 사이에 서 있는 것을, 퓌순을 향한 그리움을 잠시나마 잠재워 줄 만한 물건을 눈 깜짝할 사이에 주머니에 집어넣는 것을 좋아했다.

이 방의 발코니 창문 유리에는 우리가 식사를 하던 방이 비쳐 보였을 뿐 아니라, 집 뒤쪽으로 좁은 골목에 줄지어 늘어선 가난한 집들의 안도 바라볼 수 있었다. 그런 집 한 곳에는, 매일 밤 잠들기 전에 양모 잠옷을 입은 채 약상자를 열어 알약을 꺼낸 후, 상자 안에 있는 처방전을 주의 깊게 읽어 내려가는 약간 뚱뚱한 여자가 있어서 유심히 바라보았다. 그 여자는 우리 아버지 회사에서 일했던, 지금은 고인이 된 라흐미 씨(의수를 했던)의 부인이라고, 퓌순이 어느 날 저녁 그 방에 있는 내 옆으로 와서 알려 주었다.

퓌순은 내가 뒷방에서 뭘 하는지 궁금해서 왔다고 속삭였다. 그녀와 어둠 속에서, 창문 앞에 나란히 서서 한동안 풍경을 바라보았다. 나는 그 순간, 나를 팔 년 동안이나 케스킨 씨네 집에 찾아오게 만든 것이 무엇인지 알 수 있었던 것 같다. 세상 속 이곳에서 남자와 여자로 존재한다는 의미에 대해 품고 있던 문제를 내 가슴 깊이 느꼈던 것이다.

그날 밤 나는 퓌순이 내게 친근감을 표현하기 위해 식탁에서 일어나 내 곁으로 왔다고 생각했다. 내 옆에 조용히 서서 평범한 풍경을 바라보았던 것도 이를 증명했다. 오로지 퓌순이 옆에 있었기 때문에 굉장히 시적으로 보였던 기와와 아연 지붕, 가는 연기가 나오는 굴뚝, 불 켜진 창 안으로 보이는 집 안에서 움직이는 가족들을 내다보면서, 내 손을 퓌순의 어깨에 올리고, 그녀를 껴안고, 그녀를 만지고 싶은 마음이 들었다.

하지만 추쿠르주마에 있는 집에서 지낸 첫 주에 이미 느낀 바대로, 만약 그렇게 한다면 퓌순은 아주 차갑고 거칠게 반응할 것이며(거의 성희롱을 당한 것처럼) 나를 밀치거나 그대로 등을 돌려가 버릴 것이고, 그렇게 되면 우리는 한동안 서로에게 화가 난 척할 것이며(서서히 노련해진 게임) 어쩌면 한동안 케스킨 씨네 저녁 식사에도 가지 못할 것이다. 그럼에도 내 영혼의 깊은 곳에서 나온 무언가가 그녀를 만지고, 그녀에게 키스하고, 최소한 그녀에게 기대도록 나를 강하게 충동질하고 있었다. 물론 내가 마신 라크도 영향을 미쳤다. 하지만 술을 마시지 않았더라도 마음속으로 이런 딜레마를 고통스럽고 강하게 느꼈을 것이다.

스스로를 억누르고 그녀를 만지지 않는다면 ─ 이제 이것에는 익숙해져 있었다 ─ 퓌순이 내게 더 가까이 다가올 것이고, 어쩌면 살짝 그리고 '실수로' 그녀가 나와 닿을 것이며, 어쩌면 달콤한 말 한두 마디를 건넬지도 모른다. 아니면 며칠 전처럼 "뭐 언짢은 일이라도 있어?"라고 말할 수도 있다. 그때 퓌순은 "난 밤의 이 정적을, 그리고 지붕을 걸어다니는 고양이를 아주 좋아해."라고 했다. 나는 바로 그 딜레마를 다시 마음속에서 거의 고통스러울 정도로 느껴야 했다. 지금 그녀를 만지고, 붙잡고, 키스할 수 있을까? 너무나 그렇게 하고 싶었다. 그녀는 처음 몇 주 동안, 몇 달 동안 — 그리고 그 후 오랫동안 믿은 바대로 — 내게 그 어떤 초대의 말도 하지 않았으며, 고등학교를 졸업한 예의 바르고 똑똑한 여자가 사랑에 빠진 부유한 먼 친척에게 교양 있고 정중한 태도로 말할 법한 것들만 말할 뿐이었다.

지금 설명한 이 딜레마 때문에 나는 팔 년 동안 많은 생각을 했고, 비탄에 빠진 적도 많았다. 우리는 창밖을, 여기에 그 그림을 전시한 풍경을 이삼 분 정도 바라보았다. 관람객들이 이 풍경을 보면서 나의 딜레마를 느낄 수 있길 바라며, 또한 퓌순이 이 문제에 대해 아주 사려 깊고 섬세하게 행동했다는 것을 잊지 말았으면 한다.

"네가 옆에 있기 때문에 이 풍경이 이렇게 아름답다고 생각해."

나는 결국 이렇게 말하고 말았다.

"가자, 부모님이 걱정할 거야."

"네가 옆에만 있으면 난 이런 풍경을 오랫동안 행복하게 바라볼 수 있어."

"음식이 식겠어."

퓌순은 이렇게 말하고 식탁으로 돌아갔다.

그녀가 냉정하게 말했다는 것을 알고 있었다. 나도 식탁으로 돌아와 내 자리에 앉았는데, 잠시 후 퓌순의 얼굴이 밝아졌다. 그녀는 달콤하고 진심 어린 미소를 두 번 지어 보였고, 잠시 후 소금 통(나의 수집품이 될)을 내게 건네줄 때 그녀의 손가락이 내 손에 닿는 것도 허락했으며, 모든 것이 제대로 되어 갔다.

# 56
# 레몬 영화사

　삼 년 전, 타륵 씨는 퓌순이 어머니의 지지와 동의를 받아 미인 대회에 참가했다는 것을 알고는 아주 화를 냈지만, 사랑하는 딸이 울며 애원해서 어쩔 수 없었다고 한다. 그러나 나중에 사람들이 그녀에 대해 이야기하는 것을 듣고는 그런 수치스러운 일을 묵인한 것을 후회했다. 아타튀르크 시절 공화국 초기에는, 여자들이 검은 수영복을 입고 무대에 올라가서 튀르키예 역사와 문화에 대한 관심을 증명했을 뿐만 아니라, 자신들이 얼마나 현대화되었는지를 전 세계에 증명했기 때문에 미인 대회를 좋게 받아들였다. 하지만 1970년대 예의도 교양도 없는 가수나 모델 지망생들이 참가하면서 많이 달라졌다. 옛날에는 진행자가 신사 같은 매너로 참가자들에게 장차 어떤 사람과 결혼하기를 바라느냐고 물었는데, 이것은 그녀가 숫처녀임을 세련되게 표현한 것이었다. 요즘은 '남자를 볼 때 무엇이 중요한가.'라고 물으면(정답: 성격), 하칸 세린칸처럼 뻔뻔하게 싱긋 웃곤 했다. 타륵 씨는 다시는 딸이 이런 모험을 하게 할 수 없다고 영화인 사위에게 공공연하게 말했다.

　자신이 영화배우가 되는 걸 반대하고, 그녀 앞에서 은근히, 가끔은 대놓고 못마땅해하는 아버지를 퓌순은 두려워했기 때문에,

남편이 찍을 '예술 영화'에 대해 타륵 씨가 듣지 못하게 속삭이며
말해야 했다. 그렇지만 타륵 씨는 내가 그의 가족에게 보이는 관심
이나 저녁마다 나와 술을 마시고 대화를 나누는 것이 좋아서 못 들
은 척하는 것 같았다. 왜냐하면 이 '예술 영화'라는 것은, 처음에 내
가 케스킨 씨네 집에 일주일에 네 번이나 저녁마다 찾아가는 핑계
(네시베 고모는 아주 잘 알고 있는 진짜 이유를 은폐하기 위한 신빙
성 있는 핑계)였기 때문이다. 몇 달이 지난 후에는 선하고 사랑스러
운 페리둔의 얼굴을 볼 때마다, 그가 아무것도 모른다고 생각하는
한편으로, 그도 모든 걸 알지만 아내를 믿기 때문에 나에 대해 심
각하게 생각하지 않고 그저 몰래 나를 비웃고 있다고, 그리고 당연
히 그가 영화를 찍기 위해 나의 지원을 필요로 하고 있다고 생각하
게 되었다.

11월 말경, 퓌순이 재촉한 결과 페리둔이 시나리오를 매듭지었
고, 제작자가 될 수 있을 나에게 그 원고를 건넸다. 어느 날 저녁 식
사 후 계단참에서, 퓌순이 못마땅한 얼굴로 바라보는 가운데 그는
원고를 내밀었고 나의 결정을 알려 달라는 말도 덧붙였다. 그리고
퓌순이 내게 말했다.

"케말, 그 원고를 관대하게 그리고 주의 깊게 읽어 줬으면 해.
난 이 시나리오를 믿고, 당신도 믿어. 기대를 저버리지 말아 줘."

"그럴 리가 있나. 이것(손에 들고 있던 원고를 가리키며)이, 네
가 배우가 되기 위해서 중요한 거야, 아니면 이 영화가 '예술 영
화'(1970년대에 튀르키예에서 생산된 특별한 개념)가 될 것이기 때
문에 중요한 거야?"

"둘 다."

"그렇다면 이 영화를 이미 찍었다고 생각해."

'파란 비'라는 제목의 시나리오에는 퓌순에게도, 나에게도, 우

리의 사랑과 우리의 이야기에도 새로운 빛을 던져 줄 만한 것은 없었다. 지난여름에 나는 페리둔의 두뇌와 현명한 판단에 존경심을 가지게 되었다. 그는 튀르키예 영화인들이 일정한 문화와 교육 수준에 올랐고 서양인들처럼 '예술 영화'를 진정으로 만들고 싶어 하면서도 결국 그렇게 하지 못하는 것은 그들 자신의 잘못이라고 하면서, 내게 그것들(모방, 작위성, 도덕주의, 조악함, 멜로드라마, 상업주의나 대중 영합주의)에 대해 자세하게 설명해 준 적이 있었다. 그런데 페리둔 자신이 지금 그렇게 하려 했다. 지루한 시나리오를 읽으면서, 예술에 대한 야망은, 마치 사랑처럼, 이성을 무디게 하고, 알고 있는 것도 잊게 하며, 사실을 감추어 버리는 병 같은 것이 아닐까 생각했다. 페리둔이 상업적인 측면에서 추가한 퓌순의 누드 신(한 번은 사랑을 나눌 때, 한 번은 프랑스의 '누벨바그' 스타일로 거품 많은 욕조에서 생각에 잠겨 담배를 피울 때, 한 번은 꿈속에서 천국의 정원을 거닐 때) 역시 멋도 없고 필요하지도 않았다!

그렇지 않아도 믿음이 가지 않던 이 영화를 이 장면들 때문에 더욱 반대하게 되었다. 이 문제에 관한 나의 분노와 단호함은 타륵 씨가 보일 감정보다도 더 격렬했다. 그렇지만 한동안은 이 영화 계획이 지속되어야 한다는 걸 깨닫고, 즉시 퓌순과 그녀의 남편에게 시나리오가 아주 좋다고 말했다. 페리둔을 칭찬하면서, 이제 행동을 시작할 결정을 내렸으며, '제작자로서'(진지하게 제작자 흉내를 내는 나 자신을 비웃었다.) ─ 페리둔이 제의했던 바대로 ─ 스태프와 배우를 만날 준비가 되었다고 알렸다.

이렇게 해서 초겨울에 퓌순을 포함한 우리 셋은 베이오을루 뒷골목에 있는 '클럽 회관'에, 제작자 사무실에, 이류 배우나 야망에 찬 배우들, 엑스트라들, 세트 담당자들이 카드 게임을 하는 찻집에, 제작자, 무대 감독, 조금 유명한 배우들이 저녁 무렵부터 늦은 시간까지 술을 마시고 식사를 하는 바에 출입하기 시작했다. 이런 장소들은 케스킨 씨네 집에서 걸어서 십 분 정도 걸리는 비탈길에 있었다. 가끔 네시베 고모가 페리둔은 이런 곳에 걸어서 갈 수 있는 곳에 살고 싶어서 퓌순과 결혼했다고 했던 것이 떠오르는 길이었다. 그들을 집 앞에서 태우기도 하고, 그녀의 부모님과 식사를 한 후 우리 셋이, 그러니까 나와 페리둔과 그의 팔짱을 낀 퓌순이 함께 베이오을루로 나가기도 했다.

우리가 가장 많이 갔던 펠뤼르 바에는, 배우가 되고 싶어 하는 여자들을 만나려는 신흥 부자들이나, 시골 출신으로 이스탄불에서 일을 하고 재미도 보려 하는 지주의 아들들, 약간 유명한 신문 기자들, 영화 평론가들, 가십 기자들이 오곤 했다. 우리는 겨울 동안, 여름에 보았던 영화에 조연으로 출연한 사람들(페리둔의 친구이며, 우리가 여름에 보았던 영화에서 부도덕한 회계원 역할을 한 가는 콧수염을 기른 남자를 포함하여)을 알게 되었고, 서로에 대해 무자비하게 뒷말을 하며, 아무나 붙잡고 자신의 인생과 영화 계획을 설명하고, 매일 만나지 않고는 못 배기는 사랑스럽고, 화가 난 듯하고, 여전히 희망을 품고 있는 사람들로 이루어진 집단의 일부가 되었다.

모두들 페리둔을 좋아했는데, 그들 중에는 그가 선망하는 사람도 있었고, 그가 조감독을 해 준 사람도 있었다. 페리둔은 모두와 항상 잘 지내고 싶어 했기 때문에, 영화계 사람들의 테이블로 가서 몇 시간이고 앉아 있었다. 그래서 나는 퓌순과 단둘이 남게 되었지만, 그리 행복하거나 특별한 시간은 아니었다. 퓌순은 페리둔이 함께 있을 때 나에게 '케말 오빠'라고 하면서 반은 순진하고 반은 인위적인 말과 행동을 보였는데, 드물게 진심을 보이며 이야기를 한다면 그것은 경고 — 우리 테이블에 앉았다 가는 사람들, 장래의 영화계 생활에 대한 — 였으므로 나도 주의해야 했다.

라크를 지나치게 많이 마셨으며, 다시 단둘이 남게 된 어느 날 저녁, 영화에 대한 퓌순의 환상과 작은 속셈이 지루해졌을 때, 그녀도 설득될 거라고 진심으로 생각하며 이렇게 말했다.

"내 팔짱을 껴, 이 끔찍한 곳에서 지금 당장 나가자. 파리나, 세상 다른 곳으로, 파타고니아로 가자. 이 사람들은 모두 잊어버리고, 우리 둘이 영원히 행복하게 살자."

"케말 오빠, 그게 말이나 돼? 이제 우리 인생은 서로 다른 길에 있어."

그런 바에 매일 오면서 "우리는 여기 직원입니다."라고 하는 술 취한 사람들은 몇 달이 지나자 퓌순을 젊고 아름다운 신부로 받아들였으며, 나는 예술 영화를 찍게 해 주려는 '의도는 좋지만 멍청한 백만장자'로 의심과 조롱을 하며 받아들였다. 하지만 우리를 알지 못하는 사람들, 퓌순에게 매달리며 기회를 한번 잡아 보려 하는 술 취한 사람들, 여러 바를 돌아다니며 먼발치에서 그녀를 본 사람들, 자신의 인생 이야기를 사람들이 알아주기를 강박적으로 바라는 사람들(이런 부류는 대단히 많았다.)은 우리를 그냥 두지 않았다. 라크 잔을 들고 우리 테이블로 와서 앉자마자 말을 시작하는 낯선 사람들이 나를 퓌순의 남편으로 여기는 것은 좋았다. 그러나 퓌순은 매번 친절하게 미소를 지으며 '저쪽 테이블에 앉은 뚱뚱한 사람'이 자신의 남편이라고 해서 내 가슴을 아프게 했다. 그러면 그들은 내가 자리에 없는 양 그녀에게 절망적으로 매달리곤 했다.

그녀에게 매달리는 사람들은 각양각색이었다. 사진이 포함된 소설에 나올, 그녀처럼 '순진한 얼굴에 튀르키예 스타일의 아름다운 다갈색 피부를 지닌 여자'를 찾고 있다는 사람도 있었고, 곧 촬영이 시작될 예언자 아브라함에 관한 영화의 여자 주인공 역할을 그 자리에서 제안하는 사람도 있었으며, 아무 말도 하지 않고 몇 시간이고 그녀의 눈을 들여다보는 사람도 있었다. 모든 것이 물질화된, 돈이면 다 되는 세상에서, 그 누구도 관심이 없어 알지 못하는 섬세함과 작은 아름다움에 대해 언급하거나, 감옥에 있는 괴로운 시인의 사랑과 그리움과 조국에 관한 시를 읊는 사람도 있었고, 멀리 떨어진 테이블에 앉아 있다가 우리의 계산을 대신 해 주거나 과일을 보내는 사람도 있었다. 내가 방해가 되거나 시큰둥하게 앉아 있었기 때문에 겨울이 끝날 무렵에는 자주 가지 않았던 베이오을루의 이런 장소에서 매번 마주치던 사람이 있었다. 영화에서 잔인한 교도관이나 나쁜 여자의 몸종 역할을 하는 몸집이 큰 여자였다. 자신의 집에서 '퓌순처럼 학교를 졸업한 교양 있는 젊은 여자'가 참석하는 댄스파티를 한다며 그녀를 초대했다. 불룩 나온 배에 키가 작고 나이 든 평론가(멜빵바지에 나비넥타이를 한)는 전갈처럼 추한 손을 퓌순의 어깨에 올리고 그녀가 장차 '아주 커다란 유명세'를 탈 것이며, 어쩌면 국제적 명성을 얻는 최초의 튀르키예 배우가 될지도 모른다며, 발걸음을 주의 깊게 내디디라고 충고했다.

퓌순은 옳거나 그르거나, 진지하거나 말도 되지 않거나 간에, 영화나 사진 소설이나 모델 제의라면 전부 다 진지하게 들었고, 사람들의 이름을 모두 기억했으며, 무명이든 유명하든 영화배우들이라면 언제나 지나치게 과장되고 진부한 칭찬 세례(점원을 할 때 배운 듯한)를 퍼부었다. 한편으로는 모든 사람에게 잘하려고 했고, 다른 한편으로는 정반대로 하면서, 모두가 자신에게 흥미를 보이게끔 노력했으며, 이런 장소에 모두 함께 좀 더 자주 가자고 말했다. 작업을 제안한다고 무조건 전화번호를 알려 주지는 말라고, 아버지가 들으면 아주 걱정하실 거라고 하자, 그녀는 자신이 지금 뭘 하고 있는지 잘 안다며, 페리둔의 영화가 난관에 부딪혀 못 찍게 되면 다른 영화에 출연할지도 모른다고 화를 내며 말했다. 내가 상심한 채 다른 테이블로 가 있으면 그녀는 페리둔을 데리고 내 옆으로 와서 "지난여름처럼 우리 셋이 식사하러 가자."라고 말했다.

약간은 부끄러웠지만 나도 서서히 '영화와 바 공동체'와 어울리며 친구 둘을 새로 사귀고 그들에게서 소문도 들었다. 한 명은 쉬헨단 일드즈로, 튀르키예에서 성형 수술이 시작된 초기에 코 수술에 실패하는 바람에 코가 이상해지고 추해졌지만, 결국은 그런 코 덕분에 '나쁜 여자' 이미지로 알려진 중년 여배우였다. 다른 한 사람은 살리흐 사를르로, 오랫동안 권위 있는 장교나 경찰 역할을 했지만, 지금은 빵값을 벌기 위해 더빙을 하고 있었고, 더빙 중에 있었던 우스운 일들을 그르렁거리는 목소리로 웃고 기침을 하며 설명해 주는 '성격파 배우'였다.

나는 몇 년 후에야, 살리흐 사를르뿐 아니라, 펠뤼르 바에서 만나 친해진 배우들 대부분이 튀르키예 포르노 영화계에서 일했다는 것을 알게 되었는데, 마치 친구들이 비밀 조직의 일원이라는 것을 알게 된 것처럼 놀랐다. 귀부인 같은 중년 여배우들이나 살리흐 씨 같은 성격파 배우들은 빵값을 벌기 위해, 해외에서 들어오는 그리 과하지 않은 영화에 더빙을 했고, 사랑을 나누는 장면에서는 영화에 자세히 나오지 않는 부분까지 연상할 수 있도록 과장되게 애무 소리를 내고 비명을 질렀다. 대부분 기혼에다 자녀도 있고 점잖았던 이 배우들은 경제적으로 힘들었을 때, 그리고 '영화계에서 멀어지지 않기 위해' 그런 작업을 했다고 친구들에게 말하면서도, 가족이나 다른 사람들에게는 그것을 숨겼다. 그래도 열정적인 팬들은, 특히 시골에서, 목소리만 듣고도 그들인 줄 알고는 화를 내거나 칭찬을 하는 편지를 보내왔다. 뻔뻔하고 돈 욕심이 많은 배우나 제작자들 — 대부분 펠뤼르의 단골이었다 — 은, '초기 무슬림 포르노 영화'로 기록될 영화들을 찍기 시작했다. 대부분은 섹스와 풍자가 섞여 있었고, 베드신에서는 전형적인 비명 소리를 과장하여 질러 댔으며, 유럽에서 불법으로 들여온 책에서 배운 섹스 체위를 죄다 따라 했다. 하지만 조심스럽고 경계하는 숫처녀처럼 절대 팬티는 벗지 않았다.

모두 함께 베이오을루에 있는 영화인들이 자주 가는 장소 — 주로 펠뤼르 — 에 가면, 퓌순과 페리둔은 새로운 사람들과 만나러 이 테이블 저 테이블을 돌아다녔고, 나는 새로 사귄 중년의 친구들과 어울려서 상냥한 쉬헨단 부인이 '주의해야' 한다며 들려주는 경고를 듣곤 했다. 이를테면, 저기 있는 노란 넥타이와 빳빳하게 다림질한 셔츠 차림에 콧수염은 아몬드 모양으로 다듬은, 신사 같은 모습을 한 제작자와는 퓌순이 얘기도 나누게 해서는 안 된다고 했다. 왜냐하면 유명한 그 제작자는 아틀라스 극장 위층에 있는 사무실에서 서른 살 아래의 젊은 여자와 단둘이 남으면, 즉시 문을 잠그고 여자를 강간하며, 여자가 울면 영화 주인공을 제안하는데, 촬영이 시작되면 그 주인공이라는 것은 조연 중의 조연 — 착한 튀르키예 부자의 집에서 술수를 써서 모두 서로 등지게 하는 독일 유모 — 이라는 것이 드러난다는 것이었다. 또 지금 페리둔이 옆에 가서 농담을 하고, 예술 영화에 지원할 거라는 농담을 하면 페리둔이 따라 웃어 주는 남자는 페리둔의 옛날 상사이자 제작자라는 무자페르인데, 최소한 나만이라도 페리둔에게 경고를 해 주어야 한다고 했다. 왜냐하면 그 뻔뻔한 남자는 그리 오래전도 아니고 단지 이 주 전에, 역시 펠뤼르 바에서, 바로 저 테이블에서, 그러나 퓌순과 그녀의 남편이 아니라, 자신과 그동안 사업상 경쟁해 왔고 영화사를 두 개 가지고 있는 중키의 남자와 앞으로 한 달 안에 퓌순을 손에 넣겠다며 밀수 프랑스 샴페인 한 병을 걸고 내기를 했다는 것이다.(당시 영화에서는 샴페인이 서양의 호화로움을 상징했다.) 오 랜 세월 동안 그저 그런 나쁜 여자(악마는 아닌) 역할을 하여 언론 에서 '배반자' 쉬헨단이라고 불렸던 이 배우는 내게 이런 이야기를 해 주면서, 한편으로는 사랑스러운 세 살짜리 손자를 위해 긴 뜨개 질바늘로 겨울용 삼색 양모 스웨터(《부르다》 잡지에 나온 견본을 내게 보여 주었다.)를 짜고 있었다. 사람들이 빨간색, 초록색, 군청 색 실타래를 품에 안고 바에 앉아 있다고 놀리면 "난 새로운 일을 기다릴 때, 당신들 술주정뱅이처럼 멍하니 앉아 있지는 않아."라 며, 교양 있는 여성의 태도를 아무렇지 않게 버렸고 가끔은 끔찍한 욕설도 퍼부었다.

펠뤼르 같은 곳에서, 저녁 8시가 지나면 지식인이나 영화인이 나 의기소침한 배우나 할 것 없이 모두 거나하게 술에 취했고, 나 는 이런 사람들을 피하지 못해 불편했다. 세상만사 모르는 것이 없 는 살리흐 사를르는 이런 나를 보면, 자신이 오랫동안 연기했던 정 의롭고 이상적인 경찰처럼 낭만적으로 시선을 먼 곳으로, 먼 곳에 있는 테이블에 앉아 웃고 있는 퓌순에게로 돌렸다. 그러고는 자신 이 나처럼 부유한 사업가라면, 아름다운 친척을 배우가 되라며 이 런 곳 ─ 우리가 앉아서 술을 마시는 펠뤼르 바를 의미했다 ─ 에 데려오지는 않을 거라고 했다. 물론 이 말은 내 가슴에 상처가 되 었다. 그래서 내 머릿속에 있는 '퓌순을 사악한 시선으로 바라보는 남자들' 리스트에 더빙 배우인 이 친구의 이름도 추가했다. '배반 자' 쉬헨단이 이런 말을 했던 것도 절대 잊지 않고 있다. 아름다운 퓌순은, 자신이 빨간색, 초록색, 군청색으로 스웨터를 짜 주려던 손 자를 낳은 자기 딸처럼 아주 좋은 엄마가 될 나이이고, 아주 상냥 하고 귀여운 사람인데, 여기서 뭘 하고 있는지 모르겠다고 했던 것 이다.

날이 갈수록 나 역시 이런 우려에 휩싸였기 때문에, 1977년 초에 페리둔에게 이제 영화를 찍을 스태프에 대해 결정을 내려야 한다는 뜻을 넌지시 비쳤다. 날이 갈수록 퓌순은 베이오을루의 바 같은 영화인들이 자주 가는 곳에서 새로운 친구들을 만들었다. 이 친구들은 그녀에게 새로운 일 ― 사진 소설이나 광고 촬영 ― 을 제안했다. 하지만 나는 퓌순이 페리둔과 얼마 지나지 않아 헤어질 거라고 거의 매일 생각했다. 퓌순이 달콤하고 우정 어린 미소를 지었고, 나를 만지거나 내 귀에 즐거운 이야기를 속삭여 주었기 때문에, 그날이 아주 가깝다고 느꼈던 것이다. 페리둔과 헤어지면 곧장 나와 결혼을 할 테니, 이 세계에 더 이상 신경 쓰지 않는 것이 그녀에게도 좋을 거라고 스스로에게 말했다. 퓌순이 이 사람들과 친하게 지내지 않아도 그녀를 배우로 만들 수 있었다. 그즈음 우리 셋은 이제 이 일을 펠뤼르 바가 아니라 사무실에서 진행하는 게 좋겠다고 결정했다. 이제 사전 교섭은 충분히 진행되었으므로, 페리둔의 영화를 위해 회사를 세울 계획이었다.

퓌순의 장난스러운 제안으로, 우리는 카나리아의 이름을 따서 회사 이름을 지었다. 사랑스러운 새 그림도 새겨 넣은 이 작은 명함에서 볼 수 있듯이, 레몬 영화사의 사무실은 예니 멜렉 극장 바로 옆에 있었다.

나는 내 개인 구좌가 있는 지라트 은행의 베이오을루 지점에다 매달 초에 레몬 영화사로 1200리라를 이체하라고 했다. 사트사트에서 일하는 가장 호봉이 높은 직원 두 명이 받는 월급보다 더 많은 액수였다. 이 돈의 절반은 페리둔이 회사 대표 월급으로 받을 것이고, 나머지는 사무실 월세와 영화 만드는 비용으로 충당할 것이었다.

# 57
# 일어나 가지 못하는 것에 대하여

날이 갈수록 영화 촬영을 서두를 필요가 전혀 없다는 확신이 들었다. 그 전에 페리둔에게 레몬 영화사 이름으로 돈을 주기 시작한 것이 마음을 편하게 했다. 이제 퓌순의 집에 갈 때 조금 덜 부끄러웠다. 퓌순이 보고 싶다는 거부할 수 없는 욕구를 느끼는 동시에 그와 비슷한 수치심이 들면, 이제는 그들에게 돈을 주기 때문에 그들에게 부끄러워할 필요가 없다고 생각한 적도 있다는 것이 정직한 말일 것이다. 퓌순을 보고 싶은 마음은 내 이성을 무디게 하여, 왜 그 돈이 내가 느끼는 부끄러움을 줄어들게 하는지 생각해 보지도 않았다. 1977년 봄, 저녁 식사 시간 무렵에 니샨타쉬에서 어머니와 텔레비전을 보고 있는데 그런 욕구와 부끄러움이 치밀어, 안락의자(아버지의 자리)에 웅크린 채 이 두 가지 감정 사이에서 꼼짝 않고 삼십 분 동안 앉아 있었다.

어머니는 저녁 무렵 내가 집에 있으면 늘 하던 말을 되풀이했다.

"오늘 저녁은 집에서 나와 둘이 식사하자."

"안 돼요, 어머니, 저 나갈 거예요."

"아니, 이 도시에 그렇게 놀 일이 많니? 매일 저녁 빠지지 않고 참석하는구나."

"친구들이 꼭 오라고 해서요, 어머니."

"내가 엄마가 아니라 친구가 됐어야 했구나. 난 이 세상에 혼자 남았어…… 저기 말이야…… 베크리에게 지금 당장 카즘 정육점에서 양 갈비를 사 와서 석쇠에 구우라고 할게. 나와 같이 저녁 먹자. 양 갈비를 먹고 그다음에 친구를 만나러 가."

"지금 당장 정육점에 가겠습니다."

부엌에서 어머니의 말을 들은 베크리가 말했다.

"아니에요, 어머니, 카라한 댁 아들이 초대한 중요한 자리예요."

나는 이렇게 둘러댔다.

"근데 내가 왜 모르지?"

어머니는 당연히 의심을 하며 이렇게 물었다. 내가 퓌순네 집에 자주 간다는 것을, 어머니나 오스만 그리고 누가, 얼마나 알고 있는 걸까? 이런 것은 생각하고 싶지 않았다. 퓌순의 집에 가는 저녁에는 의심을 받지 않기 위해 먼저 집에서 어머니와 함께 저녁을 먹고, 나중에 퓌순의 집에서 한 번 더 먹기도 했다. 그런 날에는, 네시베 고모는 내가 배가 부르다는 것을 즉시 알아보고는 "케말, 오늘 저녁에는 입맛이 없나 봐, 튀르뤼[67]가 맛이 없어?"라고 했다.

집에서 어머니와 함께 저녁을 먹을 때도 있었다. 퓌순에게 느끼는 그리움이 가장 강한 순간을 넘기면, 그날 저녁은 자제하고 집에 있을 수 있겠다고 생각했다. 하지만 저녁을 먹고 한 시간이 지나 라크를 두 잔 마시면 그녀를 향한 그리움이 너무나 커져서, 어머니조차 나의 상태를 눈치챌 정도였다.

"또 다리를 떨기 시작했구나. 밖에 나가서 좀 걷다 오지 그러니. 절대 멀리는 가지 마, 이제는 길거리도 위험하니까."

---

67  다양한 채소를 넣은 스튜.

냉전의 연장으로, 열렬한 민족주의자와 열렬한 공산주의자가 이스탄불 거리에서 서로 총질을 하던 이야기는 여기서 하고 싶지 않다. 그 당시 거리에서는 살인 사건이 계속 발생했고, 한밤중에 찻집이 난사되었으며, 대학에서는 이틀에 한 번씩 점거-보이콧 같은 일이 일어났고, 폭탄이 터졌으며, 괴한에 의해 은행이 털렸다. 도시의 벽이란 벽에는 각종 슬로건이 여러 번 덧쓰여서 형형색색이었다. 대부분의 이스탄불 사람들처럼 나도 정치에 전혀 관심을 갖지 않았다. 거리에서 서로를 죽이는 전쟁은 그 누구에게도 이익이 되지 않을 거라고 생각했으며, 정치란 건 단체로 행동하고, 우리와는 전혀 닮지 않은 특별한 사람들의 활동이라고 느꼈다. 밖에서 나를 기다리던 체틴에게 조심해서 운전하라고 하면서, 정치는 지진이나 홍수 등 자연재해와 같아서 평범한 서민들은 멀리 떨어져 있어야 할 뿐 다른 방도는 없다는 이야기를 했다.

집에 가만히 있을 수 없었던 저녁마다 — 대부분의 저녁이 그랬다 — 케스킨 씨 가족에게 간 것은 아니다. 퓌순을 잊게 해 줄 멋진 여자와 만날지도 모른다는 생각에 초대받은 파티에 가거나, 예전 친구들을 만나 마시고 떠들기도 했다. 자임이 데려간 파티나 상류 사회에 새로 들어온 먼 친척의 집에서 우연히 누르지한과 메흐메트를 만나거나 타이푼이 끌고 간 나이트클럽에서 옛 친구들과 우연히 자정쯤 만나 튀르키예 유행가(대부분 이탈리아와 프랑스 노래를 표절한)를 들으며 위스키병을 딸 때면, 건강했던 과거의 삶으로 서서히 돌아가고 있다는 착각이 들었다.

내 고민의 심각성과 깊이를 가장 많이 깨닫는 것은, 퓌순의 집에 가기 전에 느꼈던 망설임과 부끄러움 때문이 아니라, 그들과 한참 동안 함께 앉아 저녁을 먹고 텔레비전을 본 다음 귀가 시간이 되어도 그 자리에서 꼼짝하고 싶지 않아 망설였기 때문이었다. 팔 년 동안 나의 상황 때문에 언제나 느낄 수밖에 없었던 평범한 부끄러움 말고도, 또 다른 특별한 부끄러움에 시달렸다. 도저히 자리에서 일어나 추쿠르주마에 있는 집에서 나갈 수 없었기 때문에 느끼는 부끄러움이었다.

매일 밤 11시 30분에서 12시 정도에 국기, 아느트카비르[68], '군인들'의 모습이 나오면서 텔레비전 방송이 끝나고, 그 뒤에 나타나는 희뿌연 장면 —— 마치 실수로 새로운 프로그램이 나올 듯한 —— 까지 한동안 바라본 후에, 타륵 씨가 "퓌순, 이제 그만 꺼라."라고 하거나, 퓌순이 알아서 텔레비전을 한 번에 꺼 버리곤 했다. 곧장 해결해야만 하는 나의 특별한 고통은 바로 그때 시작되었다. 당장 일어나서 돌아가지 않으면 그들이 아주 불편해할 거라는 생각이 들었다. 이 문제에 어느 정도 신경을 써야 할지 알 수가 없었다. 그저 '이제 일어나야지.'라고 생각만 할 뿐이었다. 왜냐하면 방송이 끝나자마자 "안녕히 주무세요."라는 말은 하는 둥 마는 둥 하고 나가 버리는 손님이나 텔레비전이 없는 이웃에 대해 이들 가족이 좋지 않게 말하는 것을 들었기 때문이다. 나는 그들처럼 되고 싶지 않았다.

물론 내가 저녁마다 오는 것은 텔레비전을 보기 위해서가 아니라 퓌순과 가까이 있기 위해서라는 것을 그들은 알고 있었다. 하지만 나는 무슨 중요한 일이라도 있는 듯이 네시베 고모에게 전화를 해서 "오늘 저녁때 들를게요.「역사의 한 페이지」를 한다네요."라고 했다. 그렇기 때문에 더욱이 방송이 끝나면 일어나 가야 했다. 텔레비전을 끈 후 조금 있다가 일어나야 한다는 생각을 점점 더 많이 했으면서도 도저히 일어서지 못했다. 테이블의 내 자리나 나중

---

**68** 수도 앙카라에 위치한 튀르키예 공화국 설립자 아타튀르크의 기념 묘.

에 옮겨 앉은 L자형 소파에 달라붙은 것처럼 꼼짝 않고 앉아 있었
다. 부끄러워서 땀마저 조금 나는 순간들이 이어지고, 똑딱거리는
벽시계 소리는 불안한 소음으로 바뀌었으며, '지금 일어나야지!'라
고 속으로 수십 번을 반복했지만, 여전히 행동으로 옮기지 못한 채
제자리에 꼼짝 않고 앉아 있었다.

세월이 많이 흘렀어도 이렇게 마비 상태가 된 진짜 이유는—
마치 내가 경험한 사랑처럼— 충분히 설명하지 못하겠지만, 그 당
시 나의 의지를 꺾어 놓은 이유들은 대충 이런 것들이다.

1. 내가 "이제는 일어나 봐야겠습니다."라고 할 때마다 타륵 씨
나 네시베 고모가 "아, 조금만 더 있어, 케말, 이렇게 같이 앉아 있
으니 좋잖아."라며 나를 말렸다.

2. 그들이 이렇게 말하지 않을 때면, 퓌순이 달콤하게 미소 짓거
나 신비스러운 눈길로 쳐다보며 내 이성을 교란했다.

3. 그러다 보면 누군가 새로 이야기를 시작하거나 새로운 주제
를 꺼냈다. 이 이야기가 끝나기 전에 일어나면 실례가 될 것 같아
서, 이십 분 정도 불편한 심정으로 앉아 있었다.

4. 그사이 퓌순과 눈이 마주치면 시간을 잊어버렸고, 나중에 아
무도 모르게 시계를 보면 이십 분이 아니라 사십 분이나 지나간 것
을 깨닫고 다시 "일어날게요."라고 하면서도, 여전히 일어나지 못
했다. 자리에서 일어나지 못하는 나약함과 꼼짝 않고 앉아 있는 모
습에 얼마나 화가 나고 부끄러웠던지 그 순간이 견딜 수 없이 무거
워졌다.

5. 그러면 나의 이성은 그곳에서 조금 더 앉아 있기 위해 새로
운 핑계를 찾았고, 이렇게 나 자신에게 조금 더 시간을 주었다.

6. 타륵 씨가 라크를 한 잔 더 따르면, 나도 그에게 동참해야만
할 것 같았다.

7. 시간이 정확이 자정이 되기를 기다렸다가 "자정이 되었네요, 이제 일어나야겠습니다."라고 하면, 나가는 것도 더 쉬워졌다.

8. 어쩌면 체틴이 찻집에서 한창 이야기꽃을 피우고 있을지도 모르고, 그러면 내가 조금 더 기다릴 수도 있는 일이다.

9. 대문 앞 길거리에서 동네 젊은이들이 담배를 피우며 이야기를 나누고 앉아 있기 때문에, 어차피 지금 나가면 나에 대해 뒷말을 할 것이다.(케스킨 씨 가족에게 오갈 때 만났던 동네 젊은이들이 나를 보면 입을 다무는 게 계속 신경이 쓰였다. 하지만 내가 페리둔과 사이가 좋은 걸 보았기 때문에, 나를 '동네의 도덕적 불명예'라고 하지는 않을 것이었다.)

페리둔의 존재와 부재도 나를 불안하게 했다. 그를 바라보는 퓌순의 시선에서 쉽지 않은 상황이라는 것을 이미 느끼고 있었다. 더 힘든 것은 퓌순이 눈길로 내게 희망을 주고, 그래서 나의 고통이 더 연장되는 것이었다. 페리둔이 아내를 무척 믿는다는 것을 생각하면 그들이 아주 행복한 결혼 생활을 하고 있는 것 같아 더욱 고통스러웠다.

페리둔의 무관심은 금기와 전통으로 설명하는 것이 가장 좋을 듯하다. 결혼한 여자에게, 그것도 그녀의 부모 앞에서, 매달리는 것은 차치하더라도, 특히 가난한 사람들이나 시골 사람들 사이에서는 곁눈질을 하는 것으로도 살인이 일어날 수 있는 나라에서, 페리둔은 내가 매일 밤 행복한 일가족처럼 텔레비전을 보며 퓌순을 유혹할 거라고는 상상조차 하지 않으리라는 생각이 들었다. 함께 저녁을 먹으며 사랑을 느끼던 식사 자리도 아주 미세한 금기들로 둘러싸여 있었기 때문에, 내가 퓌순에게 푹 빠져 있다는 것을 모두 알았다 하더라도 '마치' 그런 일은 결코 있을 수 없다는 듯 처신해야 할 의무가 있었다. 우리가 이 의무감을 절대 저버리지 않으리라는 것도 모두 확신했다. 내가 이를 알아챘을 때에는, 이런 민감한 금기와 관습이 있음에도 불구하고가 아니라, 이것들 덕분에 퓌순을 이렇게 자주 볼 수 있다는 것도 깨달았다.

내 이야기에서 아주 중요한 부분이기 때문에 다른 상황도 생각해 보고자 한다. 남녀 관계가 좀 더 개방돼 있고, 내외(內外)나 은밀함 같은 것이 없는 현대 서구 사회라면, 내가 매주 네다섯 번씩 케스킨 씨네 집에 갔을 때, 결국 모두들 내가 퓌순을 보러 간다는 걸 당연히 받아들일 것이다. 그러면 남편은 질투를 하면서 나를 저지할 것이다. 이러한 이유로 그런 나라에서는 내가 그들을 만날 수도 없을 것이고, 퓌순을 향한 사랑도 지금 내가 경험하는 대로 되지 못했을 것이다.

페리둔이 집에 있는 밤에는, 시간이 되면 일어나 돌아가는 것이 그리 어렵지 않았다. 페리둔이 영화계 친구들과 외출했다면, 늦은 밤 텔레비전 방송이 다 끝난 후에 "차 한잔 더 마셔.", "조금 더 있다가, 케말."이라는 말이 예의상 하는 말이라고 생각하지 않고 그대로 그냥 앉아서, 페리둔의 귀가 시간에 따라 나의 처신을 결정했다. 하지만 페리둔이 오기 전에 일어나야 할지 온 후에 일어나야 할지는 팔 년 내내 확실히 결정을 내리지 못했다.

초기에는 페리둔이 오기 전에 일어나는 것이 좋겠다고 느꼈다. 페리둔이 들어와 나와 눈이 마주치면 기분이 아주 좋지 않았던 것이다. 그런 밤이면 니샨타쉬의 집으로 돌아와서도 잠이 들기 위해 라크를 세 잔은 더 마셔야 했다. 그러나 페리둔이 오자마자 일어나면 내가 그를 좋아하지 않고, 퓌순을 보러 그 집에 간다는 의미가 될 것 같았다. 이러한 이유로 페리둔이 온 후에 적어도 삼십 분은 더 머물러야 했고, 그러면 나는 어찌할 바를 몰라 마음속의 수치심은 더욱 커져 갔다. 페리둔이 오기 전에 돌아간다면 나의 죄와 수치심을 인정하며 대놓고 그에게서 도망치는 셈이 되었다. 내게 어울리는 행동은 아니라고 생각했다. 유럽 소설에서처럼, 백작 부인에게 공개적으로 구애를 하다가 백작이 오기 바로 전에 내빼는 불명예스러운 바람둥이처럼 행동할 수는 없었다! 그러니까 페리둔이 오기 전에 일어나기 위해서는 내가 나가는 시간과 그가 오는 시간 사이에 긴 시차가 있어야만 했다. 즉, 꽤 이른 시간에 케스킨 씨네 집에서 나가야 한다는 의미였다. 그렇게는 할 수 없었다. 그러나 늦은 시간에 일어설 수도 없었다. 이른 시간에도 전혀 일어설 수 없었다.

안락의자에서 일어나지 못한 채, 좌초된 배처럼, 구차하게 수치심 더미로 그대로 있었다. 퓌순과 눈을 마주치면서 기분을 좋게 하려고 애썼다. 일어서 나가지 못하고, 얼마 후에도 여전히 가지 못할 거라는 것을 정신이 맑은 순간에 파악하면, 꿈쩍하지 않아도 되는 새로운 평계를 더 찾곤 했다.

10. 페리둔을 기다려야지, 그와 시나리오에 대해 얘기해 봐야지라고 스스로에게 말했다. 페리둔이 집에 오면 몇 번이나 그와 이야기를 하려고 했다.

"검열 위원회에서 통고를 더 빨리 받는 방법이 있다던데 들은 것 있나?"

한번은 이렇게 말한 적이 있었다. 정확히 이런 문장이 아니더라도 비슷한 말을 했던 것이다. 식탁에는 썰렁한 정적이 흘렀다.

"파나요트 찻집에서 에르레르 영화인들의 모임이 있었어요."

페리둔은 이렇게 말한 후, 퇴근하고 돌아와 반은 진심으로 반은 습관적으로 입을 맞추는 미국 영화 속 남편처럼 퓌순에게 입을 맞추었다. 가끔 퓌순이 그를 마주 안으면, 입맞춤이 진심인 것 같아 마음이 무척 상했다.

페리둔은 저녁이면 주로 영화계 작가, 세트 스태프, 촬영 기사들과 찻집이나 집에서 모였고, 온갖 이유로 다투면서도, 소문 많고 소란스럽고 고민 많은 그 사람들과 긴밀한 공동체처럼 지내고 있었다. 페리둔은 늘 함께 먹고 마시며 즐기던 이 사람들과의 다툼과 꿈을 지나칠 정도로 중시했다. 영화계 친구들의 작은 기쁨에 쉽게 행복해했고, 절망에는 순식간에 낙담했다. 이런 것을 보면, 내가 방문하는 바람에 퓌순이 남편과 함께 외출하여 즐기지 못한다고 여겼던 것이 쓸데없는 걱정이었다는 생각이 들었다. 어차피 내가 가지 않는 저녁이면, 퓌순은 일주일에 한두 번 멋진 셔츠를 입고, 내가 사 준 나비 브로치를 달고, 남편과 함께 베이오을루로 나가서 펠뤼르나 페르데 같은 데서 몇 시간이나 놀았다. 그날 밤 그들이 무엇을 했는지는 나중에 페리둔을 통해 자세하게 알게 되었다.

페리둔도 나도 네시베 고모도, 퓌순이 하루빨리 어찌 되든지 간에 영화 일을 하고 싶어 한다는 것을 알고 있었다. 그러나 다른 한편으로는 이 문제에 대해 타륵 씨 앞에서 언급하는 것은 좋지 않다는 것도 알고 있었다. 타륵 씨는 아무 말 없는 '우리' 편이었지만, 이런 일에는 연루시키지 말아야 했다. 그럼에도 내가 페리둔 일을 후원하고 있다는 걸 타륵 씨가 알아주었으면 했다. 레몬 영화사를 설립한 후 일 년이 지나서야, 내가 자기 사위를 후원했다는 걸 페리둔을 통해 알았다고 한다.

그사이 일 년 동안, 케스킨 씨네 집 밖에서 페리둔과 사업상 친구로서의 관계, 더 나아가 사적인 우정도 맺게 되었다. 페리둔은 친구로 사귈 만한, 합리적이고 무척 진실한 사람이었다. 우리는 가끔 레몬 영화사 사무실에서 만나서, 시나리오나 검열 위원회가 야기한 문제에 대해, 퓌순과 연기할 만한 남자 배우가 누가 있을지에 대해 이야기를 나누었다.

벌써부터 아주 유명하고 잘생긴 남자 배우 두 명이 페리둔의 영화에 출연할 준비가 되어 있다고 했지만, 페리둔과 나는 그들이 미심쩍었다. 역사 영화에 출연해서 비잔틴의 신부를 죽이고, 칼을 한 번 휘둘러 도적 40명을 쓰러뜨렸던 이 허풍선이 호색한들은 인간으로서 전혀 신뢰가 가지 않았고, 퓌순에게 당장 수작을 걸 것 같았다. 검은 콧수염을 기른 거만한 배우들은 함께 영화를 찍은 여자 배우들과, 심지어 아직 열여덟 살도 안 된 배우들과도 곧장 잠자리를 했다는 것을 은근히 암시하는 것을 중요한 직업적 기교로 여기는 자들이었다. '영화에서의 키스가 현실이 되다'라든지 '세트에서 발전한 금지된 사랑' 같은 헤드라인은 영화배우를 유명하게 해 주었을 뿐 아니라, 사람들을 극장으로 이끄는 중요한 역할을 했던 것이다. 하지만 페리둔과 나는 퓌순을 이런 추잡한 일들로부터 거리를 두게 할 것이었다. 퓌순을 보호하는 차원에서 이런 결정을 함께 내리고, 페리둔이 잃을 돈을 염두에 두어 사트사트가 레몬 영화사에 돈을 좀 더 보내도록 했다.

그 당시 퓌순의 어떤 행동이 나를 무척 걱정시켰다. 어느 날 저녁 추쿠르주마의 집에 갔더니, 네시베 고모가 퓌순은 페리둔과 함께 베이오을루에 갔다며 미안해했다. 나는 아무 내색도 하지 않고 슬픔을 속으로 삼키고는 타륵 씨와 네시베 고모와 앉아 함께 텔레비전을 봤다. 이 주 후 어느 날 저녁에도 퓌순이 남편과 나간 것을 알고는, 페리둔을 점심 식사에 초대해서, 퓌순이 술 취한 영화계 사람들과 지나치게 친하게 지내는 것은 우리 예술 영화를 위해 좋지 않을 거라고 했다. 내가 온다는 평계로 퓌순이 밤에는 집에 있도록 해야 하며, 이는 가족뿐만 아니라 우리가 제작할 영화를 위해서도 좋을 거라고 페리둔에게 장황하게 설명했다.

그가 나의 경고를 잘 듣지 않는 것을 보고는 무척 걱정했다. 페리둔과 퓌순은 예전처럼 자주는 아니지만, 저녁때면 또다시 펠뤼르 같은 곳에 간다는 것을 어느 날 저녁 그들이 집에 없는 것을 보고 알게 되었다. 그날도 네시베 고모와 타륵 씨와 함께 앉아 조용히 텔레비전을 봤다. 새벽 2시가 넘어 퓌순과 페리둔이 집에 올 때까지, 몇 시인지도 잊은 듯 그들과 함께 앉아, 내가 몇 년 동안 미국 대학에서 공부했는지, 미국이 어떤 곳인지 얘기해 주었다. 미국인들은 아주 근면하고 아주 순수하며 선의를 가진 사람들이다, 저녁때 일찍 자고, 부잣집 아이들도 아침마다 자전거로 집집마다 돌아다니며 신문이나 우유를 배달하게 한다고 했다. 그들은 내가 농담이라도 한다는 듯 미소를 지으면서도 호기심 어린 눈빛으로 내 말에 귀를 기울였다. 그런 후 타륵 씨는 평소 궁금하던 것을 물었다. 미국에서는 모든 전화가 그런 벨 소리로 울리는지, 아니면 단지 영화에서만 울리는 벨 소리인지 궁금하다고 했다. 순간 나도 혼란스러웠다. 미국에서 전화벨이 어떤 소리로 울렸는지 잊어버렸던 것이다. 그리고 자정이 훨씬 지난 그 시간에, 나의 젊은 시절, 미국에서 경험했던 자유로운 감정이 이제 과거가 되어 버렸다는 것을 문득 깨달았다. 타륵 씨는 미국 영화에 나오는 전화벨 소리를 따라 했다. 스릴러 영화에서는 더욱 거칠다며 그 소리도 흉내 냈다. 새벽 2시가 지나고 있었고, 우리는 함께 차를 마시고 담배를 피우며 웃었다.

그 시간까지 그 집에 머문 것이, 퓌순이 내가 오는 저녁에는 외출하지 않았으면 해서였는지, 그날 밤 그녀를 보지 못하면 불행할 거라고 느껴서였는지는 지금도 알 수 없다. 하지만 이 문제에 대해 페리둔에게 한 번 더 진지하게 얘기하고, 술 취한 영화계 사람들에게서 퓌순을 보호해야 한다고 집요하게 주장한 후에는, 내가 오는 저녁에 퓌순과 페리둔이 함께 외출한 적은 없었다.

페리둔과 내가 퓌순이 출연할 예술 영화에 지원을 하기 위해서는 상업 영화도 만들 수 있겠다고 처음으로 생각한 것도 그즈음이었다. 퓌순은 출연하지 않을 이 영화를 내세워 그녀가 저녁에 집에 있도록 설득했던 것 같다. 퓌순은 이에 대한 복수의 의미로, 아직 내가 돌아가기도 전에 위층으로 올라가서 자 버리기도 했다. 이를 보며 그녀가 내게 화가 났다는 결론을 내렸다. 하지만 그녀는 영화 배우가 되려는 희망을 절대 버리지 않았다. 다음 날 내가 찾아가면 여느 때보다 따뜻하게 대해 주고, 괜히 어머니의 안부를 묻거나 부탁도 하지 않았는데 내 접시에 밥을 몇 수저 더 얹어 주었다. 이렇게 해서 나는 도무지 일어나서 가지 못했다.

페리둔과의 친구 관계가 갈수록 깊어졌음에도 나는 여전히 그가 집에 돌아오기 전에 일어나서 돌아가지 못했다. 페리둔이 집 안으로 들어오면 그 순간부터 나 자신이 그곳의 '잉여' 같은 느낌이 들었다. 마치 꿈처럼, 내가 보고 있는 세계에 속해 있지 않으면서도 집요하게 그곳에 속해 있고 싶은 마음이었다. 1977년 3월, 텔레비전 마감 뉴스에 정치 회합에서 폭탄이 터진 사건, 그 찻집, 총을 맞은 정치인들이 계속해서 나오던 어느 밤, 페리둔이 아주 늦은 시간(이제는 부끄러워서 더 이상 시계는 보지도 않았다.)에 집에 돌아와 내가 아직 있는 걸 보고 지었던 표정을 잊을 수 없다. 나를 위해 진심으로 마음 아파하는 선한 사람의 슬픈 눈길이었다. 하지만 한편으로는, 나로서는 도저히 이해할 수 없지만, 모든 것을 범상하게 받아들이는 가볍고 낙관적이며 선함으로 가득 찬 순진한 표정도 어려 있었다.

1980년 9월 12일 군사 쿠데타 이후, 저녁 10시로 통행금지가 선포되었기 때문에, 끝나지 않을 것 같았던 자리에서 일어나지 못하는 고민에도 한계가 생겼다. 하지만 그 고민이 계엄령으로 끝나지는 않았다. 아주 짧은 시간의 조각 속에 꽉 끼어서 응축되었을 뿐이었다. 통행금지가 내려지자, 자리에서 일어나지 못하는 위기감은 9시 30분부터 심해졌고, 매 순간 스스로에게 화를 내며 '지금 일어날 거야!'라고 격렬하게 말했음에도 여전히 자리에서 일어나지 못했다. 시간이 가까워져 숨 돌릴 순간조차 남지 않았고, 10시 20분 전쯤이면 다급해 견딜 수 없는 지경에 이르렀다.

드디어 거리로 나가 시보레에 몸을 던지면, 체틴과 함께 통행금지 시간 전에 집에 도착할 수 있을지 마음이 급해졌다. 우리는 매번 사오 분 늦었다. 군인들이 10시(나중에는 11시로 연기되었다.) 직후에는 거리를 전속력으로 달리는 자동차를 세우지 않았다. 탁심 광장, 하르비예, 돌마바흐체에서 통행금지 시간 직전에 미친 듯이 속력을 내다 사고가 난 차들이 보였고, 자동차에서 나와서 치고받고 싸우는 운전자들도 있었다. 한번은 돌마바흐체 궁전 뒤에서, 푸른 연기가 나는 플리머스 자동차에서 개를 데리고 나오는 술 취한 신사도 봤다. 탁심에서 정면으로 들이박는 사고가 난 후 라디에이터가 터져 버린 택시가 자알로울루 목욕탕처럼 김과 연기 속에 파묻혀 있기도 했다. 소름 끼칠 정도로 어둡고 텅 비어 어슴푸레한 거리가 두렵게 보였다. 가까스로 집에 도착해 잠들기 전에 마지막으로 한 잔 마시면서, 정상적인 생활로 돌아갈 수 있기를 신에게 애원했던 것을 기억한다. 하지만 진정 그 사랑에서, 퓌순을 향한 집착에서 벗어나고 싶었는지는 많은 세월이 흐른 지금도 정확히 알수 없다.

그 집에서 나오기 전에 좋은 말이라도 들으면, 퓌순이나 그 집 사람들이 모호하지만 듣기 좋고 낙관적인 몇 마디 말을 해 주면, 나는 희망을 품으면서 퓌순을 다시 얻을 수 있을 것이고 이 방문도 쓸데없는 짓이 아니라고 느꼈으며, 이렇게 해서 그리 힘들이지 않고 일어나 집으로 돌아갈 수 있었다.

전혀 기대하지 않았던 순간에, 예를 들면 식탁에 앉으면서, 퓌순이 "이발소에 갔다 왔나 봐, 너무 짧게 잘랐지만 어울려."라고 하거나(1977년 5월 16일) 나에 대해 다정하게 "애처럼 쾨프테[69]를 좋아해. 그렇지 않아, 엄마?"라고 하거나(1980년 2월 17일) 눈이 오던 어느 날 저녁 내가 안으로 들어가자마자 "오빠를 기다리느라 우리도 식탁에 앉지 않았어, 오늘 올 거라고 생각했거든."이라고 하면 (그로부터 일 년 후) 나는 너무나 행복했고, 우울한 감정으로 그 집에 갔거나, 텔레비전을 보며 불운한 신호를 느끼더라도, 시간이 되면 단호하게 자리에 일어나 단숨에 문 옆의 작은 옷걸이에 걸려 있는 외투를 잡아채 전혀 지체하지 않고 밖으로 나가곤 했다. 아예 처음부터 문 쪽으로 걸어가서 외투를 입은 다음에 "전 이만 가겠습니다!"라고 말해야만 밖으로 나가는 것이 더 쉬웠기 때문이다. 그 집에서 일찍 나오면, 체틴 씨가 모는 자동차 안에 앉아 집으로 돌아가면서 기분이 좋았고, 퓌순이 아니라 내일 할 일을 생각할 수 있었다.

다시 하루나 이틀이 지나 그들에게 저녁을 먹으러 갔을 때, 문을 열고 들어가서 퓌순을 보자마자 나를 그곳으로 이끄는 두 가지가 있다는 것을 깨달았다.

1. 퓌순에게서 멀어져 있으면, 세상은 마치 조각들이 어지럽게 뒤섞여 있는 수수께끼처럼 나를 불안하게 했다. 퓌순을 보면 수수께끼가, 모든 것이 한순간에 제자리를 찾는 것 같았고, 세상이 의미 있고 아름다운 곳이라는 생각이 들어 편안해졌다.

2. 저녁에 그들의 집으로 들어가 그녀와 눈이 마주치면, 언제나

---

69 다진 고기에 각종 양념과 채소를 넣어 완자로 만들어 굽거나 튀긴 튀르키예 전통 요리.

내 마음속에서 승리감이 솟아올랐다. 희망과 자존심을 꺾어 버리는 징후와 온갖 부정적인 일들이 있음에도 그날 저녁 그곳에 올 수 있었다는 승리감이었다. 그리고 대부분은 이러한 행복의 빛을 퓌순의 눈에서 보았다. 혹은 그렇게 믿으면서, 나의 집요함과 단호함이 그녀에게 영향을 미쳤다고 느끼며, 내가 사는 삶의 아름다움을 믿었다.

# 58

# 톰발라[70]

1976년에서 1977년으로 넘어가는 마지막 날, 나는 케스킨 씨네 집에서 톰발라를 하며 보냈다. 내가 '삶에서 발견한 아름다움'에 대해 이야기하고 있었기 때문에 기억이 난 일인지도 모른다. 어쨌든 그해의 마지막 밤을 케스킨 씨네 집에서 보내는 것은, 내 삶의 부인할 수 없는 변화를 보여 주었기 때문에 중요했다. 시벨과 헤어진 후 친구들과도 멀어질 수밖에 없었고, 케스킨 씨네 집에 일주일에 네다섯 번 출입하면서 많은 습관을 포기해야 했다. 하지만 그해의 마지막 날까지도 내가 과거의 생활을 계속하고 있다거나, 어느 때고 그 생활로 돌아갈 수 있다고 나 자신과 가까운 사람들에게 믿게끔 하려고 노력했다.

시벨과 멀리 떨어져 있기 위해, 그 누구의 마음도 아프게 하지 않기 위해, 내가 왜 보이지 않는지를 해명해야 하는 고민에서 벗어나기 위해 만나지 않았던 지인들에 대한 소식은 자임을 통해서 들었다. 푸아예나 가라지, 혹은 새로 문을 연 상류 사회 식당에서 자임과 만나서, 진지한 친구 둘이 사업에 대한 이야기를 진지하게 나

---

70  자루 안에 든 나무나 돌로 만든 숫자들을 추첨해서, 각자 가지고 있는 종이에 쓰인 숫자들과 맞추는 행운 게임. 빙고와 유사하다.

누듯이, 누가 무엇을 하는지에 대해 한동안 즐겁게 대화를 나누었다.

자임은 퓌순 또래의 젊은 애인 아이셰가 이제는 별로라고 했다. 그녀는 너무 어려서 자신의 고민과 걱정을 나눌 수 없을 뿐만 아니라, 우리 모임과도 도무지 맞지 않는다고 했다. 새로운 애인이나 애인이 될 만한 여자는 없다고 강력히 부인했다. 아이셰와는 키스 이외의 진도는 나가지 않았으며, 그녀가 조심스럽고 경계심이 많아서 자임에게 확신이 서지 않는 한 자신을 지킬 거라고 했다.

"왜 웃는 거야?"

자임은 그런 말을 하다가 물었다.

"웃는 거 아니야."

"아니야, 웃고 있잖아. 하지만 신경 안 써. 네가 더 웃을 만한 얘기를 해 주지. 누르지한과 메흐메트는 거의 일주일 내내 만나서, 이 식당 저 식당, 이 클럽 저 클럽을 돌아다닌대. 메흐메트는 누르지한을 극장식당에 데리고 다니면서 옛날 노래나 파슬을 듣게 해 준다는 거야. 한때 라디오에서 노래를 불렀던 70년대 80년대 가수들을 찾아서 그들과 친하게 지낸대."

"말도 안 돼, 누르지한이 그런 데 관심이 있는지 몰랐네……."

"메흐메트가 좋아하니까 그녀도 호기심이 생긴 거지. 사실 메흐메트도 옛날 노래를 잘 몰라. 누르지한에게 영향을 끼치고 싶어서 배우고 있을 뿐이야. 함께 고서점에 가서 책을 사고, 벼룩시장에 가서 옛날 레코드판을 찾기도 한대. 저녁에는 막심 극장식당이나 베벡 극장식당에 가서 뮈제엔 세나르의 노래를 듣고 말이야……. 하지만 함께 어딘가로 가서 레코드를 듣지는 않는대."

"무슨 말이야?"

"매일 저녁 극장식당에는 가지만, 한 번도 둘이서 사랑을 나누지는 않았다는 거야."

자임은 아주 조심스럽게 말했다.

"네가 그걸 어떻게 알아?"

"어디서 만나겠어? 메흐메트는 아직 부모님과 같이 사는데."

"마치카 뒤 어딘가에 여자들을 데려갔던 장소가 있잖아……."

"위스키를 마시자며 나를 그곳에 데려간 적도 있어. 완전히 여
자를 데려가서 즐기기 위한 독신자 숙소야. 누르지한이 똑똑하다
면 절대 그 끔찍한 곳에 발을 들이지 않을걸. 발을 들여놓으면 메
흐메트가 바로 그것 때문에 자기와 결혼하지 않으리라는 걸 아는
거야. 나조차 이상한 느낌이 드는 곳이었어. 이웃들이, 저 남자 오
늘 밤에 또 창녀를 데리고 오는구나, 하는 시선으로 문구멍으로 내
다보더군."

"그럼 메흐메트라고 어쩌겠어? 이 도시에서 미혼 남자가 세 들
집을 찾기가 쉬운가?"

"힐튼으로 가도 되고, 아니면 좋은 지역에 아파트를 사면 되지."

"메흐메트는 부모님과 사는 것을 끔찍하게 좋아하잖아."

"너도 그렇잖아. 친구로서 한마디 해도 될까? 화내지 않는다고
약속해."

"화내지 않을게."

"너도 시벨과 몰래 사무실에서 만나느니 차라리 퓌순을 데려갔
던 멜하메트 아파트로 그녀를 데리고 갔더라면, 분명 너희 둘은 헤
어지지 않았을 거야."

"시벨이 그렇게 말했어?"

"아니, 시벨은 그 누구와도 그런 얘기는 하지 않아. 걱정 마."

우리는 잠시 아무 말도 하지 않았다. 재미있게 들리던 소문이
갑자기 내 문제에 이르자, 내가 경험한 것이 마치 재앙처럼 언급되

는 것 같아 기분이 좋지 않았다. 자임은 이를 눈치채고 어느 날 저녁 늦은 시간에 베이오을루의 이시켐베 식당에서 메흐메트, 누르지한, 타이푼, '생쥐' 파룩을 우연히 만난 이야기를 해 주었다. 거기서 나와서 자동차 두 대에 나눠 타고 모두 함께 보스포루스에 놀러 갔다고 했다. 에미르간에서 아이셰와 자동차 안에서 차를 마시며 음악을 듣고 있을 때, '사생아' 힐미를 비롯해 다른 친구들과 마주쳤고, 그들과 합류하여 차 네 대로 먼저 베벡에 새로 문을 연 파리지엔에 갔다가, 거기서 다시 '은빛 잎사귀'가 연주하는 랄레자르 나이트클럽에 간 적도 있다고 했다.

자임이 나를 과거의 생활로 끌어들이기 위해, 그리고 약간은 즐거운 기분에 휩싸여, 그런 즐거운 일들을 약간은 과장해서 자세히 설명해 주는데도 나는 별생각이 없었지만, 나중에 케스킨 씨네 집에 있으면서 그 이야기들을 다시 떠올려 보았다. 하지만 내가 옛 친구들과 예전의 행복한 유희를 더 이상 즐기지 못해서 상심했다고는 생각하지 말기 바란다. 단지, 때로, 케스킨 씨 가족의 식탁에 앉아 있으면, 세상에 아무것도 없다는, 만약 있다고 하더라도 우리가 거기서 일어나는 일에서 아주 멀리 있다는 느낌이 들었을 뿐이다.

1977년으로 넘어가는 밤에도 이런 느낌에 휩싸였던지, 자임, 시벨, 메흐메트, 타이푼, '생쥐' 파룩 같은 친구들이 뭘 할까 잠시 상상했던 기억이 난다.(자임은 여름 집에 전기난로를 설치하게 했고, 관리인을 보내 벽난로를 피우게 했으며, '모든 사람'을 초대해 파티를 했다.)

"케말 오빠, 27번이 나왔어, 오빠한테 있어!"

퓌순이 말했다. 내가 게임에 집중하지 않는 것을 보고는 톰발라 카드 위에 콩알들을 올려 27을 덮고 미소를 지었고 "한눈팔지 말고

게임에 집중해!"라고 말하며 조심스럽고 걱정스럽게, 무엇보다 다
정하게 잠시 내 눈을 바라보았다.

내가 케스킨 씨네 집에 간 것은 물론 퓌순의 관심을 얻기 위해
서였고, 나는 굉장히 행복했다. 하지만 쉽게 손에 넣은 행복은 아니
었다. 어머니와 형이 걱정할까 봐, 마지막 날을 케스킨 씨네 집에서
보낼 거라는 사실을 숨기기 위해 먼저 집에 들러 그들과 식사를 했
다. 그런 후 오스만의 아들들, 그러니까 조카들이 "할머니, 톰발라
시작해요!"라고 하자 그들과 함께 톰발라를 한 판 했다. 가족들과
톰발라를 하다가 베린과 눈이 마주쳤으며, 그녀가 이 행복한 가족
의 그림이 인위적이라는 것을 의심하며 '무슨 일이에요?'라는 눈
길로 눈썹을 치켜올리던 것을 기억한다.

"아무것도 아닙니다. 보다시피 즐기고 있잖아요!"

나는 베린에게 이렇게 속삭였다.

이후 자임의 초대에 가 봐야 한다고 말하며 서둘러 집에서 나
오다가 속지 않은 듯한 베린과 눈이 마주쳤지만, 나는 아무 내색도
하지 않았다.

체틴이 모는 자동차로 케스킨 씨네 집으로 서둘러 갈 때, 마음
은 급했지만 행복했다. 그들은 분명 나를 기다리고 있을 것이다.
한 해의 마지막 밤을 그들과 함께 보내고 싶다는 말은 네시베 고모
에게 내가 먼저 꺼냈고, 그녀가 혼자 있는 틈을 타 살짝 열린 문으
로 들어가겠다고 말했다. 이는 그날 밤 퓌순이 남편과 친구들과 놀
러 가지 않게 해 달라는 의미였다. 영화에 대한 그녀의 꿈을 이렇
게 넓은 마음으로 지원해 주고, 그들 가족을 이렇게 가깝게 느끼고
있는데, 그런 내가 찾아오는 저녁에 퓌순이 외출해 버리는 것은, 네
시베 고모에 의하면 아주 실례가 되는 유치한 행동이었다. 내가 방
문하는 저녁에 페리둔이 외출하는 것을, 네시베 고모가 '어린아이'

같은 행동이라고 말한 적이 있었다. 하지만 아무도 불만이 없었고 우리 모두 조용히 넘어간 유치한 행동이었다. 어차피 그가 없으면, 네시베 고모는 페리둔에 대해 때로 '아이'라고 하지 않았나 말이다.

우리 집에서 나오기 전에, 어머니가 톰발라에서 이긴 사람을 위해 준비한 선물 한 세트를 챙겼다. 케스킨 씨네 집으로 들어가서 계단을 뛰어올라 들어가자마자 — 물론 먼저, 여느 때처럼, 퓌순과 눈이 마주치는 행복을 맛본 후 — 어머니의 선물들을 비닐봉지에서 꺼내어 "톰발라에서 이긴 사람을 위해!"라고 유쾌하게 말하며 식탁 가장자리에 늘어놓았다. 마치 어린 시절에 어머니가 한 해의 마지막 밤이면 늘 그랬던 것처럼, 네시베 고모도 톰발라를 위해 작은 선물들을 준비해 놓고 있었다. 우리는 고모가 준비한 선물과 나의 어머니가 준비한 선물들을 섞었다. 그날 밤 모두 함께 톰발라를 할 때 얼마나 행복했던지, 망년의 날 밤마다, 내가 가지고 온 선물들과 네시베 고모가 준비한 선물들을 섞어 톰발라를 하는 것이 매년 거르지 않는 습관이 되었다.

퓌순의 집에서 팔 년 동안 매해 마지막 날 저녁에 했던 톰발라 세트를 여기에 전시한다……. 우리 집에서도 1950년대 말부터 1990년대 말까지 사십 년 동안, 같은 종류의 톰발라 세트로 어머니가 처음에는 나와 형 그리고 사촌들과, 나중에 세월이 흐른 뒤에는 손자들과 즐겁게 게임을 했다. 네시베 고모도 어머니처럼, 매해 마지막 날 밤이 저물 무렵에 게임이 끝나면 선물을 나눠 주었고, 아이들과 이웃들이 하품을 하고 졸기 시작하면 톰발라 세트를 조심스레 모아서 벨벳 주머니에서 뽑았던 나무로 만든 숫자들(90개)을 하나하나 세고, 숫자 게임 카드를 한데 모아 리본으로 묶고, 주머니에서 나온 숫자를 카드 위에 표시하는 데 썼던 콩을 자루에 넣어 다음 해 마지막 날 저녁까지 한곳에 잘 치워 두었다.

　많은 세월이 흐른 지금, 내가 경험했던 사랑을 진심을 다해, 그 모든 것을 일일이 다 보여 주며 설명하기 위해 애를 쓰면서, 매해 마지막 날마다 했던 톰발라가 그 마법적이며 이상한 세월의 영혼 속에 깊이 자리하고 있다는 것을 느낀다. 이탈리아에서 크리스마스 저녁에 모두 모여 즐겼던 나폴리 게임인 톰발라는, 새해 의식과 습관 들이 그렇듯이, 아타튀르크의 달력 개량 이후에 레반트인과 이탈리아인을 통해 이스탄불에 퍼졌고, 얼마 지나지 않아 한 해의 마지막 날 밤에 꼭 해야 하는 놀이가 되었다. 1980년대에는 신년이 되기 전에 싸구려 판지와 플라스틱 숫자로 된 톰발라 세트를 신문사에서 독자들에게 선물하곤 했다. 그 당시 도시의 거리에는 검은 비닐봉지를 든 톰발라 장수가 수천 명 있었고, 톰발라에서 이기면 밀수 미국 담배나 위스키를 상품으로 주었다. 이 톰발라 장수는 '미니 톰발라'라고 할 수 있는 게임과 속임수를 쓴 자루를 가지고 거리를 돌아다니면서, 운을 시험해 보려는 사람들의 돈을 땄다. 톰발라라는 단어에 '제비뽑기와 운에 달린 일'이라는 의미가 더해진 것은 바로 그 시절, 내가 일주일에 네다섯 번씩 퓌순의 집에 갈 때였다.

　어머니와 네시베 고모가 한 해의 마지막 날 밤에 톰발라에서 이긴 사람들에게 주려고 준비한 여러 선물 중에서 내가 세심하게 골라 놓은 것들에 대해, 마치 실제 박물관 큐레이터인 양 열의를 다해 내 이야기를 마치 물건들의 이야기처럼 설명하고 싶은 흥분에 싸여 일일이 살펴본다.

　네시베 고모는 톰발라 선물에 소녀용이나 어린이용 손수건을 꼭 넣었다. 어머니도 그렇게 했다. '한 해의 마지막 날 톰발라를 하는 것은 소녀들의 고유한 행복이다. 하지만 우리 어른들도 그날 밤은 아이처럼 행복해진다.'라는 의미였을까? 어린 시절 우리 집에서 신년에 톰발라를 할 때, 아이들을 위한 선물이 나이 든 손님에게 당첨되면 그 손님은 언제나 "아, 바로 이런 손수건이 필요했어요!"라고 했다. 아버지와 친구분들은 이렇게 말한 다음에, 아이들 옆에서 다른 의미가 담긴 말을 할 때처럼 은근히 눈과 눈썹을 움직여 신호를 보냈다. 나는 그들이 서로에게 보내는 그 신호를 보면, 어른들은 옛날 사람들이 '조소'라고 하던 그런 놀리는 듯한 마음으로 톰발라를 하는 것 같아 기분이 상했다. 많은 세월이 흐른 후, 1982년 비가 오던 마지막 밤에, 케스킨 씨네 집에서 톰발라 카드를 맨 먼저 완성한 내가 아이처럼 "친코!"[71]라고 소리치자, 네시베 고모도 "축하해, 케말."이라고 하면서 이 손수건을 건네주었다. 바로 그때 나는 "아, 바로 이런 손수건이 필요했어요!"라고 했다.

"퓌순이 어렸을 때 쓰던 손수건이에요."

네시베 고모는 아주 진지하게 말했다.

바로 그때, 그날 저녁 케스킨 씨네 집에서, 나는 그 어떤 '조소'나 놀리는 듯한 마음 없이, 함께 게임을 하던 이웃 아이들처럼 전적으로 순수하게 톰발라를 했다는 것을 깨달았다. 퓌순에게, 네시베 고모에게, 더욱이 타륵 씨에게도 약간이나마 놀림, 혹은 별로 표시는 나지 않았지만 '척하는' 분위기가 있었다. 하지만 나는 끝까지 진심이었다. 내가 퓌순을 향한 사랑 때문에 했던 것들에 대해 때로 조소하듯 설명한다고 해도, 독자들이나 관람객들은 내가 그 순간과 상황을 경험할 때는 전적으로 진심이었으며 항상 순수했다는 것을 제발 기억해 주었으면 한다.

어머니는 매년 톰발라 선물들 사이에 어린이 양말을 몇 개 넣어

---

71  톰발라 종이의 한 줄 혹은 두 줄을 다 채운 후 모두에게 이겼다는 것을 알리며 외치는 말.

두었는데, 선물이라기보다는 어차피 사야 하는 것인 듯한 느낌이 들었다. 그래서 선물을 받는 기분은 덜했지만, 한편으로는 양말이나 손수건, 부엌에서 호두를 빻는 절구, 혹은 알라딘의 가게에서 파는 값싼 빗을 짧게나마 좀 더 가치 있게 생각하도록 해 주었다. 케스킨 씨네 집에서는 모두들, 아이들마저, 톰발라가 끝나면 양말을 땄기 때문이 아니라 게임에서 이겼기 때문에 즐거워했다. 많은 세월이 흐른 지금 생각해 보면, 케스킨 씨네 집에서는 물건들이 개개인이 아니라, 마치 이 양말처럼, 집과 가족에게 속해 있었기 때문이었다는 생각이 든다. 하지만 정확히 맞는 말은 아니다. 나는 퓌순이 남편과 함께 쓰는 위층의 방과 옷장과 물건들을 생각하며, 자주 그 방을, 그 안에 있는 물건들을, 퓌순의 옷들을 고통스럽게 상상했다. 하지만 마지막 날 밤에는 이런 생각을 하지 않기 위해 톰발라를 했다. 저녁때 케스킨 씨네 식탁에 앉아 라크 두 잔을 마신 후 텔레비전을 보는 것도 순수한 감정(톰발라를 할 때 느꼈던)을 경험하기 위해서였다는 생각도 가끔 들었다.

톰발라를 할 때나 아니면 그저 평범한 어느 저녁에, 편안한 마음으로 텔레비전을 보다가 케스킨 씨 가족의 어떤 물건(예를 들면 세월이 흐를수록 수가 늘어 갔던, 퓌순의 손 향기가 배어 있는 수저)을 주머니에 넣었을 때, 내 마음속에 있던 아이 같은 순수한 감정은 한동안 사라지고, 자유로움을 느끼면서 원하는 때에 일어나 돌아갈 수 있을 거라고 생각했다.

약혼식 날, 퓌순과 마지막으로 위스키를 마셨던 골동품 컵(할아버지 에템 케말의 유품)을 1980년 마지막 날 밤에 톰발라의 깜짝 선물로 가지고 갔다. 1979년 이후, 케스킨 씨네 집에서 이런저런 물건들을 주머니에 넣어 가져오고, 그 대신 더 값나가는 물건들을 가져갔던 것도, 내가 퓌순에게 느끼는 사랑처럼 오랜 세월 동안 알면서도 한 번도 언급되지 않고 받아들여졌던 일이다. 그렇기 때문에 연필이나 양말, 비누 같은 작은 선물들 사이에 '라피 포르타칼 골동품 상점'에서 파는 이런 비싼 컵을 가져간 것도 전혀 이상하게 보이지 않았다. 다만, 타륵 씨가 톰발라에서 이겨서 네시베 고모가 선물을 내놓았을 때, 우리 사랑의 가장 슬픈 날의 흔적을 안고 있는 이 물건을 퓌순이 전혀 알아채지 못했다는 점이 내 마음에 상처를 주었다. 혹시 기억하면서도, 나의 뻔뻔함(그날 밤엔 페리둔도 우리와 함께 있었다.)에 화가 나서 모른 척한 걸까?

이후 삼 년 반 동안 타륵 씨가 라크를 마시기 위해 그 컵을 손에 들 때마다, 나는 퓌순과 마지막으로 나누었던 행복한 사랑을 기억하려고 했다. 하지만 아이들이 금지된 일들을 생각해 내지 못하는 것처럼, 온갖 노력을 해 보아도 케스킨 씨네 집 식탁에서 타륵 씨와 함께 앉아 있을 때는 정당하지 않은 듯하여 그렇게 되지 않았다.

물건들의 힘은 그 안에 쌓인 기억만큼이나 우리의 상상과 기억력의 추이(推移)와도 연관되어 있다. 다른 때라면 전혀 관심이 없을 뿐 아니라 그저 평범하다고 여겼을 바구니 속에 든 이런 에디르네 비누나 비누로 만든 포도, 모과, 살구, 딸기는 톰발라 선물이었기 때문에 한 해의 마지막 날 밤에 마음속 깊이 느꼈던 평안함과 행복감을 떠올리게 한다. 또한 케스킨 씨네 집의 식탁에서 보냈던 마법적인 시간들이 내 인생에서 가장 멋진 시간이었고, 그 시간은 천천히 흐르는 우리 삶의 겸손한 음악을 연상시켰던 것도 기억하게 한다. 하지만 이런 감정들은 내게만 속한 것이 아니라, 오랜 세월이 흐른 지금은 이 물건들과 마주하는 관람객들도 그렇게 느끼리라고 진심으로 순수하게 믿는다.

나의 이런 믿음에 대한 또 다른 예로, 그 시절의 새해 복권을 전시한다. 네시베 고모도 우리 어머니처럼 12월 31일 밤에 추첨하는 복권을 사서 톰발라 선물 사이에 넣곤 했다. 누군가 톰발라 상품으로 복권을 따면, 함께 앉아 있던 사람들은 우리 집뿐만 아니라 케스킨 씨네 집에서도 모두 함께 똑같은 말을 해 주었다.

"야, 오늘 밤 아주 운이 좋네요……. 복권 추첨에서도 당첨될 테니 두고 봐요."

1977년부터 1984년의 마지막 날 밤에는, 케스킨 씨네 집에서 했던 톰발라에서, 우연찮게도 퓌순이 여섯 번이나 복권을 따게 되었다. 하지만 역시 우연인지, 잠시 후 라디오와 텔레비전에서 발표되는 복권 추첨에서는 단 한 번도 보너스나 복권값에 해당하는 가장 적은 상금에도 당첨되지 않았다.

우리 집에서나 케스킨 씨네 집의 테이블에서도, 노름이나 운세, 그리고 삶에 대한 문제에서(특히 타륵 씨가 손님들과 카드 게임을 할 때) 매번 되풀이되는 격언이 있었다. 게임에서 진 사람들을 놀리는 말인 동시에 그들을 위로하는 말이었다.

"노름에서 졌으니 사랑에서는 이기겠네요."

사람들은 적당한 기회만 있으면 이 말을 쓰곤 했는데, 1982년 새해에 텔레비전에서 앙카라의 제1공증인 입회하에 생방송으로 보여 준 추첨이 있은 후, 또다시 퓌순이 당첨되지 않자 나는 술에 취해 별생각 없이 이렇게 말했다.

"퓌순 양, 노름에서 졌으니 사랑에서는 이기겠네요."

텔레비전에서 본 영화에 나오는 점잖은 영국인 주인공을 흉내내며 한 말이었다.

"그것에 관해서라면 추호도 의심의 여지가 없어요, 케말 씨."

퓌순은 그 영화에 맞는 영리하고 예의 바른 주인공처럼, 주저하지 않고 대답했다.

나는 1981년 말에 이제 우리의 사랑 앞에 놓인 장애물들을 거의 절반 정도 넘었다고 생각했기 때문에, 처음에는 그것이 유쾌한 농담이라고 생각했다. 하지만 다음 날 아침, 1982년의 첫날에, 술에서 완전히 깨어 어머니와 함께 아침을 먹으면서, 어쩌면 퓌순이 이중의 의미로 그런 말을 한 것 같아 두려워졌다. '사랑에서 이기는 것!'이라는 말로 암시된 행복은 퓌순이 앞으로 남편과 헤어지고 나와 함께 사는 것이 아니라 다른 것이었음을 그녀의 말투에 배어 있는 조롱 때문에 느낄 수 있었다.

나중에는 내가 걱정이 지나쳐 잘못 생각했다는 결론도 내렸다. 물론 퓌순을(그리고 나를) 이 수준 낮은 이중 의미의 대화로 이끌고 간 것은, 사람들이 사랑과 노름을 연관 지으며 자주 쓰던 그 말이었다. 카드놀이, 복권, 톰발라, 식당이나 클럽의 거대 광고는 한 해의 마지막 날을 그저 술 마시고 노름하는 방탕한 밤으로 만들었고,《밀리》[72],《테르주만》[73],《헤르귄》[74] 같은 보수 신문은 이 문제에 대해 비판하는 기사를 썼다. 새해가 되면 쉬시리, 니샨타쉬, 베벡의 일부 부유한 무슬림 집안에서는, 영화에 나오는 기독교도들이 크리스마스에 하는 것처럼 소나무를 사서 장식했는데, 이런 일들에 대해 어머니도 못마땅하게 생각했다. 어머니가 소나무를 장식하는 지인들에 대해 종교계 언론처럼 '타락한 사람들'이나 '이교도'라고 하지는 않았지만, '아둔한 사람들'이라고는 했던 것이 기억난다. 한번은 오스만의 작은아들이 새해에 소나무를 장식하고 싶어 하자 어머니가 "안 그래도 우리에겐 숲도 녹음도 없어······. 소나무 숲을 파괴하지는 말자!"라고 식탁에서 말한 적이 있었다.

---

72 '민족'이라는 의미.
73 '통역'이라는 의미.
74 '매일'이라는 의미.

새해 무렵이면 이스탄불 거리에서 복권을 팔았던 수많은 복권 장수들은 산타클로스로 분장하고 부유한 마을을 찾기도 했다. 1980년 12월 어느 저녁 무렵, 퓌순네 집에 가져갈 톰발라 선물들을 고르고 있을 때, 하교하던 남녀 고등학생 네다섯 명이 우리 집 맞은편에서 복권을 파는 산타클로스의 솜으로 된 수염을 잡아당기며 놀리고 낄낄대는 것이 보였다. 산타클로스로 변장한 복권 장수가 다가오는 걸 보고야 나는 그가 우리 맞은편 아파트의 관리인이라는 걸 알았다. 하이다르 씨는 솜으로 된 수염이 잡아당겨지는 수모를 당하면서도 손에 복권을 든 채 조용히 앞만 바라보고 있었다. 몇 년 후, 새해를 기념하기 위해 거대한 소나무 장식을 했던 탁심 마르마라 호텔의 제과점에서 이슬람주의자들이 설치한 폭탄이 터지자, 노름을 하며 술을 마시는 새해의 놀이 문화에 반대하는 보수주의자들의 분노가 광범위하게 표출되었다. 케스킨 씨네 식탁에서도 마지막 날 밤 국영 텔레비전에 나온 벨리 댄서만큼이나 이 폭탄 문제가 중요한 주제였던 기억이 난다. 보수주의 신문들이 분노하며 비난했음에도 1981년 당시에 유명했던 벨리 댄서 세르탑이 텔레비전에 나오자, 케스킨 씨네 집의 식탁에서 그녀를 기다리던 우리는 온 나라와 함께 깜짝 놀라고 말았다. 왜냐하면 TRT 경영진들은 유연하고 아름다운 세르탑에게 겹겹이 몸을 가리는 묵직한 옷을 입혀 '세계적으로 유명한' 배와 가슴은 고사하고 다리조차 보이지 않게 했기 때문이다.

　"차라리 차르사프[75]를 입혀서 내보내지, 수치스럽고 우스꽝스럽기 짝이 없군!"

　타륵 씨가 이렇게 말했다. 사실 타륵 씨는 텔레비전을 보면서

---

[75] 머리부터 발까지 온몸을 덮는 여성용 외출복.

화를 내는 일이 거의 없었다. 아무리 많이 마셔도 화면에 나오는 사람들에게 대고 우리처럼 열을 낸 적이 없었던 것이다.

알라딘의 가게에서 산 '기도 시간 일력'을 톰발라 선물로 가져가기도 했다. 퓌순이 1981년 마지막 날 밤에 달력을 뜯었고, 나의 주장대로 부엌과 텔레비전 사이의 벽에 못을 박아 달력을 걸었다. 하지만 내가 오지 않는 날은 아무도 달력에 관심을 갖지 않았다. 일력 한 장 한 장에는 그날의 시, 역사적 중요성, 기도 시간이 나와 있었고, 읽고 쓸 줄 모르는 사람도 이해할 수 있도록 시계 그림이 그려져 있었으며, 그날그날 추천하는 여러 가지 음식과 그 요리법, 역사 속 이야기, 유머, 인생에 대한 금언도 들어 있었다.

"네시베 고모, 달력 뜯는 걸 또 잊으셨네요."

나는 저녁이 끝나 갈 무렵 이렇게 말하곤 했다. 텔레비전의 마지막 프로그램이 끝나고 군인들이 다리를 쭉쭉 뻗으며 걸어가서 국기를 게양대에 게양하는 장면이 나올 때쯤이면, 이미 우리는 술을 거나하게 마신 후였다.

"하루가 또 갔네. 신에게 감사하게도 우린 배를 곯지 않고 한데에 있지도 않아. 배도 부르고 따뜻한 집도 있어…… 인생에서 달리 뭘 바라겠어!"

타륵 씨는 이렇게 말하곤 했다.

밤이 깊었을 때 타륵 씨가 이런 말을 하면 어쩐지 마음이 놓이는 것 같았다. 그래서 이 집에 들어서자마자 그날의 달력을 뜯지 않았다는 걸 알아챘으면서도 밤이 깊을 때까지 아무 말도 하지 않았다.

"게다가 우리끼리, 서로 좋아하는 사람들끼리 함께 있잖아요."

네시베 고모는 이렇게 덧붙이곤 했다. 이렇게 말한 다음에는 퓌순에게 입을 맞추거나, 그녀가 옆에 없으면 부르기도 했다.

"까다로운 내 딸 어디 있니, 이리 좀 와 보렴, 엄마가 입을 맞추고 안아 줄게."

퓌순은 어린아이 같은 표정을 지으며 어머니 품에 안겼고, 네시베 고모는 그녀를 한동안 어루만지며 팔과 목과 볼에 입을 맞추었다. 모녀는 사이가 좋건 나쁘건 이런 사랑의 의식을 한 번도 거른 적이 없었고, 그것은 팔 년 동안 내게 아주 큰 영향을 미쳤다. 서로 냄새를 맡고 입을 맞추며 웃으면서도, 퓌순은 내가 그들을 주시하고 있다는 걸 아주 잘 알고 있었다. 그러나 절대로 나를 쳐다보지 않았다. 행복한 그들을 바라보면 나는 기분이 좋아졌고, 별로 힘들지 않게 일어나 돌아갈 수 있었다.

때로는 '서로 좋아하는 사람들끼리'라는 말에, 이웃집 아이 알리가 퓌순 어머니의 품이 아니라 퓌순의 품에 안겼고, 퓌순도 그 아이를 쓰다듬고 입을 맞춘 다음 "자, 이제 그만 가 봐, 우리가 너를 놓아주지 않는다고 네 엄마 아빠가 나중에 우리에게 화를 낸단다."라고 했다. 때로는 퓌순이 아침에 어머니와 다퉈서 신경이 곤두서 있으면, 네시베 고모가 "얘야, 내 곁에 오렴." 하고 말해도 "엄마도 참!"이라고 대꾸할 뿐이었다. 그러면 네시베 고모는 "그럼, 달력 좀 뜯어, 날짜 헷갈리지 않게."라고 했다.

그러면 퓌순은 갑자기 신이 나서 일어나 '기도 시간 일력'을 한 장 뜯은 후, 미소를 띤 채 거기에 적혀 있는 시나 오늘의 음식을 큰 소리로 읽었고, 네시베 고모도 "아, 맞아, 말린 포도와 모과가 들어간 과일 스튜를 만들자, 안 만든 지 오래되었네.", "그래, 아티초크가 나왔더라. 근데 손바닥만 한 아티초크로 어디 음식을 만들겠어!" 같은 말을 했다. 때로는 나를 초초하게 하는 질문을 던지기도 했다.

"시금치가 들어간 뵈렉을 만들면 먹을래요?"

타륵 씨는 이런 말을 듣고 있지 않거나 우울할 때는 대답을 하지 않았다. 그러면 퓌순도 아무 말을 하지 않고 나를 주의 깊게 바라보기 시작했다. 나는 퓌순이 매정함과 호기심 때문에 그렇게 행동한다는 것을 알고 있었다. 왜냐하면 마치 내가 케스킨 씨네 가족과 뗄 수 없는 일부인 양 네시베 고모에게 무엇을 요리해야 하는지까지는 말하지 않을 거라고 그녀가 생각한다는 것을 알았기 때문이다.

"퓌순이 뵈렉을 아주 좋아하잖아요. 네시베 고모, 꼭 만드세요!"

나는 이렇게 말하며 그 상황을 모면했다.

때로 타륵 씨가 딸에게 달력을 뜯어서 그날 일어났던 역사상 중요한 사건을 읽어 보라고 하면, 퓌순은 순순히 그렇게 했다.

퓌순은 "1658년 9월 3일, 오늘 오스만 제국의 군대가 도피오성을 포위하기 시작했다." 혹은 "1071년 8월 26일, 오늘 말라즈기르트 대전 이후 아나톨리아의 문이 튀르키예인들에게 열렸다."라고 읽었다.

"흠. 그것 좀 줘 봐라. 도피오 철자를 잘못 썼군. 자, 받아라, 이제 오늘의 금언을 읽어 보렴."

"배가 채워지고 마음이 머무는 곳이 집이다."라고 퓌순은 읽었다. 쾌활하지만 조롱 섞인 태도로 읽어 나가다가 나와 눈이 마주치면 갑자기 진지해졌다.

우리 모두는 이 말의 깊은 의미를 생각하는 것처럼 잠시 정적에 휩싸였다. 케스킨 씨네 가족 식탁에서는 여러 번 마법 같은 정적이 흐르곤 했다. 다른 곳에서는 떠오르지 않는 여러 가지 생각(삶의 의미, 이 세상에서 우리 존재의 차원, 왜 사는지와 같은 기본적인 문제에 대해)들이, 그들의 식탁에서 멍하니 텔레비전을 볼 때, 퓌순을 곁눈질로 바라볼 때, 타륵 씨와 이런저런 이야기를 나눌 때 떠오르곤 했다. 나는 이런 마법 같은 정적을 좋아했고, 달이 가고 해가 가면서 우리 삶의 비밀을 느끼게 해 주는 이런 순간들이 퓌순을 향한 나의 사랑 때문에 그렇게 심오하고 특별했다는 것을 깨닫고, 그렇게 떠오르는 것들을 정성껏 보관했다. 그날 퓌순이 읽고서 한쪽에 놓아둔 달력 낱장을 한 번 더 읽고 싶다는 핑계를 대며 집어 들어서는, 아무도 보지 않은 틈을 타서 주머니에 넣어 숨겨 올 수 있었다.

물론 매번 그렇게 편하지는 않았다. 케스킨 씨네 집 식탁에서, 크고 작은, 중요하거나 중요하지 않은 물건들을 가지고 올 때 직면했던 어려움을 늘어놓아 나의 이야기를 우습게 만들거나 늘리고 싶지는 않다. 하지만 1982년 마지막 날 밤이 끝나던 무렵에 일어난 작은 사건은 이야기하고 싶다. 톰발라에서 딴 손수건을 들고 집에서 나가기 바로 전에, 날이 갈수록 퓌순을 좋아하는 마음이 커지던 이웃집 아이 알리가 내게 다가왔다. 여느 때처럼 개구쟁이 같은 모습은 보이지 않았다.

"케말 아저씨, 톰발라에서 아저씨가 딴 손수건 있잖아요……."

"응."

"그건 퓌순 누나가 어렸을 때 쓰던 손수건이에요. 그거 다시 한 번 볼 수 있을까요?"

"알리, 어디에 넣었는지 모르겠는걸."

"난 알아요. 이 주머니에 넣었어요. 거기 있을 거예요."

아이는 내 주머니에 손을 집어넣을 태세였다. 나는 뒤로 한 걸음 물러났다. 밖에서는 주룩주룩 소나기가 내리고 있었고, 사람들은 창가에 모여 있어서 아이의 말을 듣지 못했다.

"알리, 너무 늦은 시간이야. 그런데 넌 아직도 여기 있구나. 나중에 네 엄마 아빠가 우리에게 화낼 거야."

"지금 갈 거예요, 케말 아저씨. 퓌순 누나의 손수건 나 줄 거예요?"

"아니."

나는 화난 표정을 지으며 아이에게 속삭였다.

"나한테 필요해."

# 59
# 시나리오 검열

페리둔이 영화를 찍기 위해 검열 위원회의 허가를 받는 것은 아주 힘들었다. 국내 영화건 외화건 극장에서 상영하는 영화가 모두 검열을 받는다는 것은, 신문 기사와 사람들이 하는 말로 몇 년 전부터 알던 사실이었다. 하지만 영화 산업에서 검열이 얼마나 큰 부분인지는 레몬 영화사를 세운 후에야 알게 되었다. 서양에서 아주 중요했을 뿐 아니라 튀르키예에서도 잘 알려진 영화가 상영 금지될 때만 신문에서 검열 위원회의 결정을 다루었다. 예를 들면 「아라비아의 로렌스」에는 튀르키예의 정체성을 모욕하는 내용이 있었기 때문에 상영이 금지되었다. 「파리에서의 마지막 탱고」는 섹스 장면이 모두 없어져서 원래보다 훨씬 '예술적이며 지루한' 영화가 되어 버렸다.

'몽상' 하야티 씨는 검열 위원회에서 오랫동안 일해 온 사람으로, 펠뤼르 바의 동업자였다. 그는 늘 우리 테이블로 찾아왔는데, 어느 날 밤에는 자신이 사상의 자유와 민주주의를 유럽인들보다 더 믿는다고 했다. 하지만 순진하고 선한 우리 민족을 속이려는 사람들이 튀르키예의 영화 예술을 이용하는 것은 절대 허락할 수 없다고(허락하지 않을 거라고) 했다. '몽상' 하야티는 본래 무대 감독이자 제작자였는데, 검열 위원직을 수락한 것은 대부분의 펠뤼르 단골들처럼, '다른 사람들을 열 받게 하기 위해서'였다고 했다. 그 렇게 말한 다음에는, 농담을 했을 때 항상 그랬듯, 퓌순에게 윙크를 했다. 이 윙크에는, 아저씨가 어린 조카에게 하듯 '농담이야.'라는 의미도 있었고, 약간은 도발하는 의도도 있었다. '몽상' 하야티는 내가 퓌순의 '먼 친척'이라는 것을 알고는, 그런 위치에 있는 사람이 허락할 한도 내에서만 퓌순에게 관심을 보였다. 그는 장차 자신이 찍을 영화를 설명할 때(이 테이블 저 테이블 돌아다니며 항상 그 이야기를 하거나 소문을 모으곤 했다.) 언제나 '몽상'이라는 단어를 사용했기 때문에 펠뤼르 단골들이 그런 별명을 붙여 주었다. 우리가 갈 때마다 퓌순이 있는 테이블에 앉아서 그녀의 눈을 들여다보며 장황하게 영화에 대한 자신의 공상 중 하나를 설명하고는, 매번 '절대 상업적으로 생각하지 말고' 주제가 마음에 들었는지 아닌지만 '당장 그리고 진심으로' 말해 달라고 했다.

"아주 멋진 주제예요."

퓌순은 매번 이렇게 대답했다.

"촬영할 때 꼭 출연해 주시오."

'몽상' 하야티도 매번 이렇게 말했다.

그는 언제나 본능과 마음에서 우러나오는 소리에 귀를 기울여 행동한다는 태도였다. 그러고는 나중에 이렇게 덧붙였다.

"사실 난 아주 현실적인 사람이야."

그가 가끔 내 눈을 들여다볼 때가 있었다. 그러나 그것은 계속 퓌순만 바라보며 이야기하면 실례라는 걸 알기 때문이라는 느낌이 들었다. 나는 그의 친구가 되려고 애를 쓰며 미소를 짓곤 했다. 퓌순과 함께 첫 영화를 찍기까지는 좀 더 시간이 필요하리라는 걸 그와 나는 깨닫게 되었다.

이슬람, 아타튀르크, 튀르키예군, 종교인, 대통령, 쿠르드인, 아르메니아인, 유대인, 룸에 대한 좋지 않은 해석과 부도덕한 사랑 장면만 빼면, 사실 튀르키예에서 영화는 꽤 자유롭다는 것이 '몽상' 하야티의 생각이었다. 하지만 이런 생각이 사실이 아니라는 것을 자신도 깨닫고 가끔 웃기도 했다. 왜냐하면 지난 반세기 동안 검열 위원회는 정부가 금지하거나 권력자들을 불편하게 하는 주제뿐만 아니라, 그저 신경이 쓰이거나 튄다고 생각이 드는 영화면 습관처럼 온갖 구실을 붙여 금지해 왔고, 이런 권력을 '몽상' 하야티처럼 흔쾌히, 변덕을 부리며 마음껏 사용해 왔다.

하야티 씨는 농담하는 것도 좋아해서, 마치 사냥꾼이 자신의 덫에 걸린 곰에 대해 이야기하듯이, 검열 시절에 어떻게 영화를 금지했는지를 이야기하며 우리를 웃게 만들었다. 예를 들면 공장 경비원의 모험을 코믹하게 그린 영화는 '튀르키예 경비원을 비하한다'라는 핑계로, 기혼에다 아이가 있는 여성이 다른 남자를 사랑하는 내용의 영화는 '모성애에 대해 무례한 접근' 때문에, 학교에서 도망친 아이의 행복한 모험을 다룬 영화는 '아이들을 학교와 소원하게 만든다'라는 이유로 금지했다는 것이다. 영화를 좋아하는, 순진한 튀르키예 관객에게 다가가고자 한다면, 하야티 씨의 친한 친구들인 검열 위원회 위원들이 가끔 펠뤼르 바에 왔을 때 잘 지내야 한다고도 했다. 이런 말을 하면서 계속 나만 바라보는 것을 보면, 그가 퓌순에게 강한 인상을 남기고 싶어 한다는 걸 알 수 있었다.

하지만 검열 위원회에서 승인을 받기 위해 하야티 씨를 얼마나 믿어야 할지는 알 수 없었다. 왜냐하면 '몽상' 하야티가 임기를 끝내고 위원회에서 나온 후에 찍었던 첫 영화 역시 '안타깝게도 개인적인 변덕으로' 금지되었던 것이다. 하야티 씨는 이 문제만 나오면 열을 냈다. 많은 비용을 들여 영화를 찍었는데, 화가 난 아버지가 술에 약간 취해서, 샐러드에 식초가 들어가지 않았다고 아내와 자식들에게 고래고래 소리를 치는 저녁 식사 장면 때문에 '사회의 근간인 가족 제도를 보호'한다는 목적으로 영화 전체가 금지되었기 때문이다.

'몽상' 하야티는 이 장면 외에 검열 위원회의 심기를 건드린 두 가지 가족 내 다툼을 자신의 삶에서 따왔다며, 부당한 처사가 분하다는 듯 열심히 설명했다. 무엇보다 검열 위원회에 있는 옛 친구들이 자신의 영화를 금지시켰다는 것에 가장 화가 많이 나 있었다. 그는 어느 날 밤 그들과 함께 코가 삐뚤어질 때까지 마셨고, 그가 말한 대로라면, 검열 위원회에 있는 가장 오래된 친구와 여자 문제를 핑계로 아침 무렵에 뒷골목에서 치고받는 싸움을 했다. 결국 기진맥진해서 진흙투성이 골목에 쓰러져 있는 그들을 베이오을루 경찰이 일으켜 세웠고, 이 오랜 친구들은 서로를 고발하지 않고 경찰의 권유로 입을 맞춘 후 화해했다. '몽상' 하야티는 영화를 극장에서 상영하여 파산을 면하기 위해, 가족 제도에 손상을 입히는 가족 내 싸움 장면을 주의 깊게 잘라 편집했다. 신실한 어머니가 부추겨 건장한 형이 동생을 때리는 장면만 검열 위원회의 허락을 받아 영화에 남게 되었다.

'몽상' 하야티는 국가가 마땅치 않게 여기는 장면들이 검열되어 잘리는 것은 '사실 그나마 다행'이라고 했다. 왜냐하면 그렇게 편집된 영화는 극장에서 상영될 수 있고, 그래도 사람들이 이해할 수 있다면 돈을 건질 수 있기 때문이다. 재앙 중의 재앙은 이미 다 찍은 영화가 완전히 금지되는 경우였다. 그래서 영리한 튀르키예 영화 제작자들(나도 그들과 섞이는 것이 서서히 자랑스러워졌다.)의 권유로 정부는 검열 작업을 두 단계로 나누었다.

먼저 영화 시나리오를 검열 위원회에 보내 소재와 장면이 적당한지에 대해 승인을 받는다. 튀르키예에서 무언가 해 보려는 국민들이 정부의 '허가'를 받을 때면 늘 그러하듯, 이 일에서도 여러 부처를 거쳐야 하는 복잡한 절차와 뇌물 관료주의가 발달했다. 그래서 이에 맞서 국민의 신청이 관료주의를 통과해 '허가'를 받을 수 있도록 도와주는 중개인과 회사가 생겨났다. 1977년 봄에 레몬 영화사 사무실에서 페리둔과 마주 앉아 담배를 피우며 「파란 비」를 어떤 중개인을 통해 검열 위원회에서 통과시켜야 할지에 대해 몇 번이나 오래 논쟁했던 것을 기억한다.

'타자기' 데미르라는 가명을 가진 룸 사람이 있었는데, 부지런하다 해서 모두들 그를 좋아했다. 그는 이미 완성된 시나리오를 자신의 유명한 타자기와 스타일로 다시 써서 검열에 걸리지 않을 시나리오로 만들어 주었다. 한때 아마추어 권투 선수였던(그는 쿠르툴루시 팀의 유니폼을 입었다.) 이 건장한 남자는 섬세한 영혼을 지닌 사려 깊은 사람이었다. 자신이 맡은 시나리오의 튀는 부분을 둥글둥글하게 만들고, 부자와 가난한 사람, 노동자와 고용주, 강간범과 희생자, 선과 악 사이의 가혹한 부분은 순하게 완화했다. 영화 마지막에 주인공이 하는 말(검열관들은 고심하겠지만 관객들은 좋아할 만한, 분노에 차고 격렬하고 비판적인 말)에다 국기, 민족, 아타튀르크, 신이라는 단어가 들어간 달콤한 몇 마디를 덧붙여 균형을 맞추는 기술은 타의 추종을 불허할 정도였다. 그의 진짜 재주는 시나리오에 나오는 거칠고 지나친 부분을 재치 있고 온화하며 감미롭게, 동화같이 바꾸어 놓는 능력이었다. 검열 위원회 위원들에게 정기적으로 뇌물을 주는 큰 영화사에서는 이의가 제기될 만한 여지가 없는 시나리오도 달콤하고 마법적이며 천진한 분위기가 날 수 있도록 '타자기' 데미르에게 맡기곤 했다.

어느 여름밤에, 우리 마음에 와닿는 동화 같은 튀르키예 영화

속의 그 시적인 분위기가 '타자기' 데미르 덕분이라는 것을 알고, 페리둔의 제의로 퓌순과 함께 우리 셋은 쿠르툴루시에 사는 '시나리오 의사'의 집으로 찾아갔다. 커다란 벽시계가 똑딱거리는 그 집에 있는, 그에게 전설적인 이름을 붙여 준 오래된 레밍턴 타자기는 그가 다시 써 주었던 영화들처럼 특별하고 마법적인 분위기를 풍기고 있었다. 데미르 씨는 우리를 아주 정중하게 대해 주면서, 시나리오를 놓고 가면, 그리고 그 시나리오가 마음에 들면, 다시 타자를 쳐서 검열에서 통과될 수 있는 상태로 만들어 주겠다고 했다. 하지만 일이 많기 때문에 시간이 걸릴 거라고, 케밥과 과일 접시 사이에 쌓여 있는 서류 더미를 가리키며 설명했다. 커다란 식탁 가장자리에 앉아 아버지가 미처 손대지 못한 시나리오들을 통과할 수 있는 상태로 만들고 있는 스무 살 정도의 쌍둥이 딸들(부엉이 안경을 낀 근시였다.)에 대해 "나보다 일을 더 잘합니다."라며 자랑했다. 두 딸 중에서 조금 통통한 쪽은 퓌순이 사 년 전에《밀리예트》신문 주최 미스 튀르키예 선발 대회에서 결선에 올라갔다는 것을 기억해서 그녀를 행복하게 했다. 안타깝게도 그것을 기억하는 사람은 별로 없었던 것이다.

하지만 우리의 시나리오를 새로 쓰고 퓌순을 위해 특별하게 윤색까지 해서 가져온 것은 석 달이 지나서였다. 퓌순을 기억했던 그 딸은 아버지가 '완전히 유럽적인 예술 영화'라고 했다면서 찬양과 경탄의 말을 늘어놓았다. 퓌순은 이렇게 늦게 진행되는 것이 마음에 들지 않았는지, 얼굴을 잔뜩 찌푸리고 언짢은 듯 이야기했다. 나는 그녀의 남편 역시 늑장을 부린다고 그녀에게 설명하려고 애를 썼다.

저녁때 추쿠르주마에 있는 집에 가더라도, 퓌순과 식탁에서 일어나 우리끼리 말할 수 있는 기회는 많지 않았다. 우리는 매일 저녁 식사가 끝날 무렵 레몬의 먹이나 물, 늘 쪼아 대던 오징어 뼈(내가 이집트 시장[76]에서 사 오곤 했다.)를 보려고 새장 앞으로 갔다. 하지만 식탁과 아주 가까워서 우리끼리의 은밀함을 나누기는 무척 힘들었다. 그러기 위해서는 속삭이거나 철면피가 되는 수밖에 없었다.

마침내 적당한 길이 자동적으로 열렸다. 퓌순은 내게는 감췄던 동네 친구들(대부분 미혼이거나 신혼인 여자)과 시간을 보내거나, 그들과 가끔 극장에 가거나, 페리둔과 영화인들을 만나러 가거나, 집안일을 하거나, 어머니가 가끔 재봉 일을 받으면 그것을 도와주는 일을 할 때 외에는 '혼자' 새 그림을 그렸다. '혼자'라는 말은 그녀의 표현이었다. 하지만 나는 이 아마추어적인 취미 뒤에 숨겨진 그녀의 열정을 느꼈고, 이 그림들 때문에 그녀를 더 좋아하게 되었다.

이 취미는 뒷방 발코니 쇠창살에, 마치 멜하메트 아파트에서처럼, 까마귀 한 마리가 내려앉더니 퓌순이 다가가는데도 날아가지 않으면서 처음 시작되었다. 까마귀는 종종 날아와 반짝이는 무서운 눈으로 퓌순을 곁눈질로 바라보며 도망도 가지 않았다. 도리어 퓌순이 까마귀를 두려워했다. 어느 날 페리둔이 까마귀 사진을 찍었는데(여기에 전시했다.) 퓌순은 이 작은 흑백 사진을 확대해서 내가 좋아하는 수채화를 그렸다. 이후에는 발코니 쇠창살에 앉은 비둘기와 참새도 계속 그렸다.

페리둔이 집에 없는 밤이면, 식사를 하기 전이나 텔레비전의 긴 광고 시간에 "그림은 어떻게 돼 가?"라고 퓌순에게 물었다.

그녀는 기분이 좋을 때는 "가서 같이 보자."라고 했고, 그러면

---

**76** 이스탄불에 있는 향신료 시장.

우리는 네시베 고모의 재봉 기구와 가위, 옷감이 어지럽게 흩어져 있는 뒷방으로 가서 작은 샹들리에의 희미한 불빛 아래서 함께 그림을 바라보았다.

"아주 멋져, 정말 아주 멋져, 퓌순."

나는 진심으로 이렇게 말하면서 그녀의 등과 손을 만지고 싶은 견딜 수 없는 욕구를 느꼈다. 수입 문구류를 파는 시르케지의 문방구에서 질 좋은 '유럽산' 도화지와 공책, 수채화 물감을 사다 주었다.

"이스탄불의 새를 모두 그릴 거야. 페리둔이 참새 사진이 찍었으니 이제 그림을 그릴 차례야. 그냥 혼자서 즐기는 거지, 뭐. 발코니에 부엉이가 앉을 수도 있을까?"

"나중에 꼭 전시회를 열어."

내가 한번은 이렇게 말했다.

"사실 난 파리에 가서 박물관에 있는 그림을 보고 싶어."

퓌순은 이렇게 말했다.

그녀가 신경이 곤두서 기분이 좋지 않을 때도 있었다.

"요즘엔 그림을 그릴 수 없어, 케말."

기분이 좋지 않았던 건, 물론, 영화를 찍는 것은 고사하고, 영화를 찍을 만한 시나리오조차 못 만들던 상황 때문이라는 걸 알고 있었다. 그림에 별로 달라진 게 없을 때도 가끔은 그저 영화 이야기를 하기 위해 뒷방으로 가기도 했는데, 한번은 이렇게 말한 적이 있다.

"페리둔은 '타자기' 데미르가 윤색한 게 마음에 안 든대. 그래서 다시 쓰고 있어. 나도 말했지만, 그에게 더 이상 끌지 말라고 좀 말해 줘. 난 이제 영화를 시작하고 싶어."

"말할게."

삼 주 후 어느 날 밤 우리는 또 뒷방으로 갔다. 퓌순은 까마귀 그림을 완성하고 지금은 천천히 참새를 그리고 있었다.

"정말 아주 멋진걸."

나는 한동안 그림을 바라본 후 이렇게 말했다.

"케말, 난 이제 알았어. 페리둔이 예술 영화를 찍으려면 몇 달이 걸릴 거야. 검열 위원회는 그런 영화에 쉽사리 허가를 내주지 않아. 의심하니까. 그런데 그저께 펠뤼르에서 무자페르 씨가 우리 테이블에 와서는 내게 배역을 제안했어. 페리둔이 말했어?"

"아니, 펠뤼르에 갔어? 조심해, 퓌순, 그 사람들 모두 늑대야."

"걱정 마. 페리둔도 나도 아주 조심하고 있어. 하지만 아주 진지한 제안이야."

"시나리오 읽었어? 넌 하고 싶어?"

"물론 시나리오는 안 읽었어. 내가 출연하겠다고 하면 시나리오를 쓰겠대. 나를 만나고 싶어 해."

"어떤 내용인데?"

"내용이 뭐가 중요해? 무자페르식 사랑 이야기겠지. 나는 수락하고 싶어."

"서두르지 마. 그들은 나쁜 사람들이야. 페리둔에게 대신 그들과 이야기해 보라고 해. 그들의 의도가 나쁠 수도 있으니까."

"어떻게 나쁜데?"

하지만 나는 더 이상 그 문제를 얘기하지 않고, 착잡한 마음으로 식탁으로 돌아왔다.

무자페르처럼 노련한 무대 감독이라면, 퓌순을 내세워 상업적인 멜로 영화를 찍으면 그녀가 에디르네에서 디야르바크르까지 튀르키예 전역에서 금세 유명해질 거라는 사실을 아주 쉽게 예상할수 있었을 것이다. 석탄 난로로 난방을 해서 더러운 냄새가 나고

통풍도 되지 않는 극장을 꽉 메운 사람들, 학교를 빠진 학생들, 실업자들, 꿈에 젖은 주부들, 여자가 없어 몸이 단 남자들은 퓌순의 아름다움과 인간미에 당연히 매료될 것이다. 그리고 그녀가 원하는 대로 스타가 되자마자, 퓌순은 나뿐 아니라 페리둔에게도 함부로 대할 것이며, 어쩌면 우리를 버릴지도 모른다는 생각이 들었다. 물론 퓌순이 유명세와 돈을 위해서라면 무엇이든 하고, 잡지에 글을 쓰는 작가들과 흥정을 하며 끈끈한 관계를 맺을 사람이라고는 생각하지 않았다. 하지만 펠뤼르 바에 오는 사람들의 시선을 보면, 많은 사람들이 그녀를 내게서 떼어 놓기 위해 — 내 입에서 처음 나와 버렸기 때문에 이 말을 사용한다 — 필요한 모든 일을 하리라는 것은 알 수 있었다. 유명한 배우가 된다면 안타깝지만 퓌순을 더 이상 사랑할 수 없을 것이므로, 그녀를 잃어버릴 거라는 두려움은 더욱 커질 것이다.

그날 저녁을 다 먹을 때까지, 아름다운 나의 연인이 나나 남편을 생각하는 것이 아니라, 영화배우가 되는 꿈을 꾸고 있다는 것을 그녀의 부루퉁한 시선을 보고 느낄 수 있었고, 나는 근심, 더 나아가 당혹감에 휩싸였다. 퓌순이 그런 술집에 드나드는 제작자나 유명 배우와 도망쳐 나를 — 그리고 남편을 — 뻔히 보는 앞에서 떠나 버린다면, 그것이 내게 줄 고통은 1975년 여름에 겪었던 것보다 몇 배 더 심할 거라는 사실은 그렇지 않아도 벌써부터 알고 있었다.

페리둔은 우리 앞에 놓인 이 위험에 대해 얼마나 알고 있었을까? 그는 상업 영화 제작자들이 아내를 그에게서 멀리 떨어진, 비참한 세계로 이끌고 가려 한다는 것을 어느 정도는 알고 있었을 것이다. 하지만 나는 기회가 있을 때마다 이런 위험에 대해 — 암묵적인 언어로 — 그에게 경고했다. 퓌순이 그 끔찍한 멜로 영화에 출연하면, 페리둔이 만들 예술 영화는 내게 더 이상 아무런 의미도 없을 거라고 은연중에 암시했는데, 나중에 한밤중에 집에서 아버지의 안락의자에 앉아 혼자 라크를 마시면서는 페리둔에게 너무 노골적으로 말한 것은 아닌지 걱정했다.

5월에, 영화 촬영 시즌이 다가올 때, '몽상' 하야티가 레몬 영화사에 와서는, 어느 정도 알려진 젊은 여배우가 질투심 많은 남자 친구에게 구타를 당해 병원 신세를 지고 있는데, 그녀의 배역을 퓌순이 대신 맡으면 아주 좋을 것이며, 퓌순처럼 아름답고 교양 있는 여자에게는 큰 기회라고 설명했다고 한다. 나의 고민을 잘 알고 있던 페리둔은 이 제안을 정중하게 거절했고, 퓌순에게는 이에 대해 전혀 언급하지 않았던 것 같다.

# 60
# 보스포루스의 밤, 후주르<sup>77</sup> 식당

펠뤼르 바에 갈 때마다 퓌순 주위에 몰려드는 굶주린 늑대와 자
칼로부터 그녀를 떼어 놓기 위해 했던 일들은 우리를 고민스럽게
하기보다는 웃게 만들었고, 더 나아가 행복하게 하기도 했다. 힐튼
에서의 약혼식 날 나타났던 가십 작가 '하얀 카네이션'을 기억할
것이다. 그가 퓌순에 대해 '스타 탄생'이라는 주제로 글을 쓰고 싶
어 한다고 하기에, 나는 퓌순에게 그 남자를 믿을 수 없다고 말했
다. 그런 후 숨바꼭질을 하듯 우리는 그에게서 도망쳤다. 퓌순의 테
이블에 앉아 마음에서 우러나오는 사랑의 시를 감상적인 말로 냅
킨에다 순식간에 써서 고백한 신문 기자 시인의 작품은 그 어떤 독
자도 만나지 못하고, 결국 내가 손을 써서 나이 든 웨이터 타야르
가 휴지통에 던지게 했다. 우리 셋 ― 나, 페리둔, 퓌순 ― 은 나중
에 우리끼리 남게 되었을 때, 이 이야기의 일부(모두가 아니었다.)
를 서로에게 들려주면서 함께 웃었다.

펠뤼르나 이와 비슷한 바와 술집에서 만났던 영화인들, 신문 기
자들, 예술가들 대부분은 술을 마시면 스스로를 동정하며 울기 시

---

77  '평온'이라는 의미.

작했는데, 반대로 퓌순은 술을 두 잔쯤 마시면 기분이 좋아져서 아이처럼 되었고, 경박한 여자처럼 수다를 떨었다. 여름 극장이나 보스포루스에 있는 식당에 갔을 때처럼, 그녀와 나, 그녀의 남편 이렇게 셋이 함께 있다는 이유로 퓌순이 쾌활해진다고 느낄 때도 있었다. 나는 비꼬며 하는 말이나 떠도는 소문에 지쳐서 이제는 펠뤼르에 아주 가끔만 갔으며, 어쩌다 가더라도 퓌순 주위에 있는 사람들을 감시했다. 대부분 밤이 깊어지기 전에 퓌순과 그녀의 남편을 설득해 그들을 데리고 체틴과 함께 보스포루스로 식사를 하러 갔다. 퓌순은 펠뤼르에서 일찍 일어나자고 하면 처음에는 기분 나쁜 표정을 지었지만, 가는 길에 자동차 안에서 체틴과 이야기를 나누며 아주 행복해했기 때문에, 나는 그들과 — 마치 1976년 여름에 그랬던 것처럼 — 함께 식당에 자주 가는 것이 우리 모두를 위해 더 좋다고 생각했다. 그러기 위해서는 먼저 페리둔을 설득해야 했다. 퓌순과 내가 단둘이 연인처럼 식당에도 갈 수는 없었기 때문이다. 그러나 페리둔을 영화인 친구들에게서 떼어 놓기가 어려워서 한번은 네시베 고모까지 설득하여 퓌순과 그녀의 남편과 함께 사르에르에 있는 우르잔 식당에 게르치를 먹으러 갔다.

1977년 여름, 타륵 씨도 그리 이의를 제기하지 않고 기꺼이 우리와 합류하여, 케스킨 씨네 집에서 텔레비전 앞에만 앉아 있던 우리는 — 체틴이 모는 자동차에 모두 함께 타고 — 보스포루스의 식당에 다니기 시작했다. 나의 박물관에 오는 사람들 모두가 이 나들이와 음식에 대해 내가 기억하는 것처럼 행복한 기억을 간직하길 바라기 때문에 자세히 이야기하고 싶다. 어차피 소설과 박물관의 목적은, 우리의 기억을 진심으로 설명하여 우리의 행복을 다른 사람들의 행복으로 만드는 것 아니겠는가? 그해 여름, 모두 함께 보스포루스에 있는 술집으로 저녁을 먹으러 가는 것은 얼마 지나지 않아 즐거운 습관이 되었다. 이후에는 여름 겨울 할 것 없이 자주 — 한 달에 한 번 — 자동차를 타고 결혼식에 가는 것처럼 즐겁게 길을 나섰고, 보스포루스에 있는 식당이나 타룩 씨가 좋아하는 옛날 가수들의 노래를 들을 수 있는 크고 유명한 극장식당으로 가곤 했다. 퓌순과 나 사이의 긴장감, 불확실성, 영화를 못 찍는 문제들이 이런 즐거움을 잊게 만들 때도 있었다. 하지만 몇 달 동안의 우울한 시간이 지나고 모두 함께 자동차에 타면, 나는 우리가 함께 얼마나 웃고 즐길 수 있는지를, 서로에게 얼마나 익숙하고, 서로를 얼마나 사랑하는지를 깨닫곤 했다.

나란히 줄지어 있던 술집 앞의 인도까지 차지한 사람들, 인도에 있는 테이블 사이를 이리저리 돌아다니는 톰발라 장수들, 홍합과 아몬드 장수들, 사진을 찍어 한 시간 만에 인화해 오는 사진사들, 아이스크림 장수들, 대부분의 식당에 있던 작은 악단 그리고 튀르키예식 노래를 부르는 가수들이 있는 타라비야는 보스포루스로 나들이 나온 이스탄불 사람들에게는 가장 인기 있는 장소였다.(그 당시에는 외국인 관광객이 한 사람도 보이지 않았다.) 웨이터들이 테이블과 식당 사이에 있는 좁은 길을 다니는 자동차들을 피해 안주 접시를 잔뜩 얹은 쟁반을 들고 겁 없이 잽싸게 뛰어다니면, 네시베 고모가 경탄하며 웃었던 것을 기억한다.

우리는 '후주르'라는, 겉으로는 화려해 보이지 않는 식당에 가곤 했다. 보스포루스에 나갔다가 빈자리가 있어서 들어간 식당이었는데, 번드르르한 뮈제브헤르[78] 극장식당이 옆에 있어서 거기서 나는 튀르키예식 음악과 옛날 노래를 '공짜로, 멀리서' 들을 수 있다며 타룩 씨는 좋아했다. 내가 옛날 노래는 뮈제브헤르에 가면 더

[78] '보석'이라는 의미.

잘 들린다고 하자, 타륵 씨는 "아, 그 끔찍한 악단과 까마귀같이 노래를 부르는 여자들에게는 돈을 허비하지 맙시다, 케말 씨!"라고 말했다. 하지만 식사 내내 옆에서 들려오는 음악은 더욱더 주의 깊게, 즐겁게, 그리고 화를 내며 들었다. '목소리도 귀도 형편없는' 가수들의 실수를 큰 소리로 정정해 주고, 가수보다 먼저 노래를 끝내면서 자신이 모든 노래를 안다는 걸 증명했으며, 라크를 세 잔 마신 다음에는 영적으로 심오한 상념에 싸인 듯 눈을 감고 머리를 흔들며 박자를 맞췄다.

추쿠르주마에 있는 집에서 자동차를 타고 보스포루스로 나갈 때면, 우리는 모두 집 안에서의 역할은 두고 온 것 같았다. 퓌순이 집에서와는 달리 바로 내 옆에 앉았기 때문에 보스포루스 식당과 외출이 좋았다. 복잡한 테이블 사이에서 그녀의 팔이 내 팔에 완전히 기대어 있는 것은 아무도 보지 못했다. 그녀의 아버지가 음악을 듣고, 그녀의 어머니가 보스포루스의 떨리는 불빛과 뿌연 어둠을 바라볼 때, 우리 둘은 소음 속에서 우리가 먹는 것, 밤의 아름다움, 그녀의 아버지가 얼마나 사랑스러운지에 대해 두서없이 속삭였고, 마치 새로 만난 수줍은 젊은이들이 남녀 간의 유럽식 우정을 새로 알게 된 것처럼 조심스럽게 행동했다. 아버지 앞에서 담배를 피우는 것이 퓌순의 또 다른 고민이었지만, 보스포루스 술집에서는 독립적인 당당한 유럽 여성처럼 보란 듯이 담배를 피웠다. 검은 안경을 쓴 거친 톰발라 장수에게서 표를 사서 우리의 운을 시험해 보고 아무것도 나오지 않으면 서로를 바라보며 "우린 도박에서 졌네."라고 했다가 나중에는 부끄러워하고, 좀 더 나중에는 행복해했던 것을 기억한다.

집에서 나와서 디완[79] 시에서처럼 포도주[80] 그리고 연인과 나란

---

**79** 튀르키예 고전 문학을 일컫는 용어. 귀족 문학, 상류층 문학을 뜻하기도 한다.
**80** 디완 시에서 포도주는 '사랑'을 의미한다.

히 앉아 있는 행복이었고, 거리의 사람들과 함께 있는 행복이었다. 식당과 테이블로 복잡했던 보스포루스의 길이 막히면, 창문을 열고 지나가던 자동차 안의 사람들과 테이블에 앉아 있던 사람들 사이에서 '여자에게 곁눈질을 했다.', '왜 담배를 나한테 던지느냐.'라는 식의 싸움이 나서 아수라장이 되기도 했다. 밤이 깊어 가면 사람들은 술에 취해 노래를 부르기 시작했고, 이 테이블 저 테이블에서 박수 소리가 나왔으며, 모두 한마디씩 던지면 분위기가 활기를 띠었다. 그러다 공연을 하기 위해 이 술집에서 저 술집으로 분주히 뛰어가던 벨리 댄서의 옷에 달린 스팽글과 햇빛에 그을린 피부가 자동차 불빛을 받으면, 11월 10일[81]에 보스포루스에서 배들이 뱃고동 소리를 울리듯, 자동차 경적을 울려 대기 시작했다. 무더운 한여름 밤에 갑자기 바람의 방향이 바뀌면, 네모난 돌로 덮인 부두와 땅에 던져진 개암, 해바라기 씨, 옥수수와 수박 껍질, 종이, 신문 조각, 사이다 뚜껑, 갈매기와 비둘기 똥, 비닐봉지 위의 고운 모래, 먼지, 오물이 순식간에 공중으로 날아갔다. 순간 길 저편에 있는 나무에서 바스락대는 소리가 들려왔고, 네시베 고모는 "얘들아, 먼지가 일었다, 음식 조심해!"라고 하면서 접시 위를 손으로 덮었다. 이후 바람이 또 순간적으로 방향을 바꾸면, 북동풍이 흑해에서 요오드 냄새가 나는 서늘한 기운을 실어 왔다.

밤이 깊어질 무렵, "계산이 왜 이래?"라며 논쟁이 일 때, 어떤 테이블에서는 노랫소리가 들려왔고, 퓌순과 손, 팔, 다리가 더 많이 닿았으며, 게다가 서로 뒤엉키기까지 하여 행복해서 정신을 잃을 것만 같던 순간도 있었다. 너무나 행복해서 지나가는 사진사를 불러 사진을 찍기도 하고, 집시 여인을 불러 우리 모두의 손금을 보

---

**81** 튀르키예 공화국 설립자 아타튀르크의 서거일(1938년 11월 10일). 아타튀르크가 서거한 9시 5분이 되면 튀르키예인들은 묵념을 하고 배들은 뱃고동 소리를 울리며 기린다.

기도 했다. 그녀와 처음 만나는 것 같은 느낌이 들 때도 있었다. 그곳에서, 퓌순의 곁에서, 내 팔이 그녀의 팔과 손에 닿을 때, 그녀와 결혼할 거라고 생각했고, 달을 보며 행복한 상상에 빠졌으며, 그러다 얼음이 들어간 라크를 한 잔 더 마시고, 마치 꿈속에서처럼 내 앞부분이 딱딱하게 일어서는 것을 깨닫고 소름 끼치는 희열을 느꼈다. 하지만 나는 당황하지 않고, 내가 그리고 우리가 천국에 있는 조상들처럼 죄와 벌에서 정화된 상태로 들어갔다고 생각하며, 나 자신을 상상과 희열 그리고 퓌순 곁에 앉아 있는 행복감에 내맡기곤 했다.

집 밖에서, 그 많은 사람들 속에서, 그녀의 어머니와 아버지 앞에서, 추쿠르주마에 있는 집에서는 전혀 그렇지 않았음에도, 우리가 서로에게 왜 그렇게 가까워질 수 있었는지는 모르겠다. 하지만 그런 밤이면, 우리가 서로 잘 맞는 행복한 커플이 될 수 있을 거라고, 잡지에서 흔히 쓰는 표현을 빌리자면 '우리가 서로에게 어울린다.'라고 생각했다. 그리고 우리 둘 다 마음속으로 그렇게 느끼고 있었다. 이런저런 것에 대해 다정하게 말을 하다가 그녀가 "맛 좀 볼래?"라고 하면, 그녀의 접시에 있던 잘 구워진 작은 쾨프테 조각을 내 포크로 찍어 맛보았고, 한번은 또 그녀가 부추겨서 그녀의 접시 가장자리에 있던 올리브(여기에 그 씨를 전시한다.)를 입에 넣었던 것을 떠올리면 커다란 행복을 느낀다. 또 다른 밤에는, 옆 테이블에 앉은 우리와 비슷한 커플(남자는 서른 살 정도로 갈색 머리였고, 여자는 스무 살 정도로 흰 피부에 검은 머리였다.)에게로 의자를 돌리고 한동안 정답게 이야기를 나누기도 했다.

그날 밤이 끝날 무렵, 뮈제브헤르 극장식당에서 나오는 누르지 한과 메흐메트와 우연히 마주쳤는데, 다른 친구들 얘기는 전혀 하지 않고 '이 시간까지 여는 보스포루스의 아이스크림 가게 중에서 어디가 가장 좋은가?'에 대해 진지한 논쟁을 벌였다. 그들과 헤어질 무렵, 체틴이 문을 열어 주는 시보레에 어머니 아버지와 함께 오르는 퓌순을 멀리서 가리키며, 친척에게 보스포루스를 구경시켜 주려고 같이 나왔다고 했다. 세월이 흐른 후 나의 박물관을 방문할 호기심 많은 사람들에게, 1950년대와 1960년대 이스탄불에는 자가용이 몇 대 없었고, 미국과 유럽에서 차를 수입해 온 부자들이 지인이나 친척을 태우고 도시를 구경시켜 주러 나오곤 했다는 것을 상기시키고 싶다.(어렸을 때, 가끔 어머니는 아버지에게 "사데트 부인이 남편과 아이들과 함께 자동차로 바람을 쐬고 싶어 해요. 당신도 갈래요? 아니면 내가 체틴을 — 어머니는 '운전사를'이라고 할 때도 있었다 — 데리고 나가서 구경을 시킬까요?"라고 물었고, 아버지는 "당신이 구경시켜 줘. 난 바빠."라고 대답했다.)

보스포루스 나들이를 하고 돌아오는 길에는 자동차 안에서 모두 함께 노래를 부르곤 했다. 항상 타륵 씨가 노래를 시작했다. 먼저 옛날 노래를 기억해 내려고 애를 쓰며 중얼거렸고, 나중에는 라디오를 틀어 옛날 노래가 나오는 채널을 찾아 달라고 하거나, 라디오 채널을 돌리고 있을 때 그날 밤 뮈제브헤르에서 들었던 옛날 멜로디를 흥얼거리기 시작했다. 라디오 채널을 돌리다가 머나먼 외국의 이상한 말이 들리면, 우리는 순간 침묵했다. 그러면 타륵 씨는 비밀스럽게 "모스크바 라디오."라고 했다. 점점 기분이 고조되었고, 그가 어떤 노래의 첫 소절을 부르면 네시베 고모와 퓌순이 잠시 후 따라 불렀다. 자동차 안에서 벌어지는 옛날 노래 콘서트를 들으며 보스포루스 길의 키 큰 플라타너스의 어두운 그늘 밑을 지나 집으로 돌아오면서, 나는 조수석에서 뒤를 돌아보며 노래를 잘 모르는 것을 부끄러워하며 그들을 따라 퀼테킨 체키의 「옛 친구들」을 부르려고 애를 썼다.

자동차 안에서 모두 함께 노래를 부를 때, 보스포루스 식당에서 웃고 떠들며 식사를 할 때, 우리 중 가장 행복했던 사람은 사실 퓌순이었다. 그럼에도 그녀는 외출할 수 있는 밤에 펠뤼르 바에 가서 영화인들과 함께 있는 것을 더 좋아했다. 그랬기 때문에 나는 모두 함께 보스포루스로 바람을 쐬러 나가기 위해서 먼저 네시베 고모를 설득하곤 했다. 네시베 고모는 퓌순과 내가 함께 있을 기회를 절대 놓치지 않았다. 미리 페리둔을 설득하는 것이 또 다른 방법이었다. 그래서 페리둔이 함께 붙어 다니던 카메라맨 친구 야니도 보스포루스에 데려간 적이 있었다. 페리둔은 레몬 영화사의 지원으로 야니와 함께 광고를 찍었고, 나는 간섭하지 않았다. 약간의 돈을 버는 것도 괜찮다고 생각했기 때문이다. 어느 날 페리둔이 돈을 많이 벌어 장인과 장모에게서 분가해 아내와 다른 집으로 이사 간다면, 퓌순을 어떻게 볼 수 있을까, 하고 가끔 생각하기도 했다. 이러한 이유로 페리둔과 잘 지내려고 하는 것이 부끄러워졌다.

타륵 씨와 네시베 고모가 오지 않았기 때문에, 그날 밤 타라비야에서는 옆 술집에서 들려오는 노래도 즐기지 못했고, 돌아오는 길에 자동차 안에서 모두 함께 노래를 부를 수도 없었다. 퓌순은 내 옆이 아니라 남편 옆에 앉아 영화계의 소문에 몰두해 있었다.

그날 밤에 나는 불행했기 때문에, 페리둔과 퓌순과 함께 펠뤼르 바에서 나올 때 우리와 함께 외출하고 싶다고 하는 페리둔의 친구에게 '잠시 후 퓌순의 부모님을 태워야 하기 때문에 자동차에 빈자리가 없다.'라고 했다. 아마 내가 약간 무례하게 말한 것 같았다. 이마가 넓고 아름다운 그 남자의 짙은 초록색 눈동자가 경악, 더 나아가 분노로 커지는 것을 보았지만 신경 쓰지 않았다. 잠시 후 추쿠르주마에 가서 네시베 고모와 타륵 씨를 설득해(퓌순도 옆에서 거들었다.) 모두 함께 다시 타라비야에 있는 후주르로 갔다.

테이블에 앉아서 술을 마시기 시작하고 얼마 지나지 않아, 나는 불안해졌다. 퓌순은 말이 없고 긴장한 모습이었으며, 그 순간 나는 그날 밤이 즐겁지 않게 흘러간다고 생각했던 것을 기억한다. 우리를 즐겁게 해 줄 톰발라 장수나 껍질 깐 호두를 파는 사람을 찾기 위해 뒤를 돌아보았을 때, 우리와 두 테이블 떨어진 곳에 앉아 있는 짙은 초록색 눈의 남자가 보였다. 친구와 함께 앉아서 우리를 바라보며 술을 마시고 있었다. 페리둔은 내가 그들을 본 것을 알아챘다.

"당신 친구가 차를 타고 우리를 미행했군."

"타히르 탄은 내 친구가 아닙니다."

페리둔이 말했다.

"펠뤼르에서 나올 때 입구에서 우리와 함께 오고 싶다던 남자 아닌가?"

"맞아요, 하지만 내 친구는 아닙니다. 사진 소설과 깨고 부수는 영화에 출연하지요. 난 그를 좋아하지 않습니다."

"왜 우리 뒤를 따라왔지?"

우리는 잠시 아무 말도 하지 않았다. 페리둔 옆에 앉아 있던 퓌순도 우리의 대화를 듣고는 겁을 먹었다. 타륵 씨는 음악을 듣고 있었지만, 네시베 고모는 우리에게 귀를 쫑긋 세우고 있었다. 바로 그때 페리둔과 퓌순의 시선에서 그 남자가 우리에게 다가오고 있는 것을 느끼고 나는 뒤를 돌아보았다.

"실례합니다, 케말 씨. 불편하게 할 생각은 없습니다. 그저 퓌순의 어머님 아버님과 이야기를 하고 싶습니다."

어느 군인의 결혼식에서, 마음에 드는 여자에게 춤을 신청하기 전에 신문의 도덕과 예절란에 쓰여 있는 대로 여자의 어머니와 아버지에게 허락을 받는 정중하고 잘생긴 젊은이와 같은 표정이 그의 얼굴에 드러나 있었다.

"실례지만 말씀드리고 싶은 것이 있습니다. 퓌순의 영화……."

그는 타륵 씨에게 다가가며 이렇게 말했다.

"여보, 당신에게 말하고 있잖아요."

네시베 고모가 말했다.

"퓌순 어머님 되시지요? 두 분 모두에게 드리는 말씀입니다. 아시는지 모르겠습니다만, 튀르키예 영화계의 중요한 제작자인 무자페르 씨와 '몽상' 하야티 씨가 따님께 중요한 역할을 제안했습니다. 하지만 영화에 키스 신이 있다고 두 분께서 허락을 하지 않았다고 하던데요."

"그런 적 없습니다."

페리둔이 냉정하게 말했다.

타라비야는 여느 때처럼 시끌벅적했다. 타륵 씨는 듣지 않았든지, 아니면 그런 상황에 처한 여느 튀르키예 아버지처럼 못 들은 척하고 있었다.

"없다니, 뭐가 말입니까?"

타히르 탄은 건달처럼 이렇게 물었다.

그가 술을 많이 마셨고 싸움을 일으키고 싶어 한다는 것을 이제 우리 모두 알게 되었다.

"타히르 씨, 오늘 저녁은 가족 모임입니다. 영화 일은 전혀 언급하고 싶지 않습니다."

페리둔이 조심스럽게 말했다.

"하지만 난 하고 싶소, 퓌순 씨, 왜 두려워하지요? 영화에 출현하고 싶다고 말해요."

퓌순은 시선을 피했다. 그러나 당황하지 않고 천천히 담배를 피우고 있었다. 나는 자리에서 일어났다. 페리둔도 동시에 자리에서

511

일어났다. 우리는 그 남자와 함께 테이블 사이로 들어갔다. 다른 테이블에 있던 사람들이 우리 쪽으로 고개를 돌렸다. 싸움을 시작하기 전에 튀르키예 남자들이 하는, 쌈닭을 연상시키는 건달 포즈를 취했던 것 같다. 싸움 구경을 놓치지 않는 호기심 많은 구경꾼들과 한바탕 즐기고 싶어 하는 취객들이 우리에게 다가와 구경할 준비를 하고 있었다. 타히르의 친구도 자리에서 일어나 우리 쪽으로 다가왔다.

술집 싸움에 익숙한 나이 든 웨이터가 즉시 우리 사이에 끼어들어 이렇게 말했다.

"여러분, 모여들지 마십시오, 흩어지세요. 우리 모두 술을 마셨으니 일어날 수 있는 일입니다. 케말 씨, 당신 테이블에 홍합튀김과 소금에 절여 말린 고등어를 갖다 놓았습니다."

우리 박물관을 수백 년이 지난 후에 방문할 미래의 행복한 사람들에게, 당시 튀르키예 남자들은 아주 사소한 핑계로 모든 곳에서 — 찻집에서, 병원에서 줄을 서서 기다릴 때, 교통 체증이 있을 때, 축구 경기에서 — 모든 상황에서 치고받고 싸웠다는 것을, 싸움을 두려워하며 뒷걸음치는 것을 가장 커다란 불명예로 여겼다는 것을 알려 주어야 우리를 오해하지 않을 것 같다.

그를 따라온 친구는 손을 타히르의 어깨에 얹고 '자네가 참게.'라는 듯 그를 데려갔다. 페리둔도 내 어깨를 잡더니 "그럴 가치도 없어요!"라며 나를 테이블에 앉혔다. 그렇게 하는 그에게 감사하는 마음이 들었다.

한밤중, 배의 탐조등이 북동풍으로 물결치는 파도 위에서 떠돌고 있을 때, 퓌순은 아무 일도 없다는 듯이 담배를 피웠다. 나는 한동안 그녀의 눈을 들여다보았다. 그녀도 나의 시선을 피하지 않았다. 거만하고 도전하는 듯한 분위기로 나를 바라볼 때, 최근 이 년 동안 그녀가 경험한 것들, 그리고 그녀가 삶에서 기대하고 있는 것은 술 취한 배우가 일으킨 작은 문제보다 훨씬 더 크고 위험하다는 것을 느낄 수 있었다.

이후 타륵 씨는 뮈제브헤르 식당에서 들려오는 셀라하딘 프나르의 노래「그 냉혹한 여자를 왜 사랑했던가?」를 따라 부르며 손에든 라크 잔과 머리를 아주 천천히 흔들었다. 우리도 노래의 운명을 공유하는 것이 좋을 것 같다는 생각에 타륵 씨와 함께했다. 시간이흘러 한밤중에 돌아오는 차 안에서 모두 함께 노래를 부를 때, 우리 모두는 그날 저녁에 있었던 그 사건을 완전히 잊은 듯했다.

# 61
# 바라보기

하지만 나는 퓌순의 배신을 절대 잊지 않았다. 타히르 탄은 펠뤼르 바에서 퓌순을 자주 만나면서 그녀에게 빠져든 것이 분명했고, '몽상' 하야티와 무자페르 씨가 그녀에게 영화 출연을 제의하도록 했을 것이다. 타히르 탄이 퓌순에게 관심을 갖는 것을 보고, '몽상' 하야티와 무자페르 씨가 그녀에게 출연 제의를 했다는 것이 더 논리적일지도 모른다. 타히르 탄이 돌아간 후 퓌순이 우유를 엎지른 고양이처럼 죄지은 듯 가만히 있는 것을 보면서, 그녀가 최소한 그들을 부추겼다는 것도 알게 되었다.

1977년 여름, 타라비야에 있는 후주르 식당에서의 그날 밤 이후, 퓌순은 베이오을루에 있는 영화인들이 자주 가는 장소, 특히 펠뤼르 바에 가는 것이 금지되었다. 그 일이 있은 다음 케스킨 씨네 집에 처음 갔을 때 퓌순이 토라져서 눈에 분노가 가득한 걸 보고 알게 되었다. 나중에 레몬 영화사에서 페리둔을 만났을 때 들어보니 네시베 고모와 타륵 씨가 그 사건으로 많이 놀란 모양이었다. 그래서 그즈음 퓌순은 펠뤼르에 가기가 힘들어졌다. 동네 친구들을 만나는 것조차 쉽지 않았다. 외출하기 전에는 아직 결혼하지 않은 딸마냥 어머니에게 허락을 받아야만 했다. 이런 엄격한 조치가 그리 오래가지는 않았지만 퓌순은 무척 괴로워했다. 페리둔은 자신도 더 이상 펠뤼르에 가지 않겠다며 퓌순을 위로하려 했다. 그리고 예술 영화 촬영을 시작해야만 퓌순이 행복해질 수 있다는 것을 우리 둘 다 아주 잘 알고 있었다.

하지만 영화 시나리오는 검열 위원회에서 통과할 수 있는 상태가 아니었고, 페리둔이 가까운 시일 내에 그렇게 할 수도 없을 거라고 나는 느끼고 있었다. 퓌순 역시 그것을 분명히 그리고 고통스럽게 느끼고 있다는 것을, 뒷방에서 새로 그리기 시작한 갈매기 그림을 보며 함께 이야기를 나눌 때 이해하게 되었고, 나는 마음이 아팠다. 퓌순이 화를 내며 질문을 하거나 나를 거부하는 것이 싫어서 이제는 아주 가끔 "새로 시작한 그림 어때?"라고 물었다. 이런 질문조차 그녀가 쾌활하거나, 정말로 갈매기 그림에 대해 얘기할 것 같을 때만 할 수 있었다.

그녀가 침울해할 때는 "갈매기 그림 잘돼 가?"라고 묻지 않았고, 그녀의 시선에서 분노를 감지하면 아무 말도 하지 않고 앉아만 있었다. 나와 눈길로 소통할 수 있다는 것을 깊이 느끼면 퓌순도 나를 더 특별한 시선으로 바라보았다. 그림을 보려고 뒷방에 가서 삼사 분 동안 있기도 했지만, 대부분은 이런 눈길과, 이런 눈길에 의미를 부여하는 데에 시간을 보냈다. 추쿠르주마에서의 저녁 식사 때는, 퓌순의 눈길을 통해 그녀가 나에 대해 그리고 그녀 자신의 삶에 대해 무슨 생각을 하는지, 기분은 어떤지를 읽으려고 애를 썼다. 전에는 무시했던 눈길과 그렇게 소통하려는 의식에 나는 곧 몰입하게 되었으며, 빠른 속도로 그것에 익숙해졌다.

청년 시절, 친구들과 극장에 가거나, 식당에 앉아 있거나, 섬으로 봄 소풍을 갔을 때, 우리 중 누군가가 "저기 있는 처녀가 우리를 쳐다보고 있어!"라고 말하면, 몇몇은 흥분을 했지만 나는 그 말을 의심스럽게 받아들였다. 왜냐하면 처녀들이 주위에 있는 남자들을 바라보는 일은 아주 드물었고, 바라본다고 해도 눈이 마주치면 불에 덴 듯 곧장 두려움에 휩싸여 시선을 돌리고 다시는 그쪽을 돌아보지 않았기 때문이다. 케스킨 씨네 집에 저녁을 먹으러 가기 시작했던 초기에, 모두 함께 영화를 보며 식탁에 앉아 있을 때 전혀 예기치 않은 순간에 우리의 시선이 마주쳤는데, 퓌순도 바로 이렇게 불에 데기라도 한 듯 눈길을 피하곤 했다. 튀르키예 처녀들이 길거리에서 이방인과 마주쳤을 때 그렇게 한다는 생각이 들어 기분이 좋지 않았다. 하지만 시간이 지나면서 퓌순의 이런 모습은 식탁에서 나를 자극하기 위한 행동이라는 생각이 들었다. 눈길을 주고받는 기술을 배우기 시작했던 것이다.

예전에는 이스탄불 거리를 걸을 때나 시장을 돌아다닐 때, 머리에 스카프를 쓰건 쓰지 않았건 간에, 여자들이 남자들과 눈을 마주치려 하는 것은 고사하고, 쳐다보는 것조차 ― 베이오을루에서마저 ― 거의 본 적이 없다. 그러나 중매로 결혼한 사람들 말고, 서로를 만나고 알고 선택해서 결혼한 사람들은 "우리는 먼저 서로 눈길을 주고받으며 통하게 되었지요."라는 말을 하기도 했다. 나의 어머니도 결혼은 중매로 했으면서도, 아타튀르크도 참석했던 한 무도회에서 아버지와 멀리서 서로를 보고 마음에 들어서 아무 말도 하지 않고 단지 눈길을 주고받으며 통하게 되었다고 주장했다. 아버지는 틀린 말이라고는 하지는 않았지만, 한번은 아타튀르크와 같은 무도회에 있었던 건 맞지만 유감스럽게도 그날 밤 멋진 옷을 입고 흰 장갑을 낀 열여섯 살의 어머니는 보지 못했으며, 기억하지도 못한다고 한 적이 있다.

튀르키예처럼 남녀가 가족의 간섭 밖에서 서로 알게 되거나 만나서 사귈 수 없는 세계에서, 서로 눈길이 마주친다는 것의 의미를 — 어쩌면 내가 젊은 시절을 미국에서 보냈기 때문에 — 나는 늦게야 이해하게 되었다, 서른 살이 넘어서 그것도 퓌순 덕분에……. 하지만 나는 내가 이해한 것의 가치를 아주 잘 알았고, 항상 마음속에서 그 심오함을 느꼈다. 퓌순은 이란의 옛날 세밀화 속 여자들처럼, 혹은 당시의 사진 소설과 영화 속 여자들처럼 나를 바라보곤 했다. 식탁에서 그녀와 대각선으로 앉아 있을 때, 나는 멍하니 텔레비전을 보는 것이 아니라 나의 아름다운 여인의 시선을 읽었다. 하지만 얼마 후, 어쩌면 퓌순은 나의 이런 즐거움을 깨닫고 내게 벌을 주고 싶었던지, 눈길이 마주치면 수줍음 타는 소녀처럼 순간적으로 시선을 피하기 시작했다.

처음에는, 우리가 함께 경험했던 것을 가족과 함께한 식탁에서는 기억하기도 떠올리기도 싫고, 게다가 자신을 영화배우로 만들어 주지 않아 화가 나서 그런 것이겠거니 생각했다. 하지만 시간이 지날수록, 나와 시선을 마주치는 것조차 피하고, 행복한 사랑의 행위가 끝난 후 부끄러워하는 숫처녀가 전혀 알지 못하는 남자와 눈길을 마주치는 것처럼 행동하자 화가 나기 시작했다. 아무도 우리에게 관심을 갖지 않았다. 그래서 저녁을 먹은 후 멍하니 텔레비전을 보거나, 연속극의 슬픈 이별 장면이 우리의 눈물샘을 자극할 때, 그런 순간 우연히 우리의 시선이 마주치면 나는 아주 행복했고, 그날 밤 그곳에 온 것은 바로 그 눈 맞춤 때문이라고 생각하며 즐거워했다. 하지만 퓌순은 그런 행복을 전혀 느끼지 못하는 것처럼 행동하며 시선을 피해 나를 가슴 아프게 했다.

내가 그곳에 온 것은 한때 우리가 얼마나 행복했는지를 잊지 못했기 때문이라는 걸 그녀는 모른단 말인가? 내가 이런 생각을 하며 그녀 때문에 속상해하는 것을 그녀도 나중에 나의 눈길을 보면서 느꼈다고 생각했다. 하지만 어쩌면 전부 나 혼자만의 상상이었는지도 모르겠다.

그렇게 느끼고 상상하는 것에 문을 열어 준 이 모호한 세계는, 퓌순 덕분에 눈길을 주고받는 섬세한 예술을 서서히 배워 가면서 발견한 커다란 세계였다. 눈길을 주고받는 것은, 그 어떤 단어도 사용하지 않고 눈을 맞추면서 앞에 있는 사람에게 나를 표현하는 것이다. 하지만 표현되고 이해되는 모든 것에는, 사실 우리를 황홀하게 하는 심오한 모호함이 배어 있었다. 나는 퓌순이 눈짓으로 표현한 것이 무엇인지 정확히 이해하지 못했는데, 시간이 지나면서는 표현되는 것이 바로 그 눈길 자체임을 이해하게 되었다. 처음에는 아주 드물기는 했지만, 강렬하고 의미심장한 퓌순의 눈길에서 그녀의 분노, 단호함, 영혼에서 불고 있는 폭풍을 느꼈고, 순간적으로 정신이 혼란스러웠으며, 그녀 앞에서 움츠러들기도 했다. 우리가 공유했던 행복한 추억을 떠올리게 하는 무언가, 예를 들면 우리처럼 키스하는 커플이 텔레비전에 나오면 그녀와 눈을 마주치고 싶었지만, 그녀는 그 무엇도 절대 용인하지 않겠다는 듯 눈길을 피하거나 몸을 옆으로 돌렸고, 그러면 나는 미칠 것만 같았다. 내가 집요하고 고집스럽게 절대 눈길을 돌리지 않고 바라보는 습관을 들인 것도 바로 이 시기였다.

나의 시선을 그녀의 눈 속에 꽂고는, 그녀를 한참 동안 자세히 바라보곤 했다. 물론 가족들이 있는 식탁에서 나의 시선은 십 초나 십이 초를 넘기지 못했고, 아무리 길고 파렴치하다 해도 삼십 초를 넘기지 않았다. 당연히 미래의 자유로운 사람들은 나의 이런 행동이 일종의 '성희롱'이라고 생각할 수 있을 것이다. 나는 그 집요한 눈길로 퓌순이 감추고 싶고 어쩌면 잊고 싶어 했을 과거에 우리가 공유했던 은밀함과 사랑을 가족 식탁으로 가져온 셈이었기 때문이다. 가족 식탁에서 술잔이 오갔다거나, 내가 술에 취했다는 것은 당연히 핑계가 될 수 없었다. 하지만 그 정도도 하지 않았다면, 아마도 난 미쳐 버렸을 것이고, 케스킨 씨네 집에 갈 힘도 내지 못했을 거라고 나 자신을 변호하고 싶다.

퓌순은 나와 눈이 마주쳤을 때 나의 이런 뻔뻔스러운 집요함을 느꼈을 테고, 내가 종종 이렇게 화가 나고 강박관념에 사로잡혀 저녁을 보내고 있다는 것을, 눈길로 그녀에게 집중하고 있다는 것을 알았을 텐데도 전혀 당황하지 않았다. 남자들이 희롱 섞인 불안한 시선을 보내는 걸 튀르키예 여자들이 못 본 척하는 것처럼, 퓌순은 절대 나를 바라보지 않고 그저 내 앞에 앉아만 있었다. 그러면 나는 미쳐 버릴 것 같았고, 그녀에게 점점 더 화가 났으며, 더욱더 그녀의 눈을 뚫어져라 쳐다보았다. 유명한 칼럼 작가인 제랄 살리크는《밀리예트》신문의 칼럼에서, 도시의 거리를 화가 난 듯 걷는 남자들에게 경고를 하면서 "아름다운 여인을 보면 죽이기라도 할 듯 뚫어져라 그녀들의 눈을 들여다보지 마시오."라고 몇 번이나 썼다. 퓌순이 나의 강렬한 시선을, 제랄 살리크가 설명한 그런 남자들의 시선처럼 해석하는 것이 나를 격분하게 했다.

시골에서 이스탄불로 와서, 스카프를 쓰지 않고 화장을 하고 립스틱을 칠한 아름다운 여인을 강렬하고 감탄하는 시선으로 바라보는 남자들이 여자들을 얼마나 희롱하는지 시벨은 자주 이야기했다. 그런 남자들 중에는 자신이 오랫동안 바라보던 여자들을 뒤쫓아 가거나, 자신의 존재를 드러내며 희롱하는 사람들도 있으며, 몇 시간이고 며칠이고 거리를 두며 따라가면서 먼발치에서 바라보는 일이 도시에서 자주 일어난다고 했다.

1977년 10월 어느 날 밤, 타륵 씨는 '감기 기운이 있다.'라며 우리보다 먼저 위층으로 올라가서 잤다. 퓌순과 네시베 고모는 정담을 나누고 있었고, 나는 그들을 멍하니 — 그렇게 생각했다 — 보고 있었는데, 갑자기 퓌순과 눈이 마주쳤다. 그리고 당시 자주 그랬던 것처럼 그녀를 뚫어지게 바라보았다.

"그러지 마!"

퓌순이 말했다.

순간 나는 당황했다. 퓌순은 나의 시선을 똑같이 흉내 냈다. 처음에는 부끄러워서 그런 모습을 인정할 수 없었다.

"무슨 말이야?"

나는 이렇게 중얼거렸다.

"이렇게 하지 말라는 말이야."

퓌순은 나의 시선을 더 과장해서 흉내 냈다. 그렇게 흉내 내는 모습을 보자, 내가 사진 소설 속 주인공처럼 바라보고 있었다는 것을 깨달았다.

네시베 고모조차 미소를 지었다. 그런 후 나의 반응이 두려웠던지 퓌순에게 말했다

"얘야, 모든 사람, 모든 것을 아이처럼 따라 하지 마라. 넌 이제 애가 아니야."

"아니에요, 네시베 고모. 저는 퓌순을 이해해요."

나는 온 힘을 짜내 이렇게 말했다.

그런데 내가 진정 퓌순을 이해하고 있었을까? 사랑하는 사람을 이해하는 것은 당연히 중요하다. 그렇게 하지 못한다면, 최소한 이해하고 있다고 생각하는 것도 좋다. 고백하는데, 나는 팔 년 동안 후자가 주는 만족감조차 아주 드물게 맛보았을 뿐이다.

나는 또다시 의자에서 일어나지 못할 거라는 위기감이 들었다. 온 힘을 짜내어 일어났고, 시간이 늦었다고 중얼거리며 그곳에서 나왔다. 집에 돌아와서 다시는 케스킨 씨네 집에 가지 않겠다고 생각하며 곯아떨어질 때까지 술을 마셨다. 어머니는 옆방에서 고통

으로 신음하듯, 하지만 아주 건강하게 코를 골았다.

독자들이 추측하는 대로 나는 화가 나 있었다. 하지만 그리 오래가지는 않았다. 열흘 후 어느 날 저녁, 아무 일도 없다는 듯 다시 케스킨 씨네 대문을 두드렸다. 안으로 들어가서 퓌순과 눈이 마주치자마자, 그녀의 눈이 반짝이는 것을 보고는, 나를 보는 것이 그녀를 행복하게 한다는 것을 알게 되었다. 동시에 나도 세상에서 가장 행복한 사람이 되었다. 그런 후 식탁에 앉아 서로를 바라보기 시작했다.

시간이 흐를수록, 달이 가고 해가 갈수록 케스킨 씨네 식탁에서 이야기를 나누며 앉아 있는 것, 국기 게양식이 나올 때까지 텔레비전을 보며 타륵 씨와 네시베 고모와 이야기를 하는 것에서 — 대부분 퓌순도 함께했다 — 전에는 전혀 느끼지 못했던 기쁨을 만끽했다. 내가 새로운 가족을 얻은 것이라고도 해석할 수 있다. 이런 밤에는 퓌순과 마주 앉아 있다는 것뿐 아니라, 케스킨 씨네 가족의 정담에 동참했다는 것만으로도 편안함과 삶에 대한 낙관적인 생각에 휩싸여, 내가 왜 이곳에 왔는지는 잊어버렸다.

내가 바로 이런 감정을 느끼고 있을 때, 한밤중 여느 평범한 순간에, 우연히 퓌순과 눈이 마주치면, 그날 저녁 나를 그곳으로 이끈 진짜 이유, 퓌순에게 느끼는 그칠 줄 모르는 사랑을 순간적으로 다시 상기한 듯, 문득 잠에서 깨어난 것처럼 흥분하여 몸을 일으켰고, 생동감마저 느꼈다. 그리고 퓌순도 똑같은 흥분을 느끼기를 원했다. 그녀도 나처럼 이런 순수한 꿈에서 깨어난다면, 예전에 함께 경험했던 심오하고 진정한 세계를 상기할 것이고, 얼마 지나지 않아 남편을 떠나 나와 결혼을 할 것이다. 하지만 퓌순의 시선에는 이러한 '상기'나 '각성'은 보이지 않았고, 결국 나는 또다시 자리에서 일어나지 못하는 위기감에 빠질 거라는 생각에 상심했다.

영화 문제가 도무지 결론에 다다르지 않던 그 시기에는, 퓌순이 한때 우리가 얼마나 행복했는지를 기억한다는 것을 보여 주는 시선으로 나를 바라본 적이 없었다. 오히려 그녀의 시선에는 강렬함과 심오함이 없는 듯 보였고, 그저 텔레비전에 나오는 것들이나 이웃 사람과 관련된 소문에 관심이 있는 듯했다. 또한 삶의 진정한 의미와 목적이 어머니와 아버지와 식탁에 앉아 대화를 나누며 웃는 것인 양 행동했다. 그러면 퓌순과는 그 어떤 미래도 꿈꿀 수 없으며, 남편과 헤어져 나와 함께할 가능성이 전혀 없는 것처럼 느껴져, 공허하고 허무했다.

이러한 일이 있고 나서 많은 세월이 흐른 후, 그즈음 퓌순의 토라진 시선이나 다른 의미 있는 시선이 튀르키예 영화에 나오는 여자 주인공의 시선과 닮았다는 생각이 들었다. 하지만 그녀가 그것을 따라 한 것은 아니었다. 튀르키예 영화에 나오는 여자 주인공들처럼 퓌순도, 아버지와 어머니 그리고 남자들 옆에서 자신의 고민을 완전히 다 설명하지 못했던 것이다. 자신의 분노나 희망이나 감정을 그저 시선으로만 표현했던 것이다.

# 62
# 시간을 보내려고

규칙적으로 퓌순을 만날 수 있게 되자, 직장 생활도 제대로 하게 되었다. 밤에 잠을 잘 잤기 때문에 매일 아침 일찍 사무실에 갈 수 있었다.(잉게는 하르비예에 있는 아파트 벽에서 여전히 달콤하게 웃으며 멜템 사이다를 마시고 있었다. 하지만 자임에게 들은 바에 의하면 이제 그 광고는 판매에 별 도움이 되지 않는다고 했다.) 퓌순에 대해 고심을 하지 않기 때문에 일이 아주 잘되었을 뿐 아니라 돌아가는 상황을 보아 가며 결단을 내릴 수도 있었다.

오스만이 케난에게 경영을 맡겼던 회사 텍야이는, 예상대로 얼마 지나지 않아 사트사트의 경쟁사가 되었다. 하지만 케난과 형의 성공적인 경영 덕분은 아니었다. 무스탕과 공장 그리고 퓌순을 향한 사랑 때문에 떠올릴 때마다 나를 슬프게 했던 섬유업자 투르가이 씨 — 어찌 된 일인지 모르겠지만 더 이상 그를 질투하지 않았다 — 가 자기 회사 납품을 텍야이에 일부 맡겼기 때문이었다. 투르가이 씨는 너그럽게도 약혼식에 초대하지 않았던 일을 잊었을 뿐 아니라, 지금은 오스만과 가족끼리도 친분을 맺고 있었다. 겨울에는 함께 울루산으로 스키를 타러 갔고, 파리나 런던으로 쇼핑을 하러 갔으며, 여행 잡지도 함께 구독했다.

갈수록 강해지는 텍야이의 저돌적인 경영에 놀라면서도 대항할 방법은 찾지 못했다. 내가 고용한 젊고 야심 있는 경영자들이나 근면하고 정직해서 오랫동안 사트사트의 기둥이 되었던 중견 관리자를 케난이 대담하리만큼 많은 월급을 주며 자신의 회사로 끌어갔다.

저녁 식사를 하면서 어머니에게, 형이 나를 기만하면서 희열을 느끼는 데다 돈 욕심 때문에 아버지가 세운 사트사트에 적대적인 행동을 한다고 몇 번 불평을 한 적도 있었다. 하지만 어머니는 "애야, 이제 나는 너희 사이에 끼어들지 않겠다."라며 나를 도와주지 않았다. 아마도 어머니는 오스만이 넌지시 언급한 얘기를 듣고, 내가 시벨과 헤어진 것, 내 사생활에서 느껴지는 이상한 점, 그리고 이제는 어머니도 알아챈 것 같은 나의 케스킨 씨 가족 방문을 놓고 따져 본 결과, 내가 더 이상 아버지가 남겨 준 사업을 잘 꾸려 나갈 수 없다고 결정을 내린 것 같았다.

지난 이 년 반 동안 계속된 케스킨 씨네 방문에서, 퓌순과 눈이 마주치는 것, 저녁 식사, 대화, 이제는 겨울 저녁에도 자동차를 타고 나갔던 보스포루스로의 외출 같은 모든 것이 마치 시간을 벗어난 듯 평범하고(그리고 아름다운) 늘 반복되는 일정이 되었다. 페리둔의 예술 영화 촬영은 도무지 시작되지 않았지만, 우리는 앞으로 몇 달 안에 시작될 것처럼 항상 준비를 하고 있었다.

퓌순은 예술 영화 촬영은 조금 더 기다려야 하고, 상업 영화는 자신을 위험한 거리에 홀로 남겨 두는 거라고 결론을 내렸거나 그렇게 결론을 내린 것처럼 행동했다. 하지만 시선에서 알 수 있는 분노는 완전히 사라지지 않았다. 추쿠르주마에 있는 집의 식탁에 앉아 있을 때 우리의 시선이 부딪치면, 처음에 그랬듯이 부끄러운 소녀처럼 시선을 돌리지 않고, 나의 모든 결점을 상기시킬 정도의 분노로 나의 눈을 들여다볼 때도 있었다. 그럴 때면 그녀가 마음속으로 삭이고 있던 분노를 표출하는 것이 슬프기는 했지만, 그녀가 나를 더 가깝게 느끼는 것 같아 행복하기도 했다.

이제는 저녁 식사가 끝날 무렵 그녀에게 "퓌순, 그림은 어떻게 돼 가?"라고 다시 묻기 시작했다. 페리둔이 집에 있거나 식탁에 앉아 있을 때도 개의치 않고 그렇게 물었다.(후주르에서의 저녁 식사 이후 페리둔은 밤에 자주 외출하지 않고 우리와 식사를 했다. 어차피 영화 산업은 불황이었다.) 한번은 우리 셋이 식탁에서 일어나, 퓌순이 그때 그리고 있던 비둘기 그림을 오랫동안 바라보며 이야기를 나눈 적도 있다.

"네가 이렇게 천천히, 끈기 있게 작업하는 게 보기 좋아, 퓌순."

나는 속삭이듯 말했다.

"나도 말한다니까요, 전시회를 열라고. 하지만 부끄러워해요."

페리둔도 나처럼 속삭이듯 말했다.

"난 시간을 보내려고 그리는 것뿐이야. 비둘기 머리에서 털이 반짝이는 걸 그리는 게 제일 어려워. 보이지?"

"응, 보여."

나는 이렇게 대답했다.

긴 침묵이 흘렀다. 그날 밤 페리둔은 아마 스포츠 중계를 보기 위해 집에 있었던 것 같다. 텔레비전에서 골 소리가 들리자 그는 뛰어갔다. 나는 퓌순과 한마디도 나누지 않았다. 그녀가 그린 그림을 조용히 바라보는 것이 아주 행복했다.

"퓌순, 우리 언젠가 파리에 가서, 그곳에 있는 그림들, 모든 박물관들을 함께 보자. 꼭 그러고 싶어."

이런 대담한 말은 앞으로 내가 몇 번 더 방문할 때마다 그녀가 얼굴을 찡그리고 화를 내고 말도 전혀 하지 않고 골을 내는 벌에 처해질 만한 잘못이었다. 하지만 퓌순은 나의 말에 아주 자연스럽게 대꾸했다.

"나도 가고 싶어, 케말."

대부분의 아이들처럼 나도 학교에 다닐 때 그림을 그리고 싶어 했다. 중고등학교 시절에는 멜하메트 아파트에 있는 집에서 '혼자' 열정적으로 그림을 그렸고, 화가를 꿈꾸기도 했다. 언젠가 파리에 가서 그림을 전부 보고 말겠다는 어린아이 같은 환상도 품고 있었다. 1950년대와 1960년대 초 튀르키예에는 그림을 감상할 박물관이나, 어린아이 같은 즐거움을 느끼며 넘겨 볼 그림책이나 화집이 없었다. 하지만 나와 퓌순은 그림이라는 예술 속에 무엇이 있는가와 같은 문제에 관심이 있었던 것이 아니었다. 흑백 사진으로 찍은 새를 확대해서 색칠하는 즐거움에서 행복을 느꼈던 것이다.

케스킨 씨네 집에서는 점점 더 이런 어린아이 같은 행복과 이상한 즐거움을 만끽하게 되었고, 그럴수록 집 밖의 세상과 이스탄불 거리는 점점 더 안전하지 않은 것처럼 느껴졌다. 퓌순과 함께 그녀가 그린 그림을 보는 것, 그림이 서서히 발전되어 가는 모습을 보는 것, 페리둔이 찍어 놓은 이스탄불의 새 중에서 어떤 것 — 참새, 매, 제비 — 을 그릴지와 같은 주제로 일주일에 한 번, 혹은 두 번 뒷방에서 낮은 목소리로 사오 분 이야기를 나누는 것은 나를 극도로 행복하게 만들었다.

하지만 '행복'은 충분한 단어가 아니다. 그 뒷방에서 경험한 시(詩)를, 그 사오 분이 내게 부여한 깊은 충족감을 다르게 설명해 보고자 한다. 그것은 시간이 멈추어, 모든 것이 영원히 그대로 있을 거라는 느낌이었다. 이런 느낌 바로 옆에는 안도감, 지속성, 그리고 집에 온 듯한 기쁨이 있었다. 또 다른 쪽에는 우리가 사는 이 우주가 마냥 단순하고 좋은 곳이라는 믿음, 더 수사적으로 말하자면,

어떤 세계관이 있었다. 물론 이런 평온함에는 퓌순의 얼굴, 그녀의 우아한 아름다움, 내가 그녀에게 느끼는 사랑이 자양분이 되었다. 뒷방에서 그녀와 사오 분 이야기를 나눌 수 있다는 것 자체만으로도 하나의 행복이었다. 하지만 우리가 있던 공간, 그 방 덕분에 이 행복을 느끼기도 했다.(푸아예에서 그녀와 식사를 할 수 있다면 역시 아주 행복했을 것이다. 하지만 그것은 다른 종류의 행복일 것이다.) 장소와 공간 그리고 정신 상태와 관련된 이런 안정감은, 내가 주위에서 보았던 것들 — 천천히 완성되어 가는 퓌순의 새 그림, 바닥에 깔린 벽돌색 우샤크산(産) 카펫, 천 조각, 단추, 날짜가 지난 신문, 타륵 씨의 독서용 안경, 재떨이, 네시베 고모의 뜨개질 도구 — 과 내 머릿속에서 뒤섞였다. 나는 방의 냄새를 들이마셨고, 방에서 나가기 전에 골무나 단추나 실패를 주머니에 넣었는데, 이후 이것들은 멜하메트 아파트에 있는 방에서 내게 기억을 상기시키며 행복을 연장해 주곤 했다.

네시베 고모는 식사가 끝나면 냄비와 커다란 접시를 치우고, 다 먹지 않은 음식을 냉장고(언제나 마법같이 느껴졌던 케스킨 씨네 냉장고에 박물관 관람객들은 특별히 관심을 가져 주길 바란다.)에 넣은 다음, 낡고 커다란 비닐봉지 속에 든 '뜨개질 도구'를 집어 들거나 퓌순에게 가져다 달라고 했다. 이것이 우리가 뒷방에 가는 시간과 맞아떨어졌기 때문에 네시베 고모는 "얘야, 올 때 내 뜨개질 도구도 가져오렴!"이라고 했다. 고모는 텔레비전을 보면서 뜨개질을 하고 대화에 끼어드는 것을 좋아했다. 네시베 고모는 뒷방에서 우리가 단둘이 있는 것을 문제 삼지 않았지만, 타륵 씨가 신경이 쓰였는지 우리가 너무 오래 있지 않도록 방으로 와서 "뜨개질 도구를 가져가야겠다. 「가을바람」이 시작되는구나. 너희는 안 볼 거니?"라고 했다.

우리도 함께 봤다. 팔 년 동안 퓌순의 집에서 수백 편의 영화와 연속극을 봤을 것이다. 나는 퓌순이나 케스킨 씨네 집과 관련된 것이라면 아주 사소한 것도 모두, 가장 엉뚱한 것마저도 아주 잘 기억했지만, 영화나 연속극, 명절 때 방송했던 토론 프로그램들(「이스탄불 정복, 세계사에서의 위치」, 「튀르키예 정체성, 그것은 어떠해야 하는가?」, 「아타튀르크를 더 잘 이해하기 위하여」 같은 것들)을 포함해 텔레비전에서 봤던 수백, 수천 개의 프로그램은 얼마 지나지 않아 완전히 잊어버렸다.

텔레비전에서 많은 것을 보았지만, 얼마 지나지 않아 어떤 순간들만(시간 연구자 아리스토텔레스가 좋아할 만한 것들)이 기억에 남아 있었다. 이런 '순간'은 어떤 그림과 합쳐져 절대 지워지지 않을 듯 내 기억에 남아 있다. 내 머릿속에 있는 잊지 못하는 기억의 절반은 텔레비전에 나오는 장면이나 그 일부였다. 예를 들면, 영화에서 계단을 뛰어오르는 미국 탐정의 신발과 바짓단의 움직임, 실제로는 카메라가 관심을 갖지 않았지만 어찌 된 셈인지 네모난 프레임 속에 들어간 오래된 건물의 굴뚝, 어떤 키스 신(우리가 앉아 있던 식탁에서는 정적이 흘렀다.)에서 여자의 머리카락과 귀, 축구 경기를 관람하는 수천 명의 콧수염 난 남자들 사이에서 아버지에게 안겨 있는 겁먹은 여자아이(아마도 맡겨 놓고 올 사람이 없었나 보다.), 칸딜[82] 전야에 사원에서 모두 함께 엎드려 절하는 사람들 중 가장 가까이 있는 사람의 양말 신은 발, 배경으로 나오는 보스포루스의 배, 악인이 먹었던 돌마 통조림통 — 내 머릿속에 있는 이런 것들이 그 장면을 보던 퓌순의 옆모습의 어떤 부분(예를 들면 입술 가장자리, 치켜올린 눈썹), 손을 잡고 있는 모습, 들고 있던 포크

---

[82] 이슬람의 성스러운 다섯 밤들 중 하루로 이날 사원 첨탑을 밝힌다.

를 자신도 모르게 접시 가장자리에 놓은 모습, 갑자기 얼굴을 찌푸리는 모습, 담배를 급하게 짓이겨 끄는 모습과 합쳐졌고, 이런 모습은 마치 나중에 다시 떠오르는 꿈처럼 내 머릿속에 각인되었다. 질문이나 이미지로 남아 있던 이런 상상들을 '순수 박물관'에 전시하기 위해 화가들에게 많이 설명했다. 하지만 한 번도 나의 질문에 정확한 대답을 찾지 못했다. 퓌순은 그 장면에서 왜 그렇게 감동을 받았을까? 무엇이 그토록 그녀를 몰입하게 만들었을까? 이런 모든 것을 그녀에게 묻고 싶었다. 하지만 영화가 끝나면, 케스킨 씨네 사람들은 그 영화에서 받은 느낌보다는 영화의 도덕적인 결말에 대해서 이야기를 나누었다.

"비열한 놈이 벌을 받았지만, 난 그 아이가 불쌍하네요."

예를 들면 네시베 고모는 이렇게 말했다.

"어차피 그놈들은 그 아이를 기억도 못하는데, 뭘. 저놈들이 숭배하는 건 돈이야. 퓌순, 꺼 버려라."

이 남자들 — 영화에 나오는 이상한 유럽인들, 미국인 갱단, 기이하고 부도덕한 가족, 거기에 이 영화를 생각해 낸 파렴치한 시나리오 작가와 감독 — 은 퓌순이 단추를 누른 것과 동시에 어두운 영원 속으로 — 마치 욕조 구멍 속으로 휩쓸려 빨려 들어가는 오수처럼 — 순식간에 화면에서 사라졌다.

텔레비전을 끄자마자 타륵 씨는 "휴, 다행이군, 저것들에게서 해방되었으니!"라고 했다.

저것들이란, 텔레비전에 나오는 국산 혹은 외국 영화, 공개 토론, 퀴즈 프로그램의 거만한 진행자와 바보 같은 참가자일 때도 있었다. 이런 말을 들으면 내 마음속 평온은 커지고, 이곳에 퓌순과 그녀의 가족과 오붓하게 있는 것이 가장 중요하다는 것을 그들도 인식하고 있는 것처럼 느껴졌다. 그러면 더 오래 그곳에 머물고 싶

었다. 그리고 단지 퓌순과 같은 방, 같은 식탁에 앉아 있다는 즐거
움 때문만이 아니라, 케스킨 씨네 가족 모두와 함께 이 집, 이 건물
(관람객들이 시간 속을 거니는 것처럼 지나가는 바로 그 마법적인 장
소)에 있다는 것이 가져다주는 느낌 때문에 더 머물고 싶었다. 퓌
순을 향한 나의 사랑이 서서히 그녀의 모든 세계, 그녀와 관련된
모든 것, 그녀의 모든 순간과 물건으로 퍼졌다는 것을, 관람객들은
꼭 명심해 주길 바란다.

텔레비전을 보면서 시간에서 벗어나 있다는 느낌을 받았고, 이
런 느낌으로 인해 팔 년간 케스킨 씨네 집을 방문하고 퓌순을 사랑
할 수 있었지만, 이 깊은 평온은 뉴스를 시청할 때는 깨지고 말았
다. 이 나라는 내전을 향해 이끌려 가고 있었다.

1978년에는 우리 동네에서도 밤에 폭탄이 터지곤 했다. 톱하네
와 카라쾨이 쪽으로 나 있는 거리는 민족주의자나 이상주의자가
장악하고 있었고, 신문에서는 이곳에 있는 찻집에서 대부분의 살
인 계획이 세워진다고 썼다. 추쿠르주마 비탈길에서 위로, 즉 지한
기르를 향해 나 있는, 네모난 돌이 깔린 비뚤비뚤한 골목길에는 쿠
르드인, 알레비, 각종 좌익 당파에 친밀감을 갖는 하급 관리, 노동
자와 학생이 둥지를 틀었다. 그들도 무기를 사용했다. 이 두 폭력배
무리는 어떤 골목이나 카페, 작은 광장을 점령하기 위해 때로는 총
격도 불사했다. 비밀 기관과 국가가 내세운 폭력배가 설치한 폭탄
이 터지는 날이면 양쪽은 총격전에 들어가기도 했다. 양쪽에서 총
질을 해 대는 통에 체틴 씨는 시보레를 어디에 주차해야 할지, 어
느 찻집에서 나를 기다려 할지 몰라서 이 시기에 무척 힘들어했다.
하지만 그에게 케스킨 씨네 집에 혼자 갈 수 있다고 몇 번 말해 보
아도, 그것은 절대로 허락할 수 없다고 했다. 케스킨 씨네 집에서
나왔을 때도, 추쿠르주마나 톱하네, 지한기르 골목은 전혀 한산하

지 않았다. 차를 타고 집으로 돌아갈 때도, 현수막을 걸고 전단지를 붙이거나 벽에 슬로건을 쓰는 사람들이 보이면, 우리는 두려움을 느끼며 서로를 바라보았다.

이러한 유의 폭탄 폭발, 살인, 학살이 저녁 뉴스에서 자세히 보도되었기 때문에, 케스킨 씨네 사람들은 집에 있다는 것을 '다행'으로 여기면서도, 미래에 대해 불안해했다. 뉴스 내용이 보기 힘들 정도로 좋지 않았기 때문에, 우리는 뉴스 자체보다는 뉴스를 읽어 내려가는 아름다운 앵커우먼 아이타치 카르뒤즈의 행동이나 표정에 대해 이야기하곤 했다. 자유롭고 편한 모습의 서양 앵커우먼과는 달리, 아이타치 카르뒤즈는 자리에서 꿈쩍도 하지 않았고, 한 번도 미소를 짓지 않았으며, 손에 들고 있는 원고를 보며 돌처럼 부동자세로 빠르게 읽어 내려갔다.

"애야, 잠깐 숨 좀 쉬어라. 숨 막히겠구나."

타륵 씨는 이렇게 말했다.

우리는 이 농담을 어쩌면 수백 번이나 들었으면서도 늘 처음 듣는 것처럼 웃곤 했다. 교육을 아주 잘 받고, 자신의 일을 아주 좋아하며, 실수하는 것을 굉장히 두려워할 것이 분명한 이 여성 앵커는 한 문장을 다 읽을 때까지는 숨도 쉬지 않았고, 문장이 길어질수록 숨이 막히지 않으려고 점점 더 빨리 읽었던 것이다. 게다가 얼굴까지 점점 붉어졌다.

"아이고, 또 붉어지기 시작하네."

타륵 씨는 이렇게 말했다.

"애야, 좀 멈추렴. 최소한 침은 한 번 삼켜야지."

네시베 고모도 이렇게 말했다.

아이타치 카르뒤즈는 네시베 고모의 말을 듣기라도 한 듯, 순간 손에 들고 있던 원고에서 시선을 들고, 식탁에 앉아 놀라면서도 즐겁게 그녀를 바라보고 있는 우리에게 눈길을 한 번 주고는, 바로 얼마 전에 편도선 수술을 한 아이처럼 온 힘을 다해 어렵사리 침을 삼키곤 했다.

"잘했다, 얘야!"

그러면 네시베 고모는 이렇게 말했다.

엘비스 프레슬리가 멤피스에 있는 자택에서 죽었다는 것, 붉은 여단[83]이 옛 이탈리아 수상인 알도 모로를 납치해 죽였다는 것, 신문 기자 제랄 살리크가 니샨타쉬의 알라딘 가게 바로 앞에서 여동생과 함께 총에 맞아 사망했다는 것 등의 뉴스를 우리는 항상 이 여성 앵커의 입을 통해 들었다.

우리는 텔레비전에 나오는 사람들을 주위 사람에 비유하고, 식사를 하면서 그런 비유가 얼마나 적절한지에 대해 오랫동안 논쟁을 했다. 이 논쟁에는 퓌순과 나도 진지하게 동참했다. 이것이 케스킨 씨네 가족이 텔레비전을 볼 때 세상과 그들 사이에 거리를 두는 또 다른 방법이었고, 나는 거기서 아주 커다란 평온함을 느꼈다.

1970년대 말에 소련이 아프가니스탄을 침공했다는 소식을 보고 있을 때, 새 아프가니스탄 대통령 바브락 카르말이 우리 동네 빵 화덕에서 일하는 사람과 형제처럼 닮았다는 것에 대해 한동안 논쟁했던 것을 기억한다. 이러한 비유를 하는 것을 최소한 타륵 씨만큼이나 좋아했던 네시베 고모가 먼저 말을 꺼내곤 했다. 처음에는 빵 화덕에 일하는 사람들 중 누구를 말하는지 아무도 알지 못했다. 나는 가끔 체틴에게 차를 빵 화덕 앞에 멈추게 하고 달려가서, 저녁 식사에 먹을 신선하고 따뜻한 빵을 산 적이 있었기 때문에, 빵 화덕에서 일하는 쿠르드인들의 얼굴을 잘 알고 있었다. 그래서

---

83 이탈리아 최대의 극좌 과격파 조직.

나도 네시베 고모의 말이 맞다고 거들었다. 퓌순과 타륵 씨는 계산대에서 일을 보는 사람은 새 아프카니스탄 대통령과 닮지 않았다고 고집스럽게 주장했다.

퓌순이 단지 내게 고집을 피우기 위해 반대되는 주장을 한다는 느낌이 들 때도 있었다. 예를 들면, 이집트 대통령 엔베르 세다트가 경기장 귀빈석에서 군대 행렬을 지켜보다가 — 우리 나라 장군들처럼 — 이슬람주의자들에 의해 살해당했을 때는, 그가 추쿠르주마 비탈길과 보아즈케센 대로가 만나는 모퉁이에 있는 구멍가게 주인과 꼭 닮았다는 사실을, 퓌순은 내가 말했다는 이유만으로 반대하는 것 같았다. 세다트 암살 뉴스는 며칠 동안 계속해서 텔레비전에 오르내렸고, 퓌순과 나의 이런 논쟁은 신경전처럼 지속되었기 때문에 마음이 편치 않았다.

이러한 비유가 케스킨 씨네 집 식탁에서 충분히 받아들여진 다음에는, 화면에 엔베르 세타트가 나오면 구멍가게 주인 바흐리 씨라고 불렀다. 케스킨 씨네 집에서 저녁 식사를 하기 시작한 지 오년째로 접어들었을 무렵에는, 이불 장수 나지프 씨가 유명한 프랑스의 성격파 배우 장 가뱅(우리는 그가 출연하는 영화를 많이 보았다.)을 닮았다는 것, 퓌순이 그동안 숨겨 왔던 친구들 가운데 아래층에서 어머니와 함께 사는 아일라가 저녁때 가끔 텔레비전에서 날씨 소식을 전하는 겁먹은 듯한 아나운서를 닮았다는 것, 작고한 라흐미 씨는 매일 저녁 텔레비전에서 격렬하게 연설을 했던 이슬람주의 정당의 늙은 당수를 닮았다는 것, 전기공 에페는 일요일 저녁마다 한 주의 축구 소식을 전하는 유명한 스포츠 작가를 닮았다는 것, 체틴 씨는 (특히 눈썹 때문에) 새 미국 대통령 레이건과 닮았다는 것을 나도 인정했다.

이런 유명한 사람들이 화면에 나타나면, 우리의 마음속에서는 하나같이 농담을 하고 싶은 생각이 일어났다.

"빨리 와서 바흐리 씨의 미국인 아내를 좀 봐, 정말 아름다워!"

네시베 고모는 이렇게 말하곤 했다.

그리고 화면에 어떤 유명인이 나오면 누구를 닮았는지 생각해 내려고 했다. 예를 들면, 팔레스타인 분쟁에 대해 해결책을 강구하고 있던 유엔 사무총장 쿠르트 발트하임이 자주 텔레비전에 나왔는데, 그러면 네시베 고모는 "저 사람이 누굴 닮았는지 한번 봐요."라고 했고, 그러면 이 질문에 대한 답을 찾느라 식탁에서는 긴 정적이 흘렀다. 그 유명인이 화면에서 사라지고 다른 뉴스나 광고, 혹은 아예 다른 장면들이 나온 다음에도 이 정적은 계속 이어졌다.

그러다 톱하네나 카라쾨이 쪽에서 뱃고동 소리가 들려오면 그제야 도시의 소음과 인파를 떠올렸다. 부두로 접근하는 배들을 눈앞에 떠올리며 내가 케스킨 씨 가족의 삶에 얼마나 깊숙이 들어와 있는지, 이 식탁에서 얼마나 많은 세월을 보냈는지 깨달았고, 뱃고동 소리 속에서 내가 해와 달의 흐름을 전혀 인식하지 않고 있었다는 것을 느끼게 되었다.

# 63

# 가십난

나라는 내전을 향해 이끌려 갔고, 터지는 폭탄과 거리의 총격전으로 인해 저녁때 극장에 가는 사람들의 숫자가 급격히 감소되었는데, 이는 '영화 산업'에 치명적인 영향을 끼쳤다. 펠뤼르 바나 영화인들이 출입하는 술집은 그래도 여느 때처럼 붐볐다. 하지만 가족 단위로 외출하는 사람들이 줄었기 때문에 영화계 사람들은 광고나, 여전히 촬영되고 있는 도색 영화나 액션 영화에서 일을 찾아보려고 안간힘을 썼다. 거대 제작사들은 우리가 이 년 전 여름 극장에서 행복하게 관람했던 유의 영화에는 더 이상 투자를 하지 않았기 때문에, 펠뤼르 바에 있는 영화인들 사이에서는 영화에 투자하고 레몬 영화사를 지원하는 영화 애호가이자 재산가인 나의 비중이 커졌다는 것을 느낄 수 있었다. 어느 날 저녁 무렵 페리둔이 끈질기게 설득하는 바람에 이제는 꽤 멀어졌던 펠뤼르 바에 가 보니, 여느 때보다 더 많은 사람들이 있었다. 술 취한 사람들 말로는, 할 일이 없어진 사람들 덕분에 영화인들이 가는 바는 호황이며 '모든 예쉴참은 술을 마시고 있다.'라는 것이었다.

그날 밤엔 나도 불행한 영화인들과 섞여 아침까지 라크를 마셨다. 타라비야의 후주르 식당에서 퓌순에게 관심을 보였던 타히르 탄과도 그날 밤이 끝날 무렵에는 기분 좋게 대화를 나누었던 것을 기억한다. 젊은 신예 배우인 사랑스러운 파파트야와도 그날 밤이 끝날 무렵, 그녀의 표현대로라면 '친구가 되었다.' 파파트야는 몇 년 전 가족 영화에서 시미트를 팔며 장님 어머니를 돌보거나, 눈물을 흘리며 의붓어머니의 구박을 견뎌 내는 순수한 딸 역할을 했으나('배반자' 쉬헨단이 출연했던 영화였다.) 대부분의 사람들처럼 아직 자신의 꿈을 이루지 못하고 있었다. 그녀는 일이 없는 상황과 국산 포르노 영화에 더빙을 하는 것에 대해 불만을 토로했으며, 페리둔도 관심을 보인 바 있는 시나리오가 영화로 만들어지기 위해서는 나의 지원이 필요하다고 주장했다. 페리둔이 그녀에게 관심이 있고, 그들이 영화 잡지의 표현대로 '감정적으로 친밀하다'는 것을 나의 술 취한 머리로도 어렴풋이 알 수 있었다. 게다가 놀랍게도 페리둔이 파파트야 때문에 나를 질투하는 것도 느껴졌다. 아침 무렵 우리 셋은 함께 펠뤼르에서 나왔고, 파파트야가 싸구려 클럽에서 노래를 부르는 어머니와 함께 사는 지한기르의 집을 향해 어두운 뒷골목(술 취한 사람들이 방뇨를 했고, 벽에는 젊은이들이 급진적인 슬로건들을 써 놓았다.)을 걸었다. 추운 거리에서, 개들이 위협적으로 우리를 따라왔다. 나는 파파트야를 집에 데려다 주는 일을 페리둔에게 맡기고, 어머니와 함께 평온하게 살고 있던 니샨타쉬의 집으로 돌아왔다.

그렇게 술에 취한 밤이면, 나의 젊은 시절은 이미 오래전에 끝났고, 다른 튀르키예 남자들처럼 나의 삶 역시 서른다섯 살도 되기 전에 이미 형태를 갖추었으며, 이후의 내 삶에 커다란 행복은 없을 것이며 있을 수도 없다는 것을 반수 상태에서 고통스럽게 느끼곤 했다. 내 마음속에는 사랑, 그리고 사랑하고자 하는 바람이 있었음에도, 나의 미래가 날이 갈수록 더 답답하고 어둡게 느껴지는 것은 정치적 살인이나 끝나지 않는 총격전, 고물가와 파산 소식으로 인한 비판 때문이라고 여기며 자신을 위로했다.

저녁때 추쿠르주마에 가서 퓌순을 볼 때마다, 그녀와 서로 눈을 들여다보며 이야기를 할 때마다, 케스킨 씨네 집과 식탁에서 나중에 그녀를 떠올리게 할 물건을 훔칠 때마다, 이제는 절대 불행하지 않을 것 같았다. 케스킨 씨네 집 식탁에서 가져온, 퓌순이 사용한 수저와 포크를 어떤 그림이나 어떤 추억을 떠올리듯 유심히 바라보곤 했다.

때로는 다른 곳에 더 좋은 삶이 있을 거라는 느낌에 휩싸였고, 고통을 느끼고 싶지 않아 다른 것을 생각하며 핑계를 찾으려고 했다. 그러나 자임을 만나서 상류 사회의 최근 소문을 들으면, 부유한 친구들의 지루한 삶과 거리를 둔다고 해서 그렇게 큰 것을 잃는 것은 아니라는 결론을 내리게 되었다.

자임 말로는, 누르지한과 메흐메트는 사귄 지 삼 년이 지났지만 아직도 잠자리를 한 적이 없다고 한다. 하지만 결혼하기로 했다는 말은 한다고 했다. 이것이 가장 큰 소식이었다. 누르지한이 프랑스 남자들과 파리에서 사랑을 하고 잠자리를 했다는 것을 메흐메트를 포함하여 모든 사람이 알고 있는데도, 그녀는 결혼할 때까지는 그와 잠자리를 하지 않겠다고 확고히 결심했다는 것이다. 이슬람 국가에서 결혼이 오랫동안 진정으로 평온하고 행복하기 위해서는, 돈이 아니라 혼전에 잠자리를 하지 않는 것이 우선 조건이라고 누르지한은 농담을 했다. 메흐메트도 이 농담을 마음에 들어 했다고 하는데, 이것은 그들이 말했던 우리 조상들의 지혜, 옛 음악의 아름다움, 수도승의 성품을 지닌 옛 대가들의 금욕에 관한 이야기와 함께 언급되곤 했다. 자임에 의하면, 상류 사회 사람들은 오스만 제국 시대와 조상들에 대한 누르지한과 메흐메트의 관심과 농담에도 불구하고 그들을 금욕주의자나 보수주의자로 보지는 않았다. 그들이 파티에서 과음을 하는 것이 가장 큰 이유라고 자임은 설명했다. 하지만 그들은 코가 삐뚤어지게 취해도 정중함과 고상함을 잃는 법은 없다며 존경스럽다는 듯 덧붙였다. 메흐메트는 포도주를 많이 마시면, 디완 시에서의 메이와 바데[84]는 은유가 아니라 진짜 포도주라며 흥분했고, 네딤과 푸줄리의 시에서 한 구절을 읊었으며(제대로 읊는지는 아무도 몰랐다.) 누르지한의 눈을 뚫어져라 바라보며 신에 대한 사랑을 외치면서 손에 들고 있던 잔을 높이 들곤 했다. 이런 농담이 상류 사회에서 아무 의혹 없이, 때로는 존경스럽게 받아들여졌다고 자임은 말했다. 나와 시벨이 파혼한 사건으로 인해 젊은 여성들 사이에서는 조급해하는 분위기가 생겼다고 한다. 1970년대 이스탄불 상류 사회에서는 우리의 사건이, 젊은 여자들이 결혼도 하기 전에 남자들을 지나치게 믿지 말아야 한다는 경고가 되었던 것이다. 들려오는 소문이 사실이라면, 결혼할 딸이 있는 어머니들은 딸들에게 조심해서 행동하라고 다그쳤다고 한다. 하지만 나의 경험이 그렇게 중요하다고는 생각지 않는다. 이스탄불 상류 사회는 아주 좁고 예민한 세계였으므로, 누군가에게 무슨 일이 일어나면 마치 작은 가문 안에서처럼 깊은 수치심을 느꼈다는 것을 기억하기 바란다.

게다가 1979년 이후 나는 집과 사무실, 퓌순네 집, 멜하메트 아파트에 이룩해 놓은 새 삶의 편안함에 꽤 익숙해져 있었다. 멜하메트 아파트에 가서, 그곳에서 퓌순과 나누었던 행복한 시간을 떠올렸고, 갈수록 늘어 가는 '나의 수집품'을 경탄하며 바라보았다. 끝없이 쌓여 가는 물건들은 내 사랑의 밀도를 보여 주는 표시가 되었

---

84  디완 문학에서 메이(mey)와 바데(bade)는 술이나 포도주를 의미한다.

다. 가끔은 퓌순과 나누었던 행복한 시간을 떠올리게 하는 위안물이 아니라, 내 영혼에 불고 있는 폭풍인 듯 그것들을 바라볼 때도 있었다. 내가 모은 것들이 부끄러워 다른 사람들에게는 절대 보여 주지 않았다. 이렇게 가다가는 몇 년 안에 멜하메트 아파트의 방들을 완전히 채워 버릴 것 같아 두렵기도 했다. 케스킨 씨네 집에서 물건들을 가져올 때도 앞으로 어떻게 할지는 계산하지 않았고, 그저 과거를 기억하게 해 줄 거라는 생각뿐이었다. 그것들이 늘어나 방과 집을 가득 채울 거라는 생각은 하지 못했다. 왜냐하면 나는 팔 년 내내, 몇 달 안에, 최대한 여섯 달 안에 퓌순을 설득하여 그녀와 결혼할 수 있을 거라고 생각했기 때문이다.

1979년 11월 8일《악삼》[85] 신문의 '사회'라는 가십난에 이런 기사가 실렸다.

영화와 상류 사회 : 겸손한 충고

할리우드와 인도 다음으로 영화를 많이 찍는 나라가 튀르키예라고 하면 모두 좋아할 것이다. 하지만 안타깝게도 상황이 바뀌고 있다. 좌우익 집단 테러와 도색 영화는 국민들이 저녁때 거리로 나가는 것을 꺼리게 했고, 가족들끼리 극장에 가는 걸 어렵게 했다. 우리의 소중한 튀르키예 영화인들도 영화를 찍을 자본과 찍은 영화를 보여 줄 관객을 찾지 못하게 되었다. 이러한 이유로 튀르키예 영화계는 예절참에 와서 '예술 영화'를 지원할 부유한 사업가들이 그 어느 때보다 절실하다. 과거에는 예술 애호가라고 하면 영화에도 관심이 있지만 주로 아름다운 여배우와 만나고 싶어 하는 시골 출신의 신흥 부자들이었

---

**85** '저녁'이라는 의미.

다. 영화 평론가들이 찬탄해 마지않았던 '예술 영화'는 그들의 주장과
달리 사실은 서양의 극장에서 지식인들에게 선보이지도 않았고, 유럽
의 가난한 시골 영화제에서조차 위로 차원의 상도 받지 못했다. 다만
신흥 부자들이 우리 '예술가' 처녀들과 만나 멋진 연애를 하는 계기는
많이 만들어 주었다. 하지만 이것도 옛날 말이다. 지금은 새로운 유행
이 시작되고 있다. 이제는 부유한 예술 애호가들이 아름다운 여배우
와 연애를 하기 위해서가 아니라, 이미 연애를 하고 있는 여자를 배우
로 만들기 위해 예쉴참으로 오고 있다. 가장 최근의 사례를 들어 보자
면, 아주 부유한 가문의 아들이며 이스탄불 상류 사회의 촉망받는 미
혼 남성인 미스터 K(우리 나라에서 이름은 밝힐 수 없다.)는 '나의 먼
친척'이라고 한 기혼의 젊은 여성을 너무나 사랑하고 질투해서, 자신
이 시나리오를 쓰게 한 '예술 영화' 촬영을 계속 승낙하지 않고 않다.
일설에 따르면, 그는 "그녀가 다른 사람과 키스하는 건 참을 수 없어!"
라고 말할 뿐만 아니라, 그 젊은 여성과 감독인 남편의 뒤를 그림자처
럼 따라다닌다고 한다. 예쉴참의 바나 보스포루스의 술집에서 라크
잔을 손에 든 채 비참하게 살고 있으면서, 배우가 되려 하는 기혼의 아
름다운 여성이 집 밖으로 나가는 것조차 질투한다는 것이다. 이 부유
한 상류층 남자는 몇 년 전에 힐튼 호텔에서 은퇴한 외교관의 아주 귀
여운 딸과 약혼식을 했는데, 그 멋진 약혼식에는 상류 사회 사람들 전
부가 참석하여 우리 지면에도 실린 바 있다. 역시 일설에 따르면, 그가
"너를 배우로 만들어 줄게!"라고 했다던 아름다운 친척 때문에 무책
임하게도 파혼을 했다고 한다. 우리는 이 무책임한 남자가 소르본 대
학에서 공부한 정숙한 외교관 영애 다음으로 또다시 이 아름다운 예
비 배우 F(바람둥이들의 입에 침이 고이게 하는)의 미래를 어둡게 하
는 것을 보고만 있을 수 없다. 교조적인 연설에 질린 독자들에게는 미
리 용서를 구하면서, 상류 사회 일원인 미스터 K에게 감히 충고하고

자 한다. 신사분, 미국인들이 달에 가는 현대 세계에서 키스 신이 없는 '예술 영화'는 더 이상 불가능합니다! 당신은 이제 결정을 내려야 합니다. 머리에 스카프를 쓴 시골 처녀와 결혼하고 서양 영화나 예술 영화에 대해서는 그만 잊어버리시거나, 아니면 다른 사람이 쳐다보는 것만으로도 질투를 하는 그 아름다운 여자를 배우로 만들겠다는 열정을 포기하십시오. 물론 당신의 의도가 그저 그녀를 '배우로 만드는 것'이라면……

— BK

나는 이 기사가 《악샴》 신문에 게재된 날 아침 어머니와 식사를 하면서 식탁에서 읽었다. 어머니는 매일 집으로 배달되는 신문 두 종류를 처음부터 끝까지 읽었으며, 특히 상류 사회 가십이라면 절대 놓치지 않았다. 어머니가 부엌으로 간 사이에 나는 기사가 실린 페이지를 찢어서 접은 다음 주머니에 쑤셔 넣었다.

"또 무슨 일이니? 아주 풀이 죽어 보이는데."

내가 집에서 나갈 때 어머니는 이렇게 말했다.

사무실에서는 여느 때보다 기분이 좋은 척 행동했다. 제이넵 부인에게 재미있는 일화를 들려주었고, 복도에서는 휘파람을 불며 걸었다. 시간이 갈수록 기운이 없어지고 일도 없어서, 《악샴》 신문에 나온 퍼즐을 풀고 있는 늙은 직원들과 농담을 주고받았다.

하지만 점심시간이 지난 다음, 그들의 표정과, 비서인 제이넵 부인의 지나치게 다정한 — 약간은 두려운 — 시선에서 사트사트의 직원들 모두가 그 기사를 읽었음을 알 수 있었다. 나중에는, 어쩌면 내가 착각하는 건지도 몰라, 하고 스스로에게 말했다. 점심시간 후에 어머니가 전화를 했다. 점심을 먹으러 올 줄 알고 기다렸는데 오지 않아서 실망했다고 했다.

"잘 있니, 애야?"

어머니는 여느 때와 같은 목소리로, 하지만 여느 때보다는 더 다정함이 묻어나는 말투로 물었다. 어머니의 귀에도 소식이 들어가 신문을 찾아 읽은 다음에는 울었다는 것(어머니의 목소리에는 울고 난 다음에 느껴지는 무언가가 깊이 배어 있었다.)을 알 수 있었다. 어머니는 찢겨 나간 페이지를 보고는 나도 이미 소식을 알았다는 것을 즉시 눈치챘던 것이다.

"세상에는 나쁜 영혼을 지닌 사람들이 가득하단다, 애야. 어떤 것에도 신경 쓰지 마."

"무슨 말을 하는 거예요, 어머니, 이해할 수가 없네요."

"아무것도 아니다."

그 순간 마음속에서 우러나오는 대로 어머니와 고민을 나누었다면, 어머니는 처음에는 사랑과 이해심을 가지고 대해 주겠지만, 결국 나중에는 내게도 잘못이 있다고 할 것이며, 퀴순에 대해 자세히 알고 싶어 할 것이 분명했다. 어쩌면 내가 주문(呪文)에 걸렸다며 울지도 모르는 일이었다.

"집 어딘가에, 쌀이나 밀가루를 넣는 병 안이나, 네 사무실의 서랍 바닥에 주문을 걸어 네가 사랑에 빠지게 만드는 부적을 숨겨 놓았을 수도 있어. 당장 찾아서 태워 버려라!"

이렇게 말할지도 모른다.

하지만 내가 고민을 털어놓지 않고, 더욱이 그 문제를 아예 꺼내지도 않아서 기분이 상했다는 게 느껴졌다. 하지만 나의 처지를 존중하는 것도 같았다. 이는, 나의 상황이 얼마나 심각한지를 의미하는 것이었을까?

이제《악샴》신문을 읽은 사람들이 얼마나 나를 무시할 것이며, 바보 같고 절망적인 사랑에 빠진 내 처지를 보고 얼마나 비웃을 것이며, 더구나 기사 내용을 얼마나 믿고 있는 것일까? 끊임없이 이런 것들을 떠올리는 한편으로, 퓌순이 기사를 읽으면 얼마나 마음 아파할지를 생각했다. 어머니와 통화를 한 다음, 페리둔에게 전화를 걸어 퓌순과 그녀의 가족이 오늘자《악샴》신문을 읽지 않도록 충고를 할까도 생각해 보았다. 하지만 그러지 않았다. 첫 번째 이유는, 페리둔을 설득하지 못할 수도 있을 거라는 두려움 때문이었다. 두 번째 그리고 더 깊은 이유는, 이런 모욕적인 상황과 내가 바보 같은 처지에 놓였다는 사실에도 불구하고 그 기사가 만족스러웠기 때문이다. 이와 같은 만족감을 나 자신에게도 숨기고 있었지만, 이제 많은 세월이 흐르고 나서는 모든 것이 더 잘 보인다. 퓌순과 나의 관계, 그녀를 향한 친밀감이 어찌 되었든지 간에 결국 신문에 났고, 어떤 점에서는 사회가 그것을 받아들였다는 의미였다! 이스탄불 상류 사회 사람들이 관심을 갖고 읽었던 '사회란'에 실린 기사는 — 게다가 이처럼 비아냥거리며 신랄하게 쓴 치욕적인 기사는 — 몇 달 동안이나 사람들의 입방아에 오르곤 했다. 이와 같은 소문은 어느 날 내가 퓌순의 팔짱을 끼고 그녀와 결혼하여 상류 사회로 돌아갈 첫 단추가 되어 줄 거라고 믿었으며, 최소한 이러한 행복한 해결책을 상상해 보았다.

하지만 그저 절망으로 이루어진 상상일 뿐이었다. 상류 사회의 소문과 거짓과 잘못된 기사로 인해 나 자신이 서서히 다른 사람으로 변해 간다는 느낌이 들었다. 스스로의 열정과 스스로의 결정으로 인해 삶이 이상해지는 것이 아니라, 이런 기사 때문에 사회 밖으로 밀려난 사람처럼 느꼈던 것도 기억한다.

기사 밑에 있는 이니셜 BK는 물론 하얀 카네이션이었다. 약혼식에 그를 초대했던 어머니에게 화가 났으며, 기삿거리를 제공해 주었을("그녀가 다른 사람과 키스하는 건 참을 수 없어!") 타히르 탄에게도 머리끝까지 화가 났다. 퓌순과 단둘이 앉아서 이런 것들에 대해 이야기를 나누면서 적들을 향해 함께 저주를 퍼붓고, 그녀를 위로하고 그녀도 나를 위로해 주기를 얼마나 원했던가! 우리가 해야 할 일은 당장 퓌순과 함께 펠뤼르 바에 가서 보란 듯이 당당하게 모습을 드러내는 것이었다. 페리둔도 우리와 함께 가야 할 것이다! 가십 기사가 얼마나 웃기는 거짓말인지를 이런 식으로 증명하고, 술 취한 영화인들뿐만 아니라 기사를 읽고 기뻐할 상류 사회 친구들의 입을 이렇게 해서 다물게 할 수 있을 것 같았다.

하지만 기사가 나온 날 밤에는, 나의 모든 의지를 다 끌어모았음에도 케스킨 씨네 집에 갈 수 없었다. 네시베 고모는 나를 편하게 해 주려 할 것이고, 타륵 씨는 아무것도 모르는 척하리라는 걸 잘 알고 있었다. 하지만 퓌순과 눈이 마주치면 무슨 일이 생길지 상상도 할 수 없었다. 시선이 마주치자마자, 우리는 그 기사가 그녀와 나의 영혼에 폭풍우를 몰고 왔다는 사실을 동시에 느낄 것이다. 어쩐지 두려웠다. 그리고 당장 깨달을 수 있는 일이 또 있었다. 눈이 마주치자마자 우리가 이해할 것은 우리 영혼에서 이는 폭풍이 아니라, 이 거짓 기사가 '사실'이라는 것이었다!

그렇다, 기사에 나온 많은 부분이 독자들도 아는 바대로 사실과 달랐다. 나는 퓌순을 유명한 영화배우로 만들기 위해 시벨과 파혼한 것이 아니다……. 페리둔에게 시나리오를 쓰라고 한 적도 없다. 하지만 이런 부분은 아주 세부적인 것들이다. 신문을 읽은 사람들과 입방아를 찧는 사람들이 알게 된 것은 바로 다음과 같은 아주 단순한 사실이었다. 나는 사랑에 빠졌고, 퓌순을 위해 했던 일들 때문에 파렴치한 사람이 되었던 것이다! 모두들 내게 손가락질을 하고 나의 모습을 비웃었으며, 선의를 지닌 사람들은 나를 동정했다. 이스탄불 상류 사회가 좁다는 것, 모두들 서로 알고 지낸다는 것,

그들이 아주 대단한 재산가도 아니며 회사를 소유하고 있지 않다는 사실과 꼭 지키고 있는 원칙이나 이상도 전혀 없다는 것이 나의 수치스러움을 경감해 주지는 않았고, 반대로 나의 무능함과 멍청함을 확대하고 있었다. 가난한 나라에서 부유한 집안의 자녀로 태어난 것과 같은 행운을, 신이 세상 사람들에게 아주 드물게 선사하는 그 행운을, 젊잖게 그리고 행복하게 제대로 삶을 살아갈 기회를, 멍청함 때문에 놓쳐 버린 것이다! 이런 상황에서 빠져나오는 유일한 방법은 퓌순과 결혼을 하고, 사업을 잘 이끌어 나가고, 많은 돈을 벌어서, 승리자처럼 상류 사회로 돌아가는 것임을 알고 있었다. 하지만 나에게는 이와 같은 행복의 계획을 실현할 힘이 없었을 뿐만 아니라, 이제 나는 '상류 사회'라는 그 집단을 혐오했다. 게다가 신문에 나온 기사 이후에는 케스킨 씨네 집의 분위기도 나의 상상과는 전혀 다를 거라는 것도 나는 알고 있었다.

나의 사랑과 수치스러움이 나를 이끌고 가는 곳에서, 나는 더욱 내성적인 사람이 되어, 그저 조용히 있는 것밖에 다른 방도가 없었다. 일주일 동안 매일 저녁 혼자 극장에 갔다. 코낙, 시테, 켄트 극장에서 미국 영화를 보았다. 영화는 특히 우리처럼 불행한 사람들의 세계에서는 현실과 불행에 대해 제대로 된 그림을 보여 주는 대신, 단순히 시간을 보낼 수 있고 행복하게 해 줄 수 있는 세계를 창조해야 한다. 영화를 볼 때, 특히 주인공에게 내 처지를 대입해 놓았을 때, 내가 나의 고민을 과장하고 있다는 생각이 들기도 했다. 내가 신문에 나온 구질구질한 기사를 과장했을 뿐, 실제로는 기사가 조롱하고 있는 대상이 나라는 것을 눈치챈 사람은 얼마 되지 않고 결국 이 일도 곧 잊힐 거라는 사실을 떠올리며 안도했다. 기사에서 얘기하는 거짓말들을 정정하려는 집착에서 벗어나는 것은 더 힘들었다. 그런 것에 신경을 쓰면 나는 한없이 '나약해'져서, 지금 상류 사회 전체가 이 사건을 즐기듯이 입에 올리고 있으며, 그들 중 누군가는 아직 사건을 알지 못하는 사람들에게 기사에 나온 거짓말에 자신의 과장과 거짓까지 보태서 안쓰럽다는 듯 설명할 거라고 상상했던 것이다. 이런 거짓말에 속아 넘어간 사람들은 거리낌 없이 나를 비웃을 것이며, 내가 퓌순에게 "널 영화배우로 만들어 줄게."라며 시벨과 파혼했다는 말을 모두들 믿을 거라고 생각했다. 그럴 때면 조롱의 대상이 되어 가십난에 실릴 정도로 내가 아둔하다는 생각에 죄책감마저 느꼈고, 그 기사에 포함된 거짓들을 나 자신도 믿기 시작했다.

내가 퓌순에게 "영화에서 다른 사람과 키스하는 건 참을 수 없어!"라고 했다는 부분이 가장 신경 쓰였다. 사람들이 이 말을 두고 가장 많이 비웃을 거라는 생각이 들어 비참해졌고, 이 부분만큼은 정정되기를 바랐다. 무책임하게 파혼한 거만한 부잣집 아들이라는 주장도 신경을 건드렸다. 하지만 나를 아는 사람들은 이 말을 믿지 않을 거라고 생각했다. 하지만 그들은 내가 "키스하는 건 동의할 수 없어."라고 말했다는 것은 믿을지도 모른다. 내가 유럽인 같은 분위기를 풍기고는 있지만, 실제로 이런 말을 할 만한 면도 있었던 것이다. 술에 취해 혹은 농담조로 퓌순에게 이런 말을 정말 한 적이 있는지 생각해 보기도 했다. 왜냐하면 예술이나 직업 때문이라고 해도, 나는 퓌순이 다른 사람과 키스하는 건 절대 원하지 않았기 때문이다.

# 64
# 보스포루스의 화재

1979년 11월 15일, 니샨타쉬에 있는 집에서 어머니와 나는 커다란 폭발음을 듣고 잠에서 깨어나, 두려움에 떨면서 침대에서 뛰쳐나와 서로를 부둥켜안았다. 아주 강력한 지진이 일어난 것처럼 아파트도 한순간 좌우로 흔들렸다. 그 당시 찻집이나 서점, 광장 같은 곳에 던져지던 폭탄이 테쉬비키예 거리 근처 어딘가에 던져졌다 싶었는데, 보스포루스 저 반대편 위스퀴다르 쪽에서 치솟아 오르는 불길이 보였다. 먼 곳에서 일어난 화재와 붉게 변하는 하늘을 한동안 바라본 후, 이미 정치적 폭력과 폭탄에도 익숙해져 있었기에 다시 침대로 돌아가 잠이 들었다.

하이다르파샤 근처에서 석유를 싣고 가던 루마니아 유조선이 작은 그리스 배와 부딪쳤고, 유조선과 보스포루스에 쏟아진 석유가 폭발해 불타기 시작했던 것이다. 다음 날 아침이 되자 모든 신문에서 일제히 사건 사진과 함께 이 소식을 다루었고, 도시 사람들도 하나같이 이스탄불 하늘 위에 우산처럼 걸려 있는 검은 구름을 가리키며 보스포루스가 타고 있다는 이야기를 나누었다. 나도 사트사트에서 온종일 늙은 직원들이나 고루한 경영자들과 마찬가지로 마음속으로 화재에 대해 생각했다. 이것은 케스킨 씨네 집에 저녁을 먹으러 갈 좋은 핑계가 되어 나를 설득하기 시작했다. 가십 기사에 대해서는 전혀 언급하지 않고, 화재에 대한 이야기만 계속하면서 케스킨 씨네 집 식탁에 앉아 있을 수 있을 것 같았다. 하지만 다른 이스탄불 사람들과 마찬가지로, 보스포루스가 불타는 것은 내 머릿속에서 정치적 살인, 높은 물가, 줄서기, 이 나라의 비참하고 가난한 상황 등과 같은, 사람들을 불행하게 하는 재앙들과 뒤섞였고, 오히려 그것이 어떤 신호나 상징처럼 느껴졌다. 새로운 뉴스가 실린 신문에서 화재 기사를 읽으면 내 삶의 재앙이 떠올랐고, 사실은 이러한 이유 때문에 화재에 관심을 갖는다는 생각이 들었다.

저녁때 베이오을루로 나갔다. 이스틱랄 거리가 텅 비어 있다는 것에 놀라며 오랫동안 걸었다. 싸구려 도색 영화를 상영하는 사라이나 피타시 같은 큰 극장 앞에 불안해 보이는 남자 한두 명이 있을 뿐이었다. 갈라타사라이 광장에서는, 퓌순의 집과 얼마나 가까운지를 생각했다. 그들은 여름밤이면 가끔 아이스크림을 사 먹으러 베이오을루로 산책을 나오기도 했다. 그러니 그들과 우연히 만날지도 모른다. 하지만 거리에는 여자는 물론, 어느 가족의 모습도 보이지 않았다. 튀넬까지 가자, 다시 퓌순네 집 가까이로 가는 것이, 그녀의 매력에 휩싸이는 것이 두려워 반대 방향으로 걸었다. 갈라타 탑 옆을 지나 윅섹칼드름에서 멀리 아래로 걸어갔다. 사창가 거리와 윅섹칼드름이 교차하는 곳에는 여느 때처럼 불행해 보이는 남자들이 몰려 있었다. 그들도 도시의 다른 사람들처럼 하늘에 떠 있는 검은 구름과 이 구름에 비치는 오렌지색 불빛을 바라보고 있었다.

멀리서 불구경을 하는 인파에 섞여 카라쾨이 다리를 건넜다. 다리에서 트롤 낚싯줄로 전갱이를 잡는 사람들도 불길에 시선을 고정하고 있었다. 사람들과 함께 발길은 나도 모르게 궐하네 공원으로 향했다. 그 공원의 가로등도 이스탄불 거리의 희미한 가로등들처럼 돌을 맞아 깨져 있거나 전기가 들어오지 않아 불이 켜져 있지 않았다. 하지만 그 널찍한 공원뿐만 아니라, 예전에 궐하네 공원을 정원으로 삼았던 톱카프 궁전, 보스포루스 입구, 위스퀴다르, 살라작, 크즈 쿨레시 등 모든 곳은 유조선의 불길로 대낮처럼 밝았다. 많은 사람들이 몰려 화재를 구경하고 있었다. 불길은 공원을 환하게 비추었을 뿐만 아니라, 하늘에 걸린 구름에도 반영되고 있었다. 유럽식 거실을 밝혀 주는 샹들리에의 멋진 빛과 같은 달콤한 광채가 퍼져 나가서, 사람들을 행복하고 평온해 보이게 만들었다. 구경하는 게 즐거워서 사람들이 행복해 보였는지도 모른다. 도시의 사방에서 자동차나 버스를 타고 혹은 걸어서 구경 나온 부유한 사람, 가난한 사람, 호기심이나 집착이 강한 사람들이 물결을 이루고 있었다. 머리에 스카프를 쓴 할머니들, 아이를 품에 안고 잠을 재우는 남편과 팔짱을 낀 젊은 엄마들, 넋을 잃고 불길을 구경하는 가난한 실업자들, 여기저기 뛰어다니는 아이들, 자동차와 트럭 안에서 불길을 바라보며 음악을 듣는 사람들, 도시 곳곳에서 모여든 시미트 장수들, 헬와 장수들, 홍합 돌마 장수들, 튀긴 간 장수들, 라흐마준[86] 장수들, 쟁반을 들고 뛰어다니는 차 장수들이 있었다. 아타튀르크 동상 옆에서는 쾨프테나 수죽[87]을 넣은 빵 장수가 유리 칸막이가 있는 리어카에 숯불을 지폈고, 맛있는 고기구이 냄새와 연기가 주위로 풍겨 나갔다. 큰 소리로 아이란과 사이다(멜템 사이다는 아니었다.)를 외치며 팔고 있는 아이들 때문에 공원은 마치 시장처럼 되어 갔다. 나는 차 장수에게서 홍차 한 잔을 샀고, 빈자리가 생

---

**86** 얇고 둥글게 만든 반죽 위에 고기 등을 올려 만든 튀르키예식 피자.

**87** 마늘을 넣은 소시지.

긴 벤치에 앉았다. 이가 없는 가난한 노인들 옆에 앉아 함께 불길을 바라보니 행복해진 기분이었다.

나는 불길이 잦아질 때까지 일주일 내내 매일 저녁 공원에 갔다. 불길은 꺼지는 듯하다가도 갑자기 파도가 밀려오면 첫날처럼 높이 치솟았다. 그러면 놀라고 두려운 마음으로 불길을 바라보던 사람들의 얼굴에 오렌지 빛 그림자가 일렁였고, 보스포루스 입구뿐 아니라 하이다르파샤 기차역, 셀리미예 병영, 카드쾨이만까지 오렌지색 불빛으로 환해지곤 했다. 그럴 때면 나도 사람들 사이에서 얼빠진 듯 꼼짝 않고 그 광경을 바라보았다. 잠시 후 폭발음이 들리고, 깜부기불이 떨어지면서 불길은 조용히 가라앉았다. 그제야 구경꾼들도 긴장을 풀고 먹고 마시며, 서로 이야기를 나누었다.

어느 날 밤 퀼하네 공원에서, 사람들 사이에 섞인 누르지한과 메흐메트를 봤지만 나는 그들을 피했다. 내가 퓌순과 그녀의 어머니 아버지를 그곳에서 보고 싶어 한다는 것을, 어쩌면 그런 이유로 매일 저녁 이곳에 와서 사람들과 섞인다는 것을, 어느 날 저녁 그들을 닮은 세 가족의 그림자를 보고 그들로 착각했을 때, 나는 깨달았다. 1975년 여름에 — 벌써 사 년 전에 — 그랬듯이, 누군가를 퓌순과 착각하면 내 심장은 다시 사랑의 열정으로 빠르게 뛰기 시작했다. 나는 케스킨 씨네 가족과 내가 재앙으로 인해 함께 묶여 있다는 사실을 가슴 깊이 느끼는 한가족이라고 생각했다. 루마니아 유조선 인디펜텐타의 불길이 꺼지기 전에 그들의 집으로 가야 하며, 그들과 함께 이 재앙에 대해 공동체 감정을 나누며 과거의 나쁜 것들은 잊어야만 한다는 생각이 들었다. 이 화재가 내 인생의 새로운 시작이 되어 줄 수 있을까?

어느 날 저녁, 공원의 인파 속에서 이런저런 상상을 하며 앉을 자리를 찾고 있을 때 타이푼과 퓌겐과 마주쳤다. 갑자기 마주쳤기 때문에 피할 수가 없었다. 그들이 《악샴》 신문에 나온 기사에 대해서나 상류 사회에서 일어난 일에 대해서 아무 말 하지 않았을 뿐 아니라, 사실은 그 소문에 대해 알지도 못한다는 것에 너무나 행복해져서, 그들과 함께 공원에서 나와 — 이제 불길이 잦아들고 있었다 — 자동차에 탔다. 그들과 함께 탁심 뒷골목에 새로 문을 연 바에 가서 아침까지 술을 마셨다.

다음 날 일요일 저녁에 나는 케스킨 씨의 집으로 갔다. 하루 종일 잠을 자고, 어머니와 함께 집에서 점심을 먹은 후였다. 저녁이 되자 낙관적인 생각이 들고, 기분이 좋았으며, 희망에 찼고, 게다가 행복하기까지 했다. 하지만 집 안으로 들어가서 퓌순과 눈이 마주치자 나의 환상은 모두 사라지고 말았다. 그녀는 침울했고, 낙담하여 기분이 상해 있었다.

"잘 있었어, 케말?"

그녀는 걱정도 없고 마냥 행복한 숙녀처럼 그렇게 물었다. 하지만 그녀 자신도 사실은 그렇지 않다는 걸 알고 있었다.

"별일 없어. 공장에, 회사에 일이 많아서 올 수 없었어."

나는 뻔뻔하게 대답했다.

튀르키예 영화에서는 남자 주인공과 여자 주인공 사이에 어떤 친밀감이 형성되면, 아무리 눈치 없는 관객이라도 상황을 알아채고 감동을 받을 수 있도록 속 깊은 아주머니가 행복한 눈길을 던지곤 한다. 네시베 고모는 바로 그런 눈길로 나와 퓌순을 바라보았다. 하지만 곧 시선을 돌리는 걸 보고, 가십 기사가 나온 후 그 집 사람들이 많은 고통을 겪었고, 마치 약혼 이후처럼 퓌순이 며칠 동안 울었다는 것을 알게 되었다.

"얘야, 손님에게 라크를 대접해야지."

타륵 씨가 말했다.

지난 삼 년 동안, 그간 일어난 일에 대해 아무것도 모르는 척 행동하며, 나를 그저 저녁 식사를 하러 오는 친척인 양 진심과 사랑을 다해 대해 주는 타륵 씨에게 존경심을 느꼈다. 하지만 딸이 가슴 깊이 느끼는 고통, 아무것도 할 수 없는 나의 절망감, 삶이 우리를 데려다 놓은 이곳에 이토록 무심하게 대하는 그가 지금은 원망스러웠다. 나 자신에게도 숨기며 그동안 몰래 생각해 왔던 것을 이제 말하고자 한다. 타륵 씨는 아마도 내가 그곳에 왜 왔는지는 알았을 테지만, 아내가 압력을 주는 것도 있고 해서, 모르는 척하는 것이 '가족을 위해' 더 낫겠다는 결론을 내린 것 같았다.

"네, 퓌순 부인, 드디어 집에 돌아온 듯한 행복감을 느낄 수 있게 여느 때와 같이 라크를 주세요."

나는 그녀의 아버지처럼 약간은 인위적으로 말했다.

오늘날에 와서도 내가 왜 그런 말을 했는지, 이 말이 무엇을 의미했는지, 그 목적이 무엇이었는지 알 수 없다. 그저 나의 불행에 나의 혀도 영향을 받은 것이라고 말하고 싶다. 하지만 퓌순은 내 말의 이면에 있는 감정을 이해했고, 눈에서는 눈물이 떨어질 것 같았다. 나는 새장에 있는 카나리아의 존재를 알아채고 과거를, 나의 삶을, 시간의 흐름을, 지난 세월을 떠올렸다.

그 무렵이 최악의 시절이었다. 퓌순은 영화배우가 되지 못했고, 나는 그녀에게 더 이상 가까이 갈 수 없었다. 궁지에 몰린 데다가 파렴치한 사람이 되었고, 모욕을 당했던 것이다. 저녁때 그 집에서 도저히 '일어나지 못하는 것'처럼, 이 상황에서도 일어나 나갈 수 없다는 것을 알고 있었다. 일주일에 네다섯 번이나 퓌순을 보면서도, 그녀와 내가 다른 삶을 꾸리는 것은 불가능하다는 것을 우리 둘 다 느끼고 있었다.

그날 저녁 식사가 끝나갈 무렵, 여느 때처럼 습관적이지만 진심을 다해 말했다.

"퓌순, 많은 시간이 흘렀는데 호도애 그림은 어떻게 돼 가, 아주 궁금한걸."

"호도애 그림은 끝낸 지 오래됐어. 페리둔이 아주 멋진 제비 사진을 찾아서, 지금은 그걸 그리기 시작했어."

"이번 제비 그림이 가장 잘되고 있는 것 같아."

네시베 고모가 말했다.

우리는 뒷방으로 갔다. 집의 발코니 철책이나 창턱이나 굴뚝에 내려앉던 여느 이스탄불 새처럼, 우아한 제비 한 마리가 이 집의 다른 구석에, 우리가 식사를 하는 거실에서 비탈길이 바라다보이는 퇴창 바로 앞에 당당하게 앉아 있었다. 배경으로는 서툰 원근법으로 이상하게 그린 돌이 깔인 추쿠르주마 비탈길이 보였다.

"정말 자랑스러워."

나는 이렇게 말했다. 진심을 다해 말했지만 나의 목소리에는 깊은 패배감이 배어 있었다.

"이 그림들을 언젠가 파리 사람들이 봐야 해!"

사실은 언제나 하고 싶었던 "널 아주 사랑해, 무척 보고 싶었어, 너와 떨어져 있는 것이 얼마나 큰 고통이고, 너를 보는 것은 얼마나 큰 행복인지 모를 거야!"라는 말을 하고 싶었다. 하지만 제비 그림의 가볍고 단순하고 순수한 모습을 슬프게 바라보는 동안, 그림 안의 세계에서 결여되어 있는 무언가가 우리가 사는 세계에도 결여되어 있다는 것을 깨달았다.

"아주 잘 그린 그림이야, 퓌순."

나는 조심스럽게, 마음속으로는 깊은 고통을 느끼면서 이렇게 말했다.

퓌순의 새 그림들은 영국의 영향을 받은 인도의 세밀화, 일본과 중국의 새 그림을 연상시켰고, 오듀본[88]의 관점 그리고 이스탄불 가게에서 팔던 초콜릿 웨이퍼 포장지 안에서 나온 새 시리즈 그림을 떠올리게 했다고 말한다면, 내가 사랑에 빠진 남자였다는 것을 기억해 주기 바란다.

우리는 퓌순이 새를 그릴 때 배경이 되어 준 도시를 내다보았다. 내 마음에는 기쁨이 아니라 슬픔이 일었다. 우리는 이 세계를 아주 좋아했고 이 세계에 속해 있었으며, 그렇기 때문에 우리 자신이 이 그림의 순수 속에 있는 것 같았다.

"도시를, 배경에 있는 집들을 좀 더 생기 넘치는 색으로 칠하지 그래……."

"뭐, 난 그냥 시간을 때우는 거야."

그녀는 우리에게 보여 주었던 그림을 구석에 내려놓았다. 나는 그녀의 사랑스러운 물감 세트, 붓, 병, 형형색색으로 얼룩진 헝겊을 바라보았다. 새 그림처럼 모든 것이 잘 정돈되어 있었다. 저편에는 네시베 고모의 옷감과 골무 들이 있었다. 화려한 도자기 골무와 퓌순이 조금 전에 신경질적으로 매만지던 오렌지색 파스텔 연필을 내 주머니에 집어넣었다. 1979년 말, 최악의 시간을 보낸 그 우울한 몇 달 동안, 나는 케스킨 씨의 집에서 물건을 가장 많이 훔쳤다. 이제 이 물건들은 내가 살았던 순간의 표시, 그 아름다운 순간을 연상시키는 물건을 넘어, 그 순간의 일부가 되었다. 예를 들면, 순수 박물관에 전시한 성냥갑들……. 이 성냥갑들 하나하나에 퓌순의 손이 닿았고, 그녀 손의 향기, 희미한 장미수 향기가 배어 있었다. 박물관에 전시한 다른 모든 물건들처럼, 나중에 멜하메트 아파트에서 이 성냥갑 하나하나를 만져 보면, 퓌순과 같이 식탁에 앉아

88  미국의 조류 연구가, 화가.

그녀와 눈이 마주칠 때의 희열을 다시 경험하게 되었다. 하지만 성냥을 식탁에서 집어 모르는 척하며 주머니에 넣을 때 느꼈던 행복에는 또 다른 면도 있었다. 집착적으로 사랑하지만 '소유할 수 없는' 누군가에게서, 작지만 어떤 일부를 떼어 내는 행복이었다.

물론 무언가를 '떼어 내다'라는 말은, 사랑하는 사람의 숭배할 만한 몸의 일부를 떼어 낸다는 의미이다. 하지만 지난 삼 년 동안, 그녀의 어머니, 아버지, 저녁을 먹었던 식탁, 난로, 석탄 넣는 양동이, 텔레비전 위에서 잠자고 있는 도자기 개 인형, 화장수 병, 담배, 라크 잔, 설탕 통 등 추쿠르주마에 있는 집의 모든 것은 서서히 내 머릿속에 있는 퓌순에 대한 생각의 일부가 되었다. 일주일에 서너 번 퓌순을 만나고, 만날 수 있었기 때문에 행복했던 만큼이나, 케스킨 씨의 집에서 — 그러니까 퓌순의 삶에서 — 때로 예닐곱 개, 아주 불행했던 때는 열 개나 열다섯 개 정도의 물건을 멜하메트 아파트로 가지고(훔친다는 것은 잘못된 말이다.) 와서는 승리감에 휩싸였다. 퓌순의 어떤 물건, 예를 들면 그녀가 멍하니 텔레비전을 보면서 우아하게 만지고 있던 소금 통을 눈 깜짝할 사이에 내 주머니에 넣고는, 천천히 라크를 마시며 대화를 나눌 때 소금 통이 내 호주머니에 있다는 것을, '이제 내가 그것을 소유했다는 것'을 생각하는 것이 내게 커다란 행복감을 선사해서, 저녁이 끝나 갈 무렵 별로 힘들이지 않고 자리에서 일어날 수 있었다. 내가 챙긴 물건 덕분에, 1979년 여름 이후에는 의자에서 일어나지 못하는 위기감을 어느 정도 해소할 수 있었다.

이 시기는 퓌순뿐 아니라, 나에게도 가장 불행한 세월이었다. 많은 세월이 흐른 후, 삶이 나를 이스탄불의 집착적이며 기이하고 불행한 수집가들에게로 이끌어, 종이와 쓰레기, 상자, 사진으로 가득 찬 집에 사는 그들을 방문했을 때, 그들이 사이다 뚜껑이나 배

우 사진을 모으면서 무엇을 느꼈는지, 새로운 물건들이 그들에게
어떤 의미인지를 이해하려 하면서 나는 내가 케스킨 씨네 집에서
물건을 가져올 때 느꼈던 감정을 떠올렸다.

# 65
# 개

　내가 이야기하고 있는 사건 이후 많은 세월이 지나고, 세상의 모든 박물관을 보기 위해 여행을 나섰을 때, 나는 페루와 인도, 독일, 이집트 등 많은 나라의 박물관에 전시된 수집품들, 수많은 작고 이상한 물건들을 하루 종일 관람한 후, 저녁에는 술을 한두 잔 마시고 혼자 거리를 몇 시간씩 걷곤 했다. 리마, 캘커타, 함부르크, 카이로 등 수많은 도시에서 가족들이 함께 저녁을 먹을 때, 어떻게 텔레비전을 보는지, 어떻게 웃으며 이야기하는지를 열린 창문과 커튼 사이로 바라보고, 가끔은 다양한 핑계를 대고 집 안으로 들어가 집 주인들과 사진을 찍기도 했다. 세상 대부분의 집에는, 저녁때 모여 앉아 시청하는 텔레비전 위에 사기로 된 개 인형이 놓여 있다는 것을 이렇게 해서 알게 되었다. 이렇게 많은 가족들이, 세상의 거의 모든 곳에서, 왜 텔레비전 위에 사기로 된 개 인형을 올려놓을 생각을 했을까?

　처음 이런 의문을 소심하게나마 품은 것은 케스킨 씨네 집에서였다. 니샨타쉬 쿠유루 보스탄 골목에 있는 퓌순의 집에 처음 들어갔을 때 바로 눈에 들어온 사기로 된 개 인형은, 나중에 알게 된 바로는, 텔레비전이 나오기 전에 저녁마다 케스킨 씨 가족이 함께 들던 라디오 위에 있었던 것이다. 타브리즈, 테헤란, 발칸 도시들, 동양, 라호르, 봄베이에 있는 수많은 집에서 보았던 것처럼, 케스킨 씨네 집에도 텔레비전 위에 사기로 된 개 인형과 개가 앉아 있던 손뜨개 덮개가 있었다. 때로 개 옆에 작은 꽃병이나 조개껍질(한번은 퓌순이 미소를 지으며 내 귀에 대고 조개껍질 속에 담겨 있는 대양의 소리를 들려준 적이 있다.)을 놓아둔 곳도 있었고, 개가 담뱃갑에 기댄 채 그것을 지키고 있기도 했다. 테이블 위에 있는 개의 자세는 재떨이나 담뱃갑의 위치에 따라 조정되곤 했다. 개가 머리를 흔들거나 재떨이를 공격할 거라는 느낌을 불러일으켰던 이 신비스러운 배치는 네시베 고모의 작품이라고 생각했다. 하지만 1979년 12월 어느 날 저녁, 사랑스러운 눈빛으로 퓌순을 바라보다가 그녀가 텔레비전 위에 있는 개의 자세를 바꾸는 것을 목격하게 되었다. 개나 텔레비전에는 집중할 만한 것이 아무것도 없었고, 우리는 식탁에서 그녀의 어머니가 준비한 저녁을 기다리고 있었는데, 그녀는 기다리기 지루해서 그렇게 했던 것이다. 그래도 여전히 개들이 왜 그곳에 놓여 있는지는 알 수 없었다. 나중에는 텔레비전 위에서 담뱃갑을 지탱할 개가 한 마리 더 놓였다. 그 당시 택시나 돌무쉬의 뒤쪽 창가에서 자주 볼 수 있었던 정말로 머리를 흔드는 플라스틱 개 두 마리가 그 자리에 놓였다 없어지기도 했다. 그동안 개가 어떻게 놓이건 그에 대해서는 거의 언급이 되지 않았지만, 이제는 케스킨 씨 가족이 관심을 가지게 되었다. 텔레비전 위의 개들이 자주 바뀌던 즈음에는, 다른 물건들처럼 그것들도 내가 '가져갔다는 것'을 네시베 고모와 퓌순이 눈치채고 있었던 것이다. 사실 나는 '나의 수집품'이나, 물건들을 모으는 습관을 다른 사람과 전혀 공유하고 싶지 않았을 뿐 아니라, 내가 한 일에 대해 부끄러움을 느꼈다. 성냥갑, 퓌순의 담배꽁초, 소금 통, 커피 잔, 머리핀, 머리 묶는 고무줄처럼 모으기 힘들지 않은 것이나 주의를 끌지 않는 물건들 다음으로 재떨이, 찻잔, 슬리퍼 같은 좀 더 주의를 끄는 것들을 가져오기 시작했을 무렵에는 그것들을 대신할 물건을 새로 하나하나 사 가지고 가기 시작했다.

"얼마 전에 텔레비전 위에 있는 멍멍이 얘기를 했잖아요! 저한테 있더라고요. 우리 집 파트마 부인이 치워 놓으려 하다가 떨어뜨려 깨졌지 뭡니까. 대신 이걸 가져왔어요, 네시베 고모. 이집트 시장에 가서 레몬에게 줄 먹이와 순무 씨를 사다가 거기 있는 상점에서 봤어요……."

"아, 검은 귀가 달린 개네, 아주 예쁜걸. 완전히 길거리 개야. 검은 귀가 귀엽네, 자, 앉아 볼까, 사람들에게 평온함을 주지, 가엾은 것……."

네시베 고모는 이렇게 말하고는 내 손에서 개를 받아 들고 텔레비전 위에 올려놓았다. 텔레비전 위에 놓인 개의 모습은, 마치 벽시계의 똑딱거리는 소리처럼, 우리에게 평온함을 선사해 주었다. 위협적인 개도 있었고, 못생긴 데다 전혀 사랑스럽지 않은 개도 있었다. 하지만 어떤 모양을 하고 있건, 우리가 마치 개들이 지키고 있는 공간에서 앉아 있는 듯한, 어쩌면 이러한 이유로 보호받고 있는 듯한 느낌을 주었다. 밤이면 동네 거리에서는 정치 단체들이 총을 쏘는 소리가 울려 퍼졌고, 집 밖의 세계는 갈수록 위협적으로 느껴졌다. 검은 귀를 가진 길거리 개는, 팔 년 동안 케스킨 씨네 집 텔레비전 위를 거쳐 간 많은 개들 중에서 가장 사랑스러웠다.

1980년 9월 12일에 다시 군사 쿠데타가 일어났다. 나는 본능적으로 아침에 가장 먼저 일어났다. 테쉬비키예 거리의 골목들이 텅 비어 있는 것을 보고는, 어린 시절부터 십 년마다 한 번씩 군사 쿠데타를 경험한 사람답게 곧장 상황을 파악했다. 행진곡을 부르는 군인들을 가득 태운 군용 트럭이 가끔 거리를 지나갔다. 나는 즉시 텔레비전을 켰다. 깃발과 시가행진 장면, 정권을 잡은 장군들의 연설을 잠깐 시청하다 발코니로 나갔다. 텅 빈 테쉬비키예 거리, 도시의 정적, 사원 마당에 있는 밤나무 잎사귀들이 가벼운 바람에 사각거리며 흔들리는 것이 마음에 들었다. 정확히 오 년 전, 여름의 끝 무렵에 시벨과 파티를 연 이후, 아침마다 이 발코니에서 같은 시간에 같은 풍경을 바라보았다.

"아이고, 잘됐네, 나라가 재앙의 문턱에 서 있었는데."

어머니는 텔레비전에서 팔자수염을 한 지방 민요 가수가 전쟁과 영웅에 관한 노래를 부르는 걸 들으면서 이렇게 말했다.

"그런데 왜 저 우악스럽고 못생긴 남자를 텔레비전에 내보낸다니! 오늘 베크리는 못 올 거야, 파트마 자네가 요리를 해, 냉장고에 뭐 있나?"

외출 금지는 하루 종일 계속되었다. 이따금 군용 트럭이 거리를 빠르게 지나가는 걸 보고, 정치인이나 신문 기자 등 많은 사람들이 집에서 연행되어 간다는 것을 알았으며, 우리가 그런 일에 전혀 연루되지 않아서 천만다행이라고 생각했다. 신문은 전부 특집을 발행하며 기쁘게 쿠데타를 맞았다. 저녁때까지, 텔레비전에서 쉬지 않고 반복되는 장군들의 군사 쿠데타 발표, 아타튀르크의 옛 모습들을 보면서, 그리고 신문을 읽으며, 창밖의 아름다운 텅 빈 거리를 바라보며 어머니와 앉아 있었다. 퓌순, 그 집 사람들, 추쿠르주마의 분위기가 궁금했다. 1971년 군사 쿠데타 시절처럼 가택 수사가 벌어지는 동네도 있다는 소문이 돌았다.

"이제 편히 거리에 나갈 수 있겠구나!"

어머니가 말했다.

하지만 저녁 10시 이후에는 통행금지령이 내려졌기 때문에, 퓌순의 집에서 저녁 식사를 하는 기분은 더 이상 즐겁지 않았다. 온 나라가 시청하는 유일한 텔레비전 채널의 뉴스 시간이면 장군들이 나와서 정치인들뿐 아니라 국민들의 예전 습관에 대해 꾸짖었다. 곧 테러에 연루된 많은 사람들이 본보기로 사형에 처해졌다. 케스킨 씨네 식탁에서 이런 사형 소식들을 보면서 우리 모두 아무 말도 하지 않았다. 그럴 때면 퓌순에게 더 가까워진다고, 내가 그 가족의 일원이라고 느꼈다. 정치인들이나 의견을 달리하는 지식인들뿐 아니라, 사기꾼, 교통 법규 위반자, 벽에 정치 구호를 쓰는 사람, 매음굴 주인, 도색 영화를 찍는 사람, 그리고 이를 상영하는 사람, 밀수 담배를 파는 복권 장수도 검거되었다. 이전의 군사 쿠데타 시절처럼, 군인들이 거리에서 머리가 길거나 '히피 스타일'의 수염을 기른 젊은이들을 잡아 머리를 자르거나 수염을 깎지는 않았지만, 대학 교수들은 많이 해고시켰다. 펠뤼르 바도 텅 비었다. 나도 군사 쿠데타 이후 내 삶을 정돈하고, 술을 덜 마시며, 사랑으로 인해 자신을 수치스럽게 만드는 일을 덜 했으며, 물건을 모으는 습관도 최소한으로 해야 한다는 결정을 내렸다.

군사 쿠데타가 있은 후 두 달이 지나지 않은 어느 날 저녁 식사 시간에, 부엌에서 네시베 고모와 단둘이 있게 되었다. 퓌순을 더 오래 보기 위해 좀 더 일찍 그 집에 갔던 것이다.

"케말, 텔레비전 위에 있던 그러니까 자네가 가져온 귀가 검은 개 인형이 사라졌어. 우리 눈에 익숙해졌는지 없어진 걸 금방 알겠더라. 어차피 일어난 일이니 궁금하지는 않아, 어쩌면 개가 집에서 나가고 싶었는지도 모르지."

이렇게 말하고는 작고 사랑스럽게 웃음을 터뜨렸다. 하지만 내 얼굴에 나타난 불쾌한 표정을 보고는 진지해졌다.

"어쩌지? 타륵 씨가 개 어디 갔어, 하고 계속 묻거든."

"제가 해결책을 찾아보죠."

저녁때 나는 입을 꼭 다물고 있었다. 하지만 침묵을 고수하고 있으면서도 ─ 혹은 이 때문에 ─ 일어나 나가지 못했다. 통행금지가 시작될 무렵에는 '자리에서 일어나지 못하는 불안감'이 아주 심해졌다. 아마도 퓌순과 네시베 고모는 나의 이 불안감을 눈치챘던 것 같다. 네시베 고모가 몇 번이고 "아이고, 제발 늦게 나가지 마."라고 했던 것이다. 나는 10시 5분이 지나 그 집에서 나갈 수 있었다.

돌아가는 길에는, 이미 통행금지 시간이 지났기 때문에 아무도 우리를 멈춰 세우지 않았다. 집에 돌아와서 개들의 의미와 내가 가지고 갔다가 다시 가져오는 행동에 대해 한동안 생각했다. 그들은 개의 존재를 열한 달 후에야, 내 생각에는 군사 쿠데타가 퍼뜨린 우리 자신을 추스르자는 분위기 때문에 눈치챘던 것이다. 하지만 네시베 고모는 자신들이 '금세' 알아챘다고 생각하고 있었다. 텔레비전 위에서 손뜨개 덮개에 앉아서 자고 있는 개들은 사실 라디오를 듣던 시기부터 있던 것들이었다. 모두 함께 라디오를 들을 때는, 자동적으로 라디오로 고개가 향했고, 그러면 그곳에서 무엇인가를 보고 안정을 느낄 만한 것을 찾았던 것이다. 라디오가 구석으로 밀려나고, 텔레비전이 가족 식탁의 미흐랍[89]이 되자, 개들도 텔레비전 위로 승진했다. 하지만 이제는 눈이 화면을 바라보고 있었기 때문에 아무도 이 동물들의 존재를 알아채지 못했다. 그래서 나는 원하는 대로 그것들을 가져갈 수 있었던 것이다.

그날 밤 이후 이틀이 지나 케스킨 씨네 집에 사기로 된 개 인형 두 개를 가져갔다.

---

[89] 예배실에서 이슬람의 성지인 메카의 방향을 가리키는 움푹 들어간 곳. 무슬림들은 이곳을 향해 기도를 드린다.

"오늘 베이오을루를 걷다가 '일본 상점' 진열장에서 보았어요. 우리 텔레비전 위에 놓으라고 만든 것 같더군요."

나는 이렇게 말했다.

"어머, 정말 귀엽네. 이러지 않아도 되는데, 케말."

네시베 고모가 말했다.

"검은 귀를 가진 개가 사라진 것이 저도 슬펐어요. 사실 텔레비전 위에 있던 그 개의 외로움이 슬펐던 거지요. 친구처럼 즐거워 보이는 이 두 마리를 보자, 텔레비전 위에 신나고 행복한 개 두 마리가 있으면 좋을 거라고 생각했어요."

내가 이렇게 말했다.

"개의 외로움이 정말로 자네를 슬프게 했어, 케말? 자네도 참 독특한 사람이군. 하지만 자네가 그런 사람이기 때문에 우리는 자네를 좋아하지."

네시베 고모가 말했다.

퓌순은 내게 달콤하게 미소를 지어 보였다.

"구석에 던져진 채 잊힌 물건들은 절 슬프게 해요. 중국인들은 물건에도 영혼이 있다고 믿는다더군요."

내가 이렇게 말했다.

"우리 튀르키예인들도 중앙아시아에서 이곳으로 오기 전에는 중국인들과 아주 가깝게 지냈대요. 얼마 전에 텔레비전에서 그러던데. 그날은 자네가 없었어. 퓌순, 그 프로그램 제목이 뭐였지? 아, 그곳에 놓으니 좋은데. 그렇게 둘이 서로 바라보는 게 좋을까, 우리 쪽을 보는 게 좋을까? 나도 잘 모르겠네."

네시베 고모가 말했다.

"왼쪽에 있는 건 우리를 보게 놓고, 다른 건 그 개를 보게 놓지 그래."

갑자기 타록 씨가 이렇게 말했다.

그는 가끔 대화 도중 예상치 못한 부분에서, 우리 말을 전혀 듣고 있지 않다고 생각하는 순간, 갑자기 대화에 끼어들어, 세부적인 것을 우리보다 더 잘 파악한다는 것을 증명하는 지혜로운 말을 하곤 했다.

"그러면 자기들끼리도 친구가 될 거고 지루하지도 않겠지. 게다가 우리 쪽을 보고 있으니 우리 가족의 일부도 되는 셈이야."

나는 아주 갈망했음에도, 일 년이 넘게 그 개 두 마리를 만지지 않았다. 그 개들을 가져온 1982년부터는 케스킨 씨네 집에서 가져온 물건들의 대가로, 한구석에 돈을 놓아둔다든지 내가 가져간 물건 대신 아주 비싼 새것을 다음 날 가져갔다. 바늘겨레와 개, 혹은 개와 재단용 줄자 같은 것들이 동시에 텔레비전 위에 놓였다가 사라지곤 했다.

# 66
# 뭐요, 이게?

군사 쿠데타가 일어난 지 네 달이 지난 어느 날 밤, 통행금지가 시작되기 십오 분 전에 케스킨 씨네 집에서 나와 체틴과 함께 집으로 돌아오는데, 스라셀비레르 대로에서 신분증 검사를 하던 군인들이 우리를 세웠다. 나는 평온하게 뒷좌석에 편히 기대어 앉아 있었고, 두려워할 것은 아무것도 없었다. 하지만 내 신분증을 받으면서 나를 한번 쳐다보던 사병의 눈이 내 옆에 있던 모과 강판에 머물자 순간 불안해졌다.

나는 습관에 따라 조금 전 케스킨 씨네 집에서 아무도 보지 않는 순간에 본능적으로 강판을 가지고 나왔던 것이다. 이것이 나를 얼마나 행복하게 했던지 그 집에서 일찍 나와, 조금 전에 잡은 도요새를 자랑스럽게 바라보고 싶어 하는 사냥꾼처럼, 강판을 외투에서 꺼내 뒷좌석 내 옆에 놓아두었던 것이다.

저녁때 케스킨 씨네 집에 들어가는 순간, 집에서 나는 향기로운 모과 잼 냄새를 맡았다. 이런저런 이야기를 나누면서, 네시베 고모는 오후에 퓌순과 함께 낮은 불로 잼을 끓였다고 했다. 모녀가 정답게 이야기를 나누고, 어머니가 다른 일로 바쁘면 퓌순이 나무 수저로 잼을 천천히 젓는 모습을 행복하게 상상했다.

군인들은 승객들의 신분증을 보고 나서 차를 보내 줬다. 때로는 모두 차에서 내리게 하고, 자동차와 승객을 샅샅이 수색하기도 했다. 우리에게는 내리라고 말했다.

나는 체틴과 함께 차에서 내렸다. 그들은 우리의 신분증을 꼼꼼히 확인했다. 영화에서 나오는 죄인들처럼 명령에 따라 팔을 양쪽으로 벌려 시보레 위에 올려놓았다. 군인 두 명이 자동차의 대시보드, 좌석 밑을 포함해 전부 뒤졌다. 약간 높은 아파트 사이에 있는 스라셀비레르 대로의 인도는 젖어 있었다. 몇몇 사람들이 지나가다가 검문하는 군인들과 수색당하는 우리를 힐끗 쳐다보던 것이 기억난다. 통행금지 시간이 다가오고 있었고, 인도에는 아무도 없었다. 우리 고등학교 3학년이 거의 모두 찾았고, 메흐메트가 알던 여자가 많았던 유명한 매음굴 66(건물의 번지수였다.)의 창은 전부 불이 꺼져 있었다.

"이 물건은 누구 거요?"

한 군인이 물었다.

"제 겁니다……."

"뭐요, 이게?"

그 순간 모과 강판이라고 말할 수는 없다고 느꼈다. 그렇게 말한다면 퓌순을 향한 나의 집착, 이미 오래전에 결혼한 여자를 만나기 위해 일주일에 네다섯 번 그녀의 가족이 사는 집에 드나드는 것, 수치스러운 상황과 절망감, 내가 사실은 이상하고 나쁜 사람이라는 것을 즉시 알아챌 것만 같았다. 타륵 씨와 잔을 부딪치며 마셨던 라크 때문에 내 머릿속은 뿌옇다. 하지만 많은 세월이 흐른 지금도 이 때문에 내가 잘못 판단했다고는 생각하지 않는다. 모과 강판이, 조금 전에 퓌순의 집 부엌에 있던 물건이, 지금은 트라브존 출신의 — 그렇다고 생각했다 — 호의적인 병장의 손에 들려 있는 것이 이상하게 여겨졌다. 하지만 문제는 더 깊은 곳에 있었다. 그것은 이 세상에서 살아가는 것, 그리고 인간으로 존재하는 것과 관련된 문제였다.

"신사 양반, 이 물건은 당신 것입니까?"

"예."

"이게 뭐요, 형씨?"

나는 다시 침묵했다. 자리에서 일어나지 못하는 것과 비슷한, 속수무책으로 항복하고 싶은 감정이 서서히 내 온몸을 휘감아 들었고, 내가 나의 죄를 말하기 전에 군인 형제가 나를 이해해 주었으면 했다. 하지만 그렇게 되지는 않았다.

초등학교에 다닐 때 아주 이상하고 약간은 아둔한 친구가 있었다. 선생님이 그 아이를 칠판 앞으로 불러 수학 숙제를 했는지 안 했는지를 물었을 때, 그 아이도 나처럼 침묵에 잠겼다. 긍정도 부정도 하지 않았으며, 죄책감과 무기력으로, 몸의 무게를 왼쪽 다리와 오른쪽 다리에 번갈아 실으며 선생님이 머리끝까지 화가 날 때까지 버티고 서 있었다. 사람이 한번 침묵을 하게 되면 입을 여는 것이 불가능하다는 것을, 십 년이고 백 년이고 입을 다물 거라는 것을, 교실에 앉아 그 아이를 바라보며 놀라고 있을 때는 이해하지 못했다. 나의 어린 시절은 행복하고 자유로웠다. 하지만 많은 세월이 흐른 후 그날 밤, 스라셀비레르 대로에서, 말하지 못하는 것이 무엇인지 알게 되었다. 퓌순을 향한 나의 사랑도 결국 이러한 유의 어떤 고집과 내향성에 관한 이야기라는 것도 희미하게 느꼈다. 그녀를 향한 나의 사랑은, 나의 집착은, 그것이 무엇이든지 간에, 다른 누군가와 자유롭게 이 세상을 공유하는 길로 나를 이끌지 못했다. 이것이 지금 설명하는 세계에서는 불가능하다는 것을 내 영혼의 깊은 곳에서 처음부터 알았기 때문에 나의 내면을 향했으며, 퓌순을 내 안에서 찾는 길로 이끌었던 것이다. 내가 그녀를 나의 내면에서 찾으리라는 것도 퓌순은 이해했을 것이다. 결국 모든 것이 잘될 것이었다.

"장교님, 그건 강판인데요……. 익히 알고 계시는 모과 강판입니다."

체틴 씨가 말했다.

그는 어떻게 그렇게 금세 강판이라는 걸 알았을까?

"그렇다면 왜 말을 하지 않는 거요?"

그러면서 나를 돌아봤다.

"이보시오, 계엄 상태라고요……. 당신 귀머거리야?"

"장교님, 케말 씨는 요즘 무척 근심이 많답니다."

"왜지?"

하지만 그는 동정의 여지를 남겨 두지 않았다.

"차 안에서 기다려!"

그는 거칠게 말하고는, 모과 강판과 우리 신분증을 들고 멀어져 갔다.

강판은 우리 뒤에서 순서를 기다리던 자동차의 밝은 불빛에 반사되어 반짝였고, 그다음에는 군용 차량 — 작은 트럭 — 안으로 던져졌다.

체틴과 함께 시보레 안에서 기다렸다. 통행금지 시간 무렵, 거리의 자동차들은 속력을 내기 시작했다. 멀리 탁심 광장에서 빠르게 돌아가는 자동차들이 보였다. 우리 사이에는, 검문을 받거나, 신분증을 내보이거나, 그저 경찰 옆에 있을 때도, 사람들이 느끼던 두려움이나 죄책감 이상의 침묵이 놓여 있었다. 자동차 시계가 똑딱거리는 소리를 들으면서, 우리는 소리를 내지 않기 위해 앉은 자리에서 움직이지 않았다.

모과 강판이 군용 차량 속 어느 대위의 손 위에 놓여 있다는 생각에 불안해졌다. 조용히 기다리면서, 군인들이 강판을 압수해 가면 나는 아주 고통스러울 거라는 생각이 들어 근심은 갈수록 커졌다. 많은 세월이 흐른 후에도 이때 내가 얼마나 걱정을 했는지가 생생히 떠올랐다. 체틴이 라디오를 켰다. 계엄 사령부의 성명이 흘러나왔다. 수배자 명단, 금지 사항, 체포된 사람들……. 체틴에게 다른 채널로 돌리라고 했다. 약간 지직거리는 소리가 들린 후, 아주 먼 나라에서 보내오는, 나의 정신 상태에 맞는 무엇인가가 들려왔다. 그 맛을 음미하며 듣고 있을 때, 작은 빗방울이 앞 유리창을 한 방울 두 방울 적시기 시작했다.

통행금지 시간이 시작된 지 이십 분이 지나자, 한 군인이 우리에게 다가와서 신분증을 돌려주었다.

"됐소, 가도 됩니다."

"우리가 통행금지 시간에 돌아다닌다고 또 세우면 어쩌지요?"

체틴이 물었다.

"우리가 이미 세웠다고 말하시오."

군인이 말했다.

체틴이 시동을 걸었다. 군인은 우리에게 길을 내주었다. 하지만 나는 자동차에서 내려, 군용 트럭 쪽으로 갔다.

"장교님……. 우리 어머니의 강판이 여기 있는 것 같은데요……."

"이런, 이런, 당신 벙어리도 귀머거리도 아니잖아. 말을 잘하는군."

"신사 양반, 이것은 날카롭고 위험한 물건이오. 소지가 금지된 물품이란 말이오!"

다른 군인이 이렇게 말했다. 계급이 더 높은 사람이었다.

"하지만 가지고 가시오. 다시는 소지하고 다니지 마시오, 그런데 하는 일이 뭡니까?"

"사업가입니다."

"세금은 잘 냅니까?"

"냅니다."

그들은 다른 말은 하지 않았다. 마음은 약간 상했지만 강판을 되찾게 되어 행복했다. 체틴이 천천히 조심스럽게 모는 자동차를 타고 돌아오는 길에, 내가 행복하다는 것을 깨달았다. 개 떼가 점령한 이스탄불의 어둡고 텅 빈 거리, 낮에는 추하고 허름한 모습으로 기분을 상하게 했던 콘크리트 아파트로 둘러싸인 거리가 이제는 신비롭고 시적으로 보였다.

# 67
# 화장수

    1981년 1월 페리둔과 함께 레잔즈 식당에서 게르치와 라크를 곁들인 점심을 먹으며 영화 일에 대해 이야기를 나누었다. 페리둔은 펠뤼르 바에서 만난 카메라맨 야니와 광고를 찍고 있었다. 나는 이에 대해 아무런 이의가 없었지만, 그는 "돈 때문에 하는 겁니다!"라며 이 일 때문에 마음이 불편하다고 했다. 페리둔은 항상 느긋해 보였고, 노련하게도 젊은 나이에 삶의 기쁨을 애쓰지 않고 쉽게 얻는다고 생각했기에, 그런 그가 이러한 유의 도덕적 문제로 괴로워하는 것을 전혀 이해할 수가 없었다. 하지만 경험은 나를 성숙하게 만들었고, 사실 사람은 보이는 것과 다른 경우가 많다는 것을 알고 있었다.

    "준비된 시나리오가 있습니다. 돈을 벌기 위해 뭔가 해야 된다면 이걸 찍는 게 낫지요. 시나리오는 약간 저속해도, 좋은 기회라고 생각합니다."

    페리둔이 말했다.

    '준비된' 혹은 '모든 면에서 준비된 시나리오'라는 말은 펠뤼르 바에서 가끔 들었던 개념이었다. 어떤 시나리오가 검열을 거치고, 촬영을 시작할 수 있게 정부로부터 모든 허가를 받았다는 의미였다. 관객들이 좋아할 만한 시나리오는 아주 소수만이 검열을 통과하던 시기에, 매년 한두 편은 영화를 찍어야 하는 제작자나 감독은 전혀 생각하지도 않던 시나리오라도 준비만 되었다고 하면 아무것도 하지 않는 것보다는 낫다며 촬영에 들어갔다. 검열 위원회가 오랜 세월 동안 흥미롭고 특이한 아이디어와 튀는 부분을 잘라 내는 바람에 모든 영화가 서로 비슷비슷해졌기 때문에, 내용을 전혀 몰라도 대부분의 감독들은 문제 삼지 않았다.

"내용이 퓌순에게 적당한가?"

나는 페리둔에게 이렇게 물었다.

"전혀 아닙니다. 파파트야에게 적당한 아주 경박한 역할입니다. 여자 배우가 몸을 약간 드러내야 하거든요. 남자 주인공도 타히르 탄이 적격입니다."

"타히르 탄은 안 돼."

문제는 우리의 첫 영화에 퓌순이 아니라 파파트야를 출연시키는 게 아니라는 듯, 타히르 탄에 대해 한동안 이야기를 나누었다. 페리둔은 타히르 탄이 후주르 식당에서 일으킨 사건은 이제 그만 잊어야 한다는 듯 "감정적으로 행동하지 맙시다!"라고 했다. 순간 우리의 눈이 마주쳤다. 그는 그 순간에 퓌순을 어느 정도 생각하고 있었을까? 나는 영화의 내용을 물었다.

"부유한 남자가, 먼 친척인 아름다운 여자를 강간하고 나서 버립니다. 처녀성을 잃은 여자는 복수를 하기 위해 가수가 됩니다……. 노래는 기왕에 파파트야를 위해 만들어진 겁니다. 원래 '몽상' 하야티가 찍으려던 영화인데, 파파트야가 자신의 노예가 되려고 하지 않는다며 화를 내며 그만뒀습니다. 시나리오도 공중에 붕 뜬 셈이지요. 아주 좋은 기회입니다."

시나리오나 노래, 모든 면에서 퓌순이 아니라 페리둔에게도 어울리지 않을 정도로 형편없는 영화였다. 나의 아름다운 퓌순은 저녁 식사 때 눈에서 불을 내뿜을 듯 나를 바라보며 얼굴을 찌푸릴 테지만 최소한 페리둔은 만족시켜 주는 것이 좋겠다고 생각했기 때문에, 그리고 점심 식사 때 마신 라크의 영향도 있고 해서, 용기를 내어 영화에 투자하기로 했다.

1981년 5월에 페리둔은 '준비된 시나리오'로 영화를 찍기 시작했다. 할리트 지야가 팔십 년 전에 쓴 사랑과 가족에 대한 소설 『험난한 인생』에서 영화의 제목을 따왔다. 하지만 오스만 제국 말기의 저택을 배경으로, 서양화된 부유한 오스만 제국 출신인 특권 계층이자 부르주아들이 주인공으로 등장하는 소설과, 1970년대의 진흙탕 속 뒷골목과 노래가 흘러나오는 극장식당에서 진행되는 영화 사이에는 아무런 유사성이 없었다. 파파트야가 열심히 연기한 여가수는 사랑 노래를 불러 유명해지는데, 사실은 잃어버린 처녀성에 대한 복수를 하겠다는 증오와 의지로 오랜 세월 동안 준비해 온 인물로, 소설과는 달리 결혼을 했기 때문이 아니라 하지 못했기 때문에 불행했다.

예전에 노래가 나오는 영화의 극장식당 장면은 모두 찍었던 옛 페리 극장에서 촬영이 시작되었다. 극장의 의자를 모두 치우고, 그 자리에 테이블을 놓아 극장식당으로 변신시켰다. 그 당시 가장 큰 극장식당이었던 막심이나 커다란 천막이 쳐진 예니카프의 차클 극장식당만큼은 아니었지만, 무대는 그래도 꽤 넓었다. 1950년대에서 1970년대 말까지, 한편에서는 손님들이 먹고 마실 때, 다른 한편에서는 가수, 말재주가 좋은 진행자, 곡예사, 마술사, 마법사 들이 나오는 버라이어티 쇼를 구경했던 프랑스 카바레를 모방한 극장식당에서는, 튀르키예풍 또는 프랑스풍 음악이 주가 되는 뮤지컬 영화를 찍곤 했다. 튀르키예 영화에 나오는 극장식당 장면에서,

주인공은 먼저 자신과 자신의 아픔에 대해 온갖 수사적인 표현을 동원해 이야기하고, 많은 세월이 흐른 후 역시 극장식당에서 관객과 손님의 미친 듯한 환호와 눈물 속에서 인생의 승리를 거두었다.

페리둔은 가난한 젊은이들이 자신들의 고통을 진심을 다해 표현하는 것에 박수를 보내는 부자 역할의 엑스트라를 싸게 고용하기 위해 예월참 제작자들이 쓰는 다양한 방법들을 내게 설명해 주었다. 옛날에는 음악이 나오는 영화에 제키 뮈렌이나 에멜 사인 같은 진짜 가수가 출연했고, 넥타이를 매고 정장을 입은 사람들을 입장시켜 테이블에서 예의를 갖춰 앉아 있도록 했다. 극장식당의 테이블마다 공짜로 스타들을 보려는 사람들로 꽉 찼고, 이렇게 해서 전혀 돈을 들이지 않고 엑스트라 문제를 해결했다는 것이다. 요즘에는 가수 대신에 파파트야처럼 이름이 약간 알려진 배우들이 연기를 했다.(영화 속에서 실제보다 훨씬 더 유명한 가수를 연기하는 이런 피라미 배우들도, 영화를 한두 편 찍으면 실제 삶과 영화 사이의 유명세 차이를 상쇄할 수 있었고, 그런 다음에는 다시 덜 유명한 가난한 가수가 영화에 출연하는 식이었다. 한번은 무자페르 씨가 튀르키예 관객들은 실제 삶에서나 영화에서나 모두 유명하고 부유한 사람들을 질려 한다고 말한 적이 있다. 영화의 힘은, 배우의 실제 삶에서의 위치와 영화에서의 위치 사이에 숨겨져 있다는 것이었다. 어차피 영화 속 이야기도 이 차이를 상쇄하는 거라는 말이었다.) 유명하지도 않고 중요하지도 않은 가수의 노래를 듣기 위해 먼지투성이인 페리 극장으로 멋진 옷을 입고 올 사람은 없었기 때문에, 극장식당 테이블에서는 넥타이를 매고 온 남자들과 머리에 스카프를 쓰지 않은 여자들에게 공짜로 케밥을 대접했다. 타이푼은 옛날에 여름 야외극장에서 보았던 튀르키예 영화에 대해 친구들 모임이나 저녁 모임에서 조롱하기를 좋아했다. 가난한 사람들이 배를 채운 후에 넥타이를 매고는 부유한 척하는 모습이나 안간힘을 쓰는 모습을 흉내 냈다. 그는 마치 부당한 대우를 받은 양, 진정 감정이 상한 양, 튀르키예 부자들은 절대 그러지 않는다고 화를 내며 되풀이해서 말하곤 했다.

값싼 엑스트라들이 부유한 사람들을 잘못 흉내 내는 것보다 더 큰 문제가 있다는 것을 나는 알 수 있었다. 페리둔이 촬영을 시작하기 전에 자신이 조수 시절에 경험했던 일들을 예로 들어 가며 설명해 주었던 것이다. 엑스트라들 중에는 케밥만 다 먹고, 영화 촬영은 끝나기도 전에 세트에서 나가려 하거나, 테이블에서 신문을 읽거나, 여주인공인 가수가 가장 감동적인 대사를 할 때 다른 엑스트라들과 웃으며 농담을 하거나(이것이 현실적인 행동이다.) 기다리는 것에 지쳐서 테이블에서 잠을 자는 사람들도 있었다.

「험난한 인생」촬영 현장에 처음 갔을 때, '세트 감독'은 화가 나서 얼굴이 벌게진 채, 카메라를 바라보는 엑스트라들을 꾸짖고 있었다. 나는 진짜 영화 제작자나 사장처럼 멀리서 조용히 구경을 했다. 그러던 중 페리둔의 목소리가 들려오자, 순간적으로 모든 것이 반쯤은 동화 같고 반쯤은 간단한 마술 같은 튀르키예 영화의 분위기로 바뀌었고, 파파트야는 관객들 사이로 뻗어 있는 무대 위에서 마이크를 들고 걷기 시작했다.

오 년 전에 퓌순과 페리둔과 함께 으흐라무르성 근처에 있는 야외극장에서 보았던 영화에서, 파파트야는 오해로 인해 헤어진 어머니와 아버지를 화해시키는 융통성 있고 똑똑하며 마음씨 착한 어린 딸을 연기했지만, 지금은 삶에 지쳐 분노와 고통 속에서 몸부림치는 희생자(모든 튀르키예 아이들의 운명을 한꺼번에 설명하듯)로 변신했다. 튀르키예 영화 속에서 순수성을 잃고 비극을 맞은, 그리고 이러한 이유로 죽음의 운명에 처한 불운한 여자의 분위기는 파파트야에게 꼭 맞는 옷처럼 어울렸다. 나는 파파트야의 어린 시절, 순수한 옛 모습을 떠올리는 동시에 지금의 모습을 이해했다. 무대 위의 지치고 화가 난 모습에서 그녀의 순수한 어린 시절을 보았던 것이다. 존재하지도 않는 오케스트라에 맞춰 ― 페리둔은 이런 부족한 부분은 다른 감독에게서 구한 노래 장면을 합성하여 보완한다고 했다 ― 무대 위를 모델처럼 걸으며, 절망으로 인해 신에게 반란을 일으키는 지점에 이르렀다. 그녀의 복수 의지는 그녀가 겪고 있는 고통이 얼마나 큰지를 떠올리게 해 사람들을 슬프게 만들었다. 파파트야에게 저속하기는 하지만 보석 같은 재능이 있다는 것을 느낄 수 있었다.

파파트야는 손가락을 집게처럼 만들어 마이크를 잡고 있었다. 그 당시의 유명한 스타들은 모두가 저마다 자신의 개성에 따라 마이크를 잡았다. 파파트야가 완전히 새롭고 독창적인 방식으로 마이크를 잡은 것은, 펠뤼르에서 알게 된 한 신문 기자에 따르면, 그녀가 얼마 지나지 않아 아주 위대한 스타가 될 거라는 증거였다. 그즈음 높은 삼각대 위에 고정해 놓는 마이크가, 긴 줄이 달려 움직일 수 있는 마이크로 바뀌어 갔고, 이로써 가수들은 무대에서 사람들 사이로 섞여 들 수 있었다. 이와 같은 새로운 상황에서 또 다른 문제가 생겼다. 가수들이 감상적인 노래를 하는 중에 후회와 분노의 제스처를 하고 때로는 눈물을 흘리면서, 다른 한편으로는 마이크의 긴 줄을 제대로 다루어야(주부들이 전기 청소기의 긴 줄이 책상 다리에 걸리지 않도록 신경 써야 하는 것처럼) 했던 것이다. 파파트야는 실제로 노래를 부르지 않고 '립싱크'를 하며, 마이크 줄이 어디에도 걸리거나 묶이지 않았는데도 마치 걸린 것처럼 연기했으며, 이런 상황을 아주 우아하고 부드럽게 해결하는 듯 움직였다. 위에서 언급한 그 신문 기자는 이와 같은 행동은 줄넘기를 하는 친구들을 위해 줄을 돌려 주는 어린아이의 행동과 닮았다고 감격한 듯 말했다.

　촬영은 빠르게 진행되었다. 잠시 휴식 시간이 되자, 파파트야와 페리둔에게 노고를 치하하며, 모든 것이 아주 잘되어 가고 있다고 말해 주었다. 이 말을 입 밖에 내는 순간 나 자신이 신문과 잡지에 나오는 제작자와 비슷하다는 생각이 들었다. 그곳에 있던 신문 기자들이 내 말을 받아쓰고 있었기 때문일 것이다! 하지만 페리둔 역시 신문에 나오는 감독의 분위기를 풍기고 있었다. 촬영의 속도와 어수선한 분위기는 어린아이 같은 그의 모습을 씻어 가 버렸고, 두 달 만에 열 살은 늙어 버린 것 같았다. 한번 시작한 일을 끝내려는, 단호하고 강하고, 약간은 매정한 남자의 분위기가 배어 있었다.

　파파트야와 페리둔이 연인 관계 혹은 적어도 심각한 관계라는 것도 그날 느끼게 되었다. 하지만 확신할 수는 없었다. 신문 기자들이 옆에 있을 때면, 스타나 스타가 될 만한 배우들은 누군가와 비밀스러운 사랑을 하는 것 같은 분위기를 풍긴다. 영화 관련 기사를 준비하는 잡지나 신문 기자들의 눈길에는 금기나 죄의 냄새를 풍기는 무언가가 있었고, 배우와 감독 들도 그런 죄를 범하고 있었다. 사진을 찍을 때 나는 카메라에서 멀리 떨어졌다. 퓌순은《소리》나《주말》같은 영화 관련 소식을 전하는 잡지를 매주 어딘가에서 읽었다. 페리둔과 파파트야의 관계 역시 이런 잡지에서 읽을 거라고 생각했다. 파파트야가 남자 주인공인 타히르 탄과, 더 나아가 나와 ─ '제작자와!' ─ 연애를 하고 있다는 것을 은근히 암시할지도 모른다. 하지만 사실 그 누가 뭔가를 암시할 필요도 없었다. 잡지나 신문 기자들은 어떤 기사가 많이 팔릴 것 같으면 내용을 조작하고, 살을 붙이고, 공을 들여 재미있게 윤색했기 때문이다. 때로는 거짓 기사를 배우들에게 솔직하게 밝히면, 그들도 기사에 필요한 '친한 포즈'를 취해 주었다.

뷔순이 이러한 생활이나 사람들에게서 떨어져 있다는 것이 기쁘기도 했지만, 그녀가 이곳의 시끌벅적함과 흥겨운 분위기를 경험하지 못하는 것이 가슴 아프기도 했다. 아주 유명한 여배우는 영화나 삶에서 온갖 종류의 저속한 여자 역할 — 어차피 관객에게 이 두 가지는 같은 것이다 — 을 연기하며 시련을 겪은 후라도, 돌연 정숙한 주부로 가장해 숙녀로서 영화 활동을 계속할 수 있었다. 뷔순도 그렇게 생각하고 있었을까? 그렇게 되려면 지하 세계에서 '아빠'라 불리는 배짱 있고 우악스러운 부자를 찾아야 할 것이다. 이런 우악스러운 남자들은 스타들과 관계를 맺자마자, 그녀들이 영화에서 키스하거나 몸을 드러내지 못하게 했다. 몸을 드러낸다는 것은 — 미래의 독자들이나 관람객들은 오해하지 않기 바란다 — 다리 아랫부분과 어깨를 드러내는 것 이상은 아니었다. '아빠'의 비호 아래 있는 유명 스타에 대해 모욕적이거나 조롱하거나 부도덕한 기사가 게재되는 것도 불가능했다. 어떤 젊은 신문 기자가 이런 금지 사항에 대해 알지 못하고, 유명한 '아빠'가 비호하던, 가슴이 커다란 어떤 스타가 고등학교 시절 벨리 댄서였고 동시에 알 만한 공장주의 정부(情婦)였다는 기사를 썼는데, 그 후 그는 다리에 총을 맞았다.

영화 촬영을 지켜보는 게 즐겁기도 했지만, 페리 극장에서 걸어서 십 분 거리에 있는 추쿠르주마의 집에서 뷔순이 가만히 앉아 있을 생각을 하니 마음이 아팠다. 영화 촬영은 통행금지 시간이 될 때까지 밤늦도록 계속되었다. 저녁 식사 때 케스킨 씨네 집 식탁의 내 자리가 비면, 뷔순이 자기보다 영화 촬영을 우선시한다고 생각할까 봐 마음이 급해졌다. 저녁마다, 페리 극장에서 케스킨 씨네 집으로, 죄책감과 행복을 기대하며 네모난 돌길로 된 비탈길을 내려가곤 했다. 퓌순은 결국 내 것이 될 것이다, 그녀를 영화와 거리를 두게 한 것은 잘한 일이었다, 하고 나는 생각했다.

이제 그녀와는 동지애와 패배감으로도 서로 예속되어 있다는 것을 깨달았고, 이것은 사랑보다도 더 나를 행복하게 해 주었다. 그렇게 느끼면, 도시의 거리에 반영되는 저녁 햇살, 오래된 룸 아파트에서 흘러나오는 먼지 섞인 습기와 오래된 듯한 냄새, 병아리콩이 들어간 밥과 튀긴 간을 파는 상인, 골목에서 아이들이 차는 축구공이 네모난 돌길 위에서 튀어 오르는 것, 케스킨 씨의 집으로 내려가면서 내가 그 공을 세게 차면 터져 나오는 야유 섞인 환호, 이 모든 것이 나를 행복하게 했다.

영화 세트장에서부터 사트사트 복도까지, 찻집에서부터 케스킨 씨의 집까지, 그 당시 모든 이들의 대화 주제는 빈민가 금융업자들이 매기는 아주 높은 이자였다. 인플레이션이 100퍼센트에 근접했기 때문에 사람들은 어딘가에 돈을 투자하고 싶어 했다. 케스킨 씨네 저녁 식탁에서도 자리에 앉기도 전에 이 문제가 거론되기 시작했다. 타륵 씨는 자신이 가끔 가는 찻집에서 들으니, 누구는 그동안 번 돈으로 카팔르 차르시에서 금을 샀고, 누구는 원금의 50퍼센트까지 이자를 주는 금융업자에게 투자를 했는데, 그래도 대부분은 가지고 있는 금을 팔거나 은행 계좌를 닫아 버렸다고 하더라면서, 사업가인 내게 조언을 구하듯 조심스레 의견을 묻곤 했다.

요즈음 페리둔은 영화 촬영과 통행금지를 핑계로 집에는 어쩌다 들렀고, 내가 레몬 영화사에 대 주었던 돈을 퓌순에게는 한 푼도 주지 않았다. 나는 그 집에서 물건들을 가져가고 새것을 가져다주는 대신, 물건을 가져갔던 곳에 돈을 놓아두었다. 한 달 전, 타륵 씨의 오래된 카드 한 벌을 별로 숨기지도 않고 가져온 다음부터 시작된 일이었다.

나는 퓌순이 시간을 때우기 위해 카드 점을 치는 것을 알고 있었다. 타륵 씨는 네시베 고모와 베지크 게임을 할 때 다른 카드를 사용했다. 어쩌다 네시베 고모가 다른 손님과 카드 게임(콩 요리 내기 포커나 세븐 카드)을 하더라도, 이 카드는 꺼내지 않았다. 내가 '훔친' 카드에는 가장자리가 닳거나, 뒷면에 얼룩이 있거나, 접혀서 갈라진 것도 있었다. 퓌순은 이런 표시와 얼룩으로 카드를 알아보았고, 그래서 이 카드로 운수 점을 치면 잘 맞는다며 웃었다. 나는 신중하게 카드의 냄새를 맡았다. 오래된 카드 고유의 향기, 습기, 먼지 냄새뿐 아니라 퓌순의 손의 향기까지 힘껏 들이마셨다. 카드 냄새와 그 향기로 머리가 어쩔했다. 내가 관심을 보이는 걸 네시베 고모가 알아챘기 때문에, 나는 보란 듯이 주머니에 넣었다.

"우리 어머니도 카드로 운수 점을 치거든요. 그런데 점괘가 맞지 않아요. 이 카드로 점을 본 사람들은 운이 트인다고 하더군요. 이제 얼룩과 접힌 곳을 알면 어머니도 약간 운이 좋아지겠지요. 요즘 퍽 지루해하시거든요."

"외지혜 언니에게 안부 전해 주렴."

네시베 고모가 말했다.

니샨타쉬에 있는 알라딘 가게에서 새로 카드 한 벌을 사 오겠다고 하자, 네시베 고모는 '그런 수고는 절대 하지 말라'며 장황하게 만류했다. 그래도 내가 고집을 피우자 베이오을루에서 본 카드 세트 얘기를 꺼냈다.

퓌순은 뒷방에 있었다. 나는 주머니에서 지폐 한 뭉치를 꺼내 부끄러워하며 한쪽에 놓았다.

"네시베 고모, 그 새 카드 말이에요, 한 벌은 고모님 것으로, 한 벌은 우리 어머니 것으로 사다 주시겠어요? 이 집에서 가져간 카드를 보면 우리 어머니가 기뻐할 것 같아요."

"당연히 그러마."

네시베 고모가 말했다.

열흘 후, 내가 그 집에서 가져간 페레자 화장수 병이 있던 자리에, 다시 이상한 부끄러움을 느끼며 지폐 한 뭉치를 놓았다. 초기에는 이렇게 물건과 돈을 교환하는 것에 대해 퓌순이 전혀 몰랐다고 확신한다.

사실 지난 몇 년 동안 케스킨 씨네 집에서 화장수 병을 가져가서, 멜하메트 아파트에 모아 두고 있었다. 하지만 완전히 빈 병이거나 거의 비어서 버릴 병이었다. 놀이를 하는 동네 아이들 말고는 아무도 관심을 갖지 않을 병이었다.

저녁을 먹은 뒤 한참이 지나 화장수를 부어 주면, 나는 손과 이마와 볼에 마치 성수처럼 진심을 다해, 희망을 품고서 발랐다. 퓌순의 어머니 아버지 그리고 그녀가 화장수를 부어 주는 모습을 언제나 홀린 듯이 바라보았다. 타륵 씨는 무거운 페레자 화장수 병의 뚜껑을 텔레비전을 보면서 단번에 열어 천천히 돌렸고, 그가 잠시 후 광고 시간에 병을 퓌순에게 건네며 "화장수 쓸 사람 있는지 물어보렴."이라고 말한다는 것을 우리는 모두 알고 있었다. 퓌순은 먼저 아버지의 손에 화장수를 부었고, 타륵 씨는 치료를 하듯 화장수를 손목에 바르고 향기를 맡았고, 막힌 숨이 뚫린 사람처럼 깊게 심호흡을 했으며, 나중에도 가끔 긴 손가락 끝의 향기를 맡았다. 네시베 고모는 화장수를 아주 조금만 달라고 한 뒤, 나의 어머니처럼 우아하게, 마치 손바닥에 비누가 있어서 거품이라도 내는 듯 손을 굴리고 굴렸다. 페리둔도 집에 있을 때는 아내가 주는 화장수를 많이 받았다. 갈증으로 죽어 가는 사람처럼 두 손을 펴고는, 벌컥벌컥 물을 마시는 사람처럼 탐욕스럽게 화장수를 얼굴에 바르곤 했다. 나는 이런 모습이, 화장수가 가져다주는 기분 좋은 향기와 상쾌함

(추운 겨울 저녁에도 이런 화장수 의식이 있었다.) 이상의 의미가 있다고 느꼈다.

버스 여행을 시작할 때, 버스 차장이 승객들에게 화장수를 부어 주듯이[90], 우리의 화장수도 우리가 어떤 공동체인 양 매일 밤 텔레비전 앞에 모이고, 같은 운명을 지니고(텔레비전 뉴스에서도 강조하는 감정) 매일 저녁 같은 집에서 만나 텔레비전을 보고 있지만 삶이라는 모험을 함께하여 기쁘다는 것을 느끼게 해 주었다.

나는 내 차례가 오면 조바심 내며 손바닥을 펴고, 퓌순이 화장수를 부어 주기를 기다리며 그녀와 눈을 맞췄다. 그러면 우리는 사랑에 빠진 커플처럼 깊은 시선으로 서로를 바라보았다. 손에 부어진 화장수 냄새를 맡을 때도 절대 손바닥을 보지 않았고, 내 눈과 퓌순의 눈이 멀어지도록 하지 않았다. 내 눈길의 간절함, 단호함, 사랑이 그녀를 미소 짓게 할 때도 있었다. 그 희미한 미소의 흔적은 그녀의 입가에서 오랫동안 사라지지 않았다. 나는 그 미소에서 사랑에 빠진 나의 모습, 매일 저녁 그곳으로 오는 나의 모습, 삶에 대한 연민과 조롱을 엿보곤 했다. 하지만 가슴에 상처를 입지는 않았다. 반대로, 그 순간 그녀를 더욱 사랑하게 되었고, 알튼 담라[91] 화장수 병을 내 집으로 가져가고 싶어졌으며, 다음에 찾아갔을 때 병이 거의 비어 있으면 눈 깜짝할 사이에 옷걸이에 걸린 내 외투 주머니에 쑤셔 넣었다.

「험난한 인생」이 촬영되던 무렵, 저녁 7시경, 날이 어두워지기 전에 페리 극장에서 추쿠르주마를 향해 걸어가면서, 그 순간 경험하고 있는 삶의 조각을 이미 예전에 경험한 것 같은 느낌이 드는 날이 있었다. 완전히 똑같은 것을 경험했던 예전의 삶에는 대단한

90  튀르키예에서는 시외버스 승객들에게 청결을 위해 손바닥에 화장수를 부어 준다.
91  '황금 물방울'이라는 의미.

불행도 엄청난 행복도 없었던 것 같았다. 하지만 이 첫 번째 삶에
는 내가 감당하기 힘든, 내 마음을 우울하게 하는 슬픔이 있었다.
아마도 이야기의 끝을 보았기 때문이며, 커다란 승리도, 커다란 행
복도 기대하지 않았다는 것을 알기 때문일 것이다. 퓌순을 사랑하
게 된 지 육 년이 지나, 삶이란 한쪽 끝이 열려 있는 재미있는 모험
이라고 생각하던 사람은 이제 삶에 화가 난 내성적이며 슬픈 사람
으로 변할 지점에 이르러 있었다.

"퓌순, 황새를 볼까?"

그 봄밤에 이렇게 말했다.

"아니, 새로 그린 게 없어."

퓌순은 우울하게 대답했다.

한번은 네시베 고모가 대화에 끼어들었다.

"아니, 왜 그렇게 말하니……. 황새가 우리 굴뚝에서 아주 높이
날았어, 케말, 그곳에선 이스탄불 전체가 다 보였을 거야."

"정말 궁금하군요."

"오늘 저녁은 기분이 좋지 않아."

퓌순은 솔직하게 말했다.

그럴 때면 타륵 씨는 마음이 아려 왔고, 딸이 가여워 보호하고
싶어 했으며, 슬퍼했던 것을 나는 보았다. 퓌순의 이 말은 그날 저
녁만이 아니라, 궁지에 몰린 자신의 삶을 의미하는 것 같아 슬펐
으며, 이제는 「험난한 인생」 촬영장에 가지 않겠다고 마음을 먹었
다.(짧게나마 이 결심을 지켰다.) 내 이성의 한편으로, 퓌순의 이런
대답은 나를 향해 오랜 세월 동안 계속되고 있는 전쟁의 한 모습이
라는 생각이 들었다. 네시베 고모의 시선에서, 그녀가 나뿐 아니라
그녀의 태도에 대해서도 마음 아파한다고 느꼈다. 톱하네 상공에
몰려 있는 검은 비구름이 하늘을 어둡게 하는 것처럼, 삶에 대한

근심과 고충이 우리의 마음을 어둡게 하는 것을 느끼면 우리는 한 동안 침묵했고, 여느 때처럼 세 가지 행동을 했다.

1. 텔레비전을 보았다

2. 우리 잔에 라크를 한 잔 더 따랐다.

3. 담배를 한 대씩 더 피웠다.

# 68
# 담배꽁초 4213개


케스킨 씨네 집 식탁에 앉아 있던 팔 년 동안, 나는 퓌순이 피운 4213개의 담배꽁초를 가져와서 모았다. 한쪽 끝이 퓌순의 장미꽃 같은 입술에 닿고, 입속으로 들어가고, 입술에 닿아 젖고(가끔 필터를 만져 보았다.) 입술에 바른 립스틱 때문에 붉은색으로 멋지게 물들어 있는 이 담배꽁초 하나하나는, 깊은 슬픔과 행복한 순간의 추억을 간직하고 있는 아주 특별하고 은밀한 물건들이다. 퓌순은 구 년 동안 언제나 삼순 담배를 피웠다. 케스킨 씨네 집으로 저녁을 먹으러 가기 시작한 직후 나도 말보로 대신 퓌순처럼 삼순 담배를 피웠다. 나는 말보로 라이트를 골목 사이에 있는 밀수 담배 장수나 복권 장수에게서 사곤 했다. 어느 날 밤 말보로 라이트와 삼순이 포만감을 주는 담배라는 이야기를 나누었던 기억이 난다. 퓌순은 삼순이 기침을 많이 나게 한다고 했고, 나는 미국인들이 연초 안에 알 수 없는 독성과 화학 물질을 넣어 말보로를 아주 해롭게 만들었다고 했다. 타륵 씨는 아직 식탁에 와 앉지 않았다. 우리는 서로의 눈을 들여다보며, 각자의 담뱃갑에서 서로에게 담배를 권했다. 팔 년 동안 나도 퓌순과 같이 마치 굴뚝처럼 삼순 담배를 피웠지만, 미래 세대들에게 나쁜 모델이 되지 않도록, 내 이야기에서는 옛날 영화나 소설에서 아주 사랑받았던 끽연의 세부적인 내용만 조금 언급하겠다.

불가리아 공화국에서 생산되어 밀수선과 고깃배로 튀르키예에 들어오는 가짜 말보로 담배 역시 미국에서 파는 진짜 말보로처럼, 한번 불을 붙이면 끝까지 탔다. 삼순은 그대로 두면 불이 꺼져 버렸다. 연초가 습하고 충분히 빻지 않아서 거칠었다. 나뭇조각, 엽맥(葉脈)이 두꺼운 담뱃잎이나 줄기가 나올 때도 있었기 때문에, 퓌순은 담배를 피우기 전에 손가락 사이에 넣고 눌러서 부드럽게 만들곤 했다. 나도 그녀에게서 이런 행동을 배워서, 담배를 피우기 전에는 퓌순과 똑같이 자동적으로 손가락으로 담배를 굴리며 눌러 부수었다. 퓌순과 내가 동시에 그렇게 할 때면, 우리의 눈이 마주쳤고, 나는 아주 기분이 좋아졌다.

케스킨 씨네 집에 갔던 초기에 퓌순은 아버지 옆에서는 숨기듯이 담배를 피웠다. 손에 든 담배를 감추려고 손바닥 안쪽으로 돌려잡았고, 나와 그녀의 아버지가 사용하던 퀴타흐야 재떨이가 아니라, 커피 잔 받침에 '아무에게도 보이지 않고' 담뱃재를 털었다. 그녀의 아버지와 나는 담배 연기를 아무 신경도 쓰지 않고 되는대로 내뿜었지만, 퓌순은 교실에서 옆에 앉은 친구의 귀에 다급히 그리고 몰래 무언가 속삭이는 것처럼 순간적으로 머리를 오른쪽으로 돌려, 식탁에서 먼 곳을 향해 폐 속에 있던 새파란 연기를 급히 내뿜었다. 그러면 나는 우리가 함께했던 수학 수업을 떠올리며, 그녀의 얼굴에 나타나는 부끄러운 듯하고 다급하며 죄지은 듯한 표정을 아주 사랑했고, 그녀를 평생 사랑할 거라고 생각했다.

아버지 앞에서는 금주와 금연을 하는 것, 뒤로 편히 기대어 앉아 발을 꼬지 않는 것과 같은, 전통적인 가족 예절을 지키고 '존경'을 표하는 이런 행동은, 세월이 가면서 서서히 사라졌다. 타륵 씨는 물론 딸이 담배를 피우는 것을 알고 있었지만, 전통적인 아버지로서 보여 주어야 하는 반응을 보이는 대신, 그저 퓌순이 보여 주던 존경의 제스처만으로 만족했다. 나는 이 '척하는' 의식을, 인류학자들도 잘 이해하지 못하는 복잡 미묘한 행동을 바라보는 것이 지극히 행복했다. '척하는' 문화가 이중적이라고는 절대 생각하지 않았다. 사랑스럽고 매력적인 퓌순의 제스처를 바라보며, 케스킨 씨네 가족을 매일 저녁 볼 수 있는 것도 우리 모두가 '척하는' 덕분이라고 다시 한번 생각했다. 나는 그곳에서, 정말로 나 자신 그대로, 사랑에 빠진 사람으로는 앉아 있을 수 없었다. 그저 먼 친척으로서 방문한 척하며 퓌순을 볼 수 있었던 것이다.

내가 없을 때 퓌순은 담배를 거의 끝까지 피웠다. 내가 오기 전에 재떨이에 비벼 끈 담배꽁초를 보고 알 수 있었다. 퓌순이 피우고 재떨이에 비벼 끈 담배를 나는 다른 것들과 쉽게 구분할 수 있었다. 담배 상표가 아니라, 퓌순이 담배를 재떨이에 비벼 끈 형태, 그리고 그녀의 감정과 관련이 있었다. 내가 방문하는 저녁이면 퓌순은, 가늘고 긴 품위 있는 '울트라 라이트' 미국 담배를 피우는 시벨과 그녀의 친구들처럼, 삼순 담배를 필터 근처까지가 아니라 절반까지만 피우고 껐다.

담배를 신경질적으로 재떨이에 비벼 끌 때도 있었다. 신경질적이어서가 아니라, 초조함 때문일 경우도 있었다. 그녀가 화가 난 듯 담배를 재떨이에 비벼 끄는 것을 많이 보았고, 그러면 나는 무척 불안했다. 아주 조용하지만 단호한 태도로 담배를 재떨이 바닥에 꾹꾹 눌러 끄는 날도 있었다. 아무도 보지 않을 때, 뱀의 머리를 조용히 짓이기듯 담배를 재떨이에 강하게 천천히 누르기도 했다. 그녀가 삶에 대한 모든 분노를 담배꽁초에다 풀고 있다는 생각이 들었다. 텔레비전을 볼 때, 식탁에서 대화를 들을 때, 재떨이를 쳐다보지도 않고 멍하니 담배를 눌러 끄는 경우도 있었다. 수저나 물 주전자를 들기 전에, 손을 비우기 위해 급하게 단번에 담배를 끄는 것도 아주 많이 보았다. 유쾌하고 행복할 때는, 고통을 주지 않고 동물을 죽이듯이, 검지 끝으로 담배를 단번에 재떨이에 눌러 끄기 도 했다. 부엌에서 일을 할 때는, 네시베 고모처럼 입에 물고 있던 담배를 수도꼭지에서 흐르는 물에 한 번 댄 후 쓰레기통에 버리곤 했다.

이런 다양한 방식들, 그리고 더 많은 방식들은, 퓌순의 손에서 나온 담배꽁초 하나하나에 특별한 형태와 영혼을 부여했다. 그것 들을 멜하메트 아파트에 가서 주머니에서 꺼내 주의 깊게 들여다 보고, 담배꽁초를 각기 다른 것에, 예를 들면 목과 머리가 짓이겨 지고, 곱추가 되고, 혹사당하고, 얼굴이 검은 작은 사람들이나 이상 하고 두려운 물음표에 비유했다. 담배꽁초를 페리보트의 굴뚝이나 갑각류에 비유할 때도 있었다. 내게 경고를 하는 느낌표, 미래에 닥 칠 위험의 첫 징후, 역겨운 냄새가 나는 쓰레기, 퓌순의 영혼을 표 현하는 무언가, 더 나아가 영혼의 일부로 보았고, 필터 끝에 있는 립스틱 자국을 가볍게 맛보고는 삶에 대해, 퓌순에 대해 깊은 생각 에 빠져들었다.

나의 박물관을 찾은 독자들은 팔 년 동안 모은 담배꽁초 4213개 밑에 있는, 내가 언제 가져왔는지에 대한 기록을 자세히 읽 어 보면서 쓸데없는 것들로 진열장을 채웠다고 생각하지 않기 바 란다. 담배꽁초의 형태는 퓌순이 그것을 끌 때 느낀 강렬한 감정의 증거이다. 예를 들면, 페리 극장에서 「험난한 인생」을 촬영하기 시 작한 1981년 5월 17일에 퓌순의 재떨이에서 가져온 이 꽁초 세 개 는 안쪽을 향해 강하게 구겨져 움츠러든 형태로, 그 끔찍한 나날만 이 아니라, 그날 퓌순이 보여 준 침묵, 그 일에 대해 언급하길 꺼리던 모습, 아무 일도 일어나지 않은 것처럼 행동하던 모습을 떠올리게 한다.

힘껏 짓이겨진 이 두 담배꽁초 중 하나는, 그 당시 텔레비전에서 보았던 「거짓 행복」이라는 영화의 주인공이며 펠뤼르에서 만난 친구인 에크렘(선지자 아브라함 역할을 한 유명한 에크렘 귀츠뤼)이 "내가 인생에서 저지른 가장 큰 잘못은, 더 많은 것을 바라며 행복해지려고 한 것이었어, 누르텐!"이라고 말하자, 가난한 연인 누르텐이 앞만 바라보며 아무 말 하지 않는 장면에서 끈 것이다. 다른 하나는 그 장면에서 정확히 십이 분 후에 재떨이에 눌러 껐다.(퓌순은 삼순 한 개비를 평균 구 분 동안 피웠다.)

반듯해 보이는 담배꽁초 위에 있는 얼룩은, 더운 여름날 밤 퓌순이 먹던 체리 아이스크림에서 묻은 것으로 기억한다. 여름밤이면 바퀴가 세 개 달린 손수레를 끌고 톱하네와 추쿠르주마의 네모난 돌이 덮인 길에서 "크림!"이라고 외치며 손에 든 종을 흔들며 천천히 돌아다니던 아이스크림 장수 카밀 씨는, 겨울에는 똑같은 손수레로 헬와를 팔러 다녔다. 한번은 퓌순이 카밀 씨가 그 손수레 수리를, 자신이 어린 시절에 자전거를 가지고 갔던 자전거방 주인 베쉬르 씨에게 맡겼다는 말을 한 적이 있다.

더운 여름 저녁에 가지튀김과 요구르트를 먹고, 퓌순과 함께 열린 창문을 통해 밖을 내다보았던 것이, 담배꽁초 한두 개와 그 밑에 있는 날짜를 보면 기억이 난다. 그럴 때 퓌순은 손에 작은 재떨이를 들고, 다른 손에 들고 있던 삼순 담배의 재를 이 재떨이에 털곤 했다. 그러면 나는 그녀가 멋진 파티에 온 여성이라고 상상했고, 혹은 퓌순이 나와 창문 앞에서 대화를 나눌 때 그런 여자를 흉내 냈다. 그녀도 원하면 나처럼, 모든 튀르키예 남자들처럼, 담뱃재를 창밖으로 털 수 있었고, 더욱이 타고 있는 담배를 손가락으로 튕겨

날려서, 어둠 속에서 돌고 도는 모습을 바라볼 수도 있었을 것이다. 하지만 그렇게 하지 않았다, 퓌순은 모든 사람들이 하는 이런 행동을 전혀 하지 않았기 때문에, 그녀의 품위와 예의는 내게 모범이 되었다. 멀리서 보면, 우리는 내외가 없는 어느 서양 나라의 파티에서 정중하게 이야기를 나누는 커플 같았을 것이다. 열린 창으로 밖을 내다보며, 눈은 전혀 마주치지 않고, 조금 전에 텔레비전에 보았던 영화의 결말에 대해, 무더운 여름에 대해, 거리에서 숨바꼭질을 하는 아이들에 대해 웃으면서 이야기를 나누었다. 그러다 보스포루스 쪽에서 미풍이 불어와, 바다 냄새와 취할 듯이 강렬한 인동덩굴 향기와 함께, 퓌순의 머리칼과 피부의 향기, 나중에는 담배 연기의 좋은 냄새를 내게 실어다 주었다.

퓌순이 막 담배를 끄려고 할 때, 예기치 않게 눈이 마주치기도 했다. 슬픈 사랑 영화를 볼 때나 2차 세계 대전에 관한 다큐멘터리의 강렬하고 충격적인 장면이 무거운 음악과 함께 나올 때, 퓌순은 별생각 없이 무심하게 담배를 끄곤 했다. 그런 순간에 우연히 눈이 마주치면, 우리 사이에 전기가 흘렀고, 내가 그곳 식탁에 왜 앉아 있는지를 떠올렸으며, 담배를 끄는 것조차 이런 특별한 내적 혼란이 반영되어 이상한 모양이 되었다. 나중에 아주 멀리서, 깊은 곳에서 들려오는 아주 큰 배의 뱃고동 소리가 나면, 그 배에 탄 사람들의 관점으로 세상을, 나의 삶을 생각했다.

어떤 밤에는 단 한 개, 어떤 밤에는 몇 개를 집어 멜하메트 아파트로 가져갔던 담배꽁초들을 나중에 하나하나 집어 들면, 과거의 '순간'들이 기억났다. 이 담배꽁초들은 내가 모은 모든 물건들이 아리스토텔레스의 순간들과 하나하나 맞아떨어진다는 것을 분명히 보여 주었다.

멜하메트 아파트에 모아 놓은 물건들은 손으로 만지지 않아도,

한 번 보기만 해도 퓌순과 나의 과거를, 우리가 저녁때 식탁에 앉아 있던 모습들을 생각나게 한다. 물건들 ― 사기로 된 소금 통, 개 모양의 재단용 줄자, 무섭게 생긴 통조림 따개, 퓌순네 집 부엌에 언제나 있었던 바타나이 해바라기 유 병 ― 과 합쳐지는 하나하나의 순간들은 세월이 지날수록 내 기억 속에서 광범위한 시간으로 뻗어 나가는 것 같았다. 담배꽁초뿐 아니라, 멜하메트 아파트에 모아 놓은 물건들을 바라보며 퓌순네 집 식탁에 앉아 있을 때 우리가 했던 일들을 하나하나 떠올리곤 했다.

# 69
# 때로

　때로 우리는 아무것도 하지 않고 말없이 앉아 있었다. 때로 타
륵 씨는 우리처럼 텔레비전에 나오는 프로그램을 지루해하며 곁눈
으로는 신문을 읽곤 했다. 때로 비탈길에서 아래로, 자동차 한 대가
경적을 울리며 시끄럽게 내려갔고, 그러면 우리는 모두 아무 말도
하지 않고 자동차가 지나가는 소리에 귀를 쫑긋 세웠다. 때로 비
가 오면 창문을 두드리는 빗소리를 들었다. 때로 "날씨가 정말 덥
네."라고 했다. 때로 네시베 고모는 재떨이에 담배가 있는 것을 잊
어버리고, 부엌에서 하나 더 불을 붙여 피웠다. 때로 아무도 눈치
채지 못하게 퓌순의 손을 십오 초나 이십 초쯤 바라보고 그녀에게
더욱 반하기도 했다. 때로 텔레비전에서 그때 우리가 식탁에서 먹
고 있던 음식을 소개하는 광고가 나오기도 했다. 때로 멀리서 폭발
소리가 들려왔다. 때로 네시베 고모가, 때로 퓌순이 식탁에서 일어
나, 난로에 석탄 한두 개를 던져 넣었다. 때로 다음번에는 퓌순에
게 머리핀이 아니라 팔찌를 갖다 줘야지, 하고 생각했다. 때로 모
두 함께 영화를 보다가 내용을 잊어버리고는, 눈은 텔레비전을 향
한 채 니샨타쉬에서의 초등학교 시절을 떠올렸다. 때로 네시베 고
모가 "보리수 차를 끓여 줄게!"라고 했다. 때로 퓌순이 아주 달콤

하게 하품을 해서, 그녀가 온 세상을 잊고 자신의 영혼 깊은 곳에서 더 평온한 삶을, 마치 무더운 여름날 차가운 우물에서 두레박으로 물을 끌어당기듯, 끌어당겼다고 생각할 때도 있었다. 때로 이제는 더 앉아 있지 말아야지, 일어나야지, 하고 나 자신에게 말했다. 때로 맞은편 집 아래층에서 늦은 시간까지 일하는 이발사가 마지막 손님을 보낸 후 빠르게 덧문을 내리는 소리가 밤의 정적 속에서 온 동네에 울려 퍼졌다. 때로 단수가 되어 이틀 동안 물이 나오지 않았다. 때로 석탄 난로 속에서 불길이 아닌 다른 움직임이 보이기도 했다. 때로 네시베 고모가 단지 "올리브유를 넣어 만든 콩 요리 좋아하지, 다 없어지기 전에 내일 또 와!"라고 말했기 때문에 다음 날도 그 집에 갔다. 때로 미국-러시아 전쟁, 냉전, 밤에 보스포루스를 지나가는 러시아 전함들, 마르마라해의 미국 잠수함 등을 주제로 이야기를 나누었다. 때로 네시베 고모가 "오늘 저녁은 아주 덥네!"라고 했다. 때로 퓌순의 표정을 보며 그녀가 몽상에 빠져 있다는 것을 알고는, 그녀가 상상하는 나라에 가고 싶어졌으며, 나 자신, 나의 삶, 나의 과묵함, 식탁에 앉아 있는 나의 모습에 절망했다. 때로 식탁에 있는 물건들이 산이나 계곡, 언덕, 고원, 구덩이처럼 보일 때도 있었다. 때로 텔레비전에 나오는 우스운 것을 보고 모두 함께 웃는 순간도 있었다. 때로 우리 모두 동시에 텔레비전에 몰입하는 것이 굴욕적이라고 생각하기도 했다. 때로 이웃집 아이 알리가 퓌순의 품으로 파고들어 그녀에게 안기는 것에 화가 났다. 때로 타륵 씨와 남자 대 남자로, 음모나 속임수에 대해 말하듯 교활한 분위기에 낮은 목소리로, 경제 상황에 대해 이야기를 나누었다. 때로 퓌순이 위층으로 올라가 한동안 아래로 내려오지 않으면 이 역시 나를 불행하게 했다. 때로 전화벨이 울렸지만, 잘못 걸려온 전화일 때도 있었다. 때로 네시베 고모가 "다음 주 화요일

에 호박 후식을 만들어 줄게."라고 했다. 때로 청년 서너 명이 축구
와 관련된 노래를 부르고 소리를 지르며 비탈길에서 아래로, 톱하
네 쪽으로 가기도 했다. 때로 나는 퓌순이 난로에 석탄을 넣는 것
을 도와주었다. 때로 부엌 바닥에서 바퀴벌레가 다급하게 뛰어가
는 것을 보았다. 때로 퓌순이 식탁 아래서 실내화를 벗는 것을 느
꼈다. 때로 야경꾼이 집 현관문 바로 앞에서 호루라기를 불었다. 때
로 퓌순이, 때로 내가 자리에서 일어나 '기도 시간 일력'에서 날짜
가 지난 낱장을 하나하나 뜯었다. 때로 아무도 보지 않을 때, 식탁
에 놓여 있는, 세몰리나로 만든 헬와를 한 수저 더 먹었다. 때로 텔
레비전 화면이 잘 나오지 않으면 타륵 씨는 "애야, 한번 점검해 봐
라."라고 했고, 퓌순이 텔레비전 뒤에 있는 버튼을 만지고, 나는 뒤
에서 바라보았다. 때로 "담배 한 대 더 피우고 가야지."라고 말했다.
때로 시간을 완전히 잊고는 '지금'의 안으로, 부드러운 침대에 드
러눕는 것처럼 팔다리를 쭉 뻗고 퍼져 앉아 있곤 했다. 때로 카펫
안에 있는 세균, 벌레, 기생충 들을 알아챘다고 생각했다. 때로 텔
레비전 프로그램 사이에, 퓌순은 냉장고에서 차가운 물을 꺼내고,
타륵 씨는 위층 화장실에 갔다. 때로 냄비에 버터로 요리한 호박
돌마, 토마토 돌마, 고추 돌마를 이틀 저녁에 걸쳐 먹기도 했다. 때
로 저녁을 먹은 다음 퓌순이 식탁에서 일어나, 레몬의 새장으로 가
서 친구처럼 이야기를 나누면, 나는 그녀가 나와 이야기를 한다고
생각했다. 때로 여름날 저녁, 퇴창으로 날아 들어온 나방 한 마리
가 전등 주위를 미친 듯이 빠르게 돌았다. 때로 네시베 고모가 이
미 오래되었는데 처음 들었다며 동네의 소문(예를 들면 전기공 에
페의 아버지가 유명한 도둑이었다는)을 꺼내기도 했다. 때로 그곳
에 있다는 사실을 잊고, 정신을 잃고 마치 우리 둘만 있는 듯 퓌순
에게 나의 모든 사랑을 보여 주며, 오랫동안 열정적으로 그녀를 바

라보았다. 때로 골목에서 자동차가 조용히 지나갔는데, 창문의 떨림으로만 그 사실을 눈치채기도 했다. 때로 퓌루즈아아 사원에서 기도 시간을 알리는 소리가 들려왔다. 때로 퓌순이 뜬금없이 식탁에서 일어나, 비탈길이 내다보이는 퇴창 밖을 마치 간절한 그리움을 안고 기다리는 사람이 있는 듯 한동안 바라보면, 내 가슴이 아파 왔다. 때로 텔레비전을 보면서 전혀 다른 생각(예를 들면 우리가 배 안에 있는 식당에서 만난 승객들이라는 상상)을 했다. 때로 여름날 저녁, 네시베 고모가 위층에 있는 방에 테미즈 이시[92] 펌프로 파리약을 뿌렸고, 식당에도 '싸악 한번 뿌리면' 파리가 죽곤 했다. 때로 네시베 고모가 옛 이란 왕비 쉬레이야 이야기를 꺼내고, 샤의 아이를 낳지 못했기 때문에 이혼한 그녀의 슬픔과 유럽 상류 사회에서의 그녀의 삶에 대해 말해 주었다. 때로 타륵 씨가 텔레비전을 보며 "저 파렴치한 놈이 또 나오네!"라고 했다. 때로 퓌순이 이틀 연달아 같은 옷을 입었는데, 그래도 내게는 다르게 보였다. 때로 네시베 고모가 "아이스크림 먹을 사람 있어?"라고 물었다. 때로 맞은편 아파트에 사는 누군가가 창문 쪽에서 담배를 피우는 것을 보았다. 때로 안초비 튀김을 먹었다. 때로 케스킨 씨네 사람들이, 세상에는 정의가 있고, 죄인들은 이 세상이나 저세상에서 꼭 벌을 받는다고 진심으로 믿는 것을 보았다. 때로 우리는 아주 오랫동안 아무 말도 하지 않았다. 때로 단지 우리뿐만이 아니라, 모든 도시가 정적에 휩싸였다. 때로 퓌순이 "아빠, 제발 식탁에 차리기 전에 집어 먹지 마세요!"라고 했고, 그러면 나 때문에 그들조차 식탁에서 편하지 않다는 것을 깨달았다. 때로는 반대로, 모두들 아주 편하게 행동한다는 걸 깨달을 때도 있었다. 때로 담배에 불을 붙인

---

92 '깨끗한 작업'이라는 의미.

후 눈을 화면에 고정한 네시베 고모가, 손이 뜨거워질 때까지 성냥불을 든 채 끄는 것을 잊어버렸다. 때로 오븐에서 요리한 스파게티를 먹었다. 때로 예월쾨이에 있는 공항을 향해 하강하는 비행기가 밤의 어둠 속에서 굉음을 내며 우리 위를 지나갔다. 때로 퓌순은 긴 목과 가슴의 윗부분이 보이는 셔츠를 입었고, 나는 텔레비전을 볼 때 그녀의 아름다운 흰 목에 내 시선이 머물지 않도록 주의했다. 때로 퓌순에게 "그림은 어떻게 돼 가?"라고 물었다. 때로 텔레비전에서는 "눈이 오겠습니다."라고 했지만 오지 않았다. 때로 커다란 유조선의 다급한 뱃고동 소리가 슬프게 들려오기도 했다. 때로 먼 곳에서 총소리가 들려왔다. 때로 누군가가 옆집 대문을 세게 두드려서, 내 뒤에 있는 장식장 속 커피 잔이 떨리기도 했다. 때로 전화벨이 울렸는데 레몬은 그것이 암놈 카나리아라고 생각했는지 흥분하며 지저귀었고, 우리는 모두 함께 웃었다. 때로 어떤 부부가 손님으로 오면, 나는 약간 부끄러워졌다. 때로 타륵 씨는 위스퀴다르 여성 합창단이 텔레비전에 나와 옛날 노래를 부르면 앉은 채로 따라 불렀다. 때로 좁은 골목에 자동차 두 대가 맞닥뜨려, 두 운전자가 고집을 피우며 길을 내주지 않은 채 입씨름을 시작했고, 욕설을 했으며, 종국에는 자동차 밖으로 나와 치고받는 싸움을 했다. 때로 집에, 골목에, 모든 동네에 마법처럼 정적이 흘렀다. 때로 저녁때 뵈렉과 소금에 절인 다랑어 외에 대구도 사서 가져갔다. 때로 우리는 "오늘 날씨 정말 춥지, 그렇지?"라고 말했다. 때로 타륵 씨가 식사를 마친 후 미소를 지으며 호주머니에서 페라흐[93] 박하사탕을 꺼내 우리에게 한 개씩 나눠 주었다. 때로 문 앞에서 고양이 두 마리가 거세게 야옹거리다가, 나중에는 비명을 지르며 싸

---

**93** '상쾌한'이라는 의미.

움을 했다. 때로 퓌순이 내가 그날 가져온 귀고리나 브로치를 그 자리에서 달았고, 식사 때 나는 낮은 목소리로 아주 잘 어울린다고 그녀에게 말했다. 때로 텔레비전에 나오는 사랑 영화에서 상봉과 키스 장면이 보이면, 우리는 우리가 어디에 있는지를 잊어버리기도 했다. 때로 "음식에 소금을 조금만 넣었어, 원하는 사람은 입맛에 맞게 더 넣어."라고 네시베 고모가 말했다. 때로 먼 곳에서 번개가 치고 천둥이 울렸다. 때로 보스포루스에서 오래된 배의 날카로운 뱃고동 소리가 우리 가슴에 슬프게 와닿았다. 때로 펠뤼르에서 알게 되어 농담도 약간 주고받았던 배우가 텔레비전에서 영화나 연속극 혹은 광고에 등장하면 퓌순과 눈이 마주치기를 바랐지만, 그녀는 눈길을 피하곤 했다. 때로 정전이 되면, 어둠 속에 앉아 우리가 피우는 담배의 붉은 끝을 보았다. 때로 누군가가 문 앞에서 혼자 휘파람으로 옛날 노래를 부르며 지나갔다. 때로 네시베 고모가 "아, 오늘 밤은 담배를 너무 많이 피웠어."라고 했다. 때로 퓌순의 목에 눈길이 갔고, 저녁 내내 더 이상 그곳을 보지 않기 위해 그리 힘들이지 않고 나 자신을 억눌렀다. 때로 순간적으로 깊은 침묵이 흐르면, 네시베 고모가 "어디에선가 누군가 죽었나 봐."라고 했다. 때로 타륵 씨의 라이터가 켜지지 않으면 나는 그에게 새 라이터를 선물할 때가 왔다고 생각했다. 때로 네시베 고모가 냉장고에서 무언가를 가져오면서, 그사이 영화에서 무슨 일이 일어났느냐고 우리에게 물었다. 때로 달그츠 골목에서 바로 우리 맞은편에 있는 집에서 또 부부 싸움이 일어났고, 남편이 아내를 때렸는지 우리 마음까지 와닿는 비명 소리가 들려왔다. 때로 겨울날 밤에 보자[94]

---

[94] 보리, 기장, 옥수수, 밀 같은 곡식의 반죽을 발효하여 만든 달콤하며 시큼한 맛이 나는 튀르키예 고유의 음료.

장수가 방울을 흔들며 "뵈피[95] 보오오자아아."라고 고함을 지르며
문 앞을 지나갔다. 때로 네시베 고모가 "오늘은 아주 기분이 좋은
가 봐!"라고 내게 말했다. 때로 몸을 뻗어 퓌순을 만지지 않기 위
해 나 자신을 겨우 억눌렀다. 때로, 특히 여름 저녁이면, 바람이 불
어와 문이 서로 부딪혔다. 때로 자임을, 시벨을, 옛 친구들을 생각
했다. 때로 식탁에 있는 음식에 파리가 앉으면 네시베 고모가 신경
질을 냈다. 때로 네시베 고모는 타륵 씨를 위해 냉장고에서 광천
수를 꺼내면서 "자네도 마실래?"라고 내게 물었다. 때로 아직 11시
도 되지 않았는데, 야경꾼이 호루라기를 불며 문 앞을 지나갔다. 때
로 그녀에게 "널 사랑해!"라고 말하고 싶어 견딜 수 없었지만, 그
저 라이터로 담배에 불을 붙일 수밖에 없었다. 때로 바로 지난번에
가져온 라일락이 여전히 꽃병에 있는 것을 알아보기도 했다. 때로
침묵이 흐르고, 이웃집 창문이 열리고, 누군가 밑으로 쓰레기를 던
졌다. 때로 네시베 고모가 "마지막 남은 쾨프테를 누가 먹나 볼까
요?"라고 했다. 때로 텔레비전에 나오는 장군들을 보며 나의 군대
생활을 떠올렸다. 때로 단지 나뿐만 아니라, 우리 모두가 그리 중
요하지 않다는 것을 깊이 느끼곤 했다. 때로 네시베 고모가 "오늘
저녁 후식이 뭔지 맞춰 봐."라고 했다. 때로 타륵 씨가 사레들리면
퓌순이 자리에서 일어나 아버지에게 물을 건네주었다. 때로 퓌순
은 내가 몇 년 전에 선물한 브로치를 달기도 했다. 때로 텔레비전
에서 화면과는 전혀 다른 설명이 나온다는 생각이 들기도 했다. 때
로 퓌순이 텔레비전에 나오는 연극인이나 문학인, 교수에 대해 내
게 질문을 했다. 때로 나도 식탁에 있는 더러워진 접시를 부엌으로
가져갔다. 때로 우리 모두의 입에 음식이 들어 있어 식탁이 조용했

---

**95** 유명한 보자 상표.

다. 때로 누군가가 먼저 하품을 하면, 그를 보고 다른 이들도 하품을 하기 시작했고, 그것을 깨달으면 이 일에 대해 이야기하며 웃었다. 때로 퓌순이 텔레비전에 나오는 영화에 얼마나 집중하고 몰입했던지, 나는 그 영화에 나오는 주인공이 되고 싶다는 생각이 들었다. 때로 고기 구운 냄새가 저녁 내내 집 안에 남아 있었다. 때로 그저 퓌순 옆에 앉아 있다는 것 때문에 아주 행복하다고 생각했다. 때로 나는 "언제 보스포루스로 저녁 먹으러 가요."라고 말문을 열었다. 때로 삶이 다른 곳이 아니라 바로 그곳, 그 식탁에 있다는 느낌에 휩싸였다. 때로 텔레비전에서 어떤 이야기가 나오면, 전혀 모르는 주제라고 해도, 예를 들면 아르헨티나에 있는 사라진 왕의 무덤, 화성에서의 중력, 사람이 숨을 쉬지 않고 수중에서 얼마나 버틸 수 있나, 오토바이가 이스탄불에서 왜 위험한가, 위르큅에 있는 요정의 굴뚝이 어떻게 형성되었나 등의 주제에 대해 논쟁을 했다. 때로 강한 바람이 불어와 창문에서 윙윙거리는 소리가 났고, 난로 연통에서도 이상한 소리가 들렸다. 때로 타륵 씨가 그 집에서 50미터 떨어진 보아즈케센 골목으로 오백 년 전에 파티흐 술탄이 전함을 통과시켜 할리치 만으로 끌어 내리게 했다는 이야기를 하며 "그가 그 일을 할 때 열아홉 살이었다네!"라고 했다. 때로 퓌순이 식사를 다 하고 식탁에서 일어나 레몬이 있는 새장으로 가면, 나도 잠시 후에 그녀 곁으로 갔다. 때로 '오늘 저녁에도 오길 잘했어.'라고 혼잣말을 했다. 때로 타륵 씨가 깜박 잊은 안경이나 신문 혹은 복권을 가져오라고 퓌순을 위층으로 보냈고, 그럴 때면 네시베 고모는 식탁에서 "전등 끄는 것 잊지 마라!"라고 위층에 대고 소리를 쳤다. 때로 네시베 고모는 파리에 있는 먼 친척의 결혼식에 갈 수 있을 거라고 했다. 때로 타륵 씨가 격한 목소리로 "조용히 해 봐!"라며, 집 안에서 나는 달그락거리는 소리를 들어 보라고 천장을 가리켰고, 그러면 우리는 모두 위층에서 들려오는 것이 쥐나 도둑이 내는 소리인지 궁금해하면서 달그락거리는 소리에 귀를 기울였다. 때로 네시베 고모가 남편에게 "텔레비전 볼륨이 적당해요?"라고 물었는데, 타룩 씨는 나이가 들수록 귀가 잘 들리지 않았기 때문이다. 때로 우리 사이에 아주 긴 침묵이 흘렀다. 때로 창가에 눈이 쌓이고, 인도가 얼어붙었다. 때로 폭죽이 터지면 우리는 모두 식탁에서 일어나, 하늘에 수놓아진 색들을 사라질 때까지 바라보았고, 나중에는 열린 창문을 통해 들어오는 화약 냄새를 맡았다. 때로 네시베 고모가 "잔을 채울까, 케말?" 하고 물었다. 때로 나는 "네가 그린 그림을 볼까, 퓌순?"이라고 하며 그림을 보러 갔고, 그렇게 함께 그녀의 그림을 보며 나는 행복하다고 느꼈다.

# 70
# 험난한 인생

통행금지 시간이 11시로 연장되고 일주일이 지난 어느 날 저녁, 통행금지 시간 삼십 분 전에 페리둔이 집에 왔다. 오랫동안 영화 핑계를 대며, 저녁마다 세트에서 잤다고 하면서 집에 오지 않았던 것이다. 집 안으로 들어오는 그는 술로 고주망태가 되어 있었다. 불행해 보였고 괴로워하고 있었다. 식탁에 앉아 있는 우리를 보고는 겨우 정중한 말을 해 보려 했지만 그리 오래가지 못했다. 퓌순과 눈이 마주치자, 오랜 기간 동안 계속된 원정에서 패하고 지쳐 돌아온 군인처럼, 별말 없이 위층 방으로 올라갔다. 퓌순도 즉시 식탁에서 일어나 남편 뒤를 따라 위층으로 올라가야 했지만, 그러지 않았다.

나는 그녀의 눈을 뚫어지게 바라보며 모든 것을 자세히 관찰했다. 그녀도 내가 자신을 관찰한다는 것을 알고 있었다. 그녀는 담배에 불을 붙이고, 아무 일도 없었던 것처럼 천천히 피웠다.(이제는 타륵 씨 앞에서 부끄러워하듯 연기를 다른 쪽으로 내뿜지 않았다.) 그리고 아무것도 신경 쓰지 않는 듯 담배를 껐다. 나도 자리에서 일어나지 못하는 강박증에 발목을 잡히고 말았다. 이제는 이겨 냈다고 생각했던 이 병이 아주 강력하게 재발하고 만 것이다.

11시 구 분 전에 퓌순은 새 삼순 담배를 ─ 약간 느긋해진 몸짓으로 ─ 입술에 올려놓으면서, 내 눈을 주의 깊게 바라보았다. 그 순간 우리는 눈길로 서로에게 많은 말을 했고, 마치 그녀와 밤새 몇 시간 동안 이야기를 나눈 것 같은 느낌이 들었다. 이렇게 해서 내 손은 스스로 뻗어 나가, 내 라이터로 퓌순의 입술에 물려 있는 담배에 불을 붙여 주었다. 퓌순은 튀르키예 남자들이 외국 영화에서만 볼 수 있었던 행동을 했다. 라이터를 쥐고 있는 내 손을 순간 붙잡았던 것이다. 나도 담배를 피워 물었다. 그리고 놀랄 일은 아무 것도 없다는 듯, 천천히 피우기 시작했다. 통행금지 시간이 서서히 다가오고 있다는 것을 매 순간 느끼고 있었다. 네시베 고모는 어떤 상황인지 알아채고 있었지만 심각한 상황이 두려웠던지 아무 말도 하지 않았다. 타륵 씨도 상황이 이상하다는 건 물론 파악했지만, 무엇을 못 본 척해야 할지 모르는 것 같았다. 11시 10분이 지나 집에서 나왔다. 아마도 바로 그날 밤, 나는 퓌순과 결혼하게 될 거라고 인식한 것 같다. 퓌순이 결국 나를 택하리라는 걸 알았기 때문에 너무나 행복했고, 통행금지 시간에 밖으로 나가는 것은 나 자신뿐 아니라 운전사 체틴 씨 역시 위험에 빠뜨리는 일이라는 것을 잊어버렸다. 체틴 씨는 나를 테쉬비키예에 있는 집 앞에 내려 준 후, 일 분 정도 떨어진 샤이르 니갸르 골목에 있는 주차장에 차를 세우고, 근처 빈민촌에 있는 그의 집으로 아무에게도 눈에 띄지 않게 뒷골목을 통해 걸어갔다. 그날 밤, 나는 아이처럼 행복해서 잠을 이룰 수가 없었다.

칠 주 후, 베이오을루 사라이 극장에서 「험난한 인생」의 시사회가 있던 날 저녁, 나는 추쿠르주마에 있는 집에서 케스킨 씨네 가족과 함께 있었다. 사실 퓌순은 감독의 아내로서, 나는 영화 제작자로서(레몬 영화사 자본의 절반 이상을 내가 투자했다.) 시사회에 참석해야 했다. 하지만 우리 둘 다 가지 않았다. 퓌순은 어차피 페리 둔과 냉전 중이니 변명할 필요가 없었다. 그녀의 남편은 여름에 거의 집에 들르지 않았다. 아마도 파파트야와 살고 있는 것 같았다. 추쿠르주마에 있는 집에는 이 주에 한 번씩 들러, 위층 방에서 물건 한두 가지와 셔츠, 책을 챙겨 갔다. 나는 네시베 고모가 우회적으로 암시하거나 실수로 내뱉은 말을 듣고 이 방문에 대해 알게 되었고, 무척 궁금했지만 '금지된' 주제에 전혀 끼어들지 않았다. 퓌순이 내가 있을 때는 이 문제에 대해 언급하지 못하도록 했다는 것을 그들의 시선과 상황을 보고 이해했다. 하지만 페리둔이 방문했던 어느 날, 퓌순과 언쟁을 벌였다는 것은 네시베 고모로부터 알게 되었다.

내가 영화 시사회에 간다면, 퓌순은 그 사실을 신문을 보고 알게 되어 속상해하면서 분명 내게 벌을 내릴 거라고 생각했다. 그러나 영화 제작자로서 시사회에는 당연히 가야 했다. 그날 점심을 먹고 난 후, 비서 제이넵 부인은 나의 지시로 레몬 영화사에 전화를 걸어, 어머니가 몸이 아주 편찮으셔서 내가 그날 집에서 나오지 못한다고 했다.

「험난한 인생」을 이스탄불 영화 애호가들, 신문 기자들에게 처음으로 선보이는 저녁에는 비가 내렸다. 체틴에게 테쉬비키예에 있는 집에서 나를 태워, 톱카프 길이 아니라 탁심과 갈라타사라이를 거쳐 케스킨 씨네 집으로 데려다 달라고 했다. 베이오을루에서 사라이 극장 앞을 지나갈 때, 잘 차려입고 우산을 쓴 채 시사회에 온 사람들, 레몬 영화사가 제작한 현란한 포스터와 공고가 비에 젖은 자동차 창문 밖으로 보였다. 하지만 오래전에 상상해 보았던, 퓌순이 출연한 영화의 시사회와는 전혀 닮지 않은 사라이 극장 앞의 풍경이었다.

저녁 식사 때 케스킨 씨네 식탁에서는 이 얘기는 전혀 하지 않았다. 우리 모두 — 타륵 씨, 네시베 고모, 퓌순 그리고 나 — 는 담배를 뻑뻑 피웠으며, 간 고기가 들어간 스파게티, 자즉[96], 토마토 샐러드, 흰 치즈 그리고 내가 니샨타쉬에서 사 와서 집으로 들어가자마자 냉동 칸에 넣어 두었던 외뮈르의 아이스크림을 먹었다. 그리고 수시로 자리에서 일어나 창밖을, 내리는 비와 추쿠르주마 비탈길 밑으로 흐르는 빗물을 바라보았다. 그날 밤 내내 몇 번이나 퓌순에게 새 그림이 어떻게 돼 가는지 묻고 싶었지만, 그녀의 얼굴에 나타난 단호한 표정, 치켜올린 눈썹을 보고는 그럴 때가 아니라고 느꼈다.

「험난한 인생」은 비평가들의 조롱과 혹평에도, 이스탄불뿐만 아니라 시골 극장 관객들에게도 폭발적인 반응을 얻어 흥행 기록을 깼다. 파파트야가 자신의 불운을 탓하며 분노와 슬픔에 찬 노래 두 곡을 부르며 한탄하는 마지막 장면은, 특히 시골 여자들을 울렸고, 노소를 불문하고 많은 사람들이 울어서 통통 부은 눈을 한 채 습기 차고 혼탁한 극장 밖으로 나왔다. 마지막 장면 직전에, 파파트야가 어린아이였을 때 자신을 속여 정절을 더럽혔던 사악한 남자를, 애걸복걸하는데도 불구하고 죽이는 모습도 열렬한 환호를 받았다. 이 장면은 너무나 감동적이고 순식간에 너무나 유명해져서, 파파트야를 속여 순결을 빼앗는 사악한 부자를 연기한 — 그는 비잔틴인 목사와 아르메니아인 혁명가도 연기한 적이 있다 — 에크렘(펠뤼르에서 만난 친구)은 거리에서 그의 얼굴에 침을 뱉거나 따귀를 때리려는 사람들에게 질려 한동안 집 밖으로 나오지 않았다. 지금은 '테러 시절'이라고 불리는 군사 쿠데타 이전 시기에 극장에서

---

96  요구르트, 잘게 썬 오이, 마늘을 섞어 만든, 액체로 된 음식.

멀어졌던 사람들을 다시 불러들였다는 것도 높이 평가받았다. 극장들뿐 아니라 펠뤼르 바도 활기를 되찾았다. 영화 산업이 활발해지자, 영화인들은 이제 영화계 사람들이 만나는 일종의 시장이 된 펠뤼르에 들러 매일 자신들을 보여 주려고 했다. 10월 말, 바람이 불고 비가 오던 어느 저녁, 통행금지 두 시간 전에, 페리둔의 강압으로 펠뤼르에 가 보니, 나의 명성은 아주 대단해져 있었으며, 당시의 말대로라면 '나에 대해 좋은 평판이 자자한 것'도 알 수 있었다. 「험난한 인생」의 상업적 성공은 나를 성공한 — 게다가 영리하고 교활한 — 제작자로 만들었고, 카메라맨에서부터 유명한 배우까지 내 테이블에 앉아서 나와 교제하고 싶어 하는 사람들이 굉장히 많아졌다.

그날 밤이 끝날 무렵, 과분한 칭찬과 관심 그리고 라크 때문에 머리가 몽롱해졌던 것을, '몽상' 하야티, 페리둔, 나, 파파트야, 타히르 탄이 합석했던 것을 기억한다. 최소한 나만큼 술에 취한 에크렘은 계속해서 신문에 게재되고 있는 강간 장면을 언급하며 파파트야에게 부도덕한 농담을 했다. 파파트야도 '쓸모없고' '가난한' 남자는 전혀 진지하게 받아들이지 않는다며 웃었다. '겉치레꾼' 평론가가 옆 테이블에 앉아 「험난한 인생」에 대해 '통속적인 멜로드라마'라며 파파트야를 조롱하자, 그녀는 그에게 쏘아붙이면서, 페리둔에게 그를 흠씬 때려 주라며 잠시 부추겼지만 이것도 얼마 지나지 않아 잊혔다.

에크렘은 영화가 상영된 후 금융 광고 제의를 많이 받았다고 했다. 보통 악역은 광고 출연을 잘 못 하는데, 자신의 경우는 도무지 이해가 가지 않는다고 했다. 이자를 200퍼센트나 주는 금융업자들에 관한 이야기는 여기서도 피할 수 없는 주제였다. 금융업자들은 예쉴참의 유명한 얼굴들을 기용해 신문과 텔레비전에 크게 광고를 했고, 영화계에서도 이를 기쁘게 받아들였다. 술에 취해 몽롱해진 펠뤼르 바의 단골들은 나를 유능하고 현대적인('몽상' 하야티는 "문화를 사랑하는 사업가는 현대적이다."라고 말한 적이 있다.) 사업가로 보았기 때문에 이러한 유의 주제가 나오면 존경스러운 침묵에 휩싸이며, 나의 생각을 물었다. 「험난한 인생」이 크게 흥행한 후부터, 나는 미래를 내다볼 줄 아는 '냉혈한 자본주의자'로 결론 지어졌고, 오래전에 내가 펠뤼르 바에 퓌순을 배우로 만들기 위해 드나들었던 것은 그녀와 함께 기억 속으로 사라졌다. 그들이 퓌순을 그토록 빨리 잊었다는 데 생각이 미치자, 그녀를 향한 사랑이 내 속을 태울 정도로 불타올랐고, 한시라도 빨리 그녀를 만나고 싶었으며, 그녀가 이 가련하고 끔찍한 세계에 더 이상 오염되지 않고, 전혀 더럽혀지지 않은 채 살고 있기에 더욱 그녀를 사랑한다는 생각이 들었다. 이 질 나쁜 사람들에게서 그녀를 떼어 놓은 것이 얼마나 잘한 일이었는지를 다시 한번 절감했다.

파파트야가 영화에서 부른 노래는, 그녀 어머니의 친구인 늙은 무명 가수가 이미 과거에 부른 노래였다. 영화가 성공을 거두자, 파파트야는 이 노래를 직접 불러 레코드를 취입할 참이었다. 레몬 영화사에서 이 프로젝트를 지원하고 「험난한 인생」의 후속편도 찍기로 그날 밤 결정을 내렸다. 두 번째 영화는 우리만의 결정이 아니라, 아나톨리아에 있는 극장주와 배급자 들의 결단이 더 큰 영향을 미쳤다. 후속편을 찍으라고 하도 강요를 해서, 페리둔은 '아니오'라고 하는 것이 '자연의 법칙에 위배되는'(그 당시에 사용되던 판에 박힌 말) 일이라고 했다. 첫 번째 영화에서 파파트야는 선했건 악했건 간에, 순결하지 않은 여자들의 전형적인 결말인 양, 영화 끝부분에서 행복한 가정을 이루지 못한 채 죽고 말았다. 그래서 우리는 파파트야가 사실은 죽은 것이 아니라, 총을 맞고 부상을 당했는데

606

나쁜 패거리에게서 도망치기 위해 죽은 척했다는 결말을 마련했다. 후속편은 병원에서 시작될 것이었다.

후속편 촬영이 시작될 예정이라는 사실은 사흘 후《밀리예트》신문에 나온 파파트야의 인터뷰를 통해 알려졌다. 이제는 그녀의 인터뷰가 매일 신문에 실렸다. 영화가 상영되기 시작하던 초반에는, 파파트야와 타히르 탄이 실제로 비밀 연애를 했다는 기사가 신문에 실렸는데, 이제 이런 소문은 사라졌고, 파파트야도 그것을 부인했다. 그 당시 페리둔은 내게 전화를 걸어, 제일 유명하다는 남자 배우들이 파파트야와 연기를 하고 싶어 하며, 타히르 탄은 이제 그녀 옆에서 빛이 나지 않는다고 했다. 파파트야는 새로운 인터뷰에서 남자와 입맞춤 이상의 진지하고 친밀한 경험을 한 적이 없다고 말하고 있었다. 그녀가 잊지 못하는 추억은, 처음으로 남자와, 그러니까 그녀가 지금보다 젊었던 시절의 연인과 어느 여름날 벌들이 윙윙거리는 과수원에서 입을 맞춘 일이었다. 안타깝게도 이 청년은 키프로스에서 그리스인들과 전투 중에 전사했다고 했다. 파파트야는 그 후 어떤 남자도 사귀지 않았다. 그렇다, 그녀의 사랑의 아픔은 오직 그 대위만이 잊게 해 줄 수 있었다. 페리둔이 파파트야에게 이런 인터뷰에서 거짓말을 하는 게 마음에 들지 않는다고 하자, 그녀는 모든 게 새 영화가 검열 위원회에서 통과되기 위해 하는 일이라고 대꾸했다. 페리둔은 파파트야와의 관계를 내게 숨기려고 하지 않았다. 삶에서 그 누구와도 싸우지 않고, 어떤 사건에도 집착하거나 불행해하지 않으며, 언제나 순수하게 남아 있을, 진실해 보이는 그의 모습이 진심으로 부러웠다.

파파트야의 「험난한 인생」이라는 싱글 레코드는 1982년 1월 첫 주에 발매되었고, 영화만큼은 아니어도 꽤 사랑을 받았다. 군사 쿠데타로 인해 회칠이 된 도시의 벽에 광고가 붙었고, 신문에는 작지만 광고도 실렸다. 튀르키예의 유일한 채널이며 정부 감독하에 방송을 하는 TRT의 검열 위원회(정식 명칭은 '음악 감독 위원회'였다.)는 이 레코드가 경박하다고 판단했기 때문에 파파트야의 목소리는 라디오나 텔레비전에 나오지 못했다. 그러나 레코드로 인해 파파트야가 다시 한번 인터뷰 세례를 받았고, 이 인터뷰에서 나온 반은 진정이며 반은 공모(共謀)된 논쟁은 그녀를 더욱 유명하게 만들었다. 파파트야는 '현대 튀르키예의 아타튀르크주의 여성들은 남편과 일 중에서 무엇을 우선시하는가?'라는 논쟁에 들어갔으며, 이상적인 남성을 안타깝게도 아직 만나지 못했다는 것을 침실의 거울 앞(그녀는 유행과 튀르키예 스타일이 절충된 가구를 샀다.)에서 곰 인형과 노는 모습으로 피력했다. 가정적인 주부로 가장한 어머니와 함께 부엌에서 시금치가 들어간 뵈렉을 요리하면서 ── 똑같은 에나멜 냄비가 퓌순의 집 부엌에도 있었다 ── 그녀는 「험난한 인생」에서의 상처 입고 분노하는 여주인공 레르잔보다 자신이 훨씬 건전하고 깨끗하며 행복하다고 강조했다.("물론 우리는 모두 레르잔이지요."라고도 했다!) 한번은 페리둔이 내게, 파파트야는 사실 아주 프로라서 신문과 잡지에 나온 인터뷰나 기사를 전혀 진지하게 여기지 않는다고 자랑스럽게 말한 적이 있다. 펠뤼르 바에서 만났던, 아마추어 티를 벗지 못한 멍청한 스타들이나 애송이 배우들과 달리, 파파트야는 잘못된 잡지 기사로 인해 사람들이 자신에 대해 잘못 알게 될까 고민하지 않았을 뿐만 아니라, 애초에 그녀 자신이 거짓말을 하면서 주제를 장악했다는 것이다.

# 71

# 요즘은 통 찾지 않으시네요, 케말 씨

그 당시 코카콜라나 이와 비슷한 외국 대기업들과 경쟁하면서 고전하던 국내산 사이다 멜템이 초여름에 진행할 광고 캠페인에 파파트야를 쓰기로 결정하자 — 이 광고를 페리둔이 찍기로 했다 — 지금은 멀어졌지만 전혀 섭섭하지 않았던 옛 친구들과 가슴 아픈 마지막 언쟁을 해야 했다.

자임은 파파트야가 레몬 영화사 소속이라는 것을 당연히 알고 있었다. 이 문제에 대해 우호적으로 이야기를 나누기 위해 그와 나는 푸아예에서 오랫동안 점심 식사를 했다.

"코카콜라는 업자들에게 신용 판매를 하고, 공짜로 플렉시 유리 광고판을 만들어 주고, 달력과 선물까지 배포하니 우리가 맞설 재간이 없어. 게다가 젊은 사람들은 마라도나(당시의 축구 스타)가 손에 코카콜라를 들고 있는 걸 보고는, 멜템이 더 싸고 건강에도 더 좋고, 게다가 국산이라는 말은 무시하고 원숭이처럼 꼭 그것만 마시지."

자임이 말했다.

"나한테 화내지 마. 어쩌다 탄산음료를 마시게 되면 나도 콜라를 마셔."

"나도 그래……. 우리가 뭘 마시는지는 차치하고…… 파파트야가 시골에서 우리 입지를 강하게 해 줄 거야. 그런데 어떤 여자야? 믿을 만해?"

자임이 말했다.

"글쎄, 야망도 있고, 가난한 여자야. 어머니는 은퇴한 클럽 가수이고, 아버지는 누군지 모른대. 뭐가 궁금한 거야?"

"우리가 그렇게 투자를 하는데, 나중에 포르노 영화에서 춤을 추거나 유부남과 함께 있는 게 발각되거나 하면……. 시골에선 그런 걸 감당하지 못하잖아. 너의 그 퓌순의 남편과 사귄다고 하던데."

퓌순에 대해 말할 때 '너의'라는 말을 덧붙이는 것이, 그리고 그의 얼굴에 나타난 '넌 이제 그 사람들을 아주 잘 알잖아.'라는 표정이 마음에 들지 않았다.

나는 "멜템이 시골에서 더 인기가 있어?"라고 물었다. 현대적인 것과 유럽 스타일을 선망하는 자임은 잉게를 내세워 서양식 광고 캠페인을 하며 멜템 사이다를 시장에 내놓았지만, 그가 바라는 대로 이스탄불 부자들 사이에서 그리고 대도시에서 더 이상 먹히지 않자 불안했던 것이다.

"응, 시골에서 더 인기 있어. 시골 사람들 입맛은 아직 안 변했거든. 그들이 더 순수한 튀르키예인이기 때문이지! 하지만 너도 예민하게 냉소적으로 그렇게 말하지 마. 나는 네가 퓌순에게 느끼는 감정을 아주 잘 이해하고 있어. 누가 뭐래도, 이런 시대에 오랜 세월 동안 지속되는 사랑은 아주 존경할 만한 것이니까."

"누가 뭐라고 해?"

"무슨 말을 하는 사람은 아무도 없어."

자임은 조심스럽게 말했다.

이 말은 '상류 사회는 널 잊었어.'라는 의미였다. 우리 둘 다 이것이 불편했다. 나는 자임이 내게 사실만을 얘기할 뿐 아니라 내게 상처 주길 원하지 않았기 때문에 그를 좋아했다.

자임도 내 시선에 나타난 호의를 보았다. 그는 아주 우호적으로, 신뢰감이 느껴지는 분위기로 미소를 지어 보였다. 그러고는 눈썹을 치켜올리며 "무슨 일이야?"라고 물었다.

나는 그 주제를 그냥 넘어갈 수 있었고, 자임도 나를 이해했을 것이다. 하지만 나의 옛 사회에서, 그리고 친구들 사이에서 잊혀 가는 것이 어쩐지 마음 아팠다.

"일은 잘돼 가. 퓌순과 결혼할 거야. 그녀와 함께 상류 사회로 다시 돌아갈 거야. 물론 뒷말을 하는 그 형편없는 사람들을 용서할 수 있다면 말이지."

"그 사람들은 신경 쓰지 마. 사흘만 지나면 전부 잊어버리니까. 네 얼굴과 기분을 보니 잘 지낸다는 걸 알겠어. 페리둔 이야기를 듣고, 나도 이제 퓌순이 정신을 차릴 거라고 생각했지."

"페리둔에 대해 어디서 들었어?"

"그것도 신경 쓰지 마."

"그런데 결혼할 거야? 새로운 사람은 있어?"

나는 주제를 바꾸며 이렇게 물었다.

"어, 사생아 힐미와 그의 부인 네슬리한이네."

자임은 문으로 들어오는 사람들을 보며 말했다.

"아니 이게 누구야!"

힐미는 이렇게 말하며 우리 테이블로 다가왔다. 네슬리한도 멋지게 차려입고 있었다. '사생아' 힐미는 베이오을루 양복점을 신용하지 않고, 언제나 이탈리아에서 산 옷을 입으며 옷차림에 신경을 많이 썼다. 그의 멋진 모습과 스타일이 마음에 들었다. 하지만 그들이 원하는 대로 모든 것을 농담이나 놀리는 것으로 생각하며 그들에게 미소를 지을 수 없다는 것도 알았다. 한순간 네슬리한이 약간 두려운 듯한 시선으로 나를 보는 느낌이 들었다. 그들과 악수를 하면서도 차갑게 대했는데, 나중에 한동안 이런 행동이 신경이 쓰였다. 어머니가 읽던 잡지 때문에 '상류 사회' 같은 이상한 말을 쓰면서, 의기양양하게 그곳으로 돌아갈 거라고 자임에게 말한 것은 좋지 않은 행동이었다는 생각에 부끄러웠다. 퓌순과 살았던 세계로, 추쿠르주마로 가고 싶었다. 푸아예는 여전히 붐볐다. 좋은 추억을 떠올리듯, 참반디나물 화분, 텅 빈 벽, 멋진 전등을 흐뭇하게 바라보았다. 하지만 푸아예는 어쩐지 늙어 보이고, 어쩐지 금세 낡아 버린 것 같았다. 어느 날, 퓌순과 아무런 고민 없이, 오직 함께하는 삶의 행복만을 생각하며 이 테이블에 앉아 있을 그런 날이 올까? 나는 속으로 '아마도'라고 생각했다.

"달콤한 상상에 빠져 있군."

자임이 말했다.

"아니, 너 때문에 파파트야를 생각하고 있었어."

"이번 여름 멜템의 얼굴이 되어 멜템 광고에 나올 테니, 이 여자가 우리 모임과 파티에 오는 게 좋겠는데, 어떻게 생각해?"

"뭘 묻는 거야?"

"괜찮을까, 멋질까, 그녀가 적절하게 행동할까?"

"왜 적절하게 행동하지 않겠어, 그녀는 배우야, 그것도 스타."

"나도 그렇게 생각해……. 그러니까 튀르키예 영화에서 인위적으로 부자 연기를 사람들 있잖아. 우린 그들처럼은 되지 말아야지."

자임은 그의 어머니에게서 받은 교육 때문에 "우린 그들처럼은 되지 말아야지!"라고 했다. 하지만 그가 의미하는 것은 당연히 '그녀가 그들처럼 하지 말아야 할 텐데.'였다. 그는 파파트야뿐 아니라, 하층 계급이라고 생각하는 사람들이면 죄다 그런 시선으로 보았다. 하지만 푸아예에서 그와 앉아 있을 때, 자임의 근시안적인 생각 때문에 화를 내며 기분을 망치는 것은 아주 미련한 짓이라고 생각할 정도로 나는 제정신이었다.

나는 오랫동안 알고 지낸 식당 지배인 사디에게 생선을 추천해 달라고 했다.

"요즘은 통 찾지 않으시네요, 케말 씨. 어머님도 전혀 오지 않고요."

"어머니는 아버지가 돌아가신 후 집 밖으로 나와 식당에서 식사하는 즐거움을 잃어버렸어요."

"어머님을 모시고 오세요, 케말 씨. 우리가 즐겁게 해 드릴게요. 카라한 씨네는 아버지가 돌아가신 후 일주일에 세 번씩 어머니를 점심 식사 때 이곳으로 모시고 와서 창가에 앉으신답니다. 부인은 비프스테이크를 드시면서 인도를 지나가는 사람들을 바라보며 시간을 보내시지요."

"그 부인은 하렘 출신이지. 체르케스인이며, 초록색 눈을 가지고 있지요. 칠순이 되었지만 여전히 아름답고요. 우리에게 무슨 생선을 줄 거예요?"

자임이 말했다.

사디는 이따금 망설이는 표정을 지었다. "대구, 도미, 노랑촉수, 황새치, 참서대."라며 생선들을 하나하나 열거할 때면 눈썹이 올라갔다 내려갔고, 콧수염을 위아래로 움직이며 생선의 신선함과 맛에 대해 설명해 주었다. 간단하게 잘라 말할 때도 있었다.

"오늘은 농어튀김을 드릴게요, 케말 씨. 다른 것은 추천하지 않겠습니다."

"무엇과 함께 나오지요?"

"삶은 감자, 루콜라, 원하시는 대로요."

"에피타이저로는?"

"올해 만든 소금에 절인 다랑어가 있습니다."

"붉은 양파도 가져와요."

자임은 메뉴판에서 얼굴을 들지 않고 말했다. 그러고는 '음료'라고 쓰여 있는 마지막 페이지를 열면서 이렇게 투덜거렸다.

"이런, 펩시, 앙카라 사이다, 엘완도 있는데 멜템은 또 없군!"

"자임 씨, 당신 회사 사람들은 한 번 왔다가 다시는 찾아오지 않습니다. 뒤에 있는 병 보관 케이스에서 빈 병들이 몇 주 동안 기다리고 있습니다."

"맞아, 우리 회사의 이스탄불 유통은 좋지 않아."

자임은 이렇게 말하고 나를 쳐다보았다.

"넌 이런 일 잘 알지. 사트사트는 어떻게 돼 가, 어떻게 하면 유통을 잘할 수 있지?"

"사트사트는 말도 하지 마. 형이 투르가이와 새로 회사를 설립했어. 우리를 엉망으로 만들 작정이야. 아버지가 돌아가신 후 형은 야심가가 됐어."

자임은 이런 사적인 실패담을 사디가 듣고 있는 걸 좋아하지 않았다.

"클럽 라크 더블과 얼음을 좀 가져와요, 가장 좋은 걸로."

사디가 돌아가자 대답을 기다리며 눈썹을 치켜올렸다.

"자네 형 오스만이 우리와 일을 하고 싶어 하더군."

"난 상관 안 할 거야. 형과 일을 한다고 해서 네게 화내지도 않을 거고. 원하는 대로 해. 다른 소식 또 있어?"

'소식'이라는 말이 상류 사회 소식을 암시한다는 걸 자임은 바로 알아듣고는, 나를 즐겁게 해 주려고 재미있는 이야기를 많이 들려주었다. '배를 침몰시킨' 귀웬은 이번에도 투즐라와 바이람오울루 사이에 있는 해안에 녹슨 화물선을 좌초시켰다. 귀웬은 해외에서 썩거나 녹슬어 항해가 금지되고 환경 오염의 우려마저 있는 배를 고물값으로 사들인 뒤, 서류에 장난을 좀 쳐서 관리들에게는 비싼 배인 양 설명했으며, 아는 공무원들에게 뇌물을 주고 '튀르키예 해운업 발전 기금'으로 무이자 대출을 받아 냈다. 그런 다음 배를 침몰시켜서 정부의 '바샥 보험'을 통해 상당한 보상금을 받았고, 좌초된 녹슨 배는 철강업을 하는 친구들에게 팔아 손 하나 까딱하지 않고 큰돈을 벌어들였다. 귀웬은 클럽에서 술을 두 잔쯤 마시면 "나는 평생 한 번도 배를 타 본 적이 없는 가장 위대한 선주(船主)야."라고 자랑했다.

"귀웬은 그런 사기 사건 때문이 아니라, 배를 멀리서 가라앉히지 않으려고, 정부(情婦)에게 선물한 여름 집 근처에서 좌초시켰다가 망신살이 뻗쳤지. 그가 배를 여름 집 정원과 해변 사이에 가라앉히는 바람에 사람들이 바다가 오염되었다고 항의를 했다는 거야. 정부도 눈물만 흘리고 있고."

"다른 소식은?"

"아분둑 씨와 멘게르리 씨 집안이 재산을 금융업자 데니즈에게 맡겼다가 다 날렸다는 얘기가 있어. 그래서 아분둑 씨는 담 드 시옹 여고에 다니던 딸을 휴학시키고 서둘러 시집보내려고 한대."

"그 애는 못생겼던데, 별 볼 일 없어. 게다가 금융업자 데니즈를 믿다니 말이 되나, 금융업자들 중에서 가장 저질일걸……. 그 사람 이름도 제대로 못 들어 봤는데."

"누구한테 돈 맡겼어? 믿을 만하고 이름도 있는 금융업자 있어?"

이전에 케밥 장사, 트럭 타이어 대리점, 심지어 복권 판매 대리점을 했던 금융업자들이 그렇게 많은 이자를 주면서는 버틸 수 없다는 걸 우리는 알고 있었다. 하지만 빠른 속도로 커 나가는 이 금융업자들은 광고도 많이 하면서 파산하지도 않고 한동안 일을 계속했다. 신문에서 이들을 비웃거나 비판하면서 사기꾼들이라고 우습게 여기던 교수들조차 지나치게 높은 이자의 매력에 빠져 '그냥 한두 달 정도'라고 생각하며 그들에게 투자를 한다는 소문도 있다고 했다.

"나는 금융업자에게는 돈을 맡긴 적이 없어. 우리 회사도 마찬가지고."

나는 이렇게 말했다.

"얼마나 높은 이자를 주는지 말이야, 정직하게 일하는 게 멍청한 짓이 돼 버렸다니까. 멜템 사이다에 투자한 돈을 카스텔리에게 투자했더라면 지금쯤 두 배가 됐을 거야."

많은 세월이 흐른 지금, 푸아예의 시끌벅적한 분위기와 함께 그때의 대화를 떠올리면, 그 당시와 마찬가지로 삶의 공허함과 무의미함을 느끼게 된다. 하지만 그때는 지금과 달리, 이 세상의 아둔함, 더 정중하게는 비논리를 슬플 만큼 경솔한 행동이라고 이해했고, 여기에 별로 신경을 쓰지도 않았으며, 뿐만 아니라 웃으며 자랑스럽게 받아들이기도 했다.

"멜템이 정말 이익이 안 남아?"

나는 무심코 이렇게 말했지만 자임은 화를 냈다.

"우린 파파트야를 믿어, 어쩌겠어? 우리를 실망시키지 말아야 할 텐데. 메흐메트와 누르지한의 결혼식에서도 파파트야가 '은빛 잎사귀'와 함께 멜템의 시엠송을 불러 주었으면 해. 언론도 죄다 힐튼 호텔에 모일 테니까."

나는 잠시 아무 말도 하지 않았다. 메흐메트와 누르지한이 힐튼에서 결혼하는 걸 전혀 몰랐던 것이다. 나는 기분이 상했다.

"알아, 널 안 불렀다는 거. 그래도 지금쯤은 들었을 거라고 생각했어."

"왜 나를 안 불렀대?"

"이 문제에 대해 아주 많이들 얘기했어. 너도 알겠지만 시벨이 널 보고 싶어 하지 않아. '그가 오면 난 안 가.'라고 했대. 시벨은 누르지한의 가장 친한 친구야. 게다가 누르지한을 메흐메트에게 소개해 준 사람도 바로 그녀고."

"나도 메흐메트의 친한 친구야. 나도 그 두 사람을 소개해 준 셈이기도 해."

"그걸로 속상해하지 마."

"왜 시벨이 원하는 것만 들어주지?"

하지만 이렇게 말할 때도 나 자신이 정당한 것 같지 않았다.

"사람들 눈에는 시벨이 부당한 일을 당한 걸로 보여. 약혼을 한 다음에, 너는 그녀와 보스포루스에 있는 해안 저택에서, 같은 집에서 같은 침대를 사용하며 살다가 그녀를 버렸어. 사람들은 이 사건에 대해 오랫동안 떠들었어. 딸을 둔 어머니라면 전부 너희 사건을 사악한 진이라도 되는 듯 생각했지. 시벨은 전혀 신경 쓰지 않았지만 사람들은 그녀를 안타까워했어. 물론 너한테는 아주 화를 냈지. 그러니 지금 사람들이 시벨 편을 든다고 해도 그렇게 신경 쓰지 마."

"신경 쓰지 않아."

하지만 나는 신경이 쓰였다.

우리는 라크를 마시며 말없이 생선을 먹었다. 자임과 푸아예에서 식사를 하면서 침묵에 잠긴 건 처음이었다. 나는 분주히 뛰어다니는 웨이터들의 발소리에 귀를 기울였다. 커다란 웃음소리, 대화

소리, 수저와 포크가 내는 소리를 들었다. 화가 나서 다시는 푸아예에 오지 않겠다고 결심했다. 하지만 그렇게 생각하는 순간에도 내가 이곳을 좋아하며, 나에게 다른 세계는 없다는 걸 알고 있었다.

자임은 올여름에 고속 모터보트를 사고 싶다면서, 보트보다 우선 선미에 다는 강력한 모터를 구하려고 하는데, 카리쾨이에 있는 상점을 다 뒤져 봐도 못 찾았다는 얘기를 했다.

"이제 얼굴 좀 펴!"

자임이 갑자기 말했다.

"결혼식에 못 간다고 그렇게 기분이 상하는 사람이 어디 있어. 넌 가 본 적도 있잖아?"

"내 친구들이 시벨 때문에 나를 따돌리는 게 마음에 들지 않아."

"누가 널 따돌린다고 그래."

"만약 너라면 어떤 결정을 내릴 건데?"

"어떤 결정?"

자임은 어색하게 물었다.

"아, 알았어. 난 당연히 네가 오기를 무척 바랄 거야. 우리는 결혼식에서 아주 즐겁게 놀잖아."

"즐기는 게 문제가 아니라, 더 심오한 문제가 있잖아."

"시벨은 아주 멋지고 특별한 여자야. 넌 그녀에게 상처를 줬어. 그뿐 아니라 사람들 앞에서 그녀를 난처하게 했지. 얼굴을 찡그리며 나를 나쁘게만 볼 게 아니라, 네가 한 일을 인정해, 케말. 그러면 예전의 삶으로 돌아가서 이 일들은 잊어버릴 수 있을 거야."

자임이 이렇게 말했다.

"그러니까 네가 보기에도 내가 죄인이라 이거지?"

나는 계속 이 주제에 매달리면 곧 후회할 것을 뻔히 알면서도 계속 말을 이어 갔다.

"순결이 아직도 그렇게 중요하다면, 왜 그렇게 서구적이고 현대적인 척하는 거야? 최소한 좀 솔직해졌으면 해."

"모두들 이 문제에 대해선 정직해……. 너의 관점으로 다른 사람을 본다는 게 너의 문제야. 어쩌면 너나 나에게는 중요하지 않은 문제일지도 몰라……. 하지만 아무리 유럽적이고 현대적이라 해도, 이 문제는 이 나라에서 그리고 한 여자에게는 중요해."

"시벨은 상관하지 않는다고 했어……."

"시벨이 상관하지 않아도 사회는 상관하지. 너도 개의치 않는다는 건 확신해. 하지만 '하얀 카네이션'이 너에 대해서 거짓 기사를 쓴 후로는 모두들 이 얘기를 하고 있어. 사실 너도 전혀 개의치 않는다고는 하지만 속상하지, 그렇지 않아?"

나는 자임이 나를 화나게 할 얘기들, '예전의 삶' 같은 표현을 일부러 선택했다는 결론을 내렸다. 그가 나를 속상하게 한다면 나도 그를 속상하게 할 수 있다. 내 이성의 한쪽은 자신을 억누르라고, 라크를 두 잔 마신 다음이라 술김에 하는 말이라고, 곧 후회할 거라고 말하고 있었다. 하지만 나는 화가 났다.

"사실 말이야, 자임, 나는 파파트야가 힐튼에서 '은빛 잎사귀'와 함께 시엠송을 부르는 게 아주 상업적이고 부적절하다고 생각해."

"아니, 그 여자는 우리와 광고 계약을 한 거잖아, 뭐야 정말, 나한테 화내지 마."

"아주 저속해 보일 거야."

"뭐, 네가 그렇게 생각한다면 어쩔 수 없지. 어차피 파파트야를 택한 것도 그런 이유였으니까."

자임은 자신만만하게 말했다. 내가 제작한 영화에서 그 저속함이라는 것이 왔다고 말할 것 같았다. 하지만 자임은 좋은 사람이었다. 그런 생각은 조금도 하지 않았다. 그는 파파트야를 어떻게든 잘

다뤄 보겠다면서 진지하게 덧붙였다.

"하지만 친구로서 말하겠는데…… 케말, 그들은 널 따돌린 게 아니야, 오히려 네가 그들을 따돌렸지."

"내가 뭘 어쨌기에?"

"넌 사람들로부터 자신을 소외시키고 그 속으로 움츠러들었어. 우리 세계를 흥미롭고 재미있다고 생각하지 않았지. 대신 네가 심오하고 의미 있다고 생각하는 걸 했어. 그 사랑이 너의 야심이 되어 버렸고. 그러니 우리를 탓하지 마……."

"그보다 단순한 게 아닐까? 섹스가 너무나 멋졌기 때문에 거기에 집착하게 된 거야. 사랑은 이런 거야. 거기서 심오한 의미, 자신의 세상을 반영할 무언가를 찾고 있는 건 바로 너희들이야. 그렇지만 우리의 사랑은 너희와는 아무 관련이 없어!"

'너희들'이라는 단어가 나도 모르게 내 입에서 자동적으로 흘러 나왔다. 순간 자임이 나를 아주 멀리서 바라보는 느낌이 들었다. 그는 이미 오래전에 나를 포기했던 것이다. 그는 이제 나와 단둘이 있지 않았다. 내 말을 들으면서도, 내가 아니라 친구들에게 어떻게 말할지를 생각하고 있었다. 이제는 그의 얼굴에서 읽을 수 있었다. 그렇지만 자임은 똑똑한 사람이었고, 이런 것들마저 생각하는 사람이었다. 오히려 그가 내게 화가 난 부분이 있었던 것이다. 나는 이것도 느꼈다. 내게서 멀어지는 그의 시선과 함께, 나도 내 눈에서, 나의 과거로부터, 그리고 자임으로부터 멀어졌다.

"넌 아주 감수성이 예민해. 그렇기 때문에 널 아주 좋아하지."

자임이 말했다.

"메흐메트는 이 일에 대해 뭐라고 해?"

"그는 널 아주 좋아해, 알고 있겠지만. 그는 지금 너와 내가 이해할 수 없을 만큼 누르지한과 행복해. 행복해서 날아갈 것 같고,

그 무엇도, 그 어떤 문제도 이 행복에 흠집을 내지 않기 바라지.”

“알았어.”

나는 이렇게 대답하고는 이 문제를 더 이상 언급하지 않기로 마음먹었다.

자임은 바로 눈치를 채고는 “감정적이 아니라 이성적으로 행동해!”라고 말했다.

“알았어, 난 이성적이야.”

우리는 식사가 끝날 때까지 다른 중요한 얘기는 하지 않았다. 자임은 나를 즐겁게 해 주려고 상류 사회의 소문을 들려주려 했고, 나가는 길에 우리 테이블에 들른 ‘사생아’ 힐미와 네슬리한과 농담을 주고받으며 분위기를 부드럽게 해 보려고 애썼다. 하지만 그렇게 되지 않았다. 멋지게 차려입은 힐미와 그의 아내는 가식적이고 기만적으로 보였다. 나는 나의 사회와 친구들로부터 떨어져 나간 것이다. 어쩌면 그래서 가슴이 아프기도 했지만, 마음속 더 깊은 곳에는 원한과 분노가 자리 잡았다.

계산은 내가 했다. 푸아예 문 앞에서 자임과 헤어지지면서, 마치 긴 여행 때문에 오랫동안 만나지 못할 것을 아는 오랜 친구들처럼 서로를 껴안고 볼에 입을 맞추었다. 그리고 각자 다른 방향을 향해 걸어갔다.

이 주 후, 메흐메트가 사트사트로 전화를 걸어왔다. 힐튼에서의 결혼식에 나를 초대하지 못해서 아주 미안하다고 했으며, 자임과 시벨이 오래전부터 사귀고 있다고 말해 주었다. 모든 사람이 아는 이 사실을 당연히 나도 알고 있을 거라고 생각했다고 덧붙였다.

# 72
# 삶도 사랑처럼

1983년 초 어느 날 저녁, 케스킨 씨네 집에 들어가 막 앉으려고 하는데 거실에서 어딘가 생소하고 무언가 빠져 있는 느낌이 들어 주위를 주의 깊게 둘러보았다. 안락의자의 위치도 변하지 않았고, 텔레비전 위에 새로운 개 인형도 올려져 있지 않았지만, 거실의 벽이 검은색으로 칠해진 것처럼 생소한 느낌이 들었다. 그 시절에 나는 내가 무엇을 하는지 분명히 의식하며 단호한 마음을 품고 살아갔던 것이 아니라, 삶이란 내가 상상하는 것, 꿈속에서 나온 — 마치 사랑처럼 — 것이라는 생각을 하기 시작했다. 이런 비관적인 세계관과 싸우지도 않고 전적으로 항복하지도 않기 위해, 나는 머릿속에 이런 생각이 없는 것처럼 행동했다. 모든 것을 그저 흘러가는 대로 두고 보기로 결정했다는 의미로 해석할 수 있다. 그때 거실이 불러일으킨 불안감도 더 이상 생각하지 않고 넘어가기로 했다.

그즈음 문화 예술 채널인 TRT 2에서는 얼마전에 사망한 그레이스 켈리의 영화들을 추모의 의미로 보여 주고 있었다. 매주 목요일 저녁 '예술 영화' 시간에는 우리의 친구인 유명한 배우 에크렘이 원고를 들고 읽으며 방송을 했다. 알코올 중독자인 에크렘은 손이 떨리는 걸 감추기 위해 원고를 장미가 가득 꽂힌 꽃병 뒤로 숨겼다. 그리고 원고는 페리둔의 친한 친구(그가「험난한 인생」을 비꼬는 글을 쓴 후에 둘은 크게 한 번 싸움을 했다.)였던 젊은 영화 비평가가 썼다. 에크렘은 수사적으로 화려하며 지적인 글을 잘 이해하지도 못하면서 읽어 내려갔다. 원고에서 고개를 들고 영화가 '지금' 시작된다는 말을 하기 전에, 자신이 아주 오래전에 한 영화제에서 '우아한 미국인 스타-공주'와 알게 되었는데 그녀가 튀르키예인들을 아주 좋아하더라고 무슨 비밀이라도 되는 양 언급했다. 마치 그 아름다운 스타와 대단한 사랑이라도 할 뻔했다는 듯 로맨틱한 표정을 지었다. 퓌순은 결혼 초기에 페르둔과 그의 젊은 비평가 친구에게서 그레이스 켈리에 대해 많은 얘기를 들었기에 이 영화들을 절대 놓치지 않으려 했다. 나 역시 여리고 절망적이면서도 한편으로 건강해 보이는 그레이스 켈리의 모습을 바라보는 퓌순을 절대 놓치고 싶지 않았기 때문에 매주 목요일 저녁에는 케스킨 씨네 식탁에 자리를 잡곤 했다.

그 목요일 저녁 우리는 히치콕의「이창」을 보았다. 영화는 내 마음속의 불안감을 잊게 해 주기는커녕 정반대의 영향을 주었다. 팔 년 전, 사트사트 직원들과 함께 점심을 먹지 않고 혼자 극장에 가서, 퓌순과의 입맞춤을 떠올리며 관람한 바로 그 영화였던 것이다. 영화에 완전히 몰입한 퓌순을 힐끗거리며 바라보아도, 그녀에게서 그레이스 켈리의 우아함과 순수함을 찾아보려 해도 위로가 되지 않았다. 추쿠르주마의 이 집에서 저녁을 먹으면서, 그리 자주는 아니었지만 규칙적으로 이러한 감정에 휩싸이곤 했는데, 그날 역시 그 영화에도 불구하고 혹은 그 영화 때문에 그렇게 되었던 것이다. 마치 갈수록 좁아지는 방에서 나가지 못하는 듯한, 숨 막히는 꿈에서 헤어나지 못하는 듯한 느낌이었다. 시간이 갈수록 점점 더 좁아지는 것 같았다.

이렇게 꿈에서 헤어나지 못하는 듯했던 느낌을 순수 박물관에서 보여 주려고 나는 무척 애를 썼다. 여기에는 두 가지 양상이 있다. a) 어떤 정신 상태, b) 세상에 대한 환상.

a) 꿈속에 있는 듯 느끼는 정신 상태는 술을 마시거나 대마초를 피울 때의 느낌과 약간 비슷하다. 하지만 차이도 있다. 마치 지금 이 순간을, 현재를 완전히 살지 못하는 것과 같은 느낌이다. 퓌순의 집에서 저녁 식사를 하며, 마치 그 순간을 과거에 경험한 적이 있는 것처럼 느끼곤 했다……. 그때 텔레비전에서 나오던 그레이스 켈리의 영화나 다른 프로그램도 전에 본 것처럼 느껴졌다. 식탁에서의 대화는 항상 비슷했다. 하지만 그래서 생겨나는 느낌은 아니었다. 내가 그 순간을 경험하고 있으면서도 그것을 느끼지 못했던 것이다. 마치 먼 곳에서 그 순간을 바라보는 느낌이었다. 나의 몸이 다른 사람의 몸이 되어 연극 무대에 올라 현재를 살고 있으면, 나는 약간 떨어져서 나 자신과 퓌순을 바라보았다. 내 몸은 오늘 이 순간에 있었지만, 내 정신은 먼 곳에서 그것을 지켜보고 있었다. 내가 살아가는 그 순간은 내가 기억하는 순간이었다. 순수 박물관을 관람하는 사람들은 내가 전시한 단추, 컵, 퓌순의 빗, 옛날 사진 같은 물건들을 볼 때, 지금 앞에 놓인 물건이 아니라 나의 추억인 듯 봐야만 한다.

b) 지금 이 순간을 기억처럼 사는 것은, 시간과 관련된 착각이다. 그리고 나는 공간과 관련된 착각도 느꼈다. 어렸을 때 어린이 잡지에 실렸던 '두 그림 사이에서 다른 점을 일곱 가지 찾으시오' 혹은 '둘 중 작은 것을 찾으시오' 같은 놀이(여기에 한두 가지를 전시했다.)에서 느꼈던 불안감이 이것과 가장 가까운 느낌일 것이다. 어렸을 때, '왕이 숨은 미로에서 출구를 찾으시오', '토끼가 숲에서 빠져나가려면 어떤 구멍을 통해야 할까요' 같은 게임들은 나를 불

안하게도 했지만 즐겁게도 했다. 하지만 케스킨 씨네 집에 저녁을 먹으러 간 지 칠 년째로 접어들자, 퓌순네 식탁은 점점 재미가 줄어들어, 숨이 막히는 장소가 되었다. 그날 저녁 퓌순도 이것을 느낀 것 같았다.

"왜 그래, 케말? 영화가 마음에 안 들어?"

"아니, 마음에 들어."

"당신이 좋아하는 소재가 아닌가 봐……."

퓌순이 조심스럽게 말했다.

"그렇지 않아."

나는 이렇게 말하고는 입을 다물었다.

퓌순이 나의 기분과 마음 그리고 불안감에 관심을 갖는 것은, 특히 식탁에서 그녀의 부모가 우리의 대화를 듣고 있을 때 그런 말을 하는 것은 아주 특별한 일이었기 때문에, 영화와 그레이스 켈리에 대해 듣기 좋은 말을 한두 마디 했다.

"하지만 오늘 저녁은 기분이 아주 안 좋아 보여, 감추려고 하지 마, 케말."

"그래, 말할게……. 이 집이 뭔가 달라진 것 같은데, 그게 뭔지 도무지 알 수가 없어."

그 순간 모두가 웃었다.

"레몬이 방 안으로 이사 갔어, 케말. 어떻게 자네가 아직 알아채지 못할까, 하고 우리도 얘기하던 참이야."

네시베 고모가 말했다.

"정말이네요! 어떻게 못 알아봤을까요? 그렇게도 레몬을 좋아했는데 말이에요."

"우리도 아주 좋아해. 내가 레몬을 그리기로 해서, 새장을 그곳으로 옮겼어."

퓌순이 말했다.

"그림을 시작했다고? 볼 수 있을까?"

"당연하지."

오래전에 퓌순은 의기소침해져서 마음이 내키지 않는다며 이스탄불 새 시리즈를 그만두었다. 뒷방으로 가서는 레몬보다도 퓌순이 이제 막 시작한 새 그림을 보았다.

"페리둔은 이제 새 사진도 안 가져와. 그래서 나도 살아 있는 걸 보고 그리기로 했어."

퓌순의 분위기, 편안함, 과거가 된 사람인 양 페리둔을 언급하는 것이 내 머리를 어지럽게 했다. 하지만 스스로를 억눌렀다.

"이 그림, 시작이 아주 좋은데, 퓌순. 레몬 그림은 최고가 될 거야. 소재에 대해 네가 아주 잘 아니까. 예술에서는 좋아하는 걸 소재로 하는 게 제일 성공적이래."

"하지만 난 사실주의자가 되지는 않을 거야."

"그게 무슨 말이야?"

"새장은 안 그릴 거야. 레몬이 자유로운 새처럼 창문 앞에 날아와 앉은 모습을 그릴 거야."

그 주에 세 번 더 케스킨 씨네 집에 저녁을 먹으러 갔다. 저녁을 먹은 후에는, 늘 뒷방으로 가서 그림에 대해 의견을 나누었다. 레몬은 그림 속에서, 그러니까 새장 밖에서 더 행복하고 생기 있어 보였다. 뒷방으로 가면, 카나리아 자체보다 그림에 더 관심을 가지게 되었다. 진지하게 그리고 진심으로 그림에 대해 대화를 나눈 다음에는 언제나 파리의 박물관에 가는 것에 대해 이야기했다.

화요일 저녁, 나는 미리 준비했던 말을, 고등학생처럼 흥분해서, 레몬의 그림을 보면서 속삭이듯 말했다.

"퓌순, 이제 우리는 이 집에서, 이 삶에서 함께 나가야 해. 인생은 짧아. 하루가, 일 년이 무자비하게 지나가 버려. 이제 우리는 함께 다른 곳에 가서 행복해야 해."

퓌순은 내 말을 듣지 않는 척했다. 하지만 레몬은 짧게 짹짹 하고 대답했다.

"이제는 두려워하고 머뭇거릴 필요가 없어. 너와 나, 우리 둘이 이 집에서 나가서, 다른 곳에서, 다른 집에서, 우리의 집에서 삶이 끝날 때까지 함께 행복하게 살자. 넌 스물다섯 살이야, 우리 앞에는 아직 반세기 정도의 삶이 있어, 퓌순. 그 오십 년을 온당하게 얻기 위해 우린 육 년 동안 충분히 고통을 당했어! 이제 우리 둘이 함께 가자. 그동안 서로 충분히 고집을 피웠다고 생각해."

"우리가 고집을 피웠다고, 케말? 난 전혀 모르겠는걸. 손을 거기 올려놓지 마, 새가 무서워하잖아."

"무서워하지 않아, 봐, 내 손에서 먹이를 먹고 있어. 레몬을 우리의 집에서 제일 좋은 자리에 놓자."

"지금쯤 아버지가 궁금해할 거야."

퓌순은 비밀스럽고 다정하게 말했다.

다음 주 목요일에 또다시 히치콕의 영화 「나는 결백하다」를 보았다. 영화가 방영되는 내내, 나는 그레이스 켈리가 아니라, 그녀를 바라보는 퓌순을 쳐다보았다. 내 아름다운 연인의 목에서 파란 혈관이 뛰는 것, 손이 식탁에서 움직이는 것, 머리를 매만지는 것, 삼순 담배를 들고 있는 모습까지, 모든 행동에서 스타-공주에 대한 그녀의 관심이 엿보였다.

뒤쪽 방으로 레몬의 그림을 보러 갔을 때, 퓌순은 "그거 알아, 케말? 그레이스 켈리도 수학을 못했대. 그리고 처음에는 모델 일을 하다가 연기를 시작했대. 하지만 내가 진짜 부러웠던 건 그녀가 운전하는 모습이었어."라고 했다.

627

에크렘은 영화를 소개하면서, 지난해에 이 스타-공주가 바로 그 영화에서 운전해 갔던 길에서, 그리고 바로 그 코너를 돌다가 교통사고가 나서 죽었다고, 아주 친한 사람에 대해 이야기하듯 시청자들에게 말했던 것이다.

"왜 부러워?"

"모르겠어. 운전하는 그녀가 아주 강해 보이고 자유로워 보여. 그래서일 거야."

"괜찮다면, 내가 당장 가르쳐 줄게."

"아니야, 아니야, 안 돼."

"퓌순, 넌 재능이 많아. 이 주 만에 면허증을 받고, 이스탄불에서 편하게 운전할 정도로 가르쳐 줄 수 있어. 부끄러워할 것 없어. 내가 네 나이였을 때(사실이 아니었다.) 체틴이 운전하는 걸 가르쳐 줬어. 침착하고, 인내심만 있으면 돼."

"난 인내심이 많아."

퓌순은 자신 있게 말했다.

# 73
# 퓌순의 운전면허증


1983년 4월부터 퓌순과 함께 운전면허 시험을 대비해 연습을 시작했다. 처음에는 농담 반 진담 반으로 이 문제에 대해 입씨름을 하다가, 망설이고, 내키지 않는 척하고, 침묵을 지키면서 오 주를 보냈다. 우리 둘 모두 이 일이 운전면허 시험을 통과하는 것을 넘어, 우리 사이의 친밀감을 시험하는 의미도 있다는 것을 알고 있었다. 게다가 이것이 우리의 두 번째 시험이 될 것이고, 신이 우리에게 세 번째 기회는 주지 않을 거라고 생각했기 때문에 나는 긴장할 수밖에 없었다.

한편으로는 퓌순에게 가까이 다가갈 수 있는 좋은 기회라는 것도 알고 있었고, 더구나 이 기회를 퓌순이 내게 주었기 때문에 무척 기뻤다. 이 시기에는 내가 점점 더 편해지고 쾌활해지고 낙관적이 되었다는 걸 알아주었으면 한다. 음침한 긴 겨울이 지난 후 태양이 서서히 구름 사이에서 나오고 있었다.

화창한 어느 봄날(디완 제과점에서 초콜릿 케이크를 사다가 그녀의 스물여섯 번째 생일을 축하한 지 사흘이 지난 1983년 4월 15일 금요일) 오후 무렵, 처음으로 운전 연습을 하려고 피루즈아아 사원 앞에서 퓌순을 시보레에 태웠다. 내가 차를 운전하고 퓌순은 내 옆에 앉았다. 그녀는 동네 사람들의 눈을 피해, 추쿠르주마에 있는 집 앞이 아니라 오 분쯤 떨어진 비탈길 모퉁이에서 태워 달라고 했던 것이다.

정확히 팔 년이 흘렀고, 우리는 처음으로 단둘이 어디론가 가고 있었다. 물론 나는 말로 형언할 수 없을 만큼 행복했다. 하지만 이 행복을 느끼지 못할 정도로 흥분하여 긴장하고 있었다. 팔 년 동안 많은 고통을 안겨 준 여자와, 많은 일들과 아픔을 함께 겪은 후 다시 만난 느낌이 아니라, 사람들이 나와 잘 맞는다고 하며 소개해 준 멋진 신붓감과 처음 만난 듯한 기분이었다.

퓌순은 자신에게 아주 잘 어울리는 흰 바탕에 오렌지색 장미와 초록색 이파리가 그려진 원피스를 입고 있었다. 마치 늘 같은 운동복을 입고 훈련을 하는 운동선수처럼, 브이넥에 무릎 밑까지 내려오는 이 우아한 옷을 그녀는 운전 연습을 할 때마다 입고 왔고, 연습이 끝날 즈음이면 역시 운동복처럼 옷은 땀으로 흠뻑 젖었다. 운전 연습을 시작한 때로부터 삼 년 후에, 이 옷을 퓌순의 옷장에서 발견하자마자, 긴장하고 현기증이 나던 운전 연습 시간과, 압될하미트의 궁전에서 약간 떨어진 일드즈 공원에서 맛보았던 행복이 떠올라, 나는 그 순간을 다시 경험하기 위해 본능적으로 옷의 팔과 가슴 부분에서 퓌순의 냄새를 맡았다.

퓌순의 옷은 먼저 겨드랑이가 땀으로 젖기 시작했고, 그 물기는 서서히 가슴, 팔, 배로 멋지게 번져 나갔다. 가끔 햇빛이 잘 드는 공원에 주차를 하면, 마치 팔 년 전 멜하메트 아파트에서 사랑을 나눌 때처럼, 달콤한 봄 햇살이 비쳐 들어 우리는 땀이 약간 났다. 하지만 퓌순이, 그리고 나중에는 나까지 땀이 났던 진짜 이유는, 자동차 안에서 우리가 느낀 부끄러움, 긴장감, 당황스러움 때문이었다. 퓌순은 실수를 하면, 예를 들어 자동차 오른쪽 바퀴가 인도 가장자리를 스치거나, 기어가 금속성 소리를 내며 삐걱거리거나, 모터가 멈추면, 화를 내고 얼굴을 붉히고 땀을 흘리기 시작했다. 게다가 클러치를 잘못 밟았을 때는 그야말로 땀이 솟아났다.

퓌순은 교통 법규를 집에서 열심히 공부해서 거의 외우고 있었고 운전도 나쁘지 않았지만, 클러치 사용 — 초보 운전자들이 대체로 그렇듯이 — 은 나아지지가 않았다. 그녀는 주행 도로에서 조심스럽게 천천히 전진하다가 교차로에서는 더욱 서행을 하고, 조심성 많은 선장이 섬의 부두에 배를 대듯이 인도로 조심스럽게 다가갔는데, 내가 "아주 잘했어, 정말 재능이 보통이 아냐."라고 하면 너무 급하게 클러치에서 발을 떼 버렸고, 그 바람에 자동차는 숨이 넘어갈 듯 기침을 하는 노인처럼 갑자기 앞으로 튀어 나가며 흔들리기 시작했다. 흐느끼듯 기침을 하는 환자처럼 간헐적으로 떨리는 자동차 안에서, 나는 "클러치, 클러치, 클러치!"라고 소리쳤다. 하지만 퓌순은 당황하여 클러치 대신 액셀이나 브레이크를 밟아 버렸다. 액셀을 밟으면, 자동차의 기침이 더욱 심해져 위험한 상황에 이르렀고, 결국에는 갑자기 멈추었다. 퓌순의 새빨간 얼굴과 이마, 코끝, 관자놀이에서는 땀이 비 오듯 흘렀다. 퓌순은 부끄러운 듯 땀을 닦으면서 이렇게 말했다.

"됐어, 이걸로 충분해. 난 절대 못 배울 거야. 포기할래! 난 어차피 운전할 운명은 아닌가 봐."

그러고는 차에서 내려 버렸다. 때로는 아무 말도 하지 않고, 차에서 내려 손수건으로 땀을 닦으며 멀어져 갔고, 마흔다섯 걸음쯤 가서는 혼자 성마르게 담배를 피웠다.(한번은 그녀가 혼자 공원에 왔다고 생각했는지 남자 둘이 곧장 그녀 곁으로 다가왔다.) 차에서 내리지 않은 채 삼순에 불을 붙였다가, 화를 내며 땀으로 젖은 담배꽁초를 재떨이에 눌러 끈 다음, 면허증은 안 딸 거라고, 어차피 기대도 안 했다고 말하기도 했다.

그러면 나는 그녀의 운전면허증이 아니라, 다가올 우리 행복도 물거품이 된 듯 당황하여, 참고 진정하라며 퓌순에게 거의 빌다시피 애원을 했다.

땀으로 젖은 옷은 어깨에 달라붙곤 했다. 그녀의 아름다운 팔, 당황한 표정, 위로 치켜올린 눈썹, 긴장하는 모습, 우리가 사랑을 나누었던 봄날처럼 땀에 흠뻑 젖은 아름다운 몸을 나는 오랫동안 바라보았다. 운전석에 앉자마자, 다급하고 성마른 퓌순은 얼굴이 붉어지고 땀이 나기 시작하면 옷의 위쪽 단추를 열었지만 땀은 계속 흘렀다. 땀에 젖은 목, 관자놀이, 귀 뒤를 보면서, 팔 년 전에 내 입에 넣었던, 노란 배같이 멋지고 우아한 가슴의 형태를 추측하고, 보고, 기억하려 했다.(그날 밤 나는 집으로 가서 라크 몇 잔을 마신 후 아름다운 가슴의 딸기색 유두도 보았다고 상상했다.) 때로는 퓌순이 운전을 하고 있을 때, 내가 자신을 바라보며 황홀해한다는 걸 알면서도 신경 쓰지 않는다는 것을, 오히려 그것을 좋아한다는 걸 느끼고는 몸이 흥분을 하기도 했다. 힘을 빼고 부드럽게 기어를 바꾸는 시범을 보여 주기 위해 몸을 뻗으면, 나의 손이 그녀의 손에, 아름다운 팔에, 엉덩이에 닿았고, 자동차 안에서 우리의 몸보다 영혼이 먼저 합치되었다고 생각했다. 다시 퓌순이 발을 클러치에서 빨리 떼는 바람에, 56년형 시보레는 불 속에 들어간 말처럼 떨어 대며 정신없이 흔들렸다. 그러다 자동차의 모터가 잠잠해지면, 우리는 공원과 앞쪽에 있는 별장, 그리고 세상의 깊은 정적을 느꼈다. 봄이 완연해지기 전, 일찍부터 날아올라 찌르륵거리는 곤충의 소리에 넋을 잃고 귀를 기울였으며, 봄날의 공원에서 그리고 이스탄불에서 살아 있다는 것이 얼마나 멋진지를 생각했다.

커다란 정원과 그 안에 있는 별장들은 공화국 이후에 부유한 가문의 사람들이 산책을 하거나, 시민들이 운전 연습을 하는 공원으로 바뀌었지만, 한때는 압뒬하미트가 세상으로부터 숨어들어 오스만 제국을 통치하고 커다란 분수에서 작은 배로 아이처럼 놀던(청년 튀르크[97]들은 그를 이 배와 함께 폭파시키려는 계획을 세우기도 했다.) 곳이었다. 키스를 하기 위해 달리 갈 데가 없을 때, 사랑에 빠진 용감한 커플들은 공원에 있는 100년 된 사이프러스와 밤나무 뒤 후미진 곳으로 간다고, '사생아' 힐미나 타이푼뿐 아니라 자임 같은 친구들에게 들은 적이 있다. 나무 뒤에서 서로를 껴안고 있는 용감한 연인을 보면 퓌순과 한동안 침묵에 잠겼다.

운전 연습은 아무리 길어도 두 시간 정도였지만, 내게는 마치 멜하메트 아파트에서 우리가 사랑을 나눌 때처럼 오래 걸린 듯 느껴졌고, 그 시간이 끝나면 우리 사이에는 폭풍우가 지나간 다음처럼 정적이 내려앉았다.

"에미르갼에 가서 차 마실까?"

나는 공원 문을 나서며 이렇게 묻곤 했다.

"그러지 뭐, 좋아."

퓌순은 부끄럼 타는 소녀처럼 속삭이듯 대답하곤 했다.

나는 누군가 소개해 준 신붓감과의 첫 만남을 성공적으로 치른 젊은이처럼 흥분했다. 보스포루스 길에서 차를 운전할 때, 에미르갼의 콘크리트 부두에 주차를 하고 그 안에서 차를 마실 때, 나는 너무나 행복해서 한마디 말도 할 수 없었다. 우리가 경험한 강렬한 감정 때문에 퓌순도 지쳤는지, 침묵하거나 그저 운전과 운전 교습에 대해서만 몇 마디를 했다.

차를 마시면서, 김으로 흐려진 시보레의 창 안에서 한두 번 그

---

**97** 오스만 제국 조정의 폭정에 반대하여 1880년대 말부터 생겨난 불만 세력.

녀를 만지려고, 입을 맞추려고 해 보았지만, 결혼하기 전에는 어떤 성적인 접촉도 거부하는 절도 있고 지조 있는 여자처럼 퓌순은 예의 바르게 나를 밀어냈다. 그런 일이 있은 다음에도 퓌순이 여전히 쾌활하고, 내게 화를 내지도 않아서 나는 아주 행복했다. 아마도 나의 기쁨 속에는, 결혼하려는 처자가 '절도'가 있는 걸 알게 된 시골 총각이 느낄 만한 기쁨도 있었을 것이다.

1983년 6월에 운전면허 시험을 보기 위해 필요한 서류를 준비하면서, 퓌순과 함께 거의 이스탄불 전역을 돌아다녔다. 당시에는 면허를 따려는 사람들을 예외적으로 카슴파샤 군인 병원으로 보냈기 때문에, 우리는 병원 원무과의 접수 대기자들 사이에서, 그다음에는 신경질적인 의사의 진료실 앞에서 반나절을 기다렸다. 퓌순의 신경계가 정상이며, 반사 작용 역시 정상이라는 것을 증명해 주는 진단서를 받고는 변두리 마을에 나가서 저 멀리 피얄레파샤 사원까지 걸어갔다. 탁심에 있는 응급 병원에서는 대기자 줄에 서서 네 시간을 기다렸는데, 의사가 집에 가 버리는 바람에 우리는 솟구치는 화를 억누르기 위해 귀뮈쉬수유에 있는 작은 러시아 식당에서 가서 이른 저녁을 먹었다. 이비인후과 의사가 휴가 중이라며 하이다르파샤에 있는 병원으로 가라고 하기에, 우리는 그 병원으로 가면서 카드쾨이 배의 뒤쪽 갑판에서 갈매기에게 시미트를 던져 주었다. 차파 의대 병원에 가서는, 서류를 원무과에 제출한 후 기다리는 시간에 거리로 나가서 한동안 걸었는데, 네모난 돌이 깔린 오르막길과 좁은 골목길을 걸어 파티흐 호텔 앞을 지나갔던 것을 기억한다. 칠 년 전, 이 호텔의 어떤 방에서 나는 퓌순 때문에 괴로워하다 아버지의 부고를 들었지만, 그날은 마치 다른 도시에 있는 호텔처럼 보였다.

우리가 새로 구비하여 가져간 서류를, 담당자가 홍차와 커피,

잉크, 기름 얼룩으로 뒤덮인 서류철 안에 넣자, 우리는 기뻐하며 병원에서 나왔고, 드디어 일을 마친 것을 축하하기 위해 동네 식당으로 들어가 웃고 떠들며 흥분 속에서 식사를 했다. 퓌순은 전혀 긴장하지 않고, 그 누구에게도 숨기려고 하지 않고 자유롭게 담배를 피웠으며, 때로는 허물없이 재떨이로 손을 뻗어 거기서 타고 있던 내 담배를 들어 그것으로 ─ 군대 친구처럼 ─ 자신의 담배에 불을 붙였고, 마치 즐길 준비가 되어 있는 사람처럼 낙관적인 눈으로 세상을 둘러보았다. 이미 결혼해 버린 나의 슬픈 연인이 사실은 돌아다니며 다른 사람의 삶과 마을을 바라보고, 도시 생활의 유희에 새삼 놀라고, 새로운 사람들과 만나 자유롭게 어울리는 것에 무척 열려 있는 사람이라는 걸 깨닫고 그녀를 더 깊이 사랑하게 되었다.

"저 남자 봤어? 자기 키보다 더 긴 거울을 옮기고 있어."

퓌순은 이렇게 말했다. 네모난 돌이 깔린 거리에서 축구를 하는 아이들을, 나와 함께, 아니 나보다 더 진심으로 즐겁게 구경했고, 뒤쪽에 있는 카라데니즈 잡화점에서 사이다 두 병을 사왔다.(역시 멜템은 없었다!) 오래된 목조 가옥의 격자창, 콘크리트 발코니, 그리고 위층을 향해 "하수구 고쳐요!"라고 소리치는 수리공(커다란 쇠파이프와 펌프를 들고 있었다.)에게 퓌순은 호기심 많은 아이처럼 관심을 보였다. 카드쾨이 배에서는, 호박 껍질을 까고, 레몬을 짜고, 고기도 자르는 부엌 용품을 소개하는 상인의 손에 들린 쇠칼을 유심히 바라보았다.

"저 애 봤어? 대놓고 동생 목을 조르고 있어!"

골목을 걸으며 이렇게 말하기도 했다. 사거리나, 진흙탕인 어린이 공원 바로 앞에 있는 광장에 사람들이 모여 있는 걸 보고는 "무슨 일일까? 뭘 팔고 있지?"라며 당장 달려갔고, 곰을 부리는 집시들, 길거리에서 싸우며 뒹구는 검은 교복 차림의 학생들, 교미하느라 붙어 있는 개들(동네 사람들은 야유를 하면서도 부끄러운 눈길을 던지고 있었다.)의 슬픈 눈을 함께 바라보았다. 자동차 범퍼끼리 부딪쳐 운전자들이 싸울 기세로 화를 내며 차 밖으로 나오는 모습, 사원 마당에서 도망친 오렌지색 공이 비탈길 밑으로 즐겁게 통통거리며 내려가는 모습, 시끄러운 소리를 내며 아파트 기초 공사를 하는 모습, 진열장에 켜 놓은 텔레비전을 우리도 다른 사람들과 어울려 바라보았다.

서로를 다시 알게 된 것만큼, 함께 이스탄불을 탐험하고, 매일 도시와 퓌순의 새로운 모습을 보는 것이 너무나 행복했다. 병원이 궁핍하고 무질서한 모습일 때는, 삶의 어두운 면이 우리를 서로에게 더 가깝게 만들었다고 느꼈다. 이상하고, 심지어 거북스러운 우리 이야기는, 거리를 걸을수록 느껴지는 도시와 사람들의 어둡고 끔찍한 모습과 비교하면, 그리 중요하지 않았는지도 모른다. 도시는 우리 삶의 평범한 모습을 느끼게 했고, 죄책감에 휩싸이지 말고 겸손해지라고 가르쳤다. 거리를 걸으면서, 돌무쉬나 버스에서, 도시의 인파와 섞이는 것이 가져다주는 위안의 힘을 마음으로 느꼈고, 퓌순이 배의 옆자리에 앉아 있는 스카프를 쓴 아주머니(품에는 손자가 잠들어 있었다.)와 정답게 얘기하는 모습을 보며 감탄했다.

그녀 덕분에, 그 당시 이스탄불에서 머리에 스카프를 쓰지 않은 아름다운 여인과 함께 걷는 굉장한 유희를 경험하며 기쁘고 설레었다. 병원 원무과에 들어가거나 공공 기관에 발을 내디디면 사람들은 전부 우리에게로 고개를 돌렸다. 늙은 공무원들은 가난한 환자나 나이 든 여자들에게 흔히 보이는 무시하는 태도 대신에, 임무와 규율에 충실한 근면한 공무원인 양, 자신의 나이와는 상관없이 그녀에게 "하늠[98]!"이라고 불렀다. 다른 환자들에게는 '너'라고 하면서 퓌순에게는 '당신'이라고 부르는 사람만큼이나, 그녀의 얼굴을 아예 쳐다보지 못하는 사람도 많았다. 유럽 영화에 나올 법한 정중한 신사처럼 다가와서 "제가 뭘 좀 도와 드릴까요?"라고 하는 젊은 의사도 있었고, 나를 못 보았기 때문인지 유머러스하고 정중한 태도로 퓌순에게 추파를 던지는 늙은 교수도 있었다. 스카프를 쓰지 않은 아름다운 여자를 보게 될 경우 공무원들 사이에서 나타나는 순간적인 당혹감과 나아가 공황 상태에 가까운 감정 때문에 생기는 일이었다. 퓌순 앞에서는 본론으로 들어가지 못하거나, 말을 더듬거나, 아예 말을 나누지 못해서 대신 이야기할 사람을 찾기도 했다. 나를 보고 그녀의 남편이라고 예단하여 편안함을 느끼면 나도 어쩔 수 없이 그들과 함께 편안해졌다.

"퓌순 하늠이 아마추어 운전면허증 접수를 위해 이비인후과 의사에게서 진단서를 받고 싶어 합니다. 우리를 베식타쉬에서 이곳으로 보내더군요."

나는 이렇게 말했다.

"의사 선생님께서는 아직 오시지 않았습니다."

복도에서 대기자들을 통제하는 관리인이 이렇게 대꾸했다. 우리 손에 든 서류철을 살짝 열어 그 안에 든 서류들을 보고는 "서류를 원무과에 등록한 뒤 대기 번호를 받아서 기다려요."라고 덧붙였다. 그가 눈짓으로 가리킨 대기 줄이 너무나 길다는 표정을 지으면, "모두들 줄을 서서 기다리고 있습니다. 기다리는 방법밖에 없어요."라고 했다.

언젠가는 뭔가 핑계를 대며 관리인에게 몇 푼을 쥐어 주려고 했지만, 퓌순이 "안 돼, 다른 사람들처럼 해."라고 반대했다.

순서를 기다릴 때, 공무원들이나 환자들과 이야기를 나눌 때,

98  여성에게 붙이는 정중한 호칭.

사람들이 나를 그녀의 남편으로 보는 게 좋았다. 결혼한 남자가 아닌 다른 남자와 병원에 가는 여자가 없었기 때문이 아니라, 우리가 서로 잘 어울렸기 때문이라고 나는 해석했다. 의대 병원에서 순서를 기다리다 돌아다녀 보았던 제라흐파샤 뒷골목에서 한순간 퓌순을 잃어버렸을 때, 거의 폐허와 같은 어느 목조 가옥의 창문이 열리더니 머리에 스카프를 쓴 아주머니가 '나의 아내'가 옆 골목에 있는 구멍가게로 들어갔다고 말해 주었다. 이 변두리 마을에서 우리에게 관심을 보인다고 해도 신경 쓰지 않았다. 아이들이 우리 뒤를 따라오기도 했고, 길을 잃은 사람이나 심지어 관광객으로 오해받기도 했다. 퓌순에게 반한 청년이 멀리서나마 그녀를 더 보기 위해 우리 뒤를 따라오다가, 몇 골목을 지나 나와 눈이 마주치면 점잖게 우리를 따라오는 일을 그만두기도 했다. 문이나 창문에서 머리를 내민 여자들은 퓌순에게, 남자들은 나에게, 여기서 누굴 찾는지, 몇 번지를 찾는지 묻곤 했다. 한번은 퓌순이 자두를 사서 먹으려는 걸 본 마음 좋은 아주머니가 "애야, 잠깐만, 씻어 줄 테니 그때 먹어라!"라며 뛰쳐나와 우리 손에 든 종이봉투를 가져가더니, 바닥에 돌이 깔린 아래층 부엌에서 자두를 씻어 주고 커피까지 대접하면서, 우리가 누구인지 여기서 뭘 찾는지 물었다. 나는 우리가 부부이며, 살 만한 목조 가옥을 찾고 있다고 대답했고, 그녀는 이 얘기를 이웃에 전했다.

그러는 사이사이에 우리는 일드즈 공원에서 지겹도록 힘들게 운전 연습을 하며 땀범벅이 되었고, 필기시험도 준비했다. 퓌순은 『쉬운 운전 교본』, 『운전면허 시험 문제집』 같은 책을 찻집에서 시간을 보낼 때 가방에서 꺼냈고, 내게 질문과 답을 들려주며 웃었다.

"도로란 무엇입니까?"

"뭐였지?"

"공공이 교통을 위해 유용하게 사용할 수 있도록 개방된 땅의 일부와 공간."

퓌순은 반은 외워서, 반은 문제집에서 읽으며 이렇게 말했다.

"그렇다면 교통이란?"

나는 자주 들어 보았던 답을 더듬더듬 외웠다.

"교통은 보행자 그리고 동물이……."

"'그리고'는 없어. 교통은 보행자, 동물, 탈것, 기동장치가 있는 기계 그리고 고무바퀴가 달린 트랙터의 도로에서의 상태와 움직임이다."

암기만 하던 중학교 때 수업과 '생활 기록'이 쓰여 있는 성적표가 떠올라서, 이런 질문-대답 놀이가 좋았다. 나는 기분이 좋아져서 퓌순에게도 질문을 던졌다.

"사랑이란?"

"뭔데?"

"사랑은 퓌순이 도로, 인도, 집, 정원 그리고 방을 거닐 때, 야외 찻집, 식당 그리고 저녁 식탁에 앉아 있을 때, 그녀를 바라보는 케말이 느끼는 애착을 일컫는 말이다."

"흠……. 멋진 답인걸. 나를 보지 못하면 사랑을 느끼지 않아?"

"그러면 지독히 병적인 강박관념에 사로잡혀."

"그게 운전면허 시험에 쓸모 있을지는 모르겠네!"

그런 다음 그녀는 결혼 전처럼 이런 농담과 장난은 할 수 없다는 듯한 분위기를 풍겼고, 나도 그날은 더 이상 하지 않았다.

필기시험은 베식타쉬에서, 압뒬하미트의 미친 왕자들 중 하나인 누만 에펜디가 하렘 여자들이 연주하는 우드 가락을 들으며, 보스포루스 풍경을 인상주의 화풍으로 그리면서 시간을 보냈던 작은 궁전에서 실시되었다. 공화국 이후, 난방이 잘되지 않는 관공서로 변신한 건물 앞에서 퓌순을 기다리는 동안, 팔 년 전, 그녀가 대학 입학시험을 치르며 진땀을 흘릴 때, 타쉬크쉴라 앞에서 기다렸어야 했다고 생각하며 다시 한번 후회했다. 힐튼 호텔에서 시벨과 하기로 한 약혼식을 취소하고, 어머니를 보내 퓌순에게 청혼했다면, 지난 팔 년 동안 우리는 아이를 셋은 낳았을 것이다. 하지만 곧 결혼을 하면 셋이 아니라 더 많은 아이를 낳을 수 있을 것이다. 이 생각에 너무나 골똘히 잠겨 확신했기에, 퓌순이 "다 풀었어!"라고 하며 즐겁게 시험장에서 나왔을 때는, 앞으로 아이가 몇이나 생길까라고 말할 뻔했다. 하지만 스스로를 억눌렀다. 그날 저녁에는 별로 웃거나 재미있어하지 않고, 함께 가족 식탁에서 식사를 하고, 텔레비전을 보며 앉아 있었다.

퓌순은 필기시험을 만점으로 통과했다. 하지만 운전 실기 시험에서는 실력을 발휘하지 못하고 떨어졌다. 당시에는 사람들이 운전을 진지하게 받아들이라는 의미에서 첫 번째 실기 시험에서는 전부 떨어뜨렸다. 하지만 우리는 이런 상황에 준비가 돼 있지 않았다. 시험이 너무 빨리 끝났던 것이다. 퓌순은 시험 감독관 세 명과 함께 시보레에 탔고, 성공적으로 시동을 걸었다. 잠시 전진했을 때 뒷좌석에 앉은 심사 위원이 탁한 목소리로 "거울 보세요!"라고 했고, 퓌순은 그를 돌아보며 "뭐라고요?"라고 했는데, 그러자 당장 자동차를 멈추게 하더니 내리라고 했다는 것이다. 운전자는 운전 중에 뒤를 돌아보면 안 되었다. 감독관들은 이런 형편없는 운전자가 모는 차에 앉아 위험에 처하고 싶지 않은 듯 황급히 내려 버렸고, 퓌순도 이런 모욕적인 태도 때문에 불안감을 느끼고 말았다.

실기 시험을 다시 보라며, 퓌순에게 사 주 후인 7월 말로 날짜를 정해 줬다. 뿌리 깊은 관료주의와 뇌물 등 운전면허 시험의 상황을 아는 사람들은 모욕을 당해 풀이 죽은 우리를 보고는 면허증을 따기 위해 필요한 일들을 친절하게 가르쳐 주었다. 무허가 주택을 개조한 찻집(벽에는 네 개의 아타튀르크 사진과 커다란 시계가 걸려 있었다.)에는 이스탄불에서 운전면허 시험과 관련된 사람들이 모두 모여 차를 마시고 있었다. 은퇴한 교통경찰이 강의를 하는 비싼 사립 운전 학원에 등록하면(수업에 들어갈 필요도 없다.) 면허 시험에 붙을 거라고 했다. 감독관과 경찰 들 대부분이 그 회사의 동업자였기 때문이다. 경찰들이 동업자로 있는 이 학원에 돈을 낸 사람들은 특별히 준비된 포드 자동차로 실기 시험을 치를 수 있었다. 이 차의 운전석 바로 옆에는 길을 가리켜 주는 커다란 구멍이 뚫려 있었다. 좁은 공간에 주차를 하라는 지시를 받으면, 이 구멍을 통해 길에다 색칠해 놓은 표시를 볼 수 있었고, 거울에 걸린 자세한 설명서를 읽으면서, 어떤 표시에서 운전대를 왼쪽 끝까지 돌리고 어떤 표시에서 기어를 뒤로 빼야 할지를 파악하여 실수 없이 좁은 공간에 주차할 수 있다는 것이었다. 나는 학원에 등록하지 않고도 꽤 많은 돈을 바로 내줄 수 있었다. 사업가로서, 때로 뇌물은 피할 수 없는 일이라는 것을 알았기 때문이다. 하지만 퓌순은 자신을 떨어뜨린 경찰들에게는 한 푼도 줄 수 없다고 강력하게 주장했기 때문에, 우리는 일드즈 공원에서 운전 연습을 계속했다.

운전면허책에는 운전을 할 때 지켜야 하는 수백 가지의 작은 규칙들이 실려 있었다. 감독관 앞에서 차를 제대로 운전하는 것만으로는 충분하지 않았고, 이런 규칙들을 적용했다는 것을 과장되게, 예를 들면 백미러를 볼 때는 직접 거울을 잡으면서 본다는 사실을 증명해야 했다. 머리칼이 허옇게 센 늙고 인자해 보이는 경찰이 이와 같은 상황을 운전 학원과 시험장에서 지극히 친절하게 퓌순에게 설명해 주었다.

"얘야, 시험에서는 운전도 하고, 운전을 하는 척도 해야 한다.

첫째는 너 자신을 위해서, 둘째는 국가를 위해서."

나는 공원에서 운전 연습을 한 다음, 태양이 힘을 잃기 시작하는 시간에 그녀와 함께 에미르걍에 가서 해안가에 주차를 한 후 커피와 사이다를 마시거나, 루멜리히사르에 있는 찻집에 앉아 세마외르[99]에 들어 있는 차를 주문하는 즐거움을 맛본다면, 시험에 대한 고민 같은 것은 아무것도 아니라고 생각했다.

"우리는 이 수업을 수학보다 더 잘해!"

한번은 그녀에게 이렇게 말한 적이 있다.

"두고 봐야지······."

퓌순은 신중하게 대답했다.

차를 마실 때, 오랜 세월 동안 결혼 생활을 해서 이야기할 소재가 이미 오래전에 바닥난 부부처럼 아무 말도 하지 않고 앉아서, 마치 다른 삶이나 다른 세계를 꿈꾸는 불행한 사람들처럼, 우리 앞을 지나가는 러시아 유조선, 헤이벨리섬으로 가는 페리보트, 흑해 투어 중인 삼순 배를 선망하는 눈길로 바라보곤 했다.

퓌순은 두 번째 시험에도 통과하지 못했다. 이번에 감독관들은 오르막길을 올라가 후진한 다음 가상의 주차장에 차를 대라는 둥 아주 어려운 것을 그녀에게 요구했다. 퓌순이 시보레를 요동치듯 떨게 하자, 그들은 전처럼 무시하는 태도로 차에서 내려 버렸다.

공증인, 찻집 주인, 은퇴한 경찰, 응시자 등, 나와 함께 퓌순의 실기 시험을 멀리서 구경하던 남자들 중 한 사람은, 안경 낀 시험 감독관이 운전석에 앉은 채 돌아오는 걸 보고는 "그 여자 또 떨어뜨렸군!"이라고 했고, 이 말에 한두 명이 웃었다.

퓌순은 집으로 돌아오면서 입을 꾹 다물고 있었다. 그녀에게 묻

---

99  차 끓이는 주전자.

지도 않고 차를 오르타쾨이에 주차했다. 시장 안에 있는 작은 술집에 앉아, 얼음을 넣은 라크 한 잔씩을 주문했다.

"퓌순, 사실 인생은 짧고 아주 아름다워."

나는 몇 모금 마신 후 이렇게 말했다.

"이제는 잔인한 사람들이 자신을 학대하도록 내버려 두지 마."

"사람들이 왜 이렇게 역겨울까?"

"돈을 바라는 거야. 돈을 주자."

"여자들은 운전을 잘할 수 없다고 생각해?"

"그건 내가 아니라 다른 사람들 생각이야……."

"모든 사람들의 생각이겠지……."

"이걸 가지고 또 고집 피우지 마."

나의 이 마지막 말을 퓌순이 알아채지 못했기를 바랐다.

"나는 내 인생에서 아무것도 고집 피운 것 없어, 케말. 명예와 자존심이 짓밟혔을 때 고개를 숙이지 않은 것뿐이야. 지금 당신에게 한 가지 바라는 게 있는데, 진지하게 들어 줬으면 해. 왜냐하면 난 결심했으니까. 난 돈을 주고 면허증을 따지는 않을 거야, 케말, 절대 이 일에 상관하지 마. 몰래 뇌물도 주지 마, 내 뒤도 봐주지 마. 난 알아낼 수 있어, 그러면 난 아주 상처를 받을 거야."

"알았어."

나는 앞을 보며 말했다.

우리는 말없이 라크를 한 잔씩 더 마셨다. 저녁 무렵, 시장 안에 있는 그 술집은 한산했다. 홍합튀김, 백리향과 커민이 첨가된 작은 쾨프테 위에 급하게 움직이는 파리가 날아와 앉았다. 나는 많은 세월이 흐른 후, 아주 소중한 추억을 간직한 그 허름한 술집을 찾기 위해, 오르타쾨이에 가 보았다. 하지만 건물 전체가 헐리고, 그 자리와 주위에는 관광 상품과 액세서리를 파는 가게들이 있었다.

그날 저녁 무렵, 술집에서 나와 차에 오를 때, 나는 퓌순의 팔을 잡았다.

"그거 알아, 팔 년 만에 처음으로 우리 단둘이 식사를 했어."

"응."

순간 그녀의 눈에 나타난 빛은 믿을 수 없을 정도로 나를 행복하게 해 주었다.

"한 가지 부탁이 더 있어. 자동차 열쇠를 줘 봐, 내가 운전할게."

"그래."

그녀는 베식타쉬와 돌마바흐체 교차로에서, 오르막길에서 약간 땀을 흘렸다. 하지만 술을 마셨음에도 그리 힘들이지 않고 피루즈아아 사원 앞까지 시보레를 잘 몰고 갔다. 사흘 뒤 시험 준비를 하기 위해 같은 장소에서 그녀를 태웠을 때도 그녀는 운전을 하고 싶어 했다. 하지만 도시에는 경찰들이 가득해서 그녀를 포기시켜야 했다. 날은 아주 더웠지만 운전 연습은 성공적으로 끝났다.

우리는 돌아오는 길에 바람이 불고 파도가 치는 보스포루스 물을 바라보며 "수영복을 가져왔으면 좋았을걸!" 하고 말했다.

퓌순은 다음번에 올 때 꽃무늬 옷 안에 푸른색 비키니(여기에 전시했다.)를 입었다. 운전 연습이 끝나고 타라비야 해변에 갔고, 그녀는 부두에서 바다로 뛰어들기 직전에 옷을 벗었다. 팔 년의 세월이 흘러, 나는 아름다운 연인의 몸을 무척 부끄러운 시선으로 한순간 바라보았을 뿐이다. 퓌순은 내게서 도망치듯 바다로 뛰어들었다. 그때 그녀가 튀긴 물, 거품, 멋진 빛, 군청색의 보스포루스, 비키니, 이 모든 것이 내 머릿속에서 절대 잊히지 않는 어떤 이미지, 어떤 감정을 만들어 냈다. 세월이 많이 흐른 다음, 이런 멋진 감정과 행복한 색깔을 오래된 사진과 엽서에서, 이스탄불의 고뇌에 찬 수집가들을 만나 찾아보려고 나는 몇 년 동안이나 헤매고 다

넜다.

나도 퓌순을 따라 곧장 바다로 뛰어들었다. 바닷속 괴물이나 못된 생물들이 그녀를 공격할 것 같았다. 얼른 그녀를 따라잡아, 바다의 어둠으로부터 그녀를 보호해야 했다. 물결치는 바다에서 그녀를 찾으며, 미칠 듯 벅찬 행복감과 그 행복을 잃을지도 모른다는 다급한 마음으로 온 힘을 다해 헤엄을 쳤는데, 한순간 이런 다급한 마음 때문에 익사할 뻔했던 기억이 난다. 퓌순이 보스포루스 급류에 휩싸여 떠내려가 버렸던 것이다! 순간 나도 그녀와 함께 죽고 싶었다, 당장 죽고 싶었다. 그러는 중에 보스포루스의 변덕스러운 물결이 잠잠해졌고, 내 앞에 퓌순이 나타났다. 우리는 숨을 헐떡였다. 마치 행복한 연인처럼, 우리는 서로를 바라보며 미소를 지었다. 그녀를 만지고 그녀에게 입을 맞추기 위해 다가갔지만, 그녀는 절도 있고 지조 있는 여자처럼 얼굴을 찡그리며, 교태를 부리지 않고 냉정하게 헤엄치며 내게서 멀어져 갔다. 나도 그녀와 같이 헤엄을 치며 뒤따라갔다. 물속에서 그녀의 아름다운 다리의 움직임, 엉덩이의 동그란 굴곡을 바라보았다. 한참 후 나는 우리가 너무 멀리까지 왔다는 것을 깨달았다.

"이제 그만 가자. 나한테서 도망치지 마. 이쯤에서 급류가 시작돼. 우리를 휩쓸고 가 버릴지도 몰라. 그러면 우리 둘 다 죽어."

뒤를 돌아보고 우리가 얼마나 멀리까지 왔는지를 확인하자 두려워졌다. 우리는 도시 한가운데에 있었다. 타라비야만, 예전에 모두 함께 가곤 하던 후주르 같은 식당들, 타라비야 호텔, 구불구불 해안 길을 따라 전진하는 자동차들, 미니버스들, 빨간 시내버스들, 뒤쪽의 언덕들, 뷔윅데레 산기슭에 있는 무허가촌. 도시가 모두 희미하게 보였다.

보스포루스와 도시뿐 아니라 나의 지나온 삶이 세밀화의 파노

라마로 보이는 듯했다. 도시와 나의 과거에서 멀어진 듯한 느낌은 마치 꿈과 같았다. 도시 한가운데에, 보스포루스의 물속에, 모든 사람들과 떨어져 퓌순과 이렇게 함께 있는 것이 죽음처럼 소름 끼쳤다. 물결치는 바다에서, 꽤 커다란 파도가 퓌순을 흔들자 그녀는 작은 비명을 질렀다. 그리고 나를 붙잡기 위해 팔을 내 목과 어깨에 감았다. 나는 이제 죽을 때까지 그녀와 헤어지지 못하리라는 것을 알았다.

이런 불덩이 같은 접촉 — 포옹이라고도 할 수 있다 — 이 있은 직후, 퓌순은 석탄을 실은 배가 다가온다는 핑계로 내게서 멀어졌다. 그녀는 아주 멋지고 빠르게 헤엄을 쳤고, 나는 힘겹게 그녀를 따라잡을 수 있었다. 해안으로 나오자 퓌순은 내게서 멀어져 탈의실로 갔다. 우리는 서로의 몸에 대해 부끄러워하지 않는 연인들과는 달랐다. 가족이 결혼 상대자로 소개해 준 커플처럼 수줍어하고, 말이 없고, 내외하고, 서로의 몸을 바라보지도 못했다.

퓌순은 계속해서 운전 연습을 하고, 때로는 시내 주행을 하면서 운전을 꽤 잘하게 되었다. 하지만 8월 초에 있었던 실기 시험에서도 통과하지 못했다.

"떨어졌어, 하지만 신경 쓰지 마. 저 악질들은 잊어버리자. 바다에 갈까?"

퓌순이 말했다.

"그래, 가자."

시험에 떨어진 후, 군대에 가는 것처럼 친구들과 함께 시험장에 온 사람들, 사진을 찍어 대는 사람들처럼, 퓌순은 시험장에서 담배를 피우며 거칠게 경적을 울리면서 운전해 나왔다.(세월이 흐른 다음 그곳에 가 보니, 쓰레기 더미였던 끔찍한 벌거숭이 언덕은 수영장이 딸린 호화로운 주택 단지로 변해 있었다.) 여름이 끝날 때까지 일

646

드즈 공원에서 운전 연습을 계속했다. 하지만 이제 운전면허증은 우리가 만나서 바다나 술집에 가기 위한 핑계가 되었다. 베벡 부두 옆에서 나룻배를 빌리고, 함께 노를 저어 해파리와 석유 얼룩에서부터 멀리로, 급류를 헤치며 바다로 나아갔다. 급류에 휘말리지 않기 위해서는 한 사람이 나룻배를 붙잡고, 다른 한 사람이 그 손을 잡아야 했다. 이렇게 퓌순의 손을 잡을 수 있었기 때문에 베벡에서 나룻배를 빌리는 것이 즐거웠다.

팔 년의 세월이 흐른 후 다시 꽃을 피우게 된 우리의 사랑은, 들뜬 분위기가 아니라, 지친 듯한 우정처럼 조심스러웠다. 지난 팔년 동안 우리가 경험한 많은 일들이 우리 마음속에 있는 사랑을 깊은 곳으로 떠밀었다. 이런 사랑의 존재는, 우리가 거의 주의를 기울이지 않을 때도 느껴졌다. 하지만 퓌순은 결혼 전에 더 이상 가까워지는 위험 속으로 들어가고 싶어 하지 않는다는 것을 알 수 있었다. 항상 내 마음속에 존재하는 그녀를 안고 싶은 마음, 그녀에게 입을 맞추고 싶은 마음을 억눌렀다. 커플들이 결혼 전에 자제심을 잃어 별생각 없이 사랑을 나눈다고 해서 이후의 결혼 생활이 반드시 행복하지는 않다고, 오히려 실망과 괴로움이 생길 수 있다고 생각하기 시작했다. 여전히 이곳저곳에서 마주쳤던 '사생아' 힐미, 타이푼, 메흐메트처럼, 매음굴에 가서 호색한 짓을 하고 다니는 것을 자랑하는 친구들이 이제는 감정이 메마른 사람들 같았다. 퓌순과 결혼하고 나면 나의 강박관념은 모두 잊을 것이며, 친구들과 주위 사람들을 행복하게, 너그럽게 감싸안을 거라고 상상하기도 했다.

여름이 끝날 무렵, 퓌순은 또다시 같은 감독관들과 실기 시험을 치렀고 또 떨어지고 말았다. 그녀는 여느 때처럼, 이스탄불에서 운전하는 여자들에 대한 남자들의 선입견에 대해 한동안 이야기했다. 그럴 때면, 어린 시절에 자신을 희롱하며 만지곤 했던 파렴치한 아저씨들에 대해 이야기하며 지었던 표정이 얼굴에 나타났다.

어느 날 저녁 무렵, 운전 연습을 한 뒤 사르에르 해변가에 앉아 멜템 사이다를 마실 때(파파트야의 광고가 약간은 효과가 있었다는 의미일 것이다.) 메흐메트의 친구 파룩과 그의 약혼자를 우연히 만났는데, 그 순간 나는 이상하게도 부끄러움을 느꼈다. 1975년 9월에 파룩이 아나돌루히사르의 별장에 자주 왔고, 나와 시벨과의 생활을 가까이에서 보았기 때문은 아니었다. 아무 말 없이 멜템을 마시는 우리가 별로 즐겁거나 행복해 보이지 않았기 때문에 부끄러웠던 것이다. 퓌순과 함께 바다에 가는 것이 그날로 마지막일 것 같은 느낌이 들어서 우리는 아무 말도 하지 않았다. 사실 그날 저녁 무렵에 황새 떼가 처음으로 우리 위를 지나갔고, 아름다운 여름이 이제 끝나 가고 있다는 것을 상기시켜 주었다. 일주일 후에 내린 비와 함께 해변이 폐쇄되자, 퓌순도 나도 일드즈 공원에 가서 운전 연습을 하는 것이 별로 내키지 않았다.

퓌순은 그 후 세 번 더 시험에서 떨어졌고, 결국 1984년 초에 실기 시험에 붙었다. 그들은 이제 그녀에게 질렸고, 뇌물을 주지 않으리라는 것을 깨달았던 것이다. 그날 저녁 면허증을 딴 기념으로 네시베 고모와 타륵 씨를 베벡 막심 극장식당으로 초대해, 뮈제엔 세나르의 옛 노래를 들었다.

# 74
# 타륵 씨

다 함께 베벡 막심에 갔던 그날 저녁, 우리는 모두 술에 취했다. 뮈제엔 세나르가 무대에 등장했고 모든 테이블에서 노래를 따라 불렀다. 모두 입을 모아 후렴구를 부를 때, 사람들은 서로서로 눈을 들여다보며 미소를 지었다. 그날 밤 내내, 이별 의식 같은 분위기가 느껴졌던 것을, 많은 세월이 흐른 지금은 알 수 있다. 사실은 퓌순보다는 타륵 씨가 뮈제엔 세나르의 노래를 듣는 걸 좋아했다. 하지만 술을 마시며 노래를 따라 부르고, 뮈제엔 세나르가 부르는 「너 같은 사람은 없어」 같은 노래를 듣는 아버지를 보면 퓌순도 행복할 거라고 생각했다. 그날 밤, 내가 잊지 못하는 또 하나의 사실은, 그녀가 페리둔의 부재를 뜻밖의 일로 생각하지 않는 걸 처음으로 눈치챘던 것이다.

어떤 건물이 무너졌다는 얘기를 듣거나, 어린 소녀였던 아이가 이제는 커다란 가슴을 지닌 쾌활한 여인이 되어 자녀도 있다는 사실을 알게 되거나, 예전부터 눈에 익숙했던 가게가 문을 닫았다는 소식을 들으면 시간이 많이 흘렀다는 걸 깨닫고 당황하게 된다. 샹젤리제 부티크가 문을 닫았다는 걸 알았을 때, 나의 추억을 잃어버렸기 때문이 아니라, 삶을 놓친 듯 느껴져서 가슴이 아팠다. 구 년 전, 제니 콜롱 가방을 보았던 진열장에는 이제 이탈리아산 살라미 타래, 동그란 체다 치즈, 튀르키예에 처음으로 들어온 유럽 브랜드의 샐러드 드레싱, 마카로니, 탄산음료가 진열되어 있었다.

저녁 식사 때, 어머니는 내가 별로 좋아하지 않는 걸 알면서도, 최근 소식들(결혼, 출생, 집안 소식, 소문)을 들려주었고, 나는 어쩐지 불안한 마음이 들었다. 어린 시절 친구인 '생쥐' 파룩이 얼마 전(삼 년 전!)에 결혼하여 벌써 두 번째 아이 — 둘 다 아들 — 가 태어났다는 이야기를 어머니가 열심히 하고 있으면, 나는 퓌순과는 삶을 나누지 못했다는 생각이 들어 우울해졌지만, 어머니는 나의 이런 기분은 전혀 알아채지 못하고 끊임없이 이야기를 했다.

샤지멘트는 기어코 큰딸을 카라한 집안의 아들과 결혼시켰는데, 2월마다 스키를 타러 울루산으로 가는 대신, 카라한 씨네 가족들과 함께, 막내딸까지 다 데리고, 한 달간 스위스로 간다고 했다. 막내딸은 그곳 호텔에서 아주 부유한 아랍 왕자를 만났고, 샤지멘트가 딸을 막 결혼시키려던 찰나, 그 아랍인에게 본국에 한 명의 부인뿐 아니라 하렘까지 있다는 사실이 드러나고 말았다. 아이왈륵 출신의 할리스 씨네 큰아들 — '그러니까 턱이 가장 긴 그 아이'라며 잠시 폭소를 터뜨렸고, 나도 어머니를 따라 웃었다 — 이 어느 겨울날, 에렌쾨이에 있는 여름 집에서 독일 유모와 그렇고 그런 짓을 하다 덜미가 잡혔다는 것을, 어머니는 수아디예에 있는 집의 이웃인 에사트 씨에게서 들었다고 했다. 연초 부자 마루프의 막내아들 — 어렸을 때 나와 함께 공원에서 양동이와 삽을 들고 놀았던 — 이 테러리스트에게 납치를 당했다가, 가족이 몸값을 지불한 다음에야 풀려났다는 얘기를 내가 들어 보지 못했다는 걸 알고 어머니는 놀랐다. 그렇다, 사건이 신문에 실리기 전에 은폐된 것은 사실이지만, 그 집안에서는 처음에 구두쇠처럼 돈을 내주려고 하지 않아서 '모든 사람들'이 이 사건을 두고 몇 달 동안 입방아를 찧었는데, 나는 어떻게 몰랐을까?

어머니가 이렇게 묻는 것이 내가 퓌순네 집에 가는 걸 비꼬는 의미인가 고민했다.

내가 여름 저녁에 젖은 수영복을 들고 집에 올 때마다, 어머니와 파트마 부인은 누구와 함께 수영하러 갔는지 물었고, 내가 "회사에 일이 아주 많아요, 어머니."라고 대답하면서 말을 돌렸던 것(어머니는 사트사트가 비참한 상황이라는 걸 알았던 것 같다.)을 그녀는 기억할 것이다. 구 년이 지났는데도 여전히 퓌순을 향한 나의 집착을 어머니에게 이야기하는 것은 고사하고, 암시조차 하지 못한다는 것이 슬펐고, 이런 나의 고민이 잊히도록 어머니가 즐겁고 새로운 이야기를 들려주기를 바랐다. 예전에 퓌순과 페리둔과 함께 머제스틱 야외극장에서 우연히 만났던 제밀레 부인은, 어머니의 다른 친구인 뮈케렘 부인처럼, 팔십 년 된 목조 저택을 관리하는 일이 갈수록 힘겨워지자, 역사 영화를 찍는 사람들에게 세를 주었는데, 촬영할 때 전기에 문제가 일어나는 바람에 '그 커다랗고 멋진 저택'이 불에 타 버렸다는 이야기도 들려주었다. 하지만 사실은 그 자리에 아파트를 짓기 위해 저택을 일부러 태웠다고들 떠들어 댄다며, 세세한 부분까지 다 설명해 주는 것을 보고, 어머니가 내가 영화인들과 아주 가깝게 지낸다는 걸 잘 알고 있다는 사실을 알게 되었다. 그리고 이런 자세한 이야기는 오스만이 어머니에게 전달해 주고 있는 것이 분명했다.

내가 신문에서 읽으면서 즐거워했던 소식, 즉 전 외무부 장관 멜릭한이 무도회에 갔다가 카펫에 걸려 넘어졌고 이틀 후에 뇌출혈로 사망했다는 따위의 기사에 대해서는 전혀 언급하지 않았다. 시벨이나 약혼식을 떠올렸기 때문이었다. 어머니는 내가 몰랐으

면 했던 소식들을 니샨타쉬에 있는 이발사 바스리를 통해 듣기도
했다. 아버지의 친구인 파시흐 파히리가 아내인 자리페와 함께 보
드룸에 집을 샀고, '무례한' 사비흐는 사실은 아주 착한 사람인데,
근래에 금에 투자했지만 금값이 떨어졌으며, 올봄 경마에는 조작
이 많을 것이며, 유명한 부자 투르가이 씨는 머리카락이 한 올도
안 남았는데도 여전히 습관적으로 자신에게 규칙적으로 들르며,
이 년 전에 힐튼 호텔에서 자기에게 호텔 이발사로 와 달라고 제안
했지만 자신은 '원칙주의자'(무슨 원칙인지는 말하지 않았다.)이기
때문에 이 제안을 거절했다고 바스리는 말해 주었다. 그런 다음 나
의 근황을 물으며, 내게서 뭔가를 알아내려고 했다. 나는 바스리와
그의 부유한 니샨타쉬 고객들이 퓌순에 대한 나의 집착에 대해 알
고 있다는 것을 느끼고 짜증이 났고, 그들에게 가십거리를 주고 싶
지 않아 베이오을루에 있는 아버지의 옛 이발사 제와트의 이발소
로 갔는데, 그에게서 베이오을루 불량배들(이제는 그들을 마피아라
고 불렀다.)과 영화계 이야기를 들었다. 파파트야가 유명한 제작자
인 무자페르와 사귀고 있다는 소문도 그에게서 들었다. 그러나 시
벨이나 자임, 메흐메트와 누르지한의 결혼식에 대한 얘기는 전혀
없었다. 모든 사람이 나의 슬픔과 고통을 아주 잘 알고 있다는 결
론을 내릴 수밖에 없었다. 하지만 뒷말을 하면서도 내게 조심하고,
내가 듣기 좋아하는 금융업자들 파산 이야기를 반복해서 들려주는
것을 자연스럽게 받아들였다.

이 년 전부터, 사무실이나 친구들에게서 파산한 금융업자와 그
들에게 돈을 떼인 사람들의 이야기가 들려왔는데, 이스탄불 부자
들과 그들이 노예처럼 예속되어 있는 앙카라 정부가 얼마나 바보
인지를 증명하는 것 같아서 나는 이런 이야기를 좋아했다. 어머니
도 "돌아가신 네 아버지는 항상 '저 엉터리 금융업자들은 믿을 수

없지.'라고 했단다!"라며, 우리가 다른 멍청한 부자들처럼 금융업자들에게 돈을 떼이지 않았다는 걸 기뻐했다.(오스만이 새 회사에서 벌어들인 돈을 금융업자들에게 떼였으면서도, 사람들에게는 감추고 있다는 느낌이 들기도 했다.) 어머니가 마음에 들어 하며 친구 관계를 유지했던 집안 — 예를 들면, 한때 내가 그의 아름다운 딸과 결혼했으면 했던 '허수아비 골키퍼' 카드리 씨 집안, 쥐네이트 씨와 페이잔 부인, 제브데트 씨 집안, 파묵 씨 집안 — 이 금융업자에게 돈을 떼인 것에 마음 아파했다. 하지만 어머니는 네르잔 씨네가 거의 모든 재산을 신탁했던 '소위 금융업자'라는 사람은 그들의 공장에서 회계 일을 하던(그전에는 경비였다고 한다.) 사람의 아들이라며, 단지 '날림으로 지었으나마 사무실이 있고, 텔레비전에다 광고를 내고, 신용할 만한 은행의 수표를 사용한다.'라는 이유로 바로 얼마 전까지도 무허가촌에서 살던 사람에게 거의 모든 재산을 맡겼다는 게 아주 놀랍다는 듯(놀라서 기절할 것처럼 눈을 감고는 반은 진지하게 반은 장난으로 머리를 흔들었다.) "최소한 네 배우 친구들과 친하게 지내는 카스텔리 같은 사람을 택했더라면……." 하고 말하며 웃음을 터뜨렸다. 나는 '네 배우 친구들'이라는 말이 하나도 거슬리지 않았다. 어머니와 나는 그렇게 '지혜롭고 제대로 된' 사람들(독자들도 알다시피 자임도 포함하여)이 어떻게 그 정도로 '멍청이'가 될 수 있는지 놀랍고도 의아했다.

어머니가 '멍청이'라고 한 사람들 중에는 타륵 씨도 있었다. 타륵 씨는 금융업자 카스텔리에게 돈을 투자했는데, 그는 펠뤼르 바에서 알게 된 유명 배우들을 광고에 출연시켰다. 타륵 씨가 이 년 전에 돈을 잃었다고 했을 때도, 나는 얼마 안 되는 돈일 거라고 생각했다. 그가 슬프거나 괴로운 내색을 전혀 하지 않았기 때문이다.

퓌순이 운전면허증을 딴 지 두 달이 지난 1984년 3월 9일 금요일, 체틴이 저녁을 먹으러 가는 나를 추쿠르주마에 있는 집에 데려다주었을 때, 창문과 커튼이 모두 열려 있는 것을 보았다. 두 층 모두 불이 켜져 있었다.(네시베 고모는 저녁을 먹을 때 위층 방에 불을 켜 두는 걸 낭비라고 여기며 화를 냈다. 불이 켜져 있는 것을 보면 "애, 퓌순, 네 침실 불이 켜져 있구나."라고 했고, 퓌순은 곧장 올라가 불을 끄곤 했다.)

퓌순과 페리둔 사이의 일로 가족끼리 논쟁이 있으리라는 마음의 준비를 하며 집으로 올라갔다. 몇 년 동안 앉아서 식사를 하던 테이블은 텅 비어 있었고, 상도 차려져 있지 않았다. 텔레비전에서는 배우 에크렘이 오스만 제국의 베지리아잠[100] 의상을 입고, 이교도에 대해 연설을 하고 있었다. 이웃집 아주머니와 그녀의 남편은 어찌할 바를 모르고 곁눈질로 화면을 보고 있었다.

"케말 씨, 타륵 씨가 돌아가셨어요. 고인의 명복을 빕니다."

전기공인 이웃집 에페 씨가 말했다.

나는 위층으로 뛰어 올라갔다. 타륵 씨와 네시베 고모의 방이 아니라, 본능적으로 퓌순의 방으로, 오랫동안 상상해 왔던 그 작은 방으로 들어갔다.

나의 아름다운 연인은 침대에 몸을 둥글게 말고 누워서 울고 있었다. 나를 보더니 옷매무새를 매만지며 일어났다. 나는 그녀의 곁에 가서 앉았다. 순간적으로 온 힘을 다해 서로를 부둥켜안았다. 그녀는 머리를 내 가슴과 목 사이에 기대고는 몸을 떨며 울기 시작했다.

아, 하느님, 그녀를 내 팔 안에 안는 것이 얼마나 큰 행복이었던가! 세상의 심오함, 아름다움, 무한함이 느껴졌다. 그녀의 가슴은

100 오스만 제국의 수상.

내 가슴에, 머리는 내 어깨에 기대어 있었다. 그녀가 아니라 온 세상을 껴안고 있는 느낌이었다. 그녀가 떨고 있는 것이 안타까워 깊은 슬픔을 느꼈지만, 동시에 너무나 행복했다! 그녀의 머리칼을 다정하게, 정성스럽게, 거의 빗는 것처럼 쓰다듬었다. 내 손이 그녀의 이마를, 머리카락이 시작되는 곳을 만질 때마다 퓌순은 몸을 떨면서 눈물을 펑펑 흘렸다.

나는 고통에 공감하기 위해, 나의 아버지의 죽음을 생각했다. 하지만 아버지를 아주 사랑했음에도, 아버지와 나 사이에는 긴장감과 경쟁심이 있었다. 퓌순은 자신의 아버지를 억지 없이, 노력하지 않고도 아주 깊이, 사람이 세상과 해, 거리, 집을 사랑하듯 편하게 사랑했다. 그녀의 눈물은 아버지를 위한 것이기도 했지만, 모든 세상사 그리고 삶의 형태를 향해 흘리는 것처럼 느껴졌다.

"걱정 마, 이제 모든 것이 좋아질 거야. 이제 모든 것이 해결될 거야. 우린 아주 행복해질 거야."

나는 그녀의 귀에 대고 속삭였다.

"난 이제 아무것도 원하지 않아!"

그녀는 이렇게 말하고 더욱 격렬하게 울기 시작했다. 그녀가 떠는 것을 내 팔 안에서 느끼면서, 방 안의 물건, 옷장, 서랍, 탁자, 페리둔의 영화 관련 서적 등 모든 것을 한동안 주의 깊게 바라보았다. 퓌순의 모든 물건과 옷이 있는 이 방에 들어오기를 팔 년 동안 얼마나 바랐던가!

퓌순의 흐느낌이 더욱 거세지자 네시베 고모가 들어왔다.

"아, 케말, 이제 우린 어떻게 해야 하지? 난 그 사람 없이 어떻게 살아가지?"

그녀는 침대 가장자리에 앉아 울기 시작했다.

그날 나는 추쿠르주마에 있는 집에서 밤을 새웠다. 때로는 아래층에 내려가서 조문 온 이웃들이나 지인들과 앉아 있었다. 위층으로 올라가 방에서 우는 퓌순을 위로하고, 머리칼을 쓰다듬고, 그녀의 손에 깨끗한 손수건을 쥐여 주기도 했다. 옆방에 그녀 아버지의 주검이 있고, 아래층에는 이웃과 지인이 모여 차를 마시고 담배를 피우며 조용히 텔레비전을 보고 있을 때, 구 년 만에 처음으로 퓌순과 한 침대에 누워 온 힘을 다해 서로를 껴안았다. 그녀의 목, 머리칼, 울어서 땀이 난 살갗의 냄새를 들이마셨다. 그런 다음에는 아래로 내려가 손님들에게 차를 대접했다.

페리둔은 상황을 모른 채 그날 밤 집에 들어오지 않았다. 이웃들이 나의 존재를 자연스럽게 받아들일 뿐 아니라, 내가 퓌순의 남편인 것처럼 대해 주는 것이 얼마나 배려심 있는 행동이었는지를 많은 세월이 흐른 지금도 느끼고 있다. 추쿠르주마를 오가며, 길에서, 때로는 집에 드나들 때 알게 된 이 사람들에게 차와 커피를 준비해서 내놓고, 재떨이를 비우고, 모퉁이에 있는 뵈렉 가게에서 급히 가져온 뵈렉을 대접하느라 나와 퓌순 그리고 네시베 고모는 눈코 뜰 새가 없었다. 비탈길에서 가게를 하는 라즈인[101] 목수, 박물관 관람객들이 의수 때문에 기억할 라흐미 씨의 큰아들, 타륵 씨가 오후에 만나 카드 게임을 하던 옛 친구, 이 세 남자가 뒷방에서 나를 껴안으며, 죽은 사람을 따라 죽을 수는 없다는 말을 되풀이했다. 타륵 씨 일로 슬프기는 했지만, 내 마음에는 삶에 대한 무한한 욕구가 있고, 새로운 삶에 한 발짝 다가갔기 때문에, 사실 그날 밤 아주 행복하다는 것을 깨닫고 부끄러워졌다.

타륵 씨가 돈을 맡겼던 금융업자가 1982년 파산을 한 후 해외로 도피하자, 그는 자신과 같은 처지인 사람들, 즉 '금융업자 피해

---

**101** 흑해 남동부 튀르키예와 그루지야에 거주하는 소수 민족.

자들'(신문에서 즐겨 쓰던 단어였다.)이 만든 협회에 가기 시작했다. 이 협회의 목적은 파산한 금융업자에게 돈을 떼인 은퇴자나 직장인이 합법적으로 돈을 회수하는 것이었다. 하지만 그리 성공적이지는 못했다. 어느 날 저녁, 타륵 씨가 웃으면서, 별로 중요하지 않은 듯이 이야기한 대로 ── 그는 협회에 모인 '우둔한 사람들'이라는 말도 했다 ── 그들은 합의된 결론도 못 내렸을 뿐 아니라, 얼마 지나지 않아 자기들끼리도 논쟁을 했다. 이런 논쟁은 서로 치고받는 지경에까지 이르곤 했다. 그렇게 소리를 질러 가며 어렵사리 진정서를 써서, 사건을 그리 중요하게 취급하지도 않는 신문사나 은행 또는 정부 부처 문 앞에서 두고 왔다. 당시에는 은행에 돌을 던지고, 고함을 지르며 자신의 고통스러운 상황을 알리려 하는 사람들이 있었고, 심지어 은행 직원을 구타하는 일도 일어났다. 금융업자의 사무실과 집을 습격해 문을 부수는 사건이 일어난 후, 타륵 씨는 어떤 싸움에서 고집을 피우다 협회에서 탈퇴한 듯했는데, 지난여름 내가 퓌순과 운전 연습을 하고 땀에 절어 바다에 들어가던 시절에 다시 협회에 나가기 시작했다. 그런데 오늘 오후에 협회에 가서 무엇엔가 흥분을 했고, 가슴에 통증을 느끼며 집으로 돌아왔으며, 나중에 의사가 와서 단번에 정확히 진단한 대로 심장 마비로 사망했던 것이다.

퓌순은 아버지가 돌아가실 때 집에 없었던 것 때문에 괴로워했다. 타륵 씨는 침대에 누워 한동안 딸과 아내를 기다렸던 것 같다. 그날 네시베 고모와 퓌순은 급히 끝마칠 옷이 있어서 모다에 있는 누군가의 집에 가 있었다. 내가 그녀의 가족에게 여러모로 도움을 주었음에도, 네시베 고모는 가끔 그림이 그려진 재봉 상자를 가지고 몇몇 집을 다니며 일당을 받고 바느질을 했다. 나는 다른 남자들처럼 네시베 고모가 일을 하는 것이 나에 대한 모욕이라고 생각하지는 않았으며, 그럴 필요가 없는데도 여전히 재봉 일을 하는 것을 높이 평가했다. 하지만 가끔은 퓌순도 그녀와 함께 간다는 말을 들으면 불안해졌다. 나의 아름다운 연인이, 하나뿐인 그녀가, 그 낯선 집에서 무엇을 할까 걱정되었다. 하지만 퓌순은 가끔 그렇게 어머니를 따라갔고, 아주 가끔 나에게 말해 준 바로는, 그런 일들 — 그녀의 어머니가 오래전에 수아디예에 있는 우리 어머니에게 왔던 것처럼 — 을 나들이나 즐거운 일처럼 생각하는 것 같았다. 카드쾨이 배 안에서 아이란을 마셨고, 갈매기들에게 시미트를 던져 주었고, 날씨와 보스포루스가 아주 아름다웠다고 즐겁게 얘기했기 때문에, 우리가 나중에 결혼해서 부자들과 어울려 살게 될때, 바느질을 하러 갔던 사람들과 우연히라도 만나면 우리 둘 다별로 좋지 않을 거라는 말은 할 수 없었다.

사람들이 모두 돌아가고 자정이 훨씬 지났을 때, 나는 아래층에 있는 뒷방의 긴 의자에 웅크린 채 잠이 들고 말았다. 내 인생에서 처음으로 그녀와 같은 집에서 자는 것…… 이것은 커다란 행복이었다. 잠들기 전에 레몬이 새장에서 달그락거리는 소리를 들었다. 그리고 뱃고동 소리도 들었다.

아침에 사원에서 기도 시간을 알리는 소리가 들려오고, 보스포루스를 지나가는 뱃고동 소리가 빈번해질 무렵 잠에서 깨어났다. 퓌순이 카라쾨이에서 배를 타고 카드쾨이로 건너가는 모습과 타륵씨의 사망이 겹쳐진 꿈을 꾸었다.

가끔 안개 경보음 소리도 들렸다. 안개 낀 날 특유의 새하얀 빛이 온 집 안을 뒤덮고 있었다. 하얀 꿈속을 돌아다니는 것처럼 소리 없이 계단을 통해 위층으로 올라갔다. 퓌순과 네시베 고모는 퓌순과 페리둔이 결혼 초 행복한 밤을 보냈던 침대에서 껴안고 자고 있었다. 네시베 고모가 내 인기척을 들은 것 같았다. 문 앞에서 방

안을 다시 한번 주의 깊게 바라보았다. 퓌순은 정말로 자고 있었고, 네시베 고모는 자는 척하고 있었다.

다른 방으로 들어가서, 시트를 약간 들어 침대에 누워 있는 타륵 씨의 주검을 처음으로 보았다. 금융업자 피해자 협회에 갈 때 입었던 재킷을 입은 채였다. 얼굴은 새하얗게 변하고, 목덜미로 피가 몰려 있었다. 얼굴에 있는 얼룩, 점, 주름은 죽음과 함께 찾아와 커진 것 같았다. 영혼이 떠나 버렸기 때문일까, 몸이 벌써부터 썩기 시작했기 때문일까? 주검의 존재, 그 끔찍함은 내가 타륵 씨에게 느꼈던 사랑보다 강한 것이었다. 타륵 씨를 이해하고, 나 자신을 그의 위치에 놓은 것이 아니라, 죽음에서 도망치고 싶었다. 하지만 그래도 그 방에서 나가지 않았다.

타륵 씨가 퓌순의 아버지이고, 함께 오랫동안 같은 식탁에 앉아 라크를 마시며 텔레비전을 보았기 때문에 그를 좋아했다. 하지만 한 번도 내게 완전히 마음을 터놓지 않았기 때문에 나는 그를 온전히 받아들일 수 없었다. 우리는 서로에 대해 완전히 만족하지 않았지만 그래도 그럭저럭 잘 지내 왔다.

그런 생각을 하자, 사실은 타륵 씨가 처음부터, 네시베 고모가 그러했듯이, 퓌순을 향한 나의 사랑을 알고 있었다는 걸 깨달았다. 아니, 깨달은 것이 아니라 나 스스로 인정했다고 말해야 할 것 같다. 당신의 딸, 아직 열여덟 살이었던 그녀와 무책임하게 잠자리를 했다는 것도 처음부터 알았을 것이고, 나를 무정하고 돈만 많은 타락한 바람둥이라고 생각했을 것이다. 나 때문에 딸을 가난하고 하찮은 남자와 결혼시켜야 했으니 나를 증오했을 것이다! 그래도 증오하는 마음을 전혀 내색하지 않았다. 내가 그것을 외면하고 싶었던 것일지도 모른다. 그는 나를 증오하는 동시에 용서했던 것이다. 서로의 결점이나 파렴치한 행동을 보지 못하는 척하며 우정을 유

지하는 불량배나 도둑처럼 우리는 행동했던 것이다. 그렇게, 몇 년
이 지나는 동안, 우리는 집주인과 손님이라기보다는 공범자 같은
관계가 되었다.

타륵 씨의 얼어붙은 얼굴을 보고 있으니, 내 영혼의 깊은 곳에
서는 무언가, 죽음이 다가올 때 아버지의 얼굴에 나타났던 경악과
공포의 표정이 떠올랐다.

타륵 씨는 심장 마비가 온 후, 죽음과 마주해 약간 분투를 한 것
같았다. 두려워하는 듯한 표정은 전혀 없었다. 입술 한쪽 아래가 고
통으로 약간 아래로 내려가 있었고, 다른 한쪽은 싱긋 웃는 것처럼
약간 열려 있었다. 식탁에 앉아 있을 때, 싱긋 웃는 듯한 그의 입가
에는 담배 한 대가, 그 앞에는 라크 한 잔이 놓여 있곤 했다. 하지만
그 방에는 우리가 함께 경험한 것들의 힘이 아니라 죽음과 공허함
의 안개가 깔려 있었다.

퇴창 왼쪽에 있는 창을 통해 하얀 빛이 방으로 들어왔다. 밖을
내다보자 텅 빈 좁은 골목이 보였다. 퇴창이 골목 중간까지 나와
있었기 때문에, 내가 공중에, 골목 한가운데에 있는 것처럼 느껴졌
다. 전방의 보아즈케센 대로와 만나는 골목 모퉁이는 안개 때문에
겨우 분간할 수 있었다. 동네는 안개 속에 잠들어 있었고, 고양이
한 마리만 느긋하게 거리를 거닐고 있었다.

타륵 씨의 머리맡에는, 그가 카르스 고등학교 교사일 때, 러시
아인들이 남겨 놓은 유명한 극장에서 연극을 했던 학생들과 함께
찍은 사진이 액자에 담겨 걸려 있었다. 침대 옆 탁자 위와 반쯤 열
린 서랍은 이상하게도 나의 아버지를 떠올리게 했다. 서랍에서 먼
지, 감기약, 누렇게 변한 신문의 냄새가 뒤섞여 달콤한 향기가 흘
러나왔다. 서랍 위에는 컵 안에 든 틀니, 타륵 씨가 좋아하던 레샤
트 에크렘 코추의 책 한 권이 보였다. 서랍 안에는 오래된 약병, 담

배 파이프, 전보, 접힌 진단서, 금융업자와 관련된 신문 기사, 도시 가스와 전기 요금 고지서, 오래된 약상자, 유통되지 않는 옛날 동전 등 잡동사니들이 있었다.

케스킨 씨네 집으로 사람들이 모이기 전에 니샨타쉬로 갔다. 어머니는 이미 일어나서, 파트마 부인이 침대로 가져다준 아침 식사 — 구운 빵, 달걀, 잼, 검은 올리브 — 를 베개 위에 올려놓고 먹고 있었다. 어머니는 나를 보고 아주 좋아하며 행복해했다. 그러나 타륵 씨가 사망했다는 말을 듣자, 우울해했을 뿐만 아니라 매우 안타까워했다. 네시베의 고통을 어머니가 마음으로 느꼈다는 것을 표정과 행동에서 알 수 있었다. 하지만 안타까워하는 마음을 넘어선 더 깊은 감정이 느껴졌다. 분노였다.

"다시 그 집에 가 볼 거예요. 체틴에게 장례식에 데려다 달라고 하세요."

"난 장례식에 안 갈 거다, 아들아."

"왜요?"

처음에는 말도 안 되는 핑계를 댔다.

"신문에 왜 부고가 없니? 왜 서두른다던?"이라거나 "왜 테쉬비키예 사원에서 장례식을 안 한다니, 그건 잘못된 거야."라고 했다. 대부분 테쉬비키예 사원에서 장례를 치렀던 것이다. 한편으로는 예전에 함께 어울려 농담하고 웃으며 옷을 만들던 네시베를 위해 슬퍼하고 있다는 것, 그녀에게 호감을 갖고 있다는 것도 알 수 있었다. 하지만 더 깊은 곳에 단호한 무언가가 있었다. 내가 불안해하며 강요하자 결국 화를 했다.

"내가 왜 장례식에 안 가는지 아니? 내가 간다면 넌 그 아이와 결혼할 테니까 그래."

"어떻게 그런 생각을 해요? 그녀는 유부녀예요."

"알아. 네시베의 마음에 상처를 줄 수밖에 없어. 하지만 아들아, 난 예전부터 다 알고 있었다. 네가 그 아이와 결혼하겠다고 고집을 부리면, 난 주위 사람들을 볼 수가 없을 거다."

"어머니, 주위 사람들이 뭐라고 하는지가 왜 중요해요?"

"제발 오해는 하지 마."

어머니는 심각한 표정을 지으며 들고 있던 구운 빵과 버터 바르는 칼을 접시 가장자리에 내려놓고, 내 눈을 뚫어지게 바라보았다.

"그래, 결국은 다른 사람들이 뭐라고 하는지는 중요하지 않아. 중요한 건 진실, 그리고 정직한 감정이지. 이런 것에 이의를 제기하는 건 아니야. 네가 한 여자를 사랑한다니 그것도 좋다. 그런데 그 아이는 널 사랑하니? 팔 년 동안 무슨 진전이 있었니, 왜 아직도 남편과 헤어지지 않는 거지?"

"이제 헤어질 거예요, 난 알아요."

나는 부끄러워 이렇게 얼버무렸다.

"봐라, 애야, 네 아버지도 나이가 딸뻘인 가난한 여자를 좋아했고 그녀에게 푹 빠졌단다. 그 여자에게 집까지 사 주었어. 하지만 이 모든 걸 비밀에 부쳤지, 너처럼 자신을 엉망으로 만들진 않았다. 가장 친한 친구도 몰랐어."

그때 파트마 부인이 방으로 들어오자 이렇게 말했다.

"파트마, 우리 지금 얘기하고 있어요."

파트마 부인은 즉시 나가며 문을 닫았다.

"네 아버지는 아주 강하고 영리하며, 아주 신사였단다. 하지만 그에게도 열망과 약점이 있었어. 아주 오래전에 네가 멜하메트 아파트의 열쇠를 달라고 했을 때, 나는 열쇠를 건네줬지. 하지만 아버지의 약점이 네게도 있을 거라 생각하며 경고했잖니, '조심해.'라고. 내가 그렇게 말하지 않았니? 넌 내 말에 전혀 귀를 기울이지 않았어. 그래, 이건 네 잘못이라고 하고, 네시베에게 무슨 죄가 있느냐고 하겠지. 십 년이나 지났어. 딸과 함께 너를 이렇게 고문했다는 생각을 하면 절대 네시베를 용서할 수 없어."

나는 십 년이 아니라 팔 년이라고 정정했다.

"알았어요, 어머니, 그들에게 얘기할게요."

"얘야, 넌 그 아이와 행복해질 수 없어. 그렇게 될 수 있다면, 벌써 됐겠지. 그리고 네가 그 장례식에 가는 것도 반대다."

어머니의 말은, 내 인생이 엉망이 되었다는 의미가 아니라, 오히려 최근에 느끼던 대로, 곧 퓌순과 행복해질 것 같은 희소식으로 들렸다. 그랬기 때문에 어머니에게 화를 내지 않았고, 오히려 미소를 지은 채 이야기를 들으며 한시라도 빨리 퓌순 곁으로 돌아가고 싶다는 생각을 했다.

내가 말을 건성으로 듣는 것을 알고 어머니는 화를 냈다.

"여자와 남자가 단둘이 만나지 못하고, 마주 보며 대화하지 못하는 나라에는 사랑이 있을 수 없다. 왜 그런지 아니? 남자들은 적당한 여자다 싶으면 착한지 나쁜지, 예쁜지 못생겼는지를 보는 게 아니라, 몇 주 동안 굶주린 동물처럼 달려들기 때문이야. 그게 습관이 됐어. 나중에는 이게 사랑이라고 생각하지. 이런 곳에 사랑이 존재할 수 있겠니? 절대 너 자신을 속여선 안 돼."

어머니는 자신 있게 말했다. 결국 어머니는 나를 화나게 하는 데 성공한 것이다.

"알겠어요, 어머니, 가 볼게요."

"마을 사원에서 인도하는 장례 예배에는 여자들이 가지 않아."

어머니는 진짜 이유가 이것이라는 듯 말했다.

두 시간 후, 피루즈아아 사원에서 인도하는 예배가 끝나고 참석자들이 돌아갈 때, 사원 앞에서 네시베 고모를 껴안는 사람들 사이에는 여자들도 있었다. 하지만 그리 많지는 않았다. 문을 닫은 샹젤리제 부티크의 주인 세나이 부인과 제이다를 보았던 기억이 난다. 그때 내 옆에는 화려한 선글라스를 낀 페리둔이 있었다.

그 후에도 나는 매일 저녁 일찍 추쿠르주마에 갔다. 하지만 집에서, 식탁에서 깊은 불안감을 느꼈다. 우리가 처한 상황의 심각성과 인위성이 드러난 것만 같았다. 그동안 있었던 모든 일들을 가장 못 본 척하고, 가장 잘 '가장'했던 사람은 타륵 씨였던 것이다. 그가 없는 지금, 우리는 자연스럽지도 않았고, 지난 팔 년간 저녁 식사에서 가장했던 반은 진심이며 반은 인공적인 편안함도 되찾을 수 없었다.

# 75
# 인지[102] 제과점

4월 초 어느 비 오던 날 아침, 어머니와 이런저런 이야기를 나눈 후, 정오 무렵 사트사트에 출근했다. 커피를 마시며 신문을 읽고 있는데 네시베 고모가 전화를 걸어왔다. 앞으로 한동안 자기들을 찾아오지 말라고, 동네에 좋지 않은 소문이 났다고, 지금 전화로는 설명할 수 없지만 좋은 소식이 있다고 했다. 비서인 제이넵 부인이 옆방에서 듣고 있었고, 내가 궁금해한다는 걸 네시베 고모에게 내색하고 싶지 않아서, 무슨 소식인지는 묻지 않았다.

궁금해서 속이 타들어 가는 상태로 이틀을 기다렸고, 역시 정오 직전 같은 시간에 드디어 네시베 고모가 사트사트로 찾아왔다. 지난 팔 년 동안 그녀와 많은 시간을 보냈는데도 그녀를 사무실에서 만나자 무척 낯설었다. 이스탄불의 변두리 마을이나 시골에서 사트사트 제품의 불량품을 교환하기 위해, 혹은 사트사트 달력이나 재떨이를 얻기 위해 찾아왔다가 실수로 위층으로 올라온 손님을 보듯 한순간 멍하게 그녀를 쳐다보았다.

제이넵 부인은 방문자가 아주 중요한 사람인 것을 — 어쩌면

---

**102** '진주'라는 의미.

나의 태도 때문에, 혹은 이미 무언가 알고 있었기 때문에 — 벌써 파악하고 있었다. 그녀가 커피를 어떻게 마실지를 묻자, 네시베 고모는 "튀르키예식 커피가 있다면 마실게요."라고 대답했다.

나는 내 사무실과 비서실 사이의 문을 닫았다. 네시베 고모는 내 책상 맞은편에 앉아 내 눈을 똑바로 바라보았다.

"모든 것이 해결됐어."

네시베 고모는 희소식을 전한다기보다는, 사실은 삶이 얼마나 단순한지를 알리는 듯한 분위기로 말했다.

"퓌순은 페리둔과 이혼하기로 했어. 레몬 영화사를 그에게, 그러니까 페리둔에게 넘기면 일이 순조롭게 해결될 거야. 페리둔도 그렇게 원하고 있어. 하지만 먼저 두 사람이 대화를 나누어야 할 것 같아."

"페리둔과 저 말입니까?"

"아니, 퓌순과 자네."

네시베 고모는 내 얼굴에 나타난 기쁜 표정을 보고는 담배에 불을 붙였고, 다리를 꼰 채로, 이야기하는 것이 약간은 즐겁다는 듯 짧게 설명했다. 이틀 전 저녁, 페리둔은 술에 조금 취해서 집으로 와서는, 파파트야와 헤어졌으며 돌아오고 싶다고 퓌순에게 말했다. 물론 퓌순은 그것을 원하지 않았다. 둘은 말다툼을 했고, 안타깝게도 이웃 사람들까지 그들이 소리를 지르며 싸우는 것을 들었기 때문에, 그들은 무척 부끄러워했다. 그래서 네시베 고모가 나에게 저녁에 오지 말라고 한 것이었다. 이후 페리둔이 전화를 해서 네시베 고모와 베이오을루에서 만났으며 부부는 헤어지기로 결정했다.

잠시 침묵이 흘렀다.

"현관 열쇠를 바꾸었네. 이제 우리 집은 페리둔 집이 아니야."

네시베 고모가 말했다.

그 순간, 사트사트 회사 앞을 지나가는 시끄러운 버스 소리뿐 아니라, 모든 세상이 침묵에 잠긴 것처럼 느껴졌다. 내가 손에 담배를 든 채 마치 홀린 듯이 그녀의 말을 듣고 있는 걸 보고, 네시베 고모는 좀 더 자세하게 다시 한번 설명을 해 주었다.

"난 한 번도 그 녀석에게 화를 낸 적이 없어."

그녀는 이런 결과를 처음부터 예상한 사람처럼 자신 있는 태도로 말했다.

"그래, 그는 아주 착하지만 아주 나약하기도 하지. 어떤 엄마가 자기 딸을 그런 사위에게 주고 싶겠나……."

이렇게 말한 후 잠시 입을 다물었다.

나는 그다음에 "물론 우린 어쩔 수 없었어." 같은 말이 이어질 거라고 기대했지만, 그녀는 전혀 다른 말을 했다.

"나도 약간은 경험한 일이야. 아름다운 여자는 이 나라에서 살기가 쉽지 않아. 아름다운 소녀가 살아가는 것보다 더 어려워……. 남자들은, 자네도 알 거야, 케말, 아름다운 여자를 갖지 못하면 나쁜 짓을 한다네. 페리둔은 이런 악으로부터 퓌순을 보호해 줬어."

내가 그 사악한 사람들 중 하나가 아닐까 생각했다.

"물론 이렇게 오래 끌지는 말았어야 했어."

그녀는 이렇게 덧붙였다.

내 삶의 형태가 얼마나 이상한지 처음 깨달은 것처럼, 나는 놀라면서도 한편으로는 평온하게 아무 말 없이 앉아 있었다.

"물론 레몬 영화사는 페리둔 몫입니다! 제가 그와 이야기하지요. 그가 제게 화가 났습니까?"

"아니!"

네시베 고모는 눈썹을 치켜올리며 이렇게 말했다.

"하지만 퓌순이 자네와 진지하게 얘길 나누고 싶어 해. 물론 마음속에 담아 둔 말이 많겠지. 만나서 이야기해 보게나."

퓌순과 내가 사흘 후 오후 2시에, 베이오을루에 있는 인지 제과점에서 만나는 것으로 그 자리에서 결정했다. 네시베 고모는 더 이상 장황하게 말하지 않고, 이곳이 생소하고 불편하다는 듯이, 하지만 자신의 행복을 전혀 감추지 않은 채 돌아갔다.

1984년 4월 9일 월요일 정오 무렵, 퓌순과 만나기 위해 베이오을루로 나갔을 때, 나는 몇 달 동안 상상만 해 온 소녀와 드디어 만나게 된 소년처럼 행복하고 흥분된 상태였다. 밤에는 조바심이 일어 잠을 잘 이루지 못했고, 사트사트에서도 정오가 오기만을 간절히 기다렸으며, 체틴에게는 나를 탁심에 데려다달라고 일찍부터 말해 두었다. 탁심 광장은 화창했다. 하지만 여느 때처럼 그늘진 이스틱랄 대로의 서늘함, 쇼윈도, 극장 입구, 어린 시절 어머니와 함께 들어갔던 상가의 습기와 곰팡이 냄새를 맡는 것이 좋았다. 추억과 행복한 미래에 대한 약속이 머리를 어찔하게 만들었고, 맛있는 음식을 먹고, 영화를 보고, 쇼핑을 하려는 거리의 사람들과 낙관적인 마음을 공유했다.

퓌순에게 선물 하나를 사 가려고 와코 백화점과 베이멘 등 상점에 들어가 둘러봤지만, 무엇을 사야 할지 결정할 수 없었다. 흥분을 가라앉히기 위해 튀넬을 행해 걸어가다가, 약속 시간 삼십 분 전쯤 므스를르 아파트 앞에서 퓌순을 봤다. 그녀는 경쾌하고 커다란 물방울무늬가 있는 우아한 흰색 봄옷을 입고 있었다. 화려한 선글라스와 나의 아버지가 준 귀고리를 하고 있었다. 쇼윈도를 보느라 나를 알아채지 못하고 있었다.

"이런 우연이 있나, 그렇지?"

나는 이렇게 말을 걸었다.

"아……. 안녕, 케말, 잘 지냈어?"

"날씨가 좋아서 회사에서 도망쳐 나왔지."

나는 우리의 삼십 분 후의 약속을 모르는 듯, 우연히 만난 것처럼 말했다.

"같이 걸을까?"

"엄마에게 줄 단추를 사야 돼. 급히 만들 옷이 있다며 부탁을 해서 말이야. 당신과 만난 다음에 집에 가서 엄마를 도와줘야 해. 아이날르 상가에 가서 나무로 된 단추를 구경할까?"

우리는 아이날르 상가뿐 아니라, 다른 상가에도 가서 여러 단추 가게에 들렀다. 퓌순이 점원들과 이야기를 나누고, 형형색색의 단추들을 살펴보고, 이것저것 질문을 하며 옛날 단추로 세트를 만들려고 하는 모습을 바라보는 것이 얼마나 좋았던가.

옛날 단추 세트를 사기로 결정하고는 내게 보여 주었다.

"이거 어때?"

"좋은데."

"알았어."

그녀는, 아홉 달 후에 내가 그녀 집에 있는 서랍에서 종이에 담긴 그대로 발견하게 될 단추의 가격을 치렀다.

"조금 걷자. 우리가 한번은 베이오을루에서 우연히 만나 함께 걸을 거라고 난 팔 년 동안 상상했어."

"정말?"

"정말…….."

우리는 아무 말도 하지 않고 잠시 걸었다. 나도 가끔 그녀처럼 쇼윈도를 바라보았지만, 내 눈은 진열된 물건이 아니라, 쇼윈도에 비친 그녀의 아름다운 모습을 보고 있었다. 베이오을루에 나온 사람들 중 남자들뿐 아니라 여자들도 그녀를 주의 깊게 바라보았고,

퓌순도 그것을 좋아했다.

"어디 앉아서 케이크 먹을까?"

내가 말했다.

퓌순이 대답을 하기도 전에, 사람들 속에서 어떤 여자가 튀어나와 즐거운 비명을 지르며 그녀를 안았다. 제이다였다. 그녀 옆에 여덟아홉 살쯤 된 남자아이와 더 어린 남자아이가 서 있었다. 그들이 이야기를 나누는 동안, 반바지를 입고 흰 양말을 신은 두 아이가 나를 쳐다보았다.(제이다처럼 눈망울이 크고, 건강하며 생기가 넘쳐 보였다.)

"두 사람이 함께 있는 걸 보니 정말 좋아!"

"방금 우연히 만났어……."

퓌순이 말했다.

"너무 잘 어울려."

제이다는 이렇게 말했고, 잠시 자기들끼리 낮은 목소리로 대화를 나누었다.

"엄마, 지루해, 이제 가자, 제발."

아이들 중 큰 아이가 이렇게 말했다.

팔 년 전, 이 아이를 임신한 제이다와 돌마바흐체가 내다보이는 타시륵 공원에 앉아 사랑의 고통에 대해 이야기했던 것을 기억해 냈다. 하지만 그것은 나를 감동시키지도 슬프게 하지도 않았다.

제이다와 헤어진 후, 우리는 사라이 극장 앞을 천천히 걸었다. 극장에서는 파파트야가 주인공으로 나오는 「재앙의 노래」가 상영되고 있었다. 파파트야는 최근 일 년 동안, 신문에 나온 대로라면, 정확히 열일곱 편의 영화와 사진 소설에서 주연을 맡아 세계 기록을 세웠다고 한다. 잡지에는 할리우드에서 주연 제의가 왔다는 거짓 기사가 실렸고, 파파트야 자신도 롱맨 교재를 든 채 영어 입문과외를 받고 있으며, 튀르키예를 대표하기 위해 최선을 다할 거라는 거짓 인터뷰를 하여 이 일을 더욱 부풀리고 있었다. 퓌순은 극장 로비에 걸려 있는 사진을 보다가, 내가 그녀의 표정을 주의 깊게 바라보는 것을 눈치챘다.

"자, 이제 가자."

"걱정 마, 파파트야를 질투하는 거 아니야."

그녀는 초월한 듯한 말투로 말했다.

우리는 쇼윈도를 보며 아무 말도 하지 않고 걸었다.

"선글라스가 아주 잘 어울려. 들어가서 프로피테롤[103] 먹을까?"

우리는 그녀의 어머니와 약속했던 그 시간에 인지 제과점 앞에 도착했다. 전혀 주저하지 않고 안으로 들어갔다. 뒤쪽에 사흘 동안 상상해 온 빈 테이블이 있었다. 우리는 자리에 앉아 제과점의 유명한 프로피테롤을 주문했다.

"멋지게 보이라고 쓴 거 아니야. 가끔 아버지를 떠올리면 눈물이 나는데, 아무도 그런 모습을 안 봤으면 해. 내가 파파트야를 질투하지 않는다는 말 이해했지, 그렇지?"

"응."

"하지만 그녀는 대단해. 그녀는 자기가 결심한 대로, 마치 영화 속 미국인들처럼 안간힘을 써서 성공한 거야. 파파트야 같은 영화 배우가 되지 못했기 때문이 아니라, 그녀처럼 삶에 안간힘을 쓰고 매달리지 않아서 속상하고, 그런 나 자신을 비난하는 거야."

"나도 구 년 동안 안간힘을 쓰고 매달리고 있지만, 안간힘을 쓰는 것으로 모든 것이 이루어지지는 않아."

"그럴지도 모르지."

103 안에는 크림을 넣고 위에는 초콜릿을 얹은 작은 슈크림.

그녀는 침착하게 대답했다.

"엄마와 이야기했다는 거 알아. 지금은 우리가 이야기할 차례야."

그녀는 단호한 태도로 담배를 꺼냈다. 내 라이터로 담배에 불을 붙여 주면서, 그녀의 눈을 들여다보았다. 그녀를 얼마나 사랑하는지를, 불행한 날은 이제 다 지나갔으며, 세월을 많이 허비했지만 이제 우리 앞에는 커다란 행복이 있다는 것을, 작은 제과점 안에서 아무도 듣지 못하도록 속삭이듯 한 번 더 말했다.

"나도 그렇게 생각해."

그녀는 조심스럽고 침착하게 말했다. 긴장된 태도와 자연스럽지 않은 표정에서, 그녀 안에 폭풍이 일고 있다는 것을, 하지만 온 힘을 다해 억누르고 있다는 것을 감지했다. 모든 것이 빈틈없이 될 수 있도록 단호한 의지를 보이는 그녀가 더욱 사랑스러웠으며, 한편으로는 그 안에서 일어나는 폭풍의 강도가 두렵기도 했다.

"페리둔과 공식적으로 이혼한 후에 당신의 친구들이나 어머니 등 모두와 만나고 싶어."

그녀는 장차 무엇이 될지를 설명하는 우등생처럼 이렇게 말했다.

"급할 것 없어, 천천히, 천천히……. 페리둔과 이혼을 한 다음, 물론 먼저 당신 어머니가 우리 집에 와서 나를 며느리로 달라고 청해야 해. 당신 어머니와 우리 엄마는 서로 잘 맞아. 하지만 먼저 당신 어머니가 우리 엄마에게 전화를 해서 아버지 장례식에 못 온 것에 대해 사과를 해야 돼."

"어머니는 아주 편찮으셨어."

"물론 그러셨겠지, 알아."

그 순간 우리는 아무 말도 하지 않고 프로피테롤을 떠먹었다. 달콤한 초콜릿과 크림이 가득한 그녀의 아름다운 입을 보면서 욕

정보다는 사랑을 느꼈다.

"지금부터 내가 하는 말을 믿고, 이에 따라 행동해 주기를 기대할게. 결혼 생활 내내 페리둔과 나 사이에는 부부 관계가 없었어. 이것을 꼭 믿어야 해! 그런 의미에서 난 순결해. 앞으로도 오로지 당신과 함께할 거야. 우리가 구 년 전에 함께했던 그 두 달(사실은 한 달 반에서 이틀이 모자랍니다, 존경하는 독자 여러분.)에 대해서는 그 누구에게도 언급할 필요가 없어. 우리는 지금 만난 거야. 그러니까 영화에서처럼, 나는 누군가와 결혼했지만 여전히 순결해."

퓌순은 마지막 두 문장을 약간 미소를 지으며 말했지만, 그녀가 요구하는 것들이 진지하다는 것을 알았기에 나는 눈썹을 치켜올렸다.

"알았어."

"이렇게 하는 것이 우리를 더 행복하게 할 거야."

그녀는 결단을 내리듯이 말했다.

"요구 사항이 하나 더 있어. 이건 애초에 당신 생각이었어. 모두 다 함께 자동차로 유럽 여행을 떠났으면 해. 우리 엄마도 나와 함께 파리에 갈 거야. 박물관에 가고, 그림도 보자. 결혼하기 전에 우리 집 혼수도 거기서 사고 싶어."

나는 '우리 집'이라는 단어에 가볍게 미소를 지었다. 퓌순은 명령조로 말을 이어 가다가 마지막에는 말투를 바꾸어, 마치 기나긴 전쟁이 승리로 끝난 후 농담조로 정당한 요구 사항을 열거하는 정중한 사령관처럼, 가볍게 미소를 지으며 말하고 있었다. "다른 사람들처럼 힐튼에서 성대하고 멋진 결혼식을 올렸으면 해!"라고 말할 때는 다시 진지하게 눈썹을 치켜올리며 "모든 것이 반듯하고, 질서 정연하고, 꼼꼼하게 진행되어야 돼."라고 덧붙였다. 구 년 전, 힐튼에서 있었던 나의 약혼식에서는 좋거나 나쁘거나 아무런 기억이 없다는 듯이, 단지 가장 좋은 결혼식을 원한다는 듯이 말했다.

"나도 그렇게 되길 원해."

우리는 잠시 아무 말도 하지 않았다.

인지 제과점은 어렸을 때 어머니와 함께 베이오을루로 나들이를 나오면 들르곤 하던 작지만 중요한 장소였다. 벌써 삼십 년이 지났는데도 전혀 변하지 않았다. 대신 사람들이 더 많아져서 이야기 나누기가 힘들었다.

한순간, 작은 가게 안이 잠시 마법적인 정적에 싸이자, 나는 퓌순에게 아주 사랑한다고, 원하는 것은 모두 해 줄 거라고, 남은 인생을 그녀와 함께 보내는 것 말고는 이 세상에서 원하는 것이 없다고 속삭였다.

"정말이야?"

그녀는 수학을 공부하던 소녀처럼 그렇게 말했다.

그녀는 자신의 말에 웃을 정도로 단호하고 자신만만했다. 조심스레 담배에 불을 붙인 다음, 다른 요구 사항들도 열거해 나갔다. 그녀에게는 아무것도 숨기지 말아야 하고, 모든 비밀을 그녀와 나누어야 하며, 과거와 관련해서는 그녀가 묻는 질문에 무엇이든 솔직하게 대답해야 한다고 했다.

그녀의 모든 말과 내가 보았던 모든 것 — 퓌순의 단호하고 매서운 표정, 제과점의 옛날 아이스크림 기계, 퓌순처럼 치켜올라간 액자 속 아타튀르크의 눈썹 — 이 뇌리에 함께 각인되었다. 약혼식은 파리에 가기 전에 가족끼리 하기로 했다. 우리는 페리둔에 대해서도 존중하며 언급했다.

결혼하기 전에는 성적인 접촉은 없을 거라는 것도 언급했다.

"강요하지 마, 알았지? 어차피 안 될 테니까."

"알아, 나도 사실 너와 중매로 결혼하길 원했어."

"어차피 그런 셈이야!"

그녀는 자신 있게 말했다.

이제 집에 남자가 없으니 매일 밤(매일 밤!) 내가 그녀 집에 간다면 동네에서 오해할지 모른다고 했다.

"물론 이웃 사람들은 핑계야……. 아버지가 없으니 옛날처럼 즐거운 대화가 되지 않아. 게다가 마음도 무척 아프고."

그녀는 그렇게 말한 후 잠시 울 듯했지만, 자신을 억눌렀다. 스프링 장치가 연결되어 밀면 열리게 되어 있는 제과점의 문은 안에 있는 사람들 때문에 닫히지 않았다. 군청색 재킷에 얇은 넥타이를 비뚤게 맨 시끌벅적한 고등학생들이 꽉 차 있었고, 웃으며 서로 밀치고 있었다. 우리는 더 앉아 있지 않고 일어났다. 뤼순 옆에서 베이오을루를 걷는 즐거움을 만끽하며, 저 멀리 추쿠르주마 비탈길 초입까지 아무 말도 하지 않고 그녀와 걸었다.

# 76
# 베이오을루의 극장들

나와 퓌순은 인지 제과점에서 결정한 것들을 충실히 이행해 나
갔다. 니샨타쉬와는 완전히 다른 세계인 파티흐에 사는 군대 시절
친구가 당장 퓌순의 변호사가 되어 주었다. 어차피 부부가 합의 이
혼을 하기로 결정했기 때문에 일은 순조로웠다. 페리둔은 변호사
를 찾기 위해 내게 조언을 구하려는 생각도 했다고 퓌순이 웃으면
서 말해 주었다. 이제는 저녁에 추쿠르주마에 가서 그녀를 만날 수
없었지만, 이틀에 한 번 오후에 베이오을루에서 만나 극장에 갔다.

어렸을 때부터 거리가 따스해지는 봄이 되면, 베이오을루 극장
내부의 서늘함을 좋아했다. 먼저 퓌순과 갈라타사라이에서 만나
영화 포스터를 보면서 극장을 정하고, 표를 사서 어둡고 서늘하고
한산한 극장으로 들어갔다. 스크린에 빛이 비칠 때, 우리는 사람들
의 시선에서 먼 뒤쪽 자리에 앉아, 손을 잡고, 세상 모든 시간을 가
진 사람들처럼 편안하게 영화를 보았다.

초여름, 극장에서 표 한 장으로 두 편이나 심지어 세 편의 영화
를 보여 주기 시작하던 시기에, 한번은 바지를 편히 매만지며 자리
에 앉으면서 들고 있던 신문과 잡지를 어둠 속 빈 옆자리에 놓느
라, 내 손이 퓌순의 손을 찾아 잡는 일이 더뎌지자, 퓌순의 아름다

운 손이 안달하는 참새처럼 내 품으로, 배 위로, 내 손이 어디 있는지 궁금하다는 듯 펴졌고, 그 순간 나의 손은 내 영혼보다 빨리 애절한 그리움으로 그 손을 거머쥐었다.

동시에 두 편(에멕, 피타쉬, 아틀라스 극장)이나 세 편(뤼야, 알카잘, 랄레 극장)을 보여 주던 그 여름 베이오을루의 극장에서는, 겨울처럼 상영 중간에 휴식 시간이 없었기 때문에, 두 영화 사이에 잠깐 불이 들어오면 우리가 얼마나 많은 사람들과 함께 영화를 보고 있는지 확인하곤 했다. 희미한 빛으로 밝혀진 곰팡내 나는 커다란 상영관 좌석에서 뒤로 기대거나 구부리거나 푹 기대어 앉은 채 꼬깃꼬깃한 신문을 들고 있거나, 꼬깃꼬깃한 옷을 입은 외로워 보이는 남자들, 한구석에서 잠든 노인들, 영화 속 상상 세계에서 먼지 냄새 나는 흐릿한 극장 속 평범한 세계로 돌아가지 못하고 환상에 잠긴 듯한 관객들을 바라보며, 나는 퓌순과 이런저런 최근 이야기들을 속삭였다.(우리는 두 영화 중간에는 손을 잡지 않았다.) 팔 년 동안 원해 온 일들이었다. 페리둔과 공식적으로 이혼한 퓌순은 사라이 극장의 칸막이 좌석에 앉아 내게 속삭였다.

"변호사가 판결 서류를 받았대. 이제 나는 공식적으로 이혼한 여자야."

천장의 금박과 페인트칠이 벗겨지고, 옛날의 화려함은 사라져 버린 사라이 극장의 어둑한 무대, 스크린, 좌석에 흩어져 있는 졸린 듯한 관객들은 내가 죽을 때까지 잊지 못할 광경으로 그 순간에 나의 뇌리에 각인되었다. 아틀라스 극장, 사라이 극장의 관람석은 십 년 전까지만 해도, 마치 일드즈 공원처럼, 손을 잡고 입을 맞출 장소를 찾지 못한 커플들이 가는 곳이었다. 퓌순은 관람석에서 키스하는 것은 허락하지 않았지만, 그녀의 다리와 무릎 위에 손을 얹는 것은 거부하지 않았다.

페리둔과의 마지막 만남은 잘 지나갔지만, 내가 기대하던 것과는 달리 좋지 않은 기억으로 남아 있다. 퓌순이 인지 제과점에서 지난 팔 년 동안 그와 사랑을 나누지 않았다고 주장하면서 그것을 믿으라고 요구한 것에 나는 충격을 받았다. 나는 어차피, 결혼한 여자를 사랑하는 많은 남자들처럼, 내 머리 한구석으로 팔 년 동안 그렇게 믿어 왔던 것이다. 내 이야기에 숨겨진 가장 중요하고 예민한 문제인 이 믿음 덕분에, 퓌순을 향한 나의 사랑이 그렇게 오래 지속될 수 있었다.

퓌순과 페리둔이 행복하게 부부 관계를 하는 부부라고 오랫동안 확신했더라면(한두 번 고통스럽게 시도해 보았지만, 다시는 그런 생각을 하고 싶지 않았다.) 퓌순을 향한 나의 사랑은 그렇게 오래 지속되지 못했을 것이다. 오랜 세월 동안 나 자신을 속이며 믿었던 것을, 퓌순이 더 자신 있게, 절대적으로 믿으라며 명령조로 말했기 때문에, 나는 즉시 그것이 사실이 아니라고 생각하게 되었으며, 나아가 기만당한 것처럼 느껴졌다. 하지만 결혼한 지 육 년이 되었을 때는, 페리둔이 그녀를 방치했기 때문에 그것은 사실 받아들일 수 있었다. 하지만 그렇게 생각하자, 페리둔을 향한 억누를 수 없는 질투심과 분노를 느꼈고, 그에게 모욕을 주고 싶었다. 지난 팔 년 동안은 그를 향해 이런 분노를 전혀 느끼지 못했기 때문에, 나와 페리둔이 그 시간 동안 거의 충돌 없이 지낼 수 있었던 것이다. 페리둔이, 특히 그들 집에 드나들기 시작한 처음 몇 해 동안 나를 참아 낼 수 있었던 것도, 아내와의 행복한 부부 관계 때문이었다는 것을, 팔 년이 지난 후에야 이해할 수 있었다. 아내와 행복한 생활을 하고, 공동체 생활, 즉 찻집에 가서 친구들과 사업에 대해 수다를 떠는 것을 좋아하는 남자들이 그렇듯이, 페리둔은 저녁때 외출하고 싶어 했다. 퓌순이 신혼 때 남편과 경험했던 행복을 내가 제한했다

678

는 것 — 나 자신에게 숨겼던 또 다른 사실 — 이 페리둔의 눈을 들여다보는 순간 머릿속에 확연히 떠올랐지만, 죄책감은 느끼지 않았다.

내 안에서, 가장 깊은 바닷속처럼, 팔 년 동안 고요하게 잠들어 있던 질투는 페리둔과의 마지막 만남에서 꿈틀거리기 시작했다. 몇몇 옛 친구들처럼, 이제 페리둔 역시 내 인생이 끝날 때까지 절대 만나지 말아야 할 사람이라는 것을 깨달았다. 퓌순에게 느꼈던 사랑 때문에 나보다 먼저 오랫동안 고통을 겪은 페리둔에게, 내가 형제애나 동지애를 느꼈다는 사실을 안다면, 막 일이 해결되려는 지금에 와서 그에 대해 분노를 느끼는 것을 이해할 수 없을지도 모른다. 내게는 어떤 미스터리처럼 보였던 페리둔을 이제는 이해하기 시작했다고 말하는 것으로 이 이야기는 마무리하고자 한다.

페리둔의 눈에서, 내가 퓌순과 함께할 행복한 미래를 약간 질투하고 있다는 것이 느껴졌다. 하지만 디완 호텔에서 긴 점심 식사를 하면서, 우리는 라크를 많이 마셨고, 마침내 마음이 편해졌다. 레몬 영화사를 페리둔에게 넘기는 데 대한 세부적인 이야기를 마친 후, 좀 더 편안하고 즐거우며, 그래서 미소를 짓게 하는 새로운 이야기를 했다. 페리둔은 예술 영화 「파란 비」 촬영을 드디어 시작할 참이었다.

그날 페리둔과 얼마나 많이 마셨던지, 사트사트에도 들르지 않고, 천천히 집으로 걸어서 돌아와 곧 곯아떨어졌다. 어머니가 걱정스러운 듯 내 침대에 오자, 나는 곯아떨어지기 직전에 "인생은 아름다워요!"라고 했던 것을 기억한다. 이틀 후, 천둥 번개가 치던 어느 저녁 무렵, 체틴이 운전하는 자동차로 어머니를 추쿠르주마에 모시고 갔다. 어머니는 타륵 씨의 장례식에 가고 싶지 않다고 했던 것은 모두 잊은 듯 행동했다. 하지만 침착하지는 못했고, 긴장하면

늘 그러했던 것처럼 가는 내내 계속 말을 했다.

"아, 여기 인도가 정말 멋지게 돼 있네."

어머니는 퓌순의 집에 가까이 왔을 때 이렇게 말했다.

"이 동네를 꼭 보고 싶었단다. 정말 멋진 비탈길이구나, 정말 멋진 곳이야."

집으로 들어가면서, 비 오기 전에 쌀쌀한 바람이 불어와 네모난 돌길 위에 있는 먼지를 일으킬 때는 이렇게 말했다.

어머니는 전에도 전화를 해서 네시베 고모에게 조의를 표했고, 이미 몇 번 만났다. 그래도 '당신 딸을 며느리로 달라'라는 방문이 처음에는 타륵 씨에 대한 조문처럼 되었다. 하지만 조문보다 더 깊이 있는 방향으로 나아간다는 것을 우리 모두 느낄 수 있었다. 처음에는 호의적인 말들, 정중한 표현들, "여기 정말 멋지네, 정말 보고 싶었어, 정말 마음 아팠어."라는 말이 오간 후, 네시베 고모와 어머니는 서로 부둥켜안고 울기 시작했다. 퓌순은 방에서 나가 위층으로 도망갔다.

가까운 어딘가에 벼락이 떨어지자, 껴안고 있던 두 여자는 몸을 일으켰다. "불길한 일이 아니어야 할 텐데……." 어머니가 말했다. 소나기가 내리기 시작하고 여전히 천둥도 치고 있을 때, 스물일곱 살의 이혼녀 퓌순은, 열여덟 살에 선을 보이는 처녀처럼 공손한 태도로 쟁반에 커피를 들고 왔다.

"네시베, 퓌순은 자네와 완전히 똑같아. 자네처럼…… 웃으면 아주 영리하고 똑똑해 보여, 정말 아주 예쁘게 자랐네……."

"아니, 얘는 나보다 더 영리해요."

네시베 고모가 말했다.

"저세상 사람이 된 뮘타즈도 항상 오스만과 케말이 자기보다 영리하다고 했지. 하지만 정말 자신이 하는 말을 믿었는지는 모르겠어. 신세대들이 우리보다 영리한가?"

"여자애들은 분명 더 영리하지요. 그거 알아요, 외지혜 —— 어쩐 일인지 이번에는 언니라고 부르지 않았다 —— 내가 평생 가장 후회했던 게 뭔지⋯⋯."

네시베 고모는 예전에 가게를 열어 자신이 만든 옷을 팔아 자신의 이름을 알리고 싶었지만 용기를 내지 못했다고 하면서 "가위도 제대로 못 잡고, 땀도 하나 못 뜨던 사람들이 지금은 유명한 의상실 주인이 되었지요."라고 불만스럽게 말했다.

"저세상 사람이 된 타륵은 케말을 아주 좋아했어요."

네시베 고모는 식탁에 앉으면서 이렇게 말했다.

"저녁마다, '조금 더 기다려 봐, 케말 씨가 올지도 모르잖아.'라고 말하곤 했지요."

어머니가 이 말을 마음에 들어 하지 않는다는 걸 나는 느낄 수 있었다.

"케말은 자신이 뭘 원하는지 알지."

어머니가 말했다.

"퓌순도 아주 확고하답니다."

네시베 고모가 말했다.

"걔들은 어차피 결정을 내렸더군."

어머니가 말했다.

하지만 '당신 딸을 며느리로 달라'라는 일은 이보다 진전되지 못했다.

나, 네시베 고모 그리고 퓌순은 라크를 한 잔씩 따랐다. 어머니는 평소 거의 마시지 않았지만 당신도 달라고 했고, 두 모금을 마신 후, 아버지의 표현대로, 라크 때문이 아니라 그 향기 때문에 곧장 쾌활해졌다. 그리고 전에 네시베와 함께 밤새 이브닝드레스를 만들던 것을 기억해 냈다. 두 사람 다 이 이야기가 마음에 드는 듯, 당시의 결혼식과 의상들을 떠올렸다.

"외지혜의 주름 잡힌 옷이 아주 유명해져서, 니샨타쉬의 다른 여자들도 똑같은 옷을 만들어 달라고 했지. 파리에서 같은 옷감을 찾아내서 내 앞에 내밀기도 했지만, 난 만들지 않았어."

네시베 고모는 이렇게 말했다.

퓌순이 무슨 의식을 치르듯이 식탁에서 일어나 레몬의 새장으로 가기에 나도 자리에서 일어났다.

"식사 중에는 새한테 신경 쓰지 마라, 제발. 앞으로 둘이 있을 시간은 많이 있을 테니 걱정 마. 잠깐, 손을 씻기 전에는 절대 식탁에 못 앉아."

어머니가 식탁에서 소리쳤다.

나는 손을 씻으려고 위층으로 올라갔다. 퓌순은 아래층 부엌에서 씻을 수도 있었지만, 내 뒤를 따라왔다. 위층 계단참에서 퓌순의 팔을 잡고, 그녀의 눈을 들여다보며 열정적으로 입술에 입을 맞추었다. 십 초나 십이 초 정도 계속된 깊고, 성숙하고, 아찔한 입맞춤이었다. 구 년 전, 우리는 아이처럼 입을 맞추곤 했다. 지금 이 입맞춤은 그때의 유치함과는 거리가 있었고, 구 년의 무게, 힘, 정신이 담겨 있었다. 퓌순이 먼저 아래로 뛰어 내려갔다.

우리는 더 이상 즐겁게 떠들지 않고, 입에서 나오는 말을 조심하면서 식사를 마쳤고, 비가 그치자 더 지체하지 않고 일어났다.

"어머니, 며느리로 달라는 말을 하는 걸 잊으셨어요."

돌아오는 길에 자동차 안에서 내가 말했다.

"너는 그동안 얼마나 그 집에 드나들었니?"

어머니가 물었다.

내가 순간 입을 다무는 걸 보고는 어머니도 더 이상 신경 쓰지 않았다.

"얼마나 갔든 그게 무슨 상관이겠니. 네시베가 무슨 말을 했는데 그 말이 좀 걸리는구나. 그 오랜 기간 동안 네가 엄마와는 거의 저녁을 같이 먹지 않아서 섭섭했다.(내 팔을 쓰다듬었다.) 하지만 걱정 마라, 그리 신경 쓰지 않으니까. 하지만 무슨 여고생을 며느리로 달라는 것처럼은 못 하겠더구나. 그 아이는 결혼했고 다시 이혼한, 다 큰 어른이야. 영리하고, 자신이 뭘 하는지 아주 잘 알고 있어. 너희들끼리 다 얘기하고, 결정도 한 거잖니? 인위적으로 그렇게 가장할 필요가 뭐 있어. 내 생각에는 약혼식도 필요 없어……. 이 일을 더 끌지 말고, 다른 사람들 입방아에 오르기 전에 당장 결혼해……. 유럽에는 가지 마라. 이제 니샨타쉬에 있는 가게에 뭐든 다 있어, 파리에 갈 필요가 뭐 있니."

내가 아무 말도 하지 않는 것을 보고는 더 이상 그 문제를 거론하지 않았다.

집에서, 당신 방으로 가서 잠자리에 들기 전에, 어머니는 "네 말이 맞더구나. 예쁘고 영리한 여자더구나. 좋은 아내가 될 거다. 하지만 조심해, 가슴앓이를 아주 많이 한 것 같았어. 그래, 난 모르겠다. 하지만 그 아이의 마음속에 있는 분노든 원한이든, 그게 뭐든지, 너희들 인생을 망치지 않아야 할 텐데."

"그런 일은 없을 거예요!"

인생과 이스탄불, 거리, 사람 등 모든 것에 우리를 연결해 주는 어떤 감정으로 우리는 서서히 서로에게 깊이 다가갔다. 극장에서 그녀의 손을 잡을 때, 퓌순이 가볍게 떠는 것을 느끼기도 했다. 그녀는 이제 어깨와 머리를 내 어깨에 살짝 기대기도 했다. 내게 더 많이 기댈 수 있도록 나는 의자에 깊이 기대어 앉았고, 그녀의 손을 내 두 손으로 잡았으며, 살짝 다리를 쓰다듬기도 했다. 처음에는 별로 내켜하지 않던 칸막이 관람석에 앉는 것도 이제는 반대하지 않았다. 그녀의 손을 내 손안에 잡고 있을 때, 퓌순이 우리가 보고 있던 영화에 다양한 감정적인 반응을 보이는 것을, 마치 의사가 손가락 끝으로 환자의 맥박을 재면서 가장 은밀한 내적 고통을 느끼는 것처럼, 나는 느꼈다. 이렇게 그녀의 감정적인 해석을 통해 영화를 보는 것에 아주 커다란 희열을 느끼곤 했다.

중간 휴식 시간에는, 유럽 여행 준비에 대해, 서서히 사람들과 어울리는 것에 대해 조심스럽게 이야기를 나누었지만, 어머니가 했던 약혼식에 관한 말은 전혀 꺼내지 않았다. 약혼식이 멋지지 않을 것이고, 아주 말이 많을 것이며, 가족들 사이에서도 불안한 기운이 감돌 것이며, 사람들을 초대하면 그 사람들 때문에, 초대하지 않으면 아무도 부르지 않았기 때문에 사람들 입에 오르내릴 거라고 생각했고, 퓌순도 서서히 같은 생각에 이르렀다는 것을 느꼈다. 그녀도 아마 같은 이유로 약혼식 문제에 대해 언급하지 않는 것 같았다. 이렇게 해서 암묵적으로 약혼식은 하지 않고, 유럽 여행에서 돌아오는 대로 결혼식을 하기로 결정했다. 휴식 시간에, 그 당시 가기 시작했던 베이오을루 제과점에 마주 앉아 담배를 피우면서, 각자의 유럽 여행에 대한 환상을 이야기하는 것을 더 좋아했다. 퓌순은 튀르키예인을 위한 여행서인 『자동차로 하는 유럽 여행』이라는 책을 사서, 극장에 올 때도 그 책을 들고 오곤 했다. 페이지를 넘기면서 여행 경로에 대해 이야기를 나눈 기억이 난다. 첫날 밤 에드리네에서 머문 뒤, 유고슬라비아와 오스트리아를 거쳐 가기로 결정했다. 퓌순은 내가 가지고 있는 여행책에 실린 파리의 풍경을 보는 걸 좋아했고 "비엔나에도 가자."라고 말하곤 했다. 때로는 책에 실린 유럽 풍경을 보다가, 기이하고 슬픈 침묵에 휩싸여 생각에 잠기기도 했다.

"왜 그래, 뭘 생각해?"

"모르겠어."

나의 질문에 퓌순은 이렇게 대답했다.

네시베 고모, 퓌순, 체틴은 태어나서 처음으로 튀르키예 밖으로 나가는 것이었기 때문에 여권을 발급받아야 했다. 그들이 관공서에 가서 고역을 겪거나 오래 줄을 서는 일이 없도록 사트사트에서 이런 일을 대행해 주던 형사 셀라미에게 위임을 했다.(작은 것에도 주의 깊은 독자라면, 팔 년 전에 내가 은퇴한 이 형사에게 사라진 퓌순과 케스킨 씨 가족을 찾으라는 임무를 내린 것을 기억할 것이다.) 사랑 때문에 내가 구 년 동안 튀르키예 밖으로 나가지 않았다는 것, 그럴 필요도 없었다는 것을 이렇게 해서 깨닫게 되었다. 하지만 예전에는, 서너 달에 한 번씩, 무슨 핑계를 대고서라도 해외에 나가지 않으면 불행하다고 느꼈다.

어느 더운 여름날, 우리는 여권 발급을 위해 필요한 서명을 하러 바브알리에 있는 주 청사 여권과에 갔다. 오스만 제국 말기에 사드라잠[104]이나 고관 파샤들이 살았으며, 습격이나 정치적 살인 등 고등학교 역사책에 나오는 끔찍한 사건들의 무대가 되었던 오래된 건물이었다. 오스만 제국에서 공화국 시대로 넘어오면서 살아남은 건물들이 그러하듯, 이제 화려한 금박 장식은 사라지고, 많은 사람들이 서류와 도장, 서명 때문에 복도와 계단에서 줄을 서서 기다리다가 지쳐서 서로 싸우고 고함을 지르는 아수라장으로 변해 있었다. 폭염과 습기 때문에 우리 손에 들려 있던 서류는 금세 눅눅해져 버렸다.

저녁 무렵에는 또 다른 서류 때문에 시르케지에 있는 산사르얀

---

104 오스만 제국의 관직으로, 오늘날의 수상에 해당한다.

건물로 갔다. 바브알리 비탈길에서 아래로 내려가다가, 옛 메세레 트 찻집 약간 위쯤에서, 퓌순은 우리 중 누구에게도 이야기하지 않고 작은 찻집으로 들어가 테이블에 앉았다.

"쟤가 왜 또 저러지?"

네시베 고모가 말했다.

네시베 고모와 체틴 씨는 밖에서 기다리고 나는 안으로 들어 갔다.

"왜 그래? 피곤해?"

"난 포기했어. 유럽이고 뭐고 가고 싶지 않아."

그녀는 담배에 불을 붙이고는 힘껏 연기를 들이마셨다.

"다들 가서 여권을 받아, 난 지쳤어."

"조금만 버텨 봐, 거의 끝나 가잖아."

나의 아름다운 연인은 짜증을 내며 약간 저항했지만, 어쩔 수 없이 다시 우리와 함께 갔다. 오스트리아 총영사관에서 비자를 받으려고 할 때도 이와 비슷한 작은 문제를 겪었다. 줄을 서서 기다리지 않도록, 네시베 고모과 퓌순이, 체틴 씨에게 했듯이, 사트사트에서 월급을 많이 받는 전문직 직원으로 보이는 서류를 만들게 했다. 우리에게는 전부 비자를 줬지만, 퓌순이 젊다는 데에 트집을 잡아, 그녀를 비자 발급 면담에 불렀다. 나도 그녀와 함께 갔다.

육 개월 전, 비자 신청을 몇 년 동안이나 거절당해서 화가 난 어떤 사람이, 스위스 총영사관에서 근무하는 직원의 머리에 총을 네 발 발사해 죽이는 사건이 일어났기 때문에, 이스탄불에 있는 총영사관의 비자 구역은 철통 보안을 하고 있었다. 이제 비자를 신청한 사람들은 비자 담당 직원들과 직접 대면하는 대신, 미국 영화에 나오는 죄수들처럼, 방탄유리와 철망을 사이에 둔 채 전화로 면담을 해야 했다. 총영사관 앞에는 비자 관련 부처나 정원과 마당에 들어

가기 위해 서로 밀고 밀리는 사람들로 가득했다. 튀르키예인 직원들은 줄을 서지 않는다고 소리를 지르며 난폭하게 굴었으며, 누군가에게는 옷차림과 행색만 보고는 "넌 시간 낭비야!"라며 미리 탈락을 예고하는 일도 있었다.(사람들은 특히 독일 총영사관에 있는 직원들을 보고 "이틀 만에 독일인보다 더 독일인이 되었군!"이라고들 했다.) 면담 약속을 얻어 낸 신청자들을 아주 기뻐했고, 방탄과 방음 장치가 된 유리 뒤로 들어가, 어려운 시험에 임하는 학생들처럼 벌벌 떨며 양처럼 조용하고 유순한 사람이 되었다.

뒤를 봐주는 사람이 있었던 덕분에, 퓌순은 이 줄에 서서 기다리지 않고 미소를 지으며 면담을 하러 들어갔다. 그리고 얼마 지나지 않아 얼굴을 붉으락푸르락하면서 나와서는 나를 쳐다보지도 않고 곧장 길 쪽으로 걸어갔다. 담배를 피우기 위해 걷는 속도를 약간 늦추었을 때 나는 그녀를 따라잡았다. 무슨 일이 있었는지 물었지만 대답하지 않았다. 그녀는 와탄 음료수 샌드위치 가게에 들어가 앉더니 "유럽 따위에는 가고 싶지 않아, 난 단념했어."라고 했다.

"왜 그래? 비자를 안 준대?"

"내 모든 인생에 대해 물었어. 왜 이혼했는지도 물었다고. 실업자에 이혼녀라면 무슨 돈으로 생활하는지도 물었어. 난 유럽에 안 가. 어떤 나라의 비자도 원하지 않아."

"내가 다른 식으로 해결할게. 아니면 배를 타고 이탈리아를 거쳐서 가자."

"케말, 난 진심이야, 유럽 여행은 포기했어. 어차피 언어도 몰라, 부끄러웠어."

"그냥 세상 구경을 조금 하는 거야……. 이 세상 다른 곳에는 다른 식으로 살고, 더 행복한 사람들이 있어. 그들의 거리에서 우리 손잡고 걸어 다니자. 세상에 튀르키예만 있는 건 아니야."

"유럽을 보고, 그렇게 당신한테 적합한 사람이 되어야 하는 거지, 그렇지? 하지만 난 당신과 결혼하는 것도 단념했어."

"퓌순, 우리는 파리에서 아주 행복할 거야."

"내가 얼마나 고집 센지 알지? 강요하지 마, 케말. 그러면 난 더 고집을 부리게 돼."

그래도 나는 좋았다. 그리고 많은 세월이 흐른 후에, 이렇게 강요했던 것을 후회하며 고통스러워할 때, 여행 중에 어떤 호텔 방에서 퓌순과 사랑을 나눌 거라고 내가 은밀히 그리고 자주 상상했던 것을 떠올렸다. 오스트리아에서 종이를 수입하는 '속물' 셀림의 도움으로, 일주일 후에 퓌순의 비자를 받을 수 있었다. 비슷한 시기에 '국제 자동차 입국 허가증' 수속도 끝냈다. 파리에 가는 길에 들를 나라들의 비자로 형형색색이 된 퓌순의 여권을 사라이 극장의 칸막이 관람석에서 그녀에게 건네줄 때, 나는 이상한 자부심, 남편이 된 듯한 자부심을 느꼈다. 오래전, 이스탄불 곳곳에서 퓌순의 환영을 보았던 시절에, 한번은 사라이 극장에서 그녀의 환영을 본 적이 있었다. 퓌순은 여권을 받자 먼저 웃은 다음, 곧 눈썹을 치켜올린 채 페이지를 넘기며 비자들을 하나하나 유심히 살펴보았다.

여행사를 통해 파리에 있는 오텔 뒤 노르에 커다란 방 세 개를 예약했다. 나, 체틴 씨, 퓌순과 그녀의 어머니 이름으로. 소르본 ─ 그 대학 ─ 에서 공부하던 시벨을 만나기 위해 파리에 갔을 때는 다른 호텔에 머물렀다. 하지만 앞으로 부자가 되면 가 보고 싶은 곳을 꿈꿔 보는 학생처럼, 나는 영화와 추억에서나 나올 법한 이 오래된 호텔에서 하룻밤 머물며 행복한 시간을 보낼 거라고 상상했다. 어머니는 이렇게 말했다

"그럴 필요가 뭐가 있어, 결혼한 다음에 가거라. 너야 사랑하는 여자와 여행하는 즐거움을 만끽하겠다만…… 네시베와 체틴은 어

찌 되지? 그 사람들이 왜 너희들과 함께 가는 거야? 먼저 결혼을 하고, 나중에 너희 둘만 신혼여행으로 비행기를 타고 파리에 가거라. 하얀 카네이션에게는 내가 말하마. 이 일을 낭만적인 이야기로, 사람들이 모두 좋아할 만한 가십처럼 상류 사회 칼럼에다 두 번만 쓰면 모든 것이 이틀이면 잊힐 거다. 어차피 세상은 변했어, 시골뜨기 부자들이 사방에 널렸단다. 참, 게다가 체틴 없이 난 어떡하니? 누가 나를 데려다주지?"

"어머니, 지난여름 동안 수아디예에 있는 집과 정원에서 두 번밖에 안 나가셨잖아요. 걱정 마세요, 9월을 넘기지 않고 돌아올게요. 약속할게요, 10월 초에 체틴이 어머니를 니샨타쉬로 모시고 올 거예요. 게다가 어머니가 결혼식에서 입을 옷도 네시베 고모가 골라 올 거예요."

# 77
# 그랜드 세미라미스[105] 호텔

    1984년 8월 27일 12시 15분이 지나, 체틴이 운전하는 자동차를 타고 유럽 여행을 떠나기 위해 추쿠르주마로 갔다. 퓌순과 샹젤리제 부티크에서 만난 후 정확히 구 년 사 개월이 지났지만, 이 시간에 대해 그리고 이 시간 동안 내 삶과 인성이 어떻게 변했는지에 대해 곰곰이 생각해 보지 않았다. 어머니의 끊임없는 충고와 눈물 바람 그리고 교통 체증 때문에 늦게 도착했다. 이제 삶의 이 시기를 끝내고 한시라도 빨리 길을 나서고 싶었다. 한동안 기다린 후, 체틴 씨가 퓌순과 네시베 고모의 가방을 자동차 트렁크에 넣고 있을 때, 아이들이 우리 자동차 주위를 에워싸고, 동네 이웃들이 미소를 지으며 인사를 건넸는데, 그들의 시선이 싫기도 했지만 동시에 나 자신에게도 감출 수 없는 자부심을 느꼈다. 자동차가 톱하네로 내려갈 때, 축구를 하고 돌아오는 알리를 보고 퓌순이 손을 흔들었다. 얼마 후에는 퓌순이 알리와 비슷한 아이를 낳을 거라는 생각이 스쳤다.
    갈라타 다리에서 자동차 창문을 열었다. 이끼, 바다, 비둘기 똥,

105 고대 그리스의 여왕이며, 바빌론 축성으로 유명하다.

석탄 연기, 자동차 매연, 보리수나무 꽃향기가 뒤섞인 이스탄불 냄새를 행복하게 들이마셨다. 퓌순과 네시베 고모는 뒷좌석에 앉아 있었다. 내가 며칠 동안 생각했던 대로, 나는 체틴 옆자리에 앉았다. 차가 악사라이, 성벽 사이, 중간중간 구덩이가 있고 네모난 돌이 깔린 변두리 마을의 거리를 덜컹거리며 달려갈 때, 나는 가끔 두 팔을 등받이 위에 올리고 행복한 시선으로 퓌순을 돌아보았다.

도시 밖으로 나가, 바크르쾨이 뒤쪽에서 공장, 창고, 새로 생긴 마을, 모텔 사이를 지나갈 때, 내가 구 년 전에 찾아갔던 투르가이 씨의 섬유 공장이 눈에 들어왔다. 하지만 그날 느꼈던 질투의 고통조차 잘 기억나지 않았다. 자동차가 이스탄불 밖으로 나가자마자, 오랫동안 퓌순으로 인해 겪어 왔던 시련이 단숨에 풀어놓을 수 있는 달콤한 사랑 이야기로 변했다. 해피엔딩으로 끝나는 사랑 이야기는 어차피 몇 문장이면 충분한 것이다! 이스탄불에서 멀어질수록 서서히 자동차 안에 침묵이 깔린 것도 어쩌면 이러한 이유 때문이었을 것이다. 처음에는 재잘거리며 농담을 하고, "아 참, 문단속하는 거 잊지 않았지!"라고 묻고, 창밖으로 보이는 것들 — 공터에서 풀을 뜯는, 뼈와 가죽만 남은 말까지도 — 에 대해 경탄하던 네시베 고모는 뷔윅체크메제 다리에 가기도 전에 잠들고 말았다.

차탈자 출구에 있는 주유소에서 체틴 씨가 기름을 넣을 때 퓌순과 그녀의 어머니는 차에서 내렸다. 그들은 길가에서 지역 특산품을 파는 아주머니에게서 폴[106] 치즈를 한 꾸러미 사서 옆에 있는 야외 찻집의 테이블에 앉아 차와 시미트를 곁들여 기분 좋게 먹었다. 이 속도라면 우리의 유럽 여행은 몇 주가 아니라 몇 달이 걸릴지도 모르겠다고 생각하며 나도 그들과 함께 앉았다. 내가 그래서 불평

---

**106** 튀르키예 동북부, 흑해에 면한 도시인 트라브존에 있는 마을 와크프케비르의 옛 이름으로, 우유나 치즈, 버터가 유명하다.

을 했던가? 천만에! 퓌순의 맞은편에 앉아 아무 말 없이 그녀를 바라보았고, 청소년 시절에 댄스파티에 갔을 때나 여름이 시작될 무렵에 예쁜 여자를 만났을 때 느꼈던 달콤한 통증이 가볍게 내 배와 가슴으로 퍼져 나갔다. 깊고 치명적인 사랑의 아픔이 아니라 달콤한 사랑의 갈망이었다.

7시 45분쯤, 태양은 우리 눈을 연신 바라보며 해바라기밭 사이로 사라졌다. 체틴 씨가 헤드라이트를 켠 지 얼마 지나지 않아, 네시베 고모는 "제발, 이렇게 어두운 길에서는 운전하지 말아요!"라고 했다.

이차선 도로의 반대 차선에서는 트럭 운전사들이 상향등을 끄지 않고 마구 달려왔다. 바바에스키를 지난 직후, 보랏빛 네온램프가 어둠 속에서 반짝거리고 있는 그랜드 세미라미스 호텔이 보였고, 나는 거기서 밤을 보내도 좋을 것 같은 생각이 들었다. 체틴에게 속도를 줄이라고 했고, 차가 튀르크 페트롤[107] 앞을 돌아(개 한 마리가 '멍멍멍' 짖었다.) 호텔 앞에 멈추자, 지난 팔 년 동안 상상해온 것이 바로 이곳에서 실현될 거라는 생각에 심장은 사랑으로 빠르게 뛰기 시작했다.

호텔은 삼 층 건물로, 이름과는 달리 수수하고 깨끗했다. 프런트에 있는 은퇴한 하사관(군복을 입고 무장을 한 씩씩한 모습을 찍은 사진이 뒤에 걸려 있었다.)에게 퓌순과 네시베 고모에게 방 하나, 체틴 씨와 나에게 각각 방 하나씩을 달라고 했다. 방에 들어가 침대에 누워서 천장을 바라보면서, 이 긴 여행 동안, 매일 밤 옆방에 잠든 퓌순을 두고 나 혼자 자는 것이 구 년 동안 그녀를 기다린 것보다 더 힘든 일이 될 거라는 사실을 깨달았다.

---

**107** 주유소 이름.

그 후, 아래층에 있는 작은 식당으로, 퓌순은 내가 준비한 깜짝 이벤트에 어울리는 모습으로 들어왔다. 마치 유럽의 멋진 해안에 자리한 호화로운 호텔에 있는 것처럼, 19세기 말에 건축된 호텔에 있는 벨벳 커튼이 달린 멋진 살롱으로 저녁을 먹기 위해 내려오는 것처럼, 퓌순은 정성 들여 화장을 고치고, 여기에 그 병을 전시한, 오래전에 내가 사 준 르 솔레이 누아르 향수를 뿌리고, 립스틱과 같은 이 새빨간 원피스를 입고 있었다. 반짝이는 옷은 그녀의 아름다움과 윤기 있는 검은 머리를 더욱 두드러져 보이게 했다. 독일에서 돌아온 지친 노동자인 듯한 응큼한 남자들과 아이들이 옆 테이블에서 이따금씩 그녀를 돌아보았다.

"오늘 밤 그 빨간색이 아주 어울리는구나……. 파리에 가서 호텔이나 거리에서 입고 다니면 더 돋보일 거다. 하지만 여행 중에는 매일 밤 입지 마라."

네시베 고모가 말했다.

네시베 고모는 내게 시선을 던지며 나도 같은 생각이라는 말을 해 주기를 기대했지만, 내 입에서는 아무 말도 나오지 않았다. 퓌순을 이렇게 아름답게 하는 옷을 매일 밤 입었으면 하고 바랐기 때문만은 아니었다. 나는 행복이 아주 가까이에 있지만 그녀를 차지하는 것 역시 아주 어렵다는 것을 깨달은 젊은 남자처럼 긴장했고, 그래서 말문이 막혀 버렸던 것이다. 내 바로 맞은편에 앉은 퓌순도 같은 상태인 것을 느낄 수 있었다. 내게서 시선을 피하고, 이제 막 담배를 배운 여고생처럼 어수룩하게 담배를 피웠고, 고개를 돌려 연기를 내뿜었다.

바바에스키시가 인정했다는 호텔의 간단한 메뉴들을 훑어볼 때는, 마치 흘러간 구 년을 돌아보는 듯 길고 이상한 침묵이 흘렀다.

한참 후, 웨이터가 왔을 때 나는 예니 라크 큰 병을 주문했다.

"체틴 씨, 오늘 밤은 같이 마셔요, 함께 잔을 부딪칩시다. 어차피 식사 후에 나를 데려다줄 필요도 없으니까요."

"참 오래 기다리셨지요, 체틴 씨."

네시베 고모는 진심에서 우러나온 감사의 말을 한 후 나를 바라보며 이렇게 덧붙였다.

"인내와 의지만 있다면 얻지 못할 마음, 정복하지 못할 성은 없지, 그렇지 않나?"

라크가 오자 나는 퓌순의 잔에 — 이미 다른 이들의 잔에는 따라 주었다 — 술을 가득 따르며, 그녀의 눈을 들여다보았다. 퓌순은 예민하고 긴장했을 때 늘 그랬듯이 담배 끝을 바라보며 피우고 있었고, 나는 그것이 마음에 들었다. 네시베 고모를 포함해 우리 모두는 라크가 무슨 묘약이라도 되는 듯 마셔 댔다. 그리고 잠시 후 나는 마음이 편해졌다.

세상은 정말 아름다웠다. 이제 죽을 때까지 퓌순의 가녀린 몸, 긴 팔, 아름다운 가슴을 쓰다듬을 수 있고, 내 머리를 그녀의 목에 파묻고 그 향기를 들이마시며 오래오래 잠들 수 있을 거라는 사실을 처음으로 깨달은 것만 같았다.

어렸을 때, 행복했던 순간에 그랬던 것처럼, 나는 나를 행복하게 해 주는 것은 '일부러' 잊어버리고, 내 주위에 있는 모든 것을 아름답게 느끼고, 새로운 시선으로 세상을 바라보았다. 벽에는 연미복을 입은 아타튀르크의 우아하고 멋진 사진이 걸려 있었다. 그 옆에는 스위스 풍경 사진과, 구 년 전의 추억인 멜템 사이다를 마시며 사랑스러운 포즈를 취하고 있는 잉게의 사진이 걸려 있었다. 9시 20분이 지나고 있다고 알려 주는 시계와, 프런트 벽에 걸려 있는 "커플은 결혼 증명서를 제시하십시오."라고 쓰인 안내문을 보았다.

"오늘 「바람 부는 언덕」을 하는데. 텔레비전 채널 좀 맞춰 달라고 할까?"

네시베 고모가 말했다.

"아직 시간 안 됐어, 엄마."

퓌순이 대답했다.

삼십 대 정도로 보이는 외국인 커플이 식당으로 들어왔다. 모두들 그들을 돌아보았다. 그들도 우리에게 정중하게 인사를 보냈다. 프랑스인들이었다. 그 시절에는 서양에서 튀르키예로 오는 관광객이 많지 않았고, 대부분은 차로 들어왔다.

시간이 되자 호텔 주인과 머리에 스카프를 쓴 그의 아내, 그리고 스카프를 쓰지 않은 과년한 두 딸 — 나는 이들 중 한 명을 부엌에서 보았다 — 이 텔레비전 채널을 맞추고는 손님을 등지고 앉아 조용히 연속극을 보기 시작했다.

"케말, 거기서는 보이지 않을 텐데. 우리 옆으로 와."

네시베 고모가 말했다.

네시베 고모와 퓌순 사이의 좁은 공간에 내 의자를 끌고 가서 앉았고, 이스탄불 언덕을 배경으로 진행되는 「바람 부는 언덕」을 보기 시작했다. 하지만 보고 있던 것을 내가 이해했다고는 말할 수 없다. 퓌순의 드러난 팔이 나의 드러난 팔을 강하게 누르고 있었던 것이다! 그녀의 팔에 닿아 있는 나의 왼쪽 팔, 특히 위쪽은 불타는 것 같았다. 눈은 화면을 향해 있었지만, 나의 영혼은 퓌순의 영혼 속으로 들어가 있는 것 같았다.

내 마음의 눈은 퓌순의 목, 아름다운 가슴, 가슴 끝에 있는 딸기 같은 유두, 하얀 배를 보고 있었다. 퓌순도 점점 더 강하게 나에게 팔을 눌러 왔다. 나는 퓌순이 '바타나이 해바라기 식용유'라고 쓰여 있는 재떨이에 담배를 비벼 끄는 것에도, 새빨간 립스틱 자국이 묻어 있는 담배꽁초에도 관심이 없었다.

연속극이 끝나자 텔레비전을 껐다. 호텔 주인의 큰딸이 라디오를 켜더니, 프랑스인들이 좋아할 달콤한 경음악이 나오는 채널을 찾았다. 나는 의자를 다시 자리로 옮기면서 넘어질 뻔했다. 너무 마셨던 것이다. 나는 곁눈질로 퓌순이 라크를 세 잔 마시는 것까지 세었다.

"술잔을 부딪치는 것을 잊었습니다."

체틴 씨가 말했다.

"예, 잔을 부딪칩시다. 사실 작은 의식을 시작할 때가 이제 온 것 같군요. 체틴 씨, 주례를 맡아 주세요."

내가 말했다.

일주일 전에 카팔르 차르시에서 샀던 반지 상자를 꺼내 뚜껑을 열었다.

"그게 옳은 거지요. 약혼 없이 결혼할 수는 없어요. 손을 내밀어 보세요."

체틴 씨는 분위기를 맞추며 이렇게 말했다.

퓌순은 미소를 지었지만 흥분해서 이미 손가락을 내밀고 있었다.

"이제는 돌이킬 수 없습니다. 그리고 아주 행복하실 겁니다, 확실해요……. 케말 씨는 다른 쪽 손을 내미세요."

그는 우리의 약혼반지를 전혀 주저하지 않고 단숨에 끼워 주었다. 박수 소리가 터졌다. 옆 테이블에 앉은 프랑스인들과 졸려 보이던 다른 손님들이 우리를 구경하고 있었다. 퓌순은 아주 달콤하게 미소를 지으면서, 보석상에서 반지를 고르는 사람처럼 손가락에 끼워진 반지를 바라보았다.

"손가락에 잘 맞아?"

내가 물었다.

"응."

그녀는 미소를 감추지 않고 대답했다.

"아주 잘 어울려."

"응."

"댄스, 댄스."

프랑스인들이 말했다.

"그렇지, 자, 얼른."

네시베 고모가 말했다.

라디오에서 흘러나오는 달콤한 음악은 춤을 추기에 좋았다. 그런데 내가 서 있을 수나 있을까?

우리는 동시에 자리에서 일어났다. 나는 그녀의 허리를 껴안았다. 좋은 향기가 났다. 그녀의 허리, 엉덩이, 등뼈가 내 손가락 밑에서 느껴졌다.

퓌순은 나보다는 덜 취해 있었다. 진지하게 춤을 추려는 듯 감정을 실어 내게 안겨 움직이기 시작했다. 그녀의 귀에 대고 그녀를 얼마나 사랑하는지를 말하고 싶었지만, 나는 얼어붙고 말았다.

우리 둘 다 많이 취해 있었지만 그래도 이성의 한 부분은 정신을 잃지 않도록 우리를 붙잡고 있었다. 잠시 후 우리는 자리로 돌아가 앉았다. 프랑스인들이 또 박수를 보냈다.

"전 일어나야겠습니다. 아침에 모터를 손봐야 하거든요. 일찍 길을 나설 거죠, 그렇죠?"

체틴 씨가 말했다.

체틴이 벌떡 일어나지 않았다면 네시베 고모도 더 앉아 있었을 것이다.

"체틴 씨, 자동차 열쇠 좀 주세요."

내가 말했다.

"케말 씨, 오늘 저녁 우리 모두 너무 많이 마셨습니다. 절대 운전대에 손을 대면 안 돼요."

"가방이 트렁크에 있어요, 책을 꺼내야 해요."

그가 건네준 열쇠를 받았다. 체틴 씨는 몸을 추스르고는, 아버지에게 보여 주던 지극히 존경을 표하는 행동으로 몸을 숙였다.

"엄마, 엄마를 안 깨우고 어떻게 방에 들어가지?"

"문을 잠그지 않을게."

"곧 따라갈게요."

"급할 게 뭐 있니? 문 안쪽에 그냥 열쇠를 꽂아 둘게. 잠그지 않을 테니 아무 때나 오면 된다."

네시베 고모와 체틴 씨가 들어간 후, 우리는 편하면서도 한편으로는 긴장이 되었다. 퓌순은 앞으로 삶을 함께 보낼 신랑과 처음으로 단둘이 남은 신부처럼, 내 시선을 피했다. 하지만 그것은 내가 익히 알고 있는 수줍음과는 또 다른 감정이라는 것도 느낄 수 있었다. 그녀를 만지고 싶었다. 몸을 뻗어 그녀의 담배에 불을 붙여 주었다.

"방에 올라가서 책 읽을 거야?"

퓌순은 일어날 것처럼 하며, 이렇게 물었다.

"아니, 그냥 자동차로 같이 한 바퀴 돌까 생각했어."

"우린 너무 많이 마셨어, 케말, 안 돼."

"함께 드라이브하자."

"이제 올라가서 자."

"내가 사고 낼까 봐 두려워?"

"두렵지 않아."

"그럼 차를 타고 옆길로 샌 다음 언덕과 숲속으로 들어가 보자."

"안 돼, 올라가서 자. 난 이제 일어날 거야."

"우리가 약혼한 날 밤에 나를 여기 혼자 두고 간다는 거야?"

"아니, 좀 더 앉아 있을게. 사실 여기 앉아 있으니 참 좋아."

프랑스인들이 우리를 바라보았고, 우리는 그곳에서 아무 말 없이 삼십 분 정도 앉아 있었던 것 같다. 이따금 눈이 마주치기도 했지만, 우리의 시선은 내면을 향하고 있었다. 이성의 극장에서는 추억, 두려움, 바람, 그리고 의미를 전혀 이해할 수 없는 많은 그림들을 짜깁기한 듯한 이상한 영화가 상영되고 있었다. 잠시 후에는 테이블에 놓인 우리의 잔 사이를 빠르게 걸어가던 커다란 집파리도 영화 속으로 들어왔다. 나의 손, 담배를 들고 있는 퓌순의 손, 잔들, 프랑스인들도 영화에 드나들었다. 취기와 사랑을 강렬하게 느끼면서도, 이성의 한편으로는 내 머릿속의 영화가 아주 논리적이라고 생각했고, 이 세상이 퓌순과 나 사이에는 사랑과 행복밖에 없다고 생각하기를 바랐다. 이 문제를 파리가 접시들 사이에서 걷는 속도로 풀어야만 했다. 프랑스인들에게 우리가 행복하다는 것을 보여 주듯 미소를 지었고, 그들도 같은 미소를 보냈다.

"너도 그들에게 웃어 줘."

"웃었어. 달리 뭘 원해, 춤이라도 출까?"

퓌순이 말했다.

퓌순이 아주 취했다는 걸 잊어버리고는, 그녀가 하는 말을 진지하게 받아들이며 서운해했다. 하지만 나의 행복은 쉽사리 무너질 수 있는 것이 아니었다. 나는 마시고 또 마셔서, 모든 세상이 하나가 되고, 세상이 단 하나뿐이라고 느껴지는 영혼의 상태로 들어갔기 때문이다. 내 머릿속, 파리와 추억이 등장하는 영화도 바로 이런 생각을 심어 주었다. 퓌순 때문에 오랜 세월 동안 느껴 왔던 모든 것, 그녀 때문에 겪었던 모든 고통은 세상의 혼란스러움과 아름다움과 뒤섞여 내 이성에서 하나가 되었고, 이런 총체와 완결성은 비할 데 없이 멋지게 느껴졌을 뿐 아니라, 깊은 평온을 주었다. 그러다가 파리는 다리가 꼬이지도 않고 어떻게 저렇게 빨리 걸을까를 한동안 생각했다. 잠시 후 파리는 사라졌다.

테이블 위에 놓인 퓌순의 손을 내 손으로 감싸 잡았다. 내가 느끼는 평온과 아름다움이 내 손을 통해 그녀에게, 그녀에게서 내게로 전이되고 있다고 생각했다. 퓌순의 아름다운 왼손은 피곤한 동물처럼 깔려 있고 나의 오른손은 그녀의 손을 거꾸로 잡아채서 우악스럽게 그 위로 올라가 누르고 있는 것 같았다. 모든 세상이 내 머릿속에서, 우리 머릿속에서 돌고 있었다.

"춤출까?"

내가 물었다.

"아니……."

"왜?"

"지금은 싫어! 이렇게만 있어도 충분해."

우리의 손을 의미한다는 것을 알고 나는 미소를 지었다. 시간이 멈춰 버린 것 같았다. 그곳에서 몇 시간 동안이나 손을 잡고 앉아 있었던 것 같기도 하고, 한편으로는 방금 여기에 온 것 같기도 했다. 그 순간, 나는 우리가 그곳에서 무얼 하고 있는지 잊어버렸다. 나중에 정신을 차리니, 우리 말고는 식당에 아무도 없었다.

"프랑스인들은 갔나 봐."

"그 사람들 프랑스인 아니야."

퓌순이 말했다.

"어떻게 알았어?"

"자동차 번호판. 아테네에서 왔어."

"차는 어디서 봤는데?"

"식당 문을 닫을 거야, 우리도 가자."

"하지만 우리가 있잖아!"

"그래, 맞아."

퓌순이 성숙한 목소리로 말했다.

우리는 한동안 더 손을 잡고 앉아 있었다.

그녀는 오른손으로 조심스럽게 담뱃갑에서 담배 한 개비를 꺼 냈고, 한 손으로 능숙하게 불을 붙이고는 내게 미소를 지으며 천천 히 피웠다. 이것이 몇 시간이나 걸린 것 같은 느낌이었다. 내 머릿 속에서 새 영화가 시작되려는 찰나, 퓌순은 손을 내 손에서 빼고 자리에서 일어났다. 나도 그녀 뒤를 따라 걸었다. 뒤에서 빨간 옷을 바라보며 아주 조심스럽게, 하나도 비틀거리지 않고 계단을 올라 갔다.

"당신 방은 이쪽이야."

퓌순이 말했다.

"너의 방에, 네 엄마가 있는 방에 데려다줄게."

"아니야, 당신은 당신 방에 가."

"날 믿어 주지 않아서 속상해. 어떻게 평생을 나와 보낼 거야?"

"몰라, 빨리 당신 방으로 가."

"아주 아름다운 밤이야. 난 아주 행복해. 우리 인생이 끝날 때까 지 언제나 이렇게 행복할 거야. 날 믿어."

내가 키스하기 위해 다가가자, 나보다 먼저 그녀가 나를 안았 다. 온 힘을 다해, 거의 강압적으로 그녀에게 키스를 했다. 우리는 길게, 길게 입을 맞추었다. 잠시 눈을 뜨니, 좁고 낮은 복도에 아타 튀르크 사진이 보였다. 입을 맞추면서 그녀에게 내 방으로 오라고 애원했던 것을 기억한다.

경고를 하는 듯한 헛기침 소리가 어떤 방에서 들려왔고, 열쇠를 돌리는 것 같기도 했다.

　퓌순은 내 품에서 벗어나더니 사라져 갔다.

　나는 그녀의 뒷모습을 절망적으로 바라보다가, 방으로 들어가
옷을 입은 채 침대에 몸을 던졌다.

# 78
# 여름비


방 안은 칠흑처럼 어둡지는 않았다. 에드리네 도로와 주유소 불빛이 들어왔기 때문이다. 먼 곳에 숲이 있었던가? 아주 멀리서 번개가 쳤다는 것을 희미하게 감지했다. 나의 이성은 전 우주에, 모든 것에 열려 있었다.

많은 시간이 흘렀고, 누군가 문을 두드렸다. 침대에서 일어나 문을 열었다.

"엄마가 문을 잠갔어."

그녀는 어둠 속에서 나를 바라보려고 애를 썼다. 그녀의 손을 잡고 안으로 끌어당겼다. 나는 옷을 입은 채 침대에 누웠고, 그녀도 내 옆에 눕히고 끌어안았다. 그녀는 폭풍우 속을 지나온 고양이처럼 나에게로 파고들면서 머리를 내 가슴에 묻었다. 우리가 가까워질수록 행복도 커진다는 듯, 온 힘을 대해 나를 끌어당겼다. 그녀는 떨고 있었다. 나는 동화에서처럼 한시라도 빨리 그녀에게 키스하지 않으면 그 순간 거기서 우리가 죽을 것만 같았다. 그녀에게 키스를 하면서 이제는 구겨져 버린 그녀의 빨간 드레스를 벗겼고, 또다시 그녀에게 길고 강렬한 키스를 퍼부었으며, 침대 스프링이 삐걱거렸기 때문에 부끄러워하며 멈칫거렸고, 그녀의 머리카락이 내

가슴과 얼굴에 쏟아져 나를 무척 자극했던 것을 기억한다. 그러나 내가 아무리 '나는 무엇무엇을 했다.'와 같은 단호한 표현을 쓰며 말한다 해도, 우리의 경험을 내가 의식적으로 받아들였다거나 각각의 순간을 내가 일일이 다 기억하고 있다고는 상상하지 않기 바란다.

과음과 흥분 그리고 긴장 때문에 흘러간 매초, 매 순간을 아주 나중에서야 희미하게나마 겨우 인지할 수 있었다. 오랜 세월 동안 기다려 온 일을 더 이상 지체하지 않고 경험하려는 다급함, 이 세상에서 행복을 찾았다는 믿을 수 없는 사실, 사랑을 나누고 있기에 느끼는 희열, 잠깐 반짝이다 사라져 버리는 달콤한 순간들이 모두 서로 뒤엉켜 평범한 인상으로 격하되고 말았다. 내가 통제할 수 없는 무언가가 머릿속으로 지나갔지만, 나는 꿈속에서처럼 이런 것들을 모두 나의 의지로 경험하고 통제하고 있다고 생각했다.

우리가 시트 안으로 들어갔고, 나의 피부가 그녀의 피부에 닿을 때마다 불꽃처럼 타올랐던 것을 기억한다. 구 년 전에 우리가 사랑을 나누었던 것은 잊어버렸고, 내가 잊고 있었다는 것조차 알지 못했던 많은 추억을, 그 행복했던 나날의 수많은 부분과 함께 다시 경험하면서 나는 정신을 잃을 것만 같았다. 내 마음속에 오랫동안 억눌러 놓았던 행복해지고 싶다는 희망은, 우리가 원하던 것을 얻게 되었던(나는 벌써 그녀의 유두를 내 입에 넣은 후였다.) 승리감과 기쁨과 합쳐져서, 내가 그 순간 무엇을 경험하는지를 알 수 없게 만들었고, 나의 모든 감정과 희열이 뒤섞여 버렸다. 드디어 그녀를 가졌다는 생각이 스쳐 지나갈 때, 퓌순의 모든 것에, 그녀가 내는 사랑스러운 신음 소리에, 내게 아이처럼 안기는 모습에, 벨벳 같은 피부가 환하게 빛나는 것에 감탄했고 한편으로는 연민의 감정을 느꼈다. 퓌순이 내 품에 안겨 있고 시끄러운 소리를 내며 지나가는 트럭(지친 듯한 모터는 우리를 따라 하는 것처럼 깊고 강렬한 소음을 냈다.)의 불빛이 환하게 비춰 들 때, 서로의 눈을 행복하게 바라보며 즐거워했던, 그 무엇과도 비교할 없는 순간을 나는 아주 잘 기억하고 있다. 잠시 후 어디선가 강한 바람이 불어와 모든 것이 떨렸고, 어딘가 가까운 곳에서는 문이 꽝 하고 닫혔으며, 나뭇잎은 우리와 비밀을 공유하듯 사각거렸다. 순간 아주 멀리서 번개가 내리쳐 온 방을 보랏빛으로 밝혔다.

우리는 점점 더 격렬하게 사랑을 나누었고, 우리의 과거, 우리의 미래, 우리의 추억은 그 순간 빠르게 상승하는 행복한 희열과 뒤엉켰다. 우리는 소리를 억누르려고 애를 썼고, 땀에 흠뻑 젖은 채 '끝까지' 갔다. 나는 세상과 삶, 모든 것에 만족했다. 모든 것이 아름답고 의미 있었다. 퓌순은 내게 파고들었고, 나는 머리를 그녀의 목에 기대고 그 멋진 향기를 맡으며 잠에 빠져들었다.

한참 후, 꿈속에서, 나는 행복한 장면들을 보았다. 여기 관람객들에게 그 꿈의 장면들을 전시한다. 내가 꿈에서 보았던 바다는 어린 시절처럼 쪽빛이었다. 초여름에 수아디예에 있는 집에 갔을 때처럼, 뱃놀이와 수상스키를 했던 행복한 그때처럼, 낚시를 하러 나갔던 저녁 무렵처럼 — 이런 추억들은 언제나 기분 좋은 조바심을 느끼게 했다 — 꿈속에서 보았던 폭풍우 치는 바다는 초여름의 행복을 일깨워 주는 것 같았다. 그러다 내 위로 천천히 지나가는 부드러운 구름을 올려다보았다. 하나는 아버지와 비슷했다. 폭풍 속에서 서서히 가라앉아 바닷속으로 사라지는 배, 어린 시절 만화책을 연상시키는 흑백의 환상들, 어둠, 뭔지 알 수 없지만 두렵게 보이는 이미지와 추억을 보았다. 오랫동안 잊혔다가 얼마전에 다시 떠올린 기억 같은 느낌이 들었다. 옛날 영화에 나오는 이스탄불의 풍경, 눈 덮인 골목, 흑백 엽서가 눈앞을 지나갔다.

꿈속에서 이런 장면들을 보니, 살아 있다는 행복은 이 세상을 바라보는 기쁨과 절대 분리될 수 없다는 걸 알게 되었다.

잠시 후 바람이 세차게 불어와 이 장면들을 소생시켰고, 땀에 젖은 등에는 소름이 돋았다. 아카시아 이파리는 사방에 빛을 흩뿌리듯 흔들렸고, 바람에 떨려 사각거리는 소리를 냈다. 바람이 강해지자 나뭇잎이 사각거리는 소리는 위협적으로 바뀌어 갔다. 천둥이 길게 쳤다. 나는 그 소리에 깨고 말았다.

"아주 잘 자던걸."

퓌순은 이렇게 말하며 내게 키스를 했다.

"얼마나 잤어?"

"모르겠어. 나도 방금 천둥소리에 깼어."

"무서웠어?"

나는 그녀를 내 쪽으로 끌어당기면서 이렇게 물었다.

"아니, 무섭지 않았어."

"곧 비가 올 거야……."

그녀는 내 가슴과 어깨 사이에 머리를 기댔다. 우리는 어둠 속에서 한동안 아무 말도 하지 않고 창밖을 바라보았다. 아주 멀리서, 구름 낀 하늘이 이따금 보라색과 분홍빛이 섞인 불빛으로 환해졌다. 이스탄불과 에드리네 사이의 길을 달리는 시끄러운 트럭과 버스는 저 멀리 폭풍우 치는 곳을 보지 못하고, 우리만 그 이상한 장소를 인식하는 것 같았다.

길을 지나가는 차에서 비치는 상향등의 불빛이 우리 방으로 들어오면, 먼저 오른쪽 벽이 조용히 밝아지다 방 전체를 환하게 밝혔고, 우리가 차 소리를 들을 때쯤 빛은 다른 형태로 사라져 갔다.

우리는 가끔 키스를 했다. 그런 다음 만화경을 가지고 노는 아이들처럼, 방으로 들어온 불빛이 벽에다 그려 놓는 모양을 바라보았다. 우리의 다리는 시트 속에서 마치 부부처럼 나란히 뻗어 있었다.

서로를 가볍게, 조심스럽게, 새롭게 발견한 듯 쓰다듬었다. 이제는 취기가 사라졌기 때문에 지금 나누는 사랑이 더 아름답고 의미가 있었다. 그녀의 가슴과 향기로운 냄새가 나는 목에 오래오래 입을 맞추었다. 성적 욕구를 거부하기 힘들다는 것을 처음 깨달았던 청소년기에, 나는 놀랍고 신기하게 여기며 이런 상상을 했다. 아름다운 여자와 결혼하면, 그녀와 아침부터 밤까지 사랑을 나누느라 다른 일을 할 시간은 없을 것이라고. 우리에게는 무한한 시간이 펼쳐져 있었다. 세상은 반쯤 어둠에 잠긴 천국이었다.

어떤 버스가 상향등 불빛을 쏘아 대며 지나갈 때, 나는 퓌순의 표정 — 그리고 그녀의 매력적이고 달콤한 입술 — 을 보고 그녀의 생각이 아주 먼 곳으로 흘러가 있다는 것을 깨달았다. 버스의 불빛이 사라지고서도 한동안 그런 느낌이 들었다. 나는 퓌순의 배에 입을 맞추었다. 때때로 길에는 정적이 흘렀다. 그럴 때면 아주 가까운 곳에서 울어 대는 매미 소리가 들렸다. 저 멀리서 들려온 것은 개구리가 우는 소리였던가, 아니면 세상의 가녀린 내면에서 들리는 소리였던가, 풀이 흔들리며 사각거리는 소리였던가, 땅속에서 들려오는 깊고 조용한 울림이었던가, 생활 속에서는 인식하지 못했던 자연의 희미한 숨소리였던가? 나는 계속 그녀의 배에 입을 맞추었다. 벨벳 같은 피부 위를 내 입술은 느리게 거닐었다. 물속에 뛰어들었다가 경쾌하게 머리를 내미는 가마우지처럼 머리를 들고, 계속해서 변하는 빛 속에서 퓌순과 눈을 마주치려고 했다. 내 등에서는 모기가 윙윙거리며 이따금 나를 물기도 했다.

서로를 다시 탐험하는 희열을 만끽하며 오랫동안 사랑을 나누었다. 이미 전에 한 적이 있는 움직임으로 사랑을 나누면서 그녀를 다시 알게 되는 흥분은 내 머리 한편에 절대 지워지지 않도록 저장되었다. 그것은 이렇게 나눌 수 있다.

1. 구 년 전인 1975년에 퓌순과 사십사 일 동안 사랑을 나누면서 발견한 그녀만의 행동들을 다시 경험하는 기쁨이었다. 사랑을 나눌 때 그녀가 내는 신음, 그녀의 얼굴에 나타나는 순진하고 다정한 눈길(눈썹을 치켜올리며 집중할 때도 있었다.), 그녀의 허리와 엉덩이 사이를 강하게 잡아당겨 우리의 몸이 합쳐졌을 때 — 마치 조립될 수 있는 도구들처럼 — 우리 몸의 다양한 부분이 만들어 내는 특별한 조화, 키스를 할 때 그녀의 입술이 내 입술을 향해 꽃처럼 열리는 것, 이 모든 것을 나는 구 년 동안 수없이 떠올리며 다시 경험할 수 있기를 꿈꾸었다.

2. 잊어버렸기 때문에 떠올릴 수 없었던 사소한 것들이, 다시 경험하는 순간 떠올라 나를 놀라게 했다. 손가락을 족집게처럼 해서 내 손목을 잡던 것, 그녀의 어깨 바로 밑에 있는 점(다른 점들이 있는 곳은 기억하고 있었다.), 사랑을 나누다가 가장 희열을 느끼는 순간에 눈이 흐려지는 것, 주위에 있는 사소한 것들(탁자 위에 놓인 시계, 천장을 구불구불하게 지나가는 전선)에 시선을 집중하는 모습, 내게 꼭 안기다가 팔이 서서히 풀리던 것, 갑자기 더욱 강렬하게 나를 꼭 부여잡는 것, 이런 것들을 잊고 있다가 하룻밤 만에 다시 기억해 냈다. 내가 잊고 있던 작은 습관과 행동은, 구 년 동안 상상을 거듭하면서 비현실적인 환상으로 변해 버렸던 우리의 성관계를 이 세상에 속한 현실적인 활동으로 순식간에 변하게 만들었다.

3. 전혀 기억이 없는 퓌순의 행동들은 나를 놀라게 하고, 걱정스럽게 했으며, 질투하게 만들었다. 내 등을 손톱으로 강하게 눌렀던 것, 가장 격렬한 순간에 잠시 멈추고 쾌감을 느끼며 자신이 경험하고 있는 것의·의미를 측정하는 듯 생각에 잠기는 것, 갑자기 잠에

빠지듯 꿈쩍하지 않고 그대로 멈춰 있는 것, 나를 아프게 하려는 듯 단호하게 나의 팔과 어깨를 깨무는 것, 이런 행동은 퓌순이 더 이상 과거의 퓌순이 아니라는 느낌을 주었다. 구 년 전, 그 사십사 일 동안, 밤에 사랑을 나눈 적은 없었다. 그렇기 때문에 지금 우리가 경험하는 것이 새롭다는 생각도 했다. 하지만 그녀의 격렬한 행동, 갑자기 수동적으로 생각에 잠긴 듯 행동하는 모습은 나를 초조하게 만들었다.

4. 이제 그녀는 다른 사람이었다. 이 새로운 사람 안에는 내가 사랑을 나누었던 열여덟 살의 퓌순도 살고 있었지만, 어린 나무가 껍질에 둘러싸이듯이, 세월이 지나는 동안 그녀는 그 안으로 깊이, 더 깊이 들어가 버린 것 같았다. 오래전에 만났던 그 어린 여자보다는 지금 내 곁에 누워 있는 퓌순을 더 사랑했다. 그 시간을 보내면서, 우리가 더 영리해지고, 더 깊어졌으며, 더 많은 경험을 얻었다는 것이 만족스러웠다.

커다란 빗방울이 창문과 창턱에 후두둑 떨어졌다. 천둥이 치며 소나기가 쏟아지기 시작했다. 격렬한 여름 소나기 소리를 들으며 서로 끌어안았다. 나는 잠이 들고 말았다.

깨어났을 때는 비가 그쳐 있었다. 퓌순은 내 곁에 없었다. 일어나서 빨간 드레스를 입고 있었다.

"방으로 가려는 거야? 제발 가지 마."

"물병을 찾고 있어. 우리 술을 너무 많이 마셨나 봐, 목이 말라."

"나도 목말라. 내가 갔다 올게, 넌 앉아 있어. 아래층 식당 찬장에서 봤어."

하지만 내가 일어났을 때, 그녀는 조용히 문을 열고 밖으로 나갔다. 나는 침대에 다시 누워 퓌순이 곧 돌아올 거라고 행복하게 생각하다 잠이 들고 말았다.

# 79
# 다른 세계로의 여행

한참 후 깨어났을 때도 퓌순은 아직 돌아오지 않았다. 그녀가 어머니에게 갔을 거라고 생각하며 침대에서 나와, 창밖을 바라보며 담배를 피웠다. 아직 해가 뜨기 전이라 주위는 밝지 않았다. 희미한 빛이 있을 뿐이었다. 열린 창을 통해 젖은 흙 냄새가 들어왔다. 앞쪽에 있는 주유소의 네온 불빛과 그랜드 세미라미스 호텔의 간판 불빛이 젖어 있는 아스팔트 길 가장자리의 콘크리트와 전방에 주차해 놓은 우리 시보레의 범퍼에 비치고 있었다.

우리가 저녁을 먹고 약혼을 한 호텔에 작은 정원이 딸려 있고, 거기에 내놓은 의자와 쿠션이 젖어 있는 걸 보았다. 그 뒤로, 백열전구가 무화과나무에 감겨 있었고, 나뭇잎들 사이로 나온 불빛 아래로 벤치에 앉아 있는 퓌순이 보였다. 내 쪽에서는 옆모습이 보였는데, 담배를 피우며 해가 뜨기를 기다리고 있었다.

나는 당장 옷을 입고 밑으로 내려갔다.

"안녕, 예쁜이."

나는 이렇게 속삭였다.

그녀는 아무 말도 하지 않았다. 커다란 고민이 있어 생각에 잠긴 사람처럼 그저 고개를 끄덕였다. 벤치 바로 옆에 있는 의자에 라크 잔이 있었다.

"물을 가져오다가 따 놓은 병을 발견했어!"

그녀의 얼굴에 나타난 표정을 보고, 나는 그녀가 타륵 씨의 딸이라는 것을 새삼 떠올렸다.

"세상에서 가장 아름다운 아침에 술을 마시지 않으면 뭘 하겠어? 가는 길은 더울 거야, 자동차 안에서 종일 자면 돼. 옆에 앉아도 될까요, 아가씨?"

"난 이제 아가씨가 아니야."

나는 아무 말 하지 않고 그녀 곁에 조용히 앉았다. 우리 맞은편의 풍경을 바라보면서 사라이 극장에서처럼 그녀의 손을 잡았다.

한동안 말없이 세상이 서서히 밝아지는 것을 바라보았다. 멀리서는 여전히 보랏빛 번개가 치고, 오렌지색 구름이 발칸 지역 어딘가에 비를 뿌리고 있을 것이다. 시외버스 한 대가 소음을 내며 지나갔다. 버스가 사라질 때까지 빨간 미등을 바라보았다.

주유소 쪽에서 귀가 검은 개 한 마리가 살랑살랑 꼬리를 흔들며 천천히 우리 쪽으로 다가왔다. 별다른 특징도, 혈통도 없는 평범한 길거리 개였다. 먼저 나를, 그다음에 퓌순의 냄새를 맡고는 코를 퓌순의 품에 갖다 댔다.

"네가 좋은가 봐."

하지만 퓌순은 대답하지 않았다.

"어제 우리가 여기로 들어올 때도 세 번 짖었어. 근데 알아, 전에 너희 집 텔레비전 위에 이 개와 똑같은 개 인형이 있었어."

"그것도 훔쳐 갔잖아."

"훔친 건 아니야. 네 어머니 아버지 그리고 너도 그다음 해가 돼서야 알았으니까."

"맞아."

"뭐라고 하셨어?"

"아무 말도. 아버지는 안타까워했지만, 엄마는 별일 아니라 듯 행동했어. 그리고 나는 영화배우가 되고 싶었어."

"될 수 있어."

"케말, 그 말은 거짓말이야, 당신도 안 믿잖아."

퓌순이 진지하게 말했다.

"난 그게 정말 화가 나. 당신은 거짓말을 아주 쉽게 해."

"왜 그런 말을 하는 거야?"

"내가 영화배우가 되도록 도와줄 생각이 없다는 걸 당신 스스로도 잘 알잖아. 이제는 그럴 필요도 없어."

"무슨 말이야? 정말 원한다면 될 수 있어."

"그건 정말, 오랫동안 내가 원했던 거야, 케말. 당신도 잘 알 잖아."

개가 퓌순에게 파고들었다.

"개 인형하고 정말 똑같네. 게다가 귀 좀 봐, 반은 연한 노란색 이고 반은 검은색이야."

"그것들을 다 어떻게 했어, 개 인형, 빗, 시계, 담배, 그 모든 것 들을……."

"그것들이 나를 위로해 줬어."

나는 약간 화를 내며 말했다.

"전부 멜하메트 아파트에 갖다 두었어. 너한테 절대 부끄럽지 않아. 이스탄불에 돌아가면 네게 보여 주고 싶어."

그녀는 나를 보며 미소를 지었다. 연민뿐 아니라, 내 생각에는, 나의 이야기와 집착에 대한 조롱이 섞인 미소였다.

"그래, 또 나를 독신남 숙소로 끌어들일 거야?"

"이제는 그럴 필요 없어."

나는 화가 나서 그녀의 말을 따라 했다.

"맞아. 어젯밤에 또 나를 속였지. 결혼도 하지 않고 나의 가장 중요한 보물을 가져갔어. 나를 가진 거야. 당신 같은 사람은 원하는 걸 가진 다음에는 결혼하지 않아. 당신은 그런 사람이야."

"맞아."

나는 반쯤은 화가 나서, 반쯤은 장난치듯 말했다.

"지난 구 년 동안 기다려 온 것이었는데, 이제 뭐 때문에 결혼을 하겠어?"

하지만 우리는 여전히 손을 잡고 있었다. 장난이 더 심각해지기 전에 좋게 끝내려고 그녀 쪽으로 몸을 돌려, 온 힘을 다해 입을 맞추었다. 퓌순은 처음에는 받아들였지만, 곧 입술을 피했다.

"당신을 죽이고 싶었어."

그녀는 이렇게 말하며 일어났다.

"왜냐하면 내가 얼마나 널 사랑하는지 넌 알고 있으니까."

그녀가 내 말을 들었는지는 알 수 없었다. 나의 아름다운 연인은 술에 취한 채, 화를 내며 걸어갔고 하이힐이 또각또각 소리를 냈다.

퓌순은 호텔로 들어가지 않았다. 개도 그녀를 따라갔다. 그녀는 간선 도로로 나가서 에드리네 쪽을 향했고, 개도 뒤를 따라갔다. 나는 퓌순이 남긴 라크를 마셨다.(추쿠르주마에서도 아무도 보지 않을 때 가끔 그렇게 했다.) 나는 그 둘의 뒷모습을 한동안 바라보았다. 길은 에드리네 방향으로 끝없이 곧게 펼쳐져 있었고, 날이 밝아 올수록 퓌순이 입은 빨간 드레스가 더 분명히 보였기 때문에, 그녀를 눈앞에서 놓칠 일은 없을 것 같았다.

하지만 잠시 후 발소리가 들리지 않았다. 예흘참 영화의 마지막 장면처럼, 영원을 향해 걸어가는 퓌순의 붉은 얼룩이 보이지 않자 나는 불안해졌다.

잠시 후 붉은 얼룩이 다시 보였다. 나의 아름다운 연인은 화가 난 채 계속 걷고 있었다. 내 마음속에서 지독한 연민이 일었다. 남은 삶을, 어제처럼 그녀와 사랑을 나누며, 조금 전처럼 다투며 보낼 것이다. 그래도 그녀와 덜 다투고, 그녀를 달래 주며, 그녀를 행복하게 해 주고 싶은 마음이 간절했다.

에드리네와 이스탄불 구간의 차량이 늘어나기 시작했다. 빨간 드레스를 입고 혼자 걷고 있는, 멋진 다리를 지닌 아름다운 여자를 그냥 놔둘 리가 없었다. 농담이 심각해지기 전에 56년형 시보레에 올라 그녀를 따라갔다.

1킬로미터 반쯤 지났을 때, 플라타너스 밑에 개가 보였다. 앉아서 퓌순을 기다리는 것 같았다. 마음이 찡하고, 가슴이 뛰었다. 속도를 줄였다.

정원과 해바라기밭, 작은 농가들이 보였다. 커다란 광고판에 "알타트[108] 토마토"라고 적혀 있었다. 알파벳 O는 과녁처럼 되어 있었는데, 지나가는 차에서 쏜 권총으로 벌집이 되어 있었다. 구멍은 녹이 슬어 있었다.

일 분 후, 지평선에서 빨간 얼룩이 보였고, 나는 행복하게 웃음을 터뜨렸다. 그녀에게 다가가며 속도를 줄였다. 퓌순은 여전히 화가 나고 토라진 표정으로 길 오른쪽에서 걷고 있었다. 나를 보고도 멈추지 않았다. 나는 몸을 뻗어 오른쪽 창문을 열었다.

"자, 올라타, 이제 돌아가자. 늦겠어."

하지만 그녀는 대답을 하지 않았다.

"퓌순, 제발 날 믿어 줘, 오늘 갈 길이 아주 멀어."

---

108 '사서 맛보세요.'라는 의미.

"난 안 가. 당신들끼리 가."

그녀는 걷는 속도를 줄이지 않고 아이처럼 말했다.

나는 그녀와 속도를 맞추어 운전하면서 그녀에게 소리쳤다.

"쾨순, 이 세상이 얼마나 아름다운지 좀 봐. 화를 내고 싸우면서 삶을 망치는 건 전혀 의미가 없는 일이야."

"당신은 이해 못 해."

"뭘?"

"당신 때문이야, 난 내 인생을 살지 못했어, 케말. 난 배우가 되고 싶었어."

"미안해."

"미안하다는 게 무슨 말이야?"

그녀는 분노하며 물었다.

자동차와 그녀의 속도가 맞지 않아, 서로의 말을 이해할 수 없을 때도 있었다.

"미안해."

나는 그녀가 내 말을 이해할 거라고 생각하며 다시 소리쳤다.

"당신과 페리둔은 내가 영화에 출연하는 걸 일부러 방해했어. 그것 때문에 용서를 비는 거야?"

"파파트야처럼, 펠뤼르에 있는 주정뱅이 여자들처럼 되고 싶었던 거야, 정말로?"

"어차피 우리는 항상 술에 취해 있어. 게다가 난 절대 그들처럼 되지 않았을 거야. 하지만 너희들은 내가 유명해져서 너희들을 떠날까 봐, 질투심 때문에 날 집에 붙들어 두었어."

"너도 옆에 강한 남자 없이 혼자 그 길에 나서는 걸 두려워했잖아, 쾨순."

"뭐라고?"

그녀가 정말로 화가 났다는 게 느껴졌다.

"자, 빨리 차에 타, 저녁때 술을 마시면서 다시 얘기하자. 널, 정말, 정말 사랑해. 이제 우리 앞에는 멋진 삶이 있어. 제발 차에 타."

"조건이 있어."

그녀는 아주 오래전, 어린이용 자전거를 집에 가져오라고 하던 아이 같은 표정으로 말했다.

"뭔데?"

"내가 운전할게."

"불가리아 교통경찰은 튀르키예 경찰보다 더 썩었대. 단속도 심하고."

"아니, 아니, 지금, 호텔로 돌아갈 때 몰고 싶어."

나는 바로 차를 세우고 문을 열었다. 자리를 바꿔 앉으면서, 자동차 후드로 퓌순을 밀치며 입을 맞췄다. 그녀도 온 힘을 다해 두 팔을 내 목에 감고는, 아름다운 가슴을 내 가슴에 누르며 나를 안았다. 나는 정신이 어찔했다.

그녀는 운전석에 가서 앉았다. 일드즈 공원에서의 첫 운전 연습 때처럼 주의 깊게 시동을 걸고, 세심하게 핸드브레이크를 내리고 출발했다. 왼팔은 「도둑」의 그레이스 켈리처럼 열린 창가에 올렸다.

유턴할 곳을 찾아 천천히 전진했다. 시골의 진흙탕 길이 간선도로와 만나는 곳에서 단숨에 차를 돌리려고 했지만 성공하지 못했고, 차는 흔들리며 멈춰 섰다.

"클러치 조심해!"

"당신은 귀고리도 못 알아봤어!"

"무슨 귀고리?"

자동차에 시동을 걸고 돌아갔다.

"그렇게 속도를 내면 안 돼! 그런데 무슨 귀고리?"

"내 귀에 하고 있던……."

그녀는 마취에서 깨어난 사람처럼 힘없는 목소리로 신음하듯 말했다.

오른쪽 귀에 잃어버렸던 귀고리가 걸려 있었다. 우리가 사랑을 나눌 때도 걸려 있었던가? 나는 왜 이것을 전혀 인식하지 못했을까?

자동차는 점점 속도를 내고 있었다.

"속도를 낮춰!"

나는 이렇게 소리 질렀지만 그녀는 액셀을 끝까지 밟고 있었다.

아주 멀리서, 아까 그 개가 자동차와 퓌순을 알아보았다는 듯 길 가장자리로 나왔다. 퓌순이 최고속 기어로 올리고, 액셀을 끝까지 밟은 것을 알아채고 물러났으면 싶었다. 하지만 개는 물러서지 않았다.

자동차는 아주 빨리 달렸고, 점점 더 속도를 올렸다. 개에게 경고를 하기 위해 퓌순은 클랙슨을 울리기 시작했다.

우리는 왼쪽 오른쪽으로 꺾어 보았지만, 개는 여전히 먼 곳에 그대로 서 있었다. 그러다, 바람이 멈추자 고요히 떠 있는 돛단배처럼, 자동차는 하나도 비틀거리지 않고 똑바로 나아가기 시작했다. 하지만 약간 길 밖으로 벗어나 있었다. 우리는 앞으로 보이는 호텔이 아니라, 길가에 있는 플라타너스 나무를 향해 전속력으로 다가가고 있었고, 나는 사고를 피할 수 없다는 걸 깨달았다.

그제야 우리가 경험한 행복의 끝에 왔다는 것을, 이것이 이 아름다운 세상과 이별하는 시간이라는 것을 내 영혼 깊은 곳에서 느꼈다. 우리는 전속력으로 플라타너스 나무를 향해 가고 있었다. 퓌순은 그것을 목표 삼아 달려갔던 것이다. 그렇게 느끼는 순간, 나의 미래는 그녀와 떨어져서는 존재할 수 없다는 걸 깨달았다. 어디를 가든 이제는 그녀와 함께일 것이다. 우리는 이 세상에서 찾을 수 있는 행복을 다시는 누릴 수 없을 것이다. 너무나 안타까웠지만, 피할 수 없는 일처럼 느껴졌다.

그렇지만 나는 본능적으로 "조심해!"라고 소리쳤다. 퓌순은 지금 무슨 일이 일어나고 있는지 전혀 알지 못한다는 듯. 사실 나는 지금 이 악몽에서 평범하고 아름다운 삶으로 다시 넘어가기 위해, 깨어나기 위해 본능적으로 소리쳤던 것이다. 퓌순은 조금 취해 있는 것 같았고, 나의 경고는 전혀 소용없었다. 시속 105킬로미터로 차를 달려 105년 된 플라타너스로 돌진하면서도 자신이 무엇을 하고 있는지 정확히 아는 것 같았다. 그리고 나는 이것이 우리 인생의 마지막이라는 것을 알았다.

이십오 년 된 아버지의 56년형 시보레는 전속력으로 길 왼편에 있는 플라타너스에 부딪혔다.

플라타너스 나무 뒤에는 해바라기밭이 있었고, 그 가운데에 있는 건물은 케스킨 씨네 식탁에서 오랜 세월 동안 사용했던 바타나이 해바라기유를 생산하는 작은 공장이었다. 사고 직전, 자동차가 전속력으로 달릴 때, 퓌순과 나는 그것을 알아보았다.

몇 달 후, 고물이 돼 버린 시보레를 찾았을 때, 부품 하나하나를 만져 보면서, 내가 꿈속에서 보았던 것들을 기억했다. 사고 직후, 퓌순과 나는 서로의 눈을 들여다보았던 것이다. 퓌순은 자신이 죽어 간다는 걸 알고 있었고, 그 이 초, 삼 초 동안, 죽고 싶지 않다고, 매 순간 삶에 애착을 가졌다고, 자신을 구해 달라고 애원하는 눈으로 나를 바라보았다. 그러나 나는 나 자신도 죽어 가고 있다고 생각했기 때문에, 아직 생기 있는 나의 아름다운 약혼녀에게, 내 인생의 연인에게, 다른 세계로 함께 여행을 떠나는 기쁨을 담아 미소만

지어 보였다.

그 후 어떻게 되었는지는 병원에 누운 채 많은 시간을 보낸 후에도 기억나지 않았고, 그저 다른 사람들의 말, 보고서, 몇 달이 지난 후 사고 현장에 찾아가서 만난 목격자들로부터 정보를 모을 수 있었다.

퓌순은 충돌하고 육칠 초 후에, 가슴을 뚫고 들어온 운전대와 깡통처럼 찌그러진 자동차에 끼어 죽었다. 머리는 앞 유리창에 강하게 부딪혀 부서졌다.(튀르키예에서 안전벨트 착용이 의무가 된 것은 그로부터 십오 년 후였다.) 여기 전시한 사고 보고서에 의하면, 그녀의 두개골은 주저앉았고, 너무나 아름다워 놀라곤 했던 두피는 찢어졌으며, 목에도 심한 외상을 입었다. 그러나 흉골 골절과 유리 파편으로 인한 이마의 상처 말고는, 아름다운 몸, 슬픔이 가득한 눈동자, 경이로운 입술, 커다란 분홍빛 혀, 벨벳 같은 뺨, 건강한 어깨, 목과 가슴과 목덜미 그리고 배의 비단 같은 피부, 긴 다리, 볼 때마다 나를 웃게 만들었던 발, 길고 가는 벌꿀 색 팔, 비단 같은 피부 위에 난 점과 짧은 갈색 털, 둥근 엉덩이, 그리고 항상 내 곁에 있었으면 하고 바랐던 그녀의 영혼에는 아무런 상처가 없었다.

# 80
# 사고 후

그 후 이십 년 정도의 세월은 간략하게 설명하고 내 이야기를 끝맺고 싶다. 시보레를 타고 갈 때 나는 퓌순과 편히 얘기하려고 창문을 열어 두었고, 충돌 직전에 본능적으로 팔을 밖으로 내놓았기 때문에 목숨을 건질 수 있었다. 충돌로 인해 내 뇌 속에서 작은 출혈이 있었고, 조직이 찢어져 의식을 잃었다. 앰뷸런스가 출동한 후 나는 이스탄불 차파 의대 병원으로 이송되었고 인공호흡기를 달았다.

처음 한 달 동안은 집중 치료실에서 말을 못하고 누워만 있었다. 단어가 머리에 떠오르지 않았고, 세상은 얼어붙은 것 같았다. 입에 관을 꽂고 누워 있을 때, 베린과 어머니가 찾아와서 눈물 흘리던 것을 절대 잊지 못한다. 오스만마저 드물게 연민을 보였지만, 그래도 가끔 얼굴에 '내가 뭐라 그랬어?'라는 표정이 나타났다.

자임, 타이푼, 메흐메트 등 친구들도 오스만처럼 질책하면서도 슬픈 표정으로 바라보았다. 경찰 보고서에 사고의 원인이 음주 운전이라고 되어 있었으며(그 개의 존재는 인지하지 못했던 것이다.) 신문에서 약간 추잡한 내용들을 덧붙여 기사를 썼기 때문이다. 그래도 사트사트 직원들은 정중하게 행동했고, 나를 가련하게 여기는 것도 같았다.

육 주 후 물리 치료가 시작되었다. 걷는 것을 새로 배우자니, 인생을 새로 시작하는 것 같았다. 그리고 나는 이 새로운 인생에서 항상 퓌순을 생각했다. 하지만 퓌순을 생각하는 것은 미래나, 전에 내가 느꼈던 갈망과는 관련이 없었다. 이제 퓌순은 서서히 과거의 꿈, 추억의 존재가 되어 갔다. 이것은 참을 수 없을 정도로 고통스러운 일이었지만, 이제는 그녀를 원하기 때문이 아니라 나 자신이 불쌍해서 괴로움을 느꼈다. 생각과 기억, 상실의 고통과 상실의 의미 사이를 맴돌다가 나는 박물관을 떠올리게 되었다.

나는 프로스트나 몽테뉴를 읽으면서 위로받고자 했다. 노란 물병을 사이에 두고 어머니와 마주 앉아 저녁을 먹을 때는 멍하니 텔레비전을 봤다. 어머니는 퓌순의 죽음이 아버지의 죽음과 같다고 했다. 우리는 사랑하는 사람을 잃었기 때문에 마음껏 인상을 쓸 수 있고, 누구나 비난할 수 있었다. 이 두 죽음의 뒤에는 뿌연 라크 잔[109]이 있었고, 각각의 이별은 마음속의 비밀스러운 다른 세계에 이르렀다. 그리고 도저히 참을 수 없을 정도가 되면 그 비밀을 털어놓는 수밖에 없었다. 어머니는 두 번째 상황은 좋아하지 않았지만 나는 모든 것을 말하고 싶었다.

퇴원하고 처음 몇 달 동안, 멜하메트 아파트에 가서 퓌순과 사랑을 나누었던 침대에 앉아 담배를 피우며 주위에 놓인 물건들을 바라보면서, 나의 이야기를 말할 수 있다면 고통이 가벼워질 거라고 생각했다. 그러나 그렇게 하기 위해서는 수집품들을 모두 공개해야 했다.

자임과 만나 다시 절친한 친구로 지내며 이야기를 나누고 싶은

---

**109** 라크에 얼음을 넣으면 잔 주위에 수증기가 생긴다.

마음이 간절했다. 하지만 그가 시벨과 아주 행복하게 살고 있으며, 곧 아이도 태어날 거라는 말을 1985년 1월에 '사생아' 힐미에게서 들었다. 또 '사생아' 힐미는 아무 일도 아닌 것을 가지고 누르지한 과 시벨 사이가 틀어졌다고 했다. 나는 내 이야기를 중요하게 여겼 기 때문에, 사람들의 시선에서 그녀를 보았기 때문에, 상처 입고 의 기소침한 사람으로 기억되고 싶지 않았기 때문에, 푸아예와 가라 지에 가던 사람들이 드나들던 새로운 식당이나 클럽에는 가지 않 았다. 샴단[110] 바가 새로 문을 열었을 무렵 모두들 그곳으로 몰려가 곤 했는데, 나는 처음이자 마지막으로 그곳에 갔을 때, 쾌활하게 보 이려고 큰 소리로 웃고 농담을 했으며, 펠뤼르 바에서 이직한 늙은 웨이터 타야르와 농담을 주고받았다. 그 후 '그가 드디어 그 여자 에게서 벗어났어.'와 비슷한 소문이 돈 것도 그때 일 때문이었다.

어느 날 니샨타쉬에서 우연히 메흐메트를 만났고, 그와 보스포 루스에서 '남자들끼리' 저녁을 먹기로 약속했다. 이제 보스포루스 의 술집은 특별한 날에만 가는 곳이 아니라, 매일 저녁 편하게 갈 수 있는 곳이 되었다. 메흐메트는 내가 궁금해한다는 걸 눈치채고, 옛날 친구들이 어떻게 지내는지 알려 주었다. 그와 누르지한은 타 이푼과 그의 아내 퓌겐과 함께 울루산에 갔다 왔고, 파룩(퓌순과 사 르에르 해변에서 우연히 만났던 파룩)은 인플레이션으로 인해 파산 할 지경이었다가 달러 빚이 꽤 있었는데도 은행에서 빚을 더 내준 덕분에 파산을 면했다고 했다. 자신은 자임과 아무런 문제가 없는 데도 누르지한과 시벨 사이가 나빠졌기 때문에 그들을 못 만나고 있다고 했다. 그는 내가 묻기도 전에, 이제 시벨은 누르지한이 지나 치게 튀르키예적이라고 생각하면서, 누르지한이 극장식당에서 뭐

110 '샹들리에'라는 의미.

제엔 세나르나 제키 뮈렌이 부르는 튀르키예 전통 가요를 듣고, 라마단 기간에는 금식을 한다는 것을(나는 미소를 지으며 "누르지한이 금식을?"이라고 물었다.) 빈정댄다고 했다. 나는 이들 사이에 존재하는 거리감의 진짜 원인은 이것이 아니라는 걸 느낄 수 있었다. 메흐메트는 내가 예전 세계로 돌아오고 싶어 한다고 결론을 내리고는, 나를 자기 곁으로 끌어들이고 싶어 했다. 하지만 그것은 잘못된 판단이었다. 그 세계로 돌아갈 수 없다는 것을, 퓌순이 죽은 지 육 개월이 흘렀을 때 확실히 알게 되었기 때문이다.

메흐메트는 라크를 조금 마신 후, 누르지한을 그렇게 사랑하고 존중하는데도(지금은 두 번째 감정이 더 중요하다고 했다.) 출산을 한 다음에는 그녀가 전처럼 매력적으로 느껴지지 않는다고 고백했다. 그녀와 진한 사랑을 했고, 결혼을 했으며, 아이도 생겼지만, 얼마 지나지 않아 과거의 모습으로 돌아갔고, 메흐메트 역시 과거의 습관을 다시 시작했던 것이다. 아이를 어머니에게 맡기고 누르지한과 함께 외출하는 일도 있었지만, 그는 새로 문을 연 클럽이나 바에 혼자 가는 일이 잦았다. 메흐메트는 나를 즐겁게 하고 기분 좋게 해 주기 위해 부자들이나 광고업자들이 주로 가는 식당이나 클럽, 바를 보여 준다며 새로 떠오르는 지역으로 데려갔다.

어느 저녁에는 누르지한도 함께 갔다. 에틸레르 뒤쪽에 지난 일 년 사이 새로 큰 동네가 생겼는데 거기서 미국식 음식이라며 나오는 요리를 이것저것 먹었다. 누르지한은 시벨에 대해서는 언급하지 않았고, 퓌순이 죽은 후 기분이 어떤지도 묻지 않았다. 그러다 식사 중에 문득, 언젠가는 내가 아주 행복해질 거라는 말을 해 주었다. 이 말을 듣자 이제 내 삶에서 행복의 가능성은 없다는 걸 더욱더 절감하게 되었다. 메흐메트는 예전의 메흐메트였지만 누르지한은 처음 알게 된 사람 같았다. 우리가 함께했던 많은 추억은 모두 없어진 것 같았다. 그 식당의 분위기와 마음에 들지 않았던 그 지역 때문에 그렇게 느껴진다는 생각도 들었다.

매일 새로운 거리가 생겨나고, 새로운 동네가 생겨났기 때문에, 나는 퇴원한 후에 이스탄불이 완전히 다른 곳으로 변한 것 같은 느낌을 받았다. 오랫동안 계속될 긴 여행에 대비할 수 있게 해 준 것이 이 느낌이었다는 걸 지금은 알 수 있다.

네시베 고모를 찾아갈 때만, 이스탄불이 예전에 내가 사랑했던 이스탄불이라는 느낌을 받았다. 처음 찾아갔을 때 우리는 함께 눈물을 흘렸고, 어느 날 저녁에는 긴 말을 하지 않고 위층으로 올라가 퓌순의 방을 봐도 되며, 마음대로 뒤지고, 내가 원하는 것은 뭐든 가져도 된다고 말했다.

위층으로 올라가기 전, 나는 퓌순과 함께 한동안 의식(儀式)처럼 해 오던 것을 다시 한번 해 보았다. 새장으로 가서 레몬의 물과 먹이를 살폈다. 우리가 저녁을 먹으며 하던 일들, 텔레비전을 보며 나누었던 이야기들, 팔 년 동안 식탁에서 공유했던 것들이 떠오르는지 네시베 고모는 눈시울을 적셨다.

눈물……. 침묵……. 퓌순을 기억하는 것은 우리 둘에게 무척 힘든 일이었기 때문에, 퓌순의 방으로 올라가기 전에 그런 일들을 최대한 짧게 끝내려고 했다. 이 주에 한 번, 베이오을루를 거쳐 추쿠르주마에 있는 그 집으로 걸어갔다. 퓌순에 대해서는 언급하지 않으려고 애쓰면서 네시베 고모와 함께 텔레비전을 보면서 조용히 저녁을 먹었다. 늙어 가면서 조용해진 레몬을 살펴보고, 퓌순이 그렸던 새 그림들을 하나하나 들여다보고, 손을 씻는다는 핑계로 위층으로 올라갔으며, 빠르게 뛰는 심장을 어찌하지 못한 채 퓌순의 방으로 들어가 옷장과 서랍을 뒤지곤 했다.

그동안 밤마다 그녀에게 선물로 가져갔던 빗, 솔, 작은 거울, 나비 모양 브로치, 귀고리……. 퓌순은 모든 것을 작은 방에 있는 작은 옷장의 서랍에 보관해 두었다. 그녀에게 선물했다는 것조차 잊어버렸던 손수건, 톰발라 게임용 양말, 그녀 어머니를 위해 산 줄 알았었던 나무 단추, 머리핀(그리고 투르가이 씨가 선물한 장난감 무스탕 자동차), 제이다 편으로 보낸 내 연애편지들을 서랍에서 발견하는 건 나에게 너무도 벅찬 일이었기에, 그곳에서, 퓌순의 강렬한 향기를 간직하고 있는 옷장이나 서랍 앞에서 삼십 분 이상 머물지 못했다. 이따금 침대 가장자리에 앉아 담배를 피우며 쉬었고, 때로는 눈물을 흘리지 않기 위해, 새 그림을 그렸던 발코니에서 창밖을 바라보았고, 양말이나 빗을 가지고 나왔다.

퓌순과 관련된 물건들, 지난 구 년간 처음에는 별생각 없이 모았던 것들뿐 아니라, 퓌순의 방에 있는 것들, 나아가 그 집에 있는 모든 것을 어느 한곳에 모아야겠다고 생각했지만, 그곳이 어디가 되어야 할지는 알지 못했다. 내가 여행을 갔을 때, 전 세계의 작은 박물관들을 일일이 방문하면서부터 나는 그 장소를 가슴속 깊이 파악하게 되었다.

1986년 겨울 어느 눈 오던 밤, 저녁을 먹은 후, 오랫동안 퓌순에게 별로 쓸모가 없는데도 사다 주었던 나비 브로치, 귀고리, 장신구들을 살펴보다가, 몇 년 동안 한 짝을 잃어버렸다고 했지만 사고가 났을 때 그녀가 하고 있었던, 이니셜 F가 새겨진 나비 모양 귀고리 두 짝을 보석함 구석에서 발견했다. 나는 귀고리를 들고 아래층으로 내려갔다.

"네시베 고모, 이 귀고리를 퓌순의 보석함에 새로 넣어 두었나 봐요."

"케말, 그날 퓌순이 하고 있던 것은 무엇이든, 빨간 드레스든 신발이든, 자네가 슬퍼할까 봐 전부 숨겨 두었어. 이제 제자리에 놓아

둘까 했는데, 금방 알아봤네."

"귀고리를 두 쪽 다 하고 있었어요?"

"그날 저녁, 호텔에서 자네 방으로 가기 전에 그냥 우리 방에서 잘까 생각한 것 같아. 그런데 갑자기 가방에서 이것들을 꺼내 걸더 군. 나는 자는 척하면서 보고 있었어. 걔가 방에서 나갈 때도 아무 말도 않았지. 이제는 행복해졌으면 하고 바랐기 때문이야."

어머니가 방문을 잠갔다고 했던 퓌순의 말은 네시베 고모에게 전하지 않았다.

나는 왜 우리가 사랑을 나눌 때 알아보지 못했을까? 나는 다른 걸 물어보았다.

"네시베 고모, 아주 오래전에, 제가 이 집에 처음 왔을 때, 이 귀 고리 한 짝을 위층 목욕탕 거울 앞에 두었다고 한 적이 있어요. '본 적 있으세요?'라고 묻기도 했는데요."

"전혀 모르겠어. 그렇게 예전 일들을 다시 떠올리면 또 눈물이 나. 그저 파리에서 귀고리 한 쌍을 달고 자넬 놀래 주고 싶다는 말 은 한 적이 있어. 그런데 어떤 귀고리인지는 전혀 모르겠어. 퓌순은 파리에 정말 가고 싶어 했지."

네시베 고모는 다시 울기 시작했다. 그러고는 울어서 미안하다 고 했다.

다음 날 아침, 오텔 뒤 노르에 객실 예약을 했다. 저녁때 어머니 에게 파리에 갈 것이며, 여행을 하면 기분 전환이 될 거라고 했다.

"그래, 그러럼, 그리고 사트사트 일도 좀 하고. 오스만이 전부 챙기지 않도록 말이야."

# 81
# 순수 박물관

어머니에게 "파리에 가는 건 사업하곤 관련 없어요."라고 하지는 않았다. 무엇 때문에 가느냐고 물으면, 정확히 대답을 못 할 것이기 때문이었다. 나도 알고 싶지 않았다. 공항에 가면서, 이 여행은 내가 끝없이 집착했던 나의 죄, 특히 퓌순의 귀고리를 알아보지 못한 잘못을 속죄하려는 목적이라고 생각했다.

하지만 비행기에 타자마자, 나는 잊어버리기 위해, 꿈꾸기 위해 길을 나섰다는 걸 깨달았다. 이스탄불의 모든 곳에는 그녀를 떠올리게 하는 것들뿐이었다. 비행기를 타고 가면서, 퓌순과 나의 이야기는 이스탄불 밖에서 좀 더 깊이 생각할 수 있을 것임을 알게 되었다. 이스탄불에서는 그녀가 나의 강박관념 안에서만 보였다. 그러나 비행기를 탔을 때는 나의 강박관념과 퓌순을 밖에서 볼 수 있었다.

나는 박물관들을 돌아다니면서 다시 한번 그런 위안을 받고 그런 깨달음을 얻었다. 루브르나 퐁피두같이 화려하고 찾는 이가 많은 박물관이 아니라, 내가 파리에서 발견한 텅 빈 박물관, 아무도 찾지 않는 작은 컬렉션을 말하는 것이다. 에디트 피아프 박물관(솔, 빗, 곰 인형을 보았다.)은 팬이 만든 곳으로 미리 예약을 해야만 들어갈 수 있었고, 경시청 박물관에서는 하루를 꼬박 보냈으며, 자크마르 앙드레 박물관(텅 빈 의자, 샹들리에, 소름 끼치도록 텅 비어 있는 공간을 보았다.)에는 사진과 물건이 아주 특별하게 나란히 전시되어 있었다. 이런 박물관에 가서 혼자 전시관을 거닐면 나는 편안해졌다. 가장 뒤쪽에 있는 전시관에서 나와 나의 발소리를 따라오던 박물관 경비원의 시선에서 벗어나면, 대도시의 울림, 교통과 건설 소음을 들으면서, 도시와 인파가 바로 내 옆에 있지만 나는 완전히 다른 세계에 있는 느낌이 들었고, 이 기이한 새로운 세계, 시간 밖에 있는 듯한 분위기가 나의 고통을 줄여 주는 것 같아서 위안이 되었다.

이렇게 위안을 받으면서, 나의 수집품들도 어떤 이야기의 틀 안에 모아 설명할 수 있을 거라고, 어머니와 형 그리고 모든 사람들이 낭비했다고 생각하는 나의 삶을, 퓌순이 남겨 놓은 것들과 나의 이야기들과 함께 누군가에게 교훈이 될 수 있는 박물관에 전시해 설명할 수 있을 거라고 상상하며 행복해했다.

이스탄불 출신 레반트인이라는 걸 알고 찾아갔던, 니슴 드 카몽도 박물관에서는 케스킨 씨네 집의 접시 세트, 포크와 나이프, 칠 년 동안 모아 왔던 소금 통 들을 나도 자랑스럽게 전시할 수 있을 거라는 용기를 얻고 마음이 한결 가벼워졌다. 우편 박물관에서는 퓌순이 내게, 내가 그녀에게 쓴 편지들을, 분실물 박물관에서는 그동안 모아 온 퓌순을 떠올리게 하는 모든 물건들, 예를 들면 타륵 씨의 틀니, 빈 약상자, 영수증 같은 것들을 전시할 수 있겠다는 느낌을 받았다. 한 시간 동안 택시를 타고 가서 도착한 모리스 라벨 박물관에서는, 유명했던 작곡가의 칫솔, 커피 잔, 사기 장식품, 인형, 장난감 그리고 레몬을 연상시켰던 철로 된 새장과 그 안에서 노래를 부르는, 역시 철로 된 카나리아를 보고 눈시울이 뜨거워졌다. 파리에서 박물관들을 돌아다니다 보니 멜하메트 아파트에 있는 나의 수집품을 부끄러워하던 마음에서 해방되었다. 나는 더 이상 자신이 모은 물건들을 부끄러워하는 사람이 아니었으며, 자부심을 가진 수집가로 변신하고 있었다.

그러나 내 영혼에 나타난 변화를 아직 인식하지 못하고, 그저 박물관에 들어가면 행복하다고 느꼈으며, 나의 이야기를 물건들을 통해 설명하는 상상만 해 보았다. 어느 날 밤 오텔 드 노르의 바에서 혼자 술을 마시며 주위에 있는 외국인들을 보다가, 외국에 나간 (그리고 약간 교육을 받고, 약간 돈이 있는) 많은 튀르키예인들처럼, 이 유럽인들이 나에 대해, 나아가 우리에 대해 어떻게 생각하는지, 어떤 생각을 가지고 있는지 궁금해졌다.

그리고 이스탄불, 니샨타쉬, 추쿠르주마를 알지 못하는 사람들에게 내가 퓌순에게 느꼈던 것들을 어떻게 설명할 수 있을까 생각했다. 먼 나라에 가서 오랜 세월을 그곳에서 보낸 사람처럼 나 자신을 생각해 보았다. 마치 내가 뉴질랜드에서 원주민들과 어울려 살면서, 그들의 일, 휴식, 놀이(그리고 텔레비전을 보면서 나누는 이야기), 습관, 관습을 관찰하다가 한 여자와 사랑에 빠진 것 같았다. 나의 관찰과 내가 경험한 사랑이 서로 뒤얽혔다.

마치 인류학자처럼 내가 모은 식기, 자질구레한 장신구, 옷, 그림 같은 물건들을 전시한다면, 내가 살았던 세월에 어떤 의미를 부여할 수 있을 것 같았다.

귀스타브 모로 미술관에는 파리에서의 마지막 날에 찾아갔다. 프루스트가 이 화가에 대해 호의적으로 언급했기 때문이었다. 퓌순이 그린 새 그림 생각도 났고, 그저 시간을 보내려는 생각도 있었다. 모로의 고전적인 스타일이나 틀에 박힌 역사화는 좋지 않았지만, 미술관 자체는 마음에 들었다. 화가 모로는 인생의 마지막 시기에, 자신이 사망한 후 그림 수천 점이 전시될 미술관을 만들기 시작했다. 커다란 이 층짜리 화실과 자신이 생애의 대부분을 보낸 가문의 저택을 개조하여 미술관으로 만든 것이다. 집을 미술관으로 전환하자, 그 안에 있는 물건들의 의미가 반짝이는 추억들의 집, '감정적인 미술관'이 되었다. 경비원들이 졸고 있는 미술관-집의 빈방을 마룻바닥을 삐걱거리며 걸을 때는 거의 종교적이라고 할 수 있는 감정에 휩싸였다.(이후 이십 년 동안 나는 이 미술관을 일곱 번 더 찾았고, 그때마다 전시관을 천천히 걸어 다니며 똑같은 경외감을 느꼈다.)

이스탄불로 돌아와 곧장 네시베 고모에게 갔다. 그녀에게 파리와 박물관에 대해 짧게 설명하고, 저녁 식탁에 앉자마자 내 머릿속에 있는 생각을 털어놓았다.

"오랫동안 제가 이 집에서 물건들을 가져간 걸 알고 계시죠, 네시베 고모?"

몸이 회복되어 이제는 그 병에 대해 웃어 보일 수 있는 환자처럼 나는 가볍게 말했다.

"이제 이 집 자체를, 건물 전부를 가지고 싶습니다."

"아니 어떻게?"

"이 집을, 건물을, 안에 있는 물건들과 함께 제게 파세요."

"그럼 난 어떻게 되나?"

우리는 농담과 진담을 섞어 가며 이 문제에 대해 의논했다.

"이 집에서 퓌순을 추억하기 위한 무언가를 할 겁니다."

나는 그럴듯한 말로 그녀를 설득했다. 네시베 고모가 이제 이 집에서 혼자 난로를 피우며 사는 것은 불행할 거라고 했다. 원한다면, 이 집에서 나가지 않아도 된다고도 했다. '혼자' 보내는 삶이 슬펐던지 네시베 고모는 조금 울었다. 그녀를 위해 니샨타쉬에, 과거

에 살았던 쿠유루 보스탄 골목에 아주 좋은 아파트를 봐 두었다고
했다.

"어떤 건물?"

네시베 고모가 물었다.

한 달 후, 쿠유루 보스탄 골목의 가장 좋은 곳, 퓌순의 옛집에
서 약간 떨어진 곳(담배와 신문을 파는 '가련한' 성추행자의 가게 바
로 맞은편)에 네시베 고모를 위해 커다란 아파트를 샀다. 네시베
고모도 추쿠르주마에 있는 건물과 집 안의 모든 물건을 내게 주었
다. 퓌순의 이혼 소송을 맡았던 변호사 친구는 공증 사무소에 가서
물건들에 대한 허가 서류를 받으라고 조언해 주었고, 나는 그렇게
했다.

네시베 고모는 니샨타쉬에 있는 새집으로 이사하는 일을 서두
르지 않았다. 나의 도움을 받아, 천천히 혼수를 장만하는 처녀처럼
새집에 들일 물건을 사고 전구를 끼웠지만, 나를 볼 때마다 미소를
지으며, 추쿠르주마에 있는 집에서 나가지 않겠다고 했다.

"얘, 케말, 나는 이 집을, 추억을 떠날 수가 없어. 우린 어쩌지?"

"그러면 우리의 추억을 전시하는 장소로 바꿔요, 네시베 고모."

나는 점점 더 오랫동안 여행을 떠났기 때문에, 고모를 자주 만
나지 못했다. 집과 물건들, 특히 바라보기도 아까운 퓌순의 물건들
로 무엇을 할지 아직 정확히 알지 못했기 때문이다.

첫 파리 여행은 다른 여행의 본보기가 되었다. 새로운 도시에
가면, 이스탄불에서 미리 예약해 두었던, 오래됐지만 편안한 도심
의 호텔에 먼저 짐을 풀고, 여행 안내서나 다른 책들에서 얻은 정
보를 가지고 그 도시의 모든 중요한 박물관을 찾아갔다. 전혀 서두
르는 법 없이, 빠짐없이 숙제를 해 나가는 부지런한 학생처럼, 그
무엇도 빼놓지 않고 돌아다녔다. 벼룩시장, 잡동사니를 파는 가게,

골동품 가게를 살펴보았고, 케스킨 씨네 집에서 보았던 것과 똑같은 소금 통이나 재떨이, 병따개 등 마음에 드는 것을 사 모았다. 리우데자네이루, 함부르크, 바쿠, 교토, 리스본 등 세상 어디에 있든지, 저녁 식사 시간에는 변두리 마을이나 뒷골목을 한동안 걸으면서, 열린 창문을 통해 집 내부, 텔레비전 맞은편에 있는 식탁에 앉아 있는 가족들을 바라보았다. 마치 퓌순의 집에서처럼, 거실 한구석에 있는 부엌에서 어머니가 요리를 할 때, 아이들이나 아버지, 결혼한 젊은 여자와 실망스러운 남편, 나아가 그 집에 사는 여자를 사랑하는 부유한 먼 친척 남자를 볼 수 있기를 기대했다.

매일 아침 호텔에서 느긋하게 아침을 먹고, 작은 박물관들이 개장하는 시간까지 거리나 찻집에서 시간을 보내면서, 어머니와 네시베 고모에게 엽서를 보내거나 그곳 신문을 통해 세계와 이스탄불에 무슨 일이 일어나는지를 확인하고, 11시가 되면 공책을 들고 희망을 품은 채 박물관을 찾아갔다.

비가 오고 추웠던 어느 아침에 들어간 헬싱키 도시 박물관의 전시관에서, 타륵 씨의 서랍에서 보았던 오래된 약병과 마주하게 되었다. 프랑스 리옹 근처의 작은 도시 카젤에서, 모자 공장을 개조한 박물관의 곰팡내 나는 전시관을 거닐다가(방문객은 나뿐이었다.) 어머니와 아버지의 모자와 똑같은 것을 보았다. 슈투트가르트에 가서는 성의 망루에 자리 잡은 뷔르템베르크 박물관에 전시된 트럼프, 반지, 목걸이, 체스 세트, 유화를 보면서, 케스킨 씨네 집 물건들과 퓌순에게 느끼는 사랑도 이렇게 화려하고 눈부시게 전시될 만한 가치가 있다는 생각을 했다. 지중해에서 약간 떨어진 남프랑스의 그라스시('세계 향수의 수도')에 있는 국제 향수 박물관에 가서는 퓌순의 향기를 떠올리려고 애쓰며 하루를 보냈다. 뮌헨에 있는 알테피나코테크(이곳의 계단 형태를 내 박물관의 모델로 삼았다.)에서 렘브란트의 「이삭을 제물로 바치는 아브라함」이라는 그림을 보면서, 오래전에 퓌순에게 이 이야기의 본질은 자신의 가장 귀중한 것을 어떤 대가도 바라지 않고 내주는 것이라는 이야기를 했던 것을 기억했다. 파리에 있는 낭만주의 박물관에서는 조르주 상드의 라이터, 보석, 귀고리, 스테이플러로 종이에 붙인 머리카락 묶음을 오랫동안 바라보았고, 전율했다. 예테보리 역사 박물관은 그 도시의 역사를 설명해 주는 곳이었는데, 나는 동인도 회사가 수입해 온 도자기 타일과 접시 앞에서 끈기 있게 앉아 있었다. 1987년 4월에는 오슬로 주재 튀르키예 대사관에서 일하는 동창의 추천으로 브레비크 도시 박물관에 갔다. 그러나 문이 닫혀 있어서 그날 밤 오슬로로 돌아갔다가 다음 날 다시 와서 300년 된 우체국, 사진 스튜디오, 옛날 약국을 둘러보았다. 트리에스테에 있는 시립 해양 박물관은 전에 교도소로 사용되었던 건물에 자리 잡고 있었다. 나는 이 박물관에서, 퓌순에 대한 기억으로 가득한 보스포루스의 배들 중 한 모델(예를 들면 칼렌데르)을 나의 다른 집착의 산물들과 함께 전시할 수 있을 거라고 처음으로 생각했다. 온두라스는 비자를 받기 위해 무척 애를 썼다. 카리브 해안에 있는 라세이바시의 나비-곤충 박물관에서 반바지를 입은 여행객들 사이를 지나가면서, 오래전 퓌순에게 사 주었던 장신구들을 나비 수집가들처럼 전시할 수 있을 거라고, 나아가 케스킨 씨네 집에 있는 모기, 파리, 말파리 같은 다른 벌레들도 그렇게 할 수 있을 거라고 생각했다. 중국 항저우시에 있는 중국 의학 박물관에서는 타륵 씨의 약상자와 마주한 느낌을 받았다. 파리에 새로 문을 연 연초 박물관에 갔을 때는 전시품들이 내가 팔 년 동안 모았던 수집품보다 빈약한 것 같아 자부심을 느꼈다. 어느 눈부신 봄날, 엑상프로방스에 있는 폴 세잔의 아틀리에 박물관에 가서 환한 전시실의 선반에 놓여 있는 취사도구 같은 물건들을 한없이 경탄하며 행복하게 바라보았다. 안트베르펜에 있는 로콕스 하우스는 깔끔하게 잘 보존되어 있는 박물관이었는데, 과거가 마치 영혼처럼 물건들 속에 스며들어 있는 조용하고 작은 그 박물관에서 나를 삶에 연결해 주는 아름다움과 위안을 찾을 수 있었다. 하지만 멜하메트 아파트에 있는 나의 수집품의 가치를 제대로 인식하기 위해, 나아가 다른 사람들에게 자랑스럽게 보여 주기 위해 비엔나에 있는 프로이트 박물관에 가서 그 의사의 수많은 조각품이나 수집해 놓은 옛 물건들을 봐야 했을까? 처음 여행을 다니기 시작할 무렵에 런던에 갈 때마다 들렀던 런던 박물관에서 옛날 이발소를 구경한 것은, 그저 이스탄불에 있는 이발사 바스리나 '떠벌이' 제와트가 그리워서였을까? 런던의 한 병원에 있는 프로렌스 나이팅게일 박물관에 간 것은, 그녀가 크림 전쟁 시기에 이스탄불에 왔다가 가져간 그림이나 물건을 발견할지도 모른다는 생각 때문이었지만, 정작 그곳에서는 이스탄불을 연상시키는 물건이 아니라, 퓌순이 가지고 있던 것과 똑같은 머리핀을 보았을 뿐이다. 프랑스 브장송에 있는 시간 박물관(궁전이 있던 자리에 세워졌다.)에서는 시계들 사이를 거닐면서 깊은 정적에 귀를 기울였고, 박물관과 시간에 대해 생각했다. 네덜란드 하를럼에 있는 테일러 박물관에서, 오래되고 커다란 나무 진열장 안에 들어 있는 광물, 화석, 메달, 돈, 옛날 도구 들을 보면서 걸었다. 박물관의 정적 속에서, 내 삶을 의미 있게 하고 내게 위안을 주는 것이 무엇인지 표현할 수 있을 것 같다는 느낌이 들었지만, 나를 이런 공간에 집착하게 하는 것이 무엇인지는, 마치 사랑을 처음 느끼고 얼굴을 붉히는 것처럼, 처음에는 설명할 수 없었다. 마드라스의 포트 세인트 조지 박물관은 영국인들이 인도에 처음 만든 요새에 자리 잡고 있다. 지독하게 덥고 습한 날, 머리 위로 커다란 선풍기가 돌아가고, 편지와 유화, 동전 등 일상 용품들이 전시된 그곳에서도 나는 그런 행복을 느꼈다. 베로나에 있는 카스텔베키오 박물관 안을 돌아다니고, 계단을 올라가고, 건축가 카를로 스카르파의 조각상 위에 비단처럼 떨어지는 빛을 보면서, 박물관에 전시된 수집품들만이 아니라, 그림이나 물건이 조화롭게 전시되어 있는 것 자체가 순수한 행복을 가져다준다는 것을 처음으로 분명히 깨달았다. 하지만 베를린에 있는 물건 박물관(마르틴 그로피우스 빌딩에 자리 잡았지만 나중에는 갈 곳이 없어진)은 나에게 다른 방식으로 이 진실을 바라볼 수 있게 해 주었다. 즉, 정반대의 것도 옳을 수 있다는 것, 감각과 위트가 있으면 무엇이든 모을 가치가 있다는 것, 우리가 사랑하는 모든 것 그리고 사랑하는 것과 관련된 모든 것을 모아야 한다는 것, 제대로 된 건물이나 박물관이 없더라도 우리가 모은 수집품들의 시(詩)가 바로 그 물건들의 집이 된다는 것을 가르쳐 주었던 것이다. 피렌체의 우피치 미술관에서 보았던 카라바조의 「이삭의 희생」이라는 그림을 대하자, 이 그림을 퓌순과 함께 보지 못했다는 생각에 눈시울이 뜨거워졌다. 그다음에는 아브라함의 희생 이야기를 통해, 우리는 가장 사랑했던 것을 대신할 무언가를 찾을 수 있고, 그렇기 때문에 오랫동안 모아 온 퓌순의 물건에 내가 이렇게 애착을 느낀다는 것을 깨달았다. 나는 런던에 갈 때마다 존 손 경 박물관에 찾아가서, 몇 시간이고 혼자 어느 구석에 앉아 도시의 울림을 들었으며, 언젠가 퓌순의 물건도 이렇게 전시할 수 있을 거라고, 그러면 나의 사랑하는 연인이 천사들의 왕국에서 내게 미소 지을 거라고 생각하며 행복해했다. 하지만 퓌순이 남긴 물건들을 어떻게 해야 할지 가장 잘 가르쳐 준 곳은 바르셀로나에 있는 프레데릭 바레스 박물관의 맨 위층에 있는 감상적인 컬렉션으로, 머리핀과 귀고리, 트럼프, 열쇠, 부채, 향수병, 손수건, 브로치, 목걸이, 가방, 파지 들로 가득한 곳이었다. 그 후 첫 번째 미국 여행(오 개월이 넘는 기간 동안 박물관 273군데를 돌아다녔다.)에서는, 맨해튼에 있는 장갑 박물관에서도 그 감상적인 박물관을 떠올렸다. 로스앤젤레스에 있는 쥐라기 기술 박물관에서, 왜 어떤 박물관은 나를 전율하게 하는지를 기억했다. 내가 다른 모든 인류와는 다른 시대에 살고 있는 듯한 느낌이었다. 노스캐롤라이나 스미스필드에 있는 애바 가드너 박물관에서 나는 그녀가 출연한 자기(瓷器) 식기 세트 광고판을 훔쳐 왔다. 어린 애바의 학창 시절 사진, 잠옷, 장갑, 부츠를 보자 퓌순이 애달프도록 그리워져서 여행을 마치고 그만 이스탄불로 돌아가고 싶은 생각이 들었다. 내슈빌 근처에 있는 음료 용기와 광고 박물관(그 당시 새로 개관했으나 이후 폐관되었다.)에서도 집으로 가고 싶다는 생각을 하며 이틀 동안 사이다와 맥주 깡통 컬렉션을 보았는데, 그러고 나자 여행을 계속할 의지가 생겼다. 플로리다의 세인트오거스틴에 있는 미국사 비극 박물관(역시 이후 문을 닫았다.)에 간 것은 그로부터 오 주 후였다. 나는 거기서 유명한 1960년대 영화배우 제인 맨스필드가 비극적인 교통사고를 당하여 죽음을 맞이한 66년형 뷰익을 발견했는데, 니켈 미터기와 녹슬어 가는 조각난 잔해를 보자 마침내 이스탄불로 돌아갈 결심이 섰다. 공교롭게도 그때 나는, 진정한 수집가의 집은 바로 자신의 박물관이라는 결론을 내리고 있었다.

이스탄불에서 오래 머물지는 않았다. 체틴 씨가 안내하는 대로 마슬락 뒤로 난 길을 따라가서 시보레 수리공 셰브케트 씨의 작업장을 찾았고, 뒤쪽 공터에 있는 무화과나무 아래에서 우리의 56년형 시보레를 보는 순간 감정이 복받쳐 혼란스러워졌다. 트렁크 뚜껑은 열려 있었고, 옆에 있는 철망 닭장에서 나온 닭들이 녹슨 잔해 위로 돌아다녔으며, 그 주위로는 아이들이 놀고 있었다. 수리공 셰브케트 씨의 말로는 그대로 남아 있는 부분도 있었다고 한다. 사고 후에도 멀쩡했던 휘발유 탱크 뚜껑, 기어 박스, 뒤쪽 창문 손잡이 같은 부속품들은 떼어 내서 이스탄불에서 주로 택시형 돌무쉬로 운행되고 있는 다른 56년형 시보레에 장착했다는 것이었다. 자동차 안으로, 즉 고물이 된 계기판과 라디오 다이얼, 한때는 운전대가 견고하게 붙어 있던 곳으로 얼굴을 넣고, 햇볕으로 약간 따스해진 의자 커버의 냄새를 맡자, 한순간 머리가 어지러웠다. 본능적으로, 나의 어린 시절만큼이나 오래된 운전대를 만졌다. 물건 속에 압축되어 있는 강렬한 기억에 압도되어 허물어질 것 같았다.

"케말 씨, 왜 그러시죠, 저기 좀 앉으세요. 얘들아, 물 한 잔 가져다주겠니?"

체틴 씨가 나를 이해한다는 듯 말했다.

퓌순이 죽은 후, 처음으로 사람들 앞에서 눈물을 흘릴 뻔했다. 그러나 나는 자신을 추슬렀다. 옷이 석탄 장수처럼 새까맣고 기름에 절었지만, 손만은 깨끗한 조수 아이가, 키프로스 튀르키예인이라고 쓰여 있는 쟁반(습관 때문에 기록하지만, 이 쟁반을 순수 박물관에서 찾지는 마시길 바란다.)에 받쳐 가져다준 차를 마시면서 간단히 흥정을 하여 아버지의 차를 가져오기로 했다.

"이것을 어디다 놓지요, 케말 씨?"

체틴 씨가 물었다.

"죽을 때까지 이 자동차와 한 지붕 아래서 살고 싶습니다."

나는 미소를 지으며 이렇게 말했다. 하지만 체틴 씨는 나의 바람을 진심으로 이해했고, 다른 사람들처럼 "아이고, 케말 씨, 죽은 사람을 따라 죽을 순 없잖아요."라고 말하지 않았다. 그렇게 말한다면, 순수 박물관은 죽은 사람과 살기 위해 만든 곳이라고 대답하려 했다. 준비했던 이 대답이 내 마음속에 남아 있었기 때문에, 자랑스럽게 다른 말을 할 수 있었다.

"멜하메트 아파트에 물건이 많이 있어요. 전부 한 지붕 아래 모아서 그것들과 함께 살고 싶습니다."

귀스타브 모로처럼, 삶의 마지막 시기에, 자신이 죽은 후 박물관으로 바뀔 수 있도록 꾸민 집에서 살아간 사람들을 나는 많이 알고 있다. 나는 그들이 만든 박물관을 좋아한다. 나는 내가 좋아하는 수백 곳의 박물관과 아직 보지 못해 궁금했던 수천 곳의 박물관을 방문하기 위해 여행을 계속했다.

# 82
# 수집가들

이렇게 오랜 세월 동안 세계 여행을 하고 이스탄불에서 경험한 것을 통해 두 종류의 수집가가 있다는 걸 알게 되었다.

1. 수집하는 것을 자랑스럽게 느끼며 그것을 전시하고 싶다는 자부심을 지닌 사람들.(보통 서구 문명에서 발견된다.)

2. 물건들을 모아서 한구석에 쌓아 두고 부끄러워하며 숨기는 사람들.(현대성과는 괴리가 있는 상황이다.)

자부심을 지닌 사람들은 수집한 물건들의 자연적인 결과가 박물관이라고 생각한다. 그들에게 수집이란, 처음 시작한 원인이 무엇이었든 간에, 결국은 자랑스럽게 박물관에 전시하기 위해 하는 행동이다. 작지만 특별했던 미국 박물관들의 공식적인 역사에 이러한 사람들이 많이 등장했다. 예를 들면 음료 용기와 광고 박물관 팸플릿에는, 어린 시절 어느 날 톰이 학교에서 집으로 돌아올 때, 땅에서 첫 사이다 깡통을 주웠고, 그다음에는 다른 것을, 그리고 또 그다음에는 세 번째로 다른 것을 주웠고, 그것들을 모두 모았으며, 시간이 지난 후에 사이다 깡통들을 '모두 모아' 박물관에서 전시하게 되었다고 쓰여 있었다.

부끄러워하는 사람들은 모으기 위해 모은다. 자부심을 지닌 사

람들과 마찬가지로, 처음에 이들이 물건을 모으게 된 것은 —— 독자
들이 나의 상황에서도 추측할 수 있듯이 —— 삶의 고통, 고민 때문
이고, 암울한 충동에 대한 응답, 위안, 더 나아가 약이 되어 주기 때
문이다. 하지만 부끄러워하는 수집가들이 사는 사회는 수집품이나
박물관을 중요하게 여기지 않기 때문에, 뭔가를 모으는 것은 지식
이나 배움에 도움이 되는 존경스러운 행동이 아니라 숨겨야 하는
수치스러운 일이 된다. 부끄러워하는 사람들의 나라에서 수집품은
유용한 지식이 아니라 그저 그들의 상처를 가리키는 것들이기 때
문이다.

순수 박물관에다 전시하기 위해 우리가 1976년 여름에 보았던
영화 포스터, 극장 로비에 걸렸던 영화 스틸 사진, 영화표 들을 찾
아다니다가, 1992년 초부터 만나게 되었던 영화와 관련된 물건들
을 수집하는 사람들에게서 나는 수집하는 일의 부끄러움을 배웠는
데, 이 어두운 감정을 나중에는 도시의 다른 곳에서도 많이 발견하
게 되었다.

흐프즈 씨는 「사랑의 고통은 죽으면 끝난다」나 「협공」 같은 영
화의 로비 스틸들을 깐깐하게 흥정하여 내게 팔고 나서, 내가 그의
수집품에 관심을 보여 주어 무척 반가웠다고 몇 번이나 인사를 하
더니, 미안한 듯이 이렇게 덧붙였다.

"케말 씨, 제가 아주 좋아하는 것들을 당신에게 팔고 그것들과
헤어질 때가 되니 마음이 아주 아픕니다. 하지만 내가 가지는 관심
을 비웃으면서 나를 조롱하는 사람들이나 '이 더러운 것들을 왜 집
에 쌓아 두냐?'라고 하는 사람들이, 당신처럼 집안 좋은 교양인도
내가 모아 온 것을 가치 있게 여기는 걸 한번 봤으면 좋겠습니다.
저는 술도 안 마시고, 담배도 안 피우고, 노름도 하지 않고, 여자 뒤
꽁무니도 따라다니지 않습니다. 유일한 습관이 배우와 영화 사진

을 모으는 겁니다. 파파트야가 어렸을 때 출연한 「엄마의 비명을 들어 주세요」라는 영화에서 칼렌데르 배 위에서 찍은 사진이 필요합니까? 멜빵 옷을 입고 어깨를 드러낸 사진입니다……. 주인공 타히르 탄이 자살하는 바람에 촬영이 중단된 「검은 궁전」의 한 장면을 찍은, 지금까지 저 말고는 아무도 본 사람이 없는 사진을 보러 누추한 저의 집에 오늘 저녁 오시겠습니까? 처음으로 과일 향을 첨가한 튀르키예 사이다 광고에 나온 독일 모델 잉게가 튀르키예를 사랑하는 착한 독일 아주머니로 나왔던, 1세대 튀르키예-독일 영화인 「중앙역」의 스틸 중에서, 사랑에 빠진 에크렘 귀츠뤼와 입을 맞추는 로비 사진들도 있습니다.”

내가 찾는 영화의 로비 사진들을 누가 가지고 있는지 묻자, 흐프즈 씨는 사진과 영화 포스터를 집 안 가득 쌓아 둔 수집가들은 많다고 대답했다. 방마다 영화 필름, 사진, 종이 더미, 신문과 잡지가 점점 쌓여 가면서 기거할 자리가 없어지자, 수집가들의 가족들(어차피 결혼 안 한 사람이 대부분이었지만)은 집을 나가 버렸다. 그러면 그들은 또 이것저것 모아들이고, 얼마 지나지 않아 집은 들어갈 수도 없는 쓰레기 더미가 되고 말았다. 흐프즈 씨 말로는, 유명한 수집가들은 내가 찾는 걸 분명 갖고 있을 테지만, 그런 쓰레기 더미 속에서는 어디에 있는지 찾아낼 수 없을 것이며, 집 안으로 들어가기도 힘들 거라고 했다.

그래도 그는 나의 고집을 꺾지 못했고, 1990년대 이스탄불에서 전설처럼 언급되던 몇몇 쓰레기 집으로 나를 들여보내 주었다.

내 박물관에 전시한 영화의 로비 사진, 이스탄불 풍경, 엽서, 영화표, 당시에는 보관할 생각을 하지 못했던 식당 메뉴판, 오래되어 녹슨 통조림통, 오래된 신문, 회사 로고가 붙어 있는 종이봉투, 약상자, 병, 배우나 유명인의 사진, 그리고 퓌순과 경험한 이스탄불을 무엇보다 잘 설명해 주는 도시의 일상적인 사진들은 그 쓰레기 집에서 찾아낸 것들이다. 타를라바쉬에 있는 오래된 이층집에서, 겉으로는 평범해 보이는 집주인은 물건과 종이 더미 사이에 놓인 플라스틱 의자에 앉은 채, 전부 42742점의 수집품이 있다고 자랑스럽게 말했다.

이후, 위스퀴다르에 있는 어떤 집에 어렵사리 들어갈 수 있었는데, 몸져누운 어머니와 가스난로와 함께 살고 있는 은퇴한 도시가스 수금원의 '수집품'을 보면서도 나는 그때처럼 부끄러움을 느꼈다.(얼음처럼 추운 다른 방들엔 물건들이 꽉 차서 들어갈 수조차 없었다. 오래된 램프, 빔[111] 용기, 어린 시절의 장난감 들이 멀리서 보였다.) 내가 부끄러움을 느낀 것은, 그의 어머니가 누운 채로 계속 아들을 비난하며 꾸중했기 때문이 아니라, 한때는 이스탄불 거리를 돌아다니고 집도 가졌으나 지금은 죽은 사람들의 추억이 가득한 이 물건들이 결국 박물관에 이르기는커녕, 분류되지 못하고, 진열장이나 액자 속에 들어가지도 못한 채 사라져 버릴 것임을 알았기 때문이다. 어느 룸 사진작가가 사십 년 동안 베이오을루에서 결혼식, 약혼식, 생일, 회의, 술집의 사진들을 찍었으나, 놓아둘 곳도 없고 달라는 사람도 없어서, 결국 모아 놓은 네거티브 필름을 전부 어느 아파트의 라디에이터 보일러에서 태워 버렸다는 드라마 같은 이야기를 들은 적도 있다. 이 도시에서 열렸던 결혼식이나 축제 같은 행사를 찍은 네거티브 필름과 사진을 아무도, 공짜라고 해도, 원하지 않았던 것이다. 쓰레기 더미가 된 집의 주인들은 아파트와 동네에서 조롱을 받는 동시에, 그들의 괴팍한 성격이나 고독, 쓰레기통과 고물상 리어카를 뒤지는 습관 때문에 두려움의 대상이 되기

111 주방 세제의 상표.

도 했다. 이 외로운 남자들이 죽고 나면, 사람들은 그 집에 쌓여 있
던 물건들을, 거의 종교적인 분노를 품고, 동네 공터(희생양을 죽이
는 장소)에서 태우거나 쓰레기 수거원이나 고물상에게 넘겨주었다
고, 흐프즈 씨는 삶이란 원래 그렇다는 듯이 담담하게 설명했다.

1996년 12월, 네즈데트 아드스즈라는 사고무친의 수집광('수집
가'는 틀린 단어다.)이 톱하네에 있는 작은 집에서, 빼곡하게 쌓여
있던 종이와 오래된 물건들 더미에 깔려 죽은 지 사 개월 만에 발
견되었다는 사실이 알려졌다. 케스킨 씨네 집에서 걸어서 칠 분 거
리에 있는 그 집에서 도저히 견딜 수 없는 악취가 흘러나왔기 때문
에 겨우 발견된 것이다. 물건들이 집 입구를 막고 있어서, 소방대원
들은 창문으로 겨우 들어갈 수 있었다. 신문에서는 이 사건에 대해
반은 조롱하고 반은 겁을 주면서 언급했으므로, 이스탄불 사람들
은 무엇이든 수집하는 사람들을 더욱 두려워하게 되었다. 이런 이
상한 세부적인 것들을 독자들이 불필요하다고 여기지 않았으면 한
다. 당시 내 머릿속에서는 퓌순과 관련된 것을 모두 동시에 생각하
는 습관이 있었기 때문이다. 물건이나 종이에 깔려 죽고, 그 자리
에서 썩어 간 네즈데트 아드스즈는, 힐튼에서 치러진 내 약혼식 날
밤이 끝나 갈 무렵, 퓌순이 영혼 부르기에 대해 이야기하다가 언급
하면서 이미 죽은 사람이라고 생각했던 바로 그 네즈데트였던 것
이다.

비밀스럽고 얼굴을 붉히는 일, 감춰야 하는 일을 한다는 생각
그리고 더 깊은 부끄러움을 가진 수집가들도 보았다. 그들이 나의
박물관과 퓌순의 추억에 도움을 주었기에 나는 감사하는 마음으
로 그들의 이름을 언급하고 싶다. 1995년부터 1999년 사이에, 나는
퓌순과 함께 갔던 이스탄불의 모든 마을, 모든 골목의 엽서를 구하
고 싶은 열망에 휩싸였다. 그 시절에 알게 되었던 이스탄불에서 가

장 유명한 엽서 수집가 '환자' 할리트 씨에 대해서는 전에 언급한 적이 있다. 우리 책에 자신의 이름을 언급하는 것은 절대 허락하지 않았던 한 수집가에게서 구한 문손잡이와 열쇠를 나는 즐거운 마음으로 전시한다. 그가 이스탄불 사람들(남자들을 뜻한다.)이 평생 대략 2만 개에 가까운 다양한 문손잡이를 잡았다고 했기에, '내가 사랑하는 사람의 손'도 그 손잡이들 가운데 많은 것에 분명히 닿았을 거라고 믿게 되었다. 사진 발명 이후, 이스탄불의 보스포루스를 지나간 모든 배의 사진을 구하기 위해 자신의 인생 삼십 년을 바친 수집가 시야미 씨는, 두 장씩 가지고 있던 사진을 나에게 나누어 주었다. 내가 퓌순을 생각하거나 그녀와 함께 걸을 때 뱃고동 소리를 내던 그 배들의 사진을 관람객들에게 전시할 기회를 주었을 뿐 아니라, 자신이 모아 온 것들을 일반인들에게 전시하는 것을 서양인들처럼 전혀 부끄러워하지 않았던 그에게 이 자리를 빌려 감사의 말을 전한다.

1975년에서 1980년 사이에, 장례식에서 옷깃에 달았던 망자의 종이 사진을 수집했던, 역시 이름을 밝히기 원하지 않은 또 다른 수집가에게도 감사하고 싶다. 그는 사진들을 놓고 나와 인색하게 흥정을 한 후, 깔보는 듯한 태도로 이런 사람들에게서 여러 번 들어 왔던 진짜 질문을 던졌다. 나도 다른 이들에게 했던 대답을 여느 때처럼 그에게 해 주었다.

"박물관을 만들고 있는데요……."

"그걸 묻는 게 아니오. 이것들을 왜 원하는지 묻는 거요."

강박적으로 혼자 물건을 모으고, 그것들을 한구석에 쌓아 두는 사람의 뒤에는 상심이나 깊은 고민, 밝히기 어려운 정신적인 상처가 있기 마련이라는 의미였다. 나의 고민은 무엇인가? 사랑하는 사람이 죽었는데, 장례식에서 내 옷깃에 그녀의 사진을 달지 못했기 때문에 고뇌하는 것인가? 아니면 이런 질문을 한 사람들처럼 나의 깊은 고뇌도 절대 표현할 수 없는 부끄러운 것이기 때문인가?

개인 박물관이 전혀 발전하지 않았던 1990년대 이스탄불에서, 수집광들은 강박관념 때문에 남몰래 굴욕감을 느꼈을 뿐 아니라, 기회가 있을 때마다 서로를 대놓고 무시했다. 이렇게 무시하는 마음은 수집가들 간의 질투와 뒤섞여 점점 더 악화되었다. 네시베 고모가 니샨타쉬로 이사한 후, 내가 건축가 이흐산의 도움을 받아 케스킨 씨네 집을 진짜 박물관 건물로 바꾸려 한다는 것과, 내가 "마치 유럽에 있는 것처럼 특별한 박물관!"을 만들고 있다는 것과, 내가 부자라는 것이 여기저기 알려지게 되었다. 나는 이러한 이유로 이스탄불 수집광들의 무시하는 태도가 약간은 수그러질 것으로 기대했다. 왜냐하면 내게 비밀스럽고 깊은 정신적 상처가 있는 것이 아니라, 그러니까 그들처럼 머리가 이상해서가 아니라, 서양에서처럼, 단지 돈이 많아서, 명성을 얻기 위해 박물관을 만들려고 물건을 모은다고 생각할 수도 있었기 때문이다.

그 당시 튀르키예 최초로 '수집 가능한 물건 애호가'의 협회가 생겼고, 나는 흐프즈 씨의 강요로, 그리고 어쩌면 나의 이야기에 나오는 퓌순을 떠올리게 할 만한 물건들을 우연히 볼 수도 있겠다는 생각으로 참석했다. 협회는 어느 작은 결혼식장의 홀을 오전 동안 빌렸는데, 나는 거기서 마치 사회에서 격리된 문둥병 환자들 사이에 있는 듯한 느낌을 받았다. 그들 중 몇 명은 전에 들어 본 적이 있는(성냥갑을 모으는 '냉정한' 수피 등 독자들도 기억할 일곱 명 정도) 사람들이었고, 이들은 이스탄불에서 수집을 하는 사람들이 서로를 대하는 것보다 훨씬 무시하는 태도로 나를 대했다. 나와 별로 이야기도 나누지 않았을 뿐만 아니라, 의심스러운 사람이나 스파이 혹은 이방인처럼 대해서 나는 그날 마음에 상처를 입었다. 흐프즈 씨도 나중에 미안하다는 듯, 내가 부자이면서도 고민에 대한 해결책을 여전히 물건에서 찾는다는 것이 그들에게 분노와 혐오, 나아가 삶에 대한 절망을 느끼게 했다고 변명처럼 설명했다. 왜냐하면 그들은 어느 날 부자가 되면 수집병이 나을 거라고 여기는 순진한 사람들이었던 것이다. 퓌순을 향한 나의 사랑이 소문과 함께 서서히 퍼져 나가자, 이스탄불 최초의 진지한 수집가들은 나를 도와주기 시작했고, 나와 함께 지하에서 지상으로 올라가려는 투쟁을 시작했다.

멜하메트 아파트에 있는 물건들을 추쿠르주마의 박물관으로 하나하나 옮기기 전에, 퓌순과 이십 년 전에 사랑을 나누었던 방에 빼곡하게 축적된 나의 수집품들을 사진으로 남겼다.(이제 뒷마당에서는 축구하는 아이들의 고함 소리와 욕설 대신 환기 장치의 소음이 들려왔다.) 이 물건들을 쿠르주마의 박물관으로 가져가서 다른 물건들(내가 여행 중에 발견한 것들, 케스킨 씨네 집에 있던 것들, 쓰레기 더미가 된 집이나 협회의 회원들, 내 이야기에 관련된 지인들에서 얻은 것들)과 합치자, 해외여행, 특히 벼룩시장에서 떠올랐던 이미지가 마치 그림처럼 내 앞에 펼쳐졌다.

물건들 — 소금 통, 도자기로 된 개 인형, 골무, 연필, 머리핀, 재떨이 — 은 마치 일 년에 두 번 이스탄불 하늘을 날아 세계 곳곳으로 흩어지는 황새 떼처럼, 흩어져 자리를 잡았다. 퓌순에게 사 주었던 이 라이터와 똑같은 것을 아테네와 로마에 있는 벼룩시장에서 발견했고, 파리와 베이루트에 있는 상점에서도 비슷한 것을 보았다. 이스탄불의 작은 공장에서 만들어진 후 케스킨 씨네 식탁에 이 년 동안 놓여 있었던 이 소금 통과 똑같은 것들을 나는 이스탄불 변두리 식당들에서도 본 적이 있다. 뿐만 아니라, 뉴델리의 이슬람 식당에서, 카이로의 오래된 동네에 있는 식당에서, 바르셀로나

의 고물상들이 일요일마다 인도에 펼쳐 놓았던 범포(帆布) 천 위에
서, 로마의 평범한 주방 용품 가게에서도 보았다. 누군가가 어딘가
에서 처음으로 소금 통을 만들고, 그다음에 그것을 본따서 주형을
만들어 여러 나라에서 대량으로 생산을 하면, 몇 년 후에는 수백만
개의 소금 통이 남지중해와 발칸 지역에서부터 퍼져 나가 수백만
가정의 생활 속으로 들어가는 것이다. 소금 통이 이렇게 많은 지역
으로 퍼져 나가는 것은, 철새들이 서로 소통하면서 매번 같은 경로
로 이동하는 것과 유사한 수수께끼이다. 그 후 다른 소금 통이 유
행하면, 마치 남서풍이 바닷가로 물건들을 휩쓸어 오듯이, 새로운
소금 통이 예전 것들의 자리를 차지하고, 대부분의 사람들은 그들
삶의 중요한 시기를 함께 보낸 물건들과 맺었던 감정적인 관계를
인식조차 못한 채 잊어버린다.

나는 개조가 끝난 박물관으로 수집품들을 옮겼다. 퓌순과 사랑
을 나누었던 멜하메트 아파트의 침대 프레임, 곰팡내 나는 매트리
스, 푸른색 시트는 지붕 층으로 올렸다. 케스킨 씨네가 이 집에 살
때는 쥐와 거미, 바퀴벌레가 돌아다녔고, 물탱크가 있어 곰팡내가
났던 지붕 층은 깨끗하고, 밝고, 별이 보이는 방으로 바뀌었다. 그
곳에 침대를 옮겨 놓던 밤에, 나는 라크 세 잔을 마신 후, 퓌순을 떠
올리게 하고 그녀와 함께 있는 것처럼 느끼게 하는 그 물건들에 둘
러싸여 잠들고 싶었다. 그래서 나는 그 봄밤에, 달그츠 거리로 내
놓은 새 문을 열쇠로 열고 이제는 내부가 박물관으로 바뀐 그 집
안으로 들어갔다. 넓고 평평한 계단을 유령처럼 천천히 올라가 지
붕 층에 있는 침대에 몸을 던지고 잠이 들었다.

자신이 살아온 곳에 물건들을 모아들인 후, 삶이 끝날 무렵에는
그 집을 박물관으로 바꾸고 싶어 하는 사람들이 있다. 나는 박물관
으로 바꾼 집을, 침대와 방 그리고 나의 존재로 다시 집으로 바꾸

려고 했다. 감정적으로 가장 깊은 애착과 추억으로 얽혀 있는 물건들과 같은 공간에서 잠드는 밤보다 더 좋은 것이 무엇이겠는가!

특히 봄이나 여름에, 지붕 층에서 밤을 보내는 날이 많았다. 건축가 이흐산이 건물 한가운데에 뚫어 놓은 커다란 공동(空洞) 덕분에, 매일 밤, 수집품들뿐 아니라 공간의 깊이를 마음속에서 느낄 수 있었다. 진정한 박물관은 '시간'이 '공간'으로 변하는 곳이다.

내가 박물관의 지붕 층에서 살기 시작하자 어머니는 불안해했다. 하지만 자주 어머니와 점심을 먹고, 시벨과 자임 외의 옛 친구들과 다시 친구로 지내고, 여름에는 수아디예와 섬으로 요트 여행을 하는 걸 보자, 퓌순을 잃은 아픔을 그렇게 견디고 있다고 생각하고는 별 얘기는 하지 않았다. 케스킨 씨네 집에다, 퓌순을 향한 나의 사랑 그리고 우리 삶의 물건들을 전시할 박물관을 세운다는 것에 대해서도, 다른 지인들과는 달리 자연스럽게 받아들였다.

"내 옷장에 있는 오래된 물건들도 제발 가져가렴, 서랍에 있는 것들도……. 이제 그 모자들도 쓸 일이 전혀 없을 거야. 가방, 네 아버지의 물건들…… 뜨개질 도구, 단추도 가져가, 일흔 넘어서 바느질할 일이 있겠니."

네시베 고모는 새집과 이웃에 만족했으며, 내가 이스탄불에 있을 때는 한 달에 한 번 정도 만났다. 처음으로 베를린의 베르그륀 미술관을 방문하고 돌아와서 그녀를 만났을 때, 나는 하인츠 베르그륀이 베를린시와 맺었던 협정에 대해 들려주었다. 그가 그 건물에다 자신이 평생 모아 온 수집품들을 전시하고, 죽을 때까지 박물관의 지붕 층에서 살아도 좋다는 허가를 받았다는 이야기였다.

"그가 죽기 전까지는, 관람객들이 박물관을 거닐다가, 전시실이나 계단에서, 물건들을 직접 수집한 사람을 우연히 만날 수도 있다는 거지요, 이상하지 않아요, 네시베 고모?"

"오래 살아요, 케말 씨!"

네시베 고모는 담배를 피우며 이렇게 말했다. 그리고 퓌순을 생각하다 흘러나온 눈물로 뺨을 적시면서, 입에 담배를 문 채 내게 미소를 지어 보였다.

# 83
# 행복

　달이 휘영청 떠 있던 어느 날 밤, 나는 추쿠르주마의 집 지붕 층
에서 깨어났다. 창에는 커튼이 쳐 있지 않아서 그 작은 방으로 기
분 좋은 빛이 환하게 비쳐 들었다. 나는 아래로 보이는 박물관의
빈 공간을 응시했다. 절대 완성하지 못할 것처럼 느껴지던 작은 박
물관이었는데, 창문으로 들어오는 은빛 달빛을 받아 텅 빈 중앙 공
간과 건물이 무섭도록 무한한 공간처럼 보였다. 아래층에는 삼십
년 동안 모은 나의 모든 수집품들이 그림자 속에 놓여 있었고, 물
건들 하나하나가 극장의 발코니처럼 빈 공간을 차지하고 있었다.
퓌순과 케스킨 씨네 가족이 이 집에 살면서 사용한 물건들 ─ 녹슨
시보레 잔해, 난로, 냉장고, 팔 년 동안 저녁을 먹었던 식탁, 텔레비
전 ─ 이 모두 보였다. 나는 물건들의 영혼을 보는 샤먼처럼, 그것
들의 이야기가 내 안에서 꿈틀거리는 것을 느꼈다.
　그날 밤, 나는 박물관에 있는 물건들의 이야기를 하나하나 자세
하게 설명해 줄 카탈로그가 있어야겠다는 생각을 했다. 물론 퓌순
을 향한 나의 사랑과 그녀에 대한 사모가 포함되어야 할 것이다.
　달빛 아래, 물건들 하나하나는 빈 공간의 일부인 양 그림자 속
에 잠겨 있었고, 아리스토텔레스의 나뉠 수 없는 분자처럼, 나뉠 수

없는 어떤 순간을 가리키고 있었다. 아리스토텔레스가 순간들로 이루어진 선이 시간이라고 했던 것처럼, 물건들이 모여 선을 이루면 하나의 이야기가 될 것임을 깨달았다. 그러니 작가라면 내 박물관의 카탈로그를 한 편의 소설처럼 쓸 수 있을 것이다. 이러한 책을 나 자신이 쓴다는 건 생각할 수 없다. 그렇다면 누가 나를 위해 이것을 해 줄 수 있을까?

이렇게 해서, 나의 이름으로 내 이야기를 서술해 나갈(물론 나의 동의하에) 오르한 파묵 씨에게 연락했다. 그의 아버지와 삼촌은 나의 아버지와 우리 집안과 한때 동업을 한 적이 있다. 그는 점점 가세가 기운 옛 니샨타쉬 집안 출신이었기에, 내 이야기의 배경도 잘 파악할 거라고 생각했다. 내가 듣기로 그는 이야기하는 것을 진지하게 여기며 자신의 일에 충실한 사람이라고 했다.

나는 제대로 준비를 하고 오르한 씨를 만나러 갔다. 퓌순에 대해 언급하기 전에, 먼저 그에게 지난 십오 년 동안 전 세계의 박물관 1743곳을 방문하고 입장권들을 모두 모았다는 이야기를 하고, 그의 관심을 끌기 위해 그가 좋아하는 작가들에 관한 박물관에 대해 설명해 주었다. 상트페테르부르크의 도스토옙스키 기념 박물관에 있는 유일한 진품은 유리 덮개로 덮어 놓은 모자인데, 그 옆에 "진짜 도스토옙스키의 것입니다."라고 쓰여 있다고 하면 그는 미소를 지을 것이다. 그 도시의 나보코프 박물관이 스탈린 시대에는 지역 검열 위원회 사무실로 사용되었다는 사실을 알면 무슨 말을 할까? 일리에콩브레의 마르셀 프루스트 박물관에서, 작가가 소설 속 주인공의 모델로 삼았던 사람들의 초상화들을 보면서 소설에 대한 것이 아니라, 작가가 살았던 세계에 대해 힌트를 얻었다고 설명해 주었다. 아니다, 나는 작가에 대한 박물관이 시시하다고 생각하지 않는다. 네덜란드의 소도시 레인스뷔르흐에 있는 스피노자의 집을 예로 들면, 작가가 죽은 후 그의 메모에 언급되는 책들을 한 곳에 모아, 하나도 빠짐없이 17세기에 만들어졌던 그 크기대로 전시한 것은 아주 적절하다고 생각한다. 타고르 박물관에서 작가가 그린 수채화를 보며 우리의 초기 아타튀르크 박물관의 먼지와 습기 냄새를 떠올리고, 미로와 같은 전시관을 걸으며, 캘커타 시내에서 끊임없이 들려오는 윙윙거리는 소리를 들을 때, 나는 하루 종일 얼마나 행복했던가! 시칠리아의 아그리젠토시에 있는 피란델로의 집에서 보았던, 내 가족의 것처럼 느껴졌던 사진들에 대해, 스톡홀름에 있는 스트린드베리 박물관의 창문으로 내다본 도시 풍경에 대해, 에드거 앨런 포가 이모와 열 살짜리 조카 버지니아(후에 그와 결혼할)와 함께 살았던 볼티모어의 작고 슬픈 사 층 주택이 아주 낯익어 보였던 것에 대해 이야기했다.(오늘날은 볼티모어의 가난하고 외진 동네 한가운데 있는 사 층짜리 포 하우스 박물관은, 작은 규모와 쓸쓸한 분위기, 방들과 그 형태 때문에, 내가 지금껏 보았던 모든 박물관 중에서 케스킨 씨네 집을 가장 많이 닮았다고 느꼈다.) 내가 평생 보았던 가장 완벽한 작가 박물관은 로마의 줄리아가에 있는 마리오 프라츠 박물관이라는 이야기도 해 주었다. 그림과 문학을 똑같이 열정적으로 좋아했던 위대한 낭만주의 역사가 마리오 프라츠의 집에 들어가려면 사전 예약을 해야 하고, 위대한 작가의 멋진 수집품 이야기와 방과 물건 들에 대해 소설처럼 설명해 놓은 책을 꼭 읽어야 한다……. 반면 루앙에 있는 플로베르가 태어난 집은 그의 아버지의 의학 서적으로 가득했으므로, 플로베르와 의학사 박물관에는 갈 필요가 전혀 없다. 그러고 나서 나는 우리 작가의 눈을 주의 깊게 들여다보았다.

"플로베르가 『마담 보바리』를 쓸 때 영감을 받고, 소설에서처럼, 마을 호텔과 마차에서 사랑을 나누었던 연인 루이즈 콜레의 머리카락 한 줌과 손수건, 슬리퍼를 서랍에 보관해 두었다는 것, 그리고 이따금 그것들을 꺼내 어루만졌다는 것, 슬리퍼를 보며 그녀가 어떻게 걸었는지 떠올렸다는 것은 그의 편지를 통해 분명히 알고 있을 겁니다, 오르한 씨."

"아니요, 몰랐습니다. 하지만 마음에 드는군요."

"나도 한 여인을 너무나 사랑해서, 그녀의 머리카락과 손수건, 머리핀 등 그녀가 가졌던 모든 물건을 숨겨 놓고, 오랫동안 그것에서 위안을 찾았습니다, 오르한 씨. 나의 이야기를, 진심을 다해, 말씀드려도 될까요?"

"물론입니다, 말씀하시지요."

전에 푸아예가 있던 자리에 문을 연 휜캬르에서 그와 처음 만났고, 나는 마음에서 우러나오는 대로, 세 시간 만에 두서없이 모든 걸 말했다. 내가 너무 흥분했고, 게다가 라크를 세 잔 마셨기 때문에 아마도 내가 경험한 것들을 열의에 넘쳐 단순화했던 것 같다.

"저도 퓌순을 알고 있습니다. 힐튼에서의 약혼식 때 그녀가 왔던 것을 기억합니다. 그녀의 죽음에 무척 가슴이 아픕니다. 저기 있는 부티크에서 일했지요. 당신 약혼식에서 그녀와 춤을 추기도 했답니다."

오르한 씨가 말했다.

"정말입니까? 정말 특별한 사람이었지요, 그렇지 않나요……. 그녀의 외적인 아름다움이 아니라 영혼을 말하는 겁니다, 오르한 씨, 춤을 출 때 어떤 대화를 나누었습니까?"

"정말로 퓌순의 모든 물건을 가지고 있다면, 그것들을 보고 싶습니다."

그는 추쿠르주마에 와서, 이제는 오래된 집에서 박물관으로 바뀐 건물에 전시되어 있는 나의 수집품들에 감탄하면서 진심 어린 관심을 보였다. 때로는 어떤 물건, 예를 들면 내가 샹젤리제 부티크에서 퓌순을 처음 보았을 때 그녀가 신고 있던 노란 구두를 들고는, 그것에 얽힌 이야기를 물었고, 나는 설명해 주었다.

이후 우리는 좀 더 규칙적으로 작업을 이어 나갔다. 내가 이스탄불에 있을 때는 일주일에 한 번 지붕 층으로 찾아와서, 내가 기억하여 정렬해 놓은 물건과 사진이 박물관에서 왜 같은 상자나 진열장에, 소설에서는 왜 같은 장에 있어야 하는지 물었고, 나도 기꺼이 설명했다. 그가 나의 말을 주의 깊게 듣고, 메모하는 것이 마음에 들었고, 자부심을 느꼈다.

"관심 있는 사람들이 책을 들고 나의 박물관에 찾을 수 있도록, 소설을 마무리해 주세요. 그들이 진열장들을 들여다보며 퓌순을 향한 나의 사랑을 가까이서 느끼고 있을 때, 나는 지붕 층에 있는 내 방에서 파자마를 입고 내려가서 그들 사이로 들어갈 겁니다."

"하지만 케말 씨, 당신도 아직 박물관을 완성하지 못했잖습니까?"

오르한 씨는 이렇게 대답했다.

"보지 못한 박물관이 세상에 많이 남아 있습니다."

나는 미소를 지으며 이렇게 말했다. 그리고 박물관의 정적이 내게 정신적으로 어떤 영향을 미치는지를 몇 번이나 설명하려고 애썼으며, 세상 어느 먼 도시, 평범한 화요일, 발길이 드문 마을에 있는 잊힌 박물관에서, 경비원의 시선을 피해 거니는 것이 왜 나를 행복하게 했는지를 표현하려고 했다. 이제는 여행에서 돌아오자마자 지체하지 않고 오르한 씨에게 연락을 했으며, 그에게 내가 본 박물관들에 대해 설명하고, 입장권과 소개 카탈로그, 그리고 내가 아주 좋아했던 박물관에서 슬쩍 주머니에 집어넣은 값싼 물건들, 박물관 안내 표지판을 보여 주었다.

그렇게 여행에서 돌아오면, 먼저 나의 이야기를 하고, 내가 본 박물관에 대해 설명한 다음, 소설이 어느 단계까지 와 있는지 물었다.

"일인칭 시점으로 쓰고 있습니다."

오르한 씨가 말했다.

"무슨 말이죠?"

"당신 자신이 당신의 이야기를 한다는 뜻이지요, 케말 씨. 요즈음 저를 당신 위치에 놓고, 당신이 되기 위해 무척 애를 쓰고 있습니다."

"알겠습니다. 그런데 당신은 이런 사랑을 해 보았습니까, 오르한 씨?"

"흠……. 우리의 주제는 제가 아닌 것 같은데요."

그는 이렇게 말하고 입을 다물었다.

우리는 한동안 작업을 한 후, 박물관의 지붕 층에서 라크를 마셨다. 퓌순과 내가 겪은 일들을 설명하는 것은 무척 피곤한 일이었다. 그가 돌아간 후, 예전에 퓌순과 사랑을 나누었던(이미 이십오 년 전에) 침대에 누워, 내 입으로 이야기를 설명하면서 이상하게 여겨지던 부분을 생각해 보았다.

그 책은 나의 이야기로 남을 것이고, 그가 그 이야기를 정중하게 다루고 있다는 점에는 의심의 여지가 없었지만, 그가 나의 목소리로 이야기를 해 나간다는 점이 이상하게 여겨졌다. 일종의 무력감이나 나약함과 같은 느낌이었다. 관람객들에게 물건들을 보여 주며 내가 나의 이야기를 설명하는 것이 이제는 당연하게 여겨졌고, 게다가 내 박물관이 완성되어 오픈될 것이며, 이미 그렇게 했다고 상상했기 때문이었다. 하지만 오르한 씨가 자신을 내 위치에 놓는 것, 나의 소리 대신 그의 소리가 들리는 것에 짜증이 났다.

이러한 생각을 품은 채, 이틀 후 그를 만나 퓌순에 대해 물었다. 우리는 밤에 박물관의 지붕 층에서 만나 벌써 라크 한 잔을 마신 후였다.

"오르한 씨, 그날 밤 나의 약혼식에서 퓌순과 춤을 춘 이야기를 해 주시겠습니까?"

그는 한동안 주저했다. 아마도 부끄러워하는 것 같았다. 하지만 한 잔 더 마시자, 이십오 년 전에 퓌순과 어떻게 춤을 추었는지를 진실되게 설명해 주었고, 나는 그 자리에서 그를 신뢰하게 되었으며, 그가 나의 이야기를 내 입을 통해 관람객들에게 가장 잘 설명할 수 있을 거라고 생각하게 되었다.

이미 나의 목소리가 너무 많이 나왔으므로, 내 이야기를 끝내는 일을 이제 그에게 맡기는 것이 낫다고 바로 그 자리에서 결정했다. 이후의 문단에서 마지막까지, 나의 이야기를 하는 사람은 오르한 씨다. 춤을 출 때 퓌순에게 보여 주었던 진실된 관심을, 이 마지막 장에서도 보여 줄 거라 확신한다. 안녕히 계시길!

안녕하십니까, 나는 오르한 파묵입니다! 케말 씨의 허락으로, 퓌순과 춤을 추었던 이야기부터 시작하겠습니다. 그녀는 그날 밤 가장 아름다운 여자였고, 많은 남자들이 그녀와 춤을 추기 위해 차례를 기다렸습니다. 나는 그녀의 관심을 끌 정도로 잘생기거나, 잘 차려입었다거나, 뭐라고 할까요 ─ 그녀보다 다섯 살 많았음에도 ─ 충분히 성숙하거나 자신감 있는 사람은 아니었습니다, 그 당시에는. 내 머릿속은 그날 밤을 즐기는 데 방해가 되는 도덕적인 생각, 책, 소설로 가득 차 있었습니다. 그녀의 머릿속은 아주 다른 것들로 복잡했다는 것을 여러분은 이미 알고 있을 겁니다.

그럼에도 그녀는 나의 춤 신청을 받아들였고, 그녀가 앞서고 내가 뒤를 따르며 댄스 플로어로 걸어갈 때, 그녀의 큰 키, 드러난 어깨, 멋진 등 그리고 미소를 보고는 상상에 빠져들었습니다. 그녀의 손은 가볍고 따스했습니다. 내 어깨에 손을 올려놓자, 춤을 추기 위해서가 아니라 내게 특별한 친근감을 느꼈기 때문에 그런 행동을 했다는 생각이 들어, 순간 자랑스러운 기분이 들었습니다. 우리는 가볍게 흔들거리며 서서히 돌기 시작했고, 가까이 있는 그녀의 피부, 꼿꼿한 몸, 어깨와 가슴의 생동감이 내 이성을 혼란스럽게 했으며, 이러한 매력에 저항하며 억누르려 했던 상상이 끊임없이 눈앞에 펼쳐졌습니다. 춤을 멈추고 손을 잡은 채 위층 바로 올라가고, 지독한 사랑에 빠지고, 저쪽에 있는 나무 밑에서 키스를 하고 결혼을 했던 겁니다!

무슨 말이든 해야겠다는 생각이 들어 한마디 평범한 말("가끔 니샨타쉬를 걸어가다가 가게에서 당신을 봤습니다.")을 했지만, 그 말은 그녀가 아주 아름다운 점원이라는 사실을 상기시킬 뿐이었습니다. 그녀는 관심조차 보이지 않았습니다. 어차피 그녀는 첫 번째 곡의 중간까지 가기도 전에 내가 별 볼 일 없는 사람이라는 걸 이미 알아채고는, 내 어깨 너머로 손님들을 바라보았으며, 누가 어느 테이블에 앉아 있는지, 누가 누구와 춤을 추는지, 자신에게 관심을 보이던 남자들이 누구와 이야기하며 웃고 있는지, 제일 아름답고 매력적인 여자는 누구인지를 주의 깊게 바라보고, 이후 무엇을 할지를 생각하고 있었습니다.

아름다운 엉덩이의 약간 위쪽에 정중하게 그리고 기뻐하며 올려놓았던 내 오른손의 중지와 검지 끝에서 그녀의 척추 뼈의 움직임을, 가장 미세한 꿈틀거림까지, 맥박처럼 섬세하게 느꼈습니다. 그녀는 현기증이 날 정도로 이상하고 꼿꼿한 자세를 취하고 있었습니다. 오랫동안 이것을 잊지 않았습니다. 뼈, 몸에서 펄떡이는

피, 생동감, 새로운 것에 보이는 관심, 꿈틀거리는 내장, 우아한 골격을 손가락 끝으로 느꼈고, 그녀를 힘껏 껴안지 않도록 나 자신을 힘겹게 억눌렀습니다.

댄스 플로어가 붐비자 뒤에 있던 한 쌍이 우리에게 부딪쳤고, 그 순간 우리 몸은 서로 붙었습니다. 그 어쩔한 접촉 이후 한동안 저는 말을 하지 않았습니다. 그녀의 목과 머리카락을 보면서 그녀가 안겨 줄 행복에 휩싸인 채, 소설가가 되겠다는 바람이나 책도 포기할 수 있겠다고 생각했습니다. 나는 그때 스물세 살이었는데, 소설가가 되겠다고 결심했다는 것이 알려지자 니샨타쉬의 부르주아들은, 심지어 나의 친구들도, 그 나이에는 아직 인생을 알 수 없다고 말하며 웃었고, 나는 무척 화를 내곤 했습니다. 정확히 삼십 년 후, 이 문장들을 수정하는 이 순간, 그 사람들 생각이 아주 옳았다고 덧붙이고 싶습니다. 인생을 알았더라면, 그때 춤을 추면서 그녀의 관심을 끌기 위해 안간힘을 썼을 것이고, 나에게 관심을 가져 줄 거라고 믿었을 것이며, 내 품에서 벗어나 가 버리는 것을 그렇게 무력하게 바라보고만 있지는 않았을 겁니다.

"피곤해요. 두 번째 음악이 나올 때 앉아도 될까요?"

그녀는 이렇게 말했습니다.

영화에서 배운 대로 그녀의 테이블까지 정중하게 함께 걸어가면서, 한순간 자신을 억누르지 못하고 말았습니다.

"지루한 무리들이군요."

나는 거만하게 말했습니다.

"위층으로 올라가서 편히 얘기나 좀 나눌까요?"

그녀는 시끄러워서 내 말을 정확히 듣지는 못했지만, 무엇을 원하는지는 내 얼굴을 보고 즉시 알았습니다.

"엄마 옆에 앉아 있어야 해요."

758

그러고는 예의 바른 태도로 내게서 멀어졌습니다.

내 이야기가 여기서 끝나자, 케말 씨는 나에게 축하의 말을 해 주었습니다.

"그렇습니다, 그게 바로 퓌순입니다. 그녀를 아주 잘 이해한 것 같군요. 자존심이 상할 법도 한데, 주저하지 않고 자세히 말해 주어서 정말 감사합니다. 그렇습니다, 중요한 건 자부심입니다, 오르한 씨. 내 박물관을 통해 튀르키예 사람들뿐 아니라 세상 모든 사람들에게, 우리가 살아가는 삶에 대해 자부심을 갖도록 가르쳐 주고 싶습니다. 나는 여행을 했고 보았습니다. 서양인들은 자부심을 가지고 있지만, 세상 대부분의 사람들은 수치심 속에서 살고 있습니다. 하지만 우리 삶 속에서 수치심을 주는 것들을 박물관에 전시한다면, 그건 즉시 자부심을 느낄 만한 것들로 변합니다."

한밤중, 박물관의 지붕 층에 있는 작은 방에서, 몇 잔을 마신 케말 씨가 처음으로 마치 강의하듯이 했던 말입니다. 이스탄불 사람들은 소설가를 만나면, 마치 본능인 양, 교훈적인 연설을 했기 때문에 나는 그리 이상하게 여기지 않았습니다. 하지만 책에 무엇을 어떻게 넣어야 하는지에 대해서는, 나도 (케말 씨가 자주 사용하는 표현으로) 혼란스러웠습니다.

"박물관의 진짜 주제가 자부심이라는 것을 누가 가장 잘 가르쳐 주었는지 아십니까, 오르한 씨?"

케말 씨는 다른 날, 역시 한밤중에, 지붕 층의 방에서 만났을 때 이렇게 말했습니다.

"박물관 경비원이에요……. 세상 어디서든지, 박물관 경비원들은 나의 질문에 자부심을 가지고 열정적으로 대답해 주었습니다. 그루지야의 고리에 있는 스탈린 박물관에서, 늙은 여경비원은 스탈린이 얼마나 위대한 사람인지를 한 시간 가까이 설명해 주었지

759

요. 포르투갈 오포르타시에 있는 낭만주의 시대 박물관에서도, 유배 중이던 사르디니아 왕 카를로 알베르토가 1849년에 세워진 그 집에서 인생의 마지막 삼 개월을 보낸 것이 포르투갈 낭만주의에 얼마나 깊은 영향을 미쳤는지를, 사랑스러운 박물관 경비원이 자부심을 가지고 장황하게 설명을 해 주었습니다. 오르한 씨, 우리 박물관에서도 누군가 질문을 한다면, 경비원들이 케말 바스마즈 수집품의 역사, 퓌순을 향한 사랑, 그녀의 물건들의 의미를 관람객들에게 진심에서 우러나온 자부심을 가지고 설명해야 합니다. 이것도 책에 넣어 주시기 바랍니다. 박물관 경비원들의 의무는, 사람들이 흔히 생각하는 것처럼, 물건들을 보호하고(물론 퓌순과 관련된 모든 것은 영원히 보호해야 하지요!) 떠드는 사람들을 조용히 하게하고, 껌을 씹거나 입을 맞추는 사람들에게 경고를 하는 게 아니라, 관람객들이 사원에서와 같은 겸손과 존경과 경외감을 가져야 하는 신전에 있다고 느끼게 하는 것입니다. 순수 박물관의 경비원들은 수집품의 분위기나 퓌순의 취향에 맞게 짙은 나무색 벨벳 양복과 연분홍색 와이셔츠를 입어야 하고, 우리 박물관 고유의 — 퓌순의 귀고리가 수놓아진 — 넥타이를 매야 하며, 껌을 씹거나 입을 맞추는 관람객에게도 전혀 간섭하지 말아야 합니다. 순수 박물관은 이스탄불에서 키스할 장소를 찾지 못한 연인들에게 영원히 활짝 열려 있을 겁니다."

케말 씨가 라크를 두 잔쯤 마신 다음, 자기주장이 강한 1970년대 정치 작가들을 연상시키는 강압적 스타일로 말하는 것이 지루해서 메모를 하지 않을 때도 있었고, 그 후 한동안은 그를 만나고 싶지 않을 때도 있었습니다. 하지만 퓌순 이야기에 등장하는 굴곡들, 물건들이 만들어 내는 박물관의 특별한 분위기가 나를 끌어당겼으므로, 다시 지붕 층으로 가서 이 지친 남자가 퓌순을 떠올리며 술을 마시고, 술을 마실수록 점점 흥분해서 늘어놓는 연설을 듣고 싶었습니다.

"나의 박물관에서는, 전시실 어디에서도 모든 수집품들과 진열 장들, 그 모든 것이 보인다는 것을 절대 잊지 마십시오, 오르한 씨. 모든 곳에서 동시에 모든 물건들, 그러니까 내 모든 이야기를 볼 수 있기 때문에, 관람객들은 '시간'이라는 개념을 잊을 겁니다. 삶 에서 가장 커다란 위안은 바로 이것입니다. 마음에서 우러나온 본 능으로 만들어지고 정렬된 시적인 박물관에서 사랑하는 옛날 물건 들을 만나서가 아니라, '시간'이 사라졌기 때문에 위안을 얻는 겁 니다. 이것도 책에 써 넣으시길 바랍니다. 어떻게 당신에게 이 책을 쓰게 했고, 당신도 그것을 어떻게 썼는지를 숨기지 맙시다……. 우 리 책의 초고와 공책도 일이 끝나면 내게 주세요. 전시하겠습니다. 얼마나 더 걸릴까요? 책을 읽은 사람들은 퓌순의 머리카락과 옷, 모든 것을 보기 위해 이곳으로 ― 당신처럼 ― 오고 싶어 할 겁니 다. 소설 끝에 지도를 그려 넣어, 궁금한 사람들이 이스탄불 거리를 걸어 우리 박물관으로 찾아올 수 있게 해 주세요. 퓌순과 우리의 이야기를 아는 사람들은 거리를 걸으며 이스탄불 풍경을 볼 때마 다, 내가 항상 그랬던 것처럼, 그녀를 기억할 겁니다. 우리 책을 읽 은 사람들은 무료로 박물관에 입장할 수 있게 하겠습니다. 그러니 책에 입장표를 넣는 것이 좋겠습니다. 문 앞에 있는 안내인은 책을 들고 오는 사람들의 표에 순수 박물관의 특별한 도장을 찍고 안으 로 들여보낼 겁니다."

"표를 어디에 넣을까요?"

"바로 여기에요!"

# 순수 박물관

(1회 무료 입장권)

"고맙습니다. 마지막 페이지에 인물 색인도 넣읍시다, 오르한 씨. 우리 이야기를 얼마나 많은 사람들이 알고 있는지, 얼마나 많은 사람들이 우리의 증인이 되었는지를 당신 덕분에 기억하게 되었습니다. 나조차 어렵사리 사람들의 이름을 기억할 뿐이었습니다."

사실 내가 이야기에서 언급되는 사람들을 수소문해서 찾는 것을 케말 씨는 좋아하지 않았습니다. 하지만 소설가로서의 나의 작업을 좋게 봐 주었습니다. 내가 찾아가 만난 사람들이 뭐라고 했는지 그리고 지금 무엇을 하고들 있는지 궁금해하기도 했고, 전혀 관심을 갖지 않을 때도 있었지만, 내가 왜 그들에게 관심을 갖는지는 이해하지 못했습니다.

예를 들면, 내가 사트사트의 카이세리 대리점주 압뒬케림 씨에게 편지를 써서, 그가 이스탄불에 왔을 때 만난 것을 전혀 이해하지 못했습니다. 사트사트를 그만둔 후, 오스만이 투르가이 씨와 함께 설립한 텍야이의 카이세르 대리점을 운영한 압뒬케림 씨는, 케말 씨의 이야기가 사트사트가 파산하는 원인이 된 추잡스러운 사랑 이야기인 양 말했습니다.

우리의 연인이 처음 펠뤼르에 드나들던 시기를 증언해 준, 시대의 악역 배우 쉬헨단 일드즈('배반자' 쉬헨단)를 찾아 그녀와 이야기를 나누었습니다. 케말 씨는 대책없이 외로운 사람이었으며, 다른 사람들처럼 자신도 그가 퀴순을 얼마나 사랑했는지를 알고 있지만 그를 그리 가엾게 여기지는 않는다고 했습니다. 아름다운 여자들과 함께하기 위해 영화인들 사이로 끼어드는 부자들에게는 정이 가지 않기 때문이라고 했습니다. '배반자' 쉬헨단은 '영화에 출연하여 스타가 되기 위해 안달했던' 퀴순이 불쌍하다고 했습니다. 영화 스타가 되었다 해도 늑대들 사이에서 끝이 좋지 않았을 거라고 했습니다. 또한 퀴순이 '그 뚱뚱이'(페리둔)와 왜 결혼을 했는지 이해할 수 없다고도 했습니다. 그녀가 펠뤼르에 앉아 삼색 스웨터를 짜 주었던 손자는 이제 정확히 서른 살이 되었고, 할머니가 출연했던 영화를 텔레비전에서 보고 무척 웃었으며, 그 당시 이스탄불이 얼마나 가난했는지를 보고 놀라기도 했다고 합니다.

니샨타쉬의 이발사 바스리는 한때 나의 이발사이기도 했지요. 여전히 이발 일을 하고 있었으며, 케말보다는 아버지 뮘타즈 씨에 대해 존경과 사랑을 표시했습니다. 고인이 된 뮘타즈 씨는 농담을 잘하고 재미있고 관대하고 착한 사람이었다고 합니다. '사생아' 힐미와 그의 아내 네슬리한, '몽상' 하야티, 역시 펠뤼르 바의 단골인 살리흐 사를르, 케난처럼, 이발사 바스리에게서도 특별히 새로운 것을 알아낼 수는 없었습니다. 퀴순이 케말에게 감췄던 아래층에 살던 이웃 아일라는, 지금 엔지니어인 남편과 대학에 다니는 큰아이를 비롯해 네 명의 아이들과 함께 베식타쉬에서 살고 있었습니다. 퀴순과 친구로 지내는 걸 소중하게 여겼으며, 그녀의 활기, 장난기, 말하는 스타일 등 모든 걸 아주 좋아했지만, 안타깝게도 퀴순은 자신과 맘껏 사귀지는 못했다고 설명했습니다. 두 여자는 잘 차려입고 함께 베이오을루로 나가 극장에 가곤 했답니다. 동네 친구 한 명이 그곳에서 좌석 안내 일을 했기 때문에, 돌멘 극장의 예행연습에 그들을 들여보내 주었다고 합니다. 그런 다음 어딘가에서 샌드위치를 먹고, 아이란을 마시고, 집적거리는 남자들에게서 서로를 보호해 주곤 했습니다. 때로는 정말로 뭔가 살 것처럼 와코 백화점이나 비싼 가게에 들어가서 옷을 입어 보고, 거울을 보며 즐거워하기도 했습니다. 함께 웃고 이야기를 나누다가도, 퓌순은 영화 중간쯤 뭔가 신경 쓰이는 일이 있는지 언짢아하기도 했지만 마음속에 있는 것을 절대로 털어놓지 않았습니다. 케말 씨가 그 집을 드나들고, 아주 부자이며, 약간 비정상이라는 것은 동네 모두가 알고 있었지만 아무도 사랑에 대해서는 언급하지 않았다고 합니다. 오래전에 퓌순과 케말 사이에 있었던 일은 다른 추쿠르주마 사람들처럼 아일라도 알지 못했고, '어차피' 이제는 그 동네에서 떨어져 나왔다고 했습니다.

하얀 카네이션은 이십 년 사이 가십 기자에서 튀르키예에서 가장 큰 신문의 일간 부록 책임자로 승진했습니다. 국내 영화와 연속극 배우들의 스캔들과 연애담에 초점을 맞춘 월간 가십 잡지의 편집장이기도 했지요. 거짓과 오보로 사람들의 마음을 아프게 하고, 나아가 그들의 인생을 망쳐 버린 기자답게, 그도 케말에 대해 썼던 것은 정말 모두 잊었고, 그에게 안부를 전해 달라고 했습니다. 얼마 전까지만 해도 가끔 연락을 하며 소식을 들었다던 그의 어머니 외지혜 부인에게도 깊은 존경을 보냈습니다. 배우들 사이에서 일어난 일을 소재로 잘 팔릴 만한 소설을 쓰기 위해 그에게 연락을 했다고 생각했는지, 뭐든 도와줄 준비가 되어 있다며 우호적으로 말했습니다. 한때 유명한 스타였던 파파트야와 제작자 무자페르의 실패로 끝나 버린 결혼에서 태어난 아들이, 그 젊은 나이에 독일에서 가장 큰 여행사 한 곳을 소유하고 있는 걸 아느냐고 묻기도 했습니다.

페리둔은 영화계에서 완전히 떨어져 나와 광고 회사를 차렸고,

아주 성공했습니다. 이 회사 이름이 '파란 비'라는 걸 보고는, 그가 젊은 시절의 꿈을 포기하지 않았다는 사실을 알 수 있었습니다. 하지만 그 영화에 대해서는 묻지 않았습니다. 페리둔은 전 세계가 튀르키예의 비스킷, 청바지, 면도날, 깡패에 대해 두려워한다는 내용의 광고를 찍고 있었는데, 국기와 축구 경기 모습이 화면에 가득했습니다. 케말 씨의 박물관 계획에 대해서는 들어 알고 있었지만, 내가 '퓌순의 이야기를 설명하는' 책을 쓴다는 건 내게서 들었습니다. 그는 인생에서 단 한 번 사랑을 했지만, 퓌순이 자신에게 관심을 주지 않았다고 대단히 솔직하게 말했습니다. 결혼 생활 중에 겪었던 괴로움을 다시 경험하지 않기 위해 사랑에 빠지지 않으려고 무척 애를 썼다는 말도 조심스레 덧붙였습니다. 퓌순이 '어쩔 수 없이' 자신과 결혼했다는 걸 알기 때문이라고 했습니다. 솔직한 그가 마음에 들었습니다. 잘 꾸며 놓은 사무실에서 나올 때, 그는 조심스럽고 정중하게 '케말 씨'에게 안부를 전해 달라고 하고는, 눈썹을 치켜올리며 경고했습니다.

"퓌순에 대해 나쁜 이야기를 쓴다면 가만두지 않겠습니다, 오르한 씨, 그렇게 알고 계십시오."

그러고는 그에게 아주 잘 어울리는 편하고 경쾌한 분위기로 다시 돌아갔습니다. 그는 아주 큰 사이다 회사, 즉 그가 오랫동안 작업해 온 멜템의 신제품 '보라'의 광고를 따냈다면서, 내 소설 『새로운 인생』의 첫 문장을 광고에 써도 되겠느냐고 물었습니다.

체틴 씨는 퇴직금으로 택시 한 대를 사서 다른 운전자에게 세를 줬는데, 많은 나이임에도 가끔은 직접 이스탄불 거리에 나가 운전을 하기도 했습니다. 베식타쉬에 있는 택시 대기소에서 그를 만났을 때, 케말이 어린 시절이나 청년 시절부터 지금까지 변함없이 똑같다는 말을 했습니다. 사실 그는 삶의 매 순간을 사랑하고, 세상과 사람들에게 열려 있으며, 아이처럼 낙관적이라고 했습니다. 이런 점에서 본다면, 그의 삶을 맹목적인 사랑으로 흘려보낸 게 이상하지 않느냐고 나는 물었습니다. 하지만 체틴 씨는 내가 퓌순을 알았더라면, 케말 씨가 삶에 대해 애착이 있었기 때문에 그 여자를 그렇게 사랑했다는 것을 이해할 수 있을 거라고 했습니다. 그들, 퓌순과 케말은, 둘 다 좋은 사람들이며, 순수한 사람들이고, 서로에게 잘 맞는 사람들이었습니다. 하지만 신이 그들을 결합시켜 주지 않았고, 우리도 이에 대해 지나치게 의문을 제기할 필요는 없다고 했습니다.

긴 여행을 마치고 돌아온 케말 씨와 만났을 때, 그가 새로운 박물관 이야기를 들려준 다음, 나는 체틴 씨의 말을 전해 주었고, 퓌순에 대한 그의 말도 빠짐없이 전달했습니다. 그러자 그는 이렇게 말했습니다.

"우리 박물관을 돌아다닐 사람들은 우리의 이야기를 알게 될 것이고, 퓌순이 어떤 사람인지도 느끼게 될 겁니다, 오르한 씨."

우리는 곧 술을 마시기 시작했습니다. 이제는 그와 마시는 것이 아주 좋았습니다.

"관람객들이 모든 진열장, 모든 상자, 이 모든 물건들을 본다면, 내가 팔 년 동안 저녁 식사 때 퓌순을 어떻게 바라보았는지, 그녀의 손과 팔, 머리카락의 굴곡, 그녀가 담배꽁초를 비벼 끄는 모습, 눈썹을 치켜올리는 모습, 미소, 손수건, 머리핀, 신발, 손에 쥔 수저, 이 모든 것에 내가 얼마나 집중했는지를 본다면(나는 "하지만 귀고리를 주의하지 않았잖습니까, 케말 씨."라고 말하지 못했습니다.) 사랑이 커다란 관심과 커다란 연민이라는 걸 느끼게 될 겁니다……. 이제 제발 책을 끝내 주세요. 박물관의 모든 물건들은, 내가 느끼는 관심에 맞게 진열장 안에서 나오는 부드러운 빛으로 밝혀야 한다고도 쓰십시오. 사람들은 우리 박물관에서 물건들을 둘러보면서, 퓌순과 나의 사랑에 존경을 표할 것이고, 그들의 추억과 우리의 사랑을 비교할 겁니다. 박물관 안은 절대 붐비면 안 됩니다. 관람객들이 퓌순의 모든 물건들을, 우리가 함께 손을 잡고 거닐었던 이스탄불 장소들의 그림들과 모든 수집품들을 느끼면서 경험해야 하니까요. 오십 명 이상의 관람객이 한꺼번에 순수 박물관으로 입장하는 것을 금지합니다. 단체나 학교는 방문 전에 예약을 해야 합니다. 서양의 박물관들은 점점 더 붐비고 있습니다, 오르한 씨. 예전에 우리가 일요일마다 자동차를 타고 보스포루스로 나들이를 나갔던 것처럼, 유럽의 가족들은 일요일마다 모두 함께 커다란 박물관에 간답니다. 우리가 일요일에 보스포루스의 술집에서 점심을 먹는 것처럼, 그들도 박물관 식당에 앉아 웃고 떠들지요. 프루스트는 이모가 죽은 후 그녀의 집에 있던 물건들이 매음굴에 팔렸는데, 이모의 안락의자와 테이블을 그 매음굴에서 볼 때마다 물건들이 울고 있는 것을 느낀다고 쓴 적이 있습니다. 일요일의 인파들이 박물관을 돌아다니면, 물건들은 운답니다, 오르한 씨. 나의 박물관에서는 물건들이 항상 자신의 집에 있는 셈이에요. 교양 없고 자신감도 없는 우리의 부자들은 서양의 박물관 유행을 보고는, 그것을 모방해서 식당이 있는 현대적인 미술관을 열고자 합니다. 하지만 우리에게는 회화 예술에 대한 지식이나 취향 그리고 재능이 없습니다. 튀르키예 사람들은 자신의 박물관에서, 형편없는 서양 그림 모작이 아니라, 자신의 삶을 관람해야 합니다. 우리의 박물관은 부자들이 자신을 서양인인 양 느끼게 해 주는 환상을 제공하는 게 아니라, 우리의 삶을 보여 줘야 합니다. 나의 박물관은 퓌순과 나의 모든 인생이고, 우리의 모든 경험입니다. 그리고 당신에게 한 말은 모두 사실입니다, 오르한 씨. 어쩌면 독자들이나 관람객들에게 명백하지 않은 부분도 있겠지요. 나의 이야기와 삶을 당신에게 진심을 다해 설명했다고는 하지만, 내가 그녀를 어느 정도로 온전히 이해했는지는 나 자신도 모르니까요. 미래의 학자들이 우리 박물관의 잡지 《순수》에 발표한 글에서 밝혀 주었으면 합니다. 퓌순의 머리핀과 빗, 죽은 카나리아 레몬 사이에 어떤 구조적 관계가 있는지 그들이 알려 주겠지요. 내가 경험한 것들, 내가 겪은 사랑의 고통, 퓌순의 고뇌, 저녁 식사 때 눈을 마주치며 시간을 보냈던 것, 해변과 극장에서 손을 잡는 것만으로 행복해했던 것을 과장이라고 여기는 관람객에게는, 경비원들이 우리의 경험이 모두 진실이라고 설명해야 합니다. 하지만 걱정 마십시오. 우리의 사랑을 미래 세대들이 잘 이해할 거라는 점은 추호도 의심하지 않습니다. 지금으로부터 오십 년 후 카이세리에서 버스를 타고 찾아올 발랄한 대학생들, 카메라를 들고 문 앞에 줄을 서 있을 일본 관광객들, 길을 좀 헤맨 후에 박물관으로 온 외로운 여자, 행복한 이스탄불의 행복한 연인들은, 퓌순의 옷, 소금 통, 시계, 식당 메뉴판, 예전 이스탄불 사진, 어린 시절 가지고 놀던 것과 똑같은 장난감 등 물건들을 보고 또 보며 우리의 사랑과 우리가 경험한 것들을 가슴 깊이 느낄 거라고 확신합니다. 순수 박물관에 올 사람들은 우리가 열게 될 특별 전시회에도 올 것입니다. 그러면 내가 협회에서 알게 된 이스탄불의 가련한 형제들이 자신의 쓰레기 더미 집에서 배 사진, 사이다 뚜껑, 성냥갑, 빨래집게, 엽서, 배우나 유명인의 사진, 귀고리 등을 가져올 것이고, 집착적인 수집가들이 모아 놓은 물건들도 볼 수 있을 겁니다. 이 전시회와 수집품들 이야기도 카탈로그와 소설에 소개해 주었으면 합니다. 그런 날에 물건을 바라보며 퓌순과 케말의 사랑을 경외심과 존경으로 기억해 줄 방문객들은, 이 이야기가 레일라와 메즈눈처럼, 휘슨과 아슥처럼, 단지 연인들뿐 아니라, 모든 세상, 그러니까 이스탄불의 이야기라는 것을 알게 될 겁니다. 라크 한 잔 더 하시겠습니까, 오르한 씨?"

우리 소설의 주인공이자 박물관 설립자인 케말 바스마즈는 2007년 4월 12일, 그러니까 퓌순의 쉰 번째 생일에, 그 자신은 예순 두 살이었을 때, 밀라노에서 항상 머물던 그랜드 호텔 데 밀라노의 비아 만초니가 내려다보이는 커다란 호텔 방에서, 아침 무렵 발생한 심장 마비로 잠든 채 사망했습니다. 케말 씨는 "내 인생에서 가장 중요한 박물관 다섯 군데 중 하나입니다!"(그는 죽을 때까지 정확히 5723군데의 박물관을 돌아다녔습니다.)라고 했던 바가티 발세치 박물관을, 그의 표현대로라면, '경험하기' 위해 기회가 있을 때마다 밀라노에 갔습니다.("박물관 : 1. 돌아다니는 곳이 아니라 느끼고 경험하는 곳이다. 2. '느끼게 될 것'의 영혼을 형성하는 것은 수집품이다. 3. 수집품이 없는 곳은 박물관이 아니라 전시관이다." 내가 마지막으로 메모한 그의 중요한 생각입니다.) 19세기에 어느 형제가 16세기 르네상스 전시관으로 꾸몄고 20세기에 들어와서는 박물관으로 바뀐 그 집에서, 케말 씨는 놀라운 역사적인 수집품들에 매료되었는데, 그 수집품들(오래된 침대, 램프, 르네상스 시대의 거울, 취사도구)은 바로 형제들이 살았던 그 집의 평범하고 일상적인 물건들이었기 때문이었습니다.

우리 책의 색인에 이름을 나열한 사람들은 대부분 테쉬비키예 사원에서 거행된 그의 장례식에 참석했습니다. 케말의 어머니 외지혜 부인은 머리에 스카프를 쓰고 늘 장례식을 구경하던 발코니에 있었습니다. 사원 마당에 있던 우리는 엉엉 울며 아들을 보내는 그녀를 눈물 어린 눈으로 바라보았습니다……

전에는 나를 만나고 싶어 하지 않았던 케말 씨의 지인들이 장례식 이후 한 달이 지나자, 이상하지만 논리적인 순서로 한 사람씩 나와 만나고 싶어 했습니다. 니샨타쉬를 배경으로 쓴 나의 책에서 그들을 무자비하게 비난했다는 잘못된 인식에서 비롯된 일이라고 생각합니다. 나의 어머니, 형, 삼촌 등 나의 가족들뿐 아니라, 존경받는 니샨타쉬 사람들, 예를 들면 제브데트 씨, 그의 아들들, 가족들, 시인 친구 카, 나아가 내가 아주 선망해 마지않았던 유명 칼럼작가 제랄 살리크, 유명한 가게 주인 알라딘, 꽤 많은 정부 인사와 종교 인사, 파샤를 나쁘게 그렸다는 소문과 비난이 안타깝게도 널리 퍼져 있었습니다. 자임과 시벨은 나의 책을 읽기도 전에 두려워했습니다. 자임은 젊은 시절보다 더 부자가 되었습니다. 멜템은 사이다로서는 잊혔지만 대기업으로 건재했습니다. 그들은 보스포루스 풍경이 내다보이는 베벡 언덕에 있는 멋진 집에서 나를 극진히 대접했습니다. 내가 케말 씨의 인생 이야기(퓌순과 친했던 사람들은 내가 퓌순의 이야기를 쓴다고 말했습니다.)를 집필하는 것이 자랑스럽다고 했습니다. 하지만 한쪽의 이야기만 들을 것이 아니라, 그들의 말도 듣고 나서 써야 한다고 했습니다.

그들은 케말 씨가 죽기 반나절 전인 4월 11일 오후에 그와 밀라노 거리에서 우연히 만났던 일에 대해 들려주었습니다.(그들이 이것 때문에 나를 불렀다는 걸 금방 느낄 수 있었습니다.) 그들, 그러니까 자임과 시벨 그리고 저녁 식사에 함께했던 스무 살(퀼)과 열여덟 살(에브루)인 예쁘고 영리한 딸들은 그저 즐기기 위해 사흘 일정으로 밀라노에 갔습니다. 오렌지, 딸기, 멜론 맛이 나는 형형색색의 아이스크림을 핥으며, 진열장을 구경하고 웃고 떠들며 걷던 이 행복한 가족들 중에서 케말은 먼저 퀼을 보았고, 그녀의 어머니와 아주 닮은 것에 놀라 "시벨! 시벨! 안녕, 나야 케말."이라고 하며 다가갔습니다.

"퀼은 이십 대 때의 나와 아주 닮았지요, 게다가 그날 이 아이는 내가 젊었을 때 입었던 니트 스톨을 입고 있었어요."

시벨 부인은 자랑스럽게 미소를 지으며 말을 이었습니다.

"케말은 아주 지쳐 보였어요. 행색이 말이 아닌 데다 피곤하고, 지독히 불행해 보였어요. 오르한 씨, 나는 그의 그런 모습을 보고 아주 마음이 아팠습니다. 나뿐 아니라 자임도 아주 안타까워했지요. 나와 힐튼에서 약혼했던, 삶을 너무나 사랑하고 매력적이며 쾌활하고 장난기 많던 사람은 온 데 간 데 없고, 세상과 삶에서 떨어져 나간, 인상을 잔뜩 쓰고, 입에 담배를 문 노인이 되어 있더군요. 그가 먼저 궐을 알아보지 못했다면 우리는 그를 알아보지 못했을 거예요. 늙었을 뿐 아니라, 금방이라도 허물어질 것 같더군요. 정말 마음이 아팠어요. 게다가 오랜 세월이 흐른 후 처음으로 그를 보았으니까요."

"푸아예에서 당신과 마지막으로 식사를 한 후 삼십일 년이 흘렀지요."

나는 이렇게 말했습니다.

소름 끼치는 정적이 흘렀습니다.

"당신에게 모든 걸 다 말했군요!"

잠시 후 시벨이 고통스럽게 말했습니다.

침묵이 흐를 때, 나는 그들이 내게 진짜 말하고 싶은 것이 무엇인지 이해했습니다. 자임과 시벨은 자신들의 삶이 훨씬 더 행복하며, 평범하고 멋진 삶을 살아왔다는 걸 독자들이 알아주길 바랐습니다.

하지만 딸들이 방으로 들어간 후 코냑을 마시면서, 나는 이 부부가 말로 표현하기 힘들어했던 다른 이야기가 있다는 것을 깨달았습니다. 코냑을 두 잔째 마실 때, 시벨은 자임처럼 장황하게 말을 돌리지 않고 내가 감탄할 정도로 솔직하게 자신의 고민을 털어놓았습니다.

"1975년 늦여름에, 케말이 자신의 병, 그러니까 고인이 된 퓌순을 지독하게 사랑하고 있다는 걸 고백했을 때, 나는 그를 동정했고 그를 도와주고 싶었어요. 아나돌루히사르에 있는 우리 여름 집에서 그를 치료하기 위해 모든 노력을 다하면서 함께 한 달(사실은 세 달이었습니다.)을 보냈습니다, 오르한 씨. 사실 이제는 이것이 중요하지 않아요……. 요즘 젊은이들은 순결 문제 같은 건 전혀 신경 쓰지 않죠.(이것도 사실이 아니었습니다.) 하지만 그렇더라도 당신 책에다 나에게는 모욕적인 그 시절에 대해서는 언급하지 않았으면 합니다……. 중요하지 않게 보이는 문제일지도 모르겠네요. 하지만 단지 이 일에 대해 뒷말을 한 것 때문에 가장 좋은 친구였던 누르지한과 싸웠답니다. 내 아이들도 그걸 알지만 중요하게 여기지 않았어요. 하지만 아이들의 친구들, 남 얘기 좋아하는 사람들은……. 제발 우리에게 상처를 주지 마세요, 부탁합니다……."

자임은 언제나 케말을 좋아했다고, 그가 진실한 사람이며 그와의 우정은 소중하다고, 그가 그립다고 했습니다.

"그런데, 정말 케말은 퓌순 부인과 관련된 모든 것을 모았답니까, 정말로 박물관을 만든답니까?"

자임은 감탄과 두려움이 섞인 태도로 내게 물었습니다.

"예, 나도 이 책을 통해 그 박물관을 광고하게 될 겁니다."

늦은 시간까지 그들과 웃으며 이야기를 나누었고, 그 집을 나오면서 나 자신을 케말의 위치에 놓고 생각해 보았습니다. 그가 살아 있다면, 그리고 시벨과 자임과의 우정을 지속했다면(충분히 가능한 일이었습니다.) 케말도 나처럼 외로운 삶을 보냈다는 것에 대해 행복감과 죄책감을 동시에 느끼면서 그날 밤 그 집에서 나왔을 것입니다.

"오르한 씨……."

문 앞에서 자임이 말했습니다.

"제발 시벨의 부탁을 들어주십시오. 그리고 멜템 회사 차원에서 박물관을 지원하고 싶습니다."

그날 밤, 더 이상 다른 증인들과 이야기를 나눌 필요가 없다는 생각이 들었습니다. 나는 케말의 이야기를 다른 사람들의 시선이 아니라, 그가 설명한 대로 쓰고 싶었습니다.

오로지 이 믿음 때문에 나는 밀라노에 갔습니다. 시벨과 자임 그리고 아이들과 우연히 만난 날, 그를 그렇게 마음 아프게 했던 것은, 그들과 만나기 직전에 다시 찾아갔던 바가티 발세치 박물관의 초라한 모습, 박물관의 수익을 위해 그 공간의 일부를 유명 디자이너 제니 콜롱에게 세를 주었다는 사실이라는 것을 알게 되었습니다. 내가 그의 죽음을 전하자 검은 옷을 입은 박물관 여경비원들의 눈에는 눈물이 어렸고, 몇 년 동안 한번씩 박물관을 찾던 튀르키예 남자를 기억하는 관리자들도 매우 슬퍼했습니다.

이 이야기를 듣자, 내 책을 마무리하기 위해 이제는 그 누구의 말도 들을 필요가 없다는 것을 다시 한번 생각하게 되었습니다. 단 한 가지, 퓌순을 만나 그녀의 말을 듣고 싶다는 생각이 들었습니다. 하지만 그녀와 친한 사람들보다 먼저, 나의 책을 두려워하며 기어코 나를 자신들의 집으로 초대한 사람들이 있었고, 나는 그저 그들과 함께 식사하는 즐거움을 누리고자 그 초대에 응했습니다.

그리고 그 짧았던 저녁 식사에서, 오스만은 이 이야기를 절대 쓰지 말라고 충고했습니다. 그렇습니다, 사트사트는 어쩌면 고인이 된 동생의 태만 때문에 파산했을 수도 있지만, 돌아가신 아버지 뮙타즈 씨가 설립했던 회사는 지금의 튀르키예 수출 붐의 원동력이 되었습니다. 그들은 적도 많았고, 소문도 많았으므로, 상처만 안겨 줄 이런 책으로 인해 바스마즈 주식회사는 조롱을 당할 것이고, 유럽인들 또한 우리를 보고 비웃으며 비난할 원인이 될 수도 있다는 것입니다. 그럼에도 그날 밤 나는 멋진 기념품, 즉 베린 부인이 남편 몰래 부엌에서 내게 건네준, 어린 시절 케말이 갖고 놀았던 구슬을 가지고 그 집에서 나왔습니다.

전에 케말이 소개해 주었던 네시베 고모는, 쿠유루 보스탄 골목에 있는 집에 찾아갔을 때, 새로운 것은 아무것도 말해 주지 않았습니다. 그러면서 퓌순 때문만이 아니라 "나의 유일한 사위는 그 사람입니다."라고 하며 케말 때문에 계속 눈물을 흘렸습니다. 박물관에 대해서는 단 한 번 언급했습니다. 잼을 만들려고 오래된 모과 강판을 찾아보았지만, 도무지 발견하지 못했다고 했습니다. 혹시 박물관에 있느냐고 물었습니다. 나는 그것을 알고 있는데 다음번에 가져다줄까요, 하고 물어보았습니다. 그녀는 나를 배웅하면서 이렇게 말하고는 울었습니다.

"오르한 씨, 당신은 케말을 연상시키는군요."

케말은 죽기 육 개월 전, 퓌순과 가장 가까웠고 그녀의 모든 비밀을 알며, 케말을 가장 잘 이해하는 듯한 제이다를 소개해 주었습니다. 소설 읽는 것을 좋아하는 제이다 부인이 나를 만나고 싶어 했기 때문이기도 했습니다. 이제 삼십 대가 된 두 아들은 엔지니어였으며, 결혼도 했습니다. 그녀가 아주 사랑하는 며느리들 사진도 보여 주었는데, 그들은 그녀에게 벌써 일곱 명의 손자 손녀를 안겨 주었습니다. 제이다보다 훨씬 나이가 많은 그녀의 부자 남편(세디르지 씨의 아들)은 술에 취한 듯, 노망기가 있는 듯 보였는데, 우리와 우리 이야기, 게다가 케말과 내가 라크를 아주 많이 마시는 것에도 전혀 관심을 갖지 않았습니다.

케말이 추쿠르주마에 처음 갔던 날 저녁에 욕실 선반에 놓아둔

귀고리 한쪽을 퓌순은 바로 그날 밤 발견했고, 제이다에게 그 얘기를 해 주었는데, 케말에게 벌을 주려는 심산으로 "귀고리고 뭐고 없었어."라고 말하기로 함께 결정했다고 제이다는 웃으면서 말했습니다. 퓌순의 많은 비밀이 그러하듯, 케말 씨는 이 이야기를 이미 오래전에 제이다에게서 들었다고 했습니다. 내가 그 말을 듣고 있을 때 그녀는 고통스러운 미소를 지어 보였고, 우리에게 라크 한 잔씩을 더 따라 주었습니다.

"제이다, 퓌순의 소식을 듣기 위해 당신과 마치카나 타시륵에서 만나 이야기를 나누었지요. 당신이 퓌순에 대해 말할 때 나는 돌마바흐체의 모습을 바라보곤 했어요. 얼마 전에 보니 내 수집품에 그 풍경 사진이 많이 있더군요."

사진 이야기가 나오자, 아마도 나를 보고 기뻐서인지, 제이다 부인은 케말이 한 번도 보지 못했던 퓌순의 사진을 얼마 전에 찾았다고 했습니다. 1973년《밀리예트》신문 미인 대회 결선이 있던 밤, 하칸 세린칸이 무대에서 물어볼 교양 문제들을 무대 뒤에서 퓌순에게 속삭일 때 찍은 사진이었습니다. 지금은 어느 이슬람주의 정당의 국회 의원이 된 그 유명 가수는 퓌순을 아주 마음에 들어 했다고 합니다.

"안타깝게도 우리 둘 다 입상을 하지 못했어요, 오르한 씨, 하지만 진짜 여고생들처럼 그날 밤 퓌순과 나는 눈물이 날 때까지 웃어 댔답니다. 퓌순의 이 사진은 바로 그때 찍은 거지요."

그녀가 금세 꺼내와 탁자 위에 올려놓은 빛바랜 사진을 보자마자 케말 씨의 얼굴은 새하얗게 변했고, 한동안 긴 침묵에 잠겼습니다.

제이다의 남편이 미인 대회 이야기를 좋아하지 않았기 때문에, 우리는 퓌순의 사진을 더 이상 쳐다보지 못했습니다. 하지만 여느 때처럼 사려 깊은 제이다는 그 밤이 끝날 무렵 사진을 케말 씨에게 선물했습니다.

마치카에 있는 제이다의 집에서 나와, 밤의 정적 속에서 케말 씨와 함께 니샨타쉬를 향해 걸었습니다.

"당신을 파묵 아파트까지 바래다 드리지요. 나는 오늘 밤 박물관이 아니라 어머니와 함께 테쉬비키예의 집에서 머물 겁니다."

케말 씨가 말했습니다.

하지만 파묵 아파트에서 다섯 건물 떨어진 곳에 있는 멜하메트 아파트 앞에 도착하자 그는 멈춰 서서 미소를 지었습니다.

"오르한 씨, 당신의 소설 『눈』을 다 읽었습니다. 나는 정치는 좋아하지 않아요. 그래서, 미안합니다만, 읽는 데 좀 힘이 들었습니다. 하지만 결말 부분이 마음에 들었습니다. 나도 그 책에 나오는 등장인물처럼, 소설 끝에서 독자들에게 한마디 하고 싶습니다. 내게 그런 권리가 있을까요? 언제 책을 마무리할 겁니까?"

"당신이 박물관을 완성한 후에요."

이제 우리 사이에 농담처럼 된 말이었습니다.

"마지막 말이 무엇입니까?"

"나는 그 인물처럼, 멀리 있는 독자들이 우리를 이해하지 못할 거라고는 말하지 않겠습니다. 반대로, 우리 박물관을 둘러본 사람들은, 그리고 당신 책을 읽은 사람들은 우리를 이해할 겁니다. 하지만 다른 할 말이 있습니다."

이 말을 마치고 나서, 그는 주머니에서 퓌순의 사진을 꺼내 멜하메트 아파트 앞에 있는 가로등의 희미한 불빛 아래서, 사랑이 가득한 시선으로 퓌순을 바라보았습니다. 나도 그의 곁으로 갔습니다.

"아름답지 않나요?"

삼십 년쯤 전에 그의 아버지가 그에게 말했던 것처럼 그는 이렇게 말했습니다.

두 남자는, 9번이라고 새겨진 검은 수영복을 입고 있는 퓌순의 사진을, 벌꿀 색 팔을, 전혀 즐겁지 않고 오히려 슬픈 얼굴을, 멋진 몸을, 사진을 찍은 후 정확히 삼십사 년이 흐른 후에도 우리를 매료하는 인간적인 고뇌가 묻어 있는 표정을, 그녀의 영혼을, 감탄하며 사랑을 다해 존경스럽게 바라보았습니다.

"케말 씨, 이 사진을 박물관에 전시하세요."

나는 이렇게 말했습니다.

"책에 나오는 나의 마지막 말은 이것입니다, 오르한 씨, 잊지 말아 주세요."

"잊지 않겠습니다."

그는 퓌순의 사진에 사랑을 다해 입을 맞추고는, 재킷의 가슴 주머니에 조심스럽게 넣었습니다. 그러고는 나를 보며 승리한 듯한 미소를 지어 보였습니다.

"모든 사람이 알아주었으면 합니다, 내가 아주 행복한 삶을 살았다는 것을."

(2001~2002, 2003~2008)

# 이스탄불을 무대로 한 불멸의 사랑 이야기

**나는 장차 이 소설로 기억될 거라 믿는다.**

— 오르한 파묵

한 남자가 한 여자를 사랑했습니다. 그리고 이로부터 인류의 모든 역사와 이야기가 시작되었습니다.

얼마나 많은 작가들이 사랑을 소재로 글을 썼던가. 태초에 사랑이 있었고, 사랑이 있었기에 인류가 시작되었으며, 인류가 계속되는 한 사랑이라는 소재는 모든 예술에서 영원이 다루어질 것이다. 작가라면 정말로 아름다운 사랑 이야기를 쓰는 것이 평생의 염원이며 갈망일지도 모른다. '사랑'을 자신의 스타일로 그려 보고 싶은 마음이 오르한 파묵에게도 있었나 보다. 또한 노벨 문학상 수상 이후 '장차 내가 기억될 작품'이라고 작가 스스로 단언한 소설이 바로 『순수 박물관』이다.

지금까지 발표된 파묵의 작품 중에서 '사랑'을 이토록 전면에 내세우며 집약적으로 다룬 작품은 없었기에 나도 파묵이 이 작품에 대해 언급할 때마다 가슴이 설레고 무척 기대가 되었다. 나는 『순수 박물관』을 아주 천천히 시간을 두고 읽어 내려갔다. 치밀하게 묘사된 문장은 피부를 데우는 뜨거운 시구처럼 오랫동안 맴돌며 울려 퍼졌다. 이 작품에 담긴 사랑의 설움과 애달픔이 독자를 어느 곳까지 이끌며 어떤 것까지 목격하게 할 것인가가 읽는 내내 궁금했다. 이 작품은 소설이라기보다는 한 인간의 전부를 담은 회고록이며, 한 사람의 사랑이 이룩한 박물관의 처절한 안내 도록이라는 걸 미리 말하는 것은, 다만 역자로서가 아니라 한 사람의 독자로 이 글을 써 내려가기 때문이다.

장편 소설 『순수 박물관』은 파묵이 2006년 노벨 문학상을 수상한 이후 처음 발표한(2008년 8월 출간) 작품이다. 한 여자(퓌순)를 평생 사랑한 한 남자(케말)가, 그녀의 집에서 물건들을 훔쳐 와, 전에 그녀와 사랑을 나누었던 장소에 보관하고, 나중에는 그녀를 기억하기 위해 박물관을 세운다는, 상당히 집착적인 사랑 이야기라는 것은 이미 몇 년 전에 파묵에게서 들어 알고 있었다. 소설을 읽으면서 그들의 사랑에 너무나 집중하여 오로지 그 사랑에만 초점을 두고 '결말이 어떻게 될까? 이 둘의 사랑이 결실을 맺어 해피엔딩이 될까, 아니면 비극으로 치닫게 될까?'라는 생각을 했다. 한편으로는, 지금까지 파묵 작품의 등장인물 중 여성은 남성에 비해 상대적으로 희미한 존재였고 크게 부각되지 않았기 때문에, 그가 사랑에 빠진 여성 주인공 퓌순의 심리를 어떻게 묘사할지 궁금해 주인공 여성의 심리에도 관심을 두었다.

며칠 동안 집중하여 작품을 다 읽은 뒤 가장 먼저, 이 소설은 오르한 파묵의 소설 중에서도 자신의 자아가 가장 많이 투영된 이야기라는 생각이 들었다. 파묵은 이러한 의미로 "『순수 박물관』은 많은 부분을 나의 경험을 바탕으로 쓴 자전적 소설에 가깝다."라고 했을 것이다. 파묵은 자신이 태어나고 자란 이스탄불과 그 장소가 표방하는 삶의 형태, 그리고 가난한 나라의 부유한 집안에서 태어난 남자가 겪는 다양한 고뇌를 '사랑' 이야기를 중심으로 아주 진솔하게 그려 나가고 있다. 사랑하기 때문에, 아무 목적도 없이 단지 옆에 있고 싶어서, 유부녀인 퓌순의 집에 팔 년 동안 드나드는 상황은 아이러니하게도 당대 유행했던 튀르키예 애정 영화와 비슷하다.

파묵은 『순수 박물관』 출간 후, 한 인터뷰에서 "사랑이 무엇이라고 생각합니까?"라는 질문에 "사랑은 교통사고입니다."라고 답했다. 이는 물론 『순수 박물관』의 결말과 연관되어 나온 답변이다. 사랑이 교통사고라니······. 이 둘의 공통점은 무엇일까? 우연? 돌발성? 상처가 남는다? 면역성이 없다? 내 의지로 피할 수 없다? 그리고 파묵은 이렇게 덧붙였다. "그리고 사랑은 심각한 질병이지요." 이 두 번째 답변은 주인공 케말의 정신 상태를 그대로 반영하는 말이라고 할 수 있다.

『순수 박물관』은 파묵의 집필 철학인 '바늘로 우물 파기'가 그대로 드러난 작품이다. 1970년대에서 1990년대 사이의 이스탄불 문화가 아주 세세하게 파노라마처럼 펼쳐진다. 상류층의 문화, 연애 및 결혼 풍습, 순결에 대한 인식, 혼전 성관계, 영화계의 실태, 사업과 장사꾼들의 뒷거래 등이 사실주의 영화처럼 묘사되어 있다. 또한 파묵의 다른 작품에도 등장하는 실제 파묵의 가족과 비슷한 가족들이나 『이스탄불 ─ 도시 그리고 추억』에서 보았던 파묵의 어머니와 비슷한 주인공의 어머니가 등장하기도 한다. 또한 소설의 종반부에서는 영원불멸의 장소를 창조하기 위해 전 세계의 박물관을 찾아다니는 여정을 다룬다는 점에서, 마법적인 책과 사랑하는 여자를 찾기 위해 튀르키예 전국을 여행하는 『새로운 인생』의 주인공 같은 모습도 담겨 있다. 이렇듯, 파묵의 작품들을 섭렵한 독자들에게는 아주 익숙한 캐릭터들이 등장해 자연스럽게 다른 작품들을 떠올리며 읽게 된다. 이렇게 여러 관점에서 이 소설을 즐길 수 있겠지만, 나에게는 무엇보다 '한 남자의 사랑에 관한 사적인 역사'로 다가왔다.

소설의 한 지점에서, 나는 퓌순의 어머니와 케말의 대화 두 줄을 읽고 그만 떨어지는 눈물을 참을 수 없었다. 카타르시스는 비극에서 오며, 인간이 영원한 구원을 종교 혹은 사랑에서 찾는다고 한다면, 파묵이 이 작품에서 택한 것은 사랑이었다. 이러한 복받치는 감정의 카타르시스를 느끼려면, 케말이 팔 년 동안 퓌순의 집에 드나드는, 어쩌면 단조롭다고 여겨지는 일상에 대한 묘사를 소홀히 읽으면 안 될 것이다. 오랜 시간 찾아 헤매다가 겨우 발견했으나, 이미 결혼해 버린 그녀와 아무런 육체적 접촉도 없는 상황에서, 팔 년 동안 계속해서 일주일에 서너 번은 저녁을 먹으러 그녀의 집에 찾아가고, 돌아가야 하는 시간이 되면 자리에서 일어나지 못해 괴로워하며 핑계를 찾는 남자, 그녀의 행동 하나하나를 관찰하고, 그녀가 담배를 비벼 끄는 스타일에서도 그녀의 감정을 파악하면서 그 담배꽁초마저 수집하는 남자, 그녀와의 사랑을 기억하기 위해 그녀의 모든 것을 전시할 박물관을 세우는 남자. 감정이나 사람이 아니라, 그 대상의 물건을 통해 사랑을 증명하고, 그것을 영원히 남기려는 이야기가 세계 문학사에 얼마나 있을까? 이러한 사랑의 관계를 이야기로 담아 낸 파묵의 의도는, 마치 존재하지 않는 허구의 대상을 존재하는 대상으로 추억하고 기념함으로써, 그리고 그 존재가 있었다는 증거들을 모두 수집하여 박물관으로 세움으로써, 예술적 상상력이 얼마든지 현실을 창조할 수 있으며 나아가 불멸로 이끌 수 있다는 것을 증명하고자 하는 신념과 의지로 느껴진다.

한편 『순수 박물관』에는 당시 튀르키예의 젊은 세대가 사랑이나 순결 혹은 결혼을 바라보는 관점이 사실적으로 묘사되어 있다. 두 남녀의 가슴 아픈 사랑 이야기를 축으로, 튀르키예의 근현대 문화가 세세하게 서술되어 있는 셈이다. 나는 튀르키예에서 오랫동안 유학을 했기 때문에, 튀르키예 문화나 사회 문제 등에 관해 세세하게 서술한 부분에서 고개를 끄덕이거나, 맞아, 그래, 그런가,

하며『순수 박물관』을 읽어 내려갔다. 튀르키예의 전반적인 사회 분위기나 전통과 관습에 익숙하지 못한 독자라면 낯설게 느낄 수도 있을 것이다. 하지만 이러한 집요한 묘사, 사물과 장소의 나열과 설명으로 가득한 것이 바로 파묵의 전략이며 의도라는 것에 주목하자. 이전까지의 파묵의 작품이 서사 자체에 치중했다면, 이 작품은 형태를 가진 사물을 통해 인간의 감정과 관계, 세대와 사회를 그려 내고자 했다고 할 수 있으므로.

잠시 파묵의 자전적 회고록『이스탄불 — 도시 그리고 추억』을 언급해 본다. 이 책에는 이스탄불을 방문한 서양인들 중 유명한 시인 제라드 드 네르발에 관한 이야기가 나온다. 이후 파리에서 목을 매달아 자살한 네르발이 사랑했던 여인 제니 콜롱은, 케말이 퓌순을 만나는 계기가 된 가방의 브랜드 이름이다. 네르발은 제니 콜롱을 사랑했으나 결국 실연했고, 그녀는 다른 남자와 결혼해서 얼마 지나지 않아 죽게 된다. 네르발과 제니 콜롱의 사랑 이야기는 케말과 퓌순의 사랑 이야기와 흡사하다. 일찍 세상을 떠난 제니 콜롱과 퓌순, 그리고 그들을 잊지 못해 영원한 징표를 남기는 네르발과 케말. 네르발은 열렬히 사랑했던 여인, 제니 콜롱의 이야기를 시집『오렐리아』로 남겼으며, 케말은 퓌순을 기억하기 위해 '순수 박물관'을 세운다.

오르한 파묵이라는 작가의 작품을 번역하는 가장 큰 보람이 무엇이냐고 묻는다면, 그의 작품을 전 세계에서 누구보다 먼저 읽어 볼 수 있는 특권을 갖는 것이며, 처음 읽는 순수한 감동과 기쁨을 누릴 수 있는 것이라고 답하겠다. 그러므로 이후에 이어질 지옥과도 같은 번역의 고통을 이겨 낼 수 있는 힘도 아울러 얻는 것이라고.

2008년 방한 기자회견에서 "노벨 문학상을 받은 후 달라진 것은 무엇입니까?"라는 질문에, 오르한 파묵은 여러 가지를 나열하다 "노벨 문학상을 받은 작가는 어쩐지 은퇴하는 분위기가 되는데, 저는 그러지 않을 겁니다. 전 제가 젊은 나이에 노벨 문학상을 수상했다고 생각하며, 앞으로도 더 열심히 쓸 것입니다."라고 답변했다. 노벨상 수상 이후에도 소설을 쓰는 계획에는 전혀 변함이 없다고 했던 말을 증명하듯, 『순수 박물관』을 탈고한 지 얼마 지나지 않아 새로운 소설 집필에 착수했다니, 그 열정과 집념에 그저 놀랄 뿐이다.

올해 하반기에는 소설 제목과 같은 '순수 박물관'이 일반에 공개된다. 이 소설을 읽은 후에 책을 들고 소설의 주요 배경이 된 이스탄불 추쿠르주마에 있는 퓌순의 집, 즉 '순수 박물관'을 방문하면(책 안에 입장권이 있다.) 소설에 나오는 모든 물건들을 볼 수 있는 즐거움을 만끽하면서, 이야기가 책에서 나와 현실에 존재하고 있는 것을 목격할 수 있을 것이다. 말 그대로 소설의 모든 것들을 재현한, 작가가 창조한 한 편의 소설이 실제임을 보여 주는 박물관이다. 나는 수년 전부터 오르한 파묵이 이 작품을 쓰는 과정과 박물관에 전시될 물건을 모으는 과정을 목격했고, 그의 집필실에서 아직 공개되지 않은 물건들을 보고 사진도 찍으며 소설 속 오브제들의 생명을 호흡했다. 완공된 '순수 박물관'에 가서, 소설을 읽고 번역하며 느꼈던 감동을 다시 한번 체험하고 싶은 마음이 간절하다.

파묵이 이 소설을 집필할 때 그의 여름 집필실을 방문한 적이 있다. 수십 개 언어로 번역된 파묵의 책을 비롯한 수많은 책이 가득한 전망 좋은 그의 집필실 창문에는 "퓌순을 관찰해!"라는 글귀가 커다랗게 붙어 있었다. 또한 이후에 겨울 집필실에 갔을 때, 책상 옆 메모판에는 "순수의 순수를 잊지 마!", "항상 박물관의 물건들을 생각하며 써!", "귀고리를 잊지 마, 귀고리!", "자리에서 절대 일어나지 말고, 쉬지 말고 써, 자리에서, 책상에서 절대 일어나지 마!"(이 메모를 보고 소름이 끼쳤다.) 등등의 글귀가 무수하게 붙어 있었고, 이러한 메모로 그의 집필 스타일을 조금이나마 엿볼 수 있었다. 그때의 기억들은 '순수 박물관'을 방문할 때 현실이 될 것이다. 훌륭한 예술은 상상을 현실로 존재하게 한다.

튀르키예를 포함하여, 이슬람교를 믿는 사람들은 희생절(쿠르반 바이라므)을 지킨다. 이 기간 동안 무수한 양과 소가 인류의 죄를 대속하기 위해 피를 흘리고 배설물을 쏟으며 죽어 간다. 명절이 끝난 뒤의 도살장은 역겨운 악취와 피와 똥오줌과 짐승의 가죽과 뼈와 털과 살점으로 가득하다. 이러한 의식으로 인간은 신에게 속죄를 한다. 한 편의 작품을 창조한다는 것은 이러한 도살장에서 솟아나는 숭고하고 성스러운 속죄 의식과 희생을 생각나게 한다.

"누군가를 아주아주 사랑하면, 그를 위해 우리의 가장 귀중한 것을 내주어도 그로부터 해가 오지 않는다는 것을 우리는 알아. 희생이란 바로 이런 거야. 너는 누구를 가장 사랑하니?"라는 작품 속 문장은 나를 오래 기도하도록 만든다.

이 소설을 번역하는 과정에서도 오르한 파묵과 메일을 주고받으며 많은 토론을 하고 도움을 받았다. 또한 수년 전 이 소설에 대해 언급하면서 필사본을 선물해 준 파묵에게 진심으로 감사의 마음을 전한다. 번역하는 과정에서 관용어나 튀르키예 고유의 표현에 대한 나의 질문에 기꺼이 시간을 할애해 준 니하예트 아르슬란(Nihayet Arslan) 교수, 레일라 우준(G. Leyla Uzun) 교수 그리고 오르한 파묵의 작품을 꾸준히 국내에 소개할 수 있도록 많은 지원과 배려를 해 준 민음사에도 감사의 마음을 표하고 싶다.

이난아

# 인물 색인

## ㄱ

가련한 아저씨 95
귀웬 200, 330, 615
귀찮은 아저씨 95

## ㄴ

네브자트 165
네슬리샤흐 375
네슬리한 330, 611~612, 621, 763
네시메 344
네시베 23~26, 183, 210, 221, 225,
249~250, 279, 318, 319, 347, 355,
357, 360, 362, 366, 377, 379~380,
392, 418~422, 425~427, 434,
436~439, 441~442, 444~445,
449, 451, 459, 461~462, 466~468,
477~480, 482~483, 486~498,
503~504, 506, 508~511, 514,
519~521, 527, 529, 531~534,

544, 551, 553~554, 558~559,
561~563, 565, 580~581, 583, 588,
592~600, 602~604, 625, 648,
654~659, 661~663, 665~668,
680~683, 685~686, 688~695,
697~698, 724~726, 730~732,
745, 748~749, 774
네즈데트 아드스즈 221, 743
누레틴 69
누르지한 18, 176, 179, 185, 187, 192~
198, 203~205, 209, 213~214,
234~237, 243, 265, 285, 287~
289, 305, 307~310, 316, 320,
327~330, 349, 460, 474~476,
507, 537~538, 550, 616~617,
620, 652, 722~723, 772
니갼 344

**옮긴이  이난아**

한국외국어대학 터키어과를 졸업하고, 튀르키예 국립 이스탄불 대학에서 튀르키예 문학으로 석사 학위, 튀르키예 국립 앙카라 대학에서 튀르키예 문학으로 박사 학위를 받았다. 현재 한국외국어대학 터키·아제르바이잔어과 교수로 재직 중이다. 저서로 『터키 문학의 이해』, 『오르한 파묵, 변방에서 중심으로』, 『오르한 파묵과 그의 작품 세계』(튀르키예 출간), 『한국어—터키어, 터키어—한국어 회화』(튀르키예 출간)가 있고, 튀르키예 문학과 문화에 관련한 다수의 논문을 발표했다. 소설 『내 이름은 빨강』 등 40여 권에 달하는 튀르키예 문학 작품을 한국어로 번역했으며, 김영하의 『나는 나를 파괴할 권리가 있다』 등 다섯 편의 한국 문학 작품을 튀르키예어로 번역했다.

# 순수 박물관

1판 1쇄 펴냄  2010년 5월 31일
2판 1쇄 펴냄  2023년 11월 27일
2판 2쇄 펴냄  2024년 12월 26일

지은이  오르한 파묵
옮긴이  이난아
발행인  박근섭 · 박상준
펴낸곳  (주)민음사

출판등록  1966. 5. 19. 제16-490호
주소      서울시 강남구 도산대로 1길 62 (신사동)
          강남출판문화센터 5층 (우편번호 06027)
대표전화  02-515-2000 | 팩시밀리 02-515-2007
홈페이지  www.minumsa.com

ISBN 978-89-374-2714-5 (03830)

※ 잘못 만들어진 책은 서점에서 교환해 드립니다.